Gerd Friederich
Der Kainsmaler

Gerd Friederich

Der Kainsmaler

Roman

Silberburg-Verlag

Gerd Friederich, Jahrgang 1944, war Lehrer für Deutsch, Kunst, Geschichte und Geographie. Nach einem Zweitstudium in Pädagogik, Philosophie, Tiefenpsychologie und Landeskunde promovierte er über die Schulgeschichte und arbeitete als Heimleiter, Schulrat und Lehrerausbilder. Er hat viele Fachbücher und Aufsätze zur Pädagogik, Schulgeschichte und Landeskunde verfasst. Sein historischer Roman »Der Dorfschulmeister« ist 2008 im Silberburg-Verlag, Tübingen, erschienen, 3. Auflage: 2009.

1. Auflage 2009

Umschlaggestaltung: Anette Wenzel, Tübingen.
Druck: Freiburger Graphische Betriebe, Freiburg im Breisgau.
Printed in Germany.

ISBN 978-3-87407-825-2

Januar 1909

DEUTSCHES REICH: *Der 50. Geburtstag Kaiser Wilhelms II. wird mit großem Pomp gefeiert* • DEUTSCHES REICH: *Die Reichspost führt den bargeldlosen Zahlungsverkehr (Postscheck) ein, errichtet in 13 Großstädten Postscheckämter und reduziert das Auslandsporto auf 10 Pfennig* • DEUTSCHES REICH: *Im Reichstag fordern Abgeordnete die Abschaffung der »schwarzen Listen« (Namenslisten missliebiger Arbeiter), die unter Arbeitgebern kursieren und mit deren Hilfe den gewerkschaftlich organisierten Arbeitern neue Arbeitsstellen verwehrt werden. Der Antrag fällt im Reichstag durch* • PREUSSEN: *Über 200 000 Menschen demonstrieren in mehreren Städten für die Einführung des freien, gleichen und geheimen Wahlrechts* • SACHSEN: *Die Wahlrechtsreform für das sächsische Parlament wird verabschiedet. Nach dem neuen Mehrstimmensystem hat jeder männliche Stimmberechtigte, je nach Einkommen und Bildungsgrad, eine bis vier Wahlstimmen* • SACHSEN: *Kultusminister Beck entlässt einen Gymnasiallehrer aus dem Schuldienst, weil dieser das Morgengebet nicht selbst gesprochen hat, sondern es von einem Schüler sprechen ließ* • BAYERN: *Der katholische Pfarrer Tremel hält als Mitglied des Jungliberalen Vereins einen Vortrag in Bayreuth, worauf ihn der Bamberger Erzbischof auffordert, aus dem Verein auszutreten und öffentlich zu bekennen, dass er »dem katholischen Volk Ärgernis gegeben« habe; andernfalls werde Tremel seines Amtes enthoben, mit dem Kirchenbann belegt und müsse auf eigene Kosten einen Vikar bestellen. Ganz Deutschland lacht über das Lehrstück bayerischer Kirchturmpolitik* • BERLIN: *Der »Deutsche Richterbund«*

wirdgegründet; er soll die Unabhängigkeit der Justiz gegenüber staatlichen Eingriffen sichern • MÜNCHEN: *Wassily Kandinsky, Gabriele Münter, Alexej von Jawlensky, Marianne von Werefkin, Alfred Kubin, Karl Hofer u.a. gründen die »Neue Künstlervereinigung«, die sich als Avantgarde von Malern, Musikern und Tänzern versteht* • DRESDEN: *Die Oper »Elektra« von Richard Strauss wird in Dresden uraufgeführt* • ITALIEN: *Am 28. Dezember 1908 morgens um 6 Uhr verwüstet ein gewaltiges Erdbeben Sizilien und Kalabrien. Weit über 100 000 Tote; die Stadt Messina ist völlig zerstört und soll möglicherweise nicht wieder am gleichen Platz aufgebaut werden. Das ganze Ausmaß dieser Naturkatastrophe wird erst am 2. Januar 1909 in Deutschland bekannt* • GROSSBRITANNIEN: *Eine britische Antarktisexpedition unter der Leitung von Ernest Shackleton nähert sich dem Südpol bis auf 176 km und nimmt das Gebiet für die britische Krone in Besitz* • USA: *Ausländerfeindlichkeit in Kalifornien: Ein Gesetz verbietet Japanern den Erwerb von Grund und Boden und die Leitung von Firmen. Japaner dürfen nur noch in besonderen Stadtteilen wohnen, die ihnen von der Regierung zugewiesen werden.*

Samstag, 2. Januar 1909

Er lächelte. »Was gab's gestern im Stadttheater?«

»Millöckers *Bettelstudent*.«

»Und?«

»Eine erbärmliche Aufführung.«

Er horchte auf und staunte sie an.

»Oho!« Günther grinste übers ganze Gesicht.

»In der Zeitung steht, der sturmerprobte Bettelstudent habe schmalzige Liedlein geträllert. Für einen Neujahrstag sei das eine schmale Kost gewesen.«

»Siehst du, liebe Christine, da haben wir uns Zeit, Geld und Ärger erspart.«

»Trotzdem möchte ich auch mal wieder ins Theater oder ins Varieté.« Sie warf ihrem Mann einen kecken Blick zu. »Du hast mich schon lange nicht mehr ausgeführt.«

»Aha!« Günther gluckste.

»Oho! Aha! Was soll das? Du kriegst gleich ein paar hinter die Löffel!« Sein Vater zog die Augenbrauen hoch und warf seinem Ältesten drohende Blicke zu. Einen Wimpernschlag lang zauderte er, dann glättete sich seine Stirn und er wandte sich wieder seiner Frau zu.

Seine Mundwinkel hoben sich, und ein versöhnliches Lächeln überflutete sein Gesicht bis zu den Ohren.

»Ich ... habe ...«, verkündete er und holte tief Luft. Er sprach langsam und wiederholte aufreizend: »Ich ... habe ... Zeit ... Morgen ist Sonntag. Außerdem sind Schulferien.«

Christine Ginther erhob sich wortlos und eilte in die Wohnstube. Mit dem *Würzburger General-Anzeiger* in der Hand kam sie zurück.

»Morgen ...«, las sie, »... also morgen tritt im *Fränkischen Hof* das *Gesangs-Damenensemble Wiener Zugvögel* auf.«

Günther lachte frech.

»Und ...«, sie blätterte unbeeindruckt weiter, »... im *Huttenschen Garten* gibt das *Neunte Infanterie-Regiment* sein traditionelles Neujahrskonzert.«

Sie faltete die Zeitung zusammen und funkelte ihren Mann gespannt an.

»Ist das alles, was du zu bieten hast?«

Sie schlug die Zeitung von hinten her auf und vertiefte sich in den Anzeigenteil.

»Im *Odeon* ist eine große Varieté-Vorstellung. Da tanzt die berühmte Chinesin Mabel May-Yong.«

Günther und Gertrud lachten.

»Ich lese ja nur vor, was hier steht«, verteidigte sie sich ärgerlich.

»Alles?«, fragte er spitz.

»Al-men-rau-schen!« Günther sang es mit honigsüßer Stimme und verdrehten Augen.

Gertrud, die neben ihm saß, stieß ihm ihren Ellbogen in die Seite.

»Dann gibt Käthe Freifrau von Broich im *Odeon* ein Gastspiel. Sie gilt als die Königin des deutschen Kabaretts.« Christine Ginther musste selbst lachen. »Und zum Schluss unterhält der bekannte Humorist Hermann Strebel das Publikum.«

»Da musst du hin, Papa!« Günther verkniff sich gerade noch ein dreistes Lachen. »Ein paar neue Einfälle tun dir gut. Du musst deine billigen Witze ausmustern.«

Erneuter Rippenstoß von der Seite.

Gustav Ginther warf seinem Sohn einen boshaften Blick zu.

»Wahrscheinlich«, Christine betonte die Silbe *schein* und grinste Günther spitzbübisch zu, »gefallen deinem Vater die Damen aus Wien besser.«

Gustav Ginther bestrich ein Brötchen mit Butter und unterdrückte das Lachen.

Maria himmelte ihren Vater mit großen Augen an. Sie liebte ihn, an den bösen Tagen, wenn er in sich gekehrt und niedergeschlagen am Tisch saß, ebenso wie an den guten Tagen, wenn er alberte und lustig war.

Er zwinkerte ihr zu.

»Was ist jetzt, Gustav?«

Er löffelte Marmelade auf beide Hälften, sah seine Frau belustigt an, legte das Messer auf seinem Teller ab und spöttelte: »Zu den Infanteristen«, er rümpfte die Nase, »gehen wir ...«, Pause, »... nicht! Der Huttensche Garten liegt gleich um die Ecke. Wer Blasmusik hören will, der kann die Stubenfenster aufmachen.«

»Uff da! Uff da! Tsching! Bäng, bäng!« Günther presste die Luft im Marschrhythmus durch Mund und Nase.

Max verzog keine Miene. Maria lachte, und Gertrud blitzte Günther mit kaum verhohlener Verachtung von der Seite an.

Dem Hausherrn war auf die Stirn geschrieben, dass ihn Günthers Querkopf störte. »Die Hupfdohlen aus Wien kann unser Herr Sohn begutachten.«

Aus den Augenwinkeln beobachtete er, wie Günther zusammenzuckte. »Ich ...«, er zögerte kurz, »... ich ginge gern zu den Humoristen. Und du, Christine?«

»Das ist Musik in meinen Ohren. Ich ruf gleich nach dem Frühstück im *Odeon* an.«

»Ich will mit!« Günther hob den Zeigefinger der linken Hand, aber nur zaghaft und bis zum Ohrläppchen. Er ahnte die Grenze, über die seine ständigen Sticheleien, Possen und Wichtigtuereien nicht hinausschwappen durften, wollte er eine ernste Verstimmung mit seinem Vater vermeiden. Erst neulich hatte er mit hochrotem Kopf Besserung geloben müssen.

»Dann will ich auch mit!«, wandte sich Gertrud mit Schmollmund an ihre Mutter.

»Ich lass uns zwei Karten für die Vorstellung um vier zurücklegen. Einverstanden, Gustav?« Sie überhörte bewusst ihre beiden Ältesten. »Gehst du mit mir danach ins Restaurant oder ins Café?«

Ginther nickte und fragte beiläufig, ob sie heute schon ihren Zeitungsroman gelesen habe.

Wie auf Stichwort lieferten sich Günther und Gertrud über den Tisch hinweg ein Wortgefecht über Sinn und Unsinn von Fortsetzungsgeschichten in der Zeitung.

Günther spottete, ein Roman, der *Monika* heiße, verkläre das Almenrauschen und Kühemelken. Gertrud warf ihrem Bruder an den Kopf, es gäbe auf der Welt noch Wichtigeres und Schöneres als Automobilrennen, um die Wette Fliegen und Pülverchen mischen.

Die siebenjährige Maria wies ihre beiden großen Geschwister zurecht: »Und wenn's der Mama gefällt, dann gefällt's ihr eben. Das geht euch gar nichts an!«

Empört hielt sie ihrem Vater die Tasse hin.

Er goss Schokolade nach. »Opas Schokolade ist die beste, stimmt's?«

Sie nickte, und er stellte die Schokoladenkanne auf der Wärmplatte ab.

Ihre Mutter hatte sich den Disput schmunzelnd angehört. »Die heutige Romanfolge ist für Männer besonders lehrreich, auch für die starken mit dem weichen Flaum ums Kinn.« Sie warf ihrem Ältesten einen heiteren Blick zu, der ihn erröten ließ, und grinste ihren verdutzten Mann überlegen an. »Aus diesem Oberpfälzer Dorfroman könnt ihr Männer noch viel lernen. Vielleicht versteht ihr uns Frauen dann besser.«

Sie nahm ein Brötchen aus dem Korb und bat Maria um die Butter. »Deshalb habe ich die heutige Folge ausgeschnitten und zu deiner Post gelegt, Gustav.«

Sie lachte vor sich hin. »Wenn du den Ausschnitt gelesen hast, Gustav, dann gibst du ihn bitte an Günther weiter. Er bekommt immer so schwitzige Hände, wenn er von der Tochter unseres Milchhändlers bedient wird.«

Günther wurde puterrot und stierte auf seinen Teller, als habe er nichts gehört.

Gertrud beobachtete das Farbenspiel ihres Bruders voller Schadenfreude und blinzelte ihrer Mutter zu.

Der Hausherr staunte, wie schnell sich die Ohren seines ältesten Sohnes dunkel färbten. Er lachte in sich hinein und wandte sich wieder an seine Frau. »War die Post schon da?«

Sie nickte. »Zeitschriften und Neujahrsgrüße. Musst du selber lesen.«

»Sonst nichts?«

»Dein Schulfreund Max Dauthendey hat eine Karte geschrieben. Bald kommt sein neues Buch heraus. Ein Novellenband. *Lingam* soll er heißen.«

Sie zögerte. »Und dann ist da noch ein Brief.«

»Von wem?

»Den Absender kenn ich nicht.«

»Woher?«

»Aus Stuttgart.«

Er suchte umsonst nach seiner Lesebrille. »Bitte mach ihn auf und lies ihn vor.«

Die Hausherrin drehte sich im Sitzen um, nahm von der Anrichte ein silbernes Tablett, auf dem sich allerlei Schriftstücke häuften, reichte es ihrem Mann und behielt den Brief zurück. Sie riss den Umschlag mit dem Zeigefinger auf und las ihn laut vor.

Max Diez, Direktor der Staatsgalerie Stuttgart, plane eine Ausstellung über zeitgenössische Pastellmalerei in Süddeutschland. Gustav Ginther zähle zu den führenden deutschen Pastellmalern. Fünf seiner Bilder habe die Galerie über den Kunsthandel angekauft. Jetzt möchte Diez den Maler persönlich kennenlernen. Die Sonderausstellung im April zeige die neuen Ankäufe der Öffentlichkeit. Diez würde sich sehr freuen, wenn er seinen Würzburger Kollegen zu diesem Anlass in Stuttgart begrüßen dürfte.

Sonntag, 3. Januar 1909

»Hast du gewusst, Papa, dass in Deutschland jedes Jahr drei Millionen Grammofone hergestellt werden? Und achtzehn Millionen Schallplatten?« Günther blickte kurz auf. Er hockte im Schneidersitz auf dem Parkettboden, ein Heft aufgeschlagen vor sich, und schaute gebannt in den grünen Trichter eines Lindström-Grammofons. Auf dem Plattenteller drehte sich langsam eine von den neuen doppelseitigen Schallplatten. Debussys symphonische *Frühlingssuite* flirrte durch die Stube.

»Mh.« Gustav Ginther war in Botticellis *Primavera* versunken. Claude Debussy hatte versucht, das berühmte Tafelbild aus den Uffizien mit impressionistischer Musik zu entschlüsseln. Aber weshalb hatte er sein Orchesterwerk in zwei Sätze gegliedert? Noch dazu in so langsame? Und warum hatte er es erst kürzlich überarbeitet und diesmal auf den Chor verzichtet?

»Fährst du nach Stuttgart, Papa?«

Töne, von Holzbläsern gemacht und in Rillen gebannt, schallten aus dem perlgrünen Trichter.

»Papa?«

»Mh.«

»Fährst du nach Stuttgart?«

»Warum ...?« Günthers Vater sah verwirrt auf, gefangen in seinen Gefühlen und verwundert über Debussys Malerei in Tönen. Mit großen Augen schaute er den Christbaum an, der silbern vor dem Fenster glänzte. In Gedanken noch bei Botticelli in Florenz, murmelte er: »Warum sollte ich?«

»Ich dachte ...«

»Hm?«

»... du fährst zu dieser Ausstellung.«

»Muss ich mir noch überlegen.« Er lächelte. Günther interessierte sich offenbar mehr für die neue Technik des Grammofons als für die impressionistische Musik.

»Fahr hin, Gustav!«

Der harte Ton seiner Frau traf ihn wie ein Hieb.

Christine Ginther schüttelte unwillig den Kopf. »Du willst doch wohl zu den besten Pastellmalern gehören! Oder etwa nicht?«

Er schloss die Augen. *Einer der führenden deutschen Pastellmaler der Gegenwart,* hatte Diez geschrieben. Wie ihm dieser Satz geschmeichelt hatte. Alle am Tisch hatten ihn gestern gehört.

Er lehnte sich auf seinem Stuhl zurück und streckte wohlig die Beine von sich. »Wenn die Besten zusammenkommen ...«

»... dann gehörst du dazu, Gustav!«

Die Musik verklang.

Stille.

Christine Ginther prüfte ihren Mann, bohrend im Blick und die Miene gereizt.

»Eigentlich sollte ich ...«

»Eigentlich? Zögerst du?« Sie schüttelte wieder und wieder den Kopf. »Was spricht dagegen? Sag's mir!«

»Mutters Krankheit. Lichtmess steht vor der Tür. Und das alljährliche Unheil. Weißt du doch.«

Günther warf seinem Vater einen bangen Blick zu.

»Fahr hin, Gustav!« Die Hausherrin drängte. »Jedes Jahr das gleiche Theater!« Sie rief es ärgerlich und laut.

Günther starrte seine Mutter mit offenem Mund an.

»Du hast recht. Fünf Gemälde in der königlichen Kunstgalerie in Stuttgart ...«, er nickte vor sich hin, »... eine große Ehre.« Er schob seinen Stuhl zurück, sprang auf und eilte an den Bücherschrank.

Frau und Sohn schauten sich verwundert an.

»Max Diez. Dachte ich's doch!« Triumphierend hielt er den Leinenband hoch. »*Theorie des Gefühls zur Begründung der Ästhetik.*« Nachdenklich las er den Titel des Buches und strich mit der Hand über den geprägten Rücken.

»Ein Kunstwissenschaftler?« Christine Ginther schnitt ein ungläubiges Gesicht.

»Warum nicht? Wahrscheinlich ein bekannter Mann.« Er schlug das Buch auf und blätterte darin. »Diez.« Er blinzelte. »Diez?«

»Du kennst ihn nicht?« Seine Frau durchschaute ihn sofort. »Nur weil du ihn nicht kennst, ist das noch lange keine Ausrede!«

Er gaffte sie verwirrt an.

»Frag deinen Freund Vornkeller.« Sie spießte ihn mit dem Zeigefinger auf. »Der hat an der Stuttgarter Kunstschule studiert.«

Er zog sich in sein Schneckenhaus zurück.

»Fahr hin, Papa.« Günther kannte die Furcht seines Vaters. Er wollte ihn aufmuntern.

»Günther hat recht!«, mahnte sie, »fahr hin, Gustav!«

»In Stuttgart war ich noch nie.« Er rieb sich unsicher das Kinn und grübelte lange über die Reise nach Stuttgart. »Die Kunstgalerie ...«, er kratzte sich am Kopf, »... gehört zu den bekanntesten in ganz Europa.« Er presste die Lippen aufeinander. »Eigentlich ...« Sollte er sich das antun? »... ob ich ...« Er konnte sich nicht entschließen. »... vielleicht?«

Sie beschwor ihn mit den Augen.

»Vielleicht ...«, Achselzucken, »... vielleicht sollte ich wirklich hin.«

»Ein guter Maler ist auf sein Publikum genauso angewiesen wie ein guter Schriftsteller.«

»Wer behauptet das?« Er schaute seine Frau überrascht an und klappte das Buch mit einem dumpfen Knall zu.

»Peter Rosegger.«

»Oh! Habe die Ehre! Die Nachtigall aus der Steiermark!« Günther grinste seine Mutter an.

Sie gebot ihm mit einer ärgerlichen Handbewegung, sofort zu schweigen.

»Wie kommst du ausgerechnet auf den?« Ihr Mann setzte sich wieder auf seinen Platz und legte das Buch auf den kleinen runden Tisch neben seinem Lehnstuhl. Er heuchelte Interesse. Dranbleiben an dem Thema, dann vergisst sie das andere.

»Gestern Abend, als du im Atelier warst, habe ich im Dezemberheft von Roseggers *Heimgarten* gelesen. Rosegger beschäftigt sich mit der neuen Zeit. Vor allem mit der Schönheit der Technik.«

»Versteht der etwas davon?«

»Künstler sind feinfühliger als andere Menschen.« Sie lachte. »Sie sind ihrer Zeit voraus.«

»Donnerwetter!« Er schnitt eine Grimasse.

»Und wie heißt der Prediger, der seit Jahr und Tag solche Weisheiten vom Berge Sinai herab verkündet?«

Sie blitzte ihn amüsiert an. »War das nicht ein gewisser Gustav Ginther?«

Er spielte den Verwunderten und rollte die Augen. Maria kam leise ins Zimmer, lächelte ihre Mutter an und setzte sich neben sie aufs Sofa.

»Jedenfalls weist Rosegger auf ein paar Punkte hin, die du noch nicht bedacht hast.«

Er runzelte die Stirn, rührte Zucker in seinen Kaffee und führte die Tasse zum Mund.

»Welche?«, fragte er und nippte nur am heißen Kaffee.

»Der Stolz unserer Zeit ist die Technik. Schreibt Rosegger! Maschinen strahlen Energie und Dynamik aus. Aber das bemerkt kein Künstler. Die Herren Maler leben ja nur in ihrer eigenen Welt.«

»Papa merkt alles«, widersprach Maria.

»Nein, mein Schätzchen!« Christine Ginther warf ihrer Jüngsten einen verzeihenden Blick zu. »Leider nicht!« Sie wandte sich wieder an ihren Mann. »›Wann endlich‹, fragt Rosegger, ›malt ein Künstler die Schönheit und Kraft der Technik?‹«

Gustav Ginther sperrte Mund und Augen auf.

»Da bist du baff!«

Er setzte seine Tasse ab. »Zum Beispiel?«

»Die Dampfmaschine hat die Landschaft verändert. Und das gesellschaftliche Leben.«

»Wirklich?«

»Wenn du nicht immer nur daheim rumsitzen würdest, wüsstest du es. Das Reisen und viele Arbeiten sind bequemer und schneller geworden.«

Günther wollte eine Lippe riskieren, hielt dann aber doch seine Zunge im Zaum.

»Von all dem findet man nichts in Kunst und Literatur.« Ihre hohe Stimme bebte.

»Behauptet das Rosegger?«

»Schreibt mein Lieblingsschriftsteller, wie du zu sagen pflegst.« Sie grinste ihren Mann an. »Jedes Luftschiff strahlt mehr Majestät aus als das schönste Panorama im Hochgebirge.«

Ihm blieb die Spucke weg.

»Und von außen betrachtet wirkt die Elektrische wie eine Zaubermacht.«

»Aber Mama! Die Elektrische hat nichts mit Zauberei zu tun. Das ist bloß der elektrische Strom.«

»Rosegger hat doch nur einen Vergleich gezogen«, mäßigte sie ihren Sohn und fasste ihren Mann ins Auge. »Der Dampflokomotive sieht man die Kraft an. Der Elektrischen nicht. Rosegger hat recht! Er schreibt, die Elektrische gleitet wie von Zauberhand elegant durch die Straßen.«

Gustav Ginther guckte seine Frau immer noch mit offenem Mund an.

»Da staunst du, nicht wahr, mein Lieber?«

Er hob die Hände, als wollte er sich ergeben.

»Hat Rosegger auch etwas über das Auto gesagt?«, fragte Günther spitz.

»Das Automobil vergleicht er mit einem wütenden Straßenlöwen.«

Günther lachte lauthals. »Straßenlöwe! Ha! Ha! Bloß weil ein paar kleine Gas- und Staubwölkchen durch die Gassen wirbeln, wenn ein Auto fährt?«

Sie nahm einen Schluck aus ihrer Kaffeetasse. »So blöd, wie ihr den Rosegger immer hinstellt, ist der nicht!«

»Was versteht dein Schreiberling von der Technik?« Günther musterte seine Mutter hochnäsig, stemmte die Hände hinter sich auf den Boden und lehnte sich zurück.

»Bei der Eisenbahn hat der Maler den besten Blick von außen«, fuhr sie unbeirrt fort. »Das Dampfross, das durch die Landschaft stürmt, ist ein Kunstwerk. Man muss es nur noch malen.«

»Und beim Auto?« Günther biss die Lippen zusammen.

»Aha! Doch neugierig, was mein Schreiberling weiß?«

Günther winkte ab.

»Ich verrat's dir trotzdem. Beim Auto ist das schönste Bild aus dem Autofenster. Dann flitzt die flüssig gewordene Landschaft vorbei.«

Gustav Ginther rührte nachdenklich in seiner Tasse herum und schwieg. Die Blicke, die alle auf ihn gerichtet waren, behagten ihm nicht. »Die Geschwindigkeit ist das Merkmal unserer Zeit«, meinte er endlich kleinlaut und schaute in die Runde. »Erst die Eisenbahn und die Dampfschiffe, dann die Straßenbahnen und die Automobile. Und jetzt die Luftschiffe und Flugzeuge. Vor ein paar Jahren hat so ein verrückter Amerikaner mit einem klapprigen Gestell die ersten Hüpfer ...«

»Aber Papa«, unterbrach Günther vorlaut, »das war kein Verrückter! Das waren zwei Brüder, die genialen Fahrradmechaniker Wright. Die haben ein Jahr lang im Windkanal zweihundert verschiedene Modellflügel getestet. Den besten Flügelquerschnitt haben sie dann vor fünf Jahren ausprobiert. Schon beim zweiten Versuch blieben sie neun Sekunden lang in der Luft. Sechzig Meter weit sind sie geflogen ...«

»Potz Blitz!«, rief sein Vater betont launig und schüttelte den Kopf. »Und heuer will ein Engländer über den Ärmelkanal fliegen. Unglaublich, was in den letzten fünf Jahren alles passiert ist.«

»Papa«, Maria strahlte, ihrem Vater treu ergeben, »und wohin fliegen wir heute?«

Ginther tat so, als zucke er zurück, riss die Augen auf und strahlte seine Jüngste an. »Sollen wir einen Ausflug machen?«

Das Kind klatschte vor Freude in die Hände.

»Alle zusammen?«

Sie nickte heftig.

»Draußen scheint die Sonne. Wie wär's, wenn wir uns warm anziehen und zur Talavera gehen?«

»Wandern?« Frau Ginther zog die Nase kraus und funkelte ihren Mann an. »Ich will bei der Kälte nicht wandern.«

Er zog den Kopf ein. »Wer will denn das? Ich meine nur, wir sollten die Zeit bis um fünf nützen. Auf der Talavera ist eine Eisbahn, wie jeden Winter. Wir leihen dort Schlittschuhe aus und vergnügen uns auf dem Eis.«

»Und auf dem Heimweg«, Marias Lider blinzelten, von der Vorfreude auf den Genuss geblendet, »gehen wir in Opas Schokoladenhaus und suchen uns etwas zum Naschen aus.«

»Heute ist Sonntag, mein Schätzchen! Da ist Opas Schokoladenhaus zu.« Christine Ginther strahlte ihr Nesthäkchen entschuldigend an, nahm die silberne Tischglocke, die vor ihrem Gedeck stand, und läutete.

Das Dienstmädchen betrat das Esszimmer und knickste. »Sie wünschen, gnädige Frau?«

»Helene, wir gehen zum Schlittschuhlaufen. Lege Winterstiefel, Mäntel, Schals und Mützen heraus! Für uns alle!«

Das Dienstmädchen knickste erneut, verließ das Zimmer und schloss die Tür hinter sich.

»Und du fährst nach Stuttgart, Gustav!«

Er machte ein Gesicht wie drei Tage Regenwetter.

Montag, 4. Januar 1909

Max, sonst eher einsilbig, saß am Tisch des Ateliers und mampfte. »Wie ...«, nuschelte er mit vollem Mund, unterbrach sich sofort, schluckte und fragte: »Wie malt man eigentlich Geschwindigkeit, Papa?«

Sein Vater schaute erstaunt zwischen dem Gestänge seiner Staffelei hindurch und lächelte seinem Sohn zu: »Und wie malt man den vorbeirauschenden Bach, die heranrollende Meereswelle und die sich auftürmenden Wolken?«

»Mit Licht- und Schattenspiel?« Max warf den Kopf in den Nacken. »Das glaubst du doch wohl selber nicht, Papa. Wie soll man da sehen, ob sich etwas bewegt?«

»Also ...«, Ginther zögerte, »... ohne Licht und Schatten kann man kein gutes Bild malen.« Er machte eine kleine Pause, sein Blick verlor sich durch die deckenhohen Fenster in den Bäumen rund um den Exerzierplatz. »Du musst scharf beobachten ... Schau den Wolken zu und guck ihnen ab, wo Licht und Schatten sind ... Wie sich helle und dunkle Farben abwechseln ... Wo sich scharfe Konturen und fließende Übergänge bilden.«

Max starrte seinen Vater ratlos an.

Versonnen rieb sich Gustav Ginther das Kinn. »Ich geb's zu ...«, er stockte, »... ich gebe es ja zu, ... es ist schwierig.« Er fuhr sich übers Gesicht und machte wieder eine kleine Pause. »Auf Gemälden erkennt man schnelle Bewegungen nicht, da hast du recht.«

»Was sich bewegt, kann man gar nicht malen. Wie denn?« Max beugte sich vor und entnahm dem Körbchen in der Mitte des Tisches noch ein paar Haselnussplätzchen.

»Mh!« Der Hausherr sprach eher zu sich selber. »Alles wirkt wie erstarrt.« Seine Stimme klang rau. »Die Wolken hängen festgezurrt am Himmel. Das Wasser wirkt wie erstarrt. Wellen, die ans Ufer schlagen, sehen wie Berge und Täler aus.«

»Was vorüberflitzt«, beharrte Max, »kann man gar nicht malen.«

»Dann ...«, der Maler starrte zum Fenster hinaus, »... dann musst du mit Kontrasten arbeiten. Das Starre mit harten und scharfen Linien zeichnen. Und das Schnelle mit weichen und fließenden Farben malen.«

»Wie beim Karussellfahren, Papa?« Max staunte über seinen eigenen Einfall, sein Gesicht hellte sich auf.

»Genau so, Max.« Gustav Ginther dachte nach. »Wenn du aus dem fahrenden Karussell schaust, dann siehst du keine Blumen mehr, sondern bloß noch Farbflecken.«

Max nickte.

»Wenn sich das Karussell ganz schnell dreht, dann huschen rote, blaue, gelbe und grüne Farbbänder vorbei.«

Max legte seine Stirn in Falten.

»Und wenn ein Rennfahrer über die Landstraßen rast«, sein Vater machte eine schnelle Geste, als wolle er Hühner verscheuchen, »dann sieht er den Fensterrahmen seiner Autotüre ganz scharf.«

Max horchte auf.

»Aber die Getreidefelder, an denen er vorbeisaust, werden zu langen, gelben Strähnen. Und die Kleefelder zu grünen Zöpfen. Und die Bäume führen einen Tanz auf, als seien sie verrückt geworden.«

Max lachte. »Malst du so etwas mal mit mir, Papa?« Er interessierte sich für alles, was sein Vater tat.

»Hol deine neuen Farbkreiden, die dir Opa Georg zu Weihnachten ...«

Die Tür öffnete sich, und Christine Ginther fragte: »Kommst du mit zur Bank, Gustav?«

»Geh doch allein.«

»Du weißt ganz genau, dass Frauen keine Bankkonten führen dürfen. Das habt ihr Männer ganz hübsch eingefädelt. Also komm schon!«

»Darf ich fragen, wozu?«

»Wir müssen für die armen Menschen in Italien spenden«, mahnte die Hausherrin, energisch wie immer.

»Was ist in Italien, Mama?«

»Bei einem Erdbeben sind viele Menschen ums Leben gekommen.«

»Viele Menschen? An Silvester waren's nur drei.« Gustav Ginther wischte sich vorsorglich die Hände an einem Tuch ab.

»100 000, vielleicht sogar 150 000. Unser Prinzregent hat um Spenden gebeten. Der Kaiser auch.«

»100 000 Tote auf einmal?« Gustav Ginther zog die Stirn in Falten. »So was hab ich noch nie gehört.«

»Erst jetzt sickern genauere Nachrichten über das schreckliche Seebeben durch«, konterte Christine Ginther gereizt. »Glaubst du, ich habe die Zahl erfunden?«

»100 000 Menschen tot?« Max bog seinen Kopf etwas zurück.

»Lest ihr keine Zeitung?« Sie wies den Einwand ärgerlich zurück. »Mindestens 100 000!«, belehrte sie mit erhobenem Zeigefinger.

Schweigen.

Max stopfte noch zwei Nussplätzchen in sich hinein.

»Die italienische Regierung hat die Zahl offiziell bestätigt.« Sie blieb unerbittlich. »Der Direktor des Observatoriums von Catania ist jetzt in Messina. Er hat gekabelt, man müsse mit 200 000 Toten rechnen. Wir müssen spenden! Das ist unsere Christenpflicht!«

»Da sitzt man an einem strahlenden Wintermorgen gemütlich in seinem Atelier und denkt sich nichts.« Der Maler schüttelte den Kopf. »Und anderswo geht die Welt unter. Wie soll der menschliche Verstand das fassen?«

»Und alles genau zu Weihnachten«, seufzte Max nachdenklich und aß noch zwei Plätzchen.

Februar 1909

Deutsches Reich: *König Eduard VII. von Großbritannien zu Besuch in Berlin. Der Film »Besuch des englischen Königspaares am 9. Februar 1909« wird vormittags gedreht und entwickelt, nachmittags der Zensur vorgelegt, dann kopiert und abends in verschiedenen Kinos gezeigt* • Deutsches Reich: *Deutschland und Frankreich legen die Marokkokrise bei. Deutschland erkennt die Vormachtstellung Frankreichs in Marokko an; Frankreich sichert Deutschland wirtschaftliche Gleichberechtigung in der Region zu. Marokko bleibt formell ein souveräner Staat* • Deutsches Reich: *Der Streit um die geplante Erweiterung der Erbschaftssteuer gefährdet die Regierung von Reichskanzler Bernhard Fürst von Bülow. Landwirte und Großgrundbesitzer lehnen die Erbschaftssteuer ab, während die Nationalliberalen daran festhalten* • Deutsches Reich: *Das Reichskriegsministerium stellt den Zeppelin LZ 3 in Dienst und kündigt Herbstmanöver im Raum Mergentheim (südlich von Würzburg) an: Es sollen die größten Manöver werden, die es jemals auf der Welt gegeben hat* • Preussen: *Zum Beweis, dass von einer »Verelendung der Massen« keine Rede sein könne, veröffentlicht das Finanzministerium eine Liste, die 21 916 Steuerzahlern ein jährliches Einkommen zwischen 30 500 und 1 Million Mark bescheinigt. 77 Bürger verdienten sogar 1 bis 17 Millionen Mark jährlich* • Sachsen: *Hochwasserkatastrophe in der Altmark. Der »Neue Deich« bei Berge bricht* • Sachsen-Weimar-Eisenach: *Wahlrechtsreform. Garantierte Mandate für Großgrundbesitzer, «Tausendtalermänner«, Universität Jena, Handels-, Gewerbe-, Landwirtschafts- und Arbeiterkammer;*

dazu 23 gewählte Abgeordnete • München: *Wegen Diebstahls wird eine Tagelöhnerfrau zu einem Jahr Gefängnis verurteilt. Sie hatte mit einem Nachschlüssel aus einem Keller Holzspäne im Wert von 40 Pfennigen gestohlen, um ihrem drei Tage alten Kind die Milchflasche zu wärmen* • Russland: *Die russische Regierung hebt den Status eines Freihafens für Wladiwostok auf. Die Entscheidung richtet sich vor allem gegen die zollfreie Einfuhr von Waren aus China. Kalter Krieg zwischen Russland und China* • Grossbritannien: *»Londoner Deklaration« verabschiedet. Die Großmächte einigen sich darin über die Rechte und Pflichten Seekrieg führender Staaten* • Grossbritannien: *In Brighton wird der erste Farbfilm öffentlich vorgeführt* • Österreich-Ungarn: *In Wien wird ein Abkommen mit dem Osmanischen Reich unterzeichnet. Das Osmanische Reich verzichtet auf seine Ansprüche auf Bosnien und Herzegowina und erhält dafür von Österreich-Ungarn Gebiete an der Grenze zu Serbien* • USA: *Der kalifornische Senat verabschiedet eine Resolution, die alle Asiaten aus den USA ausschließen soll* • Frankreich: *Professor Ray fordert die Einrichtung von »Luftbahnhöfen« in ganz Europa, die man am besten auf Hügeln erbaue* • Schweiz: *Der große Personenbahnhof in Genf brennt bis auf die Grundmauern nieder.*

Mittwoch, 3. Februar 1909

Gustav Ginther legte das Rasiermesser in die Schublade zurück und schaufelte sich mit beiden Händen Wasser ins Gesicht.

Das Telefon läutete.

»Christine, nimmst du das Gespräch entgegen?«

Er hörte seine Frau im Flur reden und sich dann dem Badezimmer nähern. Schon beim Hereinkommen sah er ihr an, dass sie keine gute Nachricht brachte.

»Dein Vater hat angerufen. Deine Mutter hat in der Nacht große Schmerzen bekommen. Es geht ihr sehr schlecht. Du sollst gleich kommen.«

»Beim Läuten des Telefons wusste ich sofort, was los ist.« Er trocknete sich die Hände und das Gesicht ab. »Wie ich's gestern prophezeit habe: Der Jahrestag bringt sie um den Verstand.«

»Kaffee hab ich schon gekocht. Ich beleg dir zwei Scheiben Brot mit Käse. Du solltest etwas essen, bevor du das Haus verlässt.«

Sie eilte in die Küche, zündete die Glühlampe über dem Küchentisch an und stellte hastig Geschirr und Kaffeekanne auf ein Tablett. Dann belegte sie zwei Brote mit Käse und trug alles ins Esszimmer hinüber. Dort schaltete sie die Stehlampe an.

Gustav Ginther kam herein, stellte sich neben die Lampe, trank und aß im Stehen und stierte bedrückt vor sich hin.

»Es schneit. Soll ich dir einen Fiaker rufen?«

»Wie denn?«

»Durchs Telefon.«

»Kein Würzburger Fiaker hat Telefon.«

»Dann geh ich schnell hinüber zur Virchowstraße, zum Fiakerplatz vor der Polizeistation.«

»Danke, aber ich gehe zu Fuß. Ich brauche Zeit. Ich muss mich seelisch auf das Elend vorbereiten.«

Er schlang die Brote hinunter und bat seine Frau beim Kauen, Direktor Wolf vom Lehrerseminar anzurufen. Nicht jetzt. Später, so gegen halb acht Uhr. Die heutige Zeichenstunde müsse aufgrund eines familiären Notfalls leider ausfallen. Die Telefonnummer stehe im Adressbuch.

Dann brach er auf, den Hut tief ins Gesicht gedrückt und einen zweiten Schal um Hals und Kinn geschlungen. Er achtete in der Dunkelheit nicht auf die Menschen, die ihn überholten und ihm entgegenkamen. Er hatte den Blick fest auf den dunklen Weg gerichtet, der vom nassen Schnee glitschig war.

Gestern war Lichtmess gewesen, Feiertag in Bayern. Wie jedes Jahr hatte er morgens mit seiner Frau den Gottesdienst in der Neubaukirche besucht, obwohl die Adalberokirche nur wenige Schritte von ihrem Haus entfernt lag. Arm in Arm waren sie im dichten Schneetreiben vom Exerzierplatz bis zur Neubaustraße spaziert. Sie schätzten die vorzügliche Konzertorgel in der Universitätskirche und das meisterhafte Orgelspiel, mit dem der Universitätsorganist die Gottesdienstbesucher in Feiertage einzustimmen pflegte. Doch gestern waren Ginthers Gedanken während der Musik in die Vergangenheit abgeschweift.

Schon seit vier Jahrzehnten war der Tag nach Lichtmess der Schicksalstag der Familie. Jedes Jahr überfiel seine Mutter am

Abend des zweiten Februar panische Angst, die sie tagelang nicht eindämmen konnte. Seit vierzig Jahren verbrachte sie deshalb die Nacht und den folgenden Tag wachend im Bett, unfähig, einen klaren Gedanken zu fassen, außer diesem einen: *Ich weiß, er lebt. Ich spüre es ganz deutlich.* Jedes Jahr mündete dieser Gedanke in den Auftrag an ihre ganze Familie: *Wir müssen ihn finden.*

Auch Doktor Guttenberg, ein ausgezeichneter Arzt und Nervenspezialist, hatte ihre Februardepressionen bisher nicht lindern können.

Ginther erschrak. Eine Glocke schlug heftig an. Eisen rieb sich schrill an Eisen. Bremsen kreischten. Ein Straßenbahnschaffner schrie ihn an, ob er lebensmüde sei.

Er war in der Domstraße direkt vor eine Straßenbahn gelaufen. Verwundert fuhr er sich übers Gesicht, verwirrt und erschrocken starrte er auf das Ungetüm über ihm und erkannte, dass er auf den Gleisen stand. Er entschuldigte sich mit einer Handbewegung für seine Unachtsamkeit.

Nervös trat er von den Schienen zurück und eilte in den Dom. Dort klopfte er den nassen Schnee von Mantel und Hut und setzte sich in die letzte Bankreihe. Der große Kerzenleuchter neben ihm warf einen hellen Lichtkreis zwischen Hauptportal und Mittelschiff.

Erst jetzt wurde ihm bewusst, in welcher Gefahr er gewesen war. Seine Knie zitterten, doch er nahm es nicht wahr; seine Gedanken waren ihm schon wieder entglitten.

Er schloss die Augen.

Gestern hatte er seine Mutter besucht, allein und in Sorge, wie jeden Abend an Lichtmess. Dieses Jahr war alles noch viel schlimmer.

Seit drei Wochen lag sie krank im Bett und fieberte ihrem Schicksalstag entgegen, dem dritten Februar. Sie hatte ihren Sohn mit heißen Händen am Arm gepackt und gefragt, ob er daran gedacht habe, bei der Kerzenweihe, die an Lichtmess üblich war, eine Sterbekerze weihen zu lassen.

Aufgewühlt verließ er den Dom durch den Seitenausgang zur Martinsgasse, atmete tief durch und klopfte am elterlichen Haus.

Sein Vater öffnete sofort, nahm ihm Mantel, Hut, Schals und Handschuhe ab und übergab alles der herbeieilenden Dienstmagd.

»Ich hab dich kommen sehen.« Er ging voraus. »Mutter geht es sehr schlecht. Der Arzt war heute Nacht schon da und kommt gleich wieder. Auch nach dem Priester hab ich geschickt.«

Er wahrte das Gesicht, übernächtigt, düster, kreidebleich, und strich sich mit der flachen Hand über die Augen. »Manchmal hat sie lichte Momente, aber die meiste Zeit fantasiert sie.«

Sie stiegen in den ersten Stock hinauf.

Ginthers Vater öffnete die Tür zum Schlafzimmer und geleitete seinen Sohn vor das Bett der Kranken, das von zwei Kerzen in fahles Licht getaucht war.

Das Erste, was Gustav Ginther ins Auge stach, war die Hautfarbe der Kranken. Die Lippen zeigten keinen Hauch von Rot. Sie hoben sich farblich nicht mehr von den Gesichtspartien um Nase, Wangen und Stirn ab. Das fleischfarbene Ocker am Kopf und an den Händen war einem ausgebleichten Zitronengelb gewichen, wie er entsetzt feststellte. So hatten die alten Niederländer die Toten gemalt.

Die Mutter atmete schwer, gelegentlich von einem Röcheln unterbrochen. Es hörte sich an, als habe sie Wasser in der Lunge. Die Augen waren eingefallen und fest geschlossen. Auf der Stirn glitzerten feine Schweißperlen.

Er sprach sie leise an: »Mutter, ich bin's, Gustav.«

Kein Muskel zuckte in ihrem Gesicht.

Er umschloss ihre schlaffen Finger mit beiden Händen.

»Hörst du mich, Mutter?«

Kein Zittern, kein Flackern, nichts.

»So liegt sie schon seit heute früh im Bett«, flüsterte der alte Ginther.

Es klopfte an der Haustür.

Der Hausherr eilte aus dem Zimmer und hastete die Treppe hinunter.

Bald darauf kam er mit einem Priester vom Neumünster wieder, das direkt neben dem Dom lag. Zwei Ministranten begleiteten ihn.

Der Pfarrer hatte schon das weiße Chorhemd und die Stola übergeworfen und presste das Allerheiligste an seine Brust. Die Ministranten trugen Laternen und brennende Kerzen.

Die Hausbediensteten betraten schüchtern das Krankenzimmer und reihten sich stumm neben der Türe auf.

Der Priester nahm die heilige Handlung vor, erteilte der Kranken die Absolution und sprach mit allen das Vaterunser. Vom nahen Neumünster tönte die Glocke. Der Pfarrer besprengte die Bewusstlose mit Weihwasser. Teilnahmsvoll drückte er dem Hausherrn und dem Maler die Hand und machte sich mit seinen Gehilfen auf den Rückweg, bis vor die Haustür begleitet vom alten Ginther.

Einer nach dem anderen traten die Dienstboten ans Bett ihrer Herrin, raunten ihr ein »Behütgott« zu, bekreuzigten sich, erstarrten in Trauer oder brachen in Tränen aus und schlichen verzagt aus dem Zimmer.

Nur der alte Hausdiener, der schon über vierzig Jahre im Haus war, blieb zurück.

»Herr Ginther«, flüsterte er, »Ihr Bruder ist auf dem Weg hierher. Ihr Vater konnte ihn nicht erreichen. Aber jetzt hat man ihn beim Zoll in der Veitshöchheimer Straße aufgestöbert. Er war gerade dabei, eine Kakaoladung abfertigen zu lassen. Er kommt, so schnell er kann.«

Gustav dankte, blieb allein im Zimmer zurück, rückte einen Stuhl ans Bett und setzte sich. Grübelnd schaute er durchs Fenster in den Himmel und bestaunte die Morgenröte, die über dem Frauenland aufzog und das Grau der Nacht in zarte Pastelltöne auflöste. Rosa färbte sich das Zimmer, zuerst die Decke, dann die Wände und schließlich auch das Krankenbett.

So verharrte er auf seinem Stuhl, verfangen im Traum zwischen Nacht und Tag, und dachte an die schwarzen Februartage der letzten Jahre.

Als er seinen Blick vom Fenster löste und langsam zum Bett hin wandte, starrte ihn die Kranke an.

»Bist doch noch gekommen, Gottfried.« Mit großen Augen musterte sie sein Gesicht. »Ich dank dir. Warst lange fort.«

Er erschrak. »Ich bin's! Gustav!«, sagte er hastig.

Ihr Blick senkte sich in seine Augen. Fiebrig zuckten ihre Hände. Sie runzelte die Stirn.

»Hörst du mich, Mutter? Erkennst du mich nicht?«

Sie schaute, ihre Pupillen weiteten sich und wurden starr.

Er nahm wieder ihre Finger zwischen seine Hände. »Ich bin's! Gustav!« Er sprach jetzt laut. »Christine und die Kinder lassen dich schön grüßen.«

Sie blinzelte, riss erneut die Augen weit auf, stieß einen langen Klagelaut aus und schloss die Lider.

Er schaute in ihr zerfurchtes Gesicht und wartete.

Nach einer langen Weile fragte sie stockend und mit geschlossenen Augen: »Gustav, wo ist dein Bruder Gottfried?«

Er schüttelte mutlos den Kopf und schwieg.

»Schau im Briefkasten nach«, flüsterte sie, »Post ist da.« Und hastig drängte sie mit rauer Stimme: »Hörst du? Post von Gottfried für mich.«

Er zögerte.

Sie wiederholte ihre Bitte, ohne ihn anzusehen: »Geh und sieh nach.«

Er legte sanft und zärtlich ihre Hand auf der Bettdecke ab und verließ den Raum.

Als er den Flur im Erdgeschoss erreichte, kamen ihm sein Vater und Doktor Guttenberg entgegen. Er reichte dem Arzt stumm die Hand, stieg mit den beiden Männern wieder ins Obergeschoss und blieb unterm Türrahmen des Krankenzimmers stehen, während sich sein Vater schwerfällig auf den Stuhl am Fußende des Bettes setzte.

Guttenberg beugte sich über die Kranke, tastete nach dem Puls, weitete mit Daumen und Zeigefinger ihre Lider und hörte ihre Brust mit dem Hörrohr ab. Dann nahm er einen kleinen Spiegel aus seinem Koffer, hielt ihn unter ihre Nase, schüttelte den Kopf und setzte sich auf die Bettkante.

»Herr Ginther, ihre Frau ist tot.«

Der alte Ginther sackte in sich zusammen. Er zitterte am ganzen Leib. Tränen liefen ihm übers Gesicht.

So hockte er lange auf seinem Stuhl.

Dann erhob er sich wortlos und öffnete das Fenster.

Mit dem Rücken zur Toten blieb er reglos stehen, der Sonne zugewandt, die strahlend am Winterhimmel aufstieg.

Der Arzt schaute lange die schwarze Gestalt vor dem roten Himmel an. Mit einem leisen Seufzer wandte er den Kopf und nickte dem Maler zu, der in der Tür stand. Stumm packte er seine Instrumente ein. Wortlos füllte er den Totenschein aus.

»Hat sie noch etwas gesagt?« Der alte Ginther flüsterte die Frage zum Fenster hinaus.

Sein Sohn trat neben ihn, legte ihm den Arm um die Schultern und mahnte sanft: »Lass gut sein, Vater. Quäl dich nicht.«

Sie hörten Schritte hinter sich, drehten sich um und nahmen Doktor Guttenbergs Beileidserweise entgegen.

Gemeinsam begleiteten sie ihn zur Haustür und dankten ihm für das, was er für die Verstorbene getan hatte, durch all die Jahre hindurch und besonders in jüngster Zeit.

Der alte Schokoladenbaron stieg wieder ins Totenzimmer hinauf.

Gustav Ginther rief die Bediensteten im Wohnzimmer zusammen und teilte ihnen den Tod der Hausherrin mit.

Im selben Augenblick kam Georg herein, ging auf seinen Bruder zu und umarmte ihn. »Ich habe Doktor Guttenberg vor dem Haus getroffen. Ich weiß Bescheid.«

Gemeinsam nahmen die Brüder die Beileidsbekundungen der Diener und Dienstmädchen entgegen. Die meisten reichten ihnen stumm die Hand.

Georg bat den alten Hausdiener, sich in aller Ruhe zu überlegen, was bei einem Todesfall zu tun sei. Der Hausherr sei jedoch aus allen Verpflichtungen herauszuhalten, es sei denn, er wolle es anders.

Zum Mittagessen sollten sich alle im Speisesaal einfinden; er werde mit seiner Frau kommen und Doktor Freudenthal mitbringen. Der Herr Justizrat berate und vertrete die Firma in Rechtsfragen und werde eine gute Hilfe bei allen Überlegungen sein, was nach dem Tod der Patronin zu bedenken sei. Man werde rechtliche und familiäre Fragen klären und absprechen, wer welche Behördengänge machen soll.

Auch Gustav meldete sich und seine Frau zum Mittagessen an.

Die Brüder gingen ins Sterbezimmer hinauf, sagten ihrer Mutter Lebewohl und verabschiedeten sich flüsternd von ihrem Vater, der immer noch reglos und mit starrem Gesicht vor dem offenen Fenster stand.

Sorgenvoll verließ Gustav Ginther das elterliche Haus, schlug den Mantelkragen hoch und band ihn mit dem zweiten Schal fest. Den Hut zog er so tief ins Gesicht, dass er nur den Weg vor sich sehen konnte.

Mit schweren Schritten schleppte er sich durch den schmalen Gang zwischen Dom und Neumünster zur Domstraße. Zerstreut schlurfte er nach Hause, ohne den Blick zu heben.

Erst am Sanderwasen kam er zu sich, erkannte das eigene Haus, blickte zu den Fenstern auf, hinter denen seine Frau auf ihn wartete, und ging weiter zur nahen Adalberokirche.

Die Predigt mit Amt, die täglich um neun Uhr begann, musste soeben geendet haben, denn viele Besucher strömten aus der Kirche.

Er wartete ein paar Schritte vor der Kirche, das Gesicht in den Mantelkragen gezogen und den Blick auf das Straßenpflaster geheftet, bis ihm niemand mehr entgegenkam. Dann nahm er den Hut vom Kopf, betrat das Gotteshaus, setzte sich nahe zum Altar und betete für seine verstorbene Mutter.

März 1909

DEUTSCHES REICH: *Der Bericht der Ansiedlungskommission in Westpreußen und Posen belegt den Misserfolg der »Germanisierungspolitik« des Deutschen Reiches. Entgegen den Erwartungen gelingt es nicht, den polnischen Bevölkerungsanteil durch die Ansiedlung von Deutschen prozentual zu reduzieren* • DEUTSCHES REICH: *Der Staatssekretär des Marineamts, Admiral Alfred von Tirpitz, gibt die deutschen Pläne zur Flottenrüstung bekannt. Die Reichsmarine soll bis 1912 dreizehn moderne Panzerkreuzer erhalten* • PREUSSEN: *Hochwasser an der Weichsel mit starkem Eisgang* • OBERSCHLESIEN: *Die preußische Bohrverwaltung in Schönebeck bohrt zu wissenschaftlichen Zwecken ein 2239,72 m tiefes Bohrloch, um die Temperaturen im Erdinnern zu messen* • BERLIN: *Erstes Sechstagerennen in Europa. Auf der neuen Berliner Radrennbahn in der Ausstellungshalle am Zoologischen Garten kämpfen nach amerikanischem Vorbild und Reglement 15 Mannschaften um den Sieg. Es gewinnt das favorisierte Gespann Moran/MacFarland aus den USA* • SAMOA (DEUTSCHES ÜBERSEEGEBIET): *Demonstrationen der Einheimischen gegen die deutsche Besatzungsmacht. Deutsche Kriegsschiffe kommen zu Hilfe. Die Anführer der Unruhen werden auf die Marianeninseln verbannt* • DÄNEMARK: *Die dänischen Gemeindewahlen erregen ganz Europa. Das neue Wahlrecht gesteht den Frauen aktives und passives Wahlrecht zu. 127 Frauen werden in 85 Ortschaften zu Gemeinderätinnen gewählt* • FRANKREICH: *Achttägiger Streik der französischen Postbeamten, ein »soziales Erdbeben«, das in ganz Europa zu spüren ist und die aufkommende Macht der Ge-*

werkschaften zeigt • ÖSTERREICH-UNGARN: *Die Krise um Serbien weitet sich aus. »Gewitterwolken über Europa«, titeln die Zeitungen. Ein Krieg der Großmächte um die Vorherrschaft auf dem Balkan wird nicht mehr ausgeschlossen* • RUSSLAND: *Die russische Regierung erteilt ihr Einverständnis zur Angliederung Bosnien-Herzegowinas an Österreich-Ungarn* • ITALIEN: *Bei den Parlamentswahlen in Italien erringt die Liberale Partei von Ministerpräsident Giovanni Giolitti 330 der 471 Parlamentssitze* • UNGARN: *Das umstrittene Gesetz, das die Ehen zwischen Katholiken und Nichtkatholiken für ungültig erklärte, wird aufgehoben* • IRLAND: *Die »Titanic« wird in Belfast auf Kiel gelegt* • USA: *William H. Taft wird als 27. Präsident vereidigt* • USA: *20 000 Näherinnen streiken in New York für höheren Lohn. Tausende werden entlassen, doch nach zwei Monaten müssen die Unternehmer nachgeben und die Forderungen erfüllen.*

Montag, 8. März 1909

Gustav Ginther klopfte den Schnee von Hut und Mantel und trat sich die Schuhe auf der Schmutzmatte ab.

»Heute ersaufen wir im Schnee!«, lachte der Pförtner und öffnete dem Bruder seines Chefs die Seitentür am großen Werktor. »So viel Schnee haben wir im März schon lang nicht mehr gehabt.«

Ginther dankte dem einarmigen Mittfünfziger fürs Türaufhalten.

Ginthers Vater hatte Wagner gleich nach dem Siebzigerkrieg eingestellt, in dem der junge Soldat seinen linken Arm verloren hatte. In der Firma war der Pförtner sehr beliebt, weil er pünktlich und voller Lebensfreude war.

»Na, lieber Wagner«, fragte ihn Ginther, »heute Abend geht's wohl wieder ins *Odeon*?«

Der Pförtner blühte sofort auf. »Den Franz Bronner lass ich mir doch nicht entgehen. Wann kriegt man schon mal einen Europameister im Ringen zu sehen?«

»Und mit wem ringt dieser Bronner?«

»Bambula soll er heißen und aus Afrika kommen.«

»Wagner, Wagner!«, lachte Ginther, »Afrika gehört doch nicht zu Europa.«

»Der Bambula soll ein ganz Schwarzer sein. Aber er ringt für England.«

Ein Vierspänner, hoch beladen mit Milchkannen, fuhr scheppernd vor.

Der Pförtner eilte ans Werktor. Grüßend legte er zwei Finger der rechten Hand an seine Schirmmütze und zog einhändig die beiden Eisenflügel zur Seite.

Durch dieses Tor brachten Bahnspediteure Kakaobohnen, Nüsse und Gewürze in großen Jutesäcken. Fuhrleute schafften Rübenzucker aus Schweinfurt und Milch von den umliegenden Molkereien heran.

Durch dasselbe Tor verließen allerlei Süßwaren die Firma. Neumodische Lastkraftwagen tuckerten hinaus. Pferdegespanne rumpelten in Richtung Bahnhof. Die Kartons und Kisten, haushoch aufgetürmt, waren für die Großhändler in Franken und in den angrenzenden Staaten bestimmt. Konditoren und Händler aus Würzburg und Umgebung holten ihre Waren auf Leiterwägelchen selber ab. Einheimische Höckner karrten Schokolade und Bonbons auf Schubkarren zum oberen Markt vor der Marienkapelle. Dort verkauften sie an winzigen Ständen ihre Pfennigware.

Ginther schaute dem Milchwagen nach, passierte die schmale Eisentür und steckte dem Pförtner beiläufig eine Mark zu.

»Aber nicht bloß türkischen Tabak qualmen, Wagner«, ermahnte er den alten Dienstboten.

»Ich dank schön.« Der Pförtner trat dicht an seinen Gönner heran. »Sie sehen heut arg müd aus, verehrter Herr Ginther.«

Der Maler winkte ab.

»Sorgen?«

»Schlafprobleme.«

»Nächste Woche ist Pferdemarkt«, beruhigte ihn Wagner. »Da trink ich zwei Halbe auf Ihr Wohl. Dann schlaf ich immer gut.«

Ginther liebte dieses Tor zur väterlichen Fabrik. Eigentlich war es nur für den Warenverkehr gedacht. Aber es lag für ihn günstiger als die offizielle Besucherpforte. Und es führte ihn zu den Maschinen hin, die aus Kakaobutter, Zucker, Milch, Nüssen und ein paar Gewürzen allerlei Leckereien komponierten. Mit jedem Gang in die Firma betrat er die Wunderwelt der Schokolade.

Die Leute an den Maschinen kannten ihn. Sie grüßten ihn ehrerbietig, wie immer.

Sonst genoss er es, wenn die Arbeiter die Kappen zogen und die Meister und Bürodiener einen Bückling machten. Aber heute hatte er keinen Blick für Menschen und Maschinen.

Unbewusst sog er das Aroma ein, das die Röstpfannen verströmten. Er horchte nicht auf das rhythmische Knacken und Surren der Drillingsmühlen, in denen die Kakaobohnen fein gemahlen und für das Walzen aufgeschlossen wurden.

Er suchte seinen Bruder.

In der ersten Halle blieb er sinnend stehen.

Die Arbeiter warfen ihm scheue Blicke zu. Achtlos schaute er um sich.

Das Walzwerk, das die Bohnen zu Kakaomasse verarbeitete, war ihm egal. Auch die mächtigen Pressen, die das Kakaofett aus der Kakaomasse quetschten und so Kakaopulver und Kakaobutter trennten, ließen ihn kalt. Und für das tiefe, rhythmische Schütteln der Mischbottiche, das er sonst gern hörte, hatte er kein Ohr. Sie drehten sich langsam und verrührten die Kakaobutter mit feinen Zutaten. Er nahm es nicht wahr.

Tief in Gedanken ging er auch durch die zweite Halle.

Er sah nicht, dass ihn der Maschinist am Feinwalzstuhl grüßte. Er hörte nicht das feine Surren der Kalander und das Rattern der Klopf- und Walzapparate. Er spürte nicht die wohlige Wärme, die aus den beheizten Walzen strömte. Und so roch er auch nicht den süßen Duft, der aus der Reibemaschine aufstieg.

Plötzlich fauchte es auf den Gelier- und Kandiertischen. Er erschrak. Mit ohrenbetäubendem Zischen entwich eine Dampfwolke.

Er erwachte und blickte auf. Die Verpackungsmaschinen daneben spuckten Schokoladen und Süßigkeiten in endloser Reihe aus.

Könnte Georg in der kleinen Halle sein?

Dort hielt er sich oft auf und machte Experimente. Alkalisalze lassen sich gut mit Wasser und Milch mischen, hatte er entdeckt.

In heiße Milch eingerührt, ließ sich das Schokopulver mit allerlei Gewürzen verfeinern.

Ginthers Trinkschokolade mit Vanillegeschmack war vor etlichen Jahren prämiert worden. Seit vorletztem Herbst warb die Firma in den Zeitungen und auf Blechschildern für *Ginthers Inkagold,* eine geheime Mischung aus Schokopulver, Vanille und Zimt. *Ginthers Schokobeißer*, gebrannte Mandeln und Nüsse in Kakaopulver und Puderzucker gewälzt, waren auf den fränkischen Jahrmärkten und bei den Konditoreien sehr beliebt.

Gustav Ginther sah sich Hilfe suchend um. Hatte er sich im vereinbarten Termin geirrt?

Vor der neuen Conche, dem Herzstück für feine Schokoladen, blieb er stehen und rieb sich die Augen. Vor seiner Nase lief eine Granitwalze hin und her, her und hin. Stundenlang. Sie verrieb die erhitzte Schokomasse so lange, bis sie als butterweiche, zarte Paste aus der Maschine quoll.

Er beugte sich vor und schnupperte. *Gefüllte Mandelschokolade.* Seine Lieblingssorte. Das Wasser lief ihm im Mund zusammen. Am liebsten wäre er ans andere Ende der Halle gerannt, wo die Paste in Tafelformen eingestrichen und in einem Arbeitsgang gekühlt wurde. Dort gab es immer Schokobruch, der frisch und duftend im Gaumen zerfloss.

Er blieb stehen, schluckte und drehte sich im Kreis.

Ohrenbetäubender Lärm von allen Seiten.

Keine zehn Schritte entfernt stand der Werkmeister an der Gießmaschine, lüftete seine Kappe und grüßte mit einer tiefen Verbeugung.

Gustav Ginther ging zu ihm hin. »Haben Sie meinen Bruder gesehen?«

Der Mann verstand ihn nicht.

Er schrie ihm seine Frage ins Ohr.

Der Meister nickte, drehte sich um die eigene Achse, zuckte die Achseln und legte die Hand an den Mund. »Gerade war er noch hier!«

Osterhasen paradierten in endloser Reihe aus der Gießmaschine. Die Verpackerinnen mühten sich, im Takt der Maschine zu bleiben. Mit flinken Händen kleideten sie die Hasen in Glanzpapier und stellten sie in Kartons.

»Ist die Nachfrage nach Osterhasen groß?«

Der Werkmeister nickte eifrig und legte wieder die Hand an den Mund: »Ostern ... heuer spät! Viele Schokohasen ... wie noch nie!«

»Wo könnte er sein?«

»Im Büro?« Der Blaukittel zuckte erneut die Achseln. »Vielleicht!«

Im selben Augenblick tauchte Georg neben seinem Bruder auf und hielt ihm ein paar Folien unter die Nase.

»Hab ich zur Ansicht kommen lassen«, schrie er, »für unsere besten Pralinen! ... Aus Aluminium! ... Sehr beliebt! ... Aber sehr teuer!«

Er reichte Gustav stirnrunzelnd die Hand und zog ihn in eine ruhigere Ecke. »Die Verpackungen werden immer bunter. Auffallen um jeden Preis! Ein Wettbewerb mit Hauen und Stechen.«

»Willst du darüber mit mir reden?«

Georg nickte.

Gustav packte seinen älteren Bruder am Ärmel. »Dann komm! Hier ist's mir zu laut.«

✧

Der Firmenchef ging voraus und hielt Gustav die Tür auf.

»Trinkst einen Kaffee mit?«

Ohne die Antwort abzuwarten, bat er seine Vorzimmerdame, ihnen Kaffee zu servieren.

»Na, wie geht's, Malermeister?«

Gustav reagierte nicht. Er vertrug sich mit seinem Bruder, auch wenn er sich immer wieder Sticheleien anhören musste. »Ausgeschlafen?« So begrüßte ihn Gustav oft zu Mittag. »Du hast es schöner als meine Katze!« Das hörte er häufig von ihm.

»Danke. Ausgeschlafen. Deine Katze auch?«

Georg lachte gequält.

»Na, na!« Gustav musterte seinen Bruder. Der hatte doch sonst nie Probleme.

Georg machte eine wegwerfende Handbewegung.

»Sorgen? Nöte?«

Keine Antwort.

»Das Geschäft mit den Osterhasen läuft doch gut.«

»Ja«, Georg seufzte, »aber nur, weil Ostern heuer später ist und anders gefeiert wird als früher.«

»Wie ... anders?«

Der Kaffee wurde serviert.

Georg nahm einen Schluck und lehnte sich zurück. Er nahm seinen Bruder in den Blick. »Weißt du noch«, seine Augen hellten sich auf, »wie wir uns früher auf Ostern gefreut haben?«

»Ostereier und Biskuitlamm.« Gustav lachte. »Du hast mir immer den Puderzucker vom Biskuit gepustet.«

»Vorbei, Gustav, alles vorbei!«

»Vorbei? Ostern kommt doch erst.«

Keine schnelle, flapsige Antwort wie sonst. Mit Georg war heute offenbar nicht zu spaßen.

»Noch vor fünf, sechs Jahren waren Biskuitlämmer und Biskuithasen die wichtigsten Osterartikel der Konditoren und Hausfrauen.« Georg rührte nachdenklich in seiner Tasse. »Biskuit, das war früher für alle Hausfrauen und Bäcker der Festtagsteig. Für unsere Mutter auch. Sie hat die Osterhasen in einer Tonform gebacken.«

»Auf dem Kilianimarkt war immer ein Töpfer aus Nürnberg. Bei dem gab's die Formen.«

Georg leckte den Löffel ab und legte ihn auf den Rand der Untertasse. »Du hast mal eine fallen lassen.«

Gustav bedeckte für einen Augenblick seine Augen mit der Hand.

Sein Bruder machte eine wegwerfende Geste. »Vergiss es, Gustav. Alles vorbei!«

Gustav verschränkte die Arme und blickte sinnend ins Leere.

Georg führte die Tasse zum Mund und setzte sie wieder ab, ohne daraus zu trinken. »Im Backofen langsam gebacken und mit Puderzucker, Schaummasse oder Zuckerguss verziert. Das war ein Genuss.«

»Aber viel Arbeit.«

Georg warf den Kopf zurück und ließ seinen Bruder nicht aus den Augen.

»Weißt du's nicht mehr? Mutter hat zu Ostern für jeden im Haus einen Biskuithasen gebacken.«

Der Fabrikant rührte wieder in seiner Tasse. »Seit vorletztem Jahr werden in Unterfranken viermal mehr Schoko- als Biskuithasen verkauft. Die Osterhasen aus Schokolade, Fondant oder Karamellzucker haben die Osterlämmer aus Biskuit verdrängt.«

»Die armen Bäcker.«

»Die reichen Konditoren und Schokofabrikanten.« Georg zuckte die Schultern. »Das ist der Lauf der Zeit.«

Er deutete mit dem Zeigefinger auf seinen Bruder und dann auf sich. »Jedenfalls sind wir auf der Gewinnerseite. Noch!«

»So, so.«

»Doch! Die Hausfrauen und Konditoren gießen die Schokohasen nicht selber. Sie kaufen sie fertig bei uns.« Er holte tief Luft: »Seit wir die neue Gussmaschine haben, können wir Schokofiguren schnell und billig herstellen. In dem Bereich ist unser Umsatz um zwanzig Prozent gestiegen.«

»Warum jammerst du dann? Mit der Firma geht's doch aufwärts, oder nicht?«

»Wie lange noch?« Georg hob warnend die Hand. »Alle Schokoladenfabriken in Deutschland gießen jetzt Figuren.«

»Ach!«

»Hasen mit und ohne Korb, Hasen mit Schubkarren, Hasen auf dem Fahrrad und sogar schon Hasen im Automobil.«

Gustav lachte. Er dachte an die kitschigen Bilderbücher für Kinder. Anfragen von Verlagen, solche Bücher zu illustrieren, hatte er stets abgelehnt.

»Der letzte Schrei sind Schoko- und Fondantküken.«

»Wo drückt dann der Schuh?«

»Lieferengpässe.«

»Zu viele Aufträge?«

»Genau!« Georg räusperte sich, kniff die Lippen zusammen, zog die Brauen hoch und trommelte mit dem rechten Zeigefinger nervös auf den Tisch. Er starrte vor sich hin, irgendwo in einen leeren Raum.

»Dann freu dich doch!« Gustav runzelte die Stirn und forschte im Gesicht seines Bruders.

Georgs Miene verfinsterte sich. »Wir brauchen dringend eine zweite Schokogussmaschine. Sonst müssen wir Aufträge ablehnen.«

»Und was meint Vater dazu?«

»Weißt du doch selber.« Georg sprang auf. »Seit Mutters Tod ist er ein anderer Mensch.« Er legte seinem Bruder im Vorbeigehen die Hand auf die Schulter. »›Mach, was du willst‹, hat er geantwortet, als ich mit ihm über eine zweite Gussmaschine sprechen wollte.«

Gustav nippte kurz an seinem Kaffee, setzte die Tasse wieder ab und lehnte sich auf seinem Stuhl zurück. Von unten her spähte er seinem älteren Bruder, der neben ihm stand, prüfend ins Gesicht.

Georg drehte sich weg, verschränkte die Arme hinterm Rücken und ging in seinem Büro auf und ab. »Stell dir vor, Gustav, es hat ihn nicht interessiert.« Er blieb kurz stehen, schüttelte den Kopf und wiederholte leise: »Es hat ihn nicht mehr interessiert!«

Er setzte sich wieder in Gang, hin und zurück, auf und ab.

Gustav schwieg. Er zählte mit. Hin und her. Und er taxierte die innere Unruhe seines Bruders.

»Vierzig Jahre lang hat es für ihn nur die Fabrik gegeben. Tag und Nacht. Sieben Tage in der Woche. Und jetzt? ›Mach, was du willst. Ich geh auf meine Frühjahrstour!‹«

Er blieb kurz stehen. »Aus! Vorbei!«

Da war es wieder, das Lichtmessgespenst!

Gustav senkte den Kopf und stierte zu Boden. Seit Mutters Tod hatte sich der Vater stark verändert. Der alte Herr lebte nur noch in den Tag hinein. Seine Firma war ihm gleichgültig geworden. Immer öfter, manchmal bis in die grauen Haarspitzen erregt, kündigte er an, er werde diese Tretmühle bald verlassen. Er sehne sich nach einem ruhigen Plätzchen auf der Welt.

Auf und ab, wie ein Uhrwerk.

Gustav hob den Kopf.

Wie ähnlich doch Georg seinem Vater war. »Arbeiten, essen, schlafen, arbeiten. Das soll ein Leben sein?« Der Vater hatte sich kürzlich bitter beklagt. Und resigniert hatte er hinzugefügt: »Wer nur Geld verdient, der hat am Schluss seines Lebens auch nur Geld verdient.«

Georg stellte sich ans Fenster und kehrte seinem Bruder den Rücken zu. Er starrte durch die Glasscheibe in die Werkhalle.

Gustav musterte ihn. Plagten ihn dieselben Ängste und Sorgen? Setzte auch ihm die alte Familiengeschichte zu?

Der Firmenchef blickte reglos aus dem Fenster und schwieg.

Gustav sog hörbar die Luft tief ein. »Schokofiguren? Nicht Schokopulver?« Er atmete durch halb geschlossene Lippen aus.

Georg hatte den Kopf woanders.

»Du willst die Herstellung von Schokolade ausweiten, Georg?«

Keine Antwort.

»Ich dachte, du setzt auf die Trinkschokolade?«

Georg drehte sich abrupt um. »In den letzten Wintern war der Absatz von Trinkschokolade noch so ...« Er wiegte den Kopf. »Die drei letzten Sommer waren grottenschlecht. Kakaopulver wird immer weniger verlangt.«

Er trat einen Schritt zurück und stützte sich, die Hände auf dem Rücken, am Fensterbrett ab. »Die Leute backen nicht mehr so viel wie früher.«

»Wirklich?«

»Wie oft backt denn deine Christine?«

Gustav zuckte die Achseln.

»Glaub's mir. Die Leute backen weniger. Und sie trinken weniger Schokolade. Dafür umso mehr Kaffee.«

Gustav hatte immer noch das Hin und Her im Ohr. Der Rhythmus der Schritte klang in Georgs Worten nach.

»Von März bis Oktober trinkt man prickelnde Brause oder kühle Limonade. An jeder Straßenecke gibt's schon Limonade.«

»Stimmt.«

»In den letzten zwei, drei Jahren haben sich nicht nur die Osterbräuche verändert! Auch die Trinkgewohnheiten!«

Georg hatte sich in Zorn geredet. »Wer trinkt sommers noch Schokolade?«

Er schrie die Frage heraus, verstummte plötzlich, über seinen eigenen Gefühlsausbruch verwundert, und setzte das Hin und Her durch sein Büro fort.

Nach einer Weile blieb er stehen und erklärte ruhig und sachlich: »Kein Bedarf, kein Absatz. Kein Absatz, kein Gewinn.«

Gustav schwieg.

Nach einer kleinen Pause fügte Georg an: »Aber der Verbrauch von Schokolade und Schokoartikeln steigt ins Uferlose. In ganz Deutschland. Allein in den letzten fünf Jahren hat sich der

Absatz von Schokolade in Deutschland verdreifacht.« Er verbesserte sich: »Mindestens verdreifacht!«

Gustav spürte, was seine Augen meldeten und seine Ohren hörten: Georg plagten Zukunftsängste. Er tat ihm leid. Die Last der Firma musste er allein tragen, aber den Gewinn hatte er mit ihm zu teilen. Nicht hälftig, aber immerhin. So hatte es ihr Vater vor ein paar Jahren vertraglich bestimmt.

»Noch legen wir bei der Schokolade zu«, warnte Georg. »Noch!« Er atmete tief durch. »Aber heuer gibt es in Deutschland doppelt so viele Schokoladefabriken wie vor zehn Jahren.«

Sorgenfalten zeigten sich auf dem Gesicht des Jüngeren.

Der Ältere blieb stehen und sah auf seinen Bruder herab. »Die Konkurrenz wird von Monat zu Monat härter.«

Gustav schwieg.

Georg ging wieder auf und ab. »Deutschlands größte Kakaofabrik, die Kakao-Kompanie Theodor Reichardt in Hamburg-Wandsbek, verkauft das Pfund Kakao für eine Mark.« Er machte auf dem Absatz kehrt. »Eine Mark, Gustav! Stell dir das vor!« Er schüttelte heftig den Kopf. »Mit dem Preis können wir nicht mitziehen. Mit Kakaopulver können wir unsere Fabrik nicht über Wasser halten. Und für Schokofiguren haben wir zu geringe Kapazitäten.«

Gustav schien von einer Lähmung befallen zu sein.

Georg starrte auf das Porträt des Seniorchefs, das sein Bruder gemalt und über dem Schreibtisch aufgehängt hatte.

»Wir brauchen dringend neue Schokoprodukte.« Er drehte sich um. »Wir müssen expandieren! Wir müssen uns besser profilieren. Sonst schnappen uns die Großen und die Neuen in unserer Branche die Kunden weg.«

Mit halb geschlossenen Lidern musterte Gustav seinen Bruder. Bei ihm der gleiche wandernde Blick wie bei der Mutter, in dem sich Angst und Stolz mischten. Die gleiche aufgeblähte Nase wie bei ihr, wenn sie etwas unangenehm fand oder sich erregte. Wie bei ihr der schmale Mund, den sie bei ernsten Gesprächen zusammenpresste.

Gustavs Schwung war wie weggeblasen. Der bloße Gedanke an die Mutter lähmte ihn seit Tagen. Die wenigen Worte vor ihrem Tod setzten ihm hart zu. Immer öfter sprang ihn die Angst an, sie habe ihm auf dem Sterbebett ihre Lebenslast aufgebürdet.

Seit vier Wochen wälzte er sich jede Nacht im Bett. Vorwurfsvoll hörte er sie im Halbdämmer fragen: *Gustav, wo ist dein Bruder Gottfried?* Und jeden Morgen erwachte er mit der Erinnerung an die nächtlichen Albträume und jene leichenblasse Szene am Tag nach Lichtmess.

Seit letzter Woche glitten seine Gedanken sogar tagsüber für kurze Augenblicke ins Dunkel. Dann durchlitt er eine verwirrende Tunnelfahrt durch sein Innerstes, die ihn bedrückte.

Seine Umgebung nahm er kaum noch wahr. Die Freude an den ersten Frühlingsblumen und an den satten Gelb- und zarten Rottönen im bunten Grün war dahin. Fremde begann er zu meiden.

Er betrachtete seinen Bruder, studierte sein Mienenspiel, und es fiel ihm heute besonders auf, dass sich auch andere Menschen sorgten und ängstigten. Das erstaunte ihn, denn darauf hatte er bisher nicht geachtet. Georg tat ihm leid.

»Du hörst mir nicht zu, Gustav!« Sein Bruder war plötzlich neben ihm; er hatte ihn an der Schulter berührt.

Gustav erschrak. »Wie kann ich dir helfen?«

»Wir brauchen eine pfiffige Werbung, Gustav! Was können wir besser machen? Zeig's mir! Du bist doch der Künstler!« Und leiser: »Mach dir ein paar Gedanken. Ich bitte dich.«

Montag, 15. März 1909

»Danke, Gustav, dass du dich gleich an die Arbeit gemacht hast. Das hätte ich nicht erwartet, Malermeister.«

Gustav war diese Töne gewöhnt. Er zwang sich, fröhlich zu klingen. »Schau dir das an.«

Er schnürte seine Zeichenmappe auf, die auf dem Tisch des Ateliers lag, entnahm ihr ein paar Papiere und reichte sie wortlos seinem Bruder.

Georg blätterte die Zeichnungen durch. »Ein Hund, eine Katze, eine Kuh, ein Pferd und ein Schaf.«

Gustav blieb stumm.

Georg blinzelte seinen Bruder ratlos an: »Und?«

»Sind die Tiere nicht schön?«

»Kinder werden begeistert sein.«

»Das da«, Gustav nahm Georg ein Skizzenblatt aus der Hand und deutete darauf, »ist ein Yorkshire Terrier. Alle Kinder finden diesen Hund süß und knuddelig.«

Er streckte den Zeichenkarton auf Armlänge von sich und hielt ihn seinem Bruder vors Gesicht. »Jetzt stell dir vor, dieser Hund ist aus Schokolade. Ein süßer kleiner Hund, ganz aus süßer Schokolade.«

Georg schluckte.

»Derselbe Hund, etwas größer, aber innen hohl. Wie ein Osterhase.«

Georg erstarrte.

»Und dann noch viel größer, aber aus Pappmaschee. Vielleicht sogar mit weichem Plüsch beklebt.«

Georg strahlte mit weit aufgerissenen Augen.

Sein Bruder lächelte ihn müde an. »Der besondere Pfiff!« Gustav hob den Zeigefinger. »Wenn man dem Terrier den Kopf abnimmt, findet man darin feinste Bonbons oder Schokopralinen.«

Georg fielen die Augen aus dem Kopf. »Gustav, Gustav!«, stammelte er.

»Die beliebtesten Tiere aus Schokolade oder als Verpackung für unsere besten Pralinen und Bonbons. Wär doch mal was Neues.«

»Ich rufe gleich bei Richard Schumacher in Nürnberg an. Er beliefert uns mit Pappen und Kartonagen. Vielleicht kann er Pappfiguren machen.«

Gustav war erleichtert. Georg war ein kritischer Geist und nicht leicht zu überzeugen. Meist wollte er viel wissen, bevor er eine Entscheidung traf.

»Ich möchte dir noch etwas zeigen, Georg.«

»Lass sehen, großer Meister.« Sein Bruder war heute redselig und entspannt.

Aha! Erst Malermeister, jetzt großer Meister. Eine Beförderung. Spricht für seine Zufriedenheit.

Matt, aber zufrieden zog Gustav drei Skizzen aus der Mappe. »Der Schokohappen zwischendurch. Wie wär das?«

Sein Bruder traute seinen Ohren nicht. »Schokohappen?«

»Nur vier, fünf Rippchen zum Runterbeißen.«

»Und warum drei Skizzen?«

»Schau selbst!« Er warf die Blätter auf den Tisch. »Drei Riegel, drei Skizzen.«

Georg grinste. »Oho!«

Gustav holte tief Luft. »Milchschokolade für Kinder. Zartbitterschokolade für den Herrn. Gefüllte Vollmilchschokolade für die Dame.«

Georg beugte sich über die kolorierten Zeichnungen. »Namen hast du Dir ja auch schon ausgedacht!«

»Einen Namen, Georg, einen Namen für alle drei. *Ginthers Lebenslust.*«

»Donnerwetter!«

»Keine Kritik?«

»Der kleine Schokoriegel mit dem großen Geschmack«, las Georg von der Zeichnung ab. »Gefällt mir!«

»Hat sich ein Kind eine kleine Belohnung verdient? *Ginthers Lebenslust* in Vollmilch. Gelüstet's die Dame nach etwas Süßem zwischendurch? Locker gefüllte *Lebenslust.* Möchte der Herr einen kleinen Appetithappen am Schreibtisch oder zum Kaffee? *Lebenslust* in Zartbitter.«

»Naschen ohne Zeitverlust? Greif zu *Ginthers Lebenslust*«, reimte Georg. »Meinst du es so?« Er lachte seinen Bruder an.

»Damit kann man Naschkatzen füttern und die Sammelleidenschaft fördern.«

»Fehlt bloß noch, Gustav, dass du den Schokoriegel auf Rezept einführen willst.«

»Du hast nicht zugehört, Georg.«

Der Schokoladenfabrikant zuckte zusammen, Erstaunen im Blick und Verwunderung im Gesicht.

»Sammelleidenschaft! Hörst du? Sammelbildchen auf den Riegeln, Georg. Jeden Monat ein anderes.«

Georg staunte seinen Bruder mit offenem Mund an.

»Märchen- und Tierbilder gefallen allen Kindern. Du wirst sehen, viele wollen die Bildchen sammeln. Einen Riegel im Monat, den gönnen alle Eltern und Großeltern ihren Kleinen.«

»Und was sollen wir auf die Damen- und Herrenriegel drucken?«

»Weiß ich noch nicht. Vielleicht Blumen für die Damen.«

Gustav zuckte die Achseln. »Und exklusive Sportarten für die Herren. Stierkampf, Rudern, Fußball, Boxen, Radfahren oder so.«

»Gustav, Gustav, du bist der Größte.« Georg lachte seinen Bruder befreit an.

»Die Idee mit den Bildchen ist aber nicht von mir.«

Georg hob abwehrend die Hände.

»Schmidt in Mainbernheim verkauft seine *Bären-Lebkuchen* schon seit Jahren mit Sammelbildern.«

»Trotzdem! Darauf muss man erst kommen. Außerdem, so denke ich, sind nur die Bildchen geschützt, nicht die Idee, damit zu werben. Dafür gibt's bestimmt keinen Gebrauchsschutz.«

Gustav zog die Achseln hoch. »Weiß ich nicht. Musst du mit Doktor Freudenthal besprechen.«

Georg strahlte. »Das schlägt auf dem Schokomarkt ein wie eine Bombe. Danke!«

Gustav saß matt und abgespannt am Tisch, mit hängenden Schultern und herabgezogenen Mundwinkeln.

»Ist was, Gustav? Freu dich doch.«

Sein Bruder zuckte die Achseln.

»Alles in Ordnung?«

Gustav schwieg.

Georg kniff ein Auge zusammen und machte mit Daumen und Zeigefinger die Geste des Geldzählens. »Keine Aufträge mehr?«

»Doch, doch.« Gustav winkte ab. »Eher zu viele.«

»Was fehlt dir dann?«

»Seit Mutters Tod schlafe ich schlecht.«

»Sorgen?«

Gustav schüttelte den Kopf.

»Nöte?«

Gustav zuckte mit den Achseln.

»Was dann? Bist du krank?«

»Unruhige Träume. Ich liege die halbe Nacht wach.«

»Dann geh zu Doktor Guttenberg.«

»Spinnst du?«

»Na, hör mal!«

»Zum Nervenarzt?« Gustav glotzte seinen Bruder entsetzt an.

»Dann mach ein paar Tage Urlaub. Fahr irgendwo hin, wo du auf andere Gedanken kommst.«

»Du meinst, die schlechten Träume bleiben in Würzburg, wenn ich verreise?«

»Was für schlechte Träume denn?«

»Über Gottfrieds Tod.«

»Gustav, jetzt hör aber auf! Das ist doch schon vierzig Jahre her.«

»Für mich nicht. Ich hab immer das Gefühl, ich bin ohne Gottfried nur ein halber Mensch.«

»Zugegeben! Gleiches Aussehen, gleiche Frisur und gleiche Kleidung. Aber sonst wart ihr doch sehr verschieden.«

»Sagst du. Mutter hat uns immer nur als Tandem gesehen.«

»Ich kann das besser beurteilen als du. Immerhin bin ich ein paar Jahre älter. Ich sehe dich und Gottfried in euren Kadettenuniformen vor mir, als wär's gestern.«

Gustav lachte gequält auf. »Nicht nur gleiche Anzüge, Georg. Wir waren in allem gleich. Gottfried war ich, und ich war Gottfried.«

»Das bildest du dir ein, Gustav. Du warst von Anfang an der Innenminister. Und Gottfried war der Außenminister. Du warst zurückhaltend und vorsichtig. Gottfried war rastlos und musste immer alles ausprobieren. Gottfried hatte immer ein Guttaperchapflaster am Kopf und eine Schürfwunde an den Händen.«

»Stimmt«, Gustavs Gesicht verzog sich schmerzlich, »manchmal wünsch ich mir, ich könnte mehr aus mir rausgehen.«

»Ach was! Du schaffst das.«

Dienstag, 16. März 1909

Vor dem Abendessen klingelte es an der Wohnungstür am Exerzierplatz. Frau Ginther öffnete, hörte sich an, was der Unbekannte vorbrachte und ging ihm in die Wohnstube voraus.

»Gustav, der Herr ist von der Kriminalpolizei. Er möchte dich etwas fragen.«

Der Hausherr erhob sich und half dem Beamten aus dem Mantel. Er gab das Kleidungsstück seiner Frau und bat den Besucher, Platz zu nehmen. Er selbst setzte sich neben den Fremden.

»Herr Ginther, ich komme wegen der Vermisstensache in Ihrer Familie.«

Gustav Ginther erhob sich seufzend, holte zwei Gläser und schenkte ungefragt dem Besucher und sich Branntwein ein.

»Auf Ihr Wohl«, prostete er dem Besucher zu, »diese Vergangenheit lässt mich wohl nie mehr los.« Er leerte das Glas in einem Zug und setzte sich wieder.

Der Beamte nippte anstandshalber an seinem Branntwein. »Ich bedaure, wenn Ihnen mein Besuch ungelegen ist. Soll ich ein andermal wiederkommen?«

»Nein, nein. Einmal muss Schluss sein.«

»Das meint auch Ihr Herr Vater. Wie Sie wissen, ist er mit meinem Chef gut bekannt.«

Ginther nickte versonnen vor sich hin und wiegte den Kopf.

»Mein Chef schlägt vor, die Akte Gottfried Ginther endlich zu schließen. Ihr Vater hat schon vor etlichen Jahren zugestimmt.«

»Davon weiß ich nichts.«

»Ihr Vater hat sein Einverständnis schriftlich bei der Polizei hinterlegt. Die ewige Fragerei bringe nichts außer Kummer und Leid, hat Ihr Vater gemeint.«

»Und warum hat man's dann nicht so gemacht?«

»Ihre Mutter war strikt dagegen. Bis zu ihrem Tod hat sie befürchtet, Ihr Bruder könnte Opfer eines Verbrechens geworden und längst tot sein. Aber genauso oft ging sie von einer Entführung aus und hoffte, er werde irgendwo gegen seinen Willen festgehalten.«

Ginther stützte seine Wange in die linke Hand und schloss die Augen. Noch mit ihren allerletzten Worten hatte sie sich an die Vorstellung geklammert, ihren verschwundenen Sohn noch einmal zu sehen. Und jetzt sollte er entscheiden, ob man die Suche nach Gottfried einstellt oder fortsetzt?

»Mein Chef lässt fragen, ob wir die Suche beenden dürfen und Ihren Bruder offiziell für tot erklären sollen.«

»Wenn es nach mir ginge, dann würde ich die Sache lieber heute als morgen beenden. Aber ...«, Ginther stand erneut auf, trat vors Fenster und schaute nachdenklich in die Abendsonne hinaus.

Der Polizist schwieg und beobachtete ihn.

»Mir geht meine Mutter nicht aus dem Kopf. Sie hat sich nur noch für die Schicksalsfrage unserer Familie interessiert: Was ist im Februar 1868 wirklich passiert?« Ginther drehte sich um und sah dem Besucher in die Augen. »Verstehen Sie das?«

»Deshalb komme ich zu Ihnen. Wir von der Polizei werden Ihren Bruder nur für tot erklären, wenn auch Sie zustimmen.«

»Ist die Polizei bei der Aufklärung des Falles in den letzten vierzig Jahren irgendwie vorangekommen?«

»Keine Spur. Kein Hinweis. Nichts.«

»Und warum haben Sie dann den Vorgang nicht längst abgeschlossen?«

»Mord verjährt nie, Herr Ginther. Das Verschwinden Ihres Bruders kann doch nur drei Gründe haben: Mord, Entführung oder Unfall. Weil wir Mord nicht ausschließen können, werden wir den Fall von uns aus nicht abschließen. Es sei denn, Sie wollen es.«

»Und was spricht für Mord?«

»Eigentlich nicht mehr und nicht weniger als für Entführung oder Unfall. Wir wissen doch nur das, was das Kindermädchen ausgesagt hat. Sie ging mit Ihnen und Ihrem Zwillingsbruder am Mainkai spazieren, etwa dort, wo jetzt die Löwenbrücke steht. Ein paar Fußgänger waren unterwegs und drei oder vier Droschken standen oder fuhren in der Nähe. Es war kalt und alle Menschen waren mit Mänteln, Mützen und Schals vermummt. ›Die beiden Buben liefen auf der Uferstraße auf und ab‹, beteuerte das Mädchen, ›mal zusammen, mal der eine in diese und der andere in jene Richtung‹. Und plötzlich sei nur noch ein Kind dagewesen. Sie!«

»Und das Dienstmädchen?«

»Glauben Sie mir, es war unschuldig. Ihre Mutter hat es zwar sofort verdächtigt und noch am gleichen Tag mit Schimpf und Schande aus dem Haus gejagt. Aber das Mädchen hatte keine Verbindung zu fremden Männern und pflegte keine Freundschaften. Das haben wir immer und immer wieder überprüft. Sie hat nie geheiratet und blieb arm wie eine Kirchenmaus. Wir haben sie jahrelang observiert. Sie ist übrigens verhärmt und verarmt schon vor vielen Jahren gestorben.«

»Wenn's kein Mord war, was dann?«

»Ein kleines Kind, das ins Wasser fällt, wird normalerweise irgendwo angetrieben, am Ufer oder an einem Wehr. Es treibt im Wasser und geht selten unter. Eigentlich hätte man es an Land finden müssen. Oder im Wasser treibend, denn ständig sind Schiffer und Fischer auf dem Main unterwegs, vergessen Sie das nicht. Wir haben damals alle, die auf und am Main zu tun hatten, mehrmals befragt. Kein Hinweis! Und heute ist es zu spät, neue Spuren zu finden.«

»Dann gehen Sie von einer Entführung aus?«

»Dafür gibt es erst recht keine Anhaltspunkte. Das Dienstmädchen hatte keine Komplizen. Allein hätte sie Ihren Bruder nicht verstecken und versorgen können. Erpresserbriefe gab es nicht. Jeder hätte Ihren Bruder erkannt, weil alle Zeitungen in der Umgebung über das Verschwinden des Kindes berichteten und eine Beschreibung Ihres Bruders veröffentlichten.«

»Und Kindesraub? Schließen Sie den auch aus?«

»Wie soll man ein fremdes Kind großziehen, wenn man keine Papiere hat. Spätestens, wenn es zur Schule muss oder zur Kommunion, werden Papiere verlangt, zumindest Geburts- und Taufurkunde. Nein, eine Entführung schließen wir völlig aus.«

»Wenn die Polizei schon nichts Genaues weiß, was glauben denn Sie persönlich?«

»Ich weiß nicht mehr als Sie. Seit ich bei der Würzburger Kriminalpolizei bin, habe ich mich alle drei Jahre routinemäßig mit der Sache befassen müssen. Normalerweise hätten wir den Fall längst zu den Akten gelegt. Aber Ihre Mutter war ja bekannt und beliebt in der ganzen Stadt. Sie hat darauf beharrt, die Suche nach den Verbrechern, wie sie immer betonte, nicht einzustellen.«

Ginther sah ihn traurig an und fuhr sich übers Gesicht.

»Letztlich stehen nur zwei Punkte fest, Herr Ginther: Ein Kind ist verschwunden, und es hat nie eine Leiche gegeben. Und trotzdem glaube ich nicht an einen Mord.«

»Warum?« Ginther blickte verwundert und neugierig seinen Besucher an.

»Wer soll den Mord begangen haben? Das Mädchen war's

ganz gewiss nicht.« Der Polizist wischte mit einer schnellen Handbewegung jeden möglichen Einwand beiseite. »Bedenken Sie, Herr Ginther, ein Mord macht doch nur dann einen Sinn, wenn der Tod Ihres Bruders jemandem einen Vorteil verschafft hätte. Können Sie sich irgendeinen Menschen vorstellen, dem der Tod Ihres Bruders genützt hätte?«

Ginther schüttelte den Kopf.

»Die Polizei hat alle Verwandten, Bekannten und Bediensteten Ihrer Familie und alle Umstände an jenem Katastrophentag ins Kalkül gezogen. Glauben Sie mir, es gibt niemanden, dem das Kind im Weg war oder der aus seinem Tod hätte Kapital schlagen können.«

Christine Ginther öffnete leise die Zimmertür und fragte ihren Mann, ob sie seinem Besucher und ihm einen Kaffee anbieten dürfe.

Der Polizist schüttelte den Kopf.

Ginther erklärte seiner Frau, dass sein Vater bei der Polizei beantragt habe, die Suche nach Gottfried einzustellen. Und jetzt solle auch er zustimmen. »Wir überlegen gerade, was im Februar 1868 geschehen sein könnte. Bleib da, Christine, und hör mit.«

Christine Ginther setzte sich schweigend auf die Couch.

»Man tötet keinen anderen Menschen ohne Grund«, beharrte der Polizist auf seiner Meinung. »Das sagt mir meine Berufserfahrung. Nein, ich sehe keinen Grund für einen Mord. Außerdem: Wie soll der Mord geschehen sein?«

Der Polizist drehte sich zur Hausherrin hin, weil die ihn unverwandt anstarrte. »Ich kann mir nicht vorstellen, wie man ein Kind in ein paar Sekunden geräuschlos umbringen und verschwinden lassen kann. Da waren doch Menschen in der Nähe. Wie sollte das passiert sein? Kein Schuss, keine Tatwaffe, kein Kindergeschrei. Nichts! Und kein Mensch ist von der Stelle am Mainkai weggerannt. Ihr Kindermädchen hat doch sofort Zeter und Mordio geschrieben. Alle Leute sind zusammengelaufen, die in der Nähe waren. Von allen haben wir Zeugenaussagen. Ich erlaube mir, Ihrer verstorbenen Frau Mutter zu widersprechen. Nein, kein Mord.«

Ginther warf seiner Frau einen unruhigen Blick zu und wandte sich dann an den Besucher: »Ihre Schlussfolgerung?«

»Ich glaube, es war ein Unfall. Ihr Bruder ist in den Main gefallen. Vielleicht ist er gestolpert, vielleicht hat ihn jemand geschubst.«

»Wer?« Ginther stierte den Besucher mit weit aufgerissenen Augen an. »Sie meinen …«

»Wahrscheinlich ist Ihr Bruder gleich mit dem Kopf unter Wasser geraten.« Der Polizist blickte Ginther für den Bruchteil einer Sekunde prüfend in die Augen. »Deshalb konnte er nicht mehr schreien.«

Ginthers Gesicht verdunkelte sich. Er war entsetzt.

»Irgendwie und irgendwo hat sich sein kleiner Körper unter Wasser so verfangen, dass er nicht auftauchen konnte. Vergessen Sie nicht, Herr Ginther, der Main hatte damals Hochwasser. Also ist die Kinderleiche vermutlich viele Kilometer flussabwärts im Treibholz mitgeschwommen. Später hat sie der Main an einer seichten Stelle unter Treibgut und Schlamm begraben.«

»Mach Schluss, Gustav«, bat die Hausherrin, »dein Vater hat recht. Man muss endlich mit der Fragerei aufhören. Wir haben das schon hundert Mal durchgekaut.« Ärgerlich fügte sie an: »Kein Hinweis auf einen Mord. Kein Erpresserbrief. Dem Dienstmädchen hat man das Leben versaut. Deine Mutter hat vierzig Jahre lang keine Ruhe gefunden und sich damit ins Grab gebracht. Glaubst du, ich habe nicht bemerkt, dass du auch schon anfängst, dich in die Sache hineinzusteigern? Willst du da weitermachen, wo deine Mutter aufgehört hat? Gustav, komm zur Vernunft!«

»Ein Unfall ist die wahrscheinlichste Lösung des Falles«, fasste der Polizist seine Meinung zusammen. »Und bei Unfall dürfen wir die Akte Gottfried Ginther endlich auch rechtlich schließen.«

Ginther erhob sich wortlos, verließ das Zimmer und kehrte kurz darauf mit Papier und Schreibzeug zurück.

»Reicht ein Satz?«

Der Polizist nickte.

Im Stehen schrieb Ginther: »Hiermit beantrage ich, Gustav Ginther, Kunstmaler, wohnhaft in Würzburg, Am Exerzierplatz 4, die Suche nach meinem Bruder Gottfried Ginther, vermisst seit dem 3. Februar 1868, einzustellen und ihn für tot zu erklären, weil er nach menschlichem Ermessen durch einen Unglücksfall im Main ertrunken ist.«

Er legte das Papier wortlos vor den Polizisten auf den Tisch. Der hob es auf, las es und nickte.

Ginther nahm das Schriftstück wieder an sich und unterzeichnete es im Stehen.

Mittwoch, 24. März 1909

Nach dem Abendbrot zog sich Gustav Ginther in den fünften Stock zurück. Dort lag in der Dachschräge sein Malstudio.

Er war hundemüde. Wie so oft in letzter Zeit hatte er sich schlaflos im Bett gewälzt. Und wenn ihm endlich vor Erschöpfung die Augen zufielen, dann sah er im Traum, wie sein kleiner Bruder in den Main stürzte. Den kleinen Mund zum Schreien weit aufgerissen, war doch kein Ton zu hören. Zu plötzlich kam der Sturz. Oder war es ein Stoß? Die Augen vor Entsetzen geweitet und fragend auf ihn gerichtet: Warum hast du das getan, Gustav? Immer und immer wieder durchzuckten diese Bilder seinen zerrissenen Schlaf. Er hörte den tosenden Main und roch das aufgewühlte Wasser, sah das Treibholz und den um sein Leben kämpfenden Bruder. Und jedes Mal schreckte er hoch, spürte sein Herz rasen, fühlte den prüfenden Blick des Polizisten und war hellwach.

Max kletterte, den schweren Pastellkasten aus Holz unterm Arm, seinem Vater die steilen Stufen hinterher.

Das Atelier war um diese Uhrzeit noch vom Sonnenlicht durchflutet. Es war ein Eckzimmer und hatte an den anstoßenden Außenwänden große Fenster, die bis zum Boden reichten.

Genau im Winkel zwischen den beiden Glaswänden stand ein hölzerner Lehnstuhl. Davor ragte die große Staffelei auf, so geschickt platziert, dass Licht von zwei Seiten auf die Malpappe fiel.

Auf dem Karton, mit mineralischem Gesso grundiert, war ein Gemälde mit hellgelber Pastellkreide und ein paar farbigen Schraffuren vorgezeichnet: Ein alter Fischer steht in seinem Boot und angelt. Hinter ihm sitzt seine Frau; auch sie hält eine Angel in der Hand. Beide tragen Strohhüte, deren Gelb gut mit dem Blaugrau des Mains und dem Hellblau am Horizont kontrastiert. Der Himmel, der sich über der Landschaft spannt, ist bereits fertig ausgemalt.

Den schmalen Zwischenraum zwischen linkem Fenster und Staffelei füllte ein Kasten mit zehn Schubladen. Darin bewahrte Ginther seine Pastellkreiden auf, peinlich genau nach Farben sortiert. Im obersten Schubfach die weißen, grauen und schwarzen Töne. Dann jeweils zwei Schuber für die gelben, roten, blauen und grünen Kreiden. Und in der untersten Lade waren die braunen Farben aufgereiht, vom hellsten Ocker über verschiedene gebrannte Erden bis hin zum dunkelsten Vandyckbraun, das fast schon schwarz war.

Saß Ginther in der gläsernen Ecke vor seiner Staffelei, dann schützte ihn das Mobiliar vor den neugierigen Blicken der Eintretenden.

Kam jemand ins Atelier, so verhielt er sich ganz still und beobachtete den Besucher durchs Gestänge seiner Staffelei hindurch. Dann entschied er, ob und wie er dem Gast begegnen wollte. Manchmal tat er, als habe er den Eindringling nicht bemerkt, und hoffte, er bleibe unentdeckt. Zuweilen räusperte er sich und grinste schadenfroh, wenn der Besucher erschrak. Meist ging er freundlich grüßend auf den Gast zu.

Die Staffelei berührte die Zimmerdecke und passte nur in den Raum, weil die mittlere Trägerschiene der Bildhalterung schräg gestellt war. Der Bildträger, auf dem der Malkarton befestigt war, ließ sich in der Höhe verstellen. So erreichte Ginther, ohne sich zu verrenken, alle Ecken des Bildes, das Kreidestrich für Kreidestrich aus dem Malgrund herauswuchs. Die Staffelei und der Boden darunter waren mit feinen Farbpigmenten bestäubt, die herabrieselten, wenn er die Kreiden aufstrich oder sie mit der Fingerkuppe verrieb.

An den beiden tapezierten Innenwänden des Ateliers hingen die neuesten Gemälde, alle unter Glas und mit dickem Passepartout gerahmt. So lag das Glas nicht auf den verwischbaren Farben auf. Aus einem Holzkasten, der zur Zimmerdecke hin offen war, ragten viele Bilder heraus, mit Leimwasser bedampft und vollständig gerahmt. Das schützte sie vor Abrieb.

Der Staffelei gegenüber stand ein Schrank, der unten zwei große Schubfächer hatte. Neben der Zimmertüre lehnten allerlei Malgründe an der Wand: Tonpapiere in verschiedenen Farben, unterschiedlich große und dicke Malpappen und malfertige Leinwände.

»Wo soll ich mich hinsetzen, Papa?«

»Die kleine Staffelei auf dem Tisch ist für dich. Du kannst dir die elektrische Deckenlampe herunterziehen.«

»Papa«, Max setzte sich an den Tisch, »was soll ich zuerst machen?«

»Das weißt du doch.«

»Grundieren?«

Der Kunstmaler nickte.

Max sprang auf und beugte sich über die Papiere und Pappen hinter der Ateliertüre.

»Welchen Malgrund, Papa?«

»Nimm einen Karton.«

»Warum heute Karton und nicht Papier?«

»Du willst doch ein Auto oder eine Eisenbahn malen, oder?«

Max runzelte die Stirn. »Muss der Malgrund zum Bild passen, Papa?«

Ginther lächelte. »Der Malgrund muss zur Maltechnik passen, Max.«

Er ging zur Tür und zog zielsicher einen dicken, grauen Karton aus dem Stapel heraus.

»Wenn man viele Farbschichten übereinanderlegt, dann braucht man einen festen Malgrund.«

Er stellte die Pappe auf die Tischstaffelei.

»Tonpapier kann sich aufrubbeln oder löchrig werden, wenn du mit den Pastellstiften öfter über dieselbe Stelle reibst.«

»Und jetzt, Papa?«

»Zuerst mit Gesso grundieren. Kennst du doch.« Ginther setzte sich wieder hinter seine Staffelei.

Max nickte eilfertig.

»Von gestern ist noch frisches Gesso da. Es steht im Schrank in einem Glas. Gut aufrühren. Nicht vergessen!«

Max folgte der Anweisung, setzte sich an den Tisch und öffnete das Einweckglas mit der dickflüssigen Kreidefarbe. Mit einem alten Holzlöffel rührte er die zähe Masse so lange um, bis sie durchgängig weiß und sämig war.

»Gleichmäßig und deckend grundieren, Max. Den ganzen Karton.«

✧

Max stellte sich hinter seinen Vater und schaute ihm über die Schulter.

»Papa, was malst du da?«

»Einen alten Mainfischer mit seiner Frau.«

»Sonst malst du aber andere Bilder.«

»Du meinst, die Geschichte von Kain und Abel?«

»Die hast du schon oft gemalt.«

»Aber jedes Bild ist anders.«

»Sagen deshalb manche Leute *Kainsmaler* zu dir?«

»Wer zum Beispiel?«

»Der Herr Wegmann.«

»Der Buchhändler im Erdgeschoss?«

»Ja. Und der Doktor Boegler.«

»So, so, der Herr Generalarzt.«

Max nickte.

»Aha.«

Max dachte ein Weilchen nach. »Kainsmaler, das ist ein komisches Wort, Papa.«

Ginther lachte kurz auf. »Kennst du die Geschichte von Kain und Abel?«

Max schüttelte betrübt den Kopf.

»Kennst du wenigstens die Geschichte von Adam und Eva?«

Der Junge nickte ernst. »Die aus dem Paradies vertrieben wurden?«

»Adam und Eva bekamen, nachdem sie das Paradies verlassen hatten, zwei Söhne. Der ältere hieß Kain und war Bauer. Und der jüngere hieß Abel, er war Schäfer. Beide wollten Gott ein Opfer bringen, doch Gott nahm nur Abels Opfer an. Kain wurde wütend und erschlug seinen Bruder Abel.«

Max ging mit den Augen auf dem Gemälde spazieren, an dem sein Vater arbeitete. Dann bemerkte er wie beiläufig: »Und was wollte der Polizist neulich von dir?«

»Die Polizei möchte nicht mehr nach meinem vermissten Zwillingsbruder suchen.«

»Hast du am Tod deines Bruders Schuld?«

Erschrocken ließ Ginther die Hand sinken. »Wie kommst du darauf?«

»Weil du für die Leute der Kainsmaler bist.«

Der Maler vertiefte sich wieder in sein Bild und holte weiter aus: »In der biblischen Geschichte ist es so. Kain erschlägt seinen Bruder Abel, heiratet und bekommt Kinder. Bei mir ist es anders. Mein Bruder Gottfried stirbt durch ein Unglück, und ich bleibe am Leben.«

»Und du hast geheiratet und hast Kinder.«

»Richtig.«

»Aber dann bist du doch wie der Kain.«

»Ich bin nicht Kain!« Ginther brauste auf, erschrak und verstummte.

Max musterte ihn mit großen Augen.

Nach einer kleinen Pause klärte ihn sein Vater ganz ruhig auf: »Meine Geschichte ist ganz anders. Niemand hat Gottfried getötet. Er ist verunglückt. In den Main gefallen und ertrunken, hörst du?«

»Dann heißen dich die Leute den Kainsmaler, weil du oft die Geschichte von Kain und Abel malst. Und weil du traurig bist, dass dein Bruder ertrunken ist?«

»Mh.«

»Malst du wieder so ein Kainsmalerbild?«

Der Maler zuckte zusammen. »Wie kommst du darauf?«

»Weil die Fischersleute mitten auf dem Main im Boot sitzen. Auf dem einen Ufer arbeitet Kain auf dem Feld, und auf dem anderen tränkt Abel die Schafe.«

Gustav Ginther warf seinem Sohn einen verstohlenen Blick zu.

»Dann ist Abel ja gar nicht tot.« Max dachte ein Weilchen nach. »Möchtest du, dass es so ist?«

»Du bist ein kluges Kerlchen.« Ginther rieb mit dem Daumen ein helles Ultramarinblau in den gemalten Fluss, bis er samtig glänzte.

»Und warum sagt man Kain und Abel?«

»Wie meinst du das?«

»Nach dem ABC muss es doch Abel und Kain heißen. Und nicht andersrum.«

»Kain war der erstgeborene Sohn.« Ginther strich noch etwas blaue Farbe auf dieselbe Stelle. »Früher galt der älteste Sohn mehr als alle nachgeborenen Kinder.«

»Und wenn dein Bruder gar nicht im Main ertrunken ist?«

»Sondern?«

»Von Räubern entführt wurde?« Max lächelte seinen Vater listig an. »Und wenn er plötzlich vor unserer Haustür stehen würde?«

»Deine Fantasie geht mit dir durch.«

»Aber auf deinen Bildern lebt er doch auch, Papa«, beharrte Max. »Würdest du ihn erkennen?«

»Wahrscheinlich nicht.«

»Weil er verkleidet wäre?«

»Nein, vielleicht hätte er einen Bauch oder einen langen Bart oder eine Glatze.«

»Oder er hätte auch so ein Kainsmal auf der linken Wange. Genau wie du.«

»Glaub ich nicht.«

Max kicherte. »Wäre doch lustig, Papa, wenn er zu uns kommt, und du erkennst ihn nicht.«

Der Maler machte eine wegwerfende Handbewegung. »Wie steht's mit deiner Grundierung?«

Sein Sohn eilte an seine Staffelei. »Ist schon trocken.«

»Fahr mal sanft mit den Fingerspitzen drüber.«

»Fühlt sich nicht mehr feucht an.«

»Das Gesso braucht lang, bis es abriebfest ist. Aber zum Vorzeichnen ist's bald trocken genug.«

»Och Papa! Ich will nicht mehr warten.«

»Was möchtest du denn malen?«

»Onkel Georg als Rennfahrer, wie er aus seinem Auto schaut und die Landschaft vorbeiflitzen sieht.«

»Wie bei der Prinz-Heinrich-Fahrt?«

»Mh.«

»Hast du schon die Farben ausgewählt?«

Max öffnete seinen Pastellkoffer.

»Dann leg los. Wenn das Gesso noch feucht ist, haftet die Kreide besonders gut.«

»Ich nehme eine helle Kreide zum Vorzeichnen, Papa, genau wie du.«

Mittwoch, 31. März 1909

»Und jetzt, Gustav? Noch weiter den Main abwärts?« Christine fixierte ihren Mann und kontrollierte seine Mimik. »Wann gestehst du dir endlich ein, dass du deinen Bruder nicht finden wirst.«

»Weiter fahren wir nicht.«

»Was ist hier in Wertheim anders als in Gemünden, Lohr oder Marktheidenfeld?«

»Hier in Wertheim ist der Main breit und kräftig. Hier spült er keine Kinderleiche an Land.«

»Deshalb hast du die ganze Fahrt unternommen? Hast du im Ernst geglaubt, du könntest nach vierzig Jahren noch eine Spur von einem toten Kind finden?«

»Nein, Christine, aber ich wollte mit meinen eigenen Augen sehen, ob der Kriminalbeamte recht hat.«

»Und?«

»Hat er. Von Würzburg bis Zellingen verläuft der Main ziemlich gerade. Wenn Gottfried ins Wasser gefallen ist, dann hat ihn das Hochwasser bis Zellingen mitgerissen. Wahrscheinlich sogar über Karlstadt hinaus. Aber dann hat der Main viele Biegungen und Schleifen, wo sich Schwemmgut ansammelt. Du hast es ja selbst gesehen.«

»Du meinst also, dass dein Bruder ...«

»... irgendwo zwischen Karlstadt und Wertheim angeschwemmt worden ist. Ja, das meine ich, Christine.«

»Und jetzt?«

Gustav Ginther deutete mit ausgestrecktem Arm mainabwärts. »Lass uns noch bis dorthin gehen. Dort mündet die Tauber in den Main.«

»Wozu?«

»Einfach nur gucken. Unsere alte Heimat anschauen.«

Sie sah ihn fragend an.

»Keine Heimatgefühle, Christine?«

»Würzburg ist jetzt unser Zuhause.«

»War doch schön, die Zeit. Du wohntest in Lauda, und ich war im Taubertal auf Wanderschaft. Landschaften hab ich gemalt, Christine, Landschaften! Weißt du es noch? Mit großem

Schwung und schnellem Pinsel. Und viele Porträts. Die hab ich gleich an Ort und Stelle verkauft, weil das Fotografieren auf den Dörfern noch nicht in Mode war. Die Tauber aufwärts, von Mergentheim über Weikersheim und Creglingen bis hinauf nach Rothenburg, hab ich viele Bilder verkauft. Wunderschöne Landschaftsbilder.«

»Und damals war dir das Schicksal deines Bruders gleichgültig?«

Ginther schüttelte den Kopf und setzte sich genau an der Stelle auf die Uferböschung, an der sich die kleine, schmächtige Tauber dem breiten, kräftigen Main hingab. Sinnend tastete sein Blick die Tauber hinauf, an den Altstadthäusern vorbei und über die Bogenbrücke hinweg. Viele Ruderboote, im seichten Wasser vertäut, schaukelten auf der Tauber. »Wenn wir ein Boot hätten, wären wir bald in Bronnbach und Tauberbischofsheim, dann in Lauda. Und von dort wäre es nicht mehr weit zu den alten Deutschordensrittern von Mergentheim.«

»Träumst du oft von jener Zeit?«

»Nein, leider nicht.«

»War das Leben als Wandermaler an der Tauber so schön?«

Er antwortete nicht. Versonnen lächelte er vor sich hin.

Mit großen Augen bemerkte sie, wie sich ihr Mann beim bloßen Gedanken an jene Zeit entspannte. Sie schwieg ein Weilchen und riet dann: »Geh doch wieder hin. Wer hindert dich daran?«

»Wohin?«

»An die Tauber. Zum Malen.«

Energisch strich er sich über die Augen. Seine Gesichtszüge verhärteten sich. »Wir müssen heim, Christine. Georgs Chauffeur wartet mit dem Automobil am Maintor auf uns.«

»Erst will ich wissen, warum du an der Tauber glücklich sein konntest, obwohl dein Bruder damals noch keine zwanzig Jahre tot war. Und heute, vierzig Jahre nach Gottfrieds Verschwinden, macht es dich krank. Warum, Gustav, warum? Erkläre es mir. Bitte! Ich möchte doch begreifen, was dich bedrückt.«

»Kurz vor ihrem Tod an Lichtmess hat mich Mutter mit Gottfried verwechselt. Bis zum letzten Atemzug hat sie an ihn gedacht, nicht an mich, obwohl ich vor ihr saß. Sie hätte niemals zugestimmt ...«

»... dass nicht mehr nach Gottfried gesucht wird?«

Er warf ihr einen scheuen Blick von der Seite zu.

»Ändert sich etwas an der Tragödie vor vierzig Jahren, nur weil die Polizei den Fall endgültig zu den Akten gelegt hat?«

Er schüttelte den Kopf.

»Dein Vater und dein Bruder Georg haben früher als du entschieden, die alte Geschichte ruhen zu lassen. Vergiss das nicht!«

»Weißt du noch, was der Polizist gemeint hat?«

»Dass Gottfried in den Main gefallen ist?«

Seine Lider flackerten. Eine steile Falte wuchs zwischen seinen Augen. »Er hat gesagt«, flüsterte er, »Gottfried könnte in den Main gestoßen worden sein.«

»Und? Was hat das mit dir zu tun?«

»Wer wohl?«

Christine riss die Augen auf. »Du?« Ihr Gesicht verfinsterte sich.

Er behielt sie müde und lange im Auge. »Wer denn sonst?« Langsam senkte er den Kopf. »Das Kindermädchen gewiss nicht.«

»Hör auf, Gustav!« Christine erhob sich ärgerlich. »Hör mit dem Selbstmitleid auf!« Sie ging energisch auf das Maintor zu, hielt kurz inne und kam mit stürmischen Schritten zurück. »Der große Kainsmaler trägt also das Kainsmal als Zeichen seiner Schuld?«

Er schloss die Augen und ließ seinen Atem durch die leicht geschlossenen Lippen entweichen.

»Du hast vier Kinder, Gustav.« Christine trat vor ihren Mann, beugte sich zu ihm herab und packte ihn an beiden Schultern. »Komm zu dir!« Sie schüttelte ihn. »Gestoßen oder gestolpert, wo ist da der Unterschied?« Sie ließ ihn los. »Wie alt warst du damals?« Sie machte eine ärgerliche Handbewegung. »Keine zwei Jahre!«

Er blickte reglos zu Boden.

Sie streckte ihm die Hand hin. »Steh auf, Gustav.«

Er ergriff die dargebotene Rechte und ließ sich hochziehen.

»Um eines bitte ich dich, Gustav. Fahr an die Tauber!« Sie schimpfte mit zornrotem Gesicht. »Ich werde mit Georg reden. Sein Chauffeur soll dich hinfahren.« Und leise fügte sie an: »Male Landschaftsbilder wie damals, als du glücklich warst. Und hör mit dem Kainsmalergetue auf.«

April 1909

Deutsches Reich: *Das deutsche Weingesetz tritt in Kraft* • Deutsches Reich: *Der erste Deutsche Beamtentag findet statt* • Berlin: *Eulenburg-Affäre durch Gerichtsbeschluss beendet. Der Publizist Maximilian Harden wird in Berlin wegen übler Nachrede zu einer Geldstrafe verurteilt; er hatte behauptet, Kaiser Wilhelm II. sei von einer »homosexuellen Kamarilla« umgeben* • Berlin: *In Treptow bei Berlin wird eine »Volkssternwarte« eingeweiht; Hauptattraktion ist ein 21 m langes Fernrohr* • Köln: *Am 8. April wird der neue Luftschiffhafen eröffnet* • Stuttgart: *Der Prozess gegen Ludwig Thoma, Redakteur des Simplicissimus, wegen Beleidigung der Beamten des badischen Kriegsministeriums wird zur Posse, über die ganz Deutschland lacht. Das Karlsruher Kriegsministerium hatte in Heidelberg ein Freudenhaus gekauft, weil es das Grundstück für einen Neubau nutzen wollte. Um den Kaufpreis zu drücken, durfte der »Dirnenhälter« mit behördlicher Genehmigung das jetzt staatliche Gebäude noch zwei Jahre nutzen. Thoma hatte gelästert, die im Gebäude »beschäftigten Damen hätten quasi Beamtencharakter« und das badische Kriegsministerium mache sich der gewerbsmäßigen Kuppelei nach § 180 Strafgesetzbuch schuldig* • Deutsch-Ostafrika: *Pestepidemie ausgebrochen* • Frankreich: *Versuch der drahtlosen Telefonie von Cherbourg über den Eiffelturm nach Toulon geglückt* • Paris: *Der Franzose Henri Farman fliegt mit seinem Doppeldecker (50-PS-Motor, Höchstgeschwindigkeit 60 km/h) 160 km weit* • Grossbritannien: *Das Gesetz zum Schutz der Kinder tritt in Kraft. Es enthält das erste Rauchverbot für Kinder und Jugend-*

liche bis zum 16. Lebensjahr • London: *Der Schauspieler Charlie Chaplin verklagt eine englische Seemannsmission, weil sie ihm die Miete für einen ausgeliehenen Kinematografen und seinen Film schuldig geblieben sei* • USA: *Der amerikanische Polarforscher Robert E. Peary erreicht nach eigenen Angaben als erster Mensch den Nordpol* • Osmanisches Reich: *In Konstantinopel unterzeichnen Vertreter der Türkei, Russlands, Großbritanniens und Frankreichs ein Protokoll über die staatliche Unabhängigkeit Bulgariens* • Osmanisches Reich: *Nach erbitterten Kämpfen zwischen regierungstreuen Truppen und Anhängern der Jungtürken (die Tageszeitungen der ganzen Welt berichten vom »blutigen Frühling am Goldenen Horn«) erklärt Sultan Abd Al Hamid II. auf Druck der Nationalversammlung seinen Thronverzicht. Sein Nachfolger, Sultan Muhammad V., steht unter starkem Einfluss der revolutionären Jungtürken* • Palästina: *Gründung von Tel Aviv, der ersten modernen jüdischen Stadt* • Mombasa (Afrika): *Der frühere US-Präsident Theodore Roosevelt beginnt seine Afrika-Expedition. Im Auftrag des Nationalmuseums von Washington soll er seltene Pflanzen-, Vogel-, Reptilien- und Säugetierarten beschaffen.*

Samstag, 17. April 1909

Gustav Ginther starrte aus dem Fenster.

Draußen zogen Weinberge vorbei. Männer schlugen im Takt Holzpfähle in die steinigen Hänge ein.

Er fröstelte beim bloßen Gedanken, sich bei Nässe und Kälte im steilen Gelände schinden zu müssen.

»Fahr nach Stuttgart!« Wie oft hatte er diesen Satz in letzter Zeit gehört. Seine Frau und sein Bruder hatten mit Engelszungen auf ihn eingeredet und ihn schließlich überzeugt, zur Vernissage zu fahren.

»Stuttgart ist wichtig für dich«, hatten sie gedrängt, »wenn du unter Gleichgesinnte kommst, dann wirst du deine Krise überwinden. Du bekommst neuen Schwung für deine Arbeit. Trau dich! Fahr hin, Gustav!«

Georg hatte sich sogar erboten, ihn mit dem Auto nach Stuttgart zu fahren.

»Du musst unter Leute, Gustav«, hatte er gedrängt, »sonst versauerst du und hörst immer nur in dich hinein. Mit feuchten Augen hatte er hinzugefügt: »Wir brauchen dich, Gustav!« Etwas leiser: »Die Firma braucht dich.« Und nachdrücklich, aber sehr leise: »Ich brauche dich.«

Schließlich hatte Georg etwas gesagt, das ihn überzeugte.

»Hör in Stuttgart genau hin, wenn dich deine Malerkollegen loben. Lob labt jede Seele. Und etwas anderes als Lob wirst du nicht hören.«

Max Diez hatte Gustav Ginther Anfang März in einem freundlichen Brief gebeten, eine Stunde vor der abendlichen Vernissage in sein Büro im Kunstmuseum zu kommen. Unter vier Augen könne man sich besser kennenlernen.

Malerfreund Reinhold Vornkeller, der an der Stuttgarter Akademie Landschaftsmalerei studiert hatte, kannte Diez recht gut.

Bis zum Wechsel ans Kunstmuseum sei Diez Professor für Kunstwissenschaft an der königlichen Kunstakademie in Stuttgart gewesen, eher ein Kunsttheoretiker als ein praktizierender Künstler. Mit Aufsätzen und Büchern über Geschmack und Gefühl in Kunst, Musik und Architektur habe sich Diez einen Namen gemacht. Jetzt sei er der Experte für die moderne Malerei und Ästhetik in Deutschland. Besser als andere Gelehrte könne Diez die zeitgenössischen Strömungen in der Kunst ordnen und bewerten. Der neue Museumsdirektor habe auch einen sicheren Blick für die Kunst, die beim Publikum ankommt.

»Kauf dir das neueste Buch von Diez«, hatte Vornkeller geraten, »und lies dich in das Spezialgebiet deines Gönners ein, Gustav.«

Noch am selben Tag war Ginther zur Buchhandlung in der Kaiserstraße geeilt und hatte sich das Buch gekauft.

Er wandte den Blick vom vorüberziehenden Grün ab und betrachtete die hellbraune Leinwand. Er hielt sie schon seit dem letzten Halt in Lauda in der Hand. Im schwarzen Jugendstilrahmen war auf das schmale Büchlein gedruckt: *Sammlung Göschen. Allgemeine Ästhetik von Prof. Dr. Max Diez. Band 300. 80 Pfennig.* Er schlug es auf und las die Vorsatzblätter, die alle lieferbaren Titel der *Sammlung Göschen* enthielten.

»Ach, Reinhold«, murmelte er vor sich hin und schlug das Buch wieder zu.

Er sah ihn vor sich, den liebenswerten Kollegen mit der überschäumenden Lebensfreude, den leidenschaftlichen Landschaftsmaler, der die Zentralperspektive beherrschte wie kein anderer.

In der vorletzten Woche war Vornkeller plötzlich gestorben.

Ausgerechnet er, der im Vorstand des *Künstlervereins* für gute Laune gesorgt und im *Riemenschneiderhof* fröhliche Abende für seine Kollegen arrangiert hatte. Im Vereinslokal war er stets ein Ausbund an Heiterkeit.

Warum, Reinhold, warum? Ohne dich geht es doch nicht weiter. Du hast unseren altehrwürdigen Verein zusammengehalten. Du hast ihn gegen die Anfeindungen der neuen Zeit verteidigt. Wer soll das jetzt tun?

Viele Würzburger Künstler waren im letzten Jahrzehnt nach München oder Berlin abgewandert. Vor allem junge Maler hatten ihrer Heimatstadt den Rücken gekehrt.

Andere hatten vor vier Jahren einen eigenen Verein gegründet, die *Flößerzunft. Erschreckt die Spießer!* Das war auf ihre Vereinsfahne gestickt. Viele Alteingesessene hatten tatsächlich Reißaus genommen.

Franz Lang, der Vorsitzende des neuen Vereins, den sie *Floßmäster* nannten, hatte Ginther besucht.

»Komm zu uns, Gustav«, hatte er ihn gefoppt, »du passt doch nicht zu dem verstaubten Haufen. In unserem Klub der Würzburger Wildlinge schätzt man deine moderne Malweise. Du passt besser in die Flößerzunft als in den Künstlerverein«, hatte Lang geworben.

Reinhold Vornkeller hatte mit seinem Freund Ginther ein ernstes Wort gesprochen und ihm von einem Vereinswechsel abgeraten.

»Schau, Gustav«, hatte er ihm vorgehalten, »du darfst deine Herkunft nicht verleugnen. Wo wärst du heute ohne die alten Meister und die bahnbrechende Kunst der Impressionisten? Den Blödsinn, den unsere Kollegen in Berlin, München, Karlsruhe und anderswo vorgemacht haben, müssen wir in Würzburg nicht nachmachen. Wenn sich die Abweichler jedes Mal, wenn ihnen die Richtung nicht passt, in eigenen Secessionsvereinen zusammentun, dann haben wir zum Schluss mehr Kunstvereine als Künstler.«

Am letzten Montag war Gustav Ginther bestürzt am Grab seines Freundes gestanden. Zusammen mit den anderen fünfzehn Malern vom *Künstlerverein* hatte er einen Abschiedsgruß gesungen.

Hinter Osterburken, als sich der Zug durchs enge Tal der Seckach schlängelte, gelang es ihm endlich, seine abschweifenden Gedanken zu sammeln und sich auf die Begegnung mit Diez vorzubereiten.

Er blätterte die hundertachtzig eng bedruckten Seiten im Oktavformat durch. Die Überschriften und das gesperrt Gedruckte stachen ins Auge. Er überflog es. Die *Theorie der Ästhetik* zerfiel, wie das Inhaltsverzeichnis zeigte, in zwei Teile: *Voraussetzungen des Schönen* und *Verwirklichung des Schönen*.

Mit wachsender Neugier las er das zweitletzte Kapitel: *Die Stufen der Kunst oder die Kunst in ihrem Verhältnis zum Leben*. Er verbiss sich in den Text und wiederholte einzelne Sätze.

»Oho!«

Verstohlen schaute er sich im Abteil um. Hatte er laut gerufen?

Freie Kunst habe nur ein Ziel, schrieb Diez: Etwas Schönes schaffen.

Ach, Herr Professor, was verstehen Sie von meiner Arbeit?

Der Künstler müsse nur ein Hindernis überwinden: Das Material bezwingen, den Stein, den Ton, die Leinwand, die Farben. Alles andere komme von allein.

Diez! Diez!

Die Leichtigkeit des Seins führe zum beschwingten Tun und zur selbstlosen Schönheit.

Du lieber Himmel! Ginther klappte das Buch zu.

Wenn der wüsste. Er schaute durchs Zugfenster auf die träge dahinfließende Jagst.

Wie viele Barrikaden muss ich abräumen, wie viele Hürden übersteigen, bevor ich den ersten Kreidestrich setzen kann?

Er schüttelte den Kopf.

Bis ich vor meine Staffelei sitze, habe ich mich schon von tausend Fesseln befreit.

Er griff sich an die Stirn.

Schaue ich auf meinen Malkarton, sehe ich lauter Bilder, die ich nicht malen möchte. Und habe ich endlich die Umrisse gezeichnet, verwirrt mich die Kraft der hellen und leuchtenden Farben.

Er seufzte.

Und dann kommen all die Ängste hoch, mit der Kreide in der Hand dem Verstand und dem Gefühl nicht gewachsen zu sein. Was weiß dieser Kunstprofessor von dem Monster in mir, das mich von innen her auffrisst?

»Wenn Diez recht hat, dann ist es aus mit mir als Künstler«, flüsterte Ginther zum verschlossenen Fenster hin.

✧

Der Maler saß dem Kunstprofessor im Büro gegenüber. Zum Glück fiel ihm sofort ein, was er auf der Bahnfahrt oft vor sich hingemurmelt hatte: Freundlich sein, den Direktor anlächeln, einen guten Eindruck machen und aufkeimende Ängste und Kontaktprobleme mit Ausflüchten kleinreden.

»Ich bin etwas unpässlich, Herr Professor. Eine kleine Grippe, etwas Kopfschmerzen heute. Bitte sehen Sie mir das nach.«

Diez zeigte Mitgefühl und fragte besorgt: »Darf ich Ihnen etwas zur Linderung anbieten?«

Ginther schüttelte den Kopf, bat dann doch um ein Glas Wasser und spielte auf das Spezialgebiet des Direktors an: »Ihre Theorie der Ästhetik ist ja mittlerweile weltberühmt.«

Diez fühlte sich sichtlich geschmeichelt. »Die Geschichte der Kunst ist voller Streit über den Geschmack.« Wie aus dem Ei gepellt saß er auf seinem Lehnstuhl, zog beide Ärmel über die Manschetten und zupfte seine Krawatte zurecht. »Ich möchte in meinem neuen Amt helfen, die Geschmäcker unserer Zeit in vielerlei Ausstellungen zu zeigen. Die Historienmalerei spricht manche Besucher nicht mehr an. Die Salonmalerei des Anselm Feuerbach erst recht nicht.«

Ginther umklammerte die Lehnen seines Sessels. Die Angst saß ihm im Magen, schwarz und schwer. Die Bestie in seinem Bauch, die ihn den ganzen Tag in Ruhe gelassen hatte, bäumte sich wieder auf, aggressiv und unberechenbar. Im linken Ohr hörte er sein Blut dröhnen. Über den Augen spürte er Stiche wie von tausend Nadeln. Mit Mühe zwang er sich, still zu sitzen und nicht davonzulaufen.

Diez missverstand den flackernden Blick seines Gastes. Er dachte, Ginther stimme ihm nicht zu und schweige nur aus Anstand. Deshalb zählte er auf, welche Gefühle und Geschmacksrichtungen es derzeit zu beachten gelte: Die Evangelischen liebten das Handballspiel, die Katholischen dagegen das Fußballspiel. Die Handwerker hörten am liebsten Pauken und Trompeten, während die Akademiker die Musik von Geigen und Celli gefiedelt haben wollten. Die Norddeutschen begeisterten sich fürs Rudern und die Süddeutschen rutschten auf Fassdauben über den Schnee. Die Sportler wünschten sich Bier und Limonade, die Künstler bevorzugten Wein, Kaffee und manchmal auch Schokolade. Und genauso gehe es in der Kunst zu. Die einen wollten nur farbenfrohe Gemälde gelten lassen, die in der freien Natur gemalt worden seien. Die anderen schworen auf die traditionelle Malweise, weil sie künstlerisch wertvoller sei und mehr Können verrate als die Sudelbilder der Impressionisten.

»Gefühle ...«, Diez machte eine ausholende Geste und lauschte einen Augenblick lang, ob jemand draußen im Flur war, »... Gefühle gehören, wie die Anschauungen, zu den Bedingungen unseres Selbstbewusstseins. Im Unterschied zur Anschauung erfasst das Gefühl nicht ein Objekt, sondern beschäftigt sich mit dem eigenen Zustand und dem eigenen Wohlbefinden. Ein Gefühl, lieber Ginther, ein Gefühl ist immer ein Selbstgefühl. Man teilt es anderen mit und erwartet zugleich, dass die anderen genauso empfinden. Eine hirnrissige Zumutung! Man darf doch das eigene Gefühl nicht zum Maßstab für die Gefühle anderer Menschen machen! Das ist doch die Höchstform von Meinungszwang!«

Diez war laut geworden, blickte kurz zu Boden und fügte dann leise an: »Weil der Alltag in Beruf und Familie sich in den letzten zwanzig Jahren gewandelt hat, ist das Leben flüchtiger und oberflächlicher geworden. Und so hat sich auch der Geschmack in unserer Zeit verändert.«

Er schaute seinem Gast erwartungsvoll ins Gesicht. »Sie stimmen mir doch zu?«

Ginther nickte. Mit den Augen hing er an den Lippen des Professors. Aber mit dem Herzen war er weit fort. Wenn du wüsstest, welche Gefühle mich beherrschen, dachte er, dann würdest du mich in Ruhe lassen.

Ein Glas Wasser wurde auf einem Tablett hereingereicht. Ginther nahm einen Schluck. Seine Hand zitterte. Er nahm noch einen Schluck, noch einen und noch einen. Er trank wie ein Verdurstender, schnell und gierig, bis ihm bewusst wurde, dass er zu Besuch war. Verlegen lächelte er seinem Gastgeber zu und spürte im selben Augenblick, wie das Wasser seine Magenwände hinaufschwappte und ihn zu entspannen begann.

»Die Wiener Secession mit Gustav Klimt und Koloman Moser an der Spitze«, hörte er Diez reden, »bewundert die Glasgower Kunstschule. Dort werden neue, sachliche Formen gelehrt, denn die alte Ornamentmalerei ist verpönt. Alles wird beeinflusst von der japanischen Ästhetik. Charles Mackintosh ist der Vorbeter der neuen Kunst. Pastelltöne und klare geometrische Formen sind jetzt das Maß aller Dinge. Über kurz oder lang wird sich die gesamte Malerei ändern.«

Ginther hörte genauer hin. »Bringt das uns Pastellmalern endlich auch mehr Anerkennung?«

»Aber gewiss doch, mein lieber Ginther. Gerade für die Pastellmalerei mit ihren weichen, zarten Farben bricht eine neue Zeit an.«

Ginther atmete tief durch; ihm wurde besser. »Vermuten Sie das, oder gibt es dafür schon konkrete Anzeichen?«

»Die französische Malerei, die gegenwärtig weltweit die Kunstszene beherrscht, setzt auf die Pastellmalerei.«

Ginther sah Diez zweifelnd an und kniff die Augen zusammen.

»Die Impressionisten malen gerne mit Pastellkreiden. Denken Sie nur an Toulouse-Lautrec, Degas, Renoir und Manet.« Der Kunstdirektor machte eine beschwichtigende Geste. Er wollte Einwänden zuvorkommen. »Diese Technik ist wie geschaffen für das Malen im Freien. In einer kleinen Schachtel kann man alle wichtigen Farben überallhin mitnehmen. Außerdem haben sich die französischen Maler endgültig von den Auftraggebern gelöst. Noch vor zwanzig, dreißig Jahren hat ein Künstler nur das geschaffen, was ihm aufgetragen wurde. Das Thema des Bildes, der Malstil, ja sogar der farbliche Grundton des Gemäldes ... alles bestimmte der Auftraggeber. Jetzt malen die Künstler, was ihnen in den Sinn kommt. Kein Motiv ist ihnen zu gering. Cafés, Boulevards, Bahnhöfe, Fabrikhallen und sogar Bordelle bilden sie ab.«

Ginther lächelte; sein Magen wurde von Minute zu Minute ruhiger.

Er begann, den Kunstprofessor eingehend zu studieren, seine Kopfformen mit den Augen auszumessen und seine Mimik und Gestik zu beobachten. Ja, dieser Kopf und diese Körpersprache wären das ideale Modell für das Bild eines Dirigenten. Mit der rechten Hand gab Diez jedem Satz seinen Takt vor.

»Verstehen Sie, lieber Kollege«, Diez lächelte zurück, »die alten Meister saßen noch in ihren dunklen Werkstätten und legten Farbschicht auf Farbschicht. Die modernen Künstler schultern Staffelei, Malkarton oder Leinwand und klemmen sich ein Schächtelchen mit Pastellkreiden oder Farbtuben unter den Arm. Sie suchen sich ihr Motiv draußen in der Natur. Das hat die französische Farbchemie möglich gemacht; sie bietet fertige Ölfarben in der Tube an und lichtechte Pastellkreiden.«

Ginther holte tief Luft. »Ich arbeite noch viel nach Auftrag. Für die Stadt Würzburg muss ich noch drei Portale an Schulhäusern gestalten. Ist das Ihrer Meinung nach keine Kunst mehr?«

»Wo denken Sie hin, mein lieber Ginther. Aber Sie malen doch nicht nur nach Auftrag.«

»Gewiss nicht.«

»Sehen Sie. Das meine ich. Wenn ein Maler früher keinen Auftrag hatte, dann ist er von Haus zu Haus gelaufen und hat gefragt: Haben Sie Arbeit für mich? Notfalls hat er sich einen Auftrag auch erbettelt. Aber es wäre ihm nicht in den Sinn gekommen, von sich aus ein Bild zu malen. Einfach nur so, weil ihm gerade danach war. Heute malen die meisten Künstler drauflos, auch wenn sie keinen Auftrag haben. Sie bringen das auf die Leinwand, was ihnen Geschmack und Gefühl vorgeben. Haben sie ein Bild fertig, bieten sie es auf dem freien Kunstmarkt feil. Früher hat der Maler wie ein Handwerker gearbeitet: ohne Auftrag keine Arbeit. Heute ist es ganz anders: ohne fertiges Gemälde kein Verkauf. Der Kunde will das vollendete Bild sehen. Er kauft nur, was schon fertig ist und gefällt.«

»Der moderne Künstler ist also vom Zeitgeschmack weniger abhängig als früher?«

»Was nicht gefällt, wird nicht gekauft. Die Maler arbeiteten früher nach Musterbuch und Maß. Auftrag fertig, Rechnung fällig. Das Problem war, einen Auftrag zu bekommen. Der moderne Maler ist ein Händler, der seine fertigen Bilder ausstellt und auf Käufer hofft. Er malt, was ihm gefällt. Aber wehe, seine Kunst gefällt nicht.«

»In der Zeitschrift *März* ...«

»Sie haben die *März* abonniert?«

Ginther nickte. »Ich mag die Art, wie Ludwig Thoma und Hermann Hesse aus Kunst, Politik, Wissenschaft und Volkswirtschaft in dieser Zeitschrift eine Gesamtschau komponieren.«

»Das freut mich. Dann wissen Sie ja, was ich meine. In der Kunst und in der Literatur, erst recht in der Musik, spielt der seelische Ausdruck die entscheidende Rolle. Die Impressionisten halten mit raschen Pinsel- oder Kreidestrichen fest, was sie sehen. Sie malen die äußere Erscheinung der Menschen und Dinge so naturgetreu wie möglich. Dagegen gestalten die ganz modernen Künstler nicht mehr nur das, was sie sehen. Sie bringen vor allem auf die Leinwand, was sie denken und fühlen. Ihre Bilder drücken ihre Meinung über das Gesehene aus.«

Diez lauschte seinem Satz nach und machte eine kleine Pause. »Haben Sie von der Ausstellung gehört, die im Herbst 1905 im Pariser *Salon* war?«

Ginther lachte zum ersten Mal. »Grüne Häuser, rote Bäume, blaue Tiere.« Er trank das Glas leer. »Ein Journalist hat die Maler als *wilde Tiere* beschimpft.«

»Und Sie, lieber Ginther, malen Sie auch so?«

»Ich bin noch nicht so weit. Aber doch auf dem Weg dahin. Einfache Formen, klare Farben. Vordergründig immer ein realistisches Bild. Hintergründig eine Aussage, die sich hinter farblichen Anspielungen und symbolischen Andeutungen versteckt.«

»Meinen Sie Ihr Kain-und-Abel-Motiv?«

»Dass Ihnen das aufgefallen ist?« Ginther war jetzt ganz im Gespräch gefangen.

Diez schmunzelte.

»Ja«, erklärte Ginther und beugte sich vor, »bei diesem Motiv sieht man einen Bauern und einen Hirten in einer kargen Landschaft. Aber wie die Brüder zueinander stehen ...?« Er hob beide Hände. »Der Lichtstrahl auf meinen Bildern führt zur Idee hinter dem Gemälde. Die Idee dahinter, die ist wichtig.«

»Warum malen Sie immer wieder dieses Sujet?«

»Es gehört zu den klassischen Motiven, seit es Guido Reni vor dreihundert Jahren in der Bologneser Kunstschule gemalt und gelehrt hat.«

»Sie ahmen die Alten Meister nach?«

»Es ist das ewige Thema der Menschheit. Kain erschlägt Abel. Romulus tötet Remus. Der Sesshafte verdrängt den Nomaden. Der Städter macht sich den Landbauern untertan. Der Europäer jagt den Eingeborenen aus dem eigenen Land. Der Reiche herrscht über den Armen. Sieger und Besiegte. Raffen statt Schaffen. Alles gehört mir! Bis heute ist das so.«

»Sie meinen, es gibt keinen Fortschritt auf der Welt?«

»Es gibt beides, die Ungeschichtlichkeit gewisser Themen und Werte und den ständigen Wandel.«

»Auch in der Kunst?«

»Für mich, verehrter Herr Professor, gibt es in der Kunst keinen Fortschritt an sich. So wie es auch keinen Fortschritt in der Sexualität gibt. Aber es gibt neue Wege, Kunst zu erzeugen, Kunst zu verbreiten und Kunst zu empfinden.«

Diez legte die Stirn in Falten.

»Sie kennen gewiss Edvard Munchs Bild *Der Schrei.* Munch hat es schon vor über zehn Jahren gemalt ...«

»Jetzt, wo Sie es sagen, fällt es mir auf. Munchs Bild- und Farbauffassung ist Ihrem Malstil sehr ähnlich.«

Über Ginthers Gesicht huschte ein feines Lächeln. »Neu an Munchs Technik ist die Kombination von Tempera und Pastell. Neu ist die Malweise mit den breiten Farbströmen um die Hauptfigur herum. Und neu ist seine Farbmischung. Auch Cézanne und Arnold Böcklin malen so. Aber Munchs Thema ist uralt: Das Entsetzen eines Menschen über das Leid in der Welt.«

»Die Kunst an sich ändert sich nach Ihrer Auffassung also nicht?« Die Augen des Kunstprofessors weiteten sich.

»Die künstlerischen Techniken ändern sich. Auch der Geschmack wandelt sich, gewiss. Das, was man heute als Kitsch verwirft, gilt vielleicht schon morgen als höchste Kunst. Die größten Künstler können nach zwanzig Jahren vergessen sein. Und manche der verachteten Maler werden nach ihrem Tod zu Helden ihrer Zunft. Wenn Sie das Fortschritt nennen wollen? Aber die Kunst an sich ist ewig.«

»Und was ändert sich?«

»Unsere Vorfahren bemalten Höhlenwände. Die Impressionisten pinseln auf Leinwand und Malkarton. Sie können ihre Bilder überall hintragen. Die Höhlenmaler konnten das nicht. Die mischten ihre Farben aus Blut, Pflanzen, Erde und zerriebenen Steinen. Die modernen Künstler malen aus der Tube oder nehmen Stifte und Kreiden. Der *Würzburger Generalanzeiger* hat gerade eine Werbewoche. Für jeden neuen Abonnenten gibt es eine Fotografie in der Größe 33 auf 43 Zentimeter gratis! Ein solches Lichtporträt sei schöner als das beste Gemälde, urteilen viele Leute.«

Diez riss die Augen auf. »Erstaunlich, lieber Ginther. Eine klare Meinung und eine originelle dazu.«

»Doch was bleibt, verehrter Herr Professor, wenn man die künstlerischen Techniken und den modischen Geschmack beiseitelässt? Das Glück des Malers über seine Schöpfung. Und die Freude des Zuschauers über ein schönes Bild. Durch alle Zeiten hindurch bleibt allein das übrig!«

»Stichwort Zeit. Lieber Herr Ginther, es ist Zeit, unsere Gäste zu begrüßen.« Diez sprang auf. »Das Gespräch mit Ihnen war sehr anregend. Wir sollten es zu gegebener Zeit fortsetzen.«

✧

Gemeinsam stiegen Diez und Ginther hinab ins Foyer der Kunsthalle. Viele Besucher waren schon versammelt.

Plötzlich blieb Ginther wie angewurzelt auf der Treppe stehen.

»Ach Gott!« Er konnte das Aufstöhnen nicht mehr unterdrücken, aber doch im letzten Augenblick etwas abschwächen.

Diez drehte sich erschrocken um: »Stimmt etwas nicht?«

»Die vielen schwarz Gekleideten.« Der Maler deutete mit einer knappen Handbewegung zum Publikum unter ihnen. »Wie auf einer Beerdigung.«

»Die Leute sind festlich gekleidet. Ihnen zu Ehren.«

»Wenn wir uns in Karlsruhe in der Akademie treffen oder sonst irgendwo eine Ausstellung machen, dann ist Farbe im Publikum«, entgegnete Ginther. Er schluckte. An diesen Anblick musste er sich erst noch gewöhnen.

»Ja, Künstler und Weltverbesserer kleiden sich anders«, gab Diez unwillig zurück. »Das hier sind die wichtigsten Männer und Frauen aus Stuttgart. Für sie ist diese Welt in Ordnung. Sie erweisen Ihnen ihre Reverenz.«

»Haben die Männer nur schwarze Anzüge? Machen die keinen Unterschied zwischen Trauerfeier und Freudenfest? Ist meine Kunst so schlecht, dass heute Trauer angesagt ist?«

»Kommen Sie!«, drängelte Diez leicht verstimmt.

Ginther blieb stehen und schaute in das Aufgebot an preußischen Kaiser-Wilhelm-Gesichtern und württembergischen König-Wilhelm-Doppelgängern. Habyschnurrbart mit aufgezwirbelten Spitzen bei den Kaisertreuen, Vollbart bei den Schwabengängern.

Jetzt erst fielen sie ihm auf, die Auslagen auf den Hüten der Damen, die Pfauen- und Entenfedern, die Astern und Veilchen, die Hibiskus- und Ginsterblüten, die vielen Rosen und schließlich das künstliche Obst in leuchtenden Farben, rote Äpfel, gelbe Birnen und blaue Trauben vor allem. Der ganze Viktualienmarkt der Hutmacherzunft stellte hier aus.

Und aus den farbenprächtigen Hüten und den schwarzen Anzügen stiegen Wohlgerüche auf, Düfte nach Reichtum und festlichem Anlass, und kitzelten Ginther in der Nase. Jasmin, Lavendel und Rosenwasser mischten sich mit Zimt, Knoblauch und Weihrauch.

Ein Lächeln huschte über Ginthers Gesicht, und er eilte und holte Diez ein.

Der Kunstdirektor begrüßte die ersten Gäste mit Handschlag und drehte sich zu seinem Ehrengast um.

»Das, meine Damen und Herren, ist Gustav Ginther. Er ist einer der Künstler, dessen Werke Sie heute bewundern dürfen.«

Applaus von allen Seiten.

Ginther verneigte sich stumm.

»Vielleicht gibt uns seine Majestät die Ehre«, flüsterte ihm Diez zu. »König Wilhelm von Württemberg ist ein großer Kunstförderer.«

Im selben Augenblick kamen zwei Männer auf Diez zu.

Der ältere Herr stützte sich auf den Silberknauf eines Stockes, nicht schwerfällig, nicht Hilfe suchend, nicht irgendeine Hinfälligkeit verbergend, sondern keck, herausfordernd und leger. Er trug eine randlose Brille mit runden Gläsern. Lebhaft begrüßte er den Kunstdirektor. Er war ganz in Schwarz gekleidet. Schwarzer Anzug, schwarze Weste bis über die Brust zugeknöpft, und breite, schwarze Krawatte, die nur den weißen Kragen vom Hemd sehen ließ. Durch das zweitoberste Knopfloch der Weste war ein kleiner goldener Knebel geschoben, an dem eine goldene Uhrkette hing. Die Uhr selbst war in der Brusttasche der Weste verborgen.

Der würdevolle Herr mit dem ergrauten Schnauzbart und den Mundwinkeln, die nach oben zeigten und ihm ein stetes Lächeln ins Gesicht zauberten, winkte seinen Begleiter herbei. Er flüsterte ein paar Worte zu Diez, die Ginther im Lärm des andrängenden Publikums nicht verstehen konnte.

Diez verbeugte sich und stellte seinen Gast dem weißhaarigen Herrn vor: »Gustav Ginther, einer der besten Pastellmaler unserer Zeit. Sie können heute fünf seiner Bilder bewundern, Herr Staengel.«

Diez hielt Ginther ein wenig zurück und flüsterte ihm zu: »Herr Staengel ist ein großer Gönner unseres Hauses und ein bedeutender Bürger unserer Stadt.«

Der alte Herr sah Ginther aufmerksam an. Die flinken Augen hinter den runden Brillengläsern strahlten den Maler wohlwollend an. Zwischen den Augenbrauen hatte er zwei tiefe Furchen. Aber sonst wirkte sein Gesicht faltenfrei und überraschend jung.

»Ich habe den Ankauf Ihrer Bilder sehr empfohlen, verehrter Herr.« Er lächelte Ginther zu und deutete mit einer runden Handbewegung auf seinen Begleiter. »Das ist Herr Fischer. Ein Gewürzhändler aus Hamburg und Geschäftspartner meiner Firma. Herr Fischer interessiert sich für die zeitgenössische Malerei und fördert die Kunst, wo er nur kann.«

»Ernst Staengel ist einer der größten Schokoladenbarone in Deutschland«, flüsterte Diez, während sich der Fabrikant anderen Gästen zuwandte.

»Schokolade? Ich kenne keine Schokoladenmarke Staengel«, erwiderte Ginther leise.

»Ach so. Sie kommen ja selber aus einer Schokoladendynastie, nicht wahr?«

Ginther nickte.

»Herr Staengel ist Hoflieferant seiner Majestät des Königs von Württemberg. Er betreibt seine Firma zusammen mit seinem Schwager Karl Ziller. Die Anfangsbuchstaben S und Z für Staengel und Ziller bilden den Firmennamen: *Eszet!*«

»Ostereier und Christbaumschmuck«, warf Ginther ein.

»Wie bitte?«

»Eszet macht gute Schokolade. Bekannt ist die Firma aber für ihre Schokoeier, ihren Christbaumschmuck und viele andere Festartikel aus Schokolade. Hat mir mein Bruder erklärt, der unsere Firma leitet«, erklärte Ginther.

»Ich lasse Sie für einen Augenblick allein, Herr Ginther. Ich muss neue Gäste begrüßen.«

Kaum war Diez in einer Gruppe von Neuankömmlingen verschwunden, kam Fischer erneut auf ihn zu. Die Mundwinkel hingen lässig im blasierten Gesicht. Und doch war auf den ersten Blick klar, dass er nicht herablassend war, eher unbekümmert und lebensfroh. Auf der schmalen Nase saß ein ovaler Zwicker mit schwarz eingefassten Gläsern. Seine Augen, in viele Fältchen eingebettet, strahlten eine feine Ironie aus. Das gab ihm den Anschein, als lese er viel, schlafe zu wenig und lache sehr oft. Das füllige schwarze Haar und der schwarze Backenbart verliehen ihm etwas Weltmännisches. Seine Kleidung war extravagant, schwarz im Ton, aber mit ein paar Besonderheiten, die ihn aus dem Publikum heraushoben. Zum schwarzen Jackett trug er schwarz-grau gestreifte Hosen. Und seine schwarze Samtweste war höher zugeknöpft als üblich. Die Spitzen des weißen Stehkragens waren abgeknickt und sorgfältig über eine silberfarbene Krawatte geschlagen. Insgesamt erweckte er den Eindruck eines gediegenen Künstlers und hatte etwas Pfiffiges.

»Ginther ist ja kein häufiger Name«, meinte der Hamburger und musterte sein Gegenüber freundlich. »Gestatten Sie mir deshalb eine persönliche Frage?«

Ginther schloss für einen Moment die Augen und nickte. Er spürte das Interesse an einer ehrlichen Antwort. Der Mann strahlte Zuneigung aus.

»Sind Sie verwandt mit den Schokoladen-Ginthers in Würzburg?«

»Mein Vater Georg ist der Firmengründer.« Ginther zwang sich, Blickkontakt zu halten. Das fiel ihm nicht leicht, denn Fischers blaue Augen musterten ihn genau. »Seine Mitarbeiter nennen ihn Georg den Ersten.«

Der Hamburger gab Ginther mit einem leichten Zucken seiner Augenbrauen zu verstehen, dass er noch weitere Auskünfte erwartete.

»Jetzt führt mein Bruder Georg den Betrieb. Georg den Zweiten heißen ihn die Leute.«

»Mit Ihrem Bruder hatte ich schon geschäftlich zu tun. Ich habe ihn zwei oder drei Mal in seiner Firma besucht.« Der Gewürzhändler lächelte ihn an. »Ihren Vater kennenzulernen war mir leider nicht vergönnt. Er war immer unterwegs, wenn ich in Würzburg war.«

»Sind Sie regelmäßig in Stuttgart?«

»Oft! Stuttgart ist die heimliche Hauptstadt der deutschen Kakaoindustrie.«

Ginther warf dem Geschäftsmann einen überraschten Blick zu.

»Wussten Sie das nicht?«

Ginther schüttelte den Kopf.

»Eszet«, begann er aufzuzählen, »die Firma von Herrn Staengel, dann Moser-Roth, Waldbaur, Karl Haller ...«

»Die Namen sind mir bekannt, aber dass die alle in Stuttgart ...?«

»Alle ... und noch viel mehr. Die meisten beliefere ich mit Kakaobohnen, Gewürzen und Nüssen. Auch Schoko-Buck zum Beispiel, der seine Schokolade in Blechdosen verpackt. Er ist bei uns in Hamburg sehr bekannt.«

»Und für alle diese Schokoladenfirmen liefern Sie die Zutaten?«

»Ich beschäftige sogar einen Handlungsreisenden nur für Württemberg.«

»Und warum sind die Firmen hier und nicht in Hamburg?«

Fischer horchte auf; die Frage schien ihn zu überraschen.

»Warum müssen Sie Ihren Kakao nach Süddeutschland transportieren? Könnte man Schokolade nicht billiger bei Ihnen herstellen?«

Der Kaufmann lachte. »Gute Frage, Herr Ginther.« Aus dem kecken Lachen wurde ein freundliches Lächeln. »Vielleicht hat es damit zu tun, dass die Zuckerrüben hier wachsen. Im Süden wird viel Zucker hergestellt. Und Milch gibt's in Hülle und Fülle.«

Ginther hörte mit großen Augen zu. Mit dem Mann konnte man sich gut unterhalten.

»Gemessen an der Milch und am Zucker macht der Kakao doch nur einen kleinen Anteil an der Schokolade aus«, erklärte der Hamburger und schaute den Maler entwaffnend an, hob die Schultern und breitete die Arme aus, als bitte er, man möge ihm seine Unkenntnis verzeihen. »Genau weiß ich's auch nicht.«

»Sie interessieren sich für Kunst, Herr Fischer?«

»Eigentlich für alles, was angenehm und spannend ist. Die Welt ist schön und voller Überraschungen. Aber die Kunst interessiert mich besonders. Auf Ihre Bilder bin ich neugierig.«

»Warum?«

»Sie malen doch in Pastell, oder?«

»Nicht nur, aber oft.«

»Ich mag Pastellbilder. Ich gehöre einem Verein an, der die Hamburger Kunsthalle unterstützt. Unser Verein fördert den Ankauf von Gemälden in Pastelltechnik. Dieser Malstil wird in den deutschen Akademien verkannt, teilweise sogar missachtet. Die Pariser Malschulen dagegen pflegen das Pastellmalen.«

Als sich ihnen der alte Staengel wieder näherte, bat Fischer, Ginther möge seinem Bruder beste Grüße ausrichten. Er werde sich erlauben, demnächst ein Angebot für Kakao und Gewürze abzugeben. Vielleicht dürfe er eines Tages auch die Ginther-Werke zu seinen Kunden zählen. Eine geschäftliche Verbindung sei doch in beiderseitigem Interesse.

Staengel hatte den letzten Satz gehört und fragte deshalb, ob Ginther auch mit Schokolade zu tun habe.

»Mein Vater hat in Würzburg eine Schokoladenfabrik.«

Staengel schlug sich an die Stirn. »Schokoladen-Ginther?«

Ginther nickte.

»Georg Ginther, nicht wahr?«

Gustav Ginther bestätigte auch das.

Der Alte mit dem Stock wurde lebhaft.

Den Georg Ginther kenne er gut aus der Zeit, als Ginther Konditorgeselle bei Moser-Roth gewesen sei, der ältesten Stuttgarter Schokoladenfirma.

»1841 gegründet, in dem Jahr, in dem ich aus der Schule gekommen bin und meine Bäcker- und Konditorlehre begonnen habe.«

Otto Moser und Wilhelm Roth hätten mit ihrer Firma eine Gründungswelle von Konditoreien und Schokoladenfabriken ausgelöst. 1841 habe es in Stuttgart 18 Konditoreien und Moser-Roth als einzige Fabrik gegeben. Sieben Jahre später seien es schon 38 Konditoreien und zehn Fabriken für Schokolade, Bonbons und Konditoreiwaren gewesen. 1857 habe auch er sich entschlossen, seine eigene Firma für Süßigkeiten zu gründen. Und drei, vier Jahre später habe er den Georg Ginther persönlich kennengelernt, als der seinen Chef Wilhelm Roth begleiten und das kleine Lieferwägelchen durch Stuttgart ziehen musste. Bei Moser-Roth habe Ginther doch das Wissen erworben, das er für die Gründung seiner eigenen Firma benötigte.

Für Gustav Ginther war das alles neu. Er hörte mit offenem Mund zu. Nie hatte sein Vater über die Zeit in Stuttgart erzählt. Eigentlich hatte er überhaupt nichts über seine Lehrzeit verraten. Nur manchmal, wenn man ihn danach fragte, wehrte er ab und zog sich auf den Satz zurück: Lehrjahre sind keine Herrenjahre.

Sonntag, 18. April 1909

Am nächsten Tag fuhr Gustav Ginther mit dem Zehn-Uhr-Zug heim. Er hatte gut geschlafen, so tief und fest wie schon lange nicht mehr. Das Gespräch mit Professor Diez und das Lob vieler Kunstfreunde hatten ihm gutgetan. Georg hatte recht gehabt. »Weint die Seele, dann muss man unter die Leute, seinen Leib schinden und seinen Kopf arbeiten lassen«, hatte ihm sein Bruder geraten.

»Danke, lieber Georg«, flüsterte er zum Fenster hin, »es war schön in Stuttgart. Keine Sorgen, keine Nöte.« Er lehnte die Stirn an die kühle Scheibe. »Aber wie wird es zuhause sein? Wartet dort wieder das Monster auf mich?«

Er schaute in das aufblühende Land hinaus und nahm staunend die Landesgeschichte in sich auf, die sich draußen abspulte. Die rußigen Eisen- und Stahlwerke bis Feuerbach aus den vierziger Jahren, der Gründerzeit der schwäbischen Industrie. Dann das frische Grün des Winterweizens hinter Zuffenhausen und das rote Backsteingebäude direkt am Kornwestheimer Bahnhof, das der Schuhfabrik Sigle gehörte. Mit einem Feuersalamander warb die Firma seit diesem Frühjahr in allen Zeitungen für ihre Schuhe. Und schließlich die schnurgerade Allee, die eigens für den König vom Stuttgarter zum Ludwigsburger Schloss führte und in einiger Entfernung parallel zu den Gleisen verlief.

Bei der Einfahrt in den Bahnhof der Residenzstadt schnupperte er das *Ludwigsburger Gschmäckle*.

Das kleine Gedicht fiel ihm ein, das seine Mutter früher so oft zitiert hatte, wenn sie ihren Kindern einen Muckefuck aufbrühte:

O Ludwigsburg, du edle Stadt, wo es so viel Soldaten hat, dich rühmt die Welthistoria als Hauptstadt der Cichoria.

Gleich neben dem Bahnsteig ragte sie auf, die weltberühmte Firma Franck, das Brauhaus des Zichorienkaffees.

Das ist ein gesunder Kaffee, hatte die Mutter stets betont.

Und weg waren die Freude des Vorabends und die Kraft, die er unter Gleichgesinnten getankt hatte. Fort die Hoffnung, das Monster zu besiegen.

Genau in der Sekunde, in der er die Mutter den lustigen Reim sprechen hörte, fiel ihm wieder jener Tag ein, der einen gespenstischen Schatten auf sein Leben warf.

Schleifsteine für die ganze Welt, diese Werbung an der efeuberankten Firma Elbe beim Bietigheimer Bahnhof nahm er im Vorbeidampfen nicht mehr wahr. Die nagelneuen Germania-Linoleum-Werke reizten nicht mehr seine Sinne, obwohl der Zug sie lange im großen Bogen umfuhr. Und auf die Hallen und Häuser der Kammgarnspinnerei waren seine offenen Augen gerichtet, aber den himmelhohen Schlot und den schwarzen Qualm sah er nicht. Auch das Rattern der Maschinen hörte er nicht mehr.

In Gedanken war er weg, weit weg.

✧

Als die Reisenden aus dem Abteil strömten und der Schaffner ihn zum Aussteigen mahnte, erschrak er und blickte verwirrt um sich.

»Endstation Würzburg«, schnarrte der Uniformierte schroff.

Gustav Ginther raffte hastig seine Sachen zusammen und eilte zur Waggontür. Georg wartete auf dem Bahnsteig und streckte ihm die Hand hin.

»Wie war's?«

»Ich danke dir. Ein schöner Abend.«

Georg nahm seinem Bruder schweigend das Gepäck ab. »Und wie fühlst du dich jetzt?«

»Heute Morgen war noch alles gut.«

Georg warf ihm einen scheuen Blick von der Seite zu.

Als sie stumm durch die Bahnhofshalle schritten, sagte Gustav: »Beste Grüße vom Gewürzhändler Fischer aus Hamburg. Er will mit dir ins Geschäft kommen.«

»Wie kommt der in die Stuttgarter Kunsthalle? Du hast ihn doch dort getroffen?«

Gustav nickte. »Er hat den alten Staengel begleitet, den Seniorchef von Eszet. Der ist ein großer Kunstförderer.«

»Weiß ich.« Georg legte die Reisetasche auf den Rücksitz seines Autos und hielt seinem Bruder die Beifahrertür auf. Gustav stieg wortlos ein.

Als Georg neben ihm saß und den Anlasser betätigen wollte, legte Gustav seine Hand auf den Arm des Bruders. »Staengel hat mir von früher erzählt. Hast du gewusst, dass unser Vater in Stuttgart als Geselle gearbeitet hat?«

»Bei Moser-Roth?«

Gustav blickte geradeaus und sprach eher vor sich hin als zu seinem Bruder: »Mit dem Leiterwägelchen soll er den alten Wilhelm Roth zu Kunden begleitet haben. Alles, was unser Vater kann, soll er bei Moser-Roth gelernt haben.«

Georg lehnte sich auf dem Fahrersitz zurück und legte beide Hände in den Schoß. »Doch, ich weiß Bescheid.« Er wandte sich seinem Bruder zu. »Vater hat es mir erzählt. Nach seiner Lehre in Gaildorf war er beim alten Roth. Von dort ist er nach Paris.«

»Mir hat er das nie erzählt.«

»Vergiss nicht, Gustav, er hat Tag und Nacht für seine Fabrik geschuftet. Vor acht Uhr abends war er nie zuhause. Als wir klein waren, haben wir ihn vor dem Zubettgehen selten gesehen. Morgens war er meist schon fort, wenn wir zum Frühstück herunterkamen. Nur mittags war er manchmal da.«

»Wenn er nicht auf Reisen war.«

»Ja, wenn er nicht auf Reisen war.« Georg fuhr sich über die Augen. »Hat er mal mit uns gespielt, was selten war, dann war er müde. Was sollte er da viel erzählen, Gustav?«

»Gefragt habe ich ihn eigentlich nichts. Du, Georg?«

»Er hat sich für uns krummgelegt. Alles haben wir fraglos eingesteckt, was er uns gegeben hat. Das war nicht wenig. Aber Anteil an seinem Leben haben wir nicht genommen.«

»Er war immer ordentlich. Und er ist es immer noch. Manchmal denke ich, er ist zu ordentlich und zu bestimmend. Ich habe es nie gewagt, ihn etwas zu fragen.«

»Mit seinem großen Talent für Organisation und mit seiner straffen Führung hat er alles erreicht, was er wollte.«

»Kommt er bald von seiner großen Kundenfahrt zurück?«

»Anfang übernächster Woche. Vielleicht!« Georg betätigte den elektrischen Anlasser und startete das Auto. »Lass ihm seine Ruhe, Gustav. Er hat sie wahrlich verdient.«

Montag, 19. April 1909

»Was ist mit dem Bild?«

Friedrich Fischer schüttelte den Kopf und nahm mit der linken Hand den Zwicker ab. In der rechten hielt er eine Tasse Tee.

»Warum starrst du immer dort hin?«

»Ich habe dir doch erzählt, dass ich am Samstagabend mit dem alten Staengel in der Stuttgarter Kunsthalle war.«

»Und?«

»Da hat ein Maler aus Würzburg ausgestellt. Gustav Ginther. Ein exzellenter Künstler, ein liebenswerter Zeitgenosse, aber ein sehr unsicherer Mensch.« Er deutete auf das Gemälde an der Wand. »Eines seiner Bilder ähnelt dem da sehr.«

»Was ist ähnlich?«

»Die Farben, die Komposition. Einfach alles, was auf unserem Bild zu sehen ist.«

Seine Frau Gertrud lachte. »Was glaubst du, wie viele Landschaften und wie viele Bauern auf dem Feld schon gemalt worden sind? Was soll daran besonders sein?«

»Jeder Maler hat seine Eigenarten, seine spezielle Technik, seine Vorlieben für gewisse Farben. Auch du kannst einen Feuerbach von einem Liebermann unterscheiden.«

»Und was ist an unserem Bild sonderbar?«

»Hätte ich es am Samstag unbemerkt zwischen die anderen Bilder gehängt, würde es jeder für ein Original von Ginther gehalten haben. Kain und Abel nach der Tragödie.«

»Kain und Abel? Was redest du für dummes Zeug?«

»Da, die zwei auf unserem Bild! Das sind Kain und Abel.«

»Zwei Bauern auf dem Feld.«

»Nein, Kain und Abel!«

»Woher willst du das wissen?«

»Ginther hat es angedeutet. Nach der Vernissage hat er mir sein Bild ausführlicher erklärt. Und seines ist so wie unseres.«

Sie beugte sich vor und fixierte die rechte untere Bildecke. »Auf unserem Bild steht aber Emil Richter, nicht Gustav Ginther.«

Fischer setzte seine Tasse auf dem Beistelltisch zwischen den beiden Ohrensesseln ab, trat dicht vor das Bild und klemmte sich den Zwicker wieder auf die Nase. »Weiß ich wohl. Emil Richter!« Er nickte. »Wie ist das möglich? Wie kann der ein Gemälde malen, das wie eines von Gustav Ginther aussieht?«

»Vielleicht haben Ginther und Richter die gleiche Kunstschule besucht. Oder sie kennen sich von Ausstellungen und malen zusammen.«

»Die Künstler aus Norddeutschland studieren hier bei uns in Hamburg. Vielleicht noch in Düsseldorf. Aber doch nicht in Karlsruhe.«

»Wie kommst du auf Karlsruhe?«

»Dieser Ginther hat in Karlsruhe studiert. Auf der Stuttgarter Vernissage hat man seinen Werdegang vorgelesen.«

»Neulich waren wir doch in der Kunsthalle. Direktor Lichtwark hat einen Vortrag über die neue französische Malerei gehalten. Du erinnerst dich?«

Er nickte.

»Lichtwark hat viele Beispiele genannt, wie sich Künstler sogar über Landesgrenzen hinweg beeinflussen.«

Fischer dachte nach und schwieg.

»Und welcher der zwei Bauern soll Kain sein?« Sie runzelte die Stirn.

Er deutete mit dem Zeigefinger. »Das sieht man doch. Der da vorn im blühenden Feld sitzt, das ist Kain.«

»Wieso der?«

»Weil er lebt. Er ist erschrocken. Sein Mund ist offen. Er schreit. Und weiter hinten auf dem Bild ... da neben den drei Schafen ... da liegt sein Bruder Abel. Tot!«

»Du fantasierst.«

»Nein!« Er ging noch näher an das Bild heran. »Schau, er hat eine Wunde am Kopf. Der kleine rote Fleck, das ist Blut.«

Sie beugte sich vor, bis ihre Haare seine Wange streichelten.

»Das ist Abel.« Er klopfte mit dem Fingernagel an die Glasscheibe vor dem Bild. »Erschlagen.«

»Und ich hab immer gedacht, der faule Kerl hält ein Nickerchen in der Sonne.«

Er lachte. »Hab ich bis letzte Woche auch gemeint. Ginther hat mir das Bild hinter dem Bild erklärt.«

»Du sprichst in Rätseln.«

»Lichtwark hat doch letztes Jahr ein Gemälde von Rubens erklärt ...«

»Der *Kampf der Amazonen*?«

»Genau das. Ohne die klassische Mythologie zu kennen, konnte keiner der Zuhörer das Gemälde entschlüsseln. Alle haben wir geglaubt, das Bild zeige eine wilde Reiterschar, die in ein Dorf einfällt und alles niedersticht, was sich ihr in den Weg stellt. Erst als uns Lichtwark die griechische Sage von den Amazonen erzählte, haben wir bemerkt, dass der Anführer auf dem vorausstürmenden Rappen eine Frau ist, die Amazonenkönigin Hippolyte.«

»Und du meinst …«

»Kein Zweifel, Gertrud!« Er deutete energisch auf die beiden Figuren auf dem Bild. »Kain und Abel. Glaub's mir. Bauer und Hirte. Kain schreit. Und Abel liegt tot neben seinen Schafen.«

Sie legte sich beide Hände auf den Mund und ließ ihre Augen stumm übers Bild gleiten.

»Kain ist gerade aus seinem Wahn erwacht und erkennt, dass er seinen Bruder getötet hat. Er schreit seinen Schmerz hinaus.«

»Auf dem kleinen Hügel in der Bildmitte steigt Rauch auf.« Sie deutete auf den Punkt. »Hast du das schon bemerkt?«

Er ging ganz dicht an das Glas heran, hinter dem das Pastell vor Berührungen sicher war, und nahm den Zwicker ab. »Hier …«, er deutete mit dem Finger auf die Stelle, »… hier haben Kain und Abel geopfert. ›Abels Opfer sah der Herr gnädig an, da ergrimmte Kain sehr.‹ So steht es im Alten Testament, hat mir Ginther verraten.«

»Und warum liegt Abel dann da hinten und nicht auf dem Hügel?«

»Das habe ich Ginther auch gefragt. Auf dem Stuttgarter Bild ist es nämlich genau so.«

»Und was hat er geantwortet?«

»In der Bibel steht die Erklärung, hat er gemeint. Kain habe mit seinem Bruder gestritten. Hintereinander sind sie auf dem schmalen Pfad vom Hügel zum Feld herabgestiegen. Ein Wort habe das andere gegeben. Da hat Kain seinen Bruder im Zorn erschlagen.«

»Kain und Kainsmal, gehört das zusammen?«

Fischer trat vor den Bücherschrank, öffnete ihn und nahm die Lutherbibel heraus, die er zur Konfirmation bekommen hatte. »Wenn ich mich noch recht erinnere, hat Kain den Mord zunächst geleugnet.« Er blätterte im ersten Buch Moses und erwähnte beiläufig: »Dann plagten Kain Schuldgefühle. Halb wahnsinnig vor Angst schrie er aus Leibeskräften. Er fürchtete, man werde ihn aus Rache töten.«

Fischer hatte die Stelle in der Bibel gefunden. Mit dem rechten Zeigefinger unterstrich er den fünfzehnten Vers im vierten Kapitel, während er vorlas: »Da machte der Herr ein Zeichen an Kain, dass ihn niemand erschlüge, wer ihn fände.«

»Du hast doch noch andere Bilder von Emil Richter.«

Fischer klappte die Bibel zu und legte sie in den Bücherschrank zurück. »Drei. Im Büro.«

»Auch Kain-und-Abel-Bilder?«

»Weißt du doch selbst. Zwei Landschaften und das Porträt eines Bauern.«

»Woher hast du die Bilder? Früher mal auf Ausstellungen gekauft?«

»Vater hat sie mir geschenkt.«

»Dann weiß der doch, wer Emil Richter ist.«

»Kann sein. Kann nicht sein. Vielleicht hat er sie nicht beim Künstler erworben, sondern bei einem Kunsthändler.«

»Frag ihn doch.«

»Wen? Vater?«

Sie nickte.

»Wie du weißt, hat er wieder nach Ostindien und Sumatra angeheuert. Wahrscheinlich kommt er erst im nächsten Jahr wieder.«

Dienstag, 20. April 1909

»Friedrich Fischer hier. Verzeihen Sie, verehrter Herr Direktor, wenn ich Sie mit einer Frage belästige.«

Er lauschte.

»Kennen Sie einen Emil Richter?«

Fischer lehnte an seinem Schreibtisch, den Telefonhörer in der Hand, und betrachtete die Bilder an der Wand seines Kontors.

»Ja, Richter! Emil Richter!«

Er nahm den Hörer in die linke Hand und stützte sich mit der rechten an der Wand ab.

»Ich weiß leider nicht viel über diesen Mann. Eigentlich gar nichts. Er muss Maler sein.«

Er wippte vor und zurück und starrte unverwandt auf die grünen und blauen Farben unter Glas.

»Doch, doch, verehrter Herr Lichtwark. Ein sehr guter Pastellmaler sogar.«

Der Gewürzhändler kniff die Augen zusammen und versuchte, die Lichtreflexe auf dem Glas auszublenden.

»Könnte dieser Emil Richter vielleicht aus Süddeutschland oder Österreich stammen?«

Er ging ganz dicht an das Bild heran und musterte die Signatur in der rechten unteren Ecke.

»Ich dachte nur, weil der Name deutsch klingt. Und wenn er nicht zur norddeutschen Kunstszene gehört ...«

Er beugte sich wieder vor.

»Nein, nein! Emil Richter, klar und deutlich. Die Signatur ist gut zu lesen. Sie ist mit einem schwarzen Stift in Druckbuchstaben geschrieben.«

Fischer nickte vor sich hin.

»Aber ja. Hier in meinem Büro hängen drei Bilder von ihm. Ich stehe vor ihnen.«

Er schüttelte den Kopf.

»Nein, mein Vater hat sie mir geschenkt.«

Er schüttelte wieder den Kopf.

»Mein Vater?«

Er machte ein langes Gesicht.

»... ist Seemann bei der Ostindien-Handelsgesellschaft. Er kommt erst im nächsten Jahr wieder.«

»Gern.«

Fischer holte tief Luft und atmete langsam aus.

»Das Bild vor mir zeigt eine Flusslandschaft. Auf dem zweiten Gemälde ist ein Winzerdorf zu sehen und auf dem dritten ein Bauer bei der Aussaat.«

Er hörte eine Weile zu und kraulte mit der linken Hand seinen Bart.

»Bei mir zuhause hängt noch ein Bild von Emil Richter. Ein Kain-und-Abel-Motiv. Zum Verwechseln ähnlich mit einem Gemälde von Gustav Ginther, das im Stuttgarter Kunstmuseum ausgestellt wird.«

Er presste das linke Ohr an den Telefonhörer.

»Ja, ich war übers Wochenende geschäftlich in Stuttgart.«

Er lachte.

»Aber ja! Mein Geschäftspartner hat mich in das württembergische Kunstmuseum mitgenommen. Er hat mich Direktor Diez und dem Pastellmaler Gustav Ginther vorgestellt.«

Fischer wandte sich von der gemalten Flusslandschaft ab und blickte zum Fenster hinaus.

»Das dachte ich mir.«

Er runzelte die Stirn.

»Und der Name Emil Richter sagt Ihnen wirklich nichts?«

Er schmunzelte.

»Deshalb frage ich ja nach. Richters Malweise erinnert sehr an Ginther.«

Fischer stemmte die rechte Hand in die Hüfte und betrachtete die Hafenarbeiter, die auf dem Sandtorkai einen Wagen entluden.

»Natürlich! Gerne! Ich werde in Ihrem Auftrag mit Gustav Ginther in Verbindung treten.«

Er zog einen Stift aus dem Keramikbecher, der auf seinem Schreibtisch als Bleistiftständer diente, und schrieb etwas auf einen Zettel.

»Hab's schon notiert. Übrigens hat Direktor Diez die Bilder über einen Galeristen angekauft.«

Er steckte den Stift in den Becher zurück.

»Ja, ich werde mich erkundigen.«

Er nickte mehrmals.

»In zwei Wochen.«

Er legte sich die rechte Hand an den Hinterkopf.

»Ich werde da sein. Wenn Sie bis dahin herausfänden, wer dieser Emil Richter ist, wäre ich Ihnen sehr zu Dank verpflichtet.«

Donnerstag, 22. April 1909

»Schön, lieber Herr Ginther, dass Sie den Mut haben, mir Ihre gesundheitlichen Sorgen anzuvertrauen.« Doktor Guttenberg blickte seinen Besucher freundlich an. »Viele Geplagte bilden sich nämlich ein, sie müssten mit ihren Problemen allein fertig werden.«

Gustav Ginther saß zusammengesunken auf dem Stuhl, der vor dem Schreibtisch des Nervenarztes stand. Er warf Guttenberg einen kurzen, scheuen Blick zu.

»Damit ich mir ein Bild machen kann, muss ich Ihnen ein paar Fragen stellen. Einverstanden?«

Ginther nickte.

Und dann fragte Guttenberg viel: Ob sein Patient rasch ermüde, öfters erregt oder verstimmt sei. Ob die Kopfhaut beim Kämmen schmerze oder die Haut am Körper jucke. Ob er Druck auf den Augen verspüre. Ob es ihm häufig schwindlig werde. Ob er unter Ohrensausen leide. Ob er guten Appetit habe und wie viel Alkohol er trinke.

Ginther beantwortete alle Fragen mit leiser Stimme und gesenktem Kopf.

Doktor Guttenberg beobachtete seinen Patienten mit wachen Sinnen und machte sich zwischendurch immer wieder Notizen. Ihm entging die zuckende Handbewegung nicht, als er nach dem Missbrauch von Alkohol fragte.

»Alkohol und Schlaftabletten sind gefährliche Helfer, Herr Ginther. Das wissen Sie ja selbst. Das sind keine Hilfsmittel und schon gar keine Heilmittel. Sie vergrößern Ihre Probleme. Deshalb müssen wir einen anderen Weg finden.«

Ginther schwieg beharrlich.

»Leiden Sie schon lange unter Schlaflosigkeit?« Guttenberg setzte ein gleichgültiges Gesicht auf, lauerte aber hinter halb geschlossenen Lidern auf Reaktionen seines Patienten.

»Erst seit dem Tod meiner Mutter.« Ginthers Mimik blieb leblos; seine Arme hingen schlaff herunter.

»Das war Anfang Februar, wenn ich mich richtig erinnere.«

Gustav Ginther nickte.

Guttenberg notierte etwas auf der Patientenkarte. »Hat Sie der Tod Ihrer Frau Mutter überrascht?«

Ginther schüttelte den Kopf und blickte kurz auf.

»Vergessen Sie bitte nicht, dass sie schon lange krank war. Mit ihrem Tod haben wir doch rechnen müssen.« Guttenberg studierte das Gesicht seines Patienten mit verengten Pupillen. »Was hat sich Anfang Februar ereignet, das Sie nachts nicht schlafen lässt?«

»Der Tod meiner Mutter beunruhigt mich nicht.«

»Sondern?«

»Das Verschwinden meines Zwillingsbruders.«

»Wie bitte? Das ist doch schon über vierzig Jahre her. Was hat das mit dem Tod Ihrer Frau Mutter zu tun?«

»Meine Mutter hat sich bis zum letzten Atemzug geweigert, meinen Zwillingsbruder für tot erklären zu lassen. Kaum hat sie die Augen für immer zugemacht, habe ich mich dazu hergegeben, einen Totenschein für ihn zu beantragen.«

»Das war vernünftig. Ich habe mit Ihrer Mutter nicht nur einmal darüber gesprochen. Übrigens auch auf Wunsch Ihres Vaters. Die Depressionen Ihrer Mutter waren hauptsächlich darin begründet, dass sie sich mit dem damaligen Unglück nicht abfinden konnte und wollte.«

»Seitdem ich zugestimmt habe, Gottfried für tot zu erklären, fühle ich mich mitschuldig am Verschwinden meines Bruders.«

»Herr Ginther, Herr Ginther! Wie alt waren Sie damals? Anderthalb?«

»Ungefähr.«

»Wie können Sie da von Schuld sprechen? In dem Alter ist man weder rechtlich noch moralisch schuldfähig.«

»Mein Bruder ist in den Main gefallen.«

»Vielleicht ... vermutlich. Und?«

»Und wenn ihn jemand hineingestoßen hat?«

»Sie meinen ...?« Guttenberg riss die Augen auf.

»Auch der Kriminalist, der neulich bei mir war, hat erklärt, Gottfried könnte in den Main gestoßen worden sein.«

»So weit zurück können Sie sich doch gar nicht erinnern. Kein Mensch kann das. Alles, was Sie über jenes Ereignis wissen, stammt aus Berichten, Erzählungen und Vermutungen anderer Leute.«

Ginther starrte auf den Boden und schwieg.

»Dass wir uns richtig verstehen, Herr Ginther: Ich nehme Ihre gesundheitlichen Beeinträchtigungen ernst. Aber Ihre Begründung kann ich nicht gelten lassen. Sie ist an den Haaren herbeigezogen!«

Ginther stierte wieder vor sich hin.

Guttenberg kam um den Tisch herum, zog einen Stuhl heran und setzte sich neben seinen Patienten. Er maß Ginthers Puls, begutachtete seine Zunge, prüfte seine Pupillen und klopfte mit einem kleinen Hämmerchen die Reflexe an Armen und Beinen ab.

Der Maler ließ alles mit sich geschehen, schwieg und wich dem Blick des Arztes aus.

»Also, verehrter Herr Ginther«, Guttenberg seufzte, ging um seinen Schreibtisch herum und setzte sich wieder vor seine Papiere, »ich bin der festen Überzeugung, dass Sie nicht ernsthaft erkrankt sind. Eine beginnende Neurasthenie, mehr nicht.«

Ginther sah ihn ratlos an.

»Eine beginnende Nervenschwäche. Sie sind erschöpft, übermüdet und leicht reizbar. Kein Grund zur Beunruhigung. Und doch lässt sich diese Verstimmung nicht allein mit Ruhe und Schlaf kurieren.«

Der Kunstmaler schwieg beharrlich.

»Jeder Mensch, lieber Herr Ginther, durchlebt nach kreativen Glanzzeiten auch Stimmungs- und Schaffenstäler. Das ist bei Ihnen genauso wie bei mir und wie bei allen anderen Menschen auch. Ihr großes Arbeitspensum im zurückliegenden Jahr und die Trauer um Ihre Mutter fordern jetzt ihren Tribut. Sie brauchen eine schöpferische Pause. Das ist normal und nicht beunruhigend. Gönnen Sie sich eine Auszeit! Auch verschlafene und nur mit Lesen oder Nichtstun verbrachte Tage haben ihren Sinn.«

Guttenberg wartete, ob sein Patient etwas erwidern würde. Als der weiter beharrlich schwieg, fuhr er fort: »Das andere Wort für Leben heißt Dasein. Es meint, dass es für unseren irdischen Weg ausreicht, wenn man einfach nur da ist, für sich selbst und auch für andere. Anspannung und Affekte, Rausch und Raserei – das gehört nicht zum Dasein. Das ist Blendwerk, das uns bestenfalls im Augenblick reizt. Aber bei Licht besehen und im Nachhinein betrachtet, nützt das unserem Dasein nicht. Im Gegenteil, es schadet nur.«

»Was soll ich tun?« Ginther sprach leise vor sich hin und blickte nicht auf.

»Das Wichtigste zuerst: Hören Sie auf, sich Vorwürfe wegen Ihres Bruders oder wegen Ihrer Mutter zu machen. Sie sind in dieser Sache unschuldig wie ein neugeborenes Kind.«

Ginther blickte kurz auf. Er wollte etwas entgegnen, verkniff es sich und schwieg.

»Machen Sie sich kalte Wassergüsse. Unterarme und Unterschenkel morgens und abends mit kaltem Wasser begießen oder mit einem feuchtkalten Waschlappen abreiben. Gut sind auch kalte Wadenwickel vor dem Zubettgehen. Geben Sie morgens und abends in Ihr Waschwasser etwas Zitronensaft, damit das Hautjucken verschwindet.«

Ginther runzelte die Stirn.

»Gehen Sie in die Engel-Apotheke am Marktplatz. Apotheker Oberhäußer war mit dem berühmten Pfarrer Sebastian Kneipp eng befreundet. Kneipp hat Oberhäußer die Rezepturen für allerlei Naturheilmittel überlassen.«

Der Arzt zog einen kleinen Block zu sich heran. »Ich gebe Ihnen ein Rezept mit. Von Oberhäußer bekommen Sie diese Heilmittel fix und fertig. Und wertvolle Tipps dazu.«

Der Maler wollte aufstehen.

»Noch etwas.«

Ginther zuckte zusammen.

»Machen Sie eine Badekur. Möglichst bald. Wasseranwendungen, Gymnastik, Trinkkuren mit Sole, ausgedehnte Wanderungen in frischer Luft! Das wird Ihnen guttun. Bad Kissingen wäre eine gute Adresse für Sie.«

Ginther schüttelte den Kopf.

»Es würde aber Ihrer Gesundheit und Ihren Nerven sehr guttun, Herr Ginther.«

»Es würde mir gar nicht guttun.«

»Wieso nicht?«

»Von früh bis spät das Getue um Kaiser und Könige. Und die hochnäsigen Schnösel und die überspannten Damen um mich herum. Wenn ich mich erholen soll, dann möchte ich nicht vor den Leuten promenieren und paradieren.«

Guttenberg lachte. »Kann ich verstehen. Dann fahren Sie nach Mergentheim. Von hier ist es mit dem Automobil oder mit der Eisenbahn nur eine Stunde entfernt. Alle von mir genannten Anwendungen sind dort möglich. Und Ihre Ruhe haben Sie obendrein. Der diesjährige Kurbetrieb hat schon begonnen, auch wenn die Hauptsaison offiziell erst Anfang Mai eröffnet wird.«

Mai 1909

DEUTSCHES REICH: *Am 2. Mai Kälteeinbruch in ganz Deutschland mit Frost, Eis und Schnee* • DEUTSCHES REICH: *Deutschland, Italien und die Schweiz schließen einen Staatsvertrag über die Gotthardbahn* • DEUTSCHES REICH: *Das erste deutsche Kraftfahrzeuggesetz tritt in Kraft; es enthält u.a. Regelungen über Höchstgeschwindigkeiten, Vorfahrt und die amtliche Kennzeichnung der Fahrzeuge* • DEUTSCHES REICH: *Das neue Reichsbankgesetz wird vom Reichstag angenommen. Banknoten werden damit als gesetzliche Zahlungsmittel anerkannt. Bis dahin war niemand in Deutschland verpflichtet, Papiergeld in Zahlung zu nehmen* • DEUTSCHES REICH: *Rekordflug eines Luftschiffes. Graf Zeppelin legt mit seinem LZ genau 1 000 km in rund 38 Stunden zurück* • DEUTSCHES REICH: *Die Post erprobt erstmals Luftpostsendungen. Aus Luftschiffen werden Postbeutel abgeworfen* • DEUTSCHES REICH: *Mit einem 4:2-Sieg über Viktoria Berlin wird Phönix Karlsruhe Deutscher Fußballmeister* • BERLIN: *Otto Reutter (Künstlername des Otto Pfützenreutter) singt im Wintergarten-Varieté das Couplet »Mit dem Zippel, mit dem Zappel, mit dem Zeppelin«, das hunderttausendfach als Schallplatte verkauft wird* • HAMBURG: *Das »Hotel Atlantic« wird eröffnet, der Inbegriff von Prachtentfaltung und Luxus, mit Restaurant, Gesellschaftssälen, 100 Herrschaftsräumen und 200 Dienstbotenzimmern. Baukosten: 14 Millionen Goldmark* • MÜNCHEN: *100-Jahr-Feier der Kunstakademie* • FRANKFURT AM MAIN: *Beim traditionellen deutschen Sängerwettstreit erhalten der Kölner Männergesangverein den Kaiserpreis (die »Kaiserkette«)*

und der Berliner Lehrergesangverein den Ehrenpreis • WINDHUK (DEUTSCH-SÜDWESTAFRIKA)*: Das 25-jährige Bestehen der deutschen Kolonie wird gefeiert* • ITALIEN: *Der italienische Radsportverband führt den ersten Giro d'Italia durch. In 8 Tagesetappen bewältigen 127 Fahrer eine Fahrstrecke von 2448 km, die von Mailand über Neapel, Rom, Florenz, Genua und Turin wieder nach Mailand führt. Luigi Ganna ist der Schnellste und bekommt dafür die sensationelle Prämie von 5 325 Lire, was etwa 36 Monatsgehältern eines Bankangestellten entspricht* • SCHWEDEN: *Neun Nationalparks werden in Schweden am 24. Mai 1909 als erste Naturschutzgebiete in Europa eingerichtet* • SÜDAFRIKA: *Vertreter der vier britischen Kolonien in Südafrika (Kapkolonie, Transvaal, Natal und Oranje) beschließen in Johannesburg die Bildung der Südafrikanischen Union und die Ausarbeitung einer gemeinsamen Verfassung* • USA: *Der Deutsche Otto Lingenfelder erzielt auf einer 7,5 PS starken NSU-Zweizylinder-Maschine mit 124 km/h einen neuen Motorrad-Weltrekord.*

Dienstag, 4. Mai 1909

Die Hand am Treppengeländer, nahm Friedrich Fischer immer zwei Stufen auf einmal, ließ sich am Endknauf des Geländers vom Schwung um die Ecke schleudern und stürmte durch die Empfangshalle, die dem Hamburger Kunsttempel vorgeschaltet war.

Vor dem Tresen, über dem ein Schild mit der Aufschrift *Kasse* von der Decke hing, blieb er unvermittelt stehen, nahm den Hut vom Kopf und fragte: »Ist Herr Direktor Lichtwark in seinem Büro?«

»Aber gewiss doch, Herr Fischer.« Der Livrierte hinter dem hohen Pult musterte den Besucher und schien belustigt. Er wusste, Fischer war immer in Fahrt und stets bester Laune. »Der Herr Direktor erwartet Sie schon.«

Fischer nahm auf der Treppe zum oberen Stock wieder zwei Stufen auf einmal und knöpfte sich im Vorwärtsstürmen den Mantel auf. Vor Lichtwarks Büro hielt er kurz inne, zog den Mantel aus und legte ihn über den Hut, den er zwischen Daumen und Zeigefinger der linken Hand eingeklemmt hielt. Mit der rechten Hand fuhr er sich übers Haar und klopfte.

Die Tür öffnete sich.

»Willkommen, lieber Freund und Gönner!« Lichtwark streckte ihm die Hand hin.

Fischer drückte die dargebotene Rechte und ließ sich ins Zimmer bitten. Er reichte dem Hausherrn Hut und Mantel, als dieser darum bat.

Lichtwark verschwand für einen Augenblick in einem türlosen Nebenraum.

»Bitte«, forderte ihn der Chef der Kunsthalle auf, »setzen Sie sich zu mir an den Besprechungstisch.« Er deutete auf einen Ledersessel, der hohe Armlehnen hatte, und setzte sich selbst auf einen Refektoriumsstuhl, der im rechten Winkel dazu stand.

»Danke, verehrter Herr Direktor, dass Sie sich Zeit für mein Anliegen nehmen.«

Lichtwark winkte ab. »Als Mitglied unseres Kunstvereins haben Sie schon viel für dieses Haus getan, Herr Fischer. Da ist es mir eine große Ehre, auch Ihnen einmal einen Wunsch erfüllen zu dürfen.« Er tastete mit der Hand nach etwas in der linken Innentasche seines Jacketts. »Wie ich schon am Telefon vermutet habe, ist hier kein Maler namens *Emil Richter* bekannt. Deshalb habe ich in der letzten Dienstbesprechung meine Mitarbeiter befragt und ...«, er brach den Satz ab und zog einen zusammengefalteten Zettel heraus. »In der ganzen norddeutschen Kunstszene ist bisher kein Maler dieses Namens registriert worden.«

Fischer erwiderte Lichtwarks Blick mit ausdrucksloser Miene.

»Nicht bekannt? Aber wie ist das möglich? Bei mir zuhause und im Büro gibt es doch vier Bilder von ihm.«

»Das heißt doch nur, er hat sich in der Kunstszene noch keinen Namen gemacht.«

»Exzellente Bilder, verehrter Herr Direktor! Gemälde von ausgesuchter Qualität und Schönheit.«

»Mag alles sein, lieber Herr Fischer. Aber der Kunstmarkt hat Emil Richter eben noch nicht entdeckt.«

»Und nun?«

»Wir haben drei Möglichkeiten, diesen Richter ausfindig zu machen.«

»Welche sind das?«

»Erstens könnte der Maler aus Süddeutschland stammen, denn *Richter* ist zweifellos ein deutschsprachiger Familienname. Zweitens wäre es auch möglich, dass es sich um einen Gelegenheitsmaler handelt. Allerdings um einen sehr begabten, wie Sie meinen. Und schließlich könnte die Signatur falsch sein.«

Fischer runzelte ungläubig die Stirn: »Gefälschte Signatur?«

Lichtwark hob abwehrend beide Hände. »So selten ist das gar nicht, Herr Fischer. Der eine oder andere Maler arbeitet mit Pseudonym. Zugegeben, in der Schriftstellerei kommt das öfter vor. Gerade bekannte Persönlichkeiten veröffentlichen ihre Werke unter fremdem Namen. Erst jüngst hat man entdeckt, dass sogar die österreichische Kaiserin Elisabeth unter falschem Namen publiziert hat.«

»Wie kommen wir weiter?«

»Ich schreibe ein paar meiner Kollegen in Süddeutschland an. *Emil* war in der zweiten Hälfte des letzten Jahrhunderts ein Modename, vor allem in Süddeutschland. Ich bitte um Auskunft, ob dort ein Maler namens *Emil Richter* bekannt ist.«

»Und was kann ich tun?«

»Verfolgen Sie die Spur Ihrer Bilder zurück. Von Ihrem Wohnzimmer bis zum Künstler. Befragen Sie alle, die vom Bilderkauf gewusst haben könnten.«

»Und wenn wir auf beiden Wegen nicht zum Ziel kommen?«

»Ist die Signatur gefälscht. Oder *Emil Richter* ist ein Pseudonym. Dann haben wir schlechte Karten, und uns bleibt nur die Hoffnung auf einen Zufall.«

Mittwoch, 5. Mai 1909

Fischer öffnete die Bürotüre.

Die Sekretärin saß aufrecht vor ihrer Schreibmaschine, den Kopf erhoben, die Augen fest auf die Schreibvorlage gerichtet, die über der Maschine befestigt war. Ihre Hände glitten über die Tastatur, während sie kurz zu ihrem Chef aufblickte.

»Wenn ich Sie so sitzen sehe«, lachte er, »muss ich immer an einen Schulfreund denken, dessen Vater ein begeisterter Schrebergärtner war. Wenn der am Tisch saß, musste er auch immer ein

Hohlkreuz machen und die Fingerspitzen auf die Tischkante legen.«

Sie lächelte.

»Sitzen Sie so bequem?«

Sie nickte ihm zu, während ihre Finger von selbst die richtigen Typenhebel bedienten.

»Darf ich bitten?«

Sie zuckte zusammen.

Er schmunzelte. »Nur zum Diktat.«

Die junge Frau stand sofort auf, zog eine Schublade heraus und entnahm ihr einen Stenoblock und einen gespitzten Bleistift. Dann folgte sie ihrem Chef und setzte sich wortlos vor seinen Schreibtisch.

»Jetzt lachen Sie doch auch einmal, Fräulein Weber.«

Sie war auf der Hut, prüfte ihren Chef mit großen, blauen Augen und hob ihren rechten Mundwinkel ein klein wenig.

»Wenn ich Sie bis zum Mittag nicht lachen höre, müssen Sie zur Aufheiterung unseren neuen Weinessig aus Sizilien probieren.«

Sie lachte.

»Sehen Sie, geht doch!«

Sie schlug die Beine übereinander und legte den Schreibblock auf ihren Oberschenkel.

»Ich diktiere Ihnen einen Brief an Herrn Direktor Ernst Staengel.«

»Eszet?«

»Perfekt. Firma Eszet. Die Anschrift haben Sie?«

Sie nickte. »Untertürkheim bei Stuttgart.«

Er nahm den Zwicker ab, rieb sich die Nasenwurzel und dachte lange nach.

Sie konzentrierte sich auf den Stenoblock. Ihr Kopf war über das Papier gebeugt.

Sinnend betrachtete er ihre feinen Nackenhaare. Sie war jetzt schon über ein Jahr bei ihm. Und immer noch spielte sie die Unnahbare.

Sie kritzelte etwas auf ihren Block.

»Sehr geehrter Herr Staengel«, diktierte er, sprang federnd auf die Fußspitzen und stellte sich ans Fenster. Die Arme hinter dem

Rücken verschränkt, beobachtete er von seinem Kontor im vierten Stock den Sandtorkai.

»Am 17. April hatten Sie die Güte ... mich zu einer Vernissage ... in die Stuttgarter Kunstgalerie mitzunehmen.«

Er lauschte, bis er das feine Kratzen ihres Bleistifts nicht mehr hörte.

»Dort lernte ich in Ihrem Beisein ... den Würzburger Pastellmaler Gustav Ginther kennen.«

»Wie schreibt man Ginther?«

»Mit *th*«, betonte er über die Schulter. Dann schaute er wieder aufs Hafengelände hinunter. »Zu Ihrer Erinnerung ... Doppelpunkt ... Ginther ist der Sohn des Würzburger Schokoladenfabrikanten ... der bei Moser-Roth gelernt hat.«

»Komma ... der bei ...«

Er wiederholte leise: »... der bei Moser-Roth gelernt hat.« Und lauter: »Moser-Roth schreibt man mit Bindestrich und Roth mit *th*.«

»Bin so weit.« Die Sekretärin blickte nicht auf.

»Mein Vater hat mir vier Pastellbilder ... von einem Maler namens Emil Richter geschenkt ... Komma ...«, er drehte sich kurz zu seiner Mitarbeiterin um, »... der in einem Stil malt ... Komma ... der Ginthers Malweise sehr ähnlich ist.«

Er setzte sich wieder hinter seinen Schreibtisch.

Sie blickte für eine Sekunde auf.

»Professor Lichtwark ... Komma ... Direktor der Hamburger Kunsthalle ... Komma ... und ich wüssten gerne ... wer dieser Emil Richter ist.«

Er machte eine kleine Pause und fuhr dann fort: »In Hamburg ... Komma ... aber auch in den norddeutschen Kunstkreisen insgesamt ... Komma ... ist Richter gänzlich unbekannt.«

»... gänzlich unbekannt ... Punkt.«

»Sollte es Ihnen möglich sein ... aufgrund Ihrer vorzüglichen Kontakte zum süddeutschen Kunstbetrieb ... über diesen Emil Richter ...«, er legte erneut eine kleine Pause ein, »... über diesen Emil Richter ... Näheres in Erfahrung zu bringen ... Komma ... so wäre ich Ihnen zu außerordentlichem Dank verpflichtet ... Punkt ... Hochachtungsvoll ...«

»Fertig?«

Er nickte.

Sie erhob sich sofort und ging zurück an ihren Arbeitsplatz.

Er verfolgte sie mit verengten Pupillen und lächelte.

Freitag, 7. Mai 1909

Nach Büroschluss schlenderte Friedrich Fischer über die Kajenbrücke zum Rödingsmarkt. Er betrat das Backsteinhaus, das ihm seit frühester Jugend vertraut war, stieg in den zweiten Stock hinauf und drehte den Messingschalter der mechanischen Türklingel.

Sie öffnete. »Willkommen, mein Junge.«

»Tag, Mutter.«

Sie streckte ihm beide Hände hin. »Ich freue mich.«

Er betrat den Wohnungsflur, sog genießerisch den Geruch nach gebackenem Fisch ein, schloss sie in die Arme und klopfte ihr zärtlich auf den Rücken.

»Geht's gut, Mutter?«

»Die Kopfschmerzen nehmen ab.« Sie strahlte ihn an. »Mit jedem warmen Tag geht's mir besser.«

Sie schloss hinter ihm die Tür und ging ins Wohnzimmer voraus.

Er ließ sich auf das lederne Sofa am Fenster fallen und klopfte mit der Hand auf den Platz neben sich. »Setz dich her zu mir.«

Sie zögerte.

»Mach dir bitte keine Umstände. Ich möchte nichts trinken und erst recht nichts essen.«

»Du hast wenig Zeit?«

Er nickte.

Sie setzte sich neben ihn und schaute ihn liebevoll von der Seite an.

»Viel Arbeit?«

»Ja.« Er fuhr sich mit beiden Händen übers Gesicht. »Viele Aufträge. Die Schokoladenbranche wächst und gedeiht. Je besser es den Leuten geht, desto mehr Schokolade essen sie.«

»Freut mich für dich.«

»Und für dich. Du hast die Gewürzmühle über die mageren Jahre gerettet und den Gewürzhandel angefangen.« Er tätschelte ihre Hand. »Deine Arbeit trägt jetzt Früchte.«

Sie schenkte ihrem Sohn ihr strahlendstes Lächeln.

»Ein Likörchen vielleicht?«

»Dann lieber ein Alsterwasser.«

Sie zog sich an der Sofakante hoch, ging in die Küche, kehrte mit zwei großen Gläsern, einer Flasche Bier und einer Zitronenlimonade wieder und setzte sich. Vorsichtig füllte sie die zwei Gläser, reichte eines ihrem Sohn und prostete ihm zu.

»Zum Wohl, mein Junge!«

Er nahm einen kleinen Schluck und beantwortete geduldig ihre vielen Fragen nach dem Wohlergehen seiner Frau und ihrer drei Enkelkinder.

Dann hörte sie ihm zu, und er gab ihr einen kurzen Überblick über die laufenden Geschäfte und die wichtigsten Kundenkontakte. Sie interessierte sich immer noch brennend für die Firma, die sie von ihrem Vater geerbt und vor zwei Jahren ihrem einzigen Sohn überschrieben hatte.

»Vater hat mir ein paar Bilder geschenkt«, lenkte er das Gespräch auf den eigentlichen Anlass seines Besuches. »Hast du davon etwas mitbekommen?«

»Stimmt etwas nicht?«

»Doch, doch! Die Bilder sind sehr schön. Ich wüsste nur zu gern, wer der Maler ist.«

»Steht's nicht drauf? Künstler signieren doch ihre Bilder. Manche kleben sogar Zettel auf die Rückseite.«

»Ich weiß, wie der Künstler heißt. Aber ich wüsste gern, wo er wohnt und ob er mir noch ein Bild verkauft.«

»Und wie heißt er?«

»Richter. Emil Richter.«

»Emil Richter?«

Er nickte und lächelte ihr zu.

»Emil Richter, Emil Richter«, murmelte sie vor sich hin. »Mir ist so, als hätte ich den Namen schon mal gehört.

»Du warst beim Kauf der Bilder nicht dabei?«

Sie schüttelte bedauernd den Kopf.

»Weißt du vielleicht, wo er die Bilder gekauft hat?«

Sie hob entschuldigend die Hände.

»Oder bei wem?«

»Nein, mein Junge. Leider!«

»Hat er dir auch ein Bild von diesem Emil Richter geschenkt?«

»Aber das wüsstest du doch. Ich mache mir nichts aus Bildern. Schöne Fotografien sind mir lieber.«

Er bat seine Mutter, in den nächsten Tagen zu überlegen, in welchem Zusammenhang sie den Namen Emil Richter schon einmal gehört hatte.

Sonntag, 16. Mai 1909

Gustav Ginther war schon die zweite Woche zur Kur in Mergentheim. Er wohnte im Kurhaus, das aus einem Grandhotel mit Speisesaal, Café und Gesellschaftsräumen und zwei langgestreckten Seitenflügeln bestand, in denen die Zimmer der Kurgäste lagen.

Morgens musste er in aller Frühe aufstehen und mit nüchternem Magen spazieren gehen.

Dann saß er mit anderen Kurgästen im Speisesaal und frühstückte. Die lärmende und fröhliche Schar, die sich in Cafés und bei Kurkonzerten die Nachmittage vertrieb, nervte ihn.

Deshalb floh er, sobald es ihm möglich war, in die Trinkhalle, die im Untergeschoss des Grandhotels lag. Ein Marmorbogen, in den *Mergentheimer Karlsquelle* eingemeißelt war, überwölbte die schmiedeeiserne Doppeltüre. Meistens war nur ein Flügel des Portals geöffnet. Eine ganz in Weiß gekleidete Aufseherin versperrte den Weg und wollte den roten Kurausweis sehen. Damit war man als Kurgast und Bewohner des Kurhauses ausgewiesen und bekam ein Glas, das man mit Heilwasser aus der Karlsquelle füllte.

»Beim Trinken gemächlichen Schrittes umhergehen«, hatte der Badearzt »unseren verehrten Künstler aus Würzburg« ermahnt. »Immer nur kleine Schlucke nehmen!«

Das lauwarme, mit Glaubersalz angereicherte Wasser schmeckte ekelig. Normalerweise wurde es bei Magen- und Darmerkrankungen sowie Leber- und Gallenleiden verabreicht. Aber auch Patienten mit Erschöpfungszuständen mussten es trinken.

Hatte Ginther widerwillig das Glas geleert, dann eilte er die Marmortreppen hinauf ins Vestibül, fragte den Portier nach der Post und las in der Loge die ausliegenden Zeitungen.

Und dann war es meist erst zehn Uhr.

Er langweilte sich schrecklich.

Den Besuch seiner Frau und seines Bruders konnte er kaum erwarten. Er lief vor den Freitreppen zum Hoteleingang hin und her.

Endlich, gegen elf Uhr, fuhren sie im Automobil vor, am Steuer der Chauffeur der Ginther-Werke.

Während der Automobilist frische Wäsche, die letzten Nummern des *Würzburger Generalanzeigers* und etliche Mitbringsel in Gustavs Zimmer trug, präsentierte Georg stolz seinen neuen Viertakter.

»Ein *NSU-Motorwagen 10/20*, Gustav. Ein Prachtstück! Elegant, bequem und schön. Die blauen Polstersitze passen doch gut zur stahlblauen Karosserie und zum rotbraunen Holz in der Fahrerkabine. Stimmt's, du Pinselschwinger?«

Der nickte.

»Und das zuverlässigste Automobil der Welt, Gustav.«

Der Maler trug ein trübes Gesicht zur Schau und schwieg.

»Dreitausend Kilometer ohne Reparatur und Kundendienst. Ehrenwort!«

Auch Gustavs Frau pries das Automobil mit dem Klappverdeck in den höchsten Tönen: »Das wär auch ein Automobil für dich, Gustav. Damit könntest du jederzeit ins Grüne fahren und malen.«

»Ich kann doch nicht Auto fahren«, wehrte er ab.

»Eine Kleinigkeit, Gustav.« Georg berührte seinen Bruder am Ellbogen. »Bei jedem Autokauf werden von der Firma Fahrstunden angeboten. Ein Automobilingenieur fährt mit dir mit und zeigt dir alles, was du wissen und können musst. Nach zwei, drei Stunden bekommst du deine Fahrerlizenz und kannst losbrausen, wohin du willst.«

Zu dritt umrundeten sie mehrmals das technische Wunderwerk und setzten sich unter eine große Kastanie, der Maler in der Mitte.

»Wie geht's dir, Gustav?« Christine Ginther legte ihre Hand auf seine.

»Gut.«

Sie sah ihren Mann prüfend von der Seite an.

»Wirklich. Mach dir keine Sorgen.« Er warf seinem Bruder einen scheuen Blick zu.

Sie strich ihm zärtlich über die Hand.

»Und wie geht's Vater?« Er zog seine Hand zurück.

»Er ist wieder von der Reise zurück. Aber immer noch apathisch. Sitzt rum und redet nicht.« Georg runzelte die Stirn. »Und wenn er mal den Mund aufmacht, dann verkündet er immer das Gleiche: ›Ich muss fort. Ich hab das alles satt. Lasst mir meine Ruhe‹.«

»Warum?« Gustav staunte die beiden Besucher traurig an.

»Ich denke, er fühlt sich schuldig«, vermutete seine Frau.

»Schuldig?«

»Am Tod unserer Mutter.« Georg erhob sich, griff in seine Hosentasche, zog ein Taschentuch heraus und setzte sich wieder. »Er macht sich Vorwürfe. ›Ich habe mich zu wenig um meine Familie gekümmert‹, hat er mir gestern gestanden.« Er fuhr sich mit dem Tuch übers glänzende Gesicht.

»Dann schick ihn hierher. Mit dem Heilwasser von der Karlsquelle vergehen ihm alle Schuldgefühle.«

Georg lachte, neigte sich etwas zur Seite und steckte das Tuch wieder in die Hosentasche. »Sind Sie dir schon vergangen?«

Gustav schwieg.

»Ich finde«, Christine setzte sich aufrecht hin, »du solltest dir eine längere Auszeit als nur diese Kur gönnen, Gustav.«

Erschrocken musterte er seine Frau.

»Ich meine es ernst.« Sie zögerte und blickte kurz zu ihrem Schwager auf. Der nickte ihr aufmunternd zu. »Du bist nicht auf die Lehraufträge angewiesen, Gustav.«

»Kein Unterricht mehr?«

»So hab ich's nicht gemeint.«

»Wie dann?«

»Lass alle Verpflichtungen vorübergehend ruhen. Gönne dich dir selbst. Ein Jahr lang. Dann bist du wieder auf dem Damm.«

»Oder weg vom Fenster.«

»Du bist nicht mehr auf einen Fensterplatz angewiesen.«

»Du hast's geschafft, Gustav.« Georg legte seine Hand beschwichtigend auf die Schulter seines Bruders. »Du bist ein anerkannter Maler. Du musst nicht mehr auf jeder Hochzeit tanzen, musst nicht mehr um Aufträge buhlen. So viele Bilder kannst du gar nicht malen, wie du verkaufen könntest.«

»Wer behauptet das?«

»Herr Gabriel.«

»Der muss es ja wissen.«

»Wenn's dein Galerist nicht weiß, wer dann?«

Gustav Ginther machte ein leidendes Gesicht und blickte auf die Seite.

»Gustav, ich bitte dich, hab Vertrauen«, bat seine Frau mit besorgter Miene. »Vertraue dir selbst und auch den Menschen, die es gut mit dir meinen.«

Betretenes Schweigen.

»Hast du dich schon ein wenig mit der Gegend vertraut gemacht, Gustav?«, fragt Georg und warf seiner Schwägerin einen besorgten Blick zu.

»Nein. Noch nicht. Aber morgen werde ich mit einem Kurgast nach Igersheim wandern.«

»Schön, Gustav, das gefällt mir.« Seine Frau strahlte ihn an. »Wandere an der Tauber entlang. Schlage Purzelbäume. Schließe dich anderen Kurgästen an. Mach dir ein paar fidele Tage.«

Der Maler blickte zu Boden und schwieg.

Georg bemerkte, dass sein Bruder immer noch in trüben Gedanken gefangen war. Deshalb sprang er auf, bewusst schnell und demonstrativ leichtfüßig, wischte sich den Hosenboden ab und reckte sich. »Ich schlage vor, wir gehen ins Städtle und essen dort zu Mittag. Und dann machen wir eine kleine Ausfahrt ins Taubertal.«

Bevor Gustav antworten konnte, stand seine Frau vor ihm und streckte ihm die Hand hin: »Auf geht's, Gustav! Zeig uns Mergentheim. Ich war noch nie hier.«

Er ließ sich von ihr hochziehen und guckte unschlüssig nach links und rechts. »Ich muss der Rezeption Bescheid geben.«

»Bleib da, Gustav. Ich erledige das.« Georg eilte aufs Kurhaus zu. Über die Schulter rief er: »Außerdem sage ich unserem Chauffeur, dass wir ihn bis vier Uhr nicht brauchen.«

Christine Ginther schlang die Arme um den Hals ihres Mannes und sah ihm in die Augen.

»Die Kinder lassen dich schön grüßen, Gustav. Sie vermissen dich, aber sie wünschen sich einen heiteren Vater. Deshalb möchten sie, dass du dich so lange ausruhst, bis du wieder ganz der Alte bist.«

Er wich ihrem forschenden Blick aus.

»Maria schickt dir tausend Küsschen, und Max hat ein Bild für dich gemalt. Der Chauffeur legt's dir aufs Zimmer. Ruf Max an oder schreib ihm. Du weißt, er bewundert dich sehr.«

Ein Lächeln huschte über sein Gesicht. Er zog die Augenbrauen hoch, schloss für einen Augenblick die Lider und neigte seine Stirn auf ihre.

»Mach dir keine Sorgen, Christine«, flüsterte er leise, »wird schon wieder.«

»Fühlst du dich wohl im Kurhaus?«

»Die Kurgäste am Tisch gehen mir auf die Nerven.«

»Dann setze dich an einen anderen Tisch.«

»Jedem Neuankömmling wird der Sitzplatz zugewiesen.«

»Dann bitte um einen anderen Tisch.«

Mit beiden Händen, energisch und männlich, packte sie ihren Mann an den Aufschlägen seines Jacketts. »Lass dir nicht alles gefallen, Gustav! Du bist der Gast. Du bezahlst! Also darfst du erwarten, dass man dir entgegenkommt und alles tut, was deinem Wohlbefinden dient.«

»Kannst du dir vorstellen, wie unbeliebt ich mich damit mache?«

»Willst du wieder der kreative Maler sein? Oder willst du Dich für dein gutes Geld auch noch herumkommandieren lassen? Ich dachte, du bist zur Erholung hier.«

»Ich flüchte aus dem Speisesaal, sobald es möglich ist, ohne die Etikette zu verletzen.«

Sie strich ihm sanft über die rechte Wange.

»Morgen gehe ich mit Doktor Messmer spazieren.«

»Mit deinem Arzt?« Sie schaute auf, als erwarte sie eine Überraschung. Wie jemand, der auf ein Wunder wartet.

»Nein, mit einem Psychologieprofessor aus der Schweiz. Er ist auch Kurgast. Er hat mich am Heilbrunnen angesprochen. Seitdem haben wir ein paar Mal miteinander geplaudert.«

Die Spazierwege rund ums Kurhaus füllten sich mit Müßiggängern. Alle waren sie da, die er nicht ausstehen konnte. Der

Kaufmann aus Nürnberg, der Privatier aus Stuttgart mit dem Ziegenbart, der Postmeister aus Landshut mit dem Gesicht eines Clowns und die drei altledigen Fräulein. Dazu der Baumeister aus Heidelberg mit dem schwarzen Bart und der Bankbeamte aus Berlin, der wie ein Priester dreinblickte, der gelangweilt seine Sammelbüchse durch die Menschenmassen trägt. Frech grinsend gingen sie an ihrem Tischgenossen vorbei, ignorierten ihn und grüßten aufreizend seine Frau.

»Lass uns gehen, Christine.«

Ginther und seine Frau schlenderten im Kreis, bis Georg zu ihnen aufschloss. Dann machten sie sich auf den Weg in die Altstadt.

An der Tauber storchte ein Mann durchs seichte Wasser, die Hosenbeine bis ans Knie hochgekrempelt. Plötzlich blieb er stehen, die Arme in die Seite gestemmt, und spähte herüber. Dann winkte er ihnen mit beiden Händen zu.

»Das ist der Psychologieprofessor«, erklärte Gustav seinen Begleitern und winkte zurück. »Wassertreten nach Pfarrer Kneipp. Das macht er jeden Tag. Er leidet an hohem Blutdruck.«

Im riesigen Innenhof des Schlosses waren zu dieser Stunde viele Sonntagsgäste. Sie spazierten umher oder saßen aufgereiht an der Platanenallee und bewunderten das mächtige Schloss, das bis 1809 ständige Residenz des Hoch- und Deutschmeisters gewesen war und schon viele illustre Gäste beherbergt hatte. Ludwig van Beethoven hatte hier, einundzwanzigjährig, sein erstes Engagement als Bratschist im Orchester der Ordensritter. Er wohnte im Schloss, wie die anderen Musiker auch, und war oft ein gern gesehener Gast im herrschaftlichen Wohnhaus des Ordenskanzlers Breuning. Es lag nur wenige Schritte vor dem prächtig herausgeputzten Torhaus des Schlosses, durch das schon viele Kaiser und Könige gefahren und Philosophen und Dichter, Maler und Musiker geschritten waren. In der guten Stube dieses Gebäudes im ersten Stock gab der junge Musiker Kostproben seines Könnens am Klavier.

Die Deutschordensmünze direkt vor dem Schloss zeugte vom Münzrecht der Deutschordenskomtur. Jetzt beherbergte sie ein Gasthaus.

»Alte Münze!« Georg deutete auf das vergoldete Wirtshausschild. »Sollen wir da essen, Gustav?«

»Nein, am Marktplatz, im Gasthaus Weller. Das hat mir der Psychologieprofessor empfohlen.«

Sie gingen durch den Pfarrgang, der den Deutschherren als direkter Zugang zur Schlosskirche gedient hatte, und bestaunten das Amtshaus des Deutschordenskanzlers und das Hospital zum Heiligen Geist. Hier wurden früher die kranken Kreuzritter gepflegt und Pilger beherbergt. Den prachtvollen Kiliansbrunnen, zu Ehren des Frankenapostels Kilian errichtet, betrachteten sie scheu und ehrfürchtig.

Der Marktplatz war leer. Die Fachwerk- und Rokokohäuser strahlten in der milden Maisonne. Das Rathaus mit seinem Staffelgiebel trennte den Platz in eine obere und untere, kleinere und größere Hälfte. Im Eckhaus zur Burggasse hin wohnte einst Eduard Mörike. Hier verliebte sich der evangelische Pfarrer und Dichter in die katholische Obristentochter Margarethe von Speeth, die im gleichen Haus lebte. Nach siebenjähriger Verlobungszeit und mit gnädigem Dispens der württembergischen Königin durfte er seine andersgläubige Angebetete in der Mergentheimer Schlosskirche heiraten.

»Dort drüben ist das Gasthaus Weller.« Gustav deutete auf das Fachwerkhaus neben der alten Apotheke.

✧

Auf der Fahrt nach Creglingen war Georg in bester Stimmung. Die zwei Gläser Tauberwein hatten seine Zunge gelockert und geölt. Und so unterhielt er seinen Bruder, der neben ihm auf der vorderen Sitzbank lehnte, mit allerlei Schnurren, während er seinen Motorwagen über die holprige Piste nach Weikersheim und von dort, an der bayerischen Landesgrenze entlang, über Laudenbach und Neubronn nach Creglingen chauffierte. Autofahren war seine Leidenschaft.

Christine Ginther, die auf der hinteren Sitzbank wegen der Fahrgeräusche nichts verstand, betrachtete die vorbeiziehende Landschaft an der Tauber.

»Manche Beamten haben Stroh im Kopf und Steinriegel dort, wo bei anderen Leuten das Herz sitzt.« Georg lachte vor sich hin und erzählte von einem Lehrstück deutscher Behördenwillkür.

Ein Stuttgarter sei von Stuttgart nach Würzburg geradelt. Unterwegs habe er wegen der schlechten Straßen zwei Kinder, eine Kuh und drei Randsteine angefahren. Deshalb musste er für Strafbefehle und Reparaturen 28 Mark bezahlen. Bei Bernsfelden, gleich hinter Igersheim und kurz vor der Grenze zu Bayern, sei ein württembergischer Landjäger aus dem Gebüsch gesprungen und habe den württembergischen Nationalitätsausweis, den Reisepass und die Fahrrad-Zulassungskarte sehen wollen. Weil der Radler seine württembergische Kennkarte nicht dabei hatte, aber wegen seiner Mundart zweifelsfrei als Schwabe zu identifizieren gewesen sei, habe ihn der Landjäger mit zwei Mark verwarnt und weiterfahren lassen. Übrigens sei, berichtete der wackere Schwabe dem *Würzburger Generalanzeiger*, die Straße von Igersheim bis Giebelstadt die beste gewesen auf der ganzen Strecke von Stuttgart nach Würzburg. Keine Schlaglöcher! Feiner Straßenbelag! Ein paar Tage später, auf der Heimfahrt nach Stuttgart, wollte der Pedalist nicht nochmals dem württembergischen Wegelagerer in die Hände fallen. Deshalb ist er auf der bayerischen Seite an der badisch-bayerischen Grenze entlanggefahren, über Bütthard und Löffelstelzen nach Mergentheim. Als er vor Reckerstal über die württembergische Landesgrenze wollte, wurde er wieder geschnappt. Diesmal von einem Gendarmen und dem Amtsrichter von Mergentheim, der gerade einen Vororttermin wahrnahm. Weil er natürlich immer noch keinen württembergischen Ausweis hatte, ließ ihn der Amtsrichter sofort arretieren. Mit dem Reisepass gab er sich nicht zufrieden. Der Gendarm bat den studierten Rechthaber, sich die Sache nochmals zu überlegen. Das Schwäbische, belehrte er den Richter, sei eine so komplizierte Sprache, die man nur von Geburt an erlernen könne. Der Delinquent spreche ein so perfektes Schwäbisch, dass er nichts anderes als ein Schwabe sein könne, und alle Schwaben gehörten bekanntlich zum Königreich Württemberg. Wort- und gestenreich ersuchte er also den Richter, den Reisepass als ausreichendes Dokument gelten und den Schwaben heimfahren zu lassen. Doch der Richter beharrte auf den Vorschriften, ließ in Stuttgart per Eildepesche anfragen, ob das unbekannte Subjekt dort polizeilich gemeldet sei, und verdonnerte den Grenzverletzer nach drei Tagen Untersuchungshaft zu 30 Mark Strafe wegen gesetzeswidriger Ausreise, zu 60 Mark wegen gesetzeswidriger Wiedereinreise und zu 20 Mark Gerichtskosten.

»Beamtenpossen«, lachte Georg und schlug mit der flachen Hand auf das Lenkrad.

Gustav lächelte vor sich hin und schwieg.

Georg spielte weiterhin den Alleinunterhalter und philosophierte über den Siegeszug des Automobils und die besten Autos in Deutschland.

Gustav hörte eine Weile zu und warnte dann: »Du musst auch die Gefahren sehen, Georg. Gestern habe ich in der Mergentheimer Zeitung einen Artikel gelesen. *Der Todeszug des Autos,* hat die Überschrift gelautet. Weißt du, dass es schon über 40 000 Automobile in Deutschland gibt? Davon über 2 000 Lastkraftwagen?«

»Ist doch nicht viel. Bald werden es mehr sein.«

»Hast du auch schon einmal das Unglück bedacht, das Automobile den Menschen antun können? In der Zeitung steht, dass im letzten Jahr über 140 Menschen von Autos überfahren und getötet worden sind. Die Zahl der Verletzten ist nicht bekannt, aber sehr groß. Stell dir das Unglück vor, Georg!«

»Stimmt«, gab Georg zu, »aber wie viele Menschen sind jährlich durch Pferdewagen und Pferdekutschen ums Leben gekommen?«

»Weiß ich nicht.«

»Siehst du, Gustav, der Straßenverkehr wird immer gefährlich sein, ob mit oder ohne Automobile. Man muss halt aufpassen. Außerdem fahren die meisten Autos in Berlin und Hamburg. Mein Garagier hat mir erzählt, dass auf den Straßen Berlins schon 3 000 Autos herumfahren. Wahnsinn, dieses Gedränge und Gehupe in den Straßenschluchten unserer Hauptstadt! Hier auf dem Land kommt doch nur alle paar Minuten ein Auto vorbei. Hast du bemerkt, dass uns seit Elpersheim kein Auto mehr begegnet ist? Bei uns auf dem Land ist der Straßenverkehr harmlos. Allenfalls die liederlichen Straßen und die tiefen Schlaglöcher sind riskant.«

Gustav breitete die Hände aus, als gebe er sich geschlagen.

»Wenn du wieder zuhause bist«, Georg schlug seinem Bruder auf den Oberschenkel, »wird dir unser Chauffeur zeigen, wie man Auto fährt. Dann kannst du auch mal selber hierher fahren.«

Gustav zog unschlüssig die Schultern hoch. »Ich weiß nicht.«

»Gefällt's dir, wie wir durch die Dörfer und Felder tauberaufwärts fahren? So bequem und gesund an der frischen Luft?«

Gustav nickte.

»Ach, übrigens, frische Luft«, schwatzte Georg zum offenen Wagenfenster hinaus. »Gestern war's in Würzburg staubig wie in der Sahara.«

»Du willst mich auf den Arm nehmen.«

Georg lachte. »Die ganze Würzburger Innenstadt war in der Hand der Automobilisten. Verkehrstruppen aus Berlin sind mit ihren Lastfahrzeugen stundenlang durch Würzburg gedonnert. Sie kamen von Stuttgart und waren auf der Rückfahrt nach Berlin über Erfurt und Halle. An der internationalen Lastwagenprüfungsfahrt haben sie teilgenommen. Jeder Wagen musste eine Materiallast von sechs Tonnen transportieren, vier auf dem Motorwagen und zwei auf dem Anhänger. Die Feuerwehr war den ganzen Tag im Einsatz und hat die Straßen abgespritzt, damit sich der Staub legt. Und dazu der Höllenlärm. Ungeheuerlich! Wenn tonnenweise Eisen übers Kopfsteinpflaster rumpelt, versteht man sein eigenes Wort nicht mehr.«

»Und gibt's noch mehr Neuigkeiten aus Würzburg?«

»Am Donnerstag sind die ersten Kraftpostlinien von Würzburg aus in die umliegenden Dörfer feierlich in Betrieb genommen worden. Die Schulkinder haben schulfrei gehabt. In so einem Postauto können 22 Personen mitfahren, und dann ist noch Platz für Briefe, Pakete und kleinere Frachtstücke. Eine neue Zeit, Gustav. Und wir dürfen's miterleben. Wahnsinn!«

Das Auto hielt. Auf der grünen Wiese, in Sichtweite zu Creglingen, stand die Herrgottskirche, eine alte Wallfahrtskapelle.

Sie stiegen die Treppen hinauf zu dem schlichten, gedrungenen Gebäude mit dem weit herabgezogenen Dach, gingen schweigend durch die Grabreihen und bewunderten den Treppenturm, der auf der Nordseite an die Kirche angebaut war. Von dieser Außenkanzel hatte der Ablassprediger Tetzel zu den Taubertälern gepredigt, Angst und Schrecken vor dem Jüngsten Gericht verbreitet, Spenden für den Papst eingetrieben und so den Keim für die Reformation im Taubertal gelegt.

Durch das enge Hauptportal schlüpften sie in die Kapelle.

Georg und Christine gingen auf Zehenspitzen in der Kirche umher und erklärten sich flüsternd die drei Altäre, die einsam und verstaubt herumstanden, einer in der Mitte, zwei weitere in der dämmrigen Apsis, bewacht von einem riesigen Christophorusbild, das in den Putz gemalt war.

Gustav Ginther setzte sich im Halbdunkel vor den Marienaltar in der Mitte des Raumes und vertiefte sich in Tilman Riemenschneiders Meisterwerk.

Ein Fremder mochte meinen, einen Andächtigen beten zu sehen. Tatsächlich bewunderte der Maler die ausgewogene Komposition und berechnete, wie alt das Schnitzwerk sein musste, wenn Riemenschneider zu Luthers Zeiten Bürgermeister und Bildhauer in Würzburg war.

Die Mitteltafel des dreiflügligen Altars zeigte offensichtlich Maria, die von Engeln in den Himmel getragen wurde. Auf dem linken und rechten Seitenflügel bestaunten bärtige Männer das Schauspiel, das sich ihnen bot. Es waren zwölf Männer, gewiss die Apostel des Neuen Testaments. Vor allem die Ausdruckskraft der Gesichter aus Lindenholz begeisterte den Maler.

Montag, 17. Mai 1909

Nach dem Mittagessen machten sich Gustav Ginther und Oskar Messmer auf den Weg. Sie wanderten unterhalb der Arkau bis zum Erlenbach und dann am Vogelherd vorbei nach Igersheim.

Unterwegs erzählte der Psychologieprofessor aus Rorschach seinem Begleiter, er wolle sich in Mergentheim erholen. Vorletzte Woche habe er sein *Lehrbuch der Psychologie* fertiggeschrieben, das jetzt in Leipzig gedruckt werde. Seit Jahren leide er an Bluthochdruck. An manchen Tagen komme es ihm vor, als habe er Watte im Kopf. Deshalb müsse er sich viel bewegen und dürfe nicht mehr so viel essen.

»Und warum sind Sie zur Kur in Mergentheim, verehrter Herr Ginther?«

»Ich schlafe schlecht und fühle mich matt und abgespannt. Ich sei überarbeitet, behauptet mein Arzt.«

Messmer blickte überrascht auf. Hatte er richtig gehört: *Behauptet mein Arzt?*

»Sie sind anderer Meinung?«

»Ich habe im letzten Jahr nicht mehr gearbeitet als früher, eher weniger.«

»Und worauf führen Sie dann Ihre Schlafstörungen zurück?«

Gustav Ginther warf seinem Begleiter einen prüfenden Blick zu. Ein Psychologe, ein Fachmann für Seelenkunde. Als Professor für Psychologie sogar ein ausgewiesener Spezialist. Und er kommt aus der Schweiz, aus Rorschach am Bodensee. Wenn ich will, sehe ich ihn nie wieder, ging es Ginther durch den Kopf. Einmal muss auch ich von meinem Kummer sprechen. Und so entschloss er sich, vor dem Fremden seine Seelenpein auszubreiten.

Zögernd begann er zu sprechen. Zunächst berichtete er vom Besuch des Kriminalpolizisten. Dann brach es aus ihm heraus, ob er wollte oder nicht. Schließlich schilderte er jenen Tag, an dem seine Mutter starb.

Er ließ nichts aus, erzählte alles, was ihm in den Sinn kam, und redete sich seine Sorgen und Ängste von der Seele.

Messmer hörte aufmerksam zu. Der Blickkontakt verriet, dass er Anteil nahm. Er schwieg so lange, bis Ginther seinen Bericht beendet hatte.

»Was sind Sie von Beruf, Herr Ginther?«

»Maler. Kunstmaler, genauer gesagt. Pastellmalen ist meine bevorzugte Maltechnik, aber nicht die einzige.«

Der Psychologe nickte und dachte nach. »Welche Diagnose hat Ihr Arzt gestellt?«

»Neurasthenie. Nervenschwäche nach Überarbeitung.«

»Sie haben für sich eine andere Bilanz gezogen?«

»Ich habe ein ziemlich weiches Gemüt. Bei Trauerfällen kann ich die Tränen nicht lange zurückhalten. Himmelhoch jauchzend, zu Tode betrübt. Jeden Tag ein Auf und Ab der Gefühle. Ich glaube, ich habe das von meiner Mutter geerbt.«

»Und Ihr Vater? Ist der anders?«

Ginther lachte kurz auf. »Anders? Das genaue Gegenteil. Hart und streng gegen sich und andere. Bis zum Tod meiner Mutter hatte er alle Fäden in der Hand. Jeder Tag, jede Woche, jeder

Monat war bis auf die letzte Minute durchorganisiert. Da war kein Platz fürs eigene Gemüt und für andere Menschen.«

»Mh.« Messmer rieb sich das Kinn und dachte wieder nach. »Das Gemüt«, meinte er leise, aber bestimmt, »ist ja nichts anderes als die Art und Weise, wie wir auf Eindrücke reagieren.«

Ein kurzer Seitenblick und Messmer wusste, dass sein Begleiter Mühe hatte, das Gehörte zu verstehen. Deshalb holte er weiter aus. »Eindrücke nennen wir das, was von außen auf uns einstürmt. Eindrücke beeindrucken uns und lösen Gefühle in uns aus. Oftmals werden die Gefühle dann so übermächtig, dass sie uns bedrücken und niederdrücken.«

Ginther schloss die Augen und nickte ein paar Mal.

»Gemüt ist ein Wort für alle Gefühle zusammen. Behauptet jemand, er habe ein weiches Gemüt, dann meint er, die Gefühle haben ihn im Griff. Sie lodern in ihm, machen ihn launisch, wild, ruhelos und zweifelnd. Ihre Mutter scheint mir ein gutes Beispiel dafür zu sein, wie die Gefühle einen Menschen so beherrschen können, dass sie den eigenen Willen unterdrücken. Ihr Vater dagegen ist ein Beispiel für Menschen, die unabhängig sind von den äußeren Eindrücken, den aufkommenden Gefühlen, von den Meinungen der anderen. Diese Willensstarken setzen überall ihren Kopf durch.«

Sie waren in Igersheim angekommen. Auf dem Marktplatz drehten sie sich im Kreis und hielten Ausschau nach dem Gasthaus *Stern*.

Messmer wollte dieses Gasthaus besuchen, eigentlich den Biergarten des Gasthofs. Sein Kurarzt hatte ihm das Lokal empfohlen.

Direkt vor ihnen lag der *Adler* mit seiner breiten Doppeltreppe und dem mächtigen Walmdach. Und an der Straße, die dem Rathaus gegenüber bergan nach Markelsheim führte, blitzte das Wirtshausschild *Zum Löwen* auf.

Aber der *Stern*? Wo war der?

Sie fragten eine Bäuerin.

»Biergarten?« Das Wort hatte sie noch nie gehört.

»Wo man draußen sitzen kann«, erklärte Messmer.

»Ah, Sommerwirtschaft meinen Sie.« Sie beschrieb den Weg: Die Straße hinauf, am Löwenwirt vorbei und dann die Allee nach Markelsheim hinaus. Dort oben sei der bekannte Gasthof mit seiner Brauerei, dem *Sternbräu*, und seinem Sitzplatz im Grünen.

Ginther nahm den Gesprächsfaden wieder auf: »Und was bedeutet das für mich, Herr Professor, was Sie gerade über das Gemüt erklärt haben?«

Messmer wollte vom Wesen des Gemüts erzählen, aber sie waren schon am Ziel. Sie setzten sich in den Sommergarten und bestellten frisch gebrautes Bier.

Die Schankmagd ging mit einem großen Tablett von Tisch zu Tisch, lud auf Bestellung volle Bierkrüge ab und fragte, ob auch ein Vesper gewünscht sei.

Ginther und Messmer winkten dankend ab. Später, vielleicht.

»Zum Wohl, Herr Kurkollege!« Messmer stieß mit Ginther auf einen guten Kurerfolg an.

✧

»Das liegt doch auf der Hand«, stellte Messmer fest und wischte sich mit dem Handrücken den Bierschaum von den Lippen. »Nicht jeder Mensch weint bei einem traurigen Anlass und gibt sich seinen Gefühlen hin. In dem Fall steuert der Wille das Gemüt, hält die Gefühlsaufwallungen klein und übernimmt das Kommando.«

»Und was bedeutet das für mich?«

»Gehen Sie mit Ihren Gefühlen ins Gericht. Schreiben Sie Ihrem Gemüt vor, welche Gefühle es zeigen darf und welche nicht.«

»Sie haben leicht reden.«

»Ich berichte nur, was ich aus meinen Beobachtungen weiß. Hunderte von Kindern und jungen Menschen habe ich befragt und beobachtet.«

»Warum Kinder und nicht Erwachsene?«

»Kinder sind ehrlicher und haben noch nicht so viele schlechte Erfahrungen gesammelt wie Erwachsene. Deshalb stehen sie optimistischer in der Welt als ihre Eltern. Von gesunden Kindern kann man lernen, wie man kranke Erwachsene heilen kann.«

Ginther warf Messmer einen bewundernden Blick zu.

»Ich kann meine Behauptungen zwar auf viele Beobachtungen stützen. Aber ich gebe zu, dass meine Psychologie der neuen Lehre aus Wien und Zürich widerspricht.«

»Und was besagt diese neue Lehre?«

»Sie befasst sich mit jenem Teil der Psyche, der im Verborgenen wirkt. Ist Ihnen der Name Sigmund Freud bekannt?«

»Nie gehört.«

»Die Psychoanalyse, wie Sigmund Freud diese Richtung der Psychologie nennt, will die Gefühlsregungen, Gemütswallungen und vor allem die Triebe im Menschen aufspüren und bewusst machen.«

»Wozu?«

»Ist mir mein Unbewusstes erst einmal bewusst, dann kann ich die Herrschaft über meine Gefühle gewinnen, behauptet Freud.«

»Und wo ist der Unterschied zu Ihrer Lehre?«

»Meiner Meinung nach kann man sein Unbewusstes nie ganz verstehen. Lässt man sich zu sehr mit seinen eigenen Gefühlen ein, dann liefert man sich ihnen aus. Ich glaube, man muss seine Empfindungen im Zaum halten und darf nicht in ihnen herumstochern.«

Ginther musterte seinen Begleiter lange. Aufmerksam studierte er sein Gesicht, als wolle er es gleich malen.

Messmer ließ es schweigend geschehen.

»Sie haben mich mit dem, was sie eben erwähnten, tief bewegt, Herr Professor. Ich beginne zu ahnen, was in mir vorgeht.«

Messmer hob die Hände, als wolle er den Dank abwehren. Aber seine Augen zeigten, dass er sich freute.

»Sagt Ihnen der Name Coué etwas?«

Ginther schüttelte den Kopf.

»Émile Coué, Apotheker in Frankreich, beobachtete, dass seine Kunden rascher gesundeten, wenn er das vom Arzt verordnete Medikament lobte. Er forschte weiter und entdeckte die Autosuggestion. Jeder Mensch beeinflusst sich selbst, von der Wiege bis zur Bahre, von früh bis spät, von Stunde zu Stunde. Meistens geht diese Selbstbeeinflussung unbewusst in die falsche Richtung. Man ist unsicher, hat vielleicht sogar Angst, ist schlecht gelaunt und erwartet nichts Gutes. Und so kommt es dann auch, weil man unbewusst alles tut, damit es eintritt. Man kann sich aber auch eine heilende Selbsthilfe verordnen, sich fest vornehmen, heute alles frisch, fröhlich, angenehm und besser als gestern zu sehen. Das herbeigesehnte Ergebnis stellt sich dann auch ein.«

»Wie kommt man zu dieser heilenden Selbsthilfe?«

»Das ganze Geheimnis der Autosuggestion beruht darauf, dass man seinen Willen einsetzt, sich etwas strikt vornimmt und sich nicht treiben lässt. Also sprechen Sie sich selber Mut zu. Befehlen Sie sich vor dem nächsten Gespräch, heiter zu bleiben, gleichgültig, was man von Ihnen will. Glauben Sie fest daran, dass Sie heiter sein können. Glauben Sie an Ihre eigene Kraft.«

Ginther riss ungläubig die Augen auf. »Und das wirkt?«

»Ihre Psyche wird Ihre innere Stimme nicht überhören, wenn Sie lange und fordernd genug mit sich selbst reden. Probieren Sie es aus! Natürlich wirkt es nicht von jetzt auf nachher. Aber je öfter Sie sich selbst zureden, desto eher kommen Sie zu guten Ergebnissen.«

Auf Ginthers Gesicht zeigte sich ein Anflug von einem verschmitzten Lächeln. »Das kommt mir vor wie bei einem Gärtner. Der wässert und düngt, wo bestimmte Blumen wachsen sollen. Aber andere Stellen jätet er.«

Der Psychologe lachte zustimmend und prostete dem Maler zu.

Ginther lehnte sich auf seinem Stuhl zurück, streckte wohlig die Beine von sich und betrachtete in aller Seelenruhe den Sommergarten, der von einem Bauerngarten eingefasst war. Das Gehörte drang dabei tief in ihn hinein.

»Ich möchte mir die Stuppacher Madonna anschauen«, unterbrach Messmer die Stille.

Ginther rückte wieder näher an den Tisch heran. »Darf ich mitkommen?«

»Gern.« Der Psychologe stemmte beide Ellbogen auf den Tisch. »Am Samstag?«

»Abgemacht, Herr Professor.«

»Die neue Kirche in Gaggstatt steht auch noch auf meinem Programm.«

»Kenne ich nicht«, bekannte Ginther.

»Das ist ein Wallfahrtsort für moderne Architektur. Die Kirche wird in den Zeitungen hoch gelobt und heftig kritisiert. Auch bei uns in der Schweiz. Ich habe mich erkundigt, Gaggstatt liegt ganz in der Nähe.«

Die Schankmagd eilte von Tisch zu Tisch und fragte, wer noch etwas bestellen wollte.

Messmer hob die Hand und erbat frisches Bier für sich und seinen Begleiter. »Und«, fügte er hinzu, »jetzt hätte ich doch noch gern ein kleines Vesper.«

»Und ich habe eine Frage.« Ginther blickte die junge Frau freundlich an.

Die Magd trat dicht an ihren Tisch heran. »Bitte schön.«

»Meine Großeltern sind von Igersheim.« Ginther lenkte den Blick der jungen Frau auf sich herab. »Gibt's da noch Verwandte?«

Die Magd war ratlos. »Und wie heißen Sie?

»Ginther.«

»Ich frag mal den Chef.«

Ginther erläuterte seinem Begleiter mit wenigen Sätzen, dass der Vater ein uneheliches Kind sei. Die Großeltern sollen als arme Tagelöhner hier in Igersheim ein kärgliches Leben gefristet und ihre sündige Tochter verstoßen haben. Ihren Enkel wollten sie nicht sehen. Deshalb kenne er diese Seite der Verwandtschaft leider nicht.

Die Magd stellte ihnen zwei schäumende Bierkrüge hin und berichtete: Ihr Chef könne sich noch an einen Tagelöhner namens Ginther erinnern. Der habe reihum auf den Feldern und in den Weinbergen gearbeitet. Am Ende von Igersheim, nach Markelsheim hinüber, habe er in einer Hütte gehaust mit einem ganzen Stall voller Kinder. Vor über vierzig Jahren sei er fortgezogen. Angeblich habe er Arbeit in einer Fabrik in der Heilbronner Gegend gefunden.

Mittwoch, 19. Mai 1909

Die Sekretärin klopfte und öffnete die Bürotür. »Die Post für Sie, Herr Fischer.«

Sie legte einen Packen Briefe in das Körbchen am oberen rechten Rand seines Schreibtisches.

»Danke! Nur Rechnungen, Aufträge und Anfragen? Oder ist auch mal was Neues dabei?«

»Das Übliche.«
»Immer noch keine Post aus Stuttgart?«
»Ein Brief von Eszet ist dabei.« Sie nahm den Briefstapel wieder mit der linken Hand auf und blätterte ihn in Windeseile mit der rechten durch.
Er liebkoste sie mit den Augen.
»Bitte!« Kühl gab sie ihm den Brief, legte die übrige Post wieder ins Körbchen und verschwand in ihr Schreibzimmer.
Er zog den Brieföffner aus dem Becher, der auf seinem Tisch stand, und schlitzte den Brief auf.
»Leider«, las er leise vor sich hin, »sind meine Bemühungen erfolglos geblieben, einen Maler namens Emil Richter ausfindig zu machen. Ich bedaure, Ihnen keine günstigere Nachricht geben zu können. Hochachtungsvoll, Ernst Staengel. Postskriptum: Ich werde mich weiter um Ihr Anliegen bemühen.«
Fischer zerriss den Brief in tausend Fetzen, die er in den Papierkorb unter seinem Schreibtisch warf.

Samstag, 22. Mai 1909

Am Kapuzinerkloster vorbei zogen Messmer und Ginther nach Neunkirchen. Von dort aus wanderten sie durchs Wachental nach Stuppach.
Sie diskutierten über Gefühle in der Kunst.
»Aber lieber Herr Professor, als Künstler bin ich doch auf ein starkes Gemüt angewiesen.«
»Gewiss, verehrter Herr Ginther. Ein starkes Gemüt ist jedoch für jeden Künstler Glück und Unglück zugleich.« Der Psychologe zog ein Taschentuch hervor und trocknete sich die Glatze. »Starke Gefühle helfen ihm, gefühlvolle Kunst von allergrößter Ausdruckskraft zu schaffen. Aber sie verleiten ihn auch, im Chaos seiner Gefühle unterzugehen.«
»Himmelhoch jauchzend. Zu Tode betrübt.« Ginther lachte gequält.
»Genau so ist es. Leider! Aber so muss es nicht sein.« Messmer breitete abwehrend die Hände aus. »Wenn man die Wirkung der Farben kennt, so wie Sie, und die Farben mit Vernunft aus-

wählt, dann muss man nicht in Stimmungen schwelgen, wenn man ein Bild malt. Dann sind der Wille zur Gestaltung und Kenntnisse der Farbenlehre gefragt.«

Ginther blieb stehen und staunte seinen Begleiter an. Er schwieg, aber es stand ihm ins Gesicht geschrieben, dass er anderer Meinung war.

»Doch, doch, verehrter Meister.« Messmer stellte sich neben den Maler und ließ seinen Blick über das Tal schweifen. »Die Sonne ist goldgelb, der Sonnenuntergang orange, das Meer türkis und die Harmonie grün. Bestimmte Farben rufen einen gewissen Geschmack im Mund hervor, einen einmaligen Geruch in der Nase, eine einprägsame Melodie im Ohr oder eine unverwechselbare Symbolik im Kopf.«

»Verachten Sie grüne Sonnen und blaue Rehe?«

»Nein, sie sind unwirklich. Aber das weiß der Maler auch. Sie sind für ihn Einfälle, Symbole für Gefühle, Visionen und Ideen. Ganz nüchtern muss man die Fantasiefarben auf sich wirken lassen und nach dem Gedanken suchen, der den Maler zu seiner Farbwahl geführt hat.«

»Sind die Farben so felsenfest in unserer Gefühlswelt verankert? Schwarz für Trauer, Violett für Frömmigkeit und Grün für die Natur? Ist es bei anderen Völkern nicht anders? Die Araber kleiden sich weiß, wenn sie einen Menschen zu Grabe tragen. Und Grün ist ihre Farbe der Frömmigkeit. In verschiedenen Kulturen wirken die Farben unterschiedlich.«

»Gewiss, nicht jede Farbe löst dasselbe Gefühl aus. Aber die Grundfarben empfinden alle Völker gleich.« Messmer schüttelte den Kopf. »Sogar die Zwischentöne einer Farbe werden gleich oder zumindest ähnlich empfunden. Nehmen Sie Schwarz als Beispiel. Es gibt gutes und schlechtes Schwarz, als Ton für Bescheidenheit, Demut, Ehrerbietung, Unterwürfigkeit, Kleinmut, Mangel, Not, lähmende Stille und Tod. Wir Christen tragen Schwarz als Zeichen für den Schmerz, einen geliebten Menschen verloren zu haben. Die Muslime spüren das Leid wie wir, aber sie stellen nicht den Kummer der Hinterbliebenen in den Mittelpunkt, sondern die Freude des Verstorbenen, endlich im Paradies angekommen zu sein. Deshalb tragen sie Weiß. Für sie ist, im Gegensatz zu ihrer kargen Heimat, das Paradies ein Land, wo Milch und Honig fließen und saftige Wiesen und Weiden sind. Grün, so weit das Auge reicht, das ist für sie das Paradies. Grün ist deshalb die wichtigste Farbe aller islamischen Länder.«

In Stuppach fragten sie sich nach der Dorfkirche durch. Am Ortsende, am Osthang über dem Dorf, stand sie, klein und unscheinbar, und beherbergte doch seit hundert Jahren eines der kostbarsten Bilder der Welt.

Matthias Grünewald hatte es zu Beginn des sechzehnten Jahrhunderts für die Aschaffenburger Stiftskirche erschaffen und dann zum Mittelbild eines Triptychons umgearbeitet. Dreihundert Jahre später wurde es auf dem Speicher des Mergentheimer Deutschordensschlosses entdeckt und dem Stuppacher Pfarrer für ein paar lumpige Gulden als Altarbild verkauft. Man hielt es für ein Tafelbild von einem alten, nur noch von wenigen Kennern geschätzten Maler namens Rubens. Erst bei der Restaurierung erkannte man es als ein Werk von Grünewald.

Das Bild fesselte Ginther vom ersten Augenblick an. Besonders der Baum, der gleichzeitig Blüten und Früchte trägt, erregte ihn.

»Mit dem Zeigefinger der linken Hand deutet das Jesuskind auf den Baum.« Er sah Messmer in die Augen. »Was hat das zu bedeuten?«

»Ich habe mich viel mit Symbolen, mit Bildern beschäftigt, die wir in uns aufnehmen. Davon weiß nicht erst die moderne Psychologie. Symbole kannten schon die griechischen Philosophen.« Messmer sprach vor sich hin, in Erinnerungen versunken. »Der Baum ist im Christentum das Zeichen für ewiges Leben und Erlösung. Er ragt in die Wolken und verbindet Himmel und Erde. Mit der Erde verwurzelt, macht er keine Sprünge und verirrt sich nicht. Und er ist nach einem klaren Plan gebaut. Sein Wurzelballen ist so groß wie seine Krone. Alle Äste verzweigen sich in einem bestimmten Rhythmus. Alle Blätter streben zum Licht.«

»Der Baum der Erkenntnis?«

»... und der Unterscheidung zwischen Gut und Böse, zwischen Wille und Gefühl.«

»Die meisten Bäume sind groß und stark und treiben einmal im Jahr aus. Aber dieser da«, Ginther deutete auf die Stelle auf dem Tafelbild, »blüht und trägt zugleich Früchte. Bei ihm fallen Frühjahr und Herbst zusammen.«

»Er spendet Schatten und bietet Schutz«, ergänzte der Psychologe, »und aus seinen Wurzeln treiben leuchtende Lilien heraus.«

»Im Vergleich zum Baum ist das Wachsen, Blühen und Vergehen der Lilien jedoch kurz.«

»Aber, lieber Herr Ginther, die Lilien wachsen, blühen und gedeihen in jedem Frühling aufs Neue. Stirbt ihr sichtbarer Teil, so lebt ihr unsichtbarer unter der Erde weiter. So gesehen haben die Lilien das ewige Leben, wenn auch in anderer Form als der ewig blühende und immerzu fruchttragende Baum.«

»Baum und Lilie, zwei Pflanzen, aber ein und dasselbe Symbol?«

»Da ist ein großer Unterschied. Baum und Lilie, das ist wie Autor und Buch, wie Maler und Bild. Der Baum ist stark und steht im vollen Sonnenlicht. Er bestimmt, ob die Lilie an seinem Stamm Licht oder Schatten hat.« Messmer lächelte Ginther von der Seite an. »Bedenken Sie das.«

Ginthers Augen verengten sich.

»Ein guter Rat, lieber Ginther. Finden Sie sich endlich mit dem Tod Ihres Bruders ab. Nehmen Sie sich diesen Baum zum Vorbild.« Flüsternd beschwor er ihn: »Nehmen Sie Ihr eigenes Leben in beide Hände.«

Sonntag, 23. Mai 1909

»Du siehst gut aus, Gustav. Hoffentlich geht's dir auch gut.« Max Dauthendey musterte seinen Freund aus gemeinsamen Schultagen, legte den Kopf schief und lächelte ihm aufmunternd zu.

Er war mit dem Zug aus Würzburg gekommen und ins Kurhaus geeilt. Brieflich hatten sie vereinbart, heute nach Markelsheim zu wandern.

»Danke, Max, dass du gekommen bist. Manchmal noch kriecht die Angst in mir hoch. Aber wenn ich interessante Gespräche führe und an der frischen Luft bin, dann geht's mir recht gut.«

»Für dich, Gustav.« Der Dichter drückte seinem Freund ein Buch in die Hand.

»*Lingam. Zwölf asiatische Novellen*«, las Ginther vom Buchdeckel ab. Er schlug das in grünbraunes Leinen gebundene Bändchen auf und freute sich über die Widmung. »Ich danke dir, Max. Aber was heißt Lingam?«

»Ein schwarzes Marmorei in einem kupfernen Eierbecher, das ist Lingam. Ein indisches Symbol für die Liebe und das ewige Leben.«

»Erinnerungen an deine Weltreise?«

Dauthendey nickte. »Ja, Max. Endlich bin ich zur Ruhe gekommen. Jeden Morgen genieße ich den Blick aus meiner Wohnung auf Main und Festung. Im Rückblick ist jetzt alles gut.«

Max Dauthendeys Vater, Hoffotograf des Zaren Nikolaus I., war von Sankt Petersburg nach Würzburg gezogen und hatte sich in der Kaiserstraße ein gutgehendes Fotoatelier aufgebaut. Die Prominenz aus der Residenzstadt und aus ganz Unterfranken ließ sich von dem berühmten Fotografen ablichten. Die Firmen beschäftigten ihn für ihre Werbezettel und Zeitungsanzeigen. Die Verlage und Druckereien bestellten bei ihm Porträts und Stadtansichten. Und die Postkartenindustrie, die seit zehn Jahren blühte und jeden Winkel, jedes Haus und jedes Denkmal auf Postkarten bannte, schätzte seine malerischen Landschaften.

Der Vater, selbst wie ein Zar, herrisch, mit grimmiger Miene, geschniegelt und gestiefelt, als sei er ein russischer Obrist, bestimmte, keinen Widerspruch duldend, Max müsse den väterlichen Betrieb übernehmen und Fotograf werden.

Max hasste das hirnlose Pauken in der staubtrockenen Schule. Aber noch mehr langweilte er sich im väterlichen Atelier.

Er liebte das Lesen, auf dem Sofa liegend, einen Teller mit gefüllten Oliven neben sich, und er liebte das Malen im zerknautschten, kragenlosen Hemd. Er wollte Maler werden, wie sein Freund Gustav.

Die Lehrer drängten. Der Vater fletschte die Zähne, drohte mit geballter Faust, schrie, brüllte, beleidigte seinen Sohn.

Der Druck auf den schmächtigen Jungen wurde übermächtig.

Im Alter von dreizehn Jahren riss Max zum ersten Mal aus. Der Vater raste, rief die Polizei, setzte Himmel und Hölle in Bewegung.

Die Polizei griff Max in der Nähe von Würzburg auf, packte ihn im Genick und schleifte ihn zurück zu seinem Vater. Der pfiff ihn an und schliff ihn wie einen Kadetten, bis er eingeschüchtert in der Ecke hockte und keinen eigenen Willen mehr hatte.

Max resignierte. Er ging von der Schule ab und wurde Fotograf.

Jetzt erst recht, war die Devise des Vaters. Er kommandierte, ließ seinen Sohn zu früher Stunde antreten und machte ihm das Rückgrat geschmeidig.

Die Arbeit ekelte Max an. War der Vater außer Haus, trat der Junior arrogant auf, beleidigte die Kunden, die den widerborstigen Sohn belächelten. Erst warf er mit Worten um sich, dann mit Stühlen.

Nervenheilanstalt!

Vom eigenen Vater eingeliefert.

Max riss erneut aus, zog nach Berlin, dann nach Paris. Erste unbeholfene Schritte als Dichter und Maler. Und dann der plötzliche Tod des Vaters.

Befreiung!

Aus dem Erbe gönnte sich Max viel. Er reiste nach Amerika und Mexiko und eroberte die neue Welt für sich. Dann zog es ihn nach Griechenland und Ägypten, wo er die alte Welt bestaunte. Schließlich machte er sich auf nach Indien, China und Japan, saß tagelang am Bramaputra wie einst Buddha und bewunderte die unbekannte Welt.

Sonne, Staub, Hitze, Kälte, der fremde Geruch, die unbekannte Musik, die betörende Mystik fasste er in Gedichte, Erzählungen und Romane und erntete viel Lob und Anerkennung.

Zwanzig Jahre später war er zurück in Würzburg. Der verlorene Sohn kehrte heim und genoss die Ehrungen, die man ihm huldvoll antrug.

Jetzt wohnte er mit seiner schwedischen Frau am Sanderring.

»Malst du noch, Max?«

»Keine Zeit. Ich arbeite an verschiedenen Buchprojekten.«

»Verrätst du sie mir?«

»Japanische Liebesgedichte. Dann ein Werk über die Wunder der fünf Kontinente und sieben Weltmeere. Und schließlich muss ich meinen Vater anständig begraben. Ich habe meinen Frieden mit ihm gemacht und will ihm ein Buch widmen.«

»Und was macht Elisabeth?«

Max lächelte. »Immer noch ein wenig in meine Schwester verliebt?«

Gustav errötete.

Max grinste. »Sie arbeitet wie ein indischer Kuli. Jedes Jahr ein neues Buch. Sie beschäftigt sich mit der Frauenfrage, verfasst Novellen und Balladen, sammelt Märchen und schreibt gerade an einem Roman. *Heiliges Feuer* soll er heißen.«

Gustav und Max wanderten durchs Erlenbachtal nach Igersheim, bewunderten Burg Neuhaus, eine alte Wehranlage der Deutschordensritter, die über der Tauber auf einem Hügel thronte, überquerten den Fluss auf der alten Steinbrücke und spazierten unter Erlen und Weiden an der Tauber entlang. Ins Gespräch vertieft, hatten sie keinen Blick für die grünenden Rebhänge auf beiden Seiten des Flusses.

In einem dreigeschossigen Haus mit Erkern auf der Frontseite, genau gegenüber dem Markelsheimer Rathaus, ließen sie sich an einem gedeckten Tisch nieder.

Es war schon Nachmittag. Die Gaststube war leer.

Der Wirt setzte sich zu ihnen, empfahl einen weißen Tauberberg, der sei besonders bekömmlich und würzig, wachse auf Muschelkalk und wecke müde Lebensgeister. Der richtige Trunk für schlaffe Wanderer.

Er fragte allerlei und erzählte viel über Markelsheim. Sie befänden sich auf heimatlichem Boden, denn Markelsheim habe über Jahrhunderte zum Bistum Würzburg gehört. Erst 1809, fast auf den Tag genau vor hundert Jahren, habe man württembergisch werden müssen. Napoleon habe das eingefädelt. Wem die neuen Herren aus Stuttgart nicht passten, der musste fliehen oder um sein Leben bangen. Mancher, der sich nicht fügen wollte, sei füsiliert worden.

Seit achthundert Jahren betreibe man hier Weinbau, aber die letzten Jahre ohne Erfolg. Fröste, Reblausbefall, Blattfäule. Kaum Ertrag, aber viel Arbeit. Heuer sei man so arm dran wie vor vierhundert Jahren.

Damals hätten sich auf den Markelsheimer Tauberwiesen die aufständischen Bauernhaufen gesammelt. Sechstausend Männer, zu allem entschlossen, aber schlecht bewaffnet. Der Würzburger Bischof habe sie ermahnt, ihrer Obrigkeit den schuldigen Respekt nicht zu versagen. Die Rebellen wollten jedoch ausharren, bis auch ihre Rechte respektiert würden. In der Zwischenzeit leerten sie die Weinkeller in Markelsheim bis auf den letzten Tropfen. Dann zogen sie weiter, tauberabwärts nach Königshofen. Dort versperrte ihnen das fürstliche Heer des Truchsessen von Waldburg den Weg, waffenstarrend und bestens gerüstet, und metzelte die meuternden Bauern nieder.

Weitere Gäste traten ein. Der Wirt entschuldigte sich, erhob sich ächzend und ließ die beiden Würzburger allein.

»Prosit, Gustav!« Max strahlte Gustav an. »Lach doch mal!«

»Gibt's was zu lachen?«

»Lerne loslassen, Gustav! Das ist die große Lektion des Lebens.«

Der Maler stieß einen tiefen Seufzer aus.

»Fünfundzwanzig Jahre lang habe ich krampfhaft mein Ziel verfolgt: Maler und Dichter werden. Nur dafür habe ich gelebt. Und alles andere verfehlt. Mein Ziel ist in immer weitere Ferne gerückt. Schließlich musste ich es aufgeben. In Indien habe ich das Loslassen gelernt. Und genau in dem Augenblick habe ich mein Ziel erreicht. Jetzt schreibe ich und erfreue damit viele Leser.«

»Zufall.«

Max lachte kurz auf. »Ich ging im Walde so für mich hin, und nichts zu suchen, das war mein Sinn.«

Gustav senkte den Blick und schaute betroffen zu Boden.

»Kennst du doch! Gib's zu! Hat mir zwei Backpfeifen in der Schule eingebracht. Erinnerst du dich? Ich konnte es nicht auswendig. Fünf Tatzen auf die rechte Hand gab's obendrein, weil ich eine Grimasse geschnitten habe. Nur du hast mich getröstet.« Sein Gesicht versteinerte. »Ich bin trotzdem ausgerissen. Weißt du noch, wie das Gedicht hieß?«

Gustav zog die Stirn kraus und dachte angestrengt nach. Geschrei, er glaubte mit einem Mal Geschrei zu hören, als der Lehrer den Freund prügelte.

»Gefunden!« Mit ausladender Gestik unterstützte der Dichter das Wort. »Ja, so hieß es. Als ich nichts mehr suchte, habe ich es gefunden. Mein Leben!«

Der Maler starrte seinen Freund ungläubig an. »Ich soll mich dem Nichtstun verschreiben? Dasitzen und warten, bis die blaue Blume in meinem Garten blüht?«

» ›Ich *ging* im Walde so für mich hin‹, heißt es im Gedicht. *Ging*, Gustav! *Gehen,* nicht sitzen, Gustav! Du musst dich auf den Weg machen. Der Weg ist das Ziel. Nicht dasitzen und warten. Aber nicht krampfhaft suchen! ›Und nichts zu suchen, das war mein Sinn.‹ So heißt's im Gedicht. Genau das meine ich, Gustav.«

Der Maler musterte den Dichter, fasste ihn scharf ins Auge, und setzte schließlich ein gleichmütiges Gesicht auf.

»Du suchst und suchst und wirst von Tag zu Tag nervöser. Entspanne dich, Gustav! Lass deine vielen Verpflichtungen ruhen. Wenigstens für ein Jahr. Probier's aus.«

Samstag, 29. Mai 1909

In einer gemieteten Kraftdroschke ließen sich Oskar Messmer und Gustav Ginther nach Gaggstatt chauffieren.

»Rentiert sich die Lohnkutscherei mit dem Automobil?«, wollte der Professor wissen.

»Freilich«, rechnete der Chauffeur vor. »Ein Droschkengaul frisst Futter für tausend Mark im Jahr. Eine Droschke braucht aber zwei Pferde. Und die kosten dann nach Adam Riese zweitausend Mark. Für meinen gebrauchten Benzwagen habe ich bloß dreitausend Mark bezahlt.«

Er drückte die Ballonhupe und winkte gönnerhaft ein paar Buben zu, die sich am Straßenrand reckten, die jubelten und gafften.

»Mein Benz läuft rund um die Uhr, wenn ich will. Hundert Kilometer und mehr am Tag? Mit der Benzinkutsche kein Problem! Mit der Pferdekutsche könnte ich am Tag höchstens vierzig Kilometer fahren. Und länger als acht Stunden darf ich die Gäule nicht im Geschirr lassen, sonst bocken sie. Nein, nein! Der Benzinkutsche gehört die Zukunft, meine Herren.«

»Auch dem schönsten Vogel fallen mal die Federn aus«, wandte Messmer ein.

Der Chauffeur lachte. »Mein Benzinvogel fliegt hoffentlich noch lange. Vierzigtausend solcher Vögel gibt's bereits in Deutschland. Die Sorte stirbt nicht mehr aus.«

Schon von Weitem erkannten sie ihr Reiseziel, den eigenwilligen Kirchturm mit der Doppelspitze, der das Dörfchen Gaggstatt überragte. Sie steuerten geradewegs darauf zu.

Als das Automobil vor der Kirche hielt, blieb ein Mann auf der Treppe zum Kirchenportal stehen und spähte neugierig herüber.

»Dürfen wir die Kirche anschauen?«, rief ihm Professor Messmer zu.

»Kommen Sie!«

Der Mann eilte herbei, blond, hochgewachsen, mit kräftigem Händedruck, und gab sich den Besuchern als Dorfschulmeister und Mesner zu erkennen.

»Meine Kirche«, betonte der Schulmeister immer wieder. Er war stolz darauf, hier Kirchendiener zu sein. Der Mund lief ihm über vor lauter Stolz.

Vor acht Jahren habe der Kirchengemeinderat den Neubau der Kirche beschlossen. König Wilhelm II. von Württemberg, zugleich Konsistorialpräsident der evangelischen Landeskirche, wollte Theodor Fischer als Baumeister. Fischer, Architekturprofessor an der Technischen Hochschule in Stuttgart, habe der Kirche, weil sie am Hang steht, ein dreistufiges Gesicht gegeben: Vorbau, darüber das langgezogene Kirchenschiff und darüber der Kirchturm in der Form eines mittelalterlichen Wehrturmes. Ende Oktober 1905 sei die Kirche geweiht worden.

Mit großen Gesten wies der Mesner in das Bauwerk ein und deutete dieses und jenes Detail aus.

»Schon während der Bauzeit haben etliche Gaggstätter lautstark gemault«, berichtete er.

»Gegen die Kirche protestiert?« Messmer sah den Mann erstaunt an.

»Gegen den Stuttgarter Professor. ›Der baut einen Hasenstall und keine Kirche‹, haben manche gelästert. Andere haben gespottet: ›Der Fischer hat ein Hirn wie die Schildbürger. Die haben auch beim Bauen die Fenster vergessen‹. Die meisten haben sich über die Außenmauern geärgert. ›Die sehen aus wie bei einem alten Saustall‹, haben die Leute geschimpft.«

»Und was hat Professor Fischer dazu gesagt?«, wollte Ginther wissen.

»Der hat bloß gelacht und orakelt, ohne Kopfschütteln komme nie was Rechtes zustande.«

Sie warfen neugierige und abschätzende Blicke auf die Kirchenmauern, befühlten und betatschten die grob behauenen Crailsheimer Kalksteine und die roten Sandsteine aus Rot am See. Sie lachten über die grauen und roten, großen und kleinen Brocken, die wild aneinander, übereinander und durcheinander gemörtelt und mit breiten, weißen Zementfugen vernetzt waren.

»Kommen Sie! Kommen Sie!« Der Schulmeister packte sie an den Armen, zog sie von der Mauer weg und führte sie zurück zur Straße.

»Und? Was sehen Sie jetzt?«

Jetzt erkannten sie es, das riesige Spinnennetz, die weißen Linien, die aus dem grauen Stein blitzten, über dem zwei Mehltüten aufragten, die Kirchtürme.

»Kein Dummkopf, der Professor Fischer«, strahlte der Mesner seine beiden Besucher an.

Mit einem Ernst, der verblüffte, mit einem liebenswürdigen Eifer, den man nicht vermutet hätte, hetzte er den Psychologen und den Maler wieder zurück an die Mauer und erklärte verschmitzt und außer Atem: »Von Weitem wirkt sie wie ein Spinnennetz, die Saustallmauer. Aber wenn man näher kommt, ist sie wie ein Haufen Menschen. Dicke, dünne, große, kleine, blasse und farbige, gerade und verquere.«

»Mir gefällt's«, urteilte der Psychologe.

»Schauen sie auf das Turmpaar!« Der Mesner deutete in die Höhe. »Schlank und glatt und weiß!« Achselzuckend senkte er den Blick und den Arm nach unten. »Das himmlische Gegenteil zum irdischen Grau der groben Steine.«

»Theodor Fischer«, wandte sich Messmer an seinen Reisebegleiter, »den kennen Sie sicher. Sie sind doch Künstler.«

»Über Fischer liest man viel. Ein berühmter Mann. Aber ...«, Ginther schüttelte den Kopf, »... dass der seine Ideen in einem so kleinen Dorf verwirklicht hat.«

»Der Fischer ist ein Pfiffikus und ein hintersinniger Kopf«, ergänzte der Mesner. »Zu mir hat er einmal gewitzelt: ›Bloß die

Dummen meinen, die Gescheiten wüssten alles‹.« Er lachte. »Und nach der Kirchenweihe hat er mich ins Wirtshaus eingeladen und gebeten, ich soll gut auf seine Kirche aufpassen ... und auf mich auch. ›Eugen‹, hat er mir geraten, ›halt dich tapfer und merk dir: Zu dritt schaffen, zu zweit schlafen und allein erben! So kommt man weit im Leben‹.«

Der Schweizer wieherte, und der Würzburger lächelte.

»Alles, was im *Schwäbischen Merkur* über ihn steht«, gestand der Schulmeister, »schneid ich aus. Der Fischer ist jetzt der oberste Künstler von Deutschland. *Deutscher Werkbund* heißt, glaub ich, der Verein, bei dem er der Chef ist. Vorletztes Jahr ist er gegründet worden. Alte und neue Kunst will er zusammenbinden.«

Er stellte sich auf den Weg und deutete mit einem Arm nach oben und mit dem anderen nach unten.

»Schauen Sie, der Weg vom Dorf in die Kirche ist nicht gerade. Aber warum ist er kurvig und verwinkelt?«, fragte er grinsend seine Gäste.

Psychologe und Maler zuckten schuldbewusst die Schultern, wie zwei Schulbuben, die beim Nichtskönnen erwischt wurden. Zugleich warfen sie sich neugierige, abschätzende Blicke zu.

» ›Wenn der Weg in deine Kirche länger ist‹, hat der Professor einmal zu einem maulenden Bauern gesagt, der sich über die Ecken und Kanten, Verwinkelungen und Treppenstufen beschwert hatte, ›dann hast du mehr Zeit zur Besinnung. In die Kirche rennt man nicht! Bloß Allmachtsdackel, denen die Kühe und Säue wichtiger sind als ihr Herrgott, die rennen!‹ «

Der Schulmeister kugelte sich vor Lachen. Mühsam fasste er sich wieder und erklärte: »Den kleinen Vorbau vor der Kirche hat Fischer *Paradies* genannt.«

Er stellte sich vor die erste Stufe auf dem Weg. »Zählen Sie mit!«, forderte er die beiden Besucher auf und schritt auf der Treppe voraus.

Die Dreierprozession setzte sich in Marsch.

Oben angekommen, hob der Schulmeister den Zeigefinger. »Zwölf und sieben, stimmt's?«

Messmer blieb stehen und machte Augen wie eine Kuh, wenn's donnert. Dieser Ausbund an Energie und Begeisterung setzte ihn schachmatt. Ginther wünschte sich im Stillen auch ein so glückliches Naturell.

Verwunderung, wenn nicht Ratlosigkeit, spiegelten sich auf den Gesichtern der Besucher. Deshalb sprach der Schulmeister mit in sich gekehrtem Blick: »Zwölf Stufen führen in die Kirche und sieben ins Paradies. Das ist bestimmt kein Zufall.«

Er hielt den beiden Besuchern das Kirchenportal auf.

Mit offenem Mund und aufgerissenen Augen durchschritten Ginther und Messmer den dunklen Vorbau. Von der Decke hing ein großer Leuchter, an ihm baumelte ein hölzerner Fisch, der mit seinem offenen Maul zum Kirchenschiff wies.

In der Kirche kamen Ginther und Messmer aus dem Staunen nicht mehr heraus. Seltsam! Kein Mittelgang zum Altar, nur Seitengänge links und rechts. Die Kirchenbänke, ungleich lang und blau lackiert, nahmen die ganze Breite des Mittelschiffes ein.

Blau beherrschte nicht nur das Kirchenschiff. Himmelblau waren die Bänke unten, himmelblau oben die dreiseitige Empore, blaugrün die Säulen als Bindeglieder zwischen unten und oben.

Über der Empore blitzten, wie Sterne am blauen Himmel, die Orgelpfeifen in das Kirchenschiff.

Zwischen Altar und Mittelschiff schwebte über den Kirchenbänken ein riesiger Radleuchter, hellgrün sein Reifen und dunkelbraun die großen Holzkugeln, die auf die Trageseile aufgefädelt waren.

»Vom Altar aus sehen Sie, warum Fischer das so gemacht hat. Kommen Sie«, drängte der Mesner und führte seine Besucher unter der rechten Empore an den Bänken vorbei.

Vor dem Altar blieb er stehen und schaute über die blauen Bänke hinweg dorthin, wo sie die Kirche betreten hatten. Ganz gegen seine Gewohnheit schwieg er jetzt und weidete sich an der Überraschung und den ungläubigen Blicken der Besucher.

»Wie die Wellen im wogenden Meer«, staunte Ginther.

»Die Bankbrüstungen und Rückenlehnen sind höher als sonst«, meinte Messmer. »Wenn Leute in den Bänken sitzen, dann sieht man vermutlich nur ihre Köpfe.« Er machte eine kleine Pause. »Über die Köpfe der Kinder schwappt das blaue Wasser hinweg. Und die Köpfe der Erwachsenen tanzen auf den Wellen.«

Ginther war in sich gekehrt.

Der Mesner blieb stumm.

»Irgendwo habe ich gelesen, Theodor Fischer habe das Innere dieser Kirche wie ein Meer gestaltet. Das wollte ich sehen.«

»Soll ich Ihnen etwas auf der Orgel vorspielen?«, fragte der Schulmeister.

»Ja, können Sie das?« Der Schweizer warf einen bewundernden Blick auf den Mesner.

»Die Orgel schlagen, die Fiedel kratzen und aus ein paar müden Bauern einen anständigen Gesangverein zusammenschustern, das können die schwäbischen Schulmeister so gut wie meine Schweizer Kollegen das Käsemachen.«

Der Mesner ließ die Besucher vor dem Altar zurück und wandte sich zur Stiege auf die Empore.

»Hin und her. Ausatmen, einatmen. Ruhig und sanft«, flüsterte Messmer. »Wie das Meer, wenn es nicht in Wallung ist. Einmalig!«

Die Orgel brauste auf.

»Ein Gesamtkunstwerk!« Ginther drehte sich im Kreis. »Ich habe noch nie so etwas Schönes gesehen.«

Sonntag, 30. Mai 1909

Nein, langweilig war es Gustav Ginther nicht mehr in Mergentheim. Gewiss, manche Kurgäste waren beim Frühstück immer noch lästig. Aber jeder Tag brachte spannende Abenteuer und bot neue Anreize.

Ginther hatte seine Frau gebeten, nicht zu kommen, sondern den Pfingstsonntag mit den Kindern zu verbringen. Er sei in einer Woche ohnehin wieder zuhause.

Für den Nachmittag hatte sich Besuch angekündigt. Ludwig Gabriel, Galerist aus Würzburg, wollte Ginther seine Aufwartung machen und mit ihm, trotz des Feiertages, ein paar geschäftliche Dinge besprechen.

Ginther freute sich auf die Begegnung, waren doch die Gespräche mit Gabriel stets fidel und reizten zu allerlei Kapriolen. Er hatte mit ihm eine eigene Sprache und eine besondere Form der

Symbiose entwickelt. Sie lebten voneinander, und doch hatte Ginther immer das Gefühl, der Herr zu sein und Gabriel sein Knecht. Nach den Unterhaltungen mit seinem Kunsthändler war er meist aufgekratzt und heiter für den Rest des Tages.

»Wie geht es Ihnen, verehrter Meister?« Gabriel grinste und streckte Ginther die Hand hin.

»Sie meinen«, der Händedruck war herzlich, »ob der Goldesel wieder gut im Futter steht?«

Gabriel lächelte verlegen und zeigte zwei Reihen gut gepflegter Zähne.

Ginther kniff die Lippen zusammen und dachte nach. Räume ich ein, dass es mir gut geht, dann will er bestimmt wissen, bis wann er mit neuen Bildern rechnen kann. Sag ich, es geht mir schlecht, verbreitet er in Würzburg, mir gehe die Luft aus.

Gabriel stand da, stierte auf den Boden und wartete ergeben auf Antwort.

Ginther machte der Verlegenheit ein Ende und meinte achselzuckend. »Mir geht's nicht schlecht, aber es könnte noch besser sein.«

Der Galerist atmete erleichtert auf und verstrickte den Maler in ein Geplauder über die Kunstszene in Würzburg. Kunstverein und Flößerzunft seien sich immer noch nicht grün. Und zwei Kunsthändler, die zugleich als Vergolder und Rahmenmacher gearbeitet hatten, betrieben jetzt ein Fotoatelier. Die Zeiten für den Kunsthandel seien lausig.

Ginther verkündete, die Kunst sei keinen Pfifferling mehr wert, sprach mit gespielter Härte im Gesicht und lachte dazu, bis Gabriel die Ironie spannte und spöttisch erwiderte: »Am Verdienen ist noch keiner zugrunde gegangen.«

»Ja«, sagte Ginther, »man muss das Geld von den Leuten nehmen. Von den Bäumen kann man es nicht schütteln.«

Gabriel schmunzelte. »Bis wann ...«

»Von einem Ochsen kann man nicht mehr verlangen als ein Stück Rindfleisch«, wies ihn der Maler zurecht. Wie schnell der auf den Punkt kommt. Kein Umweg, kein Wort zu viel. Gleich mit der Tür ins Haus. Abwimmeln?

Der Kunsthändler machte ein Gesicht wie ein pensionierter Esel.

»Ich weiß, mein lieber Gabriel, wenn es nach Ihrem Kopf geht, dann muss ich jeden Tag ein Bild ausschwitzen.«

»Ich wollte Sie wirklich nicht bedrängen.«

»Tun Sie aber. Sie brauchen Nachschub. Stimmt's?«

Gabriel nickte geschäftstüchtig.

»Wer kann denn da nicht warten?«

»Kennen Sie Herrn Direktor Lichtwark?«

»Hamburger Kunsthalle?«

Gabriel nickte wieder. »Lichtwark hat bei Ihnen zuhause angerufen.«

»Und was hat ihm meine Frau erzählt?«

»Sie hat ihn an mich verwiesen.«

»Was will er? Bilder leihen?«

Gabriel schüttelte den Kopf.

»Kaufen?«

Gabriel grinste.

»Bestimmte?«

»Lichtwark hat klare Vorstellungen. Er möchte ein Landschaftsbild, ein Selbstporträt und ein Kain-und-Abel-Motiv.«

»Der weiß, was er will. Aber das haben Sie doch alles vorrätig.«

»Ich habe kein Selbstporträt.«

»Dann bieten Sie ihm zwei Landschaften an oder eines meiner Kinderporträts.«

»Habe ich ihm auch vorgeschlagen.«

»Und?«

»Er besteht auf einem Selbstporträt.«

»Warum?«

»Lichtwark bereitet für Spätherbst eine Ausstellung über die moderne Pastellmalerei in Deutschland vor. Jeder Maler, von dem er mehr als zwei Bilder ausstellt, soll mit einem Selbstporträt vertreten sein.«

»Dann leihen Sie ihm doch eines.«

»Wo finde ich ein Selbstporträt von Ihnen?«

»Müssen Sie doch wissen! Ich male, und Sie verwalten und verkaufen meine Bilder. So haben wir's vertraglich abgemacht.«

»Wenn die Ochsen Kühe wären, würden sie Milch geben.«

»Hoho!«

»Woher nehmen und nicht stehlen? Ich habe kein Selbstporträt auf Lager.«

»Zugegeben, Selbstporträts hab ich selten gemalt. Aber drei oder vier werden es schon gewesen sein. Wo sind denn die geblieben?«

»Verkauft.«

»Alle?«

»Gewiss.«

»An wen?«

Gabriel zuckte die Achseln.

Ginther schwieg eine Weile. Dann schüttelte er den Kopf: »Versteh ich nicht. Wer kauft denn so was?«

Gabriel schwieg.

»Nur Kunstmuseen wollen Selbstporträts.«

»Nein, nein«, widersprach der Kunsthändler, »das waren Privatleute.«

»In zwanzig Jahren vier?«

»In zwanzig Tagen drei. Sie haben mir drei Selbstporträts in Kommission gegeben.«

»Gabriel, Gabriel! Die Dummen sind Gottes liebste Kinder.«

»Das ist die Wahrheit. Ich schwör's.«

»Das kann nie und nimmer sein!« Ginther wurde ernst.

»Warum?«

»Warum, warum«, ereiferte sich Ginther, »wer hängt sich ein Selbstbildnis von mir in die Wohnstube? Die Reichen, die sich Gemälde leisten können, wollen nur ihre eigene Visage von der Wand grinsen sehen.«

»Vielleicht Verwandte.«

»Meine Verwandten holen nicht den Maler, sondern den Fotografen, wenn sie ein Bild wollen. Und wenn's ausnahmsweise doch etwas Gemaltes sein soll, dann kommen sie zu mir und nicht zu Ihnen.«

Gabriel nickte zustimmend.

»Also heraus mit der Sprache. An wen haben Sie meine Bilder verscherbelt?«

»Müsste ich nachschlagen. Aber Museumsleute waren es bestimmt nicht.«

»Zum vereinbarten Preis?«

»Anstandslos, ohne zu feilschen, so viel ich's noch weiß. Das ist doch schon lange her.«

»Merkwürdig, irgendetwas stimmt da nicht.«

»Wieso?«

»Hortet da jemand Abbildungen von mir?«

Gabriel winkte ab. »Dumme, die zahlen, sind mir lieber als Kluge, die nicht zahlen.«

»In zwanzig Tagen drei Selbstporträts verkauft?«

»Legen Sie mich bitte nicht fest. Das muss bald nach Abschluss des Vertrages mit Ihnen gewesen sein. Aber wie ich schon sagte, bin ich in wenigen Tagen alle drei losgeworden.«

»Das waren keine Dummen, mein lieber Gabriel, da steckt etwas anderes dahinter«, mutmaßte Ginther. Und nachdrücklicher: »Ich will wissen, wer die drei Porträts gekauft hat.«

Gabriel seufzte. »Ach Gott! Man muss in viele Äpfel beißen, bis man einen süßen erwischt.«

Der Maler lachte. »Mir kommen gleich die Tränen. Für das viele Geld, das Sie mit meiner Kunst verdienen, können Sie einmal auch Ihre Nase in die Geschäftsbücher stecken. Ich will's wissen.«

Der Galerist ächzte. »Und bis wann ...«

»So bald wie möglich.«

»Ich meine, bis wann ...«

Ginther hatte kapiert. »Hat Lichtwark einen Termin genannt?«

»Ende Juni. Spätestens.«

Ginther rieb sich das Kinn. Für ein Bild reicht die Zeit. Aber will ich mich wieder ins Joch spannen lassen? Versonnen suchte er mit den Augen die Schlosskirche, die jenseits der Tauber über die Platanen aufragte.

Was hatte Messmer geraten? Nicht rumsitzen. Arbeiten, unter die Leute gehen, an der frischen Luft sein. Ausruhen, ja. Aber nicht die Hände in den Schoß legen. Er hatte den Rat in den letzten Tagen befolgt, und es ging ihm gut.

»Sagen Sie zu. Und senden Sie Lichtwark die allerbesten Grüße.«

Juni 1909

DEUTSCHES REICH: *Der Deutsche Reichstag lehnt den Regierungsentwurf für die Erweiterung der Erbschaftssteuer ab, Kernstück einer Finanzreform, mit der die wachsende Staatsverschuldung eingedämmt werden sollte* • DEUTSCHES REICH: *Reichskanzler Bernhard von Bülow tritt wegen der Finanzkrise zurück* • DEUTSCHES REICH: *Der »Deutsche Flottenverein« (1 Million Mitglieder) fordert den zügigen Ausbau der deutschen Kriegsmarine* • DEUTSCHES REICH: *Erstes Reichsgesetz gegen den unlauteren Wettbewerb tritt in Kraft* • DEUTSCHES REICH: *In Berlin wird der »Deutsche Bauernbund« als Interessenvertretung der Klein- und Mittelbauern gegründet* • HAMBURG: *Kaiser Wilhelm II. kommt mit vier seiner Söhne zu Besuch. Er ist auf der Durchreise zur Schlusssteinlegung des »Kaiser-Wilhelm-Kanals« (heute: Nord-Ostsee-Kanal), die am 21. Juni in Kiel stattfindet* • HAMBURG: *Kaiserin Auguste Viktoria weiht den neuen Tierpark Hagenbeck ein und eröffnet die erste deutsche Straußenfarm, die direkt neben dem Zooeingang liegt. Hagenbeck züchtet Blauhalsstrauße, weil deren Federn groß in Mode sind* • ESSEN: *Europäische Fahrplankonferenz. 200 europäische Eisenbahndirektionen stimmen Streckenführungen und Fahrpläne ab* • BERLIN: *Die zweite Prinz-Heinrich-Fahrt findet vom 10. bis 18. Juni statt. Es ist die größte »Automobil-Konkurrenzfahrt« der Welt. Sie führt über Breslau, Budapest, Wien und Salzburg nach München. Die »Zuverlässigkeitsfahrt« wird mit »Schnelligkeitsprüfungen« ergänzt. Sensation: Alle drei teilnehmenden NSU-Motorwagen beenden die 1836 km lange Wettfahrt und die rund 1 100 km lange*

An- und Abfahrt von und nach Neckarsulm ohne jede Panne und ohne Einsatz von Mechanikern • BERLIN: *Karl Liebknecht wird vorzeitig aus der Haft entlassen und nimmt seinen Platz im preußischen Landtag ein* • SÜDDEUTSCHLAND: *Die Peronospora, eine Blattkrankheit, wütet in den Weinbergen, insbesondere in Unterfranken* • CANNSTATT BEI STUTTGART: *Der Vorstand der Daimler-Motoren-Gesellschaft meldet einen Dreizack- und einen Vierzackstern als Warenzeichen an. Ab 1910 wird nur noch der Dreizackstern verwendet* • FINNLAND: *Kaiser Wilhelm II. trifft auf der kaiserlichen Jacht »Hohenzollern« in den finnischen Schären bei Frederikshamm den russischen Zaren Nikolaus II. zu einem Meinungsaustausch. Die beiden Monarchen wollen aller Welt demonstrieren, dass ihre Beziehungen, trotz der Streitigkeiten um Bosnien, nicht beschädigt sind* • GROSSBRITANNIEN: *Der britische Dampfer »Slavonia«, vor den Azoren in Seenot geraten, sendet erstmals den Notruf »SOS«* • GROSSBRITANNIEN: *In London stürmen mehrere hundert Frauenrechtlerinnen (»Suffragetten«) das Parlamentsgebäude; sie fordern die Einführung des Frauenwahlrechts* • GROSSBRITANNIEN: *Die Imperial Cricket Conference (ICC), der Weltverband der Kricketspieler, wird in London gegründet* • ALBANIEN: *Aufstand gegen die türkischen Besatzungstruppen.*

Dienstag, 8. Juni 1909

»Wie geht's dir, mein Junge?« Die alte Gewürzhändlerin schloss die Bürotüre hinter sich und lachte ihren Sohn an. Die Lebensfreude blitzte ihr aus den Augen.

»Gut, Mutter.« Er ging auf sie zu und umarmte sie. »Danke, dass du mich mal wieder am Sandtorkai besuchst. Willst schauen, ob deine Firma noch steht?«

»Ein bisschen Gewürzluft schnuppern. Mag ich gerne. Weißt du doch.«

Er deutete einladend auf den Stuhl vor seinem Tisch.

Sie setzte sich und spähte neugierig in jede Ecke.

»Alles noch so, wie es immer war. Oder?«

»Die drei Bilder an der Wand, die sind neu.«

Sie stellte die schwarze Handtasche auf ihren Schoß.

»Das sind übrigens drei der Bilder von diesem Emil Richter, von denen ich neulich sprach.«

»Sie gefallen mir. Hast du sie ihm abgekauft?«

»Wem?«

»Diesem Richter. Du wolltest ihn doch aufsuchen.«

»Ich weiß nicht, wo er wohnt.« Fischer hob hilflos die Hände. »Ich hab die Bilder schon lang. Beim Stöbern auf dem Dachboden habe ich sie zufällig wieder entdeckt. Zu schade als Mäusefraß, habe ich mir gedacht, und sie hier aufgehängt.«

»Die Farben sind so leuchtend.«

»Willst du lieber Tee oder Kaffee?«

»Wenn du einen guten Schwarztee hast, bitte ich drum. Aber mit Milch und ohne Zucker.«

Fischer erhob sich, öffnete die Tür und bat seine Vorzimmerdame mit einem Augenzwinkern, zwei Tassen Tee mit Milch zu servieren.

Er blieb neben seiner Mutter stehen, legte die Hand auf ihre Schulter und bekannte: »Freut mich, Mutter, dass du gekommen bist. Hast du Langeweile oder einen besonderen Anlass?«

Sie öffnete den Bügelverschluss ihrer Handtasche. »Du hast mich doch neulich nach diesem Emil Richter gefragt.«

Er war sofort hellwach und setzte sich wieder auf seinen Arbeitsstuhl.

Sie zog ein paar Papiere aus der Tasche, steckte sie wieder hinein und setzte eine Lesebrille auf.

Er beobachtete gespannt, wie sie die Papiere in ihrer Tasche durchblätterte und sie mit schräg gelegtem Kopf überflog.

»Mir war gleich so, als hätte ich den Namen schon einmal gehört.« Sie entnahm ihrer Handtasche ein Blatt Papier.

Falten bildeten sich auf seiner Stirn.

»Das da habe ich gefunden.« Sie gab ihm das Papier.

»Sterbeurkunde?« Er überflog das Schriftstück nochmals und dann ein drittes Mal.

»Du musst genau hinsehen, mein Junge!«

»Das ist doch die Sterbeurkunde von Vaters erster Frau?«

Sie nickte. »Ja, aber ...«

»Ich verstehe ...«, er verstummte, bewegte nur noch die Lippen und fuhr dann laut fort: »... durch eidesstattliche Erklärung des Emil Richter, Bürger der Stadt Gaildorf, hier bekannt und von gutem Leumund.« Er sah seine Mutter fragend an.

»Du weißt doch, dass deine Mutter bei deiner Geburt gestorben ist.«

Über sein Gesicht huschte ein kurzes Leuchten.

Sie bemerkte es, zwang sich zu einem gleichgültigen Gesicht und meinte: »Vater hat dir doch erzählt, dass damals der große Stadtbrand in Gaildorf wütete. Er brauchte neue Papiere, aber alle Unterlagen im Pfarramt waren verbrannt. Deshalb behalf man sich mit eidesstattlichen Erklärungen.«

»Kennst du den Emil Richter?«

Sie schüttelte den Kopf. »Ich glaube nicht.«

»Genau weißt du's nicht?«

»Mir ist so, als wär da mal vor vielen Jahren ein Mann an der Haustür gewesen.«

»Was wollte er?«

»Deinen Vater sprechen.«

»Und das war Emil Richter?«

Sie seufzte. »Er hat seinen Namen genannt. Vielleicht Richter. Aber das ist schon so lange her.«

»Und was hat er gewollt?«

»Über die schwere Zeit in Gaildorf hat er selten ein Wort verloren.«

Er beobachtete sie mit halb geschlossenen Lidern und verstand, dass sie seinen Vater meinte und nicht Emil Richter.

»Frag ihn halt, wenn er wieder in Hamburg ist.«

Montag, 14. Juni 1909

Christine Ginther stieg die Treppen zum Atelier hinauf, klopfte leise an der Tür und trat ein.

»Kommst du voran?«

Er zeigte ihr seine kreideverschmierten Hände und machte eine zustimmende Geste. »Besser, als ich dachte.«

»Darf ich?« Sie kam auf ihn zu.

Er nickte.

Sie schlüpfte zwischen Fenster und Staffelei durch, stellte

sich neben ihren Mann und betrachtete das Bild, das fast fertig war.

»Gefällt es dir?«

»Sehr schön, Gustav. So plastisch hast du dich noch nie gemalt. Und so anders.«

»Wie anders?«

»Bunter! Mutiger! Kein süßliches Sonntagsbild.«

Er freute sich über das Lob. »Meine letzten Porträts waren ...«, er hob die Schultern und zog eine ratlose Schnute, »... wohl farbige Zeichnungen. Ich habe die Linien betont, die Augen, die Kontur der Nase, die Gesichtsform.«

»Das Blaue und Gelbe im Gesicht, das gefällt mir! Ausdrucksstark.«

»Expressionistisch!«

»Was hast du anders gemacht?«

»Nicht Linien habe ich betont, sondern Farbflächen. Ich habe mit einer Kerze vor dem Spiegel experimentiert und die hellen und dunklen Partien in meinem Gesicht herausgearbeitet. Schau dir den Lichteinfall auf Stirn, Nase, Wangen und Hals an. Keine Fotografie. Kein süßes Bildchen. Von innen heraus gemalt!«

»Gustav! Gustav! Warum eine Kerze?« Sie lachte. »Warum nicht Sonnenlicht?«

»Wie soll das gehen?«

»Lass dir doch einen Spiegel an die Staffelei schrauben. Einen Spiegel, den du wie deinen Rasierspiegel hin und her drehen kannst. Scheint die Sonne wie heute, dann kannst du an der Staffelei sitzen bleiben, dich im Spiegel betrachten und das Licht und den Schatten in deinem Gesicht beobachten.«

Er starrte sie ungläubig an. »Ideen hast du, Christine.« Er trat näher.

Sie lächelte und wich ihm aus. »Pass auf deine Hände auf, Gustav. Du färbst ab.«

Er fuchtelte absichtlich mit gestrecktem Zeigefinger dicht vor ihrer Nase herum.

Sie schreckte zurück.

»Gleich heute Nachmittag schaue ich mich nach einem geeigneten Spiegel um. Anschrauben kann ich ihn selber.«

Sie hielt ihm einen Brief vors Gesicht. »Gerade gekommen.«

»Von wem?«

»Friedrich Fischer. Gewürzhändler in Hamburg.«

»Mach ihn bitte auf. Ich kann nicht ...« Er zeigte ihr seine farbigen Hände.

Sie riss den Umschlag auf und las laut vor: »Sehr geehrter Herr Ginther, gewiss werden Sie sich an unsere Begegnung in der Stuttgarter Kunstgalerie erinnern. Kunst ist ein großes Steckenpferd von mir. Leider kann ich nicht malen. Deshalb sammle ich Bilder von deutschen Künstlern der Gegenwart. In meinem Besitz befinden sich vier Bilder eines gewissen Emil Richter, Pastellgemälde von ausgesuchter Qualität. Ein Bild ähnelt sehr Ihrem Kain-und-Abel-Motiv, das Sie in Stuttgart ausgestellt haben. Leider weiß ich nicht, wer dieser Emil Richter ist. Ist Ihnen ein Maler dieses Namens bekannt? Für eine baldige Antwort wäre ich Ihnen zu großem Dank verpflichtet. Ich bedanke mich schon im Voraus für all Ihre Mühen und grüße mit Hochachtung, Friedrich Fischer.«

»Emil Richter?« Er legte die Stirn in Falten.

»Offensichtlich ein Pastellmaler, Gustav!«

»Gibt's viele in Deutschland.«

»Pastellmaler namens Emil Richter gibt's viele?«

»Pastellmaler gibt's viele! Einen Emil Richter kenne ich nicht.«

»Aber das Motiv, Gustav! Dein Motiv!«

»Wird an jeder Kunstschule gelehrt.«

»Du kannst diesem Herrn aus Hamburg nicht weiterhelfen?«

Er dachte lange nach und schüttelte dann den Kopf. »Ich schreibe ihm bei Gelegenheit.«

Montag, 21. Juni 1909

Im evangelischen Pfarramt in Gaildorf saß Pfarrer Steinhauser am Schreibtisch seiner Amtsstube. Er besprach mit seinem Vikar, der erst seit vier Wochen im Dienst war, die anstehenden Arbeiten der Woche.

»Und dann ist da noch ein Brief aus Hamburg«, nuschelte er und zog das Schriftstück zu sich heran.

Er überflog die wenigen Zeilen und erklärte: Ein Gewürzhändler namens Fischer bittet um Auskunft, warum zur Ausfertigung der Sterbeurkunde seiner Mutter ein Zeuge notwendig gewesen sei.

»Verstehe ich nicht, Herr Pfarrer.«

»Sie müssen wissen«, belehrte Steinhauser, »dass vor über vierzig Jahren halb Gaildorf niedergebrannt ist. In der Nacht vom 19. auf den 20. Januar 1868 hat hier ein schreckliches Feuer gewütet. Vielleicht haben Sie schon von dem großen Stadtbrand gehört.«

Er stemmte sich seufzend aus dem Sessel und bat seinen jungen Kollegen ans Fenster. »Schauen Sie!« Steinhauser zeigte mit dem Finger auf die Altstadt. »Alle Häuser in der Kirchgasse, in der Mittleren Gasse und viele Gebäude in der Oberen Gasse«, er deutete in die entsprechenden Richtungen, »sind bis auf die Grundmauern niedergebrannt. Auch das Pücklersche Schloss, die Kirche und das Pfarrhaus. Die Möbel in der Pfarrwohnung konnten zwar noch gerettet werden, aber nicht das Inventar im Pfarrbüro. Viele wertvolle Akten und vor allem die Personalunterlagen über die Bürger unserer Stadt sind verbrannt.«

Steinhauser trat vor den Aktenschrank an der Türseite seines Büros. »Haben Sie schon einmal diese kleine Karte beachtet?«

Die Skizze war mit Nadeln an die Schrankseite geheftet.

»Das ist ein alter Stadtplan von Gaildorf. Einer meiner Amtsvorgänger hat ihn gezeichnet.«

Der Vikar beugte sich vor und stieß fast mit dem Kopf seines Vorgesetzten zusammen.

»Die rot umrandeten Häuserzeilen sind damals vollständig abgebrannt.«

Steinhauser richtete sich wieder auf.

»Wenn also ein Gaildorfer eine Auskunft oder eine Bescheinigung haben will ...«, er wartete, bis ihn der Vikar aufmerksam ansah, »... dann prüfe ich zuerst, ob das die Zeit vor 1868 betrifft. Ist das der Fall, dann suche ich erst gar nicht lange nach Unterlagen. Es gibt sie nicht mehr. Was ist dann zu tun?«

Der Vikar schaute seinen Vorgesetzten ängstlich an.

Steinhauser hob den Zeigefinger und trat dicht an den jungen Mann heran. »Das müssen Sie sich merken: Verlorengegangene

Unterlagen kann man nur mit eidesstattlichen Versicherungen rekonstruieren.«

Der Pfarrer setzte sich wieder an seinen Schreibtisch und bat den Vikar, Platz zu nehmen.

Dann berichtete er, was er über das schreckliche Ereignis von damals wusste.

Schon wenige Tage nach dem Brand machten sich die Gaildorfer an den Wiederaufbau. Die Gassen wurden neu angelegt und der Abstand der Häuser vergrößert. Man wollte einen erneuten Flächenbrand verhindern. Die Privathäuser wurden in Rekordzeit gebaut.

»Unsere Kirche«, erzählte Steinhauser, »war sehr stark beschädigt. Es bestand Einsturzgefahr. Der Turm reichte nur noch bis zum zweiten Stock. Vom Kirchenschiff und vom Chor war nicht mehr viel übrig, nur eine ausgeglühte Außenmauer. Dekan, Pfarrer und die oberen Kirchenbehörden konzentrierten deshalb alle Kraft auf den raschen Wiederaufbau des Gotteshauses.«

Schon 1870 sei die Kirche in einer großen Zeremonie wieder geweiht worden. Auch die Altstadt habe an diesem Tag in neuem Glanz gestrahlt.

Nach der hektischen Bauphase kam die hippelige Papierarbeit. Viele Gaildorfer hatten keine Dokumente mehr und benötigten mancherlei Urkunden und amtliche Papiere.

Im Pfarramt, wo damals alle Einwohner gemeldet waren, brauchte man nach Überresten erst gar nicht zu suchen. Und im Rathaus war man in jener Zeit noch nicht zuständig.

Also entschied man: Wir ziehen einen Schlussstrich unter die Zeit vor 1868.

In den Amtsstuben begnügte man sich mit eidesstattlichen Erklärungen. Jeder, der ein Dokument brauchte, musste mindestens einen Zeugen beibringen.

Der Vikar fragte, was bei eidesstattlichen Bescheinigungen zu beachten sei. Steinhauser erläuterte ihm den Vorgang mit allen Einzelheiten.

»Wenn Sie wollen«, der Pfarrer maß seinen Vikar mit den Augen, solange er mit ihm sprach, »können Sie prüfen, ob im Archiv vielleicht doch noch ein Originalpapier über die Familie Fischer vorhanden ist. Aber ...«, er stand auf, zog die Nadeln aus der

Schrankwand und nahm den alten Stadtplan ab, »... eigentlich können Sie sich die Arbeit sparen.«

Steinhauser legte die kleine Karte auf den Schreibtisch und beugte sich darüber. »Schauen Sie«, er deutete auf die skizzierte Häuserzeile in der Mittleren Gasse, die zum oberen Ende des Marktplatzes führte, »hier ... auf der linken Straßenseite ... das vierte Haus ... das war einmal die Bäckerei Fischer. Aus diesem Haus stammt der Briefschreiber aus Hamburg. Und sehen Sie«, er deutete auf die Legende auf dem Stadtplan, »hier sind die verbrannten Häuser aufgezählt.«

Der Vikar bewunderte das Wissen seines Vorgesetzten und versprach, sich mehr um die Geschichte seiner ersten Pfarrgemeinde zu kümmern.

Steinhauser nahm den Plan wieder vom Tisch.

»Erst ist der Bäcker Fischer gestorben. Dann ist sein Haus abgebrannt. Und schließlich haben sich seine Akten im Pfarramt in Rauch aufgelöst.«

Er ging zum Aktenschrank, sagte über die Schulter: »Wie das Leben manchmal so spielt«, und heftete den Plan wieder an den Schrank.

»Von einer alteingesessenen Handwerkerfamilie ist in kürzester Zeit nur noch der Name übrig. Und auch der sagt vielen Gaildorfern nichts mehr.«

Der Vikar zog eine Schnute, bekümmert und ängstlich.

»Also, wie machen wir's jetzt?« Steinhauser setzte sich wieder an seinen Schreibtisch und wedelte mit dem Hamburger Schreiben.

»Ich könnte ...« Weiter kam der Vikar nicht.

»Einverstanden. Sie beantworten den Brief und schreiben diesem Herrn Fischer, was ich Ihnen gerade erzählt habe. Aber vor Postabgang will ich Ihr Schreiben sehen.«

Der Vikar zog den Kopf ein.

»Am Berufsanfang muss Kontrolle sein«, winkte Steinhauser ab. »Nehmen Sie es nicht persönlich.« Er grinste den jungen Mann versöhnlich an. »Haben Sie heute Abend Zeit?«

Der Vikar nickte dienstbeflissen.

»Ich lade Sie ein. Im *Löwen* ist ein Kinematograph aufgebaut. Oder wie das neumodische Zeug auch immer heißt. Der Hauptfilm soll gut sein, hat mir der Mesner verraten. *Napoleon, der Mann des Schicksals,* so heißt der Film. Der interessiert mich. Und als zweiten Film sehen wir: *Deutschlands Stolz, der Luftkreuzer Zeppelin.*«

Steinhauser drückte sich aus dem Sessel und sang: »Mit dem Zippel, mit dem Zappel, mit dem Zeppelin ...«

Der Vikar lachte.

»Kennen Sie das Lied nicht?«

»Nein.«

»Sollten Sie aber, mein Lieber. Das ist das neueste Couplet von Otto Reutter. Ganz Berlin liegt diesem kleinen Mann zu Füßen.«

Dienstag, 22. Juni 1909

»Danke, Opa! Du hast mir aber etwas Schönes mitgebracht.« Die kleine Maria war vor Entzücken aus dem Häuschen.

»Schau, Mama.« Sie streckte ihrer Mutter den kleinen, weißen Hund aus Pappmaschee entgegen.

»Dass du das Kind immer so verwöhnst«, wandte sich Christine Ginther an ihren Schwiegervater. Der Satz klang vorwurfsvoll, aber in ihren Augen konnte der Angesprochene nur Freude lesen.

Der alte Ginther saß neben seiner Enkelin auf dem Sofa. Den linken Arm hatte er um Maria gelegt.

»Gefällt dir der Hund?«

»Mh.«

»Den hat dein Papa gemacht.«

»Einen so schönen Hund kann Papa machen?«

»Ja, dein Papa ist ein Künstler.«

Maria nickte eifrig. Sie nahm die kleine runde Marke, die der Hund am Halsband trug, zwischen Daumen und Zeigefinger der rechten Hand und versuchte, den aufgedruckten Text zu lesen.

Das erste Wort kannte sie aus ihrer Fibel: »Ich.«

Das zweite buchstabierte sie und probierte, die beiden Silben zusammenzuschleifen: »Hie ... ße ... hieße.«

Sie liebkoste ihren Großvater mit den Augen.

»Heiße«, verbesserte er.

»Ich heiße?« Wieder dieser fragende Blick von unten her.

»Kennst du doch. Ich heiße Georg.«

»Ich heiße Maria.«

»Sehr gut. Das allerletzte Wort weißt du bestimmt.«

»Ginther.«

»Und die anderen Wörter?«

»Ich heiße ...« Sie stockte, ihr Gesicht trübte ein und bereitete ihren Großvater auf die nächste Frage vor: »Opa, wie heißt das Wort?«

»Schnuppi.«

»Ich heiße Schnuppi«, sie zögerte, buchstabierte die folgenden Wörter und las stockend weiter, »und ... bin ... von ... Ginther.«

Sie strahlte ihn an. »Stimmt's, Opa?«

»Sehr schön, Maria. Der Schnuppi hat dir eine Belohnung mitgebracht.«

»Wo?«

»Rate mal.«

Maria zählte alle Verstecke im Wohnzimmer auf. Aber ihr Großvater sagte immer nur: »Kalt!«

»Opa, ich komm nicht drauf. Verrat's mir doch. Bitte, bitte!«

»Schieb mal Schnuppis Halsband nach oben. Und dann dreh seinen Kopf hin und her.«

Maria fasste das goldbraune Kunstfell des Hundes fester und drehte den Kopf des Tieres zur Seite. Ratlos blickte sie zu ihrem Großvater auf.

Er nahm die Figur, drückte den Kopf aus Pappe kräftig zur Seite und hielt ihn plötzlich in der Hand.

»Ist mein Schnuppi jetzt kaputt?«, wollte Maria erschrocken wissen.

»Nein, nein! Gleich setze ich ihm wieder den Kopf drauf. Aber vorher kannst du nachschauen, was dir der Schnuppi mitgebracht hat.«

Das Mädchen spähte mit einem Auge in die Halsöffnung des Papptieres. Dann drehte es den Hund um, bis Schokoladenkugeln, Pralinen und Bonbons herauskullerten.

Maria war begeistert. Sie zog ihren Opa mit der rechten Hand zu sich herab und gab ihm einen Kuss.

»Du bist der beste Opa der Welt«, flötete sie und steckte sich eine Schokokugel in den Mund.

»Und wie geht's dir?«, wandte sich Christine Ginther an ihren Schwiegervater. »Du machst dich rar in letzter Zeit.«

»Mir wird alles zu viel.« Er winkte ab. »Immer den strammen Max spielen. Immer aufpassen wie ein Luchs, dass nichts schiefläuft. Immer auf der Hut sein, dass man keine Entwicklung verpasst. Ich mag das nicht mehr.«

»Genieße dein Leben. Du hast mehr gearbeitet als viele andere in deinem Alter. Du musst dir auch keine Sorgen machen. Deine Firma ist bei Georg in guten Händen.«

»Weiß ich.«

»Was bedrückt dich dann?«

»Wenn ich die Zeit zurückdrehen könnte ...«

»Vorbei ist vorbei.«

»Ja, manches kann man nicht mehr ändern. Leider.«

Er schloss die Augen und schwieg.

Mittwoch, 23. Juni 1909

Gustav Ginther klopfte an die Tür, lauschte und betrat das Büro seines Bruders.

»Guten Morgen, Georg.«

Der Firmenchef sprang von seinem Bürostuhl auf und eilte auf den Besucher zu.

»Ich freue mich, dass du mich mal wieder besuchst, Gustav.« Überschwänglich schüttelte er ihm die Hand. »Gut schaust du aus.«

Der Maler wollte der Neugier, die er spürte, ausweichen, besann sich jedoch und fragte: »Habe ich dir schon von Professor Messmer erzählt?«

Der Schokoladenfabrikant zog die Augenbrauen hoch und drehte sich leicht zur Seite, als könne er mit der Frage nichts anfangen.

»Messmer, der Psychologieprofessor aus der Schweiz. Ich bin ihm in Mergentheim begegnet.«

Georgs Gesicht hellte sich auf.

»Messmer hat mir geraten, keiner Frage und keinem Gesprächsthema auszuweichen.« Gustav grinste seinen Bruder an.

»Du willst also wissen, ob die Neurasthenie mich am Wickel hat, oder ob ich die Neurasthenie im Griff habe?«

Georg lachte. »Wenn du es selber sagst.« Er lachte aus Verlegenheit. »Ich mach mir halt Sorgen.«

»Brauchst du nicht, Georg. Mir geht's zwar nicht gut, aber immerhin besser als vor der Kur in Mergentheim. Ich versuche, meinen Gefühlen vorzuschreiben, wie sie sich aufzuführen haben.«

»Hat Messmer dir das empfohlen?«

»Sein Rat ist gut, Georg. Ich nehme mir für jeden Tag ein festes Programm vor. Malen, spazieren gehen, lesen, mit den Leuten plaudern. Viel Bewegung vor allem! Es ist noch nicht gut, aber es wird gut.« Leiser fügte er an: »Es muss besser werden.«

»Kaffee?«

Gustav schüttelte den Kopf. »Ich will dich nicht lang aufhalten. Nur eine Frage: Kennst du einen gewissen Emil Richter?«

»Emil Richter?« Georg fuhr sich über die Augen, als wolle er auf einer dunklen Leinwand einen Gedächtnisfilm anschauen. »Emil Richter?« Er fasste seinen Bruder ins Auge. »Der Name ist mir unbekannt. Wer soll das sein?«

»Fischer, du weißt, der Gewürzhändler aus Hamburg, hat Pastellbilder von einem Emil Richter und will wissen, wer das ist und wo der wohnt.«

»Ich kann dir leider nicht weiterhelfen, Gustav.«

Der Maler hob beschwichtigend die Hände. »War nur eine Frage.«

Er sprang auf und eilte zur Tür. »Darf ich deiner Sekretärin gleich die Antwort nach Hamburg diktieren? Zwei Sätze, mehr nicht.«

»Ich bitte dich, Gustav. Wie kannst du nur so fragen.«

Der Firmenchef öffnete die Tür zu seinem Vorzimmer, gab seiner Sekretärin Bescheid und verabschiedete sich von seinem Bruder.

Die Vorzimmerdame war auf ihre nagelneue Remington sehr stolz und hütete sie wie ihren Augapfel. Sie befürchtete zunächst, der Besucher wolle selber auf der Schreibmaschine tippen.

Ihr fiel ein Stein vom Herzen, als ihr der Maler gestand, er könne solche Teufelsapparate gar nicht bedienen. Zuvorkommend und freundlich lächelnd stenografierte sie Gustav Ginthers Antwort nach Hamburg und schrieb sie dann mit der Maschine ab.

Donnerstag, 24. Juni 1909

Der Vikar legte das Papier auf den Tisch. Steinhauser nahm es, las und verzog keine Miene.

Der junge Mann saß nervös vor dem Schreibtisch seines Vorgesetzten und starrte ängstlich auf den Pfarrer.

»In Ordnung.«

Der Vikar entspannte sich. »Ich habe unser Archiv durchgesehen. In den ersten Jahren nach dem Stadtbrand sind viele Bittbriefe eingegangen. Viele Geschädigte des Stadtbrandes brauchten Ersatzpapiere.«

Steinhauser lächelte. »Wie ich's prophezeit habe.«

»Auch der Sohn des Bäckers Fischer wollte neue Papiere. Ein Verwandter des Hamburger Gewürzhändlers, wie mir scheint.«

»Und wie hat man ihm damals geholfen?«

»Ein Bäckergeselle hat eine eidesstattliche Erklärung abgegeben.«

»Wie hieß der?«

»Emil Richter.«

»Richter?« Der Pfarrer dachte kurz nach. »Richter gibt's heute noch in Gaildorf. Ehrenwerte Leute.«

»Kann ich den Brief ...?«

»Zur Post damit. Gut gemacht!«

Der Vikar wollte aufstehen und gehen.

»Wissen Sie, was heute für ein Tag ist?«

Der Vikar starrte seinen Vorgesetzten an. »Donnerstag«, flüsterte er nach langem Zögern.

Steinhauser lachte. »Datum?«

»Der 24. Juni?«

»Sommerweihnacht!« Der Pfarrer blickte in ein ratloses und ängstliches Gesicht. »Noch nie gehört?«

»Leider nein, Herr Pfarrer.«

»Sommerweihnacht! So hat man im Schwäbischen früher den

24. Juni genannt. Halbzeit bis Weihnachten. In der Bibel heißt es, Johannes der Täufer sei ein halbes Jahr vor Jesus geboren. Weil wir die Geburt des Jesuskindes am 24. Dezember feiern, fällt der Geburtstag von Johannes auf den 24. Juni.«

Steinhauser stand auf, ging am verdatterten Vikar vorbei, trat ans Bücherregal und zog ein in Leder gebundenes Buch heraus.

Er schlug den dicken Band auf. »Ein Heiligenlexikon. Darin sind die Heiligen nach dem Kalender geordnet. Ein katholisches Buch. Trotzdem ein gutes Buch, ein sehr gutes sogar.«

Er legte das aufgeschlagene Lexikon vor dem jungen Mann auf den Tisch. Das Gemälde von Tintoretto, das auf der rechten Seite abgebildet war, zeigte Johannes den Täufer, als er Jesus im Jordan taufte.

Der Vikar beugte sich über das Buch und betrachtete das Bild.

»Johannisbeeren kennen Sie?«

Der Vikar nickte eifrig. »Bei uns zuhause heißt man sie Träuble.«

»Die Johannisbeeren und die Johanniswürmchen haben, jahreszeitlich bedingt, ihren Namen von Johannes dem Täufer.«

Steinhauser setzte sich wieder hinter seinen Schreibtisch.

»Nehmen Sie das Buch mit! Wenn Sie einmal eine Rede halten müssen und nicht wissen, wie sie anfangen sollen, dann schlagen Sie in dem Buch nach. Da finden Sie immer eine passende Einleitung für den Tag und für Ihre Rede.«

Der junge Mann saß wie ein Häufchen Elend vor dem Schreibtisch und schwieg.

Steinhauser registrierte es, zog die Augenbrauen hoch und brummte: »Nichts für ungut. Gehen Sie in den Garten und essen Sie ein paar Johannisbeeren. Ich habe heuer noch keine probiert. Aber am 24. Juni sind sie immer reif.«

Freitag, 25. Juni 1909

Gustav Ginther schlenderte, ein verpacktes Bild unterm Arm, die Neubaustraße entlang.

Gegenüber dem Chilianeum, dem bischöflichen Knabenseminar, in dem er wöchentlich eine Zeichenstunde abhielt, betrat er das Haus mit der roten Fassade aus Buntsandsteinen. Im Erdgeschoss war ein großer Saal. Bilder hingen an den Wänden und warteten auf Käufer. Der Stuhl am Verkaufstisch war nicht besetzt.

Als bedeutendster Künstler, den Gabriel unter Vertrag hatte, durfte Ginther ungefragt durch den Vorhang schlüpfen und ins Allerheiligste der Kunstgalerie vordringen, in Gabriels Büro. In Künstlerkreisen war es nicht zuletzt für seine chaotische Unordnung berühmt.

Gabriel sprang dienstbeflissen auf und löste eine Papierlawine aus, die von seinem Schreibtisch zu Boden stürzte.

Entgeistert ließ er es geschehen, gefesselt von dem Schauspiel, weshalb er vergaß, die Lawine aufzuhalten.

Als auf dem Tisch nur noch Papierruinen waren, blickte er hilflos auf dem Boden herum. Dann fasste er sich und begrüßte devot seinen berühmten Gast. »Willkommen, verehrter Meister.«

Ginther zeigte auf den Boden und spottete. »Schöne Buchhaltung. Kompliment! Bestimmt sind in dem Durcheinander meine Bilder für Hamburg vergraben.«

»Alles schon erledigt, verehrter Meister, bis auf das Selbstbildnis.«

Ginther legte sein Bild auf die eingestürzten Stapel von Briefen, Akten und Bildkatalogen, die den Schreibtisch immer noch vollständig bedeckten.

Gabriel knotete die Hanfschnur auf, schlug das Packpapier zurück und stellte das Gemälde auf den Schreibtisch.

»Einmalig!«

Der Galerist beugte sich vor, die linke Hand am Rahmen, und berührte mit der Nase fast die Glasscheibe, die das empfindliche Bild schützte.

»Eine neue Technik?«

»Französische Pastellkreiden. Und flächige Malweise statt zeichnerische Anlage.«

»Perfekt!«

Gabriel richtete sich wieder auf. »Gefällt mir sehr gut.«

Er rieb sich die Hände und schaute zufrieden seinen Besucher an.

Der Maler grinste. »Und konnten Sie in Ihrer vorbildlichen Buchhaltung schon nachschlagen, wo meine Selbstporträts geblieben sind?«

»Habe ich selbstverständlich auch schon erledigt.«

»Und?«

Der Kunsthändler verdrehte die Augen. »Merkwürdig!«

Ginther sah ihn spöttisch an. »Nichts gefunden. Stimmt's?«

»Doch, doch!«, versicherte der Galerist und kam, vorsichtig über die Papierhaufen am Boden steigend, hinter seinem Schreibtisch hervor. »Alles restlos aufgeklärt.«

Ginther lachte, als habe er ein fünfhöckriges Kamel gesehen.

Der Galerist kaute an seinem Schnauzbart. Er wirkte sehr unsicher.

»Lassen Sie mich raten. Die Bilder sind nicht bezahlt worden.«

Gabriel schüttelte den Kopf. »Anstandslos. Ohne Feilschen.«

»Was dann?«

»Wir haben sie anonym verkauft. Meine Frau zwei und ich eines.«

Der Kunsthändler konnte dem Besucher nicht ins Gesicht schauen.

Ginther bekam Knopfaugen. Jeden Satz musste er Gabriel aus der Nase ziehen. »Jetzt beichten Sie schon!«

»Meine Frau meint sich zu erinnern, die zwei Bilder seien innerhalb weniger Tage verkauft worden. Eine Anschrift hat sie sich aber nicht geben lassen.«

»Ein anonymer Kunstliebhaber?«

»Einer?« Der Galerist senkte erneut den Blick und schaute betroffen zu Boden, als wollte er in Gedanken seine zerstreuten Papiere sortieren. »Meine Frau meint, das müssen zwei verschiedene Kunden gewesen sein. Aber einer hätte sich verhalten wie der andere.«

»Wie?«

»Die seien in den Laden gekommen, hätten aufs Porträt gezeigt, das Geld passend hingelegt und seien gleich wieder gegangen. Beide Käufer hätten das so gemacht. Übrigens auch der dritte, den ich bedient habe.«

»Und wann war das?«

»Vor neun Jahren haben wir ja den Vertrag gemacht. Ich habe dann alle Bilder, die Sie mir in Kommission gegeben haben, bei Ihnen abgeholt. Drei Selbstporträts waren dabei. Eines habe ich mit ein paar anderen Gemälden gleich ins Schaufenster gestellt.«

»Und weiter?« Ginther drängelte.

»Genau das war ein paar Tage später schon verkauft.«

»Als hätte jemand darauf gewartet?«

»Sieht so aus. Jedenfalls waren wenige Tage später auch die beiden anderen Selbstporträts verkauft.«

»Sie sagten, Ihre Frau hätte die Anschriften der Käufer nicht notiert. Und Sie?«

»Ich hab mir die Anschrift geben lassen und in meine Verkaufsliste eingetragen.« Er nahm eine Kladde aus dem Regal und schlug sie dort auf, wo ein Papierstreifen herausragte. »Sehen Sie hier?« Er zeigte mit dem Finger auf die Zeile. »Emil Weber. Maxstraße 27.«

»Na also. Gehen Sie nachher hin und fragen Sie den Mann, warum er ein Selbstbildnis von mir haben wollte. Interessiert mich.«

»Die Arbeit ist kein Frosch, die hüpft nicht davon.«

Ginther holte tief Luft. »Dann geh ich selber vorbei. Maxstraße 27 ... richtig?«

Gabriel kratzte sich verlegen im Genick. »Ach Gott!« Er schloss ergeben die Augen. »Ich geb's ja zu. Die Hausnummer gibt's gar nicht. Und den Emil Weber auch nicht.«

»Sie waren schon dort?«

Gabriel nickte. »Ich wollte ihn fragen, ob er uns das Bild für Hamburg ausleiht, falls das neue Selbstporträt nicht rechtzeitig fertig werden sollte.«

»Da kauft also jemand unter falschem Namen ein Bild von mir. Könnte dieser Unbekannte alle drei Bilder erworben haben?«

Gabriel zuckte die Achseln.

»Und der Mann nannte sich Emil Weber?«

Gabriel nickte.

»Sind Sie sicher? Emil Weber und nicht Emil Richter?«

Gabriel schüttelte den Kopf und deutete auf den Eintrag in seinem Buch.

Samstag, 26. Juni 1909

»Es hat geläutet.« Ginther warf seiner Frau einen erschreckten Blick zu. »So früh am Morgen? Wer kann das sein?«

»Ich habe nichts gehört.« Fragend musterte sie die Frühstücksrunde. »Ihr etwa?«

Günther schüttelte den Kopf.

»Doch!« Maria pflichtete ihrem Vater bei. »Ich hab's auch gehört.«

Es klingelte erneut.

Die Hausherrin erhob sich und verließ das Speisezimmer.

Nach wenigen Augenblicken kam sie erregt zurück. »Herr Gabriel steht draußen. Mit einem Herrn von der Polizei.«

Gustav Ginther sprang sofort auf, legte seine Serviette auf den Tisch und eilte an die Haustür.

»Willkommen, meine Herren. Entschuldigen Sie, dass Sie warten mussten. Bitte kommen Sie herein.«

Er ging ins Wohnzimmer voraus, bot den Gästen Plätze an, entschuldigte sich für einen kurzen Augenblick und hetzte ins Esszimmer.

Im Stehen trank er noch schnell einen Schluck Kaffee, schwenkte den Mund aus, wischte sich mit der Serviette über Mund und Kinn und verabschiedete sich wieder von der Frühstücksrunde.

»Wir bitten tausendfach um Nachsicht, verehrter Herr Ginther«, stotterte der Galerist mit zerknirschter Miene und setzte sich, »ich weiß, wir kommen ungelegen.«

Ginther winkte ab.

»So früh am Morgen!« Gabriel fuchtelte mit den Händen herum. »Das gehört sich nicht.« Er war sehr erregt. »Aber es ist etwas Schreckliches passiert.«

Ginther blickte ratlos zwischen den Gästen hin und her.

»Mir ist etwas Schreckliches passiert«, verbesserte sich der Kunsthändler.

»Und wie kann ich Ihnen helfen?«

»Ihnen und mir ist etwas passiert.« Der Kunsthändler bedeckte sein Gesicht mit beiden Händen.

»Mir?« Der Maler zog den Kopf zwischen die Schultern.

Der Polizist räusperte sich. »Die Sache ist so. Heute Nacht wurde bei Herrn Gabriel eingebrochen.« Er blickte zu dem Galeristen hinüber, der wie ein Häufchen Elend in seinen Sessel versunken war. »Und dabei ist ein Bild von Ihnen gestohlen worden.«

»Welches?«

Der Galerist blinzelte Ginther entsetzt an.

»Das neue?«

Gabriel nickte zerknirscht.

»Wie ist das möglich?«

»Durch die Hintertür, vermutet der Herr von der Polizei.«

»Die Täter sind in der Nacht in die Galerie eingedrungen«, ergänzte der Polizist. »Sie haben einen Nachschlüssel benutzt ...«

»... und Ihr Selbstporträt gestohlen«, fiel ihm der Galerist ins Wort. »Und die Ladenkasse.«

Gustav Ginther schluckte und blieb stumm.

Gabriel warf seinem Künstler einen ängstlichen Blick zu. »Ich bitte Sie inständig, lieber Herr Ginther, tragen Sie es mir nicht nach. Gleich nachher suche ich meinen Versicherungsagenten auf. Ich hoffe, er ersetzt uns den Schaden.«

Der Maler runzelte die Stirn und witterte die Angst seines Galeristen.

»Ich meine, er ersetzt mir den Schaden.«

Gabriel blickte erneut zu Ginther hinüber, doch der schwieg. »Natürlich bekommen Sie die vereinbarte Summe, lieber Herr Ginther. Der Schaden schlägt zunächst bei mir zu Buche.«

Der Polizist wandte sich an den Hausherrn: »Sie haben das Bild wirklich erst gestern in der Galerie abgeliefert?«

»Ja.«

»Dann ...«, der Polizist zog ein Notizbuch und einen Tintenstift aus seiner Uniformjacke, befeuchtete ihn mit der Zunge und schlug das Büchlein auf, »... ja dann ging es den Einbrechern wohl um die Ladenkasse.«

»Sie meinen ...«

»... nur ein Bild fehlt. Ihres!« Gabriel hob beschwichtigend die Hände. »Ein Selbstporträt kann man nicht so gut verkaufen wie ein Landschaftsbild. Darüber haben wir doch erst neulich gesprochen. Wahrscheinlich haben die Einbrecher Ihr Bild als angenehme Dreingabe mitgenommen, nachdem sie die Ladenkasse gefunden hatten. Die Herren Diebe haben Geschmack. Ihr Bild hat ihnen offensichtlich gefallen.«

Der Polizist bat Ginther, ihm das gestohlene Bild genau zu beschreiben: Größe, Rahmung, Signatur, Farben und Besonderheiten.

Der Maler schloss die Augen und berichtete knapp und genau. Immer wieder schüttelte er den Kopf. »Wer hängt sich das Selbstporträt eines Fremden ins Wohnzimmer?«

»Das meine ich auch«, bestätigte der Polizist, »denen ging's ums Geld. Das Bild ist nebensächlich.«

Der Galerist beschwor seinen Maler, so bald wie möglich nochmals ein Selbstbildnis zu malen. Er stehe bei der Hamburger Kunsthalle im Wort. Direktor Lichtwark werde in Anbetracht der besonderen Umstände gewiss eine Nachfrist einräumen.

Ginther dachte nach. »Ende Juli? Reicht das?«

Gabriels Miene hellte sich auf, zum ersten Mal an diesem Morgen.

»Trotzdem!« Ginther warf dem Polizisten einen abschätzenden Blick zu. »Da stimmt etwas nicht. Drei Bilder werden anonym gekauft. Das dritte mit Sicherheit unter falschem Namen und mit falscher Adresse. Und jetzt wird eines gestohlen. Alle vier Bilder waren Selbstporträts. Ich glaube nicht mehr an einen Zufall.«

Juli 1909

DEUTSCHES REICH: *Theobald von Bethmann Hollweg wird neuer Reichskanzler. Er tritt die Nachfolge des Fürsten von Bülow an, der nach der misslungenen Reichsfinanzreform um seine Entlassung aus dem Amt gebeten hatte* • RÜGEN: *In Saßnitz auf Rügen wird die erste Fährverbindung zwischen Schweden und Deutschland von Kaiser Wilhelm II. und König Gustav V. von Schweden eingeweiht* • FRANKFURT AM MAIN: *Die erste Internationale Luftschifffahrt-Ausstellung wird eröffnet. Eine der Hauptattraktionen ist der »Aeroplan« der Brüder Wright aus den USA* • ZWICKAU: *Der Konstrukteur August Horch verlässt im Streit die Horch-Autowerke, die er zehn Jahre zuvor gegründet hatte, und gründet die Firma Audi (lateinisch für »horch!«)* • FRANKREICH: *Ministerpräsident Georges Clemenceau tritt wegen Auseinandersetzungen in der Flottenpolitik zurück. Sein Nachfolger wird Aristide Briand* • FRANKREICH: *Der französische Flugpionier Louis Blériot überquert als erster Mensch mit einem Motorflugzeug den Ärmelkanal. Für die 36 km lange Strecke benötigt er etwas mehr als 37 Minuten* • KÖLN: *Auf dem Kongress der christlichen Gewerkschaften bedauern die Gewerkschaftsfunktionäre die konfessionelle Zersplitterung der Gewerkschaftsbewegung* • KAMERUN (DEUTSCHES ÜBERSEEGEBIET): *Eine deutsch-englische Kommission vermisst die Landesgrenze und setzt Grenzsteine. Die neue Grenze wird durch Notenaustausch zwischen Berlin und London ratifiziert* • ÖSTERREICH: *Die Tauernbahn zwischen Gastein und Spittal wird eröffnet. Sie verkürzt die Reisezeit von Berlin über Prag nach Triest erheblich* • WIEN: *Oskar Kokoschkas Drama »Mörder, Hoffnung der Frauen« wird im Gartentheater uraufgeführt* • SPANIEN: *»Tragische Woche« in Barcelona. Blutige Konfrontation zwischen der spanischen Armee und Arbeitern: 8 Tote und 124 Verwundete bei Polizei und Armee, 104 beziehungsweise 150 bei den Zivilisten; über 2500 Personen festgenommen, davon 1 700 vor Militärgerichten wegen bewaffneter Rebellion verurteilt, 17 zum Tode (5 später hingerichtet, unter ihnen der Pädagoge Francisco Ferrer, dem vorgeworfen wird, der Anführer des Aufstands zu sein)* • SCHWEIZ: *Produkt, Name, Dreiecksform und Verpackung der Schokoladenmarke Toblerone werden urheberrechtlich geschützt. Andere Schokoladenhersteller ziehen nach und melden Gebrauchsmusterschutz an.*

Dienstag, 6. Juli 1909

Sie stiegen in der Volksschule die breiten Holztreppen in den zweiten Stock hinauf. Der Pfarrer voraus und sein Vikar hinterdrein.

»Ich stelle Sie zuerst den Kindern vor. Dann sind Sie mit der kleinen Morgenandacht dran.«

Steinhauser zog sich am Treppengeländer hoch, sprach nach hinten und keuchte.

»Alles klar?«

»Ich bin präpariert, Herr Pfarrer.«

»Aber nur fünf Minuten!«

»Ich halte meine Zeit ein. Sie können sich darauf verlassen.«

Im ersten Stock lehnte neben der linken Tür ein kleiner Junge an der Wand und schluchzte.

»Hast was ausgefressen?«

Auf Steinhausers Stirn zeigten sich zwei steile Falten zwischen den Augenbrauen.

Der Junge nickte.

»Nicken ist keine Antwort!«, herrschte ihn Steinhauser an. Seine Miene verfinsterte sich. »Wie oft soll ich euch das noch sagen!«

»Ja, Herr Pfarrer.«

»Und was?«

»Ich hab unter der Kocherbrücke gebadet.«

Eine Ohrfeige klatschte ins Gesicht des Jungen. Er heulte auf.

»Hab ich das nicht ausdrücklich verboten?«

Der Junge wischte sich mit dem Ärmel die Augen aus. »Ja, Herr Pfarrer«, stieß er unter Tränen hervor.

»Dann merk dir's endlich! Baden ist an der Stelle gefährlich!«

Steinhauser stürmte weiter.

»Das war der kleine Richter«, klärte er seinen Vikar über die Schulter auf.

»Ich weiß nicht, was Sie meinen, Herr Pfarrer.«

»Richter! Sie erinnern sich nicht mehr?«

»Leider nein, Herr Pfarrer.«

»Von dem war doch neulich die Rede.« Steinhauser atmete schwer. »Brief aus Hamburg.«

Er blieb auf der Treppe stehen und pumpte. »Sie haben ihn beantwortet.«

»Ach ja, jetzt erinnere ich mich.«

»Der Kleine da«, Steinhauser deutete in den unteren Stock, »der gehört in die Familie.«

Sonntag, 18. Juli 1909

Gustav Schönleber und Gustav Ginther prosteten sich zu.

»Ein gutes Bier.« Der Professor aus Karlsruhe setzte seinen Steinkrug ab, drehte ihn und bestaunte das Markenzeichen. »*Sternbräu*. Sie kennen das Gasthaus schon länger?«

»Ich war erst einmal hier. Im Mai, zusammen mit einem Psychologen aus der Schweiz.«

Schönleber paffte an seiner Zigarre und legte sie auf den Rand des Aschenbechers. »Man sitzt so schön im Freien. Zum Glück blühen die Kastanienbäume nicht mehr. Blütenblätter und Ameisen im Bier ...«, er blickte an den mächtigen Bäumen hinauf und schüttelte sich, »... brrr!«

Ginther lächelte seinen alten Kunstlehrer an. »Ich freue mich, dass Sie gekommen sind, verehrter Herr Professor.«

Schönleber, wieder die geliebte Zigarre im Mund, kniff sein gesundes Auge zu, weil es vom Dunst tränte. Er nahm den Stumpen aus dem Mund, hielt ihn zwischen Daumen und Zeigefinger der linken Hand und prüfte seinen Lieblingsschüler aus längst vergangenen Zeiten mit einem langen Blick. »Wie ich Ihnen schon gestern in Würzburg eröffnete, möchte ich in diesen Semesterferien wieder einmal die alten holländischen Meister studieren.«

Ginther wich dem Blick nicht aus.

Der alte Herr nahm einen Schluck. »Am Donnerstag fahre ich mit dem Zug nach Amsterdam weiter.«

»Ich beschäftige mich lieber mit den neuen Kunstrichtungen.«

»Keine klassischen Studien mehr?«

Ginther schüttelte den Kopf. »Die neuen Techniken, die Ölfarben aus der Tube und die modernen Pastellkreiden aus Frankreich. Damit habe ich genug zu tun.«

»Versteh ich. Trotzdem schade.« Schönleber nuckelte genüsslich an seinem Tabakstängel und blies den Rauch durch die Nase.

»Sie, Herr Professor, Sie sind noch ganz in der Tradition der Alten Meister aufgewachsen«, stellte Ginther fest. »Aber meine Generation ist mit der Freiluftmalerei der Franzosen großgeworden.«

»Ja, die neue Zeit.« Schönleber drückte den Zigarrenrest im Aschenbecher aus und seufzte tief. »Fotografie und Film, ich weiß. Mir ist das eher eine Last. Sie wissen ...«

Ginther nickte. Er wusste Bescheid.

Schönleber war schon von Kindheit an auf einem Auge blind, aber sprach nicht gern darüber. Der alte Herr war immer noch quicklebendig und neugierig, genau wie früher, als er Gustav Ginther an der Karlsruher Kunstakademie in die Geheimnisse der Landschaftsmalerei eingeweiht hatte, aber mit zunehmendem Alter war er doch unsicher geworden.

Gleich nach der Ankunft im Gasthaus hatte er gestern, verlegen lächelnd, beim Abendessen erzählt, er habe vergeblich versucht, sich mit dem Fotografieren und Filmen vertraut zu machen. Aber mit einem Auge komme er mit der Lichttechnik nicht zurecht. Auch müsse er sich leider den Wunsch versagen, ein Auto zu chauffieren, was ihn sehr reizen würde. Seine Unsicherheit überspielte er mit Fröhlichkeit, Ironie und nassforschen Sprüchen.

Ginther hatte den alten Professor auf Vorschlag seiner Frau eingeladen, mit ihm ins Taubertal zu fahren. Georg hatte sie tags zuvor mit dem Auto über Giebelstadt und Bernsfelden nach Igersheim gebracht. Drei Tage lang wollten Lehrer und Schüler durchs Taubertal streifen und malen. Am Mittwochabend würde Georg sie wieder abholen.

»Im April war ich zum ersten Mal in der Stuttgarter Kunsthalle.«

»Sind Sie auch meinem Kollegen Diez begegnet?«

»Er hat mich doch nach Stuttgart eingeladen.«

»Haben Sie in der Kunsthalle ausgestellt?«

Ginther nickte.

»Gratuliere!« Schönleber zündete sich eine neue Zigarre an, sog den Rauch ein und blies ihn mit zufriedenem Stöhnen durch die Nasenlöcher.

Ginther blieb unbewegt.

Schönleber prostete seinem Schüler zu. »Diez geht ganz im Kunstbetrieb auf. Ich bleibe lieber bei meiner Malerei. Das Kunstgefasel ist nichts für mich.«

»Sie haben recht, Herr Professor. Eigentlich ist mir die Kunsttheorie zuwider. Und doch liegt es im Interesse der Kunst, wenn sich ein paar namhafte Leute Gedanken machen, wie es weitergehen soll.«

»Am Schluss wird zusammengezählt, mein lieber Ginther. Ich war beim ersten Kunsterziehertag dabei. In Dresden vor acht Jahren.«

Schönleber süffelte an seinem Bier. »Lichtwark von der Hamburger Kunsthalle hat die Grundsatzrede gehalten. ›Wir brauchen eine Art innere Mission‹, hat er gefordert, ›damit wir die künstlerische und ethische Kultur Deutschlands neu beleben können‹.«

Er lachte seinen Schüler an, doch der schwieg.

»Und so ein preußischer Geheimrat hat getönt, ›man muss die Kinder zur Kunst hinführen‹. Und dann hat er von *nationalen Gedanken* und *trautem Heim* gefaselt, wenn man an Kunst denkt. Mir ist ganz schlecht geworden.«

»Trotzdem stimmt die Richtung, Herr Professor. Die beiden folgenden Kunsterziehertage in Weimar und Hamburg haben immerhin erreicht, dass die Schüler nicht mehr nur Ornamente mit Lineal und Zirkel zeichnen müssen, sondern richtige Bilder malen dürfen.«

»Dass sich die Kunst aus den Fesseln des Abzeichnens befreit, das ist gut. Und dass Lichtwark und andere Leute Musik, Gymnastik, Literatur und Kunst ganzheitlich betrachten, das freut mich.«

Ginther blinzelte in die Sonne und streckte wohlig die Beine von sich.

»Schauen Sie sich die mächtige Sommerlinde da drüben an!« Schönleber zeigte mit der Hand die Straße nach Markelsheim hinab. »Ein Prachtexemplar. Mindestens 20 Meter hoch. Schade, dass sie schon verblüht ist. Die male ich morgen oder übermorgen!«

Ginther bestaunte die lindgrüne Baumkrone mit den tief herabhängenden Ästen und der breit gerundeten Silhouette. So lässt sich's leben, dachte er bei sich. Ein herrlicher Sommertag zum Genießen. So wohl hatte er sich schon lange nicht mehr gefühlt.

»Aber vor den preußischen Verwaltern graut mir.«

Ginther horchte auf. Wovon redete der alte Herr?

»Was die in die Finger kriegen, das verkehren sie ins Gegenteil.«

Ärgerte sich Schönleber immer noch über den Kunsterziehertag?

»Jetzt hecken die einen Kunstlehrplan für die Schulen aus. Erstens Kaiser Wilhelm, zweitens Kaiser Wilhelm, drittens Kaiser Wilhelm. Heldenverehrung und Fürstenpomp! Das machen die Preußen aus dem Kunstunterricht. Sie werden's erleben!«

Ginther lachte. »So kenne ich Sie gar nicht, Herr Professor. Ich hatte Sie optimistischer in Erinnerung.«

»Ich bin Optimist, mein Lieber! Gerade deshalb bin ich gegen diese Heldenverehrung.«

Ginther prostete seinem alten Lehrer zu.

»Bieten auch die Würzburger Zeitungen für jeden neuen Kunden ein Fotoporträt?«

Die Gedankensprünge des alten Herrn überraschten Gustav Ginther immer wieder.

Der Kunstlehrer kam in Fahrt und prophezeite: »Das ist das Ende der klassischen Porträtmalerei.«

»Wieso? Kein Foto kann ein Porträt ersetzen, wenn es im expressionistischen Stil gemalt ist. Das Lichtbild gibt nur die Wirklichkeit wieder. Das gemalte Porträt interpretiert sie.«

»Mir passt die ganze Richtung nicht, lieber junger Freund. Das, was man uns heute als modern verkauft, ist doch nur Häckmäck.«

»Arabisch kann ich nicht.«

»Müssen Sie auch nicht. Das ist schwäbisch. Sie wissen doch, ich komme aus Bietigheim an der Enz.«

»Häckmäck, ein schönes Wort, Herr Professor.«

»Häckmäck machen, das heißt Wirbel machen.« Schönleber lächelte und zeigte zwei Reihen gelber Zähne. »Nichts davor und nichts dahinter! Bloß heiße Luft!«

»Meinen Sie wirklich?«

Schönleber schlug seinem Schützling vor, mit ihm noch ein Glas Bier zu trinken.

Ginther stimmte zu.

Der Kunstprofessor winkte die Schankmagd herbei, erteilte ihr den Auftrag und philosophierte weiter: »Denken Sie an die Frauenbewegung. Seitdem auch Frauen Sport treiben, bleibt alles, wie es war. Die moderne Frau ficht, turnt, spielt Tennis, rudert, radelt und steuert ihr Auto selber.«

»Sie sind gegen die Emanzipation der Frauen?«

»I wo! Ich bin dagegen, dass unsere Frauen so lammfromm mit den preußischen Spießern umspringen.«

»Die Frauen sollen ...«

»... in die richtige Richtung zielen! Sie verpulvern ihre ganze Kraft auf dem falschen Kriegsschauplatz. Sport? Pah! Dass ich nicht lache!«

Ginther starrte seinen Professor fassungslos an.

»Die sollen es so machen wie die englischen Ladies. Pickelhauben aufsetzen, Hörner senken, Anlauf nehmen und dann aus vollem Lauf ...«

Er lachte Ginther schelmisch an. »Das wäre der richtige Sport für unsere Frauen. Schon beim Wort Pickelhaube spürt man doch den Stich im Hintern.«

»Herr Professor!«

»Was haben denn unsere Frauen mit ihrem Sport erreicht?«

»Nix!«, schallte es vom Nachbartisch herüber.

»Doch«, feixte Schönleber hinüber, »den fußfreien Rock! Eine Errungenschaft? Dass ich nicht lache.«

Dröhnend fiel er ins Gelächter an den Nebentischen ein, hustete, sog an seiner Zigarre und räusperte sich.

Und an seinen Schützling gewandt: »Ästhetisch betrachtet: eine Scheußlichkeit!«

Die Herren an den Nachbartischen lachten erneut, und diesmal stimmte Ginther mit ein. Als er wieder genug Luft hatte, schüttelte er den Kopf. »Aber Herr Professor! Der Fortschritt marschiert nie geradeaus wie die Soldaten. Er geht im Zickzack voran.«

»Fortschritt nennen Sie das, was diese Raubritter aus Süddeutschland zusammenregieren?«

»Süddeutsche Raubritter?«

»Die Urahnen von Kaiser Wilhelm saßen auf dem Hohenzollern.« Schönleber blies die Backen auf. »Uff! Waren Sie schon einmal auf dem Hohenzollern?«

Ginther schüttelte den Kopf.

»Das ist so ein Maulwurfshügel bei Hechingen.« Der alte Herr formte mit der linken Hand einen kleinen Berg. »Da hockten Kaiser Wilhelms Vorfahren drauf und züchteten Bienen oder rannten den Hennen nach, weil sie das bisschen Eiergeld dringend brauchten.«

An den Nebentischen rissen sie die Augen auf.

Schönleber wurde heftig. »Und jetzt spielt sich dieser Raubritter aus dem winzigen hohenzollerschen Kaff in Berlin als der große vaterländische Held und Weltenherrscher auf. Fortschritt nennen Sie das? Dass ich nicht lache!«

»Na na, lieber Herr Professor.« Ginther amüsierte sich, weil sich sein Gast so erregte. »Sie wollen doch wohl den Fortschritt nicht leugnen.«

»Fortschritt? Zum Beispiel?«

»Noch vor zwanzig Jahren gab es nur Pferdedroschken. Der Mist in den Straßen der Städte stank unbeschreiblich. Für New York hatte man errechnet, dass die Bewohner im Jahre 1910 durch meterhohen Mist waten müssten. Der Straßenverkehr werde zum Erliegen kommen, prophezeite man. Etliche sagten der Stadt den Erstickungstod voraus. Und heute? Automobile in New York. Saubere Straßen und gute Luft.«

»Statt nach Pferdepisse stinkt's jetzt nach Benzin. Ist das der Fortschritt?«

»Sie werden doch nicht bestreiten wollen, dass die Pariser Elektrizitätsausstellung von 1881 die Welt verändert hat! Denken Sie doch nur an das elektrische Licht, die Straßenbahnen, das Telefon, den Fernschreiber.«

»Gut gebrüllt, Löwe!« Schönleber leerte sein Glas in einem Zug und stand auf. »Gehen wir malen.« Er streckte sich und gähnte. »Aber die Sommerlinde, die ist prächtig. Die male ich dann morgen.«

Montag, 19. Juli 1909

»Den Rucksack geschultert, die Klampfe unterm Arm und in der Tasche Hermann Hesses *Camenzind*.« Schönleber bog sich vor Lachen. »Sie sehen wie ein richtiger Wandervogel aus, lieber Freund.«

»Oder wie Theodore Roosevelt.«

»Kenn ich den?«

»Ehemaliger US-Präsident.«

»Ach ja, der Teddy-Bär.«

»Der stolpert gerade durch Afrika und will Elefanten schießen und Schlangen fangen.«

»Aber der trägt sein Gepäck bestimmt nicht selber.«

»Der hat 36 000 Kulis vor, hinter und um sich«, lachte Ginther. »Die größte Safari aller Zeiten. Sogar ein Grammofon und eine Badewanne schleppen die Schwarzen durch den Urwald, damit der weiße Großwildjäger überall ein heißes Bad nehmen und Musik dazu hören kann.«

»Und durch welchen Urwald führen Sie mich, mein lieber Ginther?«

»Durch den finstern Tann zum Tauberberg.«

»Tauberberg. Zauberberg. Wunderbar! Haben Sie meine Badewanne auch dabei?«

Ginther lachte. »Wenn wir oben sind, liegen unter uns die Weinberge, hat mir der Wirt erzählt.«

»Ba – de – wan – ne!«

»Von da oben kann man im Süden das Weinörtchen Markelsheim liegen sehen. Dort können Sie im Wein baden.«

»Markelsheim?!« Schönleber lauschte dem Wort hinterher. »Das klingt gut! Klingt nach Trutzburg in einem großen Weinsee.«

Ginther hielt sich den Bauch vor Lachen.

Schönleber grinste übers ganze Gesicht. »Sie, mein lieber Ginther, im Badezuber auf hoher Weinsee, kann ich mir gut als Landschaftsmotiv vorstellen.«

Ginther kicherte und staunte über die Lebenslust seines Gastes. »Und wie malen Sie das? In Pastell?«

»Ich?«, fragte Schönleber höhnisch. »Ich mache mir ein paar Skizzen in Schwarz-Weiß und koloriere sie, wenn ich Ihre Kreiden mitbenutzen darf. zuhause male ich dann alles in Öl.«

»Mit den neuen Ölfarben in der Tube könnten Sie auch gleich auf Leinwand malen.«

»Weiß ich, mein Lieber. Aber ich mag das nicht, das schnelle Hinklecksen aus der Tube.«

Schönleber blieb stehen und verschnaufte einen Augenblick. »Skizzen entwerfen, vorzeichnen, ausmalen und immer wieder verbessern. So lange, bis jeder Pinselstrich sitzt. Das ist wirkliche Kunst. So hab ich's gelernt.«

Ginther schwieg ein Weilchen, dann wandte er vorsichtig ein: »Aber die Malerei im Atelier verleitet immer dazu, die Farben zu mischen. Besteht da nicht die Gefahr, dass die Farben eintönig und die Bilder langweilig werden?«

»Sie mögen's wohl eher spontan?«

»Ja und nein. Ich male in der freien Natur immer spontan. Dann schwelge ich in Farben. Und bin auch mutig genug, harte Farbkontraste auszuhalten.«

»Und wo bleibt Ihr Nein?«

»Im Atelier male ich dasselbe Bild noch einmal.«

»Nur einmal?«

»Manchmal sogar vier- oder fünfmal. Die Farben ändere ich nicht. Aber die Bildaussage verstärke ich.«

»Und der Unterschied zwischen draußen und drinnen?«

»Im Freien halte ich den *Eindruck* fest, den die Natur auf mich macht. Im Atelier suche ich nach dem *Ausdruck*, nach den Empfindungen, den Gefühlen und Gedanken in mir.«

»Impressionismus und Expressionismus in einem?«

»Genau das, lieber Herr Professor. Mein innerer Ausdruck als Antwort auf meinen ersten Eindruck.«

»Interessant.«

»Interessant? Verehrter Meister, Sie können sich gar nicht vorstellen, wie mich das Ringen um den richtigen Ausdruck belastet. Manchmal war ich schon nahe dran, nur noch Farbflächen zu malen und die Formen der Natur wegzulassen.«

»Nur Farbflächen? Nichts Gegenständliches zu sehen?«

Ginther nickte.

»Das ist doch kein Bild mehr! So malen die kleinen Kinder. Wozu haben Sie dann Kunst studiert?«

Ginther lächelte nachsichtig.

Schönleber zog eine Zigarre aus der Brusttasche, biss das Ende ab, spuckte es zur Seite und zündete den Tabak an.

✧

»Sie stellen Ihre Pastellfarben nicht selber her?« Schönleber drehte eine laubgrüne Kreide zwischen den Fingern und betrachtete das Etikett.

»Französische Kreiden. Vom Pariser Chemiker Gustave Sennelier entwickelt. Sie kennen die Geschichte?«

Schönleber schüttelte den Kopf. »Welche Geschichte?« Er deutete auf das Etikett. »Sennelier? Den Namen kenne ich, natürlich. So heißt doch der Farbenhexer von Paris. Wer kennt den nicht? Der hat, wenn ich's recht weiß, am Quai Voltaire in der Nähe vom Louvre einen kleinen Laden für Künstlerbedarf.«

Ginther nickte. »Alle Impressionisten von Rang und Namen zählen zu seinen Kunden. Er hat vor zwanzig Jahren die fertige Ölfarbe in der Tube erfunden.«

»Die Geschichte kenne ich.«

»Sennelier hat jetzt auch eine Manufaktur für Pastellkreiden.«

Der alte Professor zuckte die Achseln, er war ahnungslos.

»Vor ein paar Jahren ist Edgar Degas in den Laden von Sennelier gestürmt und hat seinem Ärger Luft gemacht: ›Ich bin doch kein Bäcker! Für ein paar Kreiden muss ich den halben Tag Teig kneten. Jetzt ist Schluss! Gustave, mach mir Pastellkreiden‹.«

»Und?«

»Sennelier hat's gemacht. Eine Weile hat er experimentiert. Jetzt vermischt er erstklassige Farbpigmente mit feinster Tonerde. Man munkelt, er menge auch Kaolin bei.«

»Das hat doch Michelangelo schon gewusst. Und der Holbein auch.«

»Aber deren Pigmente waren nicht immer lichtecht. Manche waren sogar giftig.«

»Und Senneliers Farben sind ungiftig?«

»Ungiftig und lichtecht.«

Schönleber zog einen laubgrünen Kreidestrich über den Rand seiner Skizze. »Weich!« Er verrieb die Farbe mit dem Zeigefinger, legte den Finger unter seine Nase und schnupperte mit geschlossenen Lidern. »Pudrig! Angenehm! Riecht entfernt nach Sand und Meer.«

Ginther nickte erneut. »Das ist das Besondere an diesen Kreiden. Sie tragen weich und cremig auf.«

»Woher kommt das?«

»Senneliers Geheimnis.« Ginther löste die Papierhülse von seiner Kreide, zerbrach sie in der Mitte und betrachtete die bröckelige Bruchstelle. »Wahrscheinlich liegt's am Bindemittel. Sennelier soll zunächst Leimwasser und Honig ausprobiert haben. Jetzt ist Gummiarabikum drin, das weiß ich genau. Das ist ein Baumsaft, den schon die alten Ägypter für ihre Wandmalereien benutzt haben. Aber die blauen und weißen Kreiden soll Sennelier mit einem anderen Bindemittel herstellen.«

»Ich mach meine Pastellkreiden lieber selber.« Schönleber wischte mit einer ausholenden Geste alle Gegenargumente beiseite. »Die Pigmente kaufe ich ... und fein gemahlene Kreide auch. Und als Bindemittel nehm ich Fischleim mit einem Schuss Zuckerwasser. Den Teig knete ich kräftig durch. Dann schlage ich ihn in ein Leintuch ein und walze ihn mit der Hand zu einer Wurst. In kleine Stücke schneiden, fünfzehn Tage lang an der frischen Luft trocknen, fertig!«

Schönleber richtete sich auf. Sein prüfender Blick tastete über seine Skizze. »Ich versteh gar nicht, dass sich so viele Kollegen aufregen, wenn sie Kreiden selber herstellen sollen. Ist doch ganz einfach!«

»Einfach schon. Aber es kostet Zeit, viel Zeit. Außerdem sind die selbst gemachten Kreiden mal weicher, mal härter. Und jedes Mal fallen die Farben anders aus.«

»Ist das bei diesen französischen Kreiden anders?«

Ginther nickte. »Karmin bleibt Karmin, und Goldgelb ist immer Goldgelb. In der Farbenmanufaktur werden die Zutaten mit der Apothekerwaage ausgewogen. Ich könnte diese Genauigkeit nicht erreichen.«

»Ich auch nicht. Aber ist das wichtig? ›Die Flöhe und die Wanzen sind auch ein Teil vom Ganzen‹, hat mein Vater immer orakelt. Gerade die misslungenen Farbkreiden bringen oft überraschende Ergebnisse.«

Ginther schwieg. Dem alten Herrn war nicht beizukommen. Und er wollte es auch gar nicht. Wenn Schönleber darauf bestand, seinen Pastellteig selber herzustellen, dann sollte er das tun.

Sie saßen Seite an Seite auf einer Trockenmauer am Südhang des Tauberbergs. Unter ihnen Rebflächen, so weit sie sehen konnten. Mit den Augen maßen sie den Bildausschnitt, den sie sich ausgeguckt hatten.

Im Vordergrund die Tauber, der vom gegenüberliegenden Hang ein Bach zufloss. Rechts, im Goldenen Schnitt, das Weindorf Markelsheim. Dahinter Weinberge und Wald. Darüber der blaue Himmel, betupft mit feinen Wolken.

Überwiegend grüne und hellblaue Töne, eingestreut das Rot der Dächer.

Schönleber hatte seinen Skizzenblock auf den Knien. Immer wieder blickte er auf und zog dann mit seinem Grafitstift ein paar Linien. Die verwischte er öfter mit dem Zeigefinger, den er gelegentlich mit der Zunge anfeuchtete. Ab und zu steckte er den Zeichenstift in seine Brusttasche und kolorierte das Gezeichnete mit drei grünen und zwei blauen Pastellkreiden, die er sich von Ginther geliehen hatte.

»Welchem der Alten Meister eifern Sie eigentlich nach, verehrter Herr Professor?«

»Sie meinen, ob ich ein Vorbild beim Malen habe?«

Ginther gab einen Laut von sich, den man als Zustimmung deuten konnte.

»Vorbilder? Gibt es die überhaupt?«

»Doch.« Ginther kniff das linke Auge zu und prüfte mit dem rechten, ob die grüne Kreide, die er von sich streckte, mit der Farbe des Waldes über Markelsheim im Einklang war.

»Da habe ich meine Zweifel. Heute gefällt dies, morgen das. Mal himmelt man diesen an, mal jenen.«

»Genauso ist es.« Ginther blickte nicht auf. Er war damit beschäftigt, den Lichteinfall im Grün des gegenüberliegenden Waldes mit gelben, bläulichen und rötlichen Tönen zu malen.

»Vorbild«, fuhr Schönleber fort, »das ist bei jedem Menschen anders. Meist ist das eine Mischung aus Bewährtem und Ungewohntem. Das tosende Meer nach Caspar David Friedrich, die Wolken wie bei Turner und die anmutigen Bewegungen, wie sie Degas meisterhaft auf die Leinwand zaubert. Von jedem ein bisschen. Je nach Tageszeit und Laune ändert sich die Mischung. Wollen Sie das Vorbild nennen?«

»Gewiss nicht.«

»Sehen Sie! Jede Malergeneration lernt von der vorhergehenden. Ist doch selbstverständlich. Dabei entstehen nie Plagiate. Und selten bloße Kopien. Es bilden sich in einem fort neue, flüchtige Mischungen aus Altem und Neuem. Die meisten sind original. Manche sogar originell.«

Ginther knurrte etwas.

»Genug gemalt und geschwätzt. Jetzt brauch ich etwas Habhaftes. Was ist in Ihrem Rucksack?«

✧

Ginther hockte auf der Weinbergmauer und ließ die Beine baumeln. Er schaute den Eidechsen zu, die sich auf den warmen Steinplatten wärmten.

Schönleber lag neben ihm auf der Mauer, paffte eine Zigarre und blinzelte in die Sonne. Auf seiner Brust balancierte er ein Glas.

»Prosit!« Schönleber tastete mit der rechten Hand nach seinem Glas und reckte es gegen den Himmel. »Danke für das gute Vesper und den süffigen Wein.«

Er stellte das Glas wieder auf seinem Oberkörper ab, hielt es mit der rechten Hand fest, während er mit der linken seinen Stumpen ein ums andere Mal zum Mund führte, und erzählte von der deutschen Kunstszene im Allgemeinen und der Karlsruher im Besonderen.

Er berichtete, wie seine Akademie in den letzten vierzig Jahren Weltgeltung erlangt und sich mit Düsseldorf und München zu den großen drei in Deutschland aufgeschwungen hatte. Die Ausweitung des Lehrbetriebs in Karlsruhe sei, neben der Verpflichtung bekannter Künstler als Professoren, der Hauptgrund für diesen Erfolg. Ursprünglich habe man in Karlsruhe nur Landschaftsmalerei gelehrt. Dann sei die Porträt-, Tier- und Historienmalerei ins Lehrprogramm aufgenommen worden. Später auch die Plastik und die neuen Drucktechniken. Seit 1895 lehre Karlsruhe als erste Hochschule in Deutschland die künstlerische Farblithografie. Und jetzt werde in Zusammenarbeit mit der Karlsruher Kunstgewerbeschule auch modernes Design zum Studium angeboten. Von Karlsruhe aus seien Malerkolonien gegründet worden, im badischen Grötzingen, im Odenwald, an verschiedenen Orten in Norddeutschland, in Südtirol und in der Schweiz.

»Karlsruhe hat Weltgeltung, mein lieber Freund.« Schönleber stellte das Glas auf eine Steinplatte und wälzte sich zur Seite. Den Kopf auf die linke Hand gestützt, schaute er ins Tal. »Die älteste Technische Hochschule der Welt ist wo? In Karlsruhe! Die beruflichen Schulen sind wo erfunden worden? Natürlich in Karlsruhe! Eine der renommiertesten Kunstgewerbeschulen der Welt haben wir. Und jetzt auch noch die Kunstakademie als Leuchtstern moderner Kunst.«

»Sie als Schwabe begeistern sich für die badischen Nachbarn?«

»Ich bin Karlsruher. Geworden! Und als Karlsruher ist man Badener und Weltbürger zugleich. Kunst ist immer international, mein Lieber!«

»Sie verleugnen Ihre Herkunft, Herr Professor.«

»Noi, i schwätz schwäbisch! Aber Karlsruhe gefällt mir besser als Stuttgart.« Schönleber grinste über beide Ohren. »I ben an schwäbisch schwätzender, einäugiger Badener.«

Ginther gluckste, wurde wieder ernst und fragte: »Ist Karlsruhe schöner als Stuttgart?«

»Karlsruhe hat mehr Kunst zu bieten als Stuttgart. Die Stuttgarter beißen sich in den Hintern, weil sie gegen uns das Nachsehen haben.«

Ginther schwieg eine Weile. Dann drehte er sich zu seinem alten Lehrer hin: »Sie zählen nur die Erfolge auf, verehrter Herr Professor. Würzburg ist zwar von Karlsruhe weit entfernt. Aber so viel habe ich doch gehört: Es gibt auch Streit an Ihrer Hochschule. Und nicht wenig.«

In Schönlebers Gesicht arbeitete es. Er kämpfte wohl mit sich, was er sagen wollte und was er besser verschweigen sollte.

Schließlich deutete er in groben Zügen an, was schon in den Tageszeitungen und Kunstzeitschriften gestanden hatte.

»Ja, lieber Freund, Erfolg kann auch übermütig machen.« Er kratzte sich verlegen am Hinterkopf. »1896 war das Karlsruher Schicksalsjahr. In jenem Jahr spaltete sich die traditionsreiche *Karlsruher Künstlergenossenschaft*. Die Akademieprofessoren Carlos Grethe, Leopold von Kalckreuth und Robert Pötzelberger begehrten gegen die Traditionalisten auf und gründeten den *Karlsruher Künstlerbund* als Gegenverein.«

Schönleber setzte sich auf die Mauer und nahm einen Schluck aus seinem Glas. »Welche Karlsruher Arbeiten sollen auf der großen Berliner Kunstausstellung gezeigt werden? An dieser simplen Frage entzündete sich der Streit. Die Traditionalisten beharrten darauf, nur Bilder in die Reichshauptstadt zu schicken, die mit klassischen Techniken gemalt waren. Die Rebellen wollten auch Lithografien und andere Drucktechniken berücksichtigt wissen. Vor allem Leopold von Kalckreuth, der erst im Jahr zuvor die erste deutsche Kunstklasse für Farblithografie eröffnet hatte, legte sich für seine Studenten mächtig ins Zeug.«

»Und wie verhielten sich die Studenten und die vielen Maler in und um Karlsruhe?«

»Die meisten jungen Künstler und Kunststudenten in Karlsruhe und ein Großteil der Malerkolonisten schlugen sich auf die Seite der drei rebellierenden Professoren. Der kleine Disput um ein paar Bilder blähte sich zum großen Streit auf. Schon bald ging es um die Grundsatzfrage: In welche Richtung soll sich die deutsche Kunst entwickeln? Kann auch eine Farblithografie künstlerisch wertvoll sein? Oder ist das nur Kunsthandwerk? Darüber wurde jetzt heftig gestritten.«

»Und wer hat gewonnen, die Traditionalisten oder die Rebellen?«

»Die Stuttgarter!«

Ginther fuhr herum. »Wie das denn? In Karlsruhe kriegt man sich in die Wolle, und in Stuttgart gewinnt man den Streit?«

»Wenn zwei sich streiten, freut sich der Dritte. Der württembergische König hat die Karlsruher Rebellen Leopold von Kalckreuth, Carlos Grethe und Robert Pötzelberger mit großzügigen Versprechungen nach Stuttgart gelockt und ihre Gehälter aus seiner Privatschatulle aufgebessert.«

Schönleber klang jetzt gallenbitter. »Geld regiert die Welt!« Er lauschte seinem eigenen Satz nach und fügte ruhiger hinzu: »Die drei haben's gedankt. Sie haben nach kurzer Zeit den *Stuttgarter Künstlerbund* gegründet. Übrigens mit denselben Zielen, die sie ein Jahr zuvor im *Karlsruher Künstlerbund* eingefordert hatten. Und vor acht Jahren haben sie ihre Werke in Stuttgart ausgestellt. Das war eine national und international viel beachtete Ausstellung. Und schon war die Stuttgarter Akademie im Rennen um die besten Plätze.«

»Mit welchen Auswirkungen auf Karlsruhe?«

»Keinen! Der Secessionsstreit in Wien um Gustav Klimt und in Berlin um Max Liebermann brach erst später aus. Da hatten die Karlsruher Kunstrebellen längst ihre Abweichlerklubs gegründet.«

Sie vertieften sich wieder in ihre Malerei und schwiegen eine ganze Weile.

Schönleber strichelte die Dachlandschaft von Markelsheim aufs Papier.

Ginther mühte sich, die Zunge zwischen den Zähnen, den richtigen Farbton für den Baumschatten zu finden. Bläulich oder doch eher rötlich? Purpur und Violett waren in letzter Zeit seine Lieblingsfarben fürs Schattige im Schnee oder im grellen Sonnenlicht.

Ginther blickte nur kurz von seinem Malkarton auf, als Schönleber lachte. »Die Abweichlerklubs nennen sie Secessionsvereine. Secession! Das Wort klingt wie Musik, heißt aber Trennung! Ja, mein lieber Ginther, schöner Schein und süßer Klang, aber in der Kunstwelt gibt's jetzt harte Trennungslinien!«

Ginther biss sich auf die Lippen und blieb stumm wie ein Fisch.

Schönleber atmete tief durch. »Noch lange vor den neuen Künstlervereinen, *Brücke* in Dresden um Kirchner und Nolde und *Neue Künstlervereinigung* in München um Kandinsky, oder wie sich die Kunstmeuterer auch immer nennen mögen, haben wir in Karlsruhe den Richtungsstreit beendet und die offenen Professorenstellen mit jungen, guten Künstlern besetzt.«

✧

»Worum ging's eigentlich in dem Streit an Ihrer Akademie?« Ginther spießte die Bratkartoffeln mit der Gabel auf und schob sie sich in den Mund.

»Im Kern war es ein Richtungsstreit. Es ging um die Gleichwertigkeit der verschiedenen künstlerischen Techniken und Kunstauffassungen.«

Schönleber rückte seinen Stuhl näher an den Tisch heran, nahm einen großen Schluck aus seinem Weinpokal und sog immer wieder an seinem Stumpen. »Sie, lieber Herr Ginther, können bestimmt die modernen Künstler verstehen, denen Lithografien und Pastellgemälde genauso wichtig und wertvoll sind wie Ölbilder. Muss ein Gemälde bis in die letzten Details realistisch sein? Oder genügen impressionistische Andeutungen? Oder ...«

»Gibt es noch eine dritte Möglichkeit?«

Schönleber lachte. »Das müssen ausgerechnet Sie fragen? Gestern haben Sie mir gestanden, Sie würden am liebsten Gefühle gegenstandslos und nur in Farben ausdrücken.«

»Sie meinen, in diese Richtung könnte sich die Kunst entwickeln?«

»Möglich. Jeder Weg muss wenigstens einmal erkundet werden. Warum soll es nicht demnächst Maler geben, die ganz auf die Farbe setzen und keine Gegenstände mehr formen? Oder sie nur noch verschlüsselt andeuten? Hölzel in Stuttgart und Kandinsky in München sollen damit experimentieren.«

»Sie halten nicht viel davon.«

»Warum?«

»Weil Sie gestern so bestürzt waren und klagten, das sei keine Kunst.«

»Ich habe nicht gemeint, das sei keine Kunst. Ich habe gesagt, so malen die Kinder. Kinder können auch Kunst machen. Natürlich ohne künstlerische Techniken und ohne Schulung des Auges. Im Rahmen der kindlichen Möglichkeiten gibt es selbstverständlich auch herausragende Kunst, weil es Könner unter den Kindern gibt.«

»Gestern klang's anders.«

»Ich habe Sie gestern gefragt, warum Sie Kunst studiert haben, wenn Sie auch ohne Ihr Wissen über Technik, ohne Perspektive und ohne Form oder Motivauswahl malen wollen.«

»Ich höre heraus, dass Sie die gegenstandslose Malerei nicht für Kunst halten.«

»Zugegeben, ich halte sie für eine Sackgasse. Vielleicht bin ich zu alt, um den künstlerischen Wert einer solchen Malerei zu verstehen. Vielleicht bin ich zu sehr von der klassischen Malerei und dem traditionellen Wissen um die handwerklichen Fertigkeiten in der Kunst geprägt.«

»Aber Sie waren doch der Wegbereiter des Impressionismus, als Sie in Karlsruhe Professor wurden.«

»Gewiss, aber die Impressionisten verzichten nicht auf die Form. Sie haben nur das Farbenspektrum in der Malerei erweitert, ihre Kunst aus den Fesseln der Handwerkerzünfte befreit und mit der herkömmlichen Malerei endgültig gebrochen. Kompromisslos haben sie ihr künstlerisches Konzept in den Mittelpunkt gestellt. Aber auf das handwerkliche Können haben sie nicht verzichtet. Sie haben uns Malern neue technische Möglichkeiten eröffnet.«

Ginther schwieg. In seinem Gesicht standen jedoch viele Fragezeichen.

»Neue Farben wie die lichtechten Ölfarben in der Tube, neue Malgründe, neue Motive aus dem Alltag und aus der Arbeitswelt. Und vor allem ein neues Gleichgewicht zwischen Farbe und Form! Die Impressionisten sind keine Stubenhocker wie Caspar David Friedrich, keine verbrämten Kirchenmaler wie Friedrich Overbeck und die anderen Nazarener. Die Impressionisten sind Reporter, wie die Engländer und Franzosen behaupten, nur schreiben sie nicht, sondern sie malen. Sie berichten mit Bildern über die neue Zeit.«

»Das können die Fotografen besser.«

»Die moderne Welt ist bunter als die alte. Die impressionistische Malerei mit ihren leuchtenden Farben ist näher an der Wirklichkeit als die schwarz-weiße Fotografie. Deshalb berichten die Impressionisten nicht mit dem Fotoapparat! Außerdem geben die Maler die Wirklichkeit nicht nur wieder. Sie interpretieren sie zugleich.«

»Das machen die Expressionisten auch.«

»Natürlich. Aber in einem anderen Mischungsverhältnis. Den *Expressionisten* ist die Bewertung der Wirklichkeit wichtiger als die Wirklichkeit selber.«

Schönleber war aufgesprungen. Mit dem Skizzenblock in der Hand und den Grafitstift hinters Ohr geklemmt, versperrte er seinem Schüler mit ausgebreiteten Armen die Sicht ins Tal.

»Die *Impressionisten,* mein Lieber, sind viel ausgewogener als die Expressionisten. Bei ihnen sind Wirklichkeit und Meinung über die Wirklichkeit im Gleichgewicht. Deshalb wird man die impressionistische Malerei auch über den Tag hinaus rühmen, für ausgewogen halten und noch in vielen Jahren schätzen.«

Ginther legte die Kreiden zur Seite und blickte seinen Lehrer neugierig an. »Und die gegenstandslose Malerei ist für Sie ein Irrweg?«

»Das habe ich nicht behauptet. Nicht *Irrweg* habe ich gesagt, sondern *Sackgasse*. Wenn man Gefühle nur noch mit Farben ausdrückt, was kommt dann danach?«

Schönleber deutete mit dem Zeigefinger auf Ginther: »Nichts!«

Ginther verengte die Pupillen, als könne er dem nicht zustimmen.

»Nach der Farbe kommt nur noch die Nichtfarbe. Dieser Weg endet hier. Das muss auch der Letzte einsehen. Also muss jeder irgendwann umkehren und zur Form zurückfinden.«

»Und warum geht das in der Musik?«

»Den Einwand verstehe ich nicht.«

»Musik höre ich mit den Ohren. Ich kann sie nicht riechen, nicht schmecken, nicht sehen, nicht ertasten. Musik ist eine gegenstandlose Kunst. Trotzdem ist sie da.«

»Halt, lieber Freund! Der Komponist bringt die Töne in Form und erschafft so aus formlosen Geräuschen seine Musik.

Gerade die Musik ist das beste Beispiel dafür, dass alles einer Form bedarf.«

»Und warum ist dann die formlose Malerei eines Kindes dennoch Kunst?« Ginther lächelte Schönleber an. Er meinte, seinen alten Professor überlistet zu haben.

»Kinder nehmen einen Farbstift und kritzeln damit. Oder sie tauchen den Finger in einen Farbtopf und bemalen die Tapete, zur Freude ihrer Eltern.«

Schönleber sah seinen Schüler Antwort heischend an. »Haben Sie schon einmal Kindern beim Malen zugesehen?«

Ginther nickte.

»Dann wissen Sie, dass sich die Kinder für die Farbe begeistern. Sie sehen die Form nicht. Sie beherrschen sie nicht. Noch nicht. Erst allmählich entdecken die älter werdenden Kinder die Form und die Verzerrung der Form durch die Perspektive. Ab diesem Zeitpunkt finden sie nur noch die Bilder schön, auf denen Farbe und Form im Einklang sind. Das ist jetzt ihr Maßstab für ein gutes Bild. Diese Entwicklung der Kinder ist kein Produkt von Lehrern, Erziehern oder Künstlern. Sie reift im Kopf jedes Heranwachsenden. Farbe und Form gehören zusammen wie Wort und Satz. Ohne Sätze ist die Verständigung bestenfalls holprig. Ohne Form ist das Kunstempfinden bestenfalls kindlich.«

»Also sind Sie doch dagegen.«

»Nein. Ich habe nichts dagegen, wenn ein Künstler kindliche Formen benützt. Aber ich wehre mich dagegen, wenn ein Künstler meint, Farbe ohne Form als Bild verkaufen zu können.«

»Was ist es dann?«

»Ein Musterkatalog eines Farbenhändlers.«

»Kann der nicht auch schön sein?«

»Gewiss. Aber nicht alles, was schön ist, ist auch Kunst. Jede Blume ist schön. Das Netz der Spinne im Morgentau ist schön. Kunst sollten wir nur das nennen, was ein Mensch mit seinem Können erschaffen hat. Letztes Jahr hat so ein verrückter Engländer Würmer in verschiedene Farbtöpfe geworfen und sie auf der Leinwand kriechen lassen. Es ist ein hübsches Bild geworden. Aber wollen Sie das Kunst nennen?«

Ginther verkniff sich eine Antwort und wandte sich wieder seinem Bild zu.

»Und wie's hier riecht!« Schönleber sog das Aroma tief durch die Nase ein, rief »würzig!« mit gepresster Stimme, während er die Luft anhielt, und atmete langsam durch den Mund aus. »Und gesund! Bei den alten Germanen galt die Linde als Sinnbild ewigen Lebens. Wer sich unter eine Linde flüchten konnte, der durfte von seinen Häschern nicht mehr ergriffen und gerichtet werden.«

»Meine Mutter hat früher die Lindenblüten gesammelt und daraus Tee gemacht, wenn ich erkältet war. Genau so duftet's hier.« Ginther blickte zwischen dem mächtigen Baum und seinem Malblock hin und her und skizzierte mit einem Rötelstift.

Im Gasthof *Stern* hatten die beiden Künstler nach dem Frühstück zwei Stühle geborgt und vor die Linde gestellt. Seit über einer Stunde palaverten sie über die Besonderheiten dieses Baumes, sprangen immer wieder auf, berührten mit den Händen Stamm und Äste, berochen Blätter und Dolden und zeichneten ihre Studien gekonnt aufs Papier. Sie bestaunten die grobe und rissige Rinde der hundert Jahre alten Linde, die immer noch wuchs und schon jetzt das ganze Taubertal überragte. Sie machten Farbproben; graubraun für den schrundigen Stamm und gelbgrün für die herzförmigen Blätter, die auf der Unterseite silbrig schimmerten. Denn sie wussten, dass der Charakter des Baumes im Geheimnis seiner Farben lag.

Die Igersheimer blieben gaffend stehen und bestaunten die beiden Maler, die so zwanglos gingen, standen, saßen und malten, als seien sie in ihrem Atelier. Die Bäuerinnen tuschelten mit leuchtenden Augen und warfen sich bewundernde Blicke zu. Die Männer tauschten mit schwieligen Händen verstohlen Gesten aus, die verrieten, dass sie die beiden Maler für Spinner hielten. Und die kleinen Kinder rannten zwischen den Erwachsenen umher und quiekten wie die Ferkel. Für sie war heute Jahrmarkt und Kasperletheater in einem. Mit roten Wangen und verschwitzten Gesichtern tobten sie sich aus. Man ließ sie gewähren, denn ihre Eltern mussten beobachten und beraten, was das Besondere an ihrer alten Linde sei.

»Aha, die Landstreicher sind da! Meine Damen, holen Sie die Wäsche von der Leine!«

Ginther und Schönleber zuckten zusammen, wie vom Donner gerührt.

Der Fremde stieg feixend vom Rad, seinen neumodischen Filzhut tief in die Stirn gedrückt. Auf dem Rücken trug er einen großen Rucksack.

Ginther legte die Stirn in Falten, und Schönleber ging auf den Radler zu und wollte ...

»Gestatten, Putz.«

Der Kunstprofessor erstarrte, griff sich an die Stirn und fragte: »Putz? Leo Putz?« Neugierig musterte er den etwa Vierzigjährigen.

»Bin ich jetzt auch voller Schmutz, bleib ich doch der Leo Putz. Habe die Ehre!«

»Kein Landstreicher«, rief Schönleber lachend über die Schulter und gab Entwarnung, »ein Österreicher.«

»Tiroler, bitte schön!«

»Trollinger sagen wir Schwaben zu den Tirolern.« Schönleber grinste den Neuen an und drehte sich zu Ginther um. »Ein Anstreicher von Profession, ein berühmter sogar.«

Putz lachte schallend und bockte sein Rad auf. Seinen Rucksack legte er daneben auf den Boden. »Und wer seid ihr zwei Farbenpanscher?«

»Schönleber«, stellte sich der Karlsruher vor und deutete auf den Würzburger: »Und das ist mein ehemaliger Schüler. Der heißt Gustav wie ich, zählt mittlerweile zu den besten Pastellisten Deutschlands und hört auf den schönen Namen Ginther.«

»Ginther kannte ich bisher nur als Schokolade. Leider! Aber Ihr Name, verehrter Herr Professor, ist mir geläufig. Gustav Schönleber höchstpersönlich, der famose Landschaftsmaler aus Karlsruhe! Das freut mich aber sehr, dass ich Sie endlich kennenlerne.« Putz schüttelte Schönleber überschwänglich die Hand, wiederholte mehrmals »Habe die Ehre!« und ging auf Ginther zu.

»Die Schokolade macht sein Vater«, rief Schönleber hinterher und klärte Gustav Ginther auf: Leo Putz sei Kunstprofessor in München und zähle dort zu den bekanntesten Köpfen. Er werde als Salonlöwe von den Damen sehr verehrt. Prinzregent Luitpold habe ihm neulich die bayerische Staatszugehörigkeit verliehen, wie in den Zeitungen zu lesen war. Putz sei Mitglied der Münchner *Secession* und habe in den letzten Jahren viele Auszeichnungen erhalten.

»Weiß ich«, grinste Ginther, »habe ich in der *Jugend* gelesen.«

»Gefällt sie Ihnen?« Für einen Augenblick forschte Putz mit verengten Pupillen in Ginthers Gesicht.

»Wer?«

»Die *Jugend*.«

Ginther nickte.

»Kompliment, lieber Freund.« Putz strahlte Ginther an.

»In der *Jugend* waren schon oft Bilder von Ihnen abgedruckt. Einige sogar als Titelbild.« Er reichte Putz die Hand. »So sieht also ein bekannter Jugendstilmaler aus.«

»Jugendstil? Der Name gefällt mir nicht«, klagte Putz, »klingt so, als sei unsere Kunst noch nicht ausgereift.«

»Was ist dann Jugendstil?« Schönleber musterte seinen Münchner Kollegen von Kopf bis Fuß.

»Eine Geschmacksrichtung. Nichts Eigenständiges. Deshalb nennt man in den meisten Ländern den Jugendstil einfach nur *moderne Kunst*.«

»Kein eigenständiger Kunststil?« Ginther stand wie versteinert da und begaffte den Fremden.

»Eine Sammelbewegung«, entgegnete dieser amüsiert, »mehr nicht! Sie will die Kunst wieder allen Menschen zugänglich machen. Die Kunst soll nicht länger nur den Hochnäsigen gehören, denen es in die Nasenlöcher regnet, weil sie den Kopf zu hoch tragen.«

»Wirklich nur eine Sammelbewegung?«, fragte Ginther.

»Wenn Sie die *Jugend* lesen, an der ich ja mitwirke, oder den *Simplicissimus*, dann wissen Sie, dass wir Kunst und Kultur wieder in den Alltag der Menschen zurückbringen wollen. Das kann die Malerei aber nicht allein. Also haben sich Leute aus verschiedenen Bereichen der Kultur zusammengetan, um auf allen Lebensfeldern zu säen. Deshalb arbeiten Maler, Bildhauer und Architekten, Möbel-, Glas- und Porzellandesigner, Musiker und Schriftsteller Hand in Hand. Eine eigenständige Kunstform ist der Jugendstil deshalb noch lange nicht.«

»Und doch hat der Jugendstil ein paar Eigenheiten«, wandte Ginther ein, »die dem Impressionismus und dem Expressionismus fehlen.«

»Welche?«

»Die neuen Schriftformen zum Beispiel«, meinte Ginther.

»Ja, die Schriften und die vielen Pflanzen- und Tierornamente im Buchdruck, vor allem die Schwäne, Kraniche, Seerosen und Lotosblumen. Im Design, zugegeben, da kann man von einem eigenständigen Stil sprechen.«

»Und ich dachte, Klimt und Stuck seien Jugendstilmaler.« Schönleber hatte nachdenklich zugehört. »Die vielen Kunstrichtungen kann man ja kaum noch auseinanderhalten.«

Putz lachte. »Wenn Sie als Kunstprofessor das nicht können, wer dann?«

»Ich bin Maler. Mich interessiert das Geschwafel der Kunstwissenschaftler nicht.«

»Klimt kenne ich nicht persönlich«, bekannte der Münchner, »dafür den Franz Stuck umso besser. Ich habe viele seiner Bilder gesehen, Selbstporträts und Gemälde seiner Frau und seiner Tochter Mary. Was daran, bitte schön, ist Jugendstil?«

»Spielt er nicht mit Symbolen, Dekorativem und Mystischem?«, warf Ginther ein.

»Damit drückt der Franz Stuck seine Meinung und sein Gefühl aus. Vielleicht ist er schon ein Expressionist. Vielleicht ist er noch ein Impressionist. In jedem Fall ist er ein Secessionsmaler, ein Abweichler halt. Er malt selten im Freien wie die Impressionisten. Ich denke, das ist ihm zu mühsam und auch zu schmutzig. Stuck steht am liebsten, wie aus dem Ei gepellt, vor seiner Leinwand im Atelier und komponiert Porträts und Gruppen von Menschen. Aber mir gefällt, wie der Franzl malt.«

»Und zu welcher Kunstrichtung zählen Sie sich selber?«, wollte Ginther wissen.

»Ich gehöre zu den Impressionisten. Sie haben doch meine Bilder in der *Jugend* gesehen.«

»So!« Schönleber klatschte in die Hände. »Genug gefachsimpelt!« Er stellte sich zwischen seine beiden Kollegen und legte seine Arme auf ihre Schultern. »Ich bin der Älteste und heiße Gustav. Leo und Gustav, schlagt ein!« Er hielt ihnen die Hand hin.

Sie legten die Hände aufeinander und duzten sich.

Putz eilte an den Laufbrunnen, der neben der Linde war, nahm den Hut vom Kopf, wusch sich gründlich und wiederholte mehrmals: »Pah, tut das gut.«

Dann setzte er wieder seinen breitrandigen Schlapphut auf und visitierte neugierig, was seine beiden Kollegen aufs Papier gezeichnet hatten.

Er steckte zwei Finger in den Mund und ließ einen gellenden Pfiff ertönen. Die Schankmagd im nahen Sommergarten hob den Kopf, Putz legte die Hände trichterförmig an den Mund, schrie »Bier!« und streckte drei Finger seiner rechten Hand in die Höhe.

Die Magd nickte.

Jemand brachte einen dritten Stuhl und stellte ihn zu den beiden anderen.

Putz verneigte sich tief und tat so, als ziehe er seinen Hut.

»Vorsicht!«

Die Gaffer bildeten eine Gasse und begleiteten die Schankmagd mit vielen Ooohs und Aaahs zu den drei Künstlern, die für die Erfrischung dankten.

Die Sternwirtin rannte hinterdrein und dirigierte zwei Männer, die einen Klapptisch vor die Linde trugen.

Wenn schon drei berühmte Maler ihr Gasthaus beehrten, dann wolle sie, dass sich die Herren auch wohlfühlten, beteuerte sie energisch.

»Bezaubernd, gnädige Frau«, Putz lachte die Wirtin an, »wie ihr gelbes Kleid zu dem Grün der Linde kontrastiert.« Nachdenklich fasste er sich ans Kinn. »Wenn Sie jetzt noch einen Hut hätten und sich an unseren Tisch setzen würden, dann wäre unser Glück vollkommen.«

Die Wirtin rannte ins Wirtshaus zurück.

Die Künstler prosteten sich zu und tranken genüsslich einen geziemenden Schluck auf das Wohl ihrer Kunst.

»Bist du den weiten Weg von München mit dem Fahrrad gestrampelt, Leo?« Schönleber setzte sich an den Tisch und stellte seinen Bierkrug ab.

Auch seine beiden Kollegen rückten ihre Stühle an den Tisch und ließen sich nieder.

»Aber nein. Seit ein paar Jahren miete ich mich sommers in Rothenburg ob der Tauber ein. Mit dem Fahrrad meiner Hausleute radle ich dann durchs Taubertal und male.«

Die Wirtin kehrte mit einem orangefarbenen Hut in der Hand zurück und brachte gleich noch einen vierten Stuhl mit. Sie roch wie der Stöpsel einer Eau-de-Cologne-Flasche.

Die drei Herren sprangen auf.

»Sie gestatten, meine Herren?«

»Wie können Sie so etwas fragen?« Putz rückte der Wirtin den Stuhl zurecht und bat sie, Platz zu nehmen. »Wir bitten, gnädige Frau. Für uns ist es eine große Ehre, eine so hübsche Dame an unserem Tisch zu wissen.«

Die drei Herren setzten sich wieder.

»Und wozu brauch ich den Hut?«

»Zum Aufsetzen, Gnädigste, zum Aufsetzen.«

Sie setzte sich den Hut auf, der zu ihrem gelben Kleid passte und mit roten Blumen drapiert war.

»Allerliebst, verehrte Frau Wirtin«, flötete Putz, »darf ich Sie so malen?«

Ohne ihre Antwort abzuwarten, lief er zu seinem Rad, nahm seinen Rucksack vom Boden und ging stolz erhobenen Hauptes zur Linde zurück.

Wie er in brauner Samtjoppe, den Filzhut verwegen nach rechts verschoben und in die Stirn gedrückt, durch die Reihen schritt, war er ein gefährlicher Rivale für jeden Igersheimer. Das zeigten die bewundernden Blicke der gaffenden Frauen, und das bewiesen erst recht die griesgrämigen Mienen der streng blickenden Mannsbilder.

Er schnürte den Rucksack auf und legte eine zusammengeklappte Feldstaffelei, einen fertig grundierten Keilrahmen, Ölfarben in der Tube, diverse Pinsel und eine ovale Palette auf den Tisch.

Während Schönleber und Ginther jedes Stück, das Putz aus seinem Rucksack zauberte, mit Bravorufen begrüßten, riss die Wirtin erschrocken die Augen auf.

»So!« Putz sah sie schmachtend an. »Jetzt wollen wir versuchen, ihre Schönheit für alle Ewigkeit auf die Leinwand zu bannen. Das tut nicht weh, gnädige Frau, und ist gleich vorbei. Aber die moralische Wirkung wird eine ungeheuere sein.«

Die Wirtin war froh erregt. Niemals zuvor hatten die Grillen lauter gezirpt, niemals hatte die Linde so geduftet, niemals hatte die Luft schwüler geflirrt.

»Eine ausgezeichnete Idee! Das Gelb des Kleides harmoniert mit dem Orange des Hutes und bildet einen wunderbaren Kontrast zum grünen Laub der Linde.« Ginther flitzte ins Gasthaus und kehrte bald darauf mit einem Malkarton und Pastellkreiden zurück. »Darf ich Sie auch malen, gnädige Frau?«

Die Wirtin nickte huldvoll.

Gustav Schönleber ging in den Sommergarten und kam mit einem Kaffeegedeck zurück.

Den Kaffee stellte er vor die Wirtin auf den Tisch, ging ein paar Schritte zurück, kniff ein Auge zu und rühmte: »Perfekt!« Er trat einen Schritt zur Seite. »So mal ich es auch.«

Beifall brandete auf. Die drei schnellten hoch und verneigten sich vor dem Publikum, das inzwischen die Künstler in Dreierreihe umringte.

✧

Ginther und Schönleber saßen in der Abenddämmerung im Sommergarten. Die Sternwirtin hatte ihnen Ripple mit Kraut serviert und eine Flasche *Igersheimer Kirchberg* spendiert.

»Deine Frau machte so eine Andeutung. Geht's dir nicht gut, Gustav?«

»Ich war in Mergentheim zur Kur. Jetzt fühle ich mich besser.«

»Was fehlt dir denn?«

Ginther druckste herum. »Ach, nichts Besonderes.«

»Soso.«

»Nicht der Rede wert.«

»Aha.«

»Eine alte Geschichte.«

Schönleber wandte sich erstaunt an seinen Kollegen. »Als ich dich vor zwanzig Jahren in Karlsruhe kennenlernte, warst du da krank?«

»Nein, nein!«

»Dann verstehe ich dich nicht.«

»Was verstehst du nicht?«

»Du sagtest eben, du würdest unter einer alten Geschichte leiden. Aber vor zwanzig Jahren ging es dir gut. Wie kann eine Geschichte alt sein, wenn sie vor zwanzig Jahren noch gar nicht da war?«

Ginther fuhr sich mit beiden Händen übers Gesicht und massierte mit den Fingerspitzen die Augenpartien. In Wahrheit dachte er nach. Wie viel soll ich beichten? Wie viel kann er vertragen? Er holte tief Luft, lehnte sich zurück und faltete die Hände vor dem rechten Knie, das über dem linken lag.

»Meine Geschichte klingt genau wie das, was du über die Vorbilder in der Malerei gesagt hast. Eine alte Geschichte ...«, er zögerte, »... und eine neue zugleich.«

»Keine Ausflüchte, mein Lieber. Als dein Künstlervater bin ich auch dein Beichtvater. Raus mit der Sprache! Ich werde schweigen. Großes schwäbisches Ehrenwort.«

Gustav Ginther beichtete also, dass er in Mergentheim war, weil er sich seit vier, fünf Monaten ausgebrannt und innerlich zerrissen fühle. Das Schicksal seines Zwillingsbruders treibe ihn um, seit das Erbe seiner Mutter auf seinen Schultern laste.

»Deshalb malst du immer wieder das Kain-und-Abel-Motiv?«

»Möglich. Anfangs bestimmt unbewusst.«

»Aufklären kann man das Schicksal deines Zwillingsbruders nicht mehr?«

»Weder konnte man sein Verschwinden klären, noch hat man jemals seine Leiche gefunden. Wo soll man da ansetzen?«

»Wenn die Trauer nach vierzig Jahren noch nicht zu Ende ist, wann dann?«

»Gäbe es ein Grab, an dem man trauern kann, dann wäre alles schon längst verarbeitet. Aber gerade weil man nicht weiß, was damals geschah, steigt immer wieder ein dumpfes Gefühl auf, das belastet und lähmt. Ob man will oder nicht.«

»Und wie hältst du in den Augenblicken der Erinnerung deine Gefühle im Zaum?«

»In Mergentheim habe ich einen Psychologen aus der Schweiz kennengelernt. Er hat mir geraten, die Gefühle meinem Willen zu unterwerfen.«

»Geht das überhaupt?«

»Manchmal, aber nicht immer.«

»Dann dreh doch den Spieß um.«

Ginther blickte seinen Lehrer ratlos an.

»Mache aus der Not eine Tugend. Male dir deine Sorgen von der Seele.«

»Du meinst …?«

»Klar! Male einen Bilderzyklus. Tod am Fluss. Oder Entsetzen am Fluss. So ähnlich, wie Edvard Munch seine Ängste verarbeitet hat. Oder wie Goya mit seinem berühmten Zyklus uns die Schrecken des Krieges vor Augen geführt hat.«

»Aber Munchs Bilder waren doch der Skandal von Berlin.«

Schönleber lachte. »Alles Spießer! Dieser Berliner Monarchistenpöbel. Pepita im Kopf und Pickelhaube drüber.«

»Meinst du das im Ernst, Gustav?«

»Dass die preußischen Kulturbeamten Korinthenkacker sind?«

Ungläubig linste Ginther zu seinem Professor hinüber.

»Klar! Als Einäugiger sehe ich mehr als die mit zwei gesunden Augen.«

»Ich soll …«

»Du sollst gar nichts. Was du willst, das ist entscheidend. Und ich rate dir: Male dir deine Pein von der Seele. Kompromisslos!«

»Die anderen Leute werden …«

»Was die anderen Leute denken, kann dir egal sein, mein lieber Freund.« Er prostete Ginther zu und lachte ihn an. »Male und schweige.«

Er legte den Kopf in den Nacken und nahm einen langen Schluck.

»Ah!« Er wischte sich genießerisch mit dem Handrücken über den Mund. »Es braucht niemand zu wissen, dass du deine eigenen Nöte malst.«

Ginther starrte seinen alten Lehrer mit offenem Mund an.

»Die Leute werden denken, du hast ›lebende Menschen gemalt, die atmen und fühlen, leiden und lieben‹, wie es Edgar Munch formuliert hat. Höre auf, strickende Großmütter und schlafende Großväter zu malen. Male das volle Leben, so wie es pulsiert und kocht und brodelt. Und male es vor allem so, wie es dir gefällt.«

Donnerstag, 22. Juli 1909

Das elektrische Licht im obersten Stock des Hauses am Exerzierplatz erlosch.

Er setzte den Feldstecher ab.

Licht ging im Treppenhaus an.

Der Schwarzgekleidete schloss für ein paar Sekunden betrübt die Augen. Er unterdrückte einen tiefen Seufzer. Den kleinen Feldstecher steckte er in die rechte Außentasche seines Überziehers und klemmte sich wieder den Zwicker auf die Nase. Den breitkrempigen Hut zog er sich tief ins Gesicht und drehte sich witternd im Kreis.

Dann stellte er sich reglos in den Schatten der alten Ulmen, die den Sanderwasen säumten.

Die Gaslaternen an der Virchowstraße warfen kleine, düstere Lichtkegel in die finstere Nacht. Vom Fiakerplatz klangen Stimmen herüber. Offenbar bezahlte ein später Fahrgast den Kutscher und verließ dann den Wasen in Richtung Blumenstraße. Seine Schritte verhallten in der Nacht.

Der Schwarze lauschte. Von der Adalberokirche hörte er die Turmuhr schlagen. Er zählte mit. Elf Uhr. Gleich musste der letzte Fiaker den Warteplatz verlassen. Noch einen Augenblick ausharren.

Er spähte hinüber zum Haus, das er beobachtet hatte. Jetzt brannte im ersten Stock Licht. Das Atelier unterm Dach blieb dunkel.

Die große Staffelei, die am Fenster stand, war nicht mehr zu erkennen. Nicht mehr zu sehen war auch das Bild auf der Staffelei, das offensichtlich ein Porträt werden sollte.

Ein tiefer Seufzer entfuhr ihm. Es hörte sich an, als bedrückte ihn etwas.

Pferdehufe klapperten auf den Pflastersteinen. Erst zögerlich, dann langsam und gleichmäßig, dann fielen sie in Trab.

Der Schwarze lauschte noch einmal in alle Richtungen. Nichts! Den Kopf in den Mantelkragen gezogen, den Blick auf den Boden geheftet, trat er aus dem Schatten der Bäume, ging im Dunkel der Häuser auf der Sanderglacisstraße mainwärts und bog dann am Land- und Flussbauamt in die Sanderstraße ein.

✧

Gustav Ginther goss sich einen Riesling ein und setzte sich an den Küchentisch. Rotwein wäre ihm lieber gewesen, aber er vertrug ihn seit Kurzem nicht mehr. Sein Gesicht wurde davon krebsrot.

Er nahm den Brief aus dem geflochtenen Postkörbchen, das seinen Platz auf dem Küchenbüffet hatte. Mit der Nachmittagspost war er gekommen. Unschlüssig prüfte er den Umschlag, drehte ihn mehrmals um, las wiederholt den Absender und dachte nach.

Lichtwark. Ein seltener Name. Alfred Lichtwark.

Gabriel hatte ihn erwähnt. Drei Pastellbilder für Alfred Lichtwark, hatte er gesagt.

Gustav Schönleber hatte ihn auch erwähnt, den Hamburger Kunstdirektor.

Er trank einen Schluck.

Offensichtlich ein berühmter Mann in der Kunstszene und ein wichtiger in der Kunstpolitik dazu.

Noch einen Schluck.

Er zog den Brief aus dem Umschlag, faltete ihn auseinander und las ihn zum dritten Mal.

Eine Einladung nach Hamburg. Zur Vernissage am 17. Oktober.

Im Herbst nach Norden? Ist es dann nicht kalt und zugig? *Ich bitte Sie inständig,* stand da blau auf weiß, mit der Schreibmaschine geschrieben.

Und noch einen Schluck.

Der darf zuhause bleiben, der Lichtwark. In seinem warmen Bett in Hamburg. Und ich muss mir dafür drei Tage um die Ohren schlagen.

Er rieb sich die Augen. Sie schmerzten vom langen Malen.

Noch einen Schluck.

Und die lange Fahrt bis Hamburg.

Die unbekannte Stadt.

Er kniff die Augenlider zusammen, bis sie tränten. Dann blinzelte er mehrmals.

Das fremde Hotel. Das fremde Bett.

Finde ich dort überhaupt in den Schlaf?

Was mache ich in Hamburg, wenn ich nicht einschlafen kann? Mitten in der Nacht in einem fremden Bett und in einem fremden Hotel?

Er warf Umschlag und Brief in das Körbchen und trank aus.

Samstag, 24. Juli 1909

Gustav Ginther saß vor seiner Staffelei und malte. Ende der kommenden Woche musste das neue Selbstporträt fertig sein.

Er hatte es seinem Galeristen versprochen, fest und unwiderruflich. Und der hatte es so mit Hamburg vereinbart.

Dem Rat seiner Frau folgend, hatte er letzte Woche einen Drehspiegel an die Staffelei geschraubt.

Im Sitzen wendete er sich hin und her, bis sein Gesicht im Sonnenlicht war. Im Spiegel betrachtete er den Lichteinfall um Augen, Nase und Mund.

Die Farbflächen, die sein Mienenspiel charakterisierten, hatte er zunächst blassgelb auf seinen Malkarton gezeichnet. Alle Farbflächen hatte er schon zweimal koloriert. Auf der oberen Hälfte des Bildes hatte er bereits die dritte Farbschicht aufgetragen. Die Kreiden, die er bisher verwendet hatte, lagen griffbereit auf der Ablage seiner Staffelei. Kreidestaub bedeckte den Boden.

Gefällig oder gar lieblich sollte das neue Porträt keinesfalls ausfallen. Ausdrucksstark wollte er es gestalten und Schönlebers Rat befolgen. Deshalb schwelgte er in Farben, genau so, wie ihn die Gefühle immer noch aufwühlten, wenn er an seinen verstorbenen Zwillingsbruder dachte.

Max kam ins Atelier, wie immer ohne anzuklopfen.

»Papa, ein Brief für dich.«

Der Junge zwängte sich zwischen Staffelei und Farbkästen hindurch. Ein paar Augenblicke staunte er das Porträt an, das aus dem Karton herauswuchs.

»Gefällt mir, Papa. Schön!«

»Schön?«

»Warum malst du heute so?«

Max streckte die Hand aus und deutete auf eine Stelle.

Die überraschende Frage beantwortete der Maler mit einem »Ksch!« samt einer Handbewegung, mit der man im Allgemeinen Katzen verscheucht.

Max zuckte zurück. Er spürte, dass sein Vater allein sein wollte, und rückte noch weiter von dem Bild ab.

»Ich will heute nicht schön malen.« Ginther zog die Unterlippe über die Oberlippe und machte ein Gesicht wie ein trotziges Kind.

»Und wenn mir's trotzdem gefällt, Papa? Ist es dann nicht schön, Papa?«

Ginther schaute seinen Sohn nachdenklich an. Sein verbissener Mundzug deutete an, dass er mit dem bisherigen Ergebnis seiner Malerei unzufrieden war.

Max machte sich klein und schlüpfte wieder unter der Staffelei hindurch.

Mit großen Augen folgte der Maler dem stummen Rückzug des Kindes, das seinen Vater so sehr bewunderte.

Erst jetzt rastete bei Ginther der Gedanke ein, die Zurückweisung seines Sohnes abzumildern. Er kramte in seinem Gedächtnis nach Gründen, warum ausgerechnet dieses Bild seinem Sohn gefiel. Sind nur die Bilder der Impressionisten schön? Und die der Expressionisten hässlich? Ist nur das schön, was unseren Sinnen schmeichelt und unsere Gefühle nicht aufwühlt? Hatte Edvard Munch nicht Bilder gemalt, die innere Not ausdrückten? Und waren die nicht auch schön?

Er lächelte seinen Sohn an. »Verzeih, Max. Was dir gefällt, das ist schön. Und was mir gefällt, ist auch schön. Niemand darf einem anderen Menschen vorschreiben, was er schön finden soll.«

»Für dich, Papa.« Max ging ein paar Schritte auf seinen Vater zu und streckte ihm den Brief zwischen dem Gestänge der Staffelei entgegen.

Ginther legte die Pastellkreide, die er zwischen Daumen und Zeigefinger seiner rechten Hand festhielt, auf das Ablagebrett an der Staffelei. Er erhob sich, nahm den Brief, riss ihn mit dem farbverschmierten Zeigefinger auf, las und wurde blass.

»Schlechte Nachricht, Papa?«

»Nein, nein. Schlechte Luft. Machst du das Fenster auf, bevor du wieder gehst?«

Max senkte die Mundwinkel. Er machte sich Sorgen um seinen Vater. Leise öffnete er das Fenster und schlich zur Tür. Die Klinke in der Hand drehte er sich nochmals um. »Ach ja, du sollst zum Mittagessen kommen.«

Kaum war die Tür wieder zu, ließ sich Gustav Ginther auf seinen Lehnstuhl fallen und starrte auf den Brief. Wieder und wieder las er die zwei Zeilen: *Werter Herr Ginther, wenn Ihnen Ihr Leben lieb ist und das Ihrer Kinder, dann sollten Sie kein Selbstporträt malen.*

August 1909

DEUTSCHES REICH: *Gründung der Luftpost. Die Luftschiffe LZ 5 und LZ 6 führen im August 1909 erfolgreiche Probefahrten durch, bei denen Postbeutel abgeworfen werden. Überall da, wo keine Landelogistik oder Haltemannschaften vorhanden sind, werden in der Folgezeit Briefe und Postkarten in Postsäcken abgeworfen, die an kleinen Fallschirmen hängen* • WÜRTTEMBERG: *Nach jahrelangen Kontroversen und einer schweren Verfassungskrise wird das neue Volksschulgesetz beschlossen. Der Einfluss der Kirchen auf die Volksschulen wird eingeschränkt. Die Lehrerausbildung und die Schulaufsicht werden verstaatlicht und pädagogischen Fachleuten übertragen* • FRANKFURT AM MAIN: *Paul Ehrlich entdeckt, dass man mit der Chemotherapie Krebserkrankungen und Infektionen therapieren kann* • KÖLN: *Der 20. Internationale Eucharistiekongress tagt* • DETMOLD: *Der 1900. Jahrestag der Schlacht im Teutoburger Wald wird am Hermannsdenkmal bei Detmold aufwendig gefeiert* • BAYREUTH: *Die Wagner-Festspiele werden erstmals von Siegfried Wagner (1869-1930) geleitet, dem Sohn Richard Wagners (1813-1883)* • BITTERFELD: *Am 28. August 1909 landet das Luftschiff Z 3 gegen 18.30 Uhr in Bitterfeld. 70 000 Menschen erleben das Schauspiel, so viele Menschen wie nie wieder bei einem solchen Ereignis. Am folgenden Morgen fliegt das Luftschiff unter Leitung des Grafen Zeppelin, der in Bitterfeld zusteigt, nach Berlin* • FRANKFURT AM MAIN: *Der Kunst- und Architekturstudent Johannes (Hanns) Braun stellt mit 49,0 Sekunden einen sensationellen 400-m-Weltrekord auf* • MAINZ: *Der »Zupfgeigenhansl«, das Liederbuch der Jugendbewegung, er-*

scheint im Mainzer Schott-Verlag in erster Auflage. Der »Zupfgeigenhansl« wird das Liederbuch des Jahrhunderts, das wesentliche Bereiche der Musikpädagogik, der Volksliedpflege und der Musikkultur in Jugendgruppen prägt • BURG ALTENA IM SAUERLAND: *Der Volksschullehrer Richard Schirrmann (1874-1961) gerät bei einer Wanderung mit Schülern in ein Unwetter und findet kein Quartier. Er beschließt, Turnhallen und Schulräume in den Ferien als preiswerte Unterkünfte für Jugendliche (Jugendherbergen) bereitzustellen. Auf der Burg Altena wird 1912 die erste Jugendherberge der Welt eröffnet* • FRANKREICH: *Louis Blériot stellt mit 76,956 Stundenkilometern einen neuen Geschwindigkeitsrekord für Flugzeuge auf* • RUSSLAND: *Vom 27. bis 31. August findet die erste russische Zuverlässigkeitsfahrt für Automobile statt: St. Petersburg – Riga – St. Petersburg, insgesamt 1200 km* • SCHWEDEN: *Im Generalstreik, an dem sich landesweit mehr als 300 000 Arbeiter beteiligen, werden kürzere Arbeitszeiten, höhere Löhne und bessere Sozialleistungen gefordert. Der Streik endet nach zwei Wochen ergebnislos.*

Donnerstag, 5. August 1909

»Guten Tag, Herr Pfarrer. Mein Name ist Friedrich Fischer.«

»Grüß Gott.« Steinhauser schüttelte dem Fremden die Hand und musterte ihn neugierig. »Kennen wir uns?«

»Ich habe Ihnen aus Hamburg geschrieben. Wegen der Papiere meines Vaters.«

Steinhauser bat den Fremden ins Pfarrhaus und führte ihn in seine Amtsstube.

»Ich bin auf der Durchreise nach Stuttgart.«

»Bitte nehmen Sie Platz.« Steinhauser deutete mit einladender Geste auf den Stuhl vor seinem Schreibtisch. »Kann ich etwas für Sie tun?«

»Ich wollte mich für Ihre freundliche Antwort persönlich bedanken.«

Der Pfarrer schloss die Augen. Er dachte nach, bis ihm einfiel, dass sein Vikar den Brief beantwortet hatte.

»Komme ich ungelegen?«

»Nein, nein.« Steinhauser ging um seinen Schreibtisch herum und hängte den kleinen Stadtplan ab, der am Aktenschrank hing.

»Hier«, er legte die Skizze vor dem Fremden auf den Schreibtisch, »hier, Herr Fischer, können Sie das ganze Elend vom Januar 1868 auf einen Blick sehen.«

Er umrundete den Arbeitstisch und setzte sich wieder. »46 Häuser sind abgebrannt. Dazu die Kirche, das Pfarramt, das Pücklersche Schloss, die Schule und noch vieles mehr. Alles wurde eingeäschert.«

Fischer beugte sich über den Plan. Er las die kurze Legende, die in dürren Worten das Dargestellte erläuterte. Dann machte er sich mit dem Finger auf dem handgezeichneten Plan auf die Suche. »Und wo war das Haus meines Vaters?«

Steinhauser reckte den Hals. »Genau hier.« Er deutete auf ein rot umrandetes Kästchen auf dem Plan. »Mitten im Großfeuer.«

Der Fremde starrte fassungslos auf das kleine, rote Quadrat. »Alles, wirklich alles ist verbrannt?«

Der Pfarrer nickte. »Bis auf die Grundmauern. Leider. Die Bäckerei Fischer war mittendrin im Inferno.«

Der Besucher stellte sich auf die Zehenspitzen und beugte sich noch weiter vor.

»Alle Häuser dort sind ein Raub der Flammen geworden. Ausnahmslos alle.« Steinhauser schaute mit zunehmender Ungeduld zu dem Mann hin, der den Plan mit den Augen verschlang. »Auch das Postamt in der Mittleren Gasse, die Apotheke in der Kirchgasse, die Schule in der Oberen Gasse und die Oberamtei sind niedergebrannt.«

»Oberamtei?«

»Gaildorf ist Oberamtsstadt. In Norddeutschland heißt das Kreisstadt, glaube ich. Die Oberamtei ist bei uns sozusagen die Kreisverwaltung.«

»Und warum hat mein Vater dann beim Pfarrer neue Papiere holen müssen?«

»Das habe ich Ihnen doch geschrieben.«

»Aber ich verstehe es nicht. Mein Vater hätte doch nur ins Rathaus gehen müssen. Dort hätte man ihm doch neue Papiere ausgestellt.«

»Damals war bei uns in Württemberg noch der Pfarrer für die Personalpapiere zuständig.«

»Der Pfarrer war ...«

»... für alles zuständig. Geburt, Taufe, Heirat, Tod ...«

Der Fremde schüttelte ungläubig den Kopf.

»Hier im Haus war das Pfarramt für die Stadtkirche St. Veit und das Dekanatamt. Pfarrer und Dekan haben im selben Haus gearbeitet. Im Erdgeschoss der Pfarrer und im Stock darüber der Dekan. Der Obere wohnt immer oben. Das ist überall so. Wer oben ist, will noch höher hinaus.«

»Näher, mein Gott, zu dir.« Fischer lachte übers ganze Gesicht und strahlte den Pfarrer an.

»Glauben Sie«, wies Steinhauser die aufkommende Nähe zu dem Fremden harsch zurück, »das ist bei den Geschäftsleuten anders? Der Bosch ...«

»... Sie meinen den Stuttgarter Fabrikanten Robert Bosch?«

Steinhauser nickte ärgerlich; er ließ sich nicht gern unterbrechen. »Der Robert Bosch arbeitet auch nicht im Erdgeschoss und empfängt alle Leute, die in seine Firma wollen. Auch der hockt im oberen Stock und sorgt dafür, dass er in Ruhe gelassen wird.«

»Ich dachte, bei den Schwaben geht's frömmer zu als anderswo in Deutschland.«

Dem Pfarrer fielen fast die Augen aus dem Kopf.

»Ich meine halt nur, weil doch hier die Pietisten zuhause sind.« Auf Fischers Gesicht machte sich ein breites Grinsen breit. »Und weil in der Bibel steht, dass Jesus sich nicht um die Oberen gekümmert hat, sondern um die Mühseligen und Beladenen.«

Steinhauser spürte, dass ihm der Fremde irgendwie über war. Er schluckte kurz und schaltete dann auf einen sachlichen Ton um: »In Württemberg ist das evangelische und katholische Dekanat immer in der Oberamtsstadt. Wie ich schon erwähnt habe, waren bei uns in Gaildorf das evangelische Pfarramt und das evangelische Dekanatamt im selben Haus. BeideÄmter sind damals niedergebrannt. Und damit sind die Akten der zwei wichtigsten Verwaltungsbehörden vernichtet worden.«

Fischer erfasste den Pfarrer mit einem langen Blick und zog seine Schlüsse. Seine Augen verengten sich. »Gibt es noch Verwandte meines Großvaters in Gaildorf?«

»Nicht dass ich wüsste.«

»Auch kein Stückchen Papier?« Fischer wurde misstrauisch. »Nichts, gar nichts, was an die Familie meines Großvaters erinnert?«

»Das Bittgesuch Ihres Vaters vom Frühjahr 1868. Sonst nichts.«

»Und was steht da drin?«

»Neue Papiere für sich und seinen Sohn hat er wollen, Ihr Herr Vater. Die alten seien in der Bäckerei verbrannt.«

Der Besucher grinste Steinhauser an.

Der Pfarrer schlug sich an die Stirn. »Der Sohn, das sind ja Sie. Stimmt's?«

»Und dann haben Sie mit eidesstattlichen Erklärungen ...«

»Ich habe gar nichts.« Steinhauser schnitt ihm das Wort ab. »Schultheiß, Oberamtmann, Pfarrer ... alle hatten damals Wichtigeres zu tun als verkohlte Papiere einsammeln.«

Der Gewürzhändler verstand sofort. Er lächelte den Pfarrer strahlend an. »Sie müssen schon entschuldigen, Herr Pfarrer, wir Hamburger sind ein demokratisches Volk. Bei uns ist jeder ein Bürger, jeder ist oben und unten zugleich. Wir haben keinen König. Die Obrigkeit sind wir selber.«

Steinhauser starrte den Besucher ungläubig an. Er dachte sich seinen Teil und schwieg.

»Sie wollten mir erklären, Herr Pfarrer«, Fischer rückte seinen Zwicker zurecht, »was die Obrigkeit nach dem Stadtbrand so Wichtiges zu tun hatte.«

Eigentlich war Steinhauser mit seiner Geduld am Ende. Doch er zwang sich zu einer ruhigen Antwort: »Viele Menschen brauchten schnell ein Dach über dem Kopf. Die Kirche und die Ämter und Behörden mussten wieder aufgebaut werden. Alles musste ruckzuck gehen. Wer Papiere brauchte, hat einen Zeugen mitgebracht. Eidesstattliche Erklärung. Stempel drunter. Fertig! Der Nächste bitte. So war das damals, mein Herr.«

»Und Richter ...«

»Sie meinen den Zeugen, der für Ihren Vater gebürgt hat?«

Fischer nickte.

»Was aus dem geworden ist?« Der Pfarrer fasste sich ans Kinn.

Fischer nickte wieder.

»Ich weiß es nicht.«

Der Fremde zeigte ein betrübtes Gesicht.

»Aber die Familie Richter, die gibt es noch in Gaildorf.«

»Wo finde ich die?«

»Ich geh mit Ihnen vor die Haustür.«

Steinhauser stand auf und eilte aus dem Zimmer. Je schneller er den aufdringlichen Kerl loswurde, desto eher konnte er wieder an seine Arbeit gehen.

»Kommen Sie, kommen Sie«, drängelte er im Hinausstürmen, »ich zeig's Ihnen.«

Fischer erhob sich selenruhig und folgte gemessenen Schrittes.

»Die Richters«, Steinhauser hielt sich mit der Hand am rechten Türpfosten fest, lehnte sich zur Haustür hinaus und zeigte nach rechts, »die wohnen dort gleich um die Ecke.« Er zögerte. Und wenn der Besucher wiederkam? »Der Mann schafft in der Fabrik. Der kommt erst um halb sieben heim. Bis dahin müssen Sie sich halt gedulden. Hocken Sie sich so lang in ein Wirtshaus oder in ein Café. Dann vergeht die Zeit.«

Ohne eine Antwort abzuwarten, warf ihm der Pfarrer ein »Adieu!« hinterher und schlug die Tür von innen zu.

✧

Der Mann öffnete die Haustür, hörte sich geduldig Fischers Erklärung an und bat den Fremden ins Haus.

»Setzen Sie sich! Trinken Sie auch ein Bier?«

Bevor Fischer erwähnen konnte, er habe gerade einen Kaffee genossen, schlurfte der Mann mit seinen Filzpantoffeln aus dem Wohnzimmer. Kurz darauf kehrte er mit zwei Flaschen Bier und zwei Gläsern zurück.

Der Glatzköpfige ließ sich ächzend auf einem Stuhl nieder. Der Bügelverschluss der ersten Flasche schnappte mit einem dumpfen Ton auf. Der Mann schenkte das erste Glas randvoll und schob es dem Besucher hin. Dann hakte er beide Daumen hinter die Hosenträger, zog die Lederriemen vom Körper weg und ließ sie genüsslich auf seinen dicken Bauch schnalzen. »Ah!«, zischte er, wie ein Kochtopf, dem Dampf entweicht.

Fischer schlug die Beine übereinander. »Bauchmassage?«

»Weckruf an meine Flöhe«, lachte der Dicke.

Fischer fand den Mann auf Anhieb sympathisch.

Der Hemdsärmelige zog das zweite Glas zu sich heran und füllte es, bis es überschäumte. »Prost!«

»Prosit!« antwortete Fischer und nahm einen kräftigen Schluck.

»Also wenn ich Sie richtig verstanden habe, dann wollen Sie etwas über meinen Onkel Emil hören.«

»Emil Richter, ja.«

»Mein Onkel. Bruder meiner Mutter. Ist vor über vierzig Jahren nach Amerika ausgewandert.«

»Der war doch Maler?«

»Maler? Mein Onkel Maler? Nein, nein! Mein Onkel *Georg* hat Maler und Stuckateur gelernt. Aber mein Onkel *Emil* ist Bäcker.«

»Ich meine Künstler?«

»Künstler? Der Emil und Künstler? Wenn Brezelbacken eine Kunst ist, dann war der ein Künstler.«

»Also war Ihr Onkel kein Maler?«

»Nein, Bäcker und Konditor.«

»Aber Malen war sein Steckenpferd?«

»Mein Onkel Emil hat nur ein Steckenpferd gehabt. Gluck, gluck! Wenn Sie verstehen ...«

»Er hat gern ein Bier getrunken?«

»Eins? Ein Winterrettich, ein Stück gerauchte Schinkenwurst, vier Brezeln, acht Biere und zehn Obstler. Das war sein Lieblingsvesper.« Der Dicke grinste. » ›Lieber einen Ranzen vom Saufen als einen Buckel vom Schaffen‹, hat er mir jedes Mal erklärt, wenn ich ihm noch ein paar Flaschen Bier holen musste.«

»Wie alt waren Sie damals?«

»Sieben.«

»Erstklässler?«

»Jawoll«, gab der Glatzköpfige stramm zurück, »der Sargnagel vom Schulmeister.« Er lachte dröhnend.

»Und wo mussten Sie das Bier holen? Im Keller?«

»Im Keller? In unserem Keller? Nein, nein, viel zu gefährlich. Da wäre mein Onkel Emil gleich in den Keller gehockt und erst wieder heraufgekrochen, auf allen Vieren, wenn der Keller leer und er voll war.«

Fischer lachte.

»Flaschenbier hab ich über die Gass holen müssen. Aber manchmal hab ich mit dem Krug hinaus zum Löwenbräu müssen, wenn er ganz frisches Bier haben wollte.« Der Dicke glänzte im ganzen Gesicht. »Aber lumpen hat er sich nicht lassen, mein Onkel Emil. Jedes Mal hab ich zwei Pfennig gekriegt.«

»Und wo hat Ihr Onkel gearbeitet?«

»Nach der Volksschule ist er hier beim Bäcker Fischer in die Lehre.« Er kniff die Augen zusammen, musterte kurz seinen Besucher und strahlte ihn an. »Ihr Großvater?«

Fischer nickte.

»Oh, der ist ja schon lange tot, der alte Fischer. Der muss noch vor dem Stadtbrand gestorben sein.« Er hakte seinen linken Daumen unter dem Hosenträger fest. »Mein Onkel Emil ist dann nach Stuttgart.«

»Nach dem Tod meines Großvaters?«

Der Glatzköpfige nickte.

»Warum?«

»Er hat hier nicht gutgetan. Jede Woche einmal besoffen. Manchmal zweimal die Woche. Dann hat er über die Stränge geschlagen. Und bald waren alle Freundschaften perdu.«

»Wissen Sie, wo er in Stuttgart gearbeitet hat?«

»Beim Wilhelm Roth. An der Kakaopresse, wenn ich's noch recht weiß. Da, wo's zischt und dampft und heiß ist. Leider!«

»Warum? Schwere Arbeit?«

Der Mann winkte ab. »Heiße Arbeit ...«, er lachte auf, »und schwerer Rausch. Zu viel Bier bei der Arbeit.«

Fischer stützte beide Ellbogen auf den Tisch, bedeckte Kinn und Mund mit den Händen und schwieg.

»Ein heller Kopf war er schon, mein Onkel Emil. Aber ein schwacher Charakter.« Er senkte den Blick und starrte auf den Tisch. »Beim Moser-Roth ist er bald hochkant hinausgeflogen.«

»Das wird ihn erschüttert und ernüchtert haben.«

»Meinen Onkel Emil erschüttert nichts. Und nüchtern war er selten.« Der Mann schüttelte den Kopf. »Gelacht hat er, als er wieder hier in Gaildorf gelandet ist.«

»Ist er hier dann lange geblieben?«

»Sie kennen meinen Onkel Emil nicht.«

»Ist er wieder fort?«

»Mh.«

»Wohin?«

»Nach Frankreich.«

»Als Bäcker?«

»Zu einem Schokoladenmacher.« Er dachte ein paar Augenblicke nach. »Einmal hat er meiner Mutter einen Brief geschrieben.«

»Aus Frankreich?«

»Aus Paris.«

»Hat's ihm in Paris gefallen?«

»Geld hat er gebraucht. Ob er noch auf einen Erbteil hoffen kann, hat er gefragt.«

»Hat er sich selbstständig machen wollen?«

»Heiraten hat er wollen. Oder müssen.«

»Und?«

»Erben?« Der Mann wollte sich ausschütten vor Lachen. »Schulden hätt er erben können. Nichts als Schulden.«

Der Gewürzhändler schwieg und sah zu Boden.

»Zwei, drei Jahre später war er wieder da, der großartige Onkel aus Paris.« Er schüttelte wieder und wieder den Kopf. » ›Die Weiber und der Suff, da hört die Freundschaft uff!‹ Mehr hat mein Onkel Emil nicht dazu gesagt.«

Fischer schaute dem Dicken ins Gesicht.

»Prost!« Der Glatzkopf hielt sein Glas hoch.

»Prosit!« Fischer nippte an seinem Bier.

»Hier in Gaildorf hat er keine Arbeit mehr gekriegt. Keiner hat ihn haben wollen. Da ist er fort nach Amerika.«

»Für immer?«

Der Glatzköpfige lachte auf. »Für meinen Onkel Emil gibt's kein Immer.«

Fischer musterte den Mann lange, fasste ihn genauer ins Auge, dachte nach und prostete ihm schließlich lachend zu.

»Prost!« Der Hemdsärmlige grunzte zufrieden. » ›Drüben fang ich ein neues Leben an‹, hat mein Onkel Emil verkündet. Seit dreißig Jahren haben wir nichts mehr von ihm gehört. Wird wohl kein neues Leben geworden sein.«

Er breitete ratlos die Hände auf dem Tisch aus, betrachtete seine Finger und blickte kurz auf. »Wo er jetzt wohl ist?«

Der Besucher schwieg.

»Tät mich schon interessieren, ob er noch lebt, mein Onkel Emil.«

»Haben Sie meinen Vater gekannt?«

»War der auch Bäcker?«

Fischer nickte.

»Da war ich zu jung, damals.« Richter schüttelte den Kopf. »Aber mein Onkel Emil muss ihren Vater gekannt haben. Der Emil war doch jeden Tag in der Backstube und hat für Ihren Großvater geschafft.«

»Auch davon ist nichts mehr übrig. Von der Backstube, meine ich.«

»Wenn Sie wollen, dann zeige ich Ihnen, wo die Bäckerei Ihres Großvaters war.«

Sie tranken aus und machten sich auf den Weg.

✧

Richter warf sich in Pose und erzählte dem Fremden, wie das damals beim Stadtbrand war.

Am 19. Januar 1868 war das Feuer in der ehemaligen Post und Postkutschenstation ausgebrochen. Das war in der Oberen Gasse. Von dort hatte es sich bis zum Schulhaus ausgebreitet. Haus um Haus, Stall um Stall fielen in sich zusammen. Dann sprang das Feuer über auf die nächsten Häuserzeilen.

Die Luft war heißer als in der Wüste. Die Hitze zwang die Gaildorfer zum Rückzug. Ein paar Wagemutige halfen in den Nachbargassen, in denen das Feuer noch nicht wütete, das Mobiliar aus den Häusern zu schleppen. Die zum Himmel lodernden Flammen saugten Luft von allen Seiten an und entfachten einen Feuersturm. Der heiße Wind zischte durch die Altstadtgassen. Er entriss den Menschen den Atem. Manche fielen bewusstlos um. Überall glühende Funken und lodernde Brandfetzen. Auch die mutigsten Männer und Frauen wagten es nicht mehr, sich dem Flammenmeer zu nähern.

»Hohe Feuer brennen nicht lang, sagt man bei uns.« Richter machte ein betrübtes Gesicht. »Aber das Feuer ging nicht aus. Die Gassen in der Altstadt waren nämlich sehr schmal.«

Die Häuser standen dicht an dicht. Die lodernden Flammen züngelten von einem Gebäude zum nächsten. Die Oberamtei und weitere vierzehn Wohnhäuser waren in zwei Stunden eingeäschert. In der Nacht fraß sich der Brand durch die Mittlere Gasse. In sicherer Entfernung weinten die Bewohner, zum Nichtstun verdammt.

Am nächsten Morgen sprang das Feuer auf die zum Kocher liegenden Häuserzeilen über. Zuerst brannte die Apotheke nieder, dann alle Wohnhäuser drumherum. Und am Abend, es war der 20. Januar, ging die Kirchgasse im Höllenfeuer unter. Auch die Kirche, das Pfarrhaus und Dekanat sowie das Pücklersche Schloss unterhalb der Kirche.

Erst jetzt wurden die Flammen kleiner und erloschen schließlich von allein. Denn unterhalb des Schlosses waren keine Häuser. Da war der Kocher. Dort sind die Funken und Flammen ins Wasser gezischt.

»Darf ich auf Ihren Onkel Emil zurückkommen?«

»Fragen Sie, Herr Fischer! Nur zu!«

»Ich habe Bilder von Ihrem Onkel.«

»Das ist mir neu! Er hat sich fotografieren lassen?«

»Keine Fotos.«

Der Hemdsärmlige sah ihn fragend an.

»Gemalte Bilder. Sehr schöne sogar.«

»Ein Windhund war er schon immer, mein Onkel Emil.«

»Sie trauen ihm das zu? Das Malen, meine ich.«

»Meinem Onkel Emil trau ich alles zu. Dem war Gaildorf viel zu klein. Überall, wo sich was gedreht hat, da war der dabei. Der hat immer alles ausprobieren müssen. Warum soll der nicht auch Bilder gemalt haben? Wenn sich der angestrengt hätte, was hätte aus dem werden können!«

Samstag, 7. August 1909

»Willkommen, lieber Herr Fischer. Wieder im Ländle?« Der Geschäftsführer der Firma Moser-Roth eilte hinter seinem Schreibtisch hervor und auf den Besucher zu.

Die beiden Männer schüttelten sich die Hand, blickten sich in die Augen und lächelten sich an.

»Gute Kunden muss man pflegen. Ich mache es wie Sie, verehrter Herr Bader. Der Weg von Hamburg zu Ihnen ist mir nie zu weit. Bei Ihnen kann man immer etwas lernen.«

Bader seufzte.

»Sorgen?«

»Die *Vereinigung der Lebensmittelchemiker* hat gerade neue Leitsätze zur Herstellung von Schokolade beschlossen.«

»Das kann Sie doch nicht beunruhigen.«

»Ich wünschte, die Herren hätten diesmal Erfolg. Es muss doch endlich gelingen, den schwarzen Schafen in unserer Zunft das Handwerk zu leben.«

»Geht's wieder um die Reinheit der Schokolade?«

Bader zog die Stirn kraus. »So ist es. Jede Woche steht irgendwo ein Dummer auf und meint, er könne mit unerlaubten Zutaten schneller reich werden.«

»Wie viele Versuche hat es schon gegeben, alle Fabrikanten zu bewegen, eine ehrliche Schokolade herzustellen?«

»Ich weiß es nicht, Herr Fischer.« Bader schüttelte enttäuscht den Kopf. »Seit dreißig Jahren bemühen wir uns um saubere Produkte. Wir von Moser-Roth kämpfen seit Jahren dafür, dass endlich die Regeln eingehalten werden.«

Bader zählte die Punkte auf und nahm seine Finger zu Hilfe: »Erstens Kakaomasse nur mit vereinbartem Fettgehalt. Zweitens kein zusätzliches Fett. Drittens mindestens dreiprozentige Vollmilch oder zehnprozentiger Rahm. Viertens keine anderen pflanzlichen Zusätze außer Gewürze. Fünftens nicht mehr als 68 Prozent Rohr- oder Rübenzucker in der Schokomasse. Und sechstens zulässige Zusätze wie Mehl, Mandeln, Wal- oder Haselnüsse immer auf der Verpackung anzeigen.«

Er blickte auf seine Finger und schüttelte erneut den Kopf. »Ich frage Sie, lieber Herr Fischer, kann man diese sechs Regeln noch klarer fassen?«

»An den Regeln liegt's bestimmt nicht.« Fischer hob resignierend beide Hände.

»Sondern?«

»Bei einigen Fabrikanten fehlt's offenbar am guten Willen.«

Bader schaute betrübt vor sich hin. »Vielleicht sollte unsere Branche doch nicht auf freiwillige Regeln setzen, sondern die Politik um ein schärferes Lebensmittelgesetz bitten. Die Frauenvereinigungen und die Sozialdemokraten fordern das schon lange.«

»Härtere Strafen?«

»Vielleicht«, räumte Bader ein und legte die Stirn in Falten, »vielleicht müssen tatsächlich drakonische Geldstrafen her. Zuchthaus und empfindliche Geldstrafen, nur diese Sprache verstehen die schwarzen Schafe.«

Fischer trat von einem Bein aufs andere.

»Entschuldigen Sie, lieber Herr Fischer, ich vergaß, Ihnen einen Platz anzubieten.«

»Danke. Eigentlich bin ich mit Ihrem Einkäufer verabredet.«

»Ich weiß, er wartet auf Sie.«

»Erlauben Sie mir noch eine kleine Frage. Sagt Ihnen der Name Emil Richter etwas?«

»Richter, Richter?« Bader blickte zur Decke auf und dachte nach. »Leider nein. Sollte ich ihn kennen?«

»Er hat angeblich vor rund vierzig Jahren hier gearbeitet.«

»Bei uns? Bei Moser-Roth?«

Fischer nickte.

»Damals hat noch der alte Wilhelm Roth die Firma geleitet. 1876 hat er das Geschäft an Karl Wagner übergeben. Die Mitarbeiter seit damals kenne ich alle.«

»Gibt's in Ihrer Firma noch jemand aus den sechziger Jahren?«

Bader bedeckte seinen Mund mit beiden Händen und musterte das Parkett unter seinem Schreibtisch. »Der Hägele …«, er zögerte und blickte kurz auf, »ja, der Karl Hägele ist noch bei uns. Fragen Sie den. Er schafft an der Kakaopresse.«

»Darf ich diesen Hägele …«

»Keine falsche Bescheidenheit, lieber Herr Fischer. Gehen Sie zu ihm. Er muss heute an seinem Arbeitsplatz sein.«

✧

»Richter?« Hägele kratzte sich am Kopf. »… Emil Richter?« Er schob die Mütze in den Nacken.

Fischer musterte ihn von Kopf bis Fuß.

Hägele schloss die Augen und dachte nach.

Fischer sah ihn ungeduldig an.

»Richter ... Richter«, brummte der Alte vor sich hin und schüttelte den Kopf.

»Sie kennen ihn also nicht?«, drängelte Fischer.

Hägele bedeckte mit der Hand seinen Mund und warf dem Fremden unsichere und ratlose Blicke zu.

Fischer wollte sich eben auf dem Absatz umdrehen, als ein heller Blitz Hägeles Gesicht erleuchtete.

»Oh«, der Arbeiter verschränkte die Arme, »das ist aber lange her.«

»Wie lange?«

»Vierzig Jahre ... ungefähr.«

»Sie kennen ihn also doch!«

»Natürlich kenn' ich den Emil Richter.« Hägele war sich jetzt ganz sicher. »Er hat an der Kakaopresse g'schafft, ein paar Jahre vor mir.«

»Und wie lange war Emil Richter bei Roth?« Allmählich begann es im Gewürzhändler zu brodeln, denn der Mittsechziger rückte nur zaghaft, tröpfchenweise mit seinem Wissen heraus.

»Zwei, höchstens drei Jahre.«

»Was war er für ein Mensch?«

»Der Emil war immer gut drauf.«

»Ein schlechter Mensch?«

»Ein guter Kumpel.«

»Warum ist er dann fort von hier?«

»Der alte Roth hat ihn rausg'schmissen.«

»Warum?«

»Hat zu viel g'soffen.«

Fischer trat ungeduldig von einem Bein aufs andere, wartete, dass aus dem fadendünnen Rinnsal endlich ganze Sätze wurden.

»Wenn man an den schweren Pressen und den heißen Kalandern nicht aufpasst, ist gleich was passiert. Der Chef hat ihn zweimal verwarnt. Aber der Emil war unbelehrbar.«

»Und wenn er nüchtern war?«

»Dann war er ein ganz heller Kopf, der Emil. Aus dem hätt was werden können, wenn er nicht g'soffen hätt.«

»Hat er gemalt?«

»Sie meinen ... Bilder und so?«

Fischer nickte.

»Weiß ich nicht. Aber zutrauen tät ich's ihm.«

»Wissen Sie, wohin er dann gegangen ist?«

»Nach Frankreich ...?«, er dachte kurz nach, »... oder nach Amerika? Ich weiß es nicht mehr.«

Hägele kratzte sich im Genick. »Hat er was ausg'fressen?«

Fischer schüttelte den Kopf. »Ich habe Bilder, schöne Bilder. Die hat ein gewisser Emil Richter gemalt. Ich wüsste gern, wer das ist.«

»Der Emil und Maler?« Hägele legte die Stirn in Falten. »In vierzig Jahren passiert so viel. Freuen tät's mich für den Emil, wenn aus dem doch noch was Rechtes g'worden wär.«

Samstag, 14. August 1909

Viele waren gekommen, aus nah und fern. Das Stiftungsfest der Kunsthochschule hatte sie alle nach Karlsruhe gelockt.

Der Festakt fand in der neuen Akademie in der Westendstraße statt, in dem dreigeschossigen Prachtbau mit den behauenen Sandsteinquadern und den Doppelsäulen zwischen den Fenstern im Erdgeschoss.

Hans Thoma und Ferdinand Keller, Studenten aus der Gründungszeit der Akademie und inzwischen selbst Professoren und Gastgeber, strahlten übers ganze Gesicht. So viele Studenten der zweiten und dritten Generation waren ihrer Einladung nach Karlsruhe gefolgt. Wie Buchsbäume verzierten die beiden den Eingang zum Festsaal, standen geschniegelt und gebügelt und mit Schweißperlen auf der Stirn in der Flügeltür, das Gesicht geradeaus gerichtet, während ihre Augen wieselflink die sich Nähernden musterten. Erblickten sie einen Ehrengast, so gaben sie sich mit dem Kopf ein Zeichen, schritten auf ihn zu, begrüßten ihn mit Handschlag und hauchten, wenn er in Begleitung war, der Dame einen Handkuss auf die huldvoll dargebotene Rechte.

Von der legendären Pioniergruppe, die unter dem ersten Direktor Johann Wilhelm Schirmer studiert hatte, waren fünf oder sechs Künstler gekommen, in Ehren ergraute Zeugen der klassischen Malerei. Damals wurde eine Landschaftsmalerei gelehrt, die man im Atelier nach Vorlagen komponierte und Farbschicht für

Farbschicht auf die Leinwand übertrug. Carl Ludwig Fahrbach, Theodor Kotsch, Adolf Stäbli und Heinrich Vosberg, die prominentesten Schüler der ersten Stunde, lebten leider nicht mehr.

Zu Beginn des Festaktes wurde der Toten gedacht, der verstorbenen Professoren und Studenten und der Gefallenen des Siebzigerkriegs.

Dann würdigte man ausgiebig die Erhebung der Kunstschule zur großherzoglich-badischen *Akademie der Bildenden Künste*, die Großherzog Friedrich huldvoll im Jahr 1892 gewährt hatte. Man verschwieg, dass der Monarch die Kunstschule eigentlich zur *Kunsthochschule* befördern wollte, die Professoren jedoch händeringend gebeten hatten, davon Abstand zu nehmen. Für sie klang *Akademie* schöner, erinnerte die Bezeichnung doch an die berühmten Kunstakademien in der italienischen Renaissance.

Gustav Ginther hatte 1883 sein Studium in Karlsruhe begonnen, nach einem einjährigen Praktikum beim Kunstmaler Andreas Leimgruber in der Würzburger Reisgrubengasse. Eigentlich hatte er nach Nürnberg oder München gewollt, eventuell auch nach Stuttgart. Aber sein Vater hatte ihm barsch beschieden, ein Studium in Stuttgart bezahle er nicht. Über Nürnberg oder München könne man reden. Doch Karlsruhe sei der beste Ort, denn dort werde nicht nur künstlerisch geschult, sondern auch kunsthandwerklich ausgebildet. Karlsruhe habe eine lange Tradition als Kunstgewerbestadt. Wenn nämlich bei der Malerei nichts herausspringe, dann könne sein Zweitältester immer noch sein Geld als Kunsthandwerker verdienen.

Nein, in der Karlsruher Akademie war Gustav Ginther kein Unbekannter. Gewiss, sein Studium war schon ein Vierteljahrhundert her. Aber er hatte regelmäßig an Jahrgangstreffen und besonderen Vernissagen teilgenommen.

Bei Hermann Baisch hatte er die Grundzüge der Tiermalerei erlernt und bei Ferdinand Keller die Historienmalerei und das Porträtieren. Die meiste Zeit jedoch hatte er als Student in der Malerklasse von Gustav Schönleber verbracht, der drei Jahre vor Ginthers Studium als Neunundzwanzigjähriger zum Professor berufen worden war, damals schon ein bekannter Maler. Der junge Kunstlehrer hatte die Freilichtmalerei nach französischem Vorbild in Karlsruhe eingeführt.

In den achtziger Jahren hatte Schönleber einen Kreis von Studenten um sich geschart. Friedrich Kallmorgen, Gustav Kampmann, Raoul Frank und Wilhelm Ritter gehörten neben Gustav Ginther dazu. Mit den jungen Leuten unternahm er ausgedehnte Kunstreisen nach Frankreich, Belgien und Holland, später auch nach Skandinavien und Italien. Friedrich Kallmorgen, den ältesten seiner Studenten, der vorher an der Akademie in Düsseldorf gewesen war, beschäftigte er als Hilfslehrer.

Schönleber hatte einige seiner jungen Freunde überredet, ganz in der Nähe von Karlsruhe, in dem reizvollen Dorf Grötzingen, eine Malerkolonie zu gründen, die *Grötzinger Malerkolonie,* ein Gegenentwurf zu Worpswede. In Grötzingen und in Worpswede pflegten die jungen Künstler den Malstil, den sie in Karlsruhe erlernt hatten. Und noch andere Künstlergruppen, von der Karlsruher Malerei beeinflusst, bildeten sich, zum Beispiel an der Oste, dem kleinen Flüsschen zwischen Bremen und Buxtehude, in dem Fischerdörfchen Buhnen bei Cuxhaven und in Südtirol. Karlsruhe war der Nabel der Künstlerwelt, konkurrierte mit München und Düsseldorf und genoss Weltruf. Unter Malern war man stolz, ein *Karlsruher* zu sein.

Eigentlich wollte Gustav Ginther auch nach Grötzingen ziehen und ein freies Künstlerleben genießen. Aber auf einer Zugfahrt nach Hause lernte er ein junges Fräulein kennen, das aus Lauda stammte und ihm sehr imponierte. Deshalb beschloss er nach seiner Ausbildung, sich als Wandermaler im Taubertal zu erproben, immer auf dem Sprung nach Lauda, denn er wollte seiner Christine bis zur Hochzeit nahe sein.

Während des Festaktes saß Gustav Ginther neben seinem alten Freund Otto Modersohn, der mit Fritz Mackensen und Hans am Ende die Künstlerkolonie Worpswede bei Bremen mitbegründet hatte.

Vom Übermut und von der lärmenden Geselligkeit der Studentenzeit war bei Modersohn offensichtlich nichts mehr übrig. Bedrückt und schweigsam saß er auf seinem Stuhl, bis Ginther ihn schließlich fragte, warum er so düster und schroff sei.

Modersohn berichtete vom Tod seiner zweiten Frau, der Malerin Paula Modersohn-Becker. Sie war bald nach der Geburt der Tochter im jungen Alter von 31 Jahren gestorben. Zwar sei das schon zwei Jahre her, aber erst jetzt, nach dem Umzug in ein Nachbardorf von Worpswede, verschwänden allmählich die Schatten der Vergangenheit. Er habe die weite und beschwerliche Reise nach Karlsruhe auf sich genommen, weil er wieder ein bisschen die Lebenslust vergangener Tage schnuppern wolle.

»Malst Du immer noch Landschaften?«, fragte Ginther in der Pause.

»Landschaften?« Modersohn tat so, als müsse er nachdenken. »Ja, doch! Aber nicht mehr wie früher.«

»Wie dann?«

»Nicht mehr in Farben wühlen. Nicht mehr Berge und Täler malen, die von der Sonne überflutet sind.« Er seufzte. »Inzwischen ist mir das Düstere und Geheimnisvolle lieber ... und Regentage und Teufelsmoore.«

»Und du malst dann so?«

»Wie?«

»Düster.«

»Der Regen ist grau und dunkelblau. Die Teufelsmoore sind dunkelgrün und braun. Wie soll man das anders malen?«

»Du hast dich sehr verändert, Otto.«

Modersohn hob resigniert die rechte Hand. »Die vielen Nackenschläge ... die Sorgen und Nöte.« Modersohn sah seinen alten Freund mit flackerndem Blick an. »Die Angst hat mich in den letzten Jahren oft am Wickel gehabt.«

»Das kenne ich.«

»Du auch?«

»Neurasthenie.«

»Überdreht? Unter die Räder gekommen?«

»Eigentlich geht's mir gut, Otto. Familie, vier Kinder. Alle gesund. Und Aufträge habe ich genug.«

»Zu viele?«

Ginther zog die Unterlippe nach oben. »Eher das innere Gleichgewicht verloren.«

»Kenne ich.«

»Und was machst du dagegen?« Ginther entdeckte in dem fremden Gesicht allmählich wieder die vertrauten Züge.

»Noch mehr arbeiten.« Der Maler aus dem Norden lächelte gequält. »Und du?«

»Gönne dich dir selbst.«

Modersohn, der bisher nach vorn gesprochen und seinem Nebensitzer nur ab und zu prüfende Blicke von der Seite zugeworfen hatte, wandte sich Ginther voll zu. »Ist das so etwas wie eine neue Lebensregel von dir?«

»Kennst du die Erzählungen aus tausendundeiner Nacht?«

»Gehört habe ich schon davon.«

»Da gibt es die Geschichte von einem jungen Mann, der aus Mitleid einen gelähmten Greis trägt. Aber der Greis ist in Wahrheit ein böser Zauberer, der dem jungen Mann die Lust am Leben austreiben will.«

Modersohn forschte mit großen Augen im Gesicht seines alten Freundes.

»Ich habe immer wie ein Uhrwerk funktioniert. Du wahrscheinlich auch, Otto, so wie ich dich kenne. Wir waren immer für andere da. Wir haben jeden Tag die Lasten geschleppt, die man uns auf den Rücken geladen hat. So oft und so lange, bis wir nicht mehr bei uns selber waren.«

»Und wie kommen wir aus dieser Tretmühle wieder heraus, Gustav?«

»Gönne dich dir selbst. Nimm dir Zeit für dich selbst. Nicht immer. Aber immer wieder. Man kann anderen nur eine Hilfe sein, wenn man Kräfte in Reserve hat.«

»Und? Gelingt's dir?«

»Hier und da. Ab und zu. Ich probier's halt.«

Die Pause war zu Ende. Ein Streichquartett eröffnete den zweiten Teil des Festaktes.

»Wer ist denn das?«, flüsterte Ginther.

Ein Herr im schwarzen Anzug, mit schwarzer Weste, weißem Stehkragen und schwarzer Lavallière schritt zum Rednerpult. Die vollen, dunkelbraunen Haare waren zurückgekämmt und verliehen dem Mann einen würdigen, aber strengen Ausdruck.

»Wilhelm Trübner«, flüsterte Modersohn, »seit vier Jahren Direktor der Akademie.«

»Was? Das ist der Trübner?« Ginther starrte zum Rednerpult. Natürlich kannte er ihn dem Namen nach. Hier in Karlsruhe hatte Trübner vor vierzig Jahren Landschaftsmalerei studiert, zusammen mit Hans Thoma. Beide wechselten sie an die Münchner

Akademie und gehörten zum Künstlerkreis um Wilhelm Leibl. Die Lobeshymnen für Trübners Bilder vom Starnberger See und vom Chiemsee, im impressionistischen Stil gemalt, hatten die Kunstwelt aufhorchen lassen und Ginther sehr beeindruckt.

»Hans Thoma muss wohl seinen Freund aus Studententagen hierher nach Karlsruhe gelockt haben«, flüsterte Ginther seinem Nebensitzer zu.

»Beide sind Badener. Sie haben zusammen studiert. Sie sind Freunde. Und beide sind berühmte Landschaftsmaler.«

»Wie du, Otto. Du bist doch auch ein Badener.«

Modersohn hob den Zeigefinger der rechten Hand. »Rheinländer, Gustav.« Er zeigte zum ersten Mal einen feinen Zug um den Mund, den man als Lächeln deuten konnte.

Trübner hielt eine flammende Rede für das *rein künstlerische Können*. Es schaffe Werke von bleibendem Wert. Den Richtungsstreit in der modernen Kunst und in der Kunstlehre erwähnte er nicht. Aber er warnte vor aufziehenden Gewitterwolken, denn die Künstler hätten sich in den letzten Jahren von ihrem Publikum entfernt. Die Kunst müsse wieder volksnaher werden. Er bat seine Kollegen, andere Auffassungen von Kunst gelten und mehr Toleranz walten zu lassen.

»Es gibt keine richtige Kunst, weil es auch keine falsche gibt«, rief er in den Saal. Und er schloss mit den Worten: »Alles, was mit bestem Können erschaffen wurde und noch erschaffen wird, müssen wir tolerieren, ob es uns gefällt oder nicht. Noch besser wäre es, wir würden es respektieren. Denn tolerieren bedeutet, dass wir etwas dulden und hinnehmen. Wenn wir es jedoch respektieren, dann nehmen wir die Kunst nicht nur hin, sondern bringen dem Künstler auch Wertschätzung entgegen. Jeder Künstler lebt vom Respekt. Den sollten wir keinem von uns verwehren.«

✧

Ginther und Modersohn schlenderten zur Bismarckstraße. Dort war die alte Kunstschule, in der sie vor über zwanzig Jahren täglich viele Stunden mit Skizzieren, Grundieren, Farben herstellen, Zeichnen und Malen verbracht hatten. Die Ateliers der Schüler von Gustav Schönleber waren auf der Westseite des Gebäudes gewesen, auf der Ostseite die der Porträtmaler, die von Ferdinand Keller in die Geheimnisse der Proportionen und des Lichteinfalls eingeweiht wurden.

Die alten Freunde stiegen in den ersten Stock hinauf und beschnupperten ihr altes Klassenzimmer. Sie hockten sich aufs hüfthohe Fenstersims und tauschten Erinnerungen aus.

Sie waren so ins Gespräch vertieft, dass sie den Mann auf der Straße nicht bemerkten, der zu ihnen heraufspähte und wild gestikulierte. Erst als Steinchen an die Fensterscheibe flogen, wurden sie auf ihn aufmerksam.

»Das ist doch der Richard«, rief Gustav Ginther Modersohn zu, »Richard Volkmann! Der war auch in Schönlebers Malerklasse.«

Modersohn öffnete das Fenster. »Servus, Richard. Komm herauf!«

Wenige Augenblicke später stand der alte Freund vor ihnen, außer Atem zwar, aber so frisch und rosig wie früher. Die letzten zwanzig Jahre hatten in seinem Gesicht kaum Spuren hinterlassen.

Er schwärmte von Stuttgart. Er lebe dort seit etlichen Jahren und fühle sich sauwohl, wie die Schwaben sagen. Er gehöre zum Stuttgarter Künstlerbund und stelle auch dort aus. Nebenher versehe er einen befristeten Lehrauftrag an der Stuttgarter Kunstakademie. Die Karlsruher Malerrebellen Kalckreuth, Grethe und Pötzelberger, die er noch von Karlsruhe her kenne, seien ja bekanntlich in Stuttgart gelandet und hätten ihn um seine Mitarbeit gebeten.

»Und was lehrst du in Stuttgart?«, wollte Modersohn wissen.

»Landschaftsmalerei im Allgemeinen und Wolken- und Himmelsgestaltung im Besonderen.«

»Ist das ein eigenes Studienfach, das Wolkenschieben?« Ginther war verblüfft.

»Nein« lachte Volkmann. »Aber ich habe mich darauf spezialisiert.« Er deutete zum Himmel hinauf, an dem sich Wolken türmten. »Die verschiedenen Formen der Wolken und die Farben am Himmel faszinieren mich. Morgenröte und Abendlicht, Gewitterhimmel und Hitzetag, Regen, Schnee, Nebel.«

Modersohn lachte, und Volkmann fasste seine alten Freunde nachdenklich ins Auge. »Nur wer die Kraft der Wolken und den Glanz des Himmels einfangen kann, gestaltet ein lebendiges Landschaftsbild.«

»Darauf wäre ich nicht gekommen«, spottete Modersohn.

»Aha! Ihr seid von der Anstreicherfraktion«, frotzelte Volkmann. »Blassblau der Himmel und weiß die Wolkenkleckse.«

»Der Otto malt Teufelsmoore mit bleigrauem Himmel.« Ginther lachte. »Und bei mir schwimmen die Fische am Himmel. Deshalb streiche ich meinen Himmel immer meeresgrün an.«

»Ach so! Ihr seid bei den Expressionisten gelandet.« Volkmann winkte ab und erzählte, Kalckreuth sei inzwischen nicht mehr in Stuttgart, weil er einen Ruf an die Münchner Akademie angenommen habe. Aber Grethe und Pötzelberger hätten sich am Neckar eingenistet. Mit beiden komme er jede Woche zusammen.

Die drei Studienfreunde klopften Sprüche wie in alten Zeiten und wärmten alte Vertraulichkeiten auf.

»Übrigens«, wandte sich Volkmann plötzlich an Ginther, »ich habe deine Bilder im Kunstmuseum in Stuttgart gesehen.«

Ginther machte große Augen.

»Gratuliere, Gustav! Erstklassige Arbeiten. Wenn ich vorher gewusst hätte, dass du in Stuttgart ausstellst, wäre ich zur Vernissage gekommen.«

Sie neckten sich mit alten Liebschaften und belustigten sich über ihre ehemaligen Professoren und Kommilitonen. Dann kommentierten sie die morgendliche Stiftungsfeier und zollten Trübner Respekt für seine flammende Rede. Schließlich tauschten sie sich über neuere Maltechniken aus.

»Warum malst du vorwiegend in Pastell?«, wollte Volkmann von Ginther wissen.

»Wundert mich auch, Gustav«, meinte Modersohn, »Pastellbilder erzielen doch nicht so hohe Preise wie Ölbilder.«

Ginther wehrte ab. »Weiß ich. Der große Diderot soll übers Pastellbild gelästert haben: Bedenke, dass du nur Staub bist!«

Volkmann lachte. »Pastellmalen ist wirklich eine staubige Kunst.«

Ginther verdrehte die Augen. »Ich kann euch beruhigen. Ich nehme das Öl nicht nur zum Salat, ich male auch damit.« Er hob den Zeigefinger. »Pastellbilder sind farbiger und ausdrucksstärker als Ölbilder.«

Volkmann grinste frech, und Modersohn lächelte still vor sich hin.

»Gebt's doch endlich zu«, drohte Ginther mit erhobenem Zeigefinger, »dass ihr die Pastelltechnik nicht beherrscht.«

»Hoho!« Volkmann lachte. »Aufgemerkt! Professor Ginther spricht!«

Modersohn gab sich bescheiden. »Immerhin bewahren die Pastellbilder ihre Farbenpracht über Jahrhunderte, wenn sie trocken gelagert werden. Ölbilder dunkeln immer nach. Leider!«

Volkmann zitierte: »Das Pastell wird immer den Anschein von etwas Billigem haben.«

»Wer behauptet das?«, fragte Ginther stirnrunzelnd.

»Lovis Corinth«, antwortete Volkmann, »in seinem Buch *Das Erlernen der Malerei*. Die Farben auf Pastellbildern seien immer angenehm. Zu angenehm! Deshalb seien Pastellgemälde beim Volk sehr beliebt. Und was dem Volk gefalle, missfalle den hohen Herrschaften.«

»Unterm Strich, meinst du ...«

»Nicht ich, Lovis Corinth!«

»...unterm Strich behauptet also Corinth«, beharrte Ginther, »Kunst sei nur das, was nicht dem Volk gefällt.«

»Ob Corinth das selbst meint oder andere zitiert, das weiß ich nicht.« Volkmann lächelte. »Corinth stellt einfach nur fest, dass Kunst häufig als das hingestellt wird, was nicht dem Volk gefällt. Auffallen um jeden Preis, das sei moderne Kunst. Sie sei deshalb oft progressiv, seltener regressiv. Sie eile ihrer Zeit voraus oder hinke ihr hinterdrein.«

»Du meinst«, spitzte Modersohn die Behauptung zu, »was an Gegenwärtigem gefällt, ist nur Handwerk, bestenfalls Kunsthandwerk?«

»Behaupte ich nicht, auch Corinth nicht. Er stellt nur fest, und ich schließe mich dieser Feststellung an: Die Kunst hat sich vom Publikum entfernt. Trübner hat recht. Die Kunst ist elitär geworden.«

»Geh deinen Weg zu Ende, Gustav«, tröstete Modersohn seinen alten Freund. »Pastellbilder können genauso großartig sein wie Ölbilder.«

»Ihr missversteht mich, Freunde«, wehrte sich Volkmann. »Ich bin für die volksnahe Kunst. Habe ich nicht vorhin erklärt, dass ich deine Bilder großartig finde, Gustav? Ich habe nur nach Erklärungen gesucht, warum Pastellbilder zuweilen abgewertet werden. Ihr könnt doch nicht leugnen, dass kaum noch Pastellbilder auf dem Markt sind.«

»In Deutschland«, warf Modersohn ein, »aber in Frankreich ist das anders.«

Ginther nickte. »Ganz anders. Gerade deshalb will ich ja, dass diese großartige Technik bei uns in Deutschland nicht ausstirbt.«

»Übrigens, Gustav, bei einem Stuttgarter Kunsthändler werden ein paar Pastellbilder von außergewöhnlicher Qualität angeboten. Wenn ich nicht wüsste, dass du kein Pseudonym benützt, dann hätte ich gewettet, dass sie von dir sind.«

»Wie heißt der Maler?«

»Emil Richter ... oder so ähnlich.«

Ginther zuckte zusammen. »Kennst du ihn?«

»Nein. Aber der Galerist hat behauptet, das sei ein süddeutscher Maler.«

Sonntag, 22. August 1909

»Und wie fühlst du dich, Vater?« Gustav Ginther sah sich im Vestibül des Hotels um, in dem er vor ein paar Wochen selber zur Kur war. »Warst du auch schon in Igersheim?«

»Warum sollte ich?«

»Deine Mutter stammt doch von dort.«

»Wie du weißt, hat die Maria Ginther mit fünfzehn von daheim fort müssen. Verkauft wie ein Stück Vieh. Bloß weil ihr Vater arm war. Und bettelarm ist sie auch gestorben, meine Mutter.«

»Hast du nie wissen wollen, was aus deinem Großvater geworden ist?«

»Nein! Er hat sich auch nicht für meine Mutter und für mich interessiert«, erregte sich der alte Ginther, wischte mit fahrigen Händen über den Tisch, zwang sich zu einem gelassenen Gesicht, schluckte ein paar Mal und brummte schließlich gleichgültig: »Aber ich hab mich trotzdem mal umgehört.«

»Und?«

»Er ist mit Sack und Pack nach Heilbronn. In die Fabrik. Da hat er wohl jeden Tag seine Arbeit gehabt, nicht bloß im Frühjahr und Sommer, wie in Igersheim.«

»Du willst nichts mehr von ihm wissen?«

»Ich war der Sündenfall. Fort mit dem Heckenkind. Schmeißt es in eine Hecke und lasst es verrecken.« Wieder kochte die Wut in ihm hoch und verrauschte nur langsam. »Ich hab mich abgefunden. Die Heilbronner Verwandtschaft ist mir egal. Ich kenne sie nicht.«

Von einem der Balkone tönte die Garnisonsmusik herüber, die Kapellmeister Osterried morgens und abends zu dirigieren pflegte.

»Was interessiert dich denn überhaupt noch?«

»Frag mich lieber nicht.« Der alte Schokoladenbaron winkte mit beiden Händen ab. »Der Kurarzt hat mir empfohlen, mir alle Erinnerungen vom Leib zu halten.«

»Warum denn das?«

»Der Doktor meint, mein Herz wird belastet, wenn ich mich an all die Aufregungen der letzten Jahrzehnte erinnere. Oder meine Gedanken kreisen immer schneller um das, was früher war, und rauben mir den Schlaf.«

»Kann man ohne Gedanken an früher überhaupt leben, Vater?« Der alte Ginther warf seinem Sohn aus eisblauen Augen einen stechenden Blick zu, der einen frieren machte.

»Kann man auch nur einen einzigen klaren Gedanken fassen, ohne auf seine Erfahrungen zurückzugreifen?« Gustav Ginther zog die Augenbrauen hoch.

Sein Vater spielte den Gleichgültigen.

Gustav Ginther beobachtete ihn heimlich.

Der alte Herr saß teilnahmslos am Tisch und nippte ab und zu an seinem Weinglas.

»*Die Post im Walde*.«

»Wo?«

»Das Lied, das die Kapelle gerade spielt, heißt so. *Die Post im Walde.*« Der Maler hob den Zeigefinger der linken Hand. »Horch!«

Eine Trompete war leise zu hören, als werfe der Berg hinter dem Kurhaus das Echo zurück.

»Schön.« Gleichgültig starrte der alte Herr in die Ferne.

»Wie verbringst du den Tag? Außer Heilwasser trinken und umhergehen?«

»Ich lese. Keine Bücher. Dazu fehlt mir die Konzentration. Aber mit Zeitungen und Zeitschriften kann ich mich stundenlang beschäftigen, ohne dass mir langweilig wird.«

»Warst du auch schon in Mergentheim und in Stuppach?«

»Ja, in Mergentheim. Sonst nirgendwo. Alles andere interessiert mich nicht. Meist sitze ich im Lesesaal und lese, was die Leute heutzutage so treiben.«

»Keine Politik mehr?«

»Hör mir mit diesen Staatsschauspielern auf.«

»Was interessiert dich dann, Vater?«

»Gestern habe ich einen langen Bericht über die Siedlerkommune *Monte Verità* gelesen.«

»Kenne ich nicht.«

»Das ist eine Kolonie bei Ascona, in der Nähe des Lago Maggiore.«

»Und was ist das Besondere an ihr.«

»Sie probieren dort eine neue Lebensform aus.«

Der Maler hatte Fragezeichen im Gesicht.

»Der Sohn eines belgischen Fabrikanten und dessen Freundin, eine Musikerin, haben vor acht Jahren ein altes Gut erworben. Darauf haben sie einfache Wohnhütten und ein Hotel bauen lassen.«

»Aha! Ein Millionärsparadies.«

»Im Gegenteil. Sie essen vegetarisch. Gäste sind willkommen. Aber auch im Hotel gibt es kein Fleisch. Jeder, der sich den Vegetariern anschließt, muss auf den Feldern und im Garten arbeiten. Wer nicht arbeitet, bekommt nichts zu essen. Außerdem muss jeder Reformkleidung tragen.«

»Wallende Gewänder, lange Haare und Körner fressen?«

Ein Lächeln huschte über sein Gesicht. »Sie sind nackt. Sie nennen das Reformkleidung.«

»Nackt?«

»Sie sind alle nackt. Sie arbeiten nackt. Sie essen nackt. Sie schlafen nackt. Und abends tanzen sie nackt vor ihren Hütten.«

»Wozu soll das gut sein?«

»Sie verachten die bürgerlichen Lebensregeln. Wie viele deiner Künstlerkollegen auch. Aber die Kolonisten am Lago Maggiore leisten trotzdem Erstaunliches.«

Gustav Ginther überhörte die Kritik an seinem Beruf. Er verzog keine Miene und schwieg.

»Die Vegetarier bewirtschaften in *Monte Verità* auch eine große Obstplantage. Und sie betreiben ein Sanatorium und eine Musikschule.«

Gustav Ginther hörte mit offenem Mund zu.

»Sie nennen sich *freie Geister*. Dagegen seid ihr Maler ausgewachsene Spießbürger.«

»Aha! Daher weht der Wind.«

Der Alte winkte ab. »Der Anarchist Michael Bakunin hat schon vor dreißig Jahren bei Locarno Gesinnungsgenossen um sich geschart. Und der Wanderprediger Gustav Graeser hat vor zehn Jahren Heilsbotschaften am Lago Maggiore verkündet, wie einst Johannes der Täufer am Jordan: ›Das Heil wird kommen. Kommet alle her zu mir, die ihr mühselig und beladen seid‹!«

Er lachte und guckte seinen Sohn herausfordernd an. »Und jetzt sind sie da, die nackten Vegetarier. Und mit ihnen Tausende von Schaulustigen. Künstler, Maler, Tänzerinnen, Schriftsteller und jede Menge Weltverbesserer. Tausend Gaffer belagern hundert Nackte bei Tag und Nacht. Die Nudisten führen ihrem Publikum ein großartiges Schauspiel vor majestätischer Kulisse auf.«

Er wartete vergeblich auf einen Einwand, lauschte und lachte schließlich. »Sie haben unter ihrer nackten Haut ein dickes Fell.«

»Schauspiel nennst du das?«

»Sie veranstalten Lichtmessen und versprechen Heilung von allen möglichen Übeln. Sie posieren nackt im Garten wie einst der Griechengott Bacchus. Sie lieben sich unter freiem Himmel, begafft und applaudiert von Heerscharen von Neugierigen. Gibt es interessantere Schauspiele?«

»Und dieser *Monte* ...«, der Maler suchte vergeblich nach dem Namen, »... der beschäftigt dich, Vater?«

»Er amüsiert mich. Er führt uns vor, wie die Welt wirklich ist.«

»Und wie ist sie?«

»Sie will betrogen sein. Gaukler und Hochstapler bevölkern die Erde. Schauspieler, so weit das Auge reicht. Politiker, Künstler, Schriftsteller, Musiker ... alles Schauspieler. Auch in der Wirtschaft gibt es nur noch Schauspieler. Da wird geblufft, gelogen, betrogen und bis zum letzten Atemzug ausgereizt. Ein bisschen was geht immer. Also wird es probiert.«

»Du meinst, jeder Mensch ist ein Schauspieler?«

»Jeder von uns ist irgendwann und irgendwie ein Schauspieler.«

Gustav Ginther legte die Stirn in Falten.

»Du auch, Gustav!«

Der Maler lehnte sich auf seinem Stuhl zurück.

Der alte Herr beobachtete es aus den Augenwinkeln und rückte seinen Stuhl näher an den Tisch heran. »Die Sprache ist unser wichtigstes Mittel, um uns auszudrücken. Wir machen den Mund auf, und schon sind wir Schauspieler in einem Schauspiel. Vom Darstellen über das Verstellen bis hin zum Entstellen ist es oft nur ein winziger Schritt. Jeder Mensch braucht Wertschätzung. Jeder Mensch will Anerkennung. Und wenn Wertschätzung und Anerkennung ausbleiben?« Er winkte ab. »Dann hilft man nach. Man hilft sich selber. Und schon wird man vom Schauspieler zum Hochstapler. Mehr sein, sich hervortun, vor anderen glänzend dastehn. Die Welt will betrogen sein, behauptet ein altes Sprichwort.«

»Du machst Witze, Vater.«

»Natürlich! Hochstapelei endet immer komisch.«

Der alte Herr lachte und sah, dass ihn sein Sohn befremdlich musterte.

»Über den Hauptmann von Köpenick hat die ganze Welt gelacht. In dem Artikel über den *Monte Verità* habe ich gelesen, dass dort auch ein Schriftsteller war, der darüber ein Lustspiel geschrieben hat. Es heißt *Die Hochstapler.* Erich Mühsam soll der Autor heißen ... oder so ähnlich ... und jetzt in München leben.«

»Du glaubst das alles, was du mir da erzählst, Vater?«

»Bin ich denn schon senil?«

Der Maler war wie betäubt. Er suchte in seiner Erinnerung nach Gründen für das Verhalten seines Vaters, aber er fand keine.

Der alte Ginther schluckte seinen Ärger hinunter und fuhr in ruhigem Ton fort: »Zu allen Zeiten gab es Hochstapler. Sie treten als Adlige, Reiche, Quacksalber, Ärzte, Fabrikanten und Erfinder auf. Selten oder nie als Durchschnittsbürger. Warum wohl?«

»Was weiß denn ich?«

»Wer klein ist, will groß scheinen. Hochstapeln ist angesagt. Hoch, höher, am höchsten. Das ist der Lauf der Welt.«

»Dann bist du auch ein Hochstapler, Vater.«

Der alte Herr lachte. »Ich bin ein Tiefstapler. Ich bin doch schon oben. Höher hinauf geht es fast nicht mehr. Wenn mich die Leute hier im Kurhaus fragen, was ich mache, dann verkünde ich mit todernstem Gesicht: Ich bin Kuchenbäcker! Dann lassen sie mich in Frieden. Mit einem langweiligen Bäcker gibt man sich nicht ab und gibt man nicht an. Kein Kurgast schreibt auf eine Postkarte: Habe einen Kuchenbäcker kennengelernt.«

Dienstag, 31. August 1909

Helene öffnete die Wohnungstüre. Gabriel stand vor ihr und fragte erregt, ob er den Hausherrn sprechen könne.

»Nur zwei, drei Minuten«, bat er hastig und verlegen.

Helene komplimentierte ihn ins Wohnzimmer, bot ihm einen Platz an und brachte dem Erregten ein Glas Wasser.

»Ich hol geschwind Herrn Ginther.«

Gabriel sprang auf, lief im Zimmer hin und her, stellte sich vor den Vorhang und starrte auf den Sanderwasen, auf dem ein Trupp Soldaten im Paradeschritt exerzierte.

»Ist etwas passiert?«

Gabriel fuhr herum. Er hatte den Hausherrn nicht hereinkommen hören.

»Ein Unglück, Herr Ginther!« Gabriel war außer sich.

»Das können wir auch im Sitzen besprechen.«

Der Kunsthändler entschuldigte sich gestenreich, stützte sich mit der Hand auf seiner Sessellehne ab und setzte sich vorsichtig auf die Polsterkante. Den Oberkörper lehnte er weit nach vorn, gespannt wie eine aufgezogene Uhrfeder, als ob er gleich aufspringen wolle.

»Ich bin an Hiobsbotschaften von Ihnen schon gewöhnt.« Ginther schaute betrübt vor sich hin und sog die Luft hörbar durch die Nase ein. Er atmete nicht sofort aus, blähte vielmehr die Backen, senkte für einen Moment die Lider und stieß dann seinen Atem durch die halb geschlossenen Lippen aus. Ruhig bleiben, befahl er sich, die Fassung nicht verlieren. Erst zuhören, dann überlegen, schließlich entscheiden, ob überhaupt etwas zu tun ist.

Er lehnte sich in seinem Sessel zurück und schloss die Augen zum Zeichen, dass er ganz aufs Hinhören eingestellt war.

Aus Gabriel brach ein Wortschwall heraus. Er verhaspelte sich, schüttelte den Kopf, begann von vorn, seufzte auf und bedeckte sein Gesicht mit den Händen. Schließlich gestand er stammelnd sein Unglück.

»Eildepesche ... erst heute Morgen ... Herr Lichtwark ist sehr verärgert ... Wo bleibt das Porträt?«

»Auch das zweite . . .«

»Ja, stellen Sie sich das vor! ... Nicht in Hamburg angekommen.«

»Ich habe es doch selber in Ihre Galerie getragen. Vor einem Monat.«

»Wie abgemacht! Am 30. ... nein! ... am 31. Juli. Das war ein Samstagvormittag. ... Ich weiß, ich weiß, ich weiß!«

Gabriel schlug die Hände vors Gesicht.

Ginther musste unwillkürlich lachen. »Sie sind ein Unglücksrabe, Gabriel. Ihre Eltern haben Sie als Säugling wohl dreimal in die Luft geschmissen, aber bloß zweimal aufgefangen.«

Gabriel war untröstlich. »Zwei Stunden später ist es zur Bahn gebracht worden. Noch an jenem Samstagabend hat es die Bahnspedition nach Hamburg geschickt. Es hätte am nächsten Montag oder Dienstag in Hamburg sein müssen. Allerspätestens am Ende der ersten Augustwoche.«

Er rätselte über mögliche Ursachen der Panne, wies den Bahnspediteuren in Würzburg und Hamburg die Schuld zu und verdächtigte das Bahnpersonal, das Bild unterschlagen zu haben.

Ginther kostümierte seinen Ärger mit allerlei stärkeren und schwächeren Kraftausdrücken. *Blindschleiche* war noch der mildeste Spott. Er musste seiner Enttäuschung freien Lauf lassen, sonst hätte es ihn zerrissen. Zugleich wollte er den Vorfall ins Lächerliche ziehen.

Aber Gabriel lachte nicht. Er saß zerknirscht auf seinem Stuhl und zog das Genick ein.

»Es hilft alles nichts«, brummelte Ginther schließlich vor sich hin.

Wiederholtes und heftiges Kopfschütteln.

»Aber eines steht fest, mein lieber Gabriel.« Ginther drohte mit dem Finger: »Ich male kein Selbstporträt mehr!« Er machte ein Gesicht wie drei Tage Regenwetter: »Jetzt mag ich nicht mehr. Außerdem reicht die Zeit nicht für einen weiteren Versuch.«

»Und was sage ich Herrn Direktor Lichtwark?«

»Die Wahrheit. Finden Sie heraus, wie das passieren konnte.«

»Soll ich die Polizei ...«

»... die kann Ihnen da nicht weiterhelfen. Überprüfen Sie Ihre Belege, vor allem den Einlieferungsschein bei der hiesigen Bahnspedition ...« Ginther unterbrach sich selber. »Das wissen Sie doch besser als ich. Schließlich sind Sie der Kaufmann.«

Gabriel saß wie ein Häufchen Elend zusammengeklappt in seinem Sessel. Mit weit aufgerissenen Augen und bleichem Gesicht konnte er gerade noch über seinen Knien Ginthers Kopf sehen.

»Aber ...«, Ginther fiel es schwer, seinen Ärger zu unterdrücken, »... was bieten wir Herrn Lichtwark an?«

»Als Entschädigung?«

Kopfnicken.

»Was kann ich ihm denn anbieten?«

»Zwei oder drei andere Gemälde von mir. Aber ich rate Ihnen, machen Sie Lichtwark einen guten Preis, sonst verzichtet er ganz auf meinen Beitrag zu seiner Ausstellung. Dann kriegen Sie mit mir Ärger.«

»Sie meinen ...?«

»Ja, ich meine!« Auf Ginthers Stirn bildete sich eine steile Falte. »Sie haben an mir schon genug verdient. Und Sie werden noch viel mehr verdienen, wenn Lichtwark meine Bilder ausstellt. Also bieten Sie ihm ein paar Bilder zur Auswahl an und verzichten Sie diesmal auf Ihren Gewinn. Es wird zu Ihrem Vorteil sein.«

September 1909

DEUTSCHES REICH: *Der »Alldeutsche Verband« fordert die Reichsregierung auf, die deutsche Kolonialpolitik zu verstärken* • DEUTSCHES REICH: *In Anwesenheit von Wilhelm II. endet in Mergentheim das »Kaisermanöver« mit über 125 000 Soldaten* • DEUTSCHES REICH: *Reichskanzler von Bethmann Hollweg betont bei seinem ersten Auslandsbesuch in Wien die»Nibelungentreue« des Deutschen Reichs gegenüber Österreich-Ungarn* • BERLIN: *Im großen Saal des Grand-Hotels am Berliner Alexanderplatz wird das erste »Union-Theater« mit eigenem Kinoorchester eröffnet* • LEIPZIG: *Parteitag der SPD. Harte Auseinandersetzungen zwischen Revisionisten und Anhängern des kompromisslosen Klassenkampfes; neues Organisationsstatut verabschiedet, das Frauen zu gleichberechtigten Parteimitgliedern erklärt* • ELBERFELD AN DER WUPPER: *Der Chemiker Fritz Hofmann, Mitarbeiter der Farbenfabrik Bayer, erhält weltweit das erste Patent für ein Verfahren zur Herstellung von künstlichem Kautschuk* • USA: *Der amerikanische Polarforscher Frederick Albert Cook behauptet, bereits im April 1908 – also ein Jahr vor Peary – den Nordpol erreicht zu haben. Die vorgelegten Beweise sind umstritten* • BERLIN: *Am 4. September eröffnet der »Berliner Lokalanzeiger« auf dem Tempelhofer Feld eine internationale Flugwoche. Teilnehmer sind unter anderen auch die Gebrüder Orville und Wilbur Wright, denen 1904 der erste gesteuerte Motorflug gelungen war. Das »Konkurrenzfliegen«, das die Zeitung veranstaltet, führt von Tempelhof nach Johannisthal und ist mit einem Siegespreis in Höhe von 150 000 Mark dotiert. Gewinner des ersten in*

Deutschland veranstalteten Überlandfluges wird der Brite Hubert Latham. Außer dem Siegerpreis erhält er allerdings auch ein Strafmandat »wegen groben Unfugs« • KÖLN: *Vom 30. September bis 6. Oktober findet die erste Kölner Flugwoche statt. Auf der Rennbahn Köln-Merhan (heute Weidenpesch) darf die Bevölkerung erstmals die »Aviatik«, die Fliegerei, bestaunen. Flugballons, Zeppeline und verschiedene Flugapparate sind ausgestellt. Die Franzosen Louis Blériot und Louis Paulhan zeigen ihr fliegerisches Können. Der Kölner Automobil- und Flugzeugbauer Arthur Delfosse stellt im Rahmen dieser Flugwoche einen von ihm gebauten Eindecker mit einem 24-PS-Delfosse-Dreizylindermotor vor. Im Firmenkatalog wirbt Delfosse mit dem Hinweis: »Eindecker, garantiert fliegend.« Louis Blériot fliegt bei dieser Veranstaltung 60 km in 64 Minuten und stellt einen neuen Rekord auf. Die Begeisterung in Köln ist groß und findet ihren Niederschlag in der Bereitschaft, eine »AG zum Betrieb von Luftschiffen« zu finanzieren.*

Dienstag, 7. September 1909

»Herr Ginther, die Post.«

»Ich danke dir, Helene.«

Er nahm ihr das silberne Tablett ab, überflog die Absender der Briefe und warf einen Blick auf die Zeitschriften.

»Das da«, er gab ihr das Tablett zurück und lächelte das Dienstmädchen an, »ist die Post für meine Frau.«

Helene knickste und verließ das Wohnzimmer.

Von den drei Briefen, die er zurückbehielt, interessierte ihn nur einer. Er riss den Umschlag auf. Eine Fotografie fiel zu Boden. Er hob sie auf, stutzte und zuckte zurück. Das Bild war ihm irgendwie sofort vertraut.

Er ging ans Fenster und schob den Vorhang zur Seite. Im Licht der Vormittagssonne drehte er das Foto, das im Querformat aufgenommen war, hin und her.

Pastell oder Gouache? Das war auf dem Schwarz-Weiß-Foto nicht zu entscheiden. Auch die Details waren auf dem kleinen Lichtbild schwer zu erkennen.

Er starrte auf das Foto in seiner Hand und wollte seinen Augen nicht trauen. Das war doch nicht möglich! War das nicht eines seiner Bilder? Gab es keinen Brief dazu?

Er zog den Vorhang wieder zu, suchte mit den Augen das Zimmer ab und sah den aufgerissenen Umschlag auf dem Beistelltisch neben dem Sessel liegen.

Der Brief war kurz. Er überflog ihn:

Sehr geehrter Herr Ginther,

verzeihen Sie, dass ich Sie nochmals in eigener Sache belästige. Wie ich Ihnen ja schon schrieb, befinden sich vier Pastellbilder von ausgesuchter Qualität in meinem Besitz. Die beigefügte Fotografie zeigt das Gemälde, über das ich in meinem letzten Brief berichtet habe. Nach meinem Dafürhalten stellt es Kain dar, wie er seinen getöteten Bruder Abel betrauert. Leider ist die Fotografie sehr klein und schwarz-weiß. In Wirklichkeit ist das Bild ohne Passepartout etwa sechzig auf achtzig Zentimeter groß und strahlt mit impressionistischer Farbenpracht. Die Maltechnik ist zweifelsfrei Pastell. Mein Bild ist mit Emil Richter *signiert, trägt aber sonst keinen Vermerk, kein Datum, keinen Werkhinweis, auch nicht auf der Rückseite. Kürzlich habe ich im Verlauf einer Geschäftsreise einen Emil Richter ausfindig gemacht, der jedoch kaum als Maler dieses Bildes in Frage kommen dürfte, denn er lebt seit Jahrzehnten in Amerika. Vielleicht können Sie mir mit Hilfe der Fotografie Auskunft geben, wo ich noch suchen könnte, um diesen Maler zu finden.*

Hochachtungsvoll,
Ihr sehr ergebener Friedrich Fischer

Ginther setzte sich, den Brief in der rechten und das Foto in der linken Hand. Seine Gedanken drehten sich im Kreis.

Hatte er nicht selber vor Jahren ein solches Bild gemalt? Klein? Groß? Sechzig auf achtzig Zentimeter? Dieselbe Perspektive? Die gleiche Tiefenwirkung? Schade, dass das Foto nicht farbig war. Verändert sich beim Fotografieren in Schwarz-Weiß die Bildwirkung?

Er rutschte auf seinem Stuhl vor, bis sein Hinterkopf auf der Lehne ruhte. Mit halb geschlossenen Augen blickte er zur Decke auf.

Habe ich so etwas Ähnliches nicht …? Doch! Vor zehn, fünfzehn Jahren? Hätte ich ein Werkverzeichnis angelegt, dann … Hätte, wenn und aber.

Vielleicht ist das Bild tatsächlich von diesem Emil Richter! Wie viele Emil Richter wird es wohl in Deutschland geben? Dutzende? Hunderte!

Jeder Fünfzigste in Deutschland heißt Richter, hatte kürzlich der *Generalanzeiger* gemeldet. Also eine Million Menschen mit dem Namen Richter. Und jeder siebzigste Mann heiße Emil. Moment. Fünfhunderttausend Männer heißen Richter? Dann gäbe es ja siebentausend Emil Richter! Kann nicht sein. Viel zu viele. Aber ein paar Hundert schon. Dass einer von denen malen kann, ist doch klar!

Hatte nicht Richard Volkmann beim Stiftungsfest in Karlsruhe erwähnt, bei einem Stuttgarter Galeristen gäbe es Bilder von einem Emil Richter? Ich hätte den Kunsthändler erfragen sollen.

Aber war das wichtig? Es gab so viele ungelöste Rätsel auf der Welt. Wenn ich nur an meinen verschwundenen Bruder denke.

Er rutschte auf seinem Stuhl wieder vor und steckte Foto und Brief wieder in den Umschlag.

Halt!

Er schlug die Hand vor den Mund. Galerist? Stuttgarter Galerist? Da war doch noch ein Gedanke gewesen.

Galerist! Galerist?

Ein Lächeln. Gabriel! Gabriel könnte mir helfen. Vielleicht weiß er, ob das ein Bild von mir ist. Er ist mir sowieso noch eine Auskunft schuldig.

Donnerstag, 9. September 1909

Gabriel saß zerknirscht an seinem Schreibtisch. Er blickte seinen Besucher verwirrt an.

»Ich schwöre Ihnen, Herr Ginther, hätte ich gewusst …«

Er erhob sich, verlegen lächelnd, als er bemerkte, dass er seinem Gast keinen Stuhl angeboten hatte.

»Ich habe doch nicht ahnen können ...« Gabriel fuhr sich mit beiden Händen durchs Haar. Ein ums andere Mal schüttelte er den Kopf.

»Mein Bild wurde also zweifelsfrei nicht bei der Bahnspedition eingeliefert?«

»Leider nein, Herr Ginther. Leider!«

»Sie waren nicht selber am Bahnhof.«

Kopfnicken.

»Sie haben Ihren Gehilfen geschickt?«

Kopfnicken.

»Sie haben einem Fremden mein Bild anvertraut?«

Kopfschütteln.

»Wem dann?«

»Meinem Dienstmann.«

»Sie haben einen Dienstmann?«

»Er stand vor mir und bettelte mich an. Die blaue Mütze auf dem Kopf. *Dienstmann* war mit roten Buchstaben aufgedruckt. Sein blauer Schurz war sauber.«

Gabriel konnte Ginther nicht in die Augen schauen, aber er rechnete auf Verständnis.

»Wer als Ochs geboren ist, der stirbt nicht als Fuchs«, schimpfte der Maler und zog seine Stirn ärgerlich in die Höhe.

Gabriel überhörte es. »Er hat die Mütze gelüftet, hat seinen schwarzen Hornkneifer auf der Nase zurechtgerückt und bescheiden gefragt, ob ich ihm nicht ein paar Aufträge geben könnte.« Erneutes Kopfschütteln. » ›Ich bin ein armer Mann‹, hat er gemeint, ›ich hab nichts zu nagen und zu beißen‹. Aber um Geld betteln könne und wolle er nicht. Das verbiete ihm sein Stolz.«

»Wann war das?«

»Ende Juli, genauer, an einem Freitagabend. Das war ...«. Er zupfte nervös an seiner Unterlippe und blickte sinnend ins Leere. Plötzlich rief er entschieden: »Am 16. Juli. Ja, genau, am 16. Juli habe ich ihm den ersten Auftrag gegeben.«

Ginther überkam es unbehaglich.

»Er hat ihn pünktlich und zu meiner vollen Zufriedenheit erledigt.«

»Sie meinen …«

»Er kam jeden Mittwoch und Freitag hier zur Ladentüre herein und hat mich bedrängt, ihm Aufträge zu geben. Auch meine Frau hat er darum gebeten.«

»Und den haben Sie mit meinem Bild zur Bahn geschickt?«

»Nicht ich. Meine Frau.« Gabriel schlug vor Aufregung die Stimme um.

Jetzt war die Reihe an Ginther, den Kopf zu schütteln. »Gabriel, Gabriel, Sie sind ein Schelm!« Er zog die Augenbrauen hoch. »Das soll glauben, wer will. Ich nicht.«

»Ich schwör's, Herr Ginther. Und ich mach's auch wieder gut.«

»Die Wahrheit und nichts als die Wahrheit? Auf Ehr und Gewissen?«

Eifriges Kopfnicken.

Ginther kniff die Lippen zusammen und dachte nach.

»Ich habe Herrn Direktor Lichtwark eine Eildepesche geschickt«, räumte Gabriel hastig ein. »Drei Bilder nach Wahl zum halben Preis. Als Wiedergutmachung. Zu meinen Lasten, verehrter Herr Ginther, zu meinen, nicht zu Ihren.«

»Und wie hat Lichtwark reagiert?«

»Ich warte noch auf Antwort.«

Ginther ging im Büro auf und ab, die Hände auf dem Rücken, so lange, bis er sich wieder ganz beruhigt hatte.

Gabriel beobachtete seinen Besucher mit sorgenvoller Miene und hängenden Schultern.

»Ich verspreche Ihnen, verehrter Herr Ginther, ich bringe das wieder ins Reine. Ich werde alles tun, damit Ihre Bilder in Hamburg ausgestellt werden.« Mit feuchten Augen setzte er hastig hinzu: »Darf ich davon ausgehen, dass wir weiterhin vertraglich verbunden bleiben?«

Ginther blieb vor Gabriels Schreibtisch stehen, zog ein Foto aus seiner Jackentasche und fragte den Kunsthändler, ob er einen Maler namens Emil Richter kenne.

Der Kunsthändler war irritiert, weil er eine Antwort erwartet hatte. Er verneinte und bedauerte zugleich, mit diesem Maler nicht dienen zu können.

»Der Name Emil Richter ist Ihnen wirklich unbekannt?«

»Bedaure!« Gabriel schüttelte den Kopf. »Ich kann Ihnen da nicht behilflich sein. Ich wüsste nicht, wo ich nachschlagen könnte.«

Gustav Ginther legte das Foto vor Gabriel auf den Tisch.

Der Kunsthändler nahm es in die Hand und betrachtete es lange. »Wer hat das gemalt?«

Keine Antwort. Ginthers fordernder Blick sprach Bände.

Gabriel tastete mit der Hand unter den Papierbergen auf seinem Schreibtisch nach einer Lupe, zog sie hervor und betrachtete das Foto aufmerksam unter dem Vergrößerungsglas.

»Das ist doch ein gemaltes Bild!«

Ginther nickte.

»Von wem?«

»Emil Richter.«

»Ach, deshalb wollen Sie wissen, wer dieser Emil Richter ist?«

»Ja.«

Gabriel vertiefte sich wieder in das Lichtbild. »Merkwürdig.« Er warf seinem Besucher einen kurzen Seitenblick zu.

»Stimmt etwas nicht?«

»Einen Augenblick lang hab ich gedacht ...«

»Was?«

»Sie könnten das gemalt haben, Herr Ginther.«

»Warum?«

»Das Foto ist zwar schwarz-weiß und unscharf, aber ...« Gabriel schaute nochmals durch die Lupe. »... es ist Ihr Motiv, Herr Ginther. Kain und Abel.«

»Sind Sie sicher?«

Gabriel schüttelte den Kopf. »Das Foto ist zu klein, um ganz sicher zu sein. Wenn's wenigstens farbig wäre. Woher haben Sie das Lichtbild?«

Ginther holte tief Luft und erzählte seinem Kunsthändler vom Hamburger Gewürzhändler und von dessen Bildern, von der merkwürdigen Signatur, von der Begegnung mit Fischer bei der Vernissage in Stuttgart und von dem Brief aus Hamburg.

Gabriel stand auf und schloss den linken der beiden Wandschränke auf.

Mit einer Kladde kehrte er an seinen Schreibtisch zurück, blieb aber neben seinem Besucher stehen und schlug das dicke Heft auf.

»Meine alte Verkaufsliste. Die fängt in dem Jahr an, in dem ich mit Ihnen den Vertrag gemacht habe.« Er blätterte und überflog mit dem Zeigefinger die Einträge.

Ginther schaute ihm interessiert zu. »Haben Sie eine Vermutung?«

»Wenn's ein Bild von Ihnen ist, dann ist diese Emil-Richter-Signatur gefälscht.«

»Und dann?«

»Vielleicht ...« Gabriel unterbrach sich. »... wenn ich das Bild verkauft habe, dann muss es da drin verzeichnet sein.« Gabriel blickte auf und lächelte seinen Gast verzagt an. »Es sei denn, Herr Ginther, Sie haben auch über einen anderen Galeristen Bilder verkauft.«

Ginther überhörte die Anspielung. Soll er ruhig zappeln. Er verdient genug Geld an mir.

»Hier«, der Kunsthändler klopfte mit dem Zeigefinger auf einen Eintrag im Buch, »ein Kain-und-Abel-Bild. Auch die Größe des Bildes könnte stimmen.«

Er stellte sich dicht neben Ginther und hielt ihm das Buch unter die Augen.

»1900«, las Gabriel vor, »Samstag, 8. September. Motiv: Kain und Abel. Gustav Ginther. Pastellgemälde. 64 mal 82 Zentimeter. Gerahmt, unter Glas.«

»Und an wen haben Sie's damals verkauft?«

Der Kunsthändler hob die Augenbrauen. »Leider kein Eintrag in der Spalte.« Seine Pupillen flitzten zwischen den Zeilen hin und her und suchten nach weiteren Einträgen. Schließlich stellte er errötend fest: »Anonym, vermutlich.«

»Schon wieder anonym? Wie die drei Selbstporträts?«

»Ich verkaufe viele Bilder anonym. Ich kann meine Kunden doch nicht aushorchen und fordern: Sie bekommen ein Gemälde nur dann, wenn sie mir ihren Namen und ihre Adresse verraten.«

»Wie kommen wir jetzt weiter?« Der Maler atmete tief durch. Er war enttäuscht.

»Ich schaue in den nächsten Tagen alle Verkaufslisten durch und schreibe heraus, wann ich Bilder mit ähnlichen Motiven verkauft habe ... und an wen, wenn's vermerkt ist.«

»Dann wissen wir aber immer noch nicht, ob das Bild auf dem Foto von mir ist und eine gefälschte Signatur hat.«

»Erbitten Sie doch von dem Gewürzhändler eine Farbfotografie.«

Gustav Ginther zog eine Schnute.

»Na, na, lieber Herr Ginther, verachten Sie mir die modernen Fototechniken nicht. Mit den neuen Fotoplatten kann man sogar Gemälde farbig ablichten. Allerdings muss man das blaue Licht mit einer Gelbscheibe herausfiltern.«

Ginther blickte missmutig drein. »Blaues Licht, gelbe Scheibe?«

Gabriel lachte gekünstelt. »Haben Sie sich noch nie mit der Farbfotografie befasst?« Ablenken, die Peinlichkeit verwischen, neues Vertrauen gewinnen, war sein Ziel.

Ginther wich einen Schritt zurück und schüttelte bedauernd den Kopf.

»Bei der Farbfotografie sind die Blautöne das größte Problem. Blau kann alle Farben überstrahlen. Gelb wird grünstichig ... und Rot wird zu einem giftigen Violett. Fotografiert man aber durch eine gelbe Scheibe hindurch, dann wird das aggressive Blau gemildert.«

Der Maler griff sich an die Stirn. »Was Sie nicht alles wissen.«

»Die Fotografie ist mein Steckenpferd.« Gabriel kramte unter den Papieren auf seinem Schreibtisch ein dickes Buch hervor. »Lehrbuch der praktischen Fotografie«, las er vor, »von dem Wiener Professor Kessler. Kann ich Ihnen sehr empfehlen. Da sind viele Abbildungen drin, die für Sie als Maler interessant sein müssten. Soll ich's Ihnen ausleihen?«

»Ein andermal.«

»Fotografieren ist aber sehr aktuell, lieber Herr Ginther.«

Der Maler rümpfte die Nase.

»Sehr beliebt in den Abendschulen. Vor allem Damen besuchen solche Vorträge.«

»Bei den Damen beliebt?« Ginther traute kaum seinen Ohren.

Der Kunsthändler erhob sich. »Entschuldigen Sie mich für einen kleinen Augenblick.«

Gabriel verließ das Zimmer und kehrte nach ein paar Augenblicken mit farbigen Kunstdrucken zurück. »Hier ein paar Farbfotografien, die ich für meine Vorträge brauche.«

»Sie halten Vorträge?«

»Im *Fortbildungsinstitut für erwachsene Damen.*«

»So was gibt's in Würzburg?«

»Schon seit zehn Jahren.«

»Wo?«

»In der Sophienschule. Sieboldstraße. Jeden Dienstag- und Samstagabend.«

»Und mit was unterhalten Sie dort die Damen?«

»Ich spreche über Foto, Film und Malerei. Dazu brauche ich viele Bilder, zum Beispiel diese Farbbilder.«

Ginther gaffte seinen Galeristen an.

»Wenn ich nicht nur ein Schwarz-Weiß-Foto hätte, sondern ein farbiges, dann könnte ich feststellen, ob Sie das Bild gemalt haben, Herr Ginther.«

»Und wie kommen wir an eine Farbfotografie?«

»Bitten Sie doch Ihren Hamburger Bekannten ...«

»Aber ...«, fiel ihm Ginther ins Wort, »... ich kann ihm die technischen Details gar nicht erklären. Ich verstehe doch nichts davon. Könnten Sie ...«

»Wenn Sie mir die Adresse geben, dann nehme ich Ihnen diese Arbeit gerne ab. Vielleicht kann er ein Farbfoto machen lassen.«

Ginther zog Fischers Brief aus der Jackentasche und gab ihn dem Kunsthändler.

Donnerstag, 16. September 1909

Würzburg war seit Tagen in Aufruhr. Vor den öffentlichen Gebäuden und auf den Plätzen flatterten die Fahnen im Wind. Die Straßen blitzten vor Sauberkeit, und die öffentlichen Brunnen waren bekränzt.

Seit gestern weilte Seine Königliche Hoheit Prinz Ludwig von Bayern und viel kaiserliche Prominenz in der Stadt.

Paradeuniformen beherrschten jetzt das Straßenbild. Der gesamte bayerische Hochadel logierte in Würzburg. Die Hotels waren ausgebucht.

Gleich vier Tage geruhten die Herrschaften, sich in der Stadt zu amüsieren. Und mit ihnen viel Soldatenvolk.

In den Kaffeehäusern fehlte es plötzlich an allem. Die Prinzregententorte und die Genfer Torte mit ihrer Zitronenbuttercreme und dem Schokoladenboden waren zuerst ausverkauft, dann die Baumkuchentorte mit Mokka-Buttercreme und schließlich auch die mit Orangenkonfitüre gefüllte Viktoriatorte.

Die Konditoren fielen in Ginthers Schokoladenhaus am Kürschnerhof ein und balgten sich um die letzten Arrakfrüchte und die grünen und gelben Geleekirschen.

Marzipan, für allerlei exquisite Kuchen unerlässlich, wurde in Gold aufgewogen.

Die Feinkosthändler schleppten Tag und Nacht abessinischen Morgenkaffee und brasilianischen Mokka herbei, dazu Geflügelleberpasteten, Krebse, Zander, teuren Bordeaux, scharfen Nordhäuser und süßen Sherry.

In diesen vier Tagen gingen die Uhren in Würzburg anders. Morgen war mittags, Mittag war abends und Abend war nachts.

Gegen zwölf Uhr besetzten die Herren Offiziere mit ihren Damen die Cafés, um zu frühstücken. Ein Gläschen Rotwein für die aufgeputzten Herren, einen Liqueur für die gespitzten Damenmündchen unter den großen Hüten, dann viel Kaffee, dazu Krebse und allerlei Pastetchen, und zum Abschluss eine dicke, schwarze Brasilzigarre oder einen Sherry.

Die Kaffeehausbetreiber waren am Rande des Wahnsinns. Sie bangten um ihre Ladeneinrichtung. Hier blieb eine Pickelhaube an den Deckenlüstern hängen, dort verhakte sich ein Offizierssäbel in einem Schirmständer. Und an allen Ecken und Enden wischten die Federn und Blumen auf den Hüten der Damen über die ausgelegten Torten. Die Würzburger Etablissements waren nicht auf die Höhen- und Breitenmaße der hochdekorierten und ausstaffierten Persönlichkeiten eingestellt.

In Mergentheim, kaum anderthalb Autostunden von Würzburg entfernt, war Kaisermanöver. Das größte Manöver aller Zeiten. Sogar der Kaiser höchstpersönlich war mit seinem militärischen Beraterstab vor Ort. Und mittendrin im Pulverdampf kurbelten die berühmtesten Filmleute des Kaiserreichs einen Film, der von den Heldentaten im Taubertal künden sollte.

Das gesamte öffentliche Leben in Deutschland ruhte. Die Zeitungen berichteten in Morgen- und Abendausgaben und Extrablättern über jeden Schritt und Tritt seiner kaiserlichen Hoheit und erklärten dem staunenden Volk, welche militärischen Finten sich die Generäle ausgedacht hatten, um das Taubertal endlich gefügig zu machen, wo einst die aufrührerischen Bauern das Kommando hatten.

Lastkraftwagen donnerten durch die engen Gassen von Würzburg. Die prächtigsten Automobile brachten die Hoheiten stundenweise an die Front. Kavallerieregimenter trabten übers Kopfsteinpflaster und hinterließen viel Mist. Die ganze Stadt stank nach Pferdeurin. Schließlich hatte die Feuerwehr am frühen Morgen ein Erbarmen und spritzte den ganzen Unrat in den Main.

Gustav Ginther kämpfte sich durch die gaffende Menschenmenge rund um den Grafeneckart. Auf strenges Ersuchen seiner Frau war er auf den Fischmarkt geeilt. Eine Fischersfrau hatte, mit scheelen Blicken auf vorbeipromenierende Damen aus München, ihm treuherzig zugeraunt: »Do kumme se her mit ihre neimodische Hüt un meene, sie kriege alles gschenkt.«

Ginther hatte gelacht, seinen Fisch bezahlt und sich auf den Weg zur Franziskanergasse gemacht. Ausgerechnet heute um elf Uhr morgens war Sitzung im *Riemenschneiderhof.*

Vor dem Rathaus hörte er eine Frau kreischen: »Das ist er, der Engländer!«

Ginther blieb stehen und ließ sich von den Schaulustigen aufklären. Der britische Militärattaché Winston Churchill sei eben angekommen und auf dem Weg ins Rathaus. Dort wolle er sich noch vor dem Frühstück ins Goldene Buch der Stadt eintragen und dann für ein Stündchen über Giebelstadt und Igersheim ins Schlachtgetümmel brausen.

Ginther schaute sich kurz den wohlgenährten Herrn in der fremden Uniform an, der aus einem *Benz* stieg, eine Zigarre in der Hand.

Dann hastete er weiter, den linken Arm vor der Brust, um sich gegen die vielen Anrempler zu wehren. Hinterm Ursulinenkloster wurde es endlich ruhiger und beschaulicher.

Vom Vorstand des *Künstlervereins* war nur Franz Backmund da. Einsam saß er an einem Tisch und blickte gespannt zur Tür.

Als Gustav Ginther eintrat, sprang er auf und begrüßte seinen alten Kollegen überschwänglich.

»Vielleicht sind wir heute die Einzigen«, gestand er und breitete hilflos die Arme aus. »Gegen Grafen und Generäle verblasst sogar der Ruhm der besten Künstler«, tröstete er sich und seinen Gast. »Trotzdem ein herzliches Willkommen, Gustav!«

Ginther blickte sich im *Riemenschneiderhof* um. Alle Tische waren leer. Nur hinter der Theke stand der Wirt und schaute verdrießlich drein.

Ginther ging zu ihm hin und bat ihn, seinen Fisch bis zum Heimgehen aufs Eis zu legen.

»Du warst schon lange nicht mehr bei uns im Verein«, beklagte Backmund. »Ich glaub, beim letzten Kostümfest warst du auch nicht dabei.«

»Das letzte Kostümfest?« Ginther überlegte. »Das war doch ... das mit dem Motto *Als Riemenschneider noch Bürgermeister war?*«

Als Backmund nickte, fügte er an: »Da war ich noch dabei. Aber seither habe ich alle Sitzungen verpasst. Tut mir leid. Ich war nicht ganz gesund.«

»Hab ich läuten hören, Gustav. Aber jetzt bist du wieder da, das freut mich.«

»Und wie geht's dir, Franz? Genug Aufträge?«

»Schau, Gustav«, jammerte Backmund, »für uns Kunstmaler wird's immer enger. Die Fotografen verdienen jetzt das große Geld.«

»Komm, hör auf, Franz!«

»Doch! Überall hocken die Fotografen. Der Siebenlist in der Kroatengasse macht Lichtbilder und schreibt jeden Tag in der Zeitung: *Porträts in künstlerischer Ausführung und in jeder Größe.*«

»Was soll's, Franz, ein Fotograf ist kein Künstler wie du.«

»Aber Aufträge fürs Schildermalen krieg ich auch keine mehr.« Backmund war der Ärger ins Gesicht geschrieben. »Und welcher Kaufmann stellt noch Zeichnungen und Bilder ins Schaufenster?«

Ginther wollte ihn bremsen, doch Backmund war schon in Fahrt.

»Der Seisser im Kürschnerhof zum Beispiel. Lauter Fotografien.«

»Franz.«

»Auch in den Banken und Apotheken siehst du bloß noch Lichtbilder. Frauenzimmer mit Seife und Waschpulver. Offiziere mit Stiefelwichse, Schnurrbarthaltern und Likörflaschen. Alles abartig!«

»Franz!«

»Was sich die Kaufleute da im Hirn ausbrüten ...«, polterte Backmund. »Foto, Foto, Foto!... Überall Fotografen! Sogar auf dem Jahrmarkt treiben sie sich rum! Pervers! Die Besoffenen stecken ihre Köpfe durch einen bemalten Pappdeckel. Fertig ist das Porträt.«

»Franz!!«

»Das soll Kunst sein, Gustav?« Backmund schrie. »Und wen trifft's?« Kleinlaut fügte er an: »Uns kleine Kunstmaler!«

»Schlechte Stimmung, Franz?«

»Nein, schlechte Aussichten, Gustav.«

»Schon gut, schon gut ...«

Der Vulkanausbruch war zu Ende. »Du hast leicht reden. Deine Bilder verkaufen sich überall gut. Aber was mach ich? Schau, in Würzburg gibt es drei Künstlervereine und sechzehn Kunsthändler. Wie lange noch?«

Ginther schwieg und überlegte, wie er dem armen Teufel helfen könnte? Sollte er für ihn bei Georg einen Auftrag erbetteln?

»Im Frühjahr war ich so weit«, Backmund bedeckte sein Gesicht mit beiden Händen, »dass ich meiner Frau gedroht hab, ich geh auch in den *Blauen Grund*.«

»Wohin?«

»Zu den Hottentotten nach Südwestafrika!«

Ginther legte eine Hand leicht auf Backmunds linken Arm, um ihn zu beruhigen.

»In Deutsch-Südwest gibt's im Süden eine Wüste, die heißt *Blauer Grund*. Nie gehört?«

Ginther schüttelte den Kopf.

»Im *Blauen Grund* haben sie Diamanten gefunden. Jeden Monat schiffen sich die jungen Leute zu Hunderten in Hamburg ein. Wenn einer etwas gefunden hat und reich geworden ist, dann will er sich vielleicht auf Leinwand verewigen lassen, hab ich mir gedacht.«

»Komm, Franz! Du spinnst!«

»Hat meine Frau auch gelästert.« Backmund schluckte seinen Ärger hinunter.

»Und jetzt?«

»Ich hab neulich auch ein Fotoatelier aufgemacht. Ich bleib jetzt in Würzburg. Vom Malen allein kann ich nicht mehr leben. Es ist eine brotlose Kunst geworden.«

Ginther rief den Wirt und bestellte für sich und seinen Kollegen zwei Schoppen Riesling. »Jetzt trinken wir auf deinen Fotoladen, Franz, dann geht's dir wieder besser.«

Beim Wein erzählte Ginther von seinem Besuch in der Stuttgarter Königsgalerie und von seiner Kur in Mergentheim. Und auf Nachfrage, denn Backmund hatte vom Einbruch beim Galeristen Gabriel gehört, auch vom Diebstahl eines Selbstporträts und der anonymen Drohung.

»Und das Tollste«, Ginther prüfte seinen Freund Franz mit den Augen, »hab ich dir noch gar nicht erzählt. In Hamburg sind Bilder aufgetaucht, die könnten von mir sein, sind aber mit Emil Richter signiert.«

»Fälschungen?«

»Vielleicht.« Ginther zuckte die Achseln. »Vielleicht sind's auch echte Bilder von einem unbekannten Freizeitmaler.«

»Fälschungen bringen doch nichts ein.«

»Ich habe neulich in der Zeitung gelesen«, erwiderte Ginther, »dass es für Diebe leicht ist, Gemälde zu stehlen und sie mit erfundenen Namen bei windigen Kunsthändlern wieder zu Geld zu machen.«

Backmund lachte. »Jeden Tag stehen irgendwo ein paar Dumme auf. Man muss sie bloß finden.«

»Wie meinst das?«

»Bilder malen? Pah! Kunst fälschen bringt mehr als Kunst machen. Wenn die Herren Kunstfälscher gestohlene Bilder mit ihrem eigenen Namen signieren und die Bilder in einer anderen Ecke Deutschlands anbieten, kann ihnen niemand etwas nachweisen. Kommt die Polizei, dann legen sie ihren Ausweis auf den Tisch und behaupten dreist, sie hätten das selber gemalt.«

»Du lachst, Franz, aber mich betrifft's.«

»Dich betrifft's, Gustav, aber dich trifft es nicht, weil du von deiner Kunst gut leben kannst.«

Die beiden Freunde tranken noch einen Schoppen und plauderten ein halbes Stündchen oder mehr. Kein weiteres Vereinsmitglied weit und breit. Also kamen sie überein, die Sitzung zu beenden.

Ginther holte seinen Fisch beim Wirt und schlenderte beschwingt nach Hause.

Dienstag, 28. September 1909

Die seltsamen Ereignisse gingen Gustav Ginther nicht mehr aus dem Kopf. War das Bild, das da in Hamburg hing, sein Bild? Und wenn es seines war, warum hatte man seine Signatur beseitigt? Zufall oder Absicht? Beim Gabriel hatte man nur zwei Bilder gestohlen. Seine! Absicht oder Zufall? Und wie sollte er die Drohung verstehen, keine Porträts mehr zu malen? War etwas an seinen Porträts, das den Dieben gefährlich werden konnte?

Er brach zu seinem täglichen Spaziergang auf. Seine Frau hatte ihm vor zwei Wochen die Hölle heißgemacht.

»Hock nicht rum, beweg dich!«, hatte sie ihm ärgerlich befohlen. »Doktor Guttenberg hat dich schon oft genug ermahnt, auf deinen Körper zu achten und dich mehr zu bewegen. Und hat dieser Psychologe aus der Schweiz nicht dasselbe geraten?«

Als er etwas erwidern wollte, hatte sie ihn so lange beschimpft und bedroht, bis er schließlich einwilligte, jeden Tag einen kleinen Spaziergang durch Würzburg zu machen.

Vorgestern war er hinauf zum Käppele gewandert und hatte die schöne Aussicht auf die Stadt genossen.

Gestern hatte er vom Frauenland auf Würzburg geschaut und sich erstmals bewusst gemacht, dass seine Heimatstadt immer weiter ausuferte und zu beiden Seiten des Mains hinaufzüngelte. Ach ja, die Weinlese am Hang zur Marienburg hatte auch schon begonnen.

Heute wollte er prüfen, ob Franz Backmund recht hatte mit seiner Behauptung, überall würden sich Fotografen einnisten.

Er ging durch die Sanderglacisstraße zum Main hinunter, bummelte am Mainkai entlang bis zum Schlachthaus und schlenderte über den Pleicher-Ring zum Kaiserplatz vor dem Bahnhof.

Drei Fotoateliers bis dahin. In der Kaiser- und Theaterstraße zählte er vier weitere, das frühere Atelier von Max Dauthendeys

Vater mitgerechnet. Und von der Ludwigshalle bis zur Intendantur entdeckte er ein achtes.

Im Atelier von Siebenlist, es war das neunte auf Ginthers Liste, hingen ein paar Porträts im Schaufenster. Die üblichen Fotos in Schwarz-Weiß oder Sepiabraun, meist oval im vorgedruckten Rahmen, erinnerten an Kommunion und Konfirmation und vor allem an die Militärzeit. Handwerklich gewiss von guter Qualität, aber nicht nach seinem Geschmack. Die Farbfotos sprachen ihn jedoch sofort an. Dass Siebenlist täglich Reklame für seine Arbeiten machte, konnte er jetzt verstehen.

Zufällig fiel sein Blick auf die Auslagen des Trödlers neben dem Fotoladen. *An- und Verkauf von Zeichnungen und Bildern aller Art*, stand im Schaufenster.

Ginther öffnete die Ladentüre, hörte die Ladenglocke bimmeln und spähte in den düsteren Raum. An der linken, helleren Wand hingen gerahmte Gemälde dicht an dicht.

Eines zog ihn sofort in den Bann. Er trat mit freudigem und beklemmendem Gefühl zugleich vor das Bild. Dich kenne ich doch! Bist du nicht von mir? Warst du nicht ...?

»Kann ich Ihnen behilflich sein?«

Ginther erschrak zu Tode, obwohl die Stimme freundlich und sanft war.

»Tut mir leid, ich wollte Sie nicht erschrecken.« Ein Mittfünfziger strahlte Ginther freundlich an.

»Darf ich mir dieses Bild einmal genauer anschauen?«

»Selbstverständlich, mein Herr.« Der Trödler kletterte auf einen Schemel, hängte das Bild ab, stieg herunter und legte es auf den Ladentisch. »Das Bild haben wir noch nicht lange. Soll ich's abstauben?«

Ginther schüttelte den Kopf und stierte das Porträt an. Es war das Bildnis eines Mannes in mittleren Jahren. Die Haare waren etwas dunkler, der Hintergrund etwas grünlicher und im Gesicht hatte der Mann einen Zwicker, aber sonst ...?

Farben wie bei meinem Bild. Halbprofil und flächige Ausmalung des Gesichts, wie bei mir. Und eine Pastellarbeit, so wie ich sie gemacht habe.

»Gefällt's Ihnen?«

»Sehr schöne Arbeit.«

Der Trödler beobachtete den Kunden aus den Augenwinkeln und wartete ab.

»Von wem?«

»Weiß ich leider nicht.«

»Keine Signatur? Ungewöhnlich!«

»Leider.«

»Darf ich nachschauen, ob auf der Rückseite etwas vermerkt ist?«

»Gerne.« Der Trödler legte das Bild aufs Gesicht.

Der Malkarton war mit kleinen Nägelchen im Rahmen befestigt. Sonst keine Angaben.

Ich hätte wetten können ... Abgemalt? ... Gefälscht? ... Aber mein Karton ist das mit Sicherheit nicht.

»Sind Sie interessiert?«

»Was soll es denn kosten?«

»Sechzig Mark.«

Ginther lachte. »Dafür kriege ich fünfzig Zentner Ruhrbriketts und kann den ganzen Winter über heizen.«

»Aber dafür kriegen Sie ein ausgesucht schönes Bild. Kunstmaler müssen auch heizen.«

»Trotzdem, den Maler wüsste ich gerne.«

»Vor acht oder zehn Wochen ist ein Fremder hier zur Türe hereingekommen und hat mir das Bild angeboten.«

»Seinen Namen hat er nicht genannt?«

Der Trödler dachte nach. »Etwas mit R.«

»Rabe, Reimann, Richter, Ro...«

»... Richter könnte stimmen«, unterbrach der Trödler.

»Wie sah er denn aus?«

»Bestimmt über sechzig, ungefähr so groß wie Sie, Glatze und einen Kneifer auf der Nase. Der typische Kunstmaler, würde ich behaupten.«

»Fünfzig.«

»Fünfzig Mark?«

Ginther nickte.

»Da verdiene ich doch nichts mehr dran.«

Ginther lachte. »Mehr als dreißig Mark haben Sie dem Alten bestimmt nicht geboten. Ohne Zweifel eine sehr schöne Arbeit, aber eben eine ohne Signatur. Sie wissen ja, dass ...«

»Fünfzig Mark? Ihr letztes Wort?«

»Mein letztes Wort unter einer Bedingung: Sie liefern es mir nach Hause.«

✧

Auf dem Heimweg schaute Ginther bei seinem Galeristen vorbei.

Gabriel sprang dienstbeflissen auf, als der Künstler eintrat, der ihm seit Jahren ein gutes Einkommen sicherte.

»Womit kann ich dienen, Herr Ginther?«

»Dieser Dienstmann, der für Sie arbeitet ...«

»... gearbeitet hat«, unterbrach der Kunsthändler, »er hat sich seit vier Wochen nicht mehr blicken lassen.«

»Und wie sah er aus?«

»Etwa so alt wie Ihr Herr Vater. Rüstig.« Er dachte nach. »Schlank, Kneifer im Gesicht.« Gabriel schaute zum Fenster hinaus und verengte die Augen. »Ach ja, grauer Haarkranz um den Kopf. Wenn er die Dienstmütze abnahm, war er glatzköpfig.«

Ginther nickte.

»Kennen Sie so einen?«

Ginther schüttelte den Kopf. »Hat er sich für Kunst interessiert?«

»Jetzt, wo Sie das fragen ...« Gabriel blickte seinen Besucher kurz und prüfend an, senkte den Blick und dachte mit offenem Mund nach. »Er hat sich Ihre Bilder oft angesehen. Sie müssen ihm gefallen haben. Sehr sogar.«

»Haben Sie die Polizei eingeschaltet?«

»Musste ich doch. Mir ist ein großer Schaden entstanden. Ihr Porträt ist nicht wieder aufgetaucht. Und Lichtwark ...«

»Hat er Ihr Angebot angenommen?«

»Er hat drei weitere Bilder zum halben Preis gekauft. Jetzt sind Sie mit fünf Bildern in der Hamburger Ausstellung dabei.«

»Und was sagt die Polizei dazu?«

»Zuversicht klingt anders. Zeugen hätten sich nicht gemeldet, meinte der Polizist, als er hier war und meine Frau befragt hat. Und über die neueste Technik mit den Fingerabdrücken verfügt man in Würzburg noch nicht.«

»Wissen Sie denn nicht, wo er wohnt?«

Gabriel seufzte. »Ich denke, er ist nicht mehr in Würzburg. Über achtzig Dienstmänner sind in Würzburg gemeldet und behördlich zugelassen. Unsrer steht nicht auf der Liste. Wo er gewohnt hat, weiß man auch nicht. Er ist wie vom Erdboden verschluckt.«

»Haben Sie Herrn Fischer nach Hamburg geschrieben?«

Gabriel war irritiert. »Fischer ... Hamburg?«

Im selben Augenblick, als Ginther erklären wollte, was Gabriel neulich versprochen hatte, schlug sich der Kunsthändler vor die Stirn. »Fischer ... Natürlich! Das Foto von diesem Gemälde in Hamburg.«

Ginther lächelte zustimmend.

»Fischer hat mir noch nicht geantwortet.«

Gabriel hielt den Moment für günstig, mit seinem Künstler nach all den Irritationen in jüngster Zeit wieder ins Reine zu kommen.

»Bitte nehmen Sie Platz, Herr Ginther.« Er wies mit einer einladenden Geste auf einen der Polsterstühle hin, die um den Besprechungstisch standen.

Während sich Ginther setzte, holte Gabriel eine Flasche und zwei Gläschen aus dem Schrank.

»Wie immer einen Kirschgeist? Oder heute lieber einen Cognac?«

»Wie immer, Herr Gabriel.«

Gabriel schenkte ein, erhob sein Glas und bat um gute Zusammenarbeit. Er werde sich noch mehr als bisher anstrengen, Ginthers Vertrauen zu rechtfertigen. Außerdem werde er sich jetzt mit Vorrang darum kümmern, das Geheimnis um diesen Emil Richter zu lüften. Er werde sich umhören und die einschlägige Fachliteratur befragen.

»Wie schätzen Sie die Vorkommnisse in jüngster Zeit ein, verehrter Herr Gabriel?«

»Ich vermute, dass die merkwürdigen Ereignisse in einem Zusammenhang stehen.«

»Das denke ich auch«, bestätigte Ginther, »das können doch nicht lauter Zufälle sein? Erst der Aufkauf meiner Selbstporträts, dann der Diebstahl in Ihrer Galerie, dann der anonyme Drohbrief, jetzt die Unterschlagung.«

»Sie meinen ...«

»Es geht um mich! Liegt doch auf der Hand.«

»Ausgeschlossen, Herr Ginther. Bedenken Sie, dass zwei der Ereignisse in meiner Galerie stattgefunden haben.«

»Aber jedes Mal war ein Bild von mir im Spiel.«

»Zufall, Herr Ginther. Reiner Zufall.«

»Aber Sie sehen doch auch einen Zusammenhang.«

»Das wohl! Aber es geht nicht um Sie.«

»Sondern?«

»Um mich!«

»Wie ...«

»Neid, Herr Ginther. Seitdem sich überall die Fotografen breitmachen, geht's vielen Künstlern schlecht. Und damit auch vielen Kunsthändlern. Schauen Sie doch einmal ins amtliche Adressbuch. Allein in Würzburg gibt es sechzehn Kunsthändler.«

»Sie vermuten, dass einer Ihrer Kollegen ...«

»Neid, lieber Herr Ginther. Das liegt doch auf der Hand.«

Oktober 1909

Deutsches Reich: *In Frankfurt am Main findet vom 10. bis 17. Oktober die erste ILA statt, die Internationale Luftschiff-fahrt-Ausstellung. Es ist die erste Ausstellung dieser Art weltweit* • Deutsches Reich: *Hitzige Diskussion in den deutschen Zeitungen. Was ist die richtige Musik? Zur städtischen Bildung gehöre das Klavier, zur dörflichen die Geige, die Zither, die Gitarre und die Ziehharmonika. Und mit diesen Instrumenten solle man zum Tanz aufspielen. Die Grammofonmusik dagegen sei schädlich für die Ohren und verleite die Jugend zur musikalischen Passivität* • Baden: *Die Landtagswahlen bringen eine Verschiebung der Mehrheitsverhältnisse von rechts (Zentrum, Bauernbund) nach links (Nationalliberale, Linksliberale, Sozialdemokraten)* • Elsass-Lothringen: *Bei der Wahl der Bezirksräte erleidet das Zentrum Verluste, die Sozialdemokratische Partei erzielt deutliche Zugewinne* • Sachsen: *Bei den Landtagswahlen erhalten die Sozialdemokraten zwar 53,8 Prozent der abgegebenen Stimmen, aber nur 25 von 91 Mandaten im Parlament, weil das herrschende »Mehrstimmenwahlrecht« Wähler mit höherem Einkommen deutlich bevorzugt* • Darmstadt: *Auf dem 25. Jahrestag des Allgemeinen Deutschen Frauenvereins (ADF) wird die rechtliche, wirtschaftliche und soziale Gleichstellung der Frau gefordert* • Frankreich: *Die öffentlichen Hinrichtungen erregen den Unmut vieler Franzosen* • Frankreich: *Erster Alleinflug einer Frau mit einem Doppeldecker* • Grossbritannien: *Der Internationale Vegetarier-Kongress tagt in Manchester* • Kroatien: *Der Geophysiker Andrija Mohorovičić entdeckt durch Analyse von Seis-*

mogrammen die Diskontinuität im Erdaufbau. Er beweist, dass die Erde schalenförmig aufgebaut ist und jede Schale eine andere mineralogische Zusammensetzung haben muss • SPANIEN: *Francisco Ferrer wird wegen seiner Beteiligung am Aufruhr in Barcelona hingerichtet. In zahlreichen europäischen Städten kommt es zu Protestkundgebungen und Streiks gegen die Exekution des international anerkannten Pädagogen und Sozialreformers* • KOREA: *Der japanische Generalresident des Protektorats Korea, Fürst Ito Hirobumi, wird von koreanischen Nationalisten ermordet. Japan nimmt die Tat zum Anlass, die endgültige Annexion Koreas voranzutreiben.*

Sonntag, 3. Oktober 1909

»Herr Ginther, Ihre Frau bittet zum Abendbrot.« Helene knickste und schloss die Ateliertüre wieder von außen.

Der Maler schob seufzend den Stuhl mit den Kniekehlen zurück und betrachtete kritisch das Spiel von Licht und Schatten auf seinem Bild. Dann zog er seinen Malerkittel aus, wusch sich im Waschbecken neben der Tür die Hände, trocknete sie ab und streifte seine Hausjacke über.

In Gedanken versunken stieg er in seine Wohnung im ersten Obergeschoss hinab.

Als er die Tür zum Esszimmer öffnete, blickten ihn seine Frau und die Kinder erwartungsvoll an.

»Wo bleibst du denn so lange, Papa?«, lächelte ihn Maria an. »Ich hab doch schon Hunger.«

Er ging um den Tisch herum, strich im Vorübergehen seiner Jüngsten über die Haare und setzte sich auf seinen Stammplatz am Tischende. Seine Frau sprach das Tischgebet und wünschte allen einen guten Appetit.

Sie aßen schweigend, von Helene bedient, bis Frau Ginther die Stille unterbrach: »Ende nächster Woche ist doch die Ausstellung in Hamburg. Fährst du hin, Gustav?«

Er legte sein Messer beiseite und lehnte sich zurück. Nachdenklich blickte er in die Runde. »Eigentlich sollte ich fahren.«

»Eigentlich? Zögerst du immer noch?«

»Ich habe doch dienstliche Verpflichtungen!«

»Wenn du so denkst, dann kannst du nie fahren.«

»Wegen einer Schulstunde willst du dableiben, Papa?« Günther unterstützte seine Mutter. »Von Martini an bist du doch sowieso beurlaubt. Außerdem hast du montags nur eine Zeichenstunde in der israelitischen Lehrerbildungsanstalt und eine im staatlichen Lehrerseminar.«

Der Maler schwieg.

»Ich weiß, ich weiß«, unkte seine Frau, »mittwochs noch eine Stunde im bischöflichen Knabenseminar und anschließend eine in Gertruds Töchterschule. Dann fahr halt am Mittwochabend oder am Donnerstag. Aber fahr, Gustav, fahr hin, ich bitte dich!«

»Meinen Fortbildungskurs im Polytechnischen Zentralverein hast du vergessen, der ist am Donnerstagabend«, widersprach der Maler.

Seine Frau atmete tief durch und schüttelte ärgerlich den Kopf.

»Dann fahr doch von Freitag bis Montag, Papa«, schlug ihr ältester Sohn vor.

»Günther hat recht«, pflichtete ihm seine Mutter bei.

»In drei Tagen nach Hamburg und zurück? Geht doch gar nicht.« Ginther sah seine Frau mit hängenden Schultern an.

»Ich habe Helene zum Bahnhof geschickt«, erwiderte sie. »Sie hat sich die Fahrzeiten und die Fahrtkosten herausschreiben lassen.«

Sie läutete dem Dienstmädchen und fragte, als Helene hereinkam: »Wo hast du die Abfahrtzeiten der Züge nach Hamburg?«

»Der Herr Stationsvorsteher hat gesagt, dass jeden Tag drei D-Züge nach Hamburg fahren. Das sind durchlaufende Züge, die nur in ganz wenigen Städten haltmachen.« Helene zog einen Zettel aus ihrer Schürze und las vor: »Morgens um 9 Uhr 17 fährt der erste; Ankunft in Hamburg abends um 7 Uhr 41. Der zweite Zug fährt mittags um 1 Uhr 21 und kommt eine Minute vor Mitternacht an.« Sie blickte zur gegenüberliegenden Wand, fühlte alle Blicke auf sich gerichtet und fuhr fort: »Und der Nachtexpress mit Schlafwagen fährt abends um 8 Uhr 40 hier ab und ist am nächsten Morgen um 6 Uhr 35 in Hamburg.«

Ginther seufzte und schwieg.

»Kein Umsteigen?«, fragte seine Frau.

Helene schüttelte den Kopf. »Der Herr Bahnhofsvorsteher lässt herzlich grüßen. Hier ...«, sie übergab ihrer Herrin den Zettel, »... hat er die Fahrzeiten und die Kosten aufgeschrieben.«

Christine Ginther studierte die Notizen. Dann nahm sie ihren Mann ins Visier. »Das Beste ist, du nimmst den Schlafwagen, Gustav!«

Der Hausherr schwieg eisern.

»Ich will, dass du fährst, Gustav.« Ihr riss der Geduldfaden. »Doktor Guttenberg befürwortet es auch. Und dein Bruder Georg sowieso. Deine Gesundheit geht jetzt vor! Außerdem ist Direktor Bamberger von der israelitischen Lehrerbildungsanstalt gerne bereit, deine Zeichenstunde von Montag früh auf einen anderen Termin zu verlegen.«

»Du meinst, ich soll Freitagabend hinfahren und Sonntagabend zurück?«

»Ob du dich zuhause schlaflos im Bett wälzt oder im Schlafwagen, läuft wohl auf dasselbe hinaus. Und wenn du doch einschlafen solltest, dann kommst du sogar ausgeruht in Hamburg an.«

Ginther schüttelte den Kopf.

»Was willst du dann?« Seine Frau wurde ärgerlich. »Daheim bleiben? Nur noch rumsitzen?«

Die Kinder sahen ihre Mutter erschrocken an.

»Und was kostet das, Christine?«

»Soll ich deinen Bruder Georg bitten, dir die Fahrt zu bezahlen?«

»Ich wollte nur wissen, was das kostet«, flüsterte er ergeben.

»Nein, du suchst einen Ausweg. Jetzt wirst du uns gleich erzählen, dass dir die 100 Mark für die Hin- und Rückfahrt zu viel sind. Oder dass dir die Fahrzeit zu lang ist. Oder ...« Sie machte eine wegwerfende Handbewegung. »Was weiß ich, welche Ausreden du dir im Kopf schon zurechtgelegt hast.«

»Papa, fahr hin«, schlug Günther vor und zog das Gespräch bewusst ins Lächerliche. »Vielleicht ist im Fahrpreis noch ein Freibier drin.«

»Also«, fasste die Hausherrin zusammen, »du nimmst den Nachtschnellzug am Freitagabend und kommst am Montag früh im Schlafwagen wieder.« Versöhnlicher ergänzte sie. »Du weißt, was Doktor Guttenberg empfohlen hat: Du musst unter die Leute, Gustav!« Und leiser fügte sie an: »Helene kauft heute noch den Fahrschein.«

Freitag, 15. Oktober 1909

Pünktlich um acht Uhr abends hielt ein Automobil vor Gustav Ginthers Wohnhaus in der Sanderau. Georg stieg aus, ließ jedoch den Motor im Leerlauf weitertuckern, damit er ihn nicht erneut anlassen musste.

Auf dem Trottoir stand ein kleiner Koffer, bewacht vom Dienstmädchen, das eine kleine Reisetasche in der Hand hielt. Sie begrüßte den Bruder ihres Dienstherrn mit einem Knicks: »Guten Tag, Herr Direktor.«

»Guten Tag, Helene.« Er nahm die Tasche und legte sie auf die hintere Sitzbank. Dann wuchtete er den Koffer auf den Gepäckständer hinter dem Wagenverdeck.

»Dank dir, Georg, dass du mich zum Bahnhof bringst.« Gustav Ginther kam aus dem Haus und streckte seinem Bruder die Hand hin.

»Ist doch Ehrensache.« Der Fabrikant erblickte seine Schwägerin unter der Haustür, eilte auf sie zu und begrüßte sie mit Handschlag.

»Soll ich nicht doch zum Bahnhof mitkommen, Gustav?«

»Bleib da, bitte«, wehrte Gustav ab. »Spar dir den Weg und die Warterei auf dem Bahnhof.« Er schloss seine Frau in die Arme und küsste sie verstohlen auf den Mund. »Am Montag um zehn Uhr bin ich ja schon wieder da.«

Der Maler trat ein paar Schritte zurück, blickte am Haus hinauf und winkte seinen Kindern zu, die aus den Fenstern im ersten Stock hingen und ihm allerlei Wünsche für die Reise zuriefen.

Georg wartete, bis sein Bruder im Automobil Platz genommen hatte. Dann schlug er von außen die Beifahrertüre zu, ging ums Auto herum, winkte seiner Schwägerin und den Kindern zum Abschied und stieg ein.

Langsam rollte das Automobil an den Straßenbahnschienen entlang in Richtung Stadtmitte.

»Ein prächtiges Vehikel, Georg. Schon wieder ein neues?«

»Ein Leihwagen. Mein NSU ist heute bei der Inspektion beim Schäfer.«

»Schäfer?«

»Adam Schäfer. Er ist mit mir in dieselbe Klasse gegangen. Erinnerst du dich nicht?«

»Der die Auto-Zentrale gegründet hat?«

»Genau der. Adam hat schon zwei Werkstätten, in der Kapuzinerstraße und in der Huebergasse, verkauft und repariert Automobile und betreibt neuerdings auch noch eine Tankstelle für Benzin und Öl.«

»Und ich dachte, das Benzin muss man immer noch in der Apotheke kaufen.«

»Wenn ich über Land fahre und nicht genügend Benzin dabei habe, dann muss ich, wohl oder übel, immer noch in den Apotheken nachfragen.«

Das Automobil tuckerte am Dom vorbei.

»Wann fährt dein Zug, Gustav?«

»8 Uhr 40 genau.«

»Dann haben wir noch viel Zeit.« Georg chauffierte sein Auto die Juliuspromenade hinauf und dann durch die Kaiserstraße. Vor den Stufen zum neuen Bahnhof parkte er und machte den Motor aus.

Ein Gepäckträger rannte auf sie zu.

»D-Zug nach Hamburg«, rief Georg dem Mann mit der roten Dienstmütze zu und schnallte den Koffer ab.

Sie schlenderten hinter dem Dienstmann durch den Bahnhof.

»Und was machst du am Wochenende, Georg? Gehst du wieder mit Margret ins Theater?«

»Da waren wir am letzten Freitag. Donizettis Oper *Die Regimentstochter* stand auf dem Programm.«

»Du klingst nicht begeistert, Georg.«

»Vergeudete Zeit, Gustav. Der Theatersaal war nur zur Hälfte besetzt. Diese Oper passt nicht mehr in die moderne Zeit. Die Späße, als der Großvater die Großmutter nahm, wirken langweilig.«

Sie erreichten den Bahnsteig und warteten.

Der Nachtexpress war pünktlich. Von München bis Würzburg hatte der Schlafwagenschaffner die Betten gerichtet, sodass sich die Nachtfahrer sofort schlafen legen konnten.

»Bitte stellen Sie den Koffer und die Reisetasche ins Schlafwagenabteil«, bat Georg und zeigte dem Schaffner das Schlafwagenbillett. Dem Dienstmann gab er ein Trinkgeld.

Sein Bruder stand regungslos daneben.

»Also bis Montag um 9 Uhr 24, Gustav. Ich hol dich wieder ab.«

»Dank dir, Georg. Grüße zuhause von mir.« Gustav stieg in den Büfettwagen ein.

Durchs Waggonfenster winkte er seinem Bruder zu, als der Zug anfuhr.

An der Theke im Büffetwagen hing eine Tafel: *Getränke und kalte Speisen. Von 11 Uhr abends bis 6 Uhr früh ruht der Wirtschaftsbetrieb.*

Gustav bestellte sich ein Bier. In den vorderen Reihen war kein Tisch mehr frei, und so nahm er Platz neben einem älteren Herrn, der seinen Gruß kurz erwiderte und sich sogleich wieder in sein Buch vertiefte. Er wollte offensichtlich nicht gestört werden.

Gustav war das gerade recht. Er starrte durchs Fenster in die nächtliche Landschaft hinaus.

Gelegentlich zogen draußen Lichtbänder vorbei, wenn hier und da in einem Dorf eine Laterne brannte. Das hätte Max sehen sollen, dann hätte er gewusst, wie man Geschwindigkeit malt.

Nach einer halben Stunde fuhr der Zug in Gemünden am Main ein, hielt eine Minute und dampfte dann ins Großherzogtum Hessen weiter.

An der bayerisch-hessischen Staatsgrenze wechselte das Zugpersonal, patrouillierte durch die Waggons und kontrollierte die Fahrscheine und die Pässe. Zweiundzwanzig Minuten nach zehn erreichte der Zug pünktlich das kleine Dorf Elm, das einst zum Kloster Fulda gehört hatte und jetzt hessisch war.

In Elm vereinigten sich die Eisenbahnstrecken Frankfurt-Hanau-Fulda und München-Würzburg-Fulda zur D-Zug-Strecke Göttingen-Hannover-Hamburg. Viele Menschen aus diesem

Dorf und aus den Nachbarorten waren Tag und Nacht auf dem großen Rangierbahnhof damit beschäftigt, die Züge beider Strecken zusammenzukoppeln, die Waggons zu reinigen, die Dampfkessel zu betanken und Kohlen in die Tenderwagen zu schippen. Die Lokomotiven aus Hanau mussten sie auf dem Gleiskarussell umdrehen, denn die wechselten hier die Fahrtrichtung.

»80 Kilometer in anderthalb Stunden. Nicht schlecht. Das nenne ich Fortschritt«, stellte Gustavs lesender Nachbar fest, trank sein Glas leer und verabschiedete sich. Auch zuhause gehe er immer um halb elf ins Bett, erklärte er.

Draußen war ein Hämmern und Schaben, ein Zischen und Fauchen. Im trüben Licht sah man verschwitzte Männer schuften, Kondukteure wie die Pfauen vor ihren Waggons auf und ab schreiten und verhärmte Frauen, die Kopftücher im Nacken verknotet, mit Eimern und Schrubbern hantieren.

Dampf stieg auf. Der Zug zuckelte, hielt, quietschte zwei Radumdrehungen rückwärts, hielt wieder, pfiff und wartete unter Dampf, bis der Wasserkran zur Seite geschoben war. Der Geruch von Teer und Rauch drang durch Tür und Fenster.

Beim Anruckeln der Lokomotive zog sich Gustav an der Tischkante in die Höhe und stakste breitbeinig, weil der Zug schnell Fahrt aufnahm, zu seinem Schlafwagen. Der Schaffner nahm ihn an der Waggontür in Empfang, kontrollierte nochmals das Billett, geleitete ihn zu seinem Abteil, deckte sein Bett auf und erklärte: »Der Herr, der über Ihnen schläft, steigt in Bebra zu.«

Bis auf die Unterwäsche zog sich Gustav aus, hängte Jacke, Hose und Hemd am Kleiderständer auf, der vor dem Fenster baumelte, und legte sich ins Bett.

Unruhig warf er sich hin und her, wälzte sich von einer Seite auf die andere, knüllte sein Kissen zusammen, schlug es wieder platt, warf ärgerlich die Decke zurück und hockte sich, die Beine baumelnd, auf die Bettkante. Gedanke auf Gedanke schoss ihm durch den Kopf: der Tod der Mutter, die Verpackungsentwürfe für Schokolade, die nicht erledigten Malaufträge, die Sorge, er könnte den Tod seines Zwillingsbruders Gottfried auf dem Gewissen haben, und vor allem die Angst, nicht einschlafen zu können.

Das Rattern der Räder und das rhythmische Klopfen an den Schienennähten rüttelten ihn hellwach. An Schlaf war nicht zu denken.

In Bebra stieg sein Schlafgenosse zu, grüßte, zog sich aus, legte sich ins obere Bett und schlief sofort ein.

Gustav lag grübelnd auf seinem Bett, die Arme unter dem Kopf verschränkt, und starrte auf die Pritsche über ihm.

Samstag, 16. Oktober 1909

Kurz nach halb sieben fuhr der D-Zug im neuen Hamburger Hauptbahnhof ein. Als Gustav Ginther im Menschengewühl auf dem Bahnsteig stand, schaute er sich hilflos nach allen Seiten um.

Ein riesiges Stahlgewölbe überdachte die Gleise. An beiden Enden der Halle verliefen ein paar Meter über den Gleisen eiserne Stege, die man vom Bahnsteig aus nur über Treppen erreichen konnte.

Gelangte man über diese Stege ins Freie? Aber welchen Steg sollte er wählen? Ein Dienstmann bemerkte Ginthers suchenden Blick und sprach ihn an.

»Darf ich Ihnen meine Hilfe anbieten?«

Ginther nickte.

»Suchen Sie ein Hotel?«

Ginther nickte wieder.

»In der Altstadt? Beim neuen Rathaus? Am Jungfernstieg?«

Ginther warf ihm einen ratlosen Blick zu.

»Oder soll's draußen am Niederhafen sein?«

Ginther zuckte die Achseln.

»Wohin müssen Sie denn?«

»In die Kunsthalle.«

»Oh. Zum berühmten Lichtwark.« Er musterte seinen Gast von Kopf bis Fuß. »Sind Sie Künstler?«

Ginther nickte.

»Ja, dann!« Der Gepäckträger nahm Ginthers Koffer und Reisetasche auf und eilte ans Ende des Bahnsteigs. Dort drehte er sich zu dem Schweigsamen um: »Die Kunsthalle ist gleich hier am Bahnhof.«

Auf der Treppe zum Nordsteg hinauf keuchte er: »Ich empfehle Ihnen ein Hotel in der Kirchenallee, mein Herr. Da sind Sie in fünf Minuten zu Fuß in der Kunsthalle.«

Er verließ die gewaltige Bahnsteighalle durch den Ostausgang, Ginther lief ihm drei Schritte hinterdrein.

Im Schein der elektrischen Straßenlaternen überquerten sie einen riesigen Platz, auf dem viele Autochauffeure und ein paar Kutscher auf Kundschaft warteten.

»Ja, ja«, klärte der Dienstmann auf, der gern den Fremdenführer spielte und seinen offensichtlich übernächtigten Kunden aufzuheitern suchte, »die Nacht wird in Hamburg zum Tage. Aber nicht allen gefällt das Licht in der Nacht. Keine Sterne mehr über Hamburg, ärgern sich die Sterngucker. Seitdem bei uns überall Straßenlaternen stehen, sind die Leute von der Sternwarte unzufrieden. Jetzt können wir die Sterne nicht mehr beobachten, schimpfen sie. Deshalb flüchten sie gerade nach Bergedorf, wo sie sich eine neue Sternwarte bauen.«

Der Dienstmann blieb stehen und setzte das Gepäck auf dem Gehweg ab.

»Das hier ist übrigens schon die Kirchenallee. Und das«, er deutete mit der ausgestreckten Hand auf die weiße Fassade auf der anderen Straßenseite, »ist unser neues Schauspielhaus.«

Er lüftete seine Dienstmütze und kratzte sich am Hinterkopf. »1800 Zuschauer passen da rein. Das Theater sieht genau so aus wie ein Theater in Wien, behaupten die Leute. Die Figuren neben dem Eingang, das sollen die ernsten und die heiteren Musen sein. Und im ersten Stock«, er zeigte hinauf, »sehen Sie den Goethe und den Schiller und noch so ein paar berühmte Dichter.«

Links daneben ging ein riesiger Neubau seiner Vollendung entgegen. »Wenn Sie nächstes Jahr wieder nach Hamburg kommen, mein Herr«, prophezeite der Dienstmann, »dann bringe ich Sie in den *Reichshof*. Das wird ein tolles Hotel, so schön wie das *Atlantic*, das kürzlich eröffnet worden ist. Alles vom Feinsten.«

Genau gegenüber lieferte er Ginther in einem kleineren Hotel ab, hielt die Hand auf, dankte für das üppige Trinkgeld und verabschiedete sich mit einem Bückling.

Ginther gab seine Personalien zu Protokoll und legte seinen Pass vor. Dann wies ihm der Portier ein Zimmer zu.

»Bitte lassen Sie mein Gepäck aufs Zimmer bringen. Ich kann jetzt nicht schlafen.«

»Aber für die Rundfahrten durch Hamburg ist's noch zu früh, mein Herr. Und die Einkaufsläden haben auch noch nicht geöffnet.«

Ginther sah den Portier verblüfft an. Daran hatte er nicht gedacht.

»Dann setzen Sie sich doch hier ins Foyer, mein Herr. Um sieben öffnet unser Frühstücksraum. Gewiss sind Sie nach der langen Reise hungrig.«

Gustav Ginther ließ sich in einen Sessel fallen. Der Portier legte ihm drei Zeitungen vor, und der Hoteldiener verschwand mit seinem Gepäck.

✧

Nach dem Frühstück kaufte Ginther beim Portier einen Stadtplan und ließ sich den Weg zur Binnenalster erklären.

»Am Jungfernstieg«, rief ihm der Portier nach, »können Sie sich vom *Käsewagen* herab ganz Hamburg anschauen!«

Ginther blieb stehen, kehrte nicht um, drehte sich auch nicht um, sondern fragte über die linke Schulter: »Käsewagen?«

»Ja, *Käse's Stadtrundfahrten*! Noch nie gehört?«

Ginther schüttelte den Kopf, den Blick auf die Drehtüre gerichtet, und verließ mit dem Plan in der Manteltasche das Hotel.

Er schlenderte am Nordausgang des Hauptbahnhofs vorbei zum Glockengießerwall. Auf der anderen Straßenseite war eine kleine, begrünte Anhöhe. Das musste der Alsterhügel sein, der im Stadtplan verzeichnet war. Darauf stand ein goldgelber Ziegelbau, der in der Herbstsonne glänzte. Zweifellos die Kunsthalle, Hamburgs Musentempel von Weltgeltung, Lichtwarks Reich, das dieser berühmte Kunstförderer mit Fleiß und Ausdauer erschaffen hatte.

Keine fünf Minuten später bestaunte Ginther die Binnenalster. Er zog seinen Stadtplan zurate, las, das sei ein alter Mühlenteich, wandte sich nach links und folgte dem Ballindamm bis zum Jungfernstieg.

Auf der rechten Seite schlenderten wenige Menschen im grellen Licht am flachen See entlang, Müßiggänger des Morgens, Sonnenanbeter, auf der Suche nach Gelassenheit und Ruhe und mit sich und der Welt im Reinen. Auf der linken Seite hetzten Passanten den breiten Boulevard hinunter, vorbei an modernen, fünf- und sechsgeschossigen Häusern, die meisten mit weißer und streng gegliederter Fassade. Nur der *Hamburger Hof* war aus roten Sandsteinen erbaut. Vor den Häusern parkten die Zeugnisse der neuen Zeit und ihrer Geschwindigkeit, Automobile, vom kleinen *Colibri* über den *Horch* bis hin zum *Adler* und zum *Benz*.

Gegenüber der Ecke Jungfernstieg–Große Bleichen ragte der Alsterpavillon in die Binnenalster hinein, wie ein vor Anker liegendes Schiff, das gleich ablegen will. Auf zwei Etagen standen Tische und Stühle im verglasten Café und im Freien unter weit vorkragendem Dach.

Direkt vor dem gläsernen Café war an einer ausladenden, gusseisernen Bogenlampe das Halteschild für die Straßenbahn angeschraubt. Unter dem Halteschild hing eine Anschlagtafel: *Steigen Sie ein! Käse's Stadtrundfahrten! Abfahrt in Richtung Neustadt und St. Pauli alle halbe Stunde.*

Jetzt begriff Gustav Ginther, was der Hotelportier gemeint hatte. »Auf dem Käsewagen können Sie sich die ganze Stadt anschauen«, hatte er empfohlen.

Er stellte sich zu den Männern und Frauen, die im Mantel und mit Hut hier warteten.

Zunächst fuhr die Straßenbahn Nummer 11 vor. Dann kam ein Vierspänner vom neuen Rathaus her angetrabt. Vier Rappen zogen einen Wagen, auf dem sechs Sitzbänke waren und über ein Dutzend Menschen saßen. *Käse's Stadtrundfahrten* war seitlich am Pferdewagen angeschrieben. Einige Fahrgäste stiegen aus, andere blieben sitzen.

Gustav Ginther ging auf den Herrn in Uniform zu, der vom Kutschbock stieg, und fragte, was unterwegs zu sehen sei, wie lange die Fahrt dauere und was sie koste.

»Das Schönste an *Käse's Rundfahrten* ist«, belehrte ihn der Fremdenführer zum Schluss, »dass man an jeder Haltestelle aussteigen und mit der nächsten Kutsche weiterfahren kann. So können Sie sich ihr eigenes Programm zusammenstellen, mein Herr.«

Gustav Ginther löste ein Ticket, setzte sich auf die hinterste Bank und zog seinen Stadtplan heraus.

Über den Gänsemarkt, wo der Uniformierte seinen Fahrgästen einiges über die neuen Kontorhäuser erzählte und über das alte Denkmal zu Ehren von Gotthold Ephraim Lessing, der Dramaturg am Hamburger Nationaltheater gewesen war, rollten sie zur Musikhalle. »Unser Musentempel zeigt zwar spätbarocken Stil, ist aber erst im letzten Jahr eingeweiht worden«, erklärte der Fremdenführer. »Und das Brahmsdenkmal davor ist ganz neu. Unser Bürgermeister hat es vor ein paar Wochen enthüllt. Auch Johannes Brahms ist ein Sohn unserer schönen Stadt!«, fügte er voller Stolz hinzu.

Sie fuhren, am neuen Justizpalast vorbei, den Holstenwall hinunter. »Zur Linken, meine Damen und Herren«, rief der Kutscher über die Schulter, »wird bald das Hamburgmuseum entstehen, wo Sie die ganze Geschichte unserer Stadt und unseres Hafens bewundern können. Aber noch streiten sich die Architekten, ob die Fassade des Gebäudes mit Klinkern oder mit Sandsteinen erbaut werden soll.«

Am Millerntor war die erste Haltestation.

»Rechts, meine Damen und Herren, beginnt St. Pauli mit der berühmten Reeperbahn. Und dort ist auch der Spielbudenplatz mit den beliebten Verkaufs- und Amüsierständen. Wenn Sie da hingehen, dann passen Sie bitte auf Ihren Geldbeutel auf, meine Damen und Herren. Und nicht vergessen, meine Damen und Herren: Zu jeder halben Stunde bringt Sie *Käse's Rundfahrtwagen* zur nächsten Station!«

Gustav Ginther blieb sitzen.

Die nächste Station war der *Michel.* Hier stieg er müde aus und reihte sich in die Schar der Besucher ein.

Ein Brand hatte vorletztes Jahr in der Kirche gewütet, doch der Wiederaufbau war schon fast abgeschlossen. Nur der Turm war für Besucher noch gesperrt, aber die 440 Stufen wäre er sowieso nicht hinaufgestiegen.

Vom Besucherstrom ließ er sich ins Innere der Barockkirche schieben. Sie nahm ihn wegen ihrer Größe und runden Formen sofort gefangen.

»Für 3000 Menschen ist die Kirche gebaut«, posaunte der Fremdenführer.

Solche Belanglosigkeiten interessierten Gustav Ginther nicht. Er setzte sich abseits in eine Kirchenbank und ließ die riesige

Halle, die ganz in Weiß, Silbergrau und Gold gehalten war, auf sich wirken. Immer wieder blickte er zu den geschwungenen Emporen hinauf, die wie die Dünen am Strand zum Aufschauen zwangen.

Eine Barockkirche wie viele andere in und um Würzburg, auf den ersten Blick. Aber auf den zweiten war sie anders. Nicht überladen, nicht protzig. Einfach im Stil, aber freundlich in der Atmosphäre. Ein höflicher Willkommensgruß an jeden Gast, eine brüderliche Vertrautheit mit Gott und der Welt.

Mit einem Schlag war er wach.

Er erhob sich, wandelte im Hauptschiff umher, pilgerte in die Nischen unter den Emporen, vertiefte sich in Details der Wand- und Deckengestaltung und studierte den Prospekt der Hauptorgel.

Schließlich setzte er sich in die erste Bankreihe direkt unter die Kanzel und vor die drei Stufen zum Altar.

Die Angst der Nacht war wie weggeblasen. Hundemüde war er zwar immer noch, aber innerlich ganz ruhig und gelassen. Er hörte nicht mehr in sich hinein. Mit allen Sinnen nahm er auf, was um ihn war.

Über eine halbe Stunde saß er so, schaute und dankte seiner Frau, dass sie ihn gezwungen hatte, sich neuen Eindrücken zu öffnen.

Dann stand er auf, ging hinaus und fuhr mit dem nächsten Rundwagen hinunter zur neuen Fischauktionshalle.

»Unsere Kathedrale des Fisches«, verkündete der Fremdenführer mit stolzgeschwellter Brust vom Kutschbock herab.

An der Hafenstraße entlang rollten sie wieder in Richtung Innenstadt.

Am neuen Rathaus vorbei, das auf viertausend Rammpfählen in der schwankenden Alstermarsch ruhte und gerade sein zehnjähriges Jubiläum feierte, trabten die Pferde die neue Mönckebergstraße hinauf zum Hauptbahnhof.

Hier stieg er aus, schlenderte in sein Hotel und legte sich schlafen.

✧

Um halb sieben setzte sich Gustav Ginther in ein Restaurant in der Kirchenallee und ließ sich eine gebackene Forelle mit Salzkartoffeln munden.

Er fühlte sich ausgeruht und unbeschwert wie schon lange nicht mehr. Die Müdigkeit am Morgen und die Eindrücke auf der Rundfahrt hatten ihn daran gehindert, sich nur mit sich selbst zu beschäftigen.

Doktor Guttenberg hatte ihn schon oft gewarnt, er solle sich nachts nicht mit Schlafmitteln oder Alkohol betäuben, sondern so lange malen oder mit anderen Menschen zusammensitzen, bis die Augen von allein zufielen. »Sie sind zu jedem freundlich, nur nicht zu sich selbst«, hatte er ihm vorgehalten, »eine freundliche, sanfte Seele, die ihren Ärger nicht ablassen kann. Brüllen Sie, schimpfen Sie, lachen und weinen Sie. Aber warten Sie um Himmels willen nicht, bis Sie die alte, abgelegte Angst wieder am Wickel hat. Also tun Sie etwas und bleiben Sie wach, so lange Sie können. Ihr Körper holt sich den Schlaf, den er braucht«, hatte er ihn getröstet und die Verschreibung von Medikamenten hinausgezögert. Zum ersten Mal begriff Ginther, was der Arzt damit bezwecken wollte.

Nach dem Abendessen spazierte er ohne Schirm, aber mit Mantel und Hut im kalten Nieselregen zur Kunsthalle, wo ihn Alfred Lichtwark in seinem Büro im ersten Stock erwartete.

Als Ginther das Zimmer betrat, stand der berühmte Kunstförderer auf, rückte seine dunkelblaue Krawatte unter dem steifen weißen Hemdkragen zurecht und streckte seinem Gast beide Hände entgegen. Der Mittfünfziger im schwarzen Anzug und mit dunkelgrauer Weste strahlte Ruhe und Wertschätzung aus.

»Willkommen, lieber Herr Ginther. Wie war die Reise?«

Ginther breitete die Hände aus, als könne er sich nicht für eine Antwort entscheiden.

»Hatten Sie Unannehmlichkeiten?« Lichtwark runzelte die Stirn.

»Nein, Herr Direktor Lichtwark ...«

»Der Herr Direktor ist zuhause geblieben, lieber Herr Ginther. Hier arbeitet nur der Alfred Lichtwark.«

»Ich wollte sagen, verehrter Herr Lichtwark, dass ich im Schlafwagen nicht einschlafen konnte. Dafür habe ich dann nach einer interessanten Stadtführung auf *Käse's Rundfahrtwagen* den Nachmittag tief und fest in meinem Hotelzimmer verschlafen.«

Lichtwark lächelte ihn an. Er hatte einen grauen Haarkranz um den Hinterkopf und einen gestutzten Oberlippenbart, aber viele Lachfältchen um Mund und Augen.

»Ich freue mich, lieber Herr Ginther, dass wir uns endlich persönlich kennenlernen. Sie zählen ja inzwischen zu den Großen Ihrer Zunft. Dass Sie nach Hamburg gekommen sind, ist eine große Ehre für die Kunsthalle! Danke, dass Sie unserem Publikum einen kleinen Einblick in Ihr Schaffen gewähren.«

Ginther lächelte zurück.

»Ich habe bisher nur Pastellbilder von Ihnen gesehen. Malen Sie ausschließlich in Pastell?«

»Porträts male ich eigentlich nur noch in Pastell. Landschaften in Pastell und in Öl. Und meine Bilder an Hauswänden und Portalen gestalte ich als Fresken.«

»Haben Sie ein Lieblingsmotiv?«

Ginther dachte nach. Wie viel ausplaudern? Wie viel verschweigen? Andeuten, nicht alles darlegen, wäre wohl das Beste. Die Bilder sollen sprechen. Maler bin ich geworden und nicht Schriftsteller.

»Mein Freund Max Liebermann liebt Blumengärten. Die Farbenpracht der Blüten will er in immer neuen Anläufen auf die Leinwand bannen.«

»Blumen ...? Stillleben ...? Das reizt mich nicht. Menschen ...«, Ginther drehte die Handflächen nach oben, als wolle er etwas auffangen, »... ja, Gesichter fordern mich heraus. Porträts von Männern und Frauen, denen die Lebensspuren ins Gesicht geschrieben sind, eigenwillige Köpfe, nicht ebenmäßige, glatte Fassaden, will ich malen. Die Fassadenbilder überlasse ich den Fotografen. Früher habe ich Landschaften bevorzugt. Das Frankenland mit seinen Tälern und sanften Hügeln, mit den Weinbergen und farbigen Feldern, das male ich immer noch gern. Wie die weichen Formen der Natur zu den eckigen Flächen kontrastieren, die von Bauern ins weite Grün gepflügt werden, das reizt mich. Aber am liebsten erzähle ich mit meinen Kreiden endlose Geschichten über Menschen und ihr Schicksal.«

Lichtwark hatte seinen Gast mit flinken Augen gemustert und ihm aufmerksam zugehört. »Auf Bildern spazieren gehen und immer neue Zusammenhänge entdecken«, räsonierte er schließlich, »das gefällt mir auch.«

»Die Geschichte von Kain und Abel ist so eine Lieblingsgeschichte von mir.« Ginther machte mit der linken Hand eine Geste, als bitte er um Nachsicht. »Sie hat mir schon viele schlaflose Nächte bereitet.«

Lichtwark sah und hörte es und schwieg.

»Wie soll man von der Hassliebe zweier Brüder in einem Bild erzählen? Male ich die Brüder vor dem Mord, dann behaupten die Leute, mir wäre das Elend auf dieser Welt gleichgültig. Male ich Kain nach seiner Tat, dann werde ich ihm nicht gerecht, weil ich seine Seelenpein nicht darstellen kann. Und stelle ich den Mord in den Mittelpunkt, dann sieht mein Bild wie ein Schlachtengemälde aus.«

»Ja, lieber Herr Ginther«, stellte Lichtwark fest und lehnte sich auf seinem gedrechselten Lehnstuhl zurück, »den richtigen Augenblick zu wählen, wenn Licht und Ausschnitt stimmen, wenn Farbe und Form im Gleichgewicht sind, das erfordert Können. Leo Tolstoi meint in seinem Buch über die Kunst, ein Bild sei eine Brücke zwischen zwei Menschen, eine sehr zerbrechliche zwar, die man nicht überlasten dürfe, aber eine tragfähige für federleichte Gefühle. Kunst beginne da, wo ein Maler bei anderen Menschen genau jene Emotionen wecken könne, die er beim Malen selbst empfunden hat. Je intensiver das Gefühl des Künstlers beim Zuschauer ankommt, desto besser ist die Kunst, schreibt Tolstoi.«

»Ich lese selten über Kunsttheorie«, winkte Ginther ab, »ich male lieber.« Er seufzte. »Zwei Bücher haben mir gereicht. Die *Allgemeine Ästhetik* von Max Diez ...«

Lichtwark nickte kaum merklich, er hörte aufmerksam zu.

»... und das Buch von Swinburne.«

Lichtwark schüttelte den Kopf.

»Das Buch hat mir mein Freund Max Dauthendey zum Geburtstag geschenkt. Eine vierzig Jahre alte bibliophile Kostbarkeit mit handkolorierten Bildtafeln, Goldschnitt und geprägtem Ledereinband. Eigentlich ist es eine Biografie über Blake.«

»Blake? Der Dichter, Erfinder, Maler und Kupferstecher? Der für die gotische Malerei und für Mystiker wie Jakob Böhme geschwärmt hat? Meinen Sie wirklich William Blake?«

Ginther verschränkte die Arme und blickte sich verstohlen in dem Raum um.

»Die Biografie kenne ich nicht. Steht da auch etwas über Kunst drin?«

»Swinburne legt Blake in den Mund, die Kunst sei weder Feuer noch Wasser, weder guter Diener noch schlechter Herr. Sie diene niemandem, und sie lasse sich von niemandem in Dienst nehmen. Sie sei nicht Helferin irgendeiner Religion. Sie predige keine moralischen Pflichten und verkünde keine ästhetischen Grundsätze. Selbst wenn man sie im Mörser zerstoßen würde, würde sie niemandem Schaden zufügen. Kunst sei einfach da, erzeuge keinen Schwindel und lasse Menschen nicht in Ohnmacht fallen.«

Lichtwark lachte. »Das scheint mir ein starker Tobak zu sein.« Er zog einen Zettel aus der Schublade seines Schreibtisches und entnahm der Innentasche seines Jacketts einen silbernen Drehbleistift. »Wie heißt das Buch?«

Ginther diktierte ihm Verfasser und Titel.

»Kunst ohne Wirkung? Ein Nichts?« Lichtwark schüttelte belustigt den Kopf. »Das Buch muss ich mir besorgen.« Er steckte den Bleistift wieder ein. »Irgendwie erinnert mich das an Oscar Wilde. Der hat behauptet, die Kunst bestehe unabhängig von Moral, Wirtschaft und Politik. Kunst sei nichts und doch alles, die Höchstform der Daseinsbewältigung.«

Lichtwark lächelte, denn von diesem Augenblick an wusste er, dass Ginther kein Leichtgewicht war, auch wenn er keine kunstwissenschaftlichen Studien betrieb. Unwissentlich und ohne es zu wollen hatte Ginther die Zuneigung des Hamburgers gewonnen.

Direktor Lichtwark war ein gebildeter und vor allem tatkräftiger Mann. Er war gelernter Kunsterzieher und beschäftigte sich mit der prägenden Kraft der Kunst auf die Persönlichkeit des Kindes. Zwar wäre er nicht so weit gegangen, die Kunst als die wichtigste aller Bildungsmächte darzustellen, auch wenn er sich mithilfe seines kritischen Geistes und dem Herzblut eines überzeugten Pädagogen in der Kunsterziehungsbewegung engagierte, die

Teil der reformpädagogischen Bewegung war. Was er aber aufs Entschiedenste bekämpfte, war die Geringschätzung der künstlerischen Bemühungen von Kindern, seien es Zeichnungen oder Bilder, musikalische Darbietungen oder erste Aufsätze und Gedichte. Für jedermann in Hamburg lag klar zutage, dass ihr Kunstdirektor seit über zwanzig Jahren eine Vision verfolgte, die Vision einer kunstfreudigen Weltstadt, die junge Künstler fördern will und offen ist für moderne Kunstrichtungen und neue künstlerische Techniken. Pastell, Aquarell und Gouache, diesen drei in Deutschland verschmähten Ausdrucksmitteln, galt Lichtwarks besonderes Interesse. Französische Impressionisten sammelte er als Erster in Deutschland, und mit Lovis Corinth und Max Liebermann stand er in regem Gedankenaustausch.

»Schnell hingeschrieben, aber schwer verwirklicht«, räumte Ginther ein. »Oder irre ich mich?«

»Aber nein, verehrter Herr Ginther. Wahre Kunst erfordert Können und Schaffenskraft. Aber nicht einmal ein Herkules erreicht jeden Tag Höchstform. Also bringt er auch nicht jeden Tag die große Schöpfung zustande. Deshalb sind große Kunstwerke rar.«

»Damit wären aber die Lithografien keine Kunst.«

»Doch! Lithografien, überhaupt alle Druckgrafiken und Designentwürfe ...« Lichtwark machte mit beiden Armen eine umfassende Geste, »... können sehr wohl Kunst sein. Hat sie ein Mensch in Höchstform geschaffen, dann ist das Kunst. Hohe, einmalige Kunst, ohne jeden Zweifel.«

»Häufig wird daraus aber Massenware.«

»Trotzdem kann das Kunst sein, auch wenn man sie auf alle möglichen Arten vervielfältigt. Denken sie doch nur an Leonardos *Mona Lisa.* Tausendfach ist das Bild schon kopiert worden. Ist es deshalb keine Kunst mehr?«

»Die künstlerische Schöpfung wird durch die künstliche Kopie und die kunsthandwerkliche Massenware nicht entwertet?«

Lichtwark hörte heraus, dass sein Gast immer noch nicht überzeugt war. Deshalb legte er nach: »Seit hundertfünfzig Jahren gibt es Kunsthandwerker, die Kunstwerke in großen Stückzahlen kopieren. *Künstlich* nannte man anfangs diese Kopien. Liegt der *künstlichen* Massenware ein *künstlerischer* Entwurf zugrunde, dann ist der ein einmaliges Kunstwerk, und jede einzelne Kopie, jeder einzelne künstliche Massenartikel, strahlt noch den Glanz des Künstlerischen aus.«

✧

Gustav Ginther blieb wie angewurzelt stehen. Dann drehte er sich zu Lichtwark um. »Was verschafft mir diese Ehre?«

»Die Qualität Ihrer Gemälde. Mit den ersten Bildern muss man einen Höhepunkt setzen. Sonst bildet sich bei den Besuchern ein Vorurteil, das auch ein paar Glanzstücke am Ende der Ausstellung kaum noch korrigieren können.«

Ginthers Augen strahlten.

»Ihre Bilder sind ein Höhepunkt unserer Ausstellung. Also können sie nur am Anfang präsentiert werden.«

Ginthers Gemälde waren vor einen weißen Karton gesetzt und mit cremefarbigem Passepartout eingefasst. Damit blieb der weiße Karton ums Bild herum als Lichtfuge sichtbar. Die schwarzen Holzrahmen mit abgerundetem Profil und eingelegten Goldstreifen waren so tief, dass eine Randleiste zwischen Passepartout und Glas das Gemälde auf Abstand hielt. So schien es wie in einem Guckkasten zu schweben.

Das erste Bild, das ins Auge stach, zeigte *Kain und Abel,* die auf verschiedenen Ufern eines Flusses ihrer Arbeit nachgingen. Links davon hingen zwei Landschaftsbilder, *Blick auf die Tauber bei Markelsheim* und *Igersheim mit Burg Neuhaus,* beide Gemälde mit viel Grün und Blau gemalt. Rechts waren zwei Porträts: *alte Taubertälerin,* vor dem Hintergrund ihrer Weinberge abgebildet, und *Mainfischer,* ein Werk, das große Ruhe ausstrahlte.

»Ihre Bilder, lieber Herr Ginther, sind der Willkommensgruß für unsere Besucher.« Lichtwark drehte sich langsam im Kreis. »Wir haben die Bilder in diesem Saal etwas niederer als üblich gehängt. Die Unterkanten aller Gemälde bilden eine Linie.« Er strich mit dem ausgestreckten Zeigefinger der gedachten Linie entlang. »Dadurch sind die Oberkanten ungleich. Das zieht den Blick der Besucher von allein in die Höhe und zum Licht. Der Betrachter steht dann aufrecht, sieht mehr und ist offen für neue Eindrücke.«

»Gefällt mir sehr gut«, meinte der Maler.

»Ach, da sind Sie!«

Lichtwark und Ginther drehten sich überrascht um.

Friedrich Fischer stand hinter ihnen. »Na, Alfred«, er schüttelte dem Kunstdirektor die Hand, »Lampenfieber?«

Lichtwark war kurz irritiert, weil er mit Vornamen angeredet wurde. Dann lachte er. Ihm war eingefallen, dass er vor ein paar Tagen Duzfreundschaft mit Fischer geschlossen hatte.

»Ich und aufgeregt? Fiebrig? Aber nein!« Er lachte und winkte ab. »Ich höre, Friedrich, du kennst unseren Malerfreund aus Würzburg schon.«

Fischer strahlte Ginther an. »Gute Reise gehabt?« Er gab ihm die Hand.

Gustav Ginther wollte nicht noch einmal seine Schlafprobleme im Nachtexpress beichten. Deshalb berichtete er von der interessanten Stadtrundfahrt und dankte auch Fischer als Förderer des Kunstvereins für die gelungene Präsentation seiner Bilder.

»Je länger ich Ihre Bilder betrachte, lieber Herr Ginther«, sinnierte Fischer, »desto weniger will mir einleuchten, dass meine Bilder zuhause ein gewisser Emil Richter gemalt haben soll.«

»Wenn ich die Bilder einmal sehen dürfte«, Neugier war Ginther an die Stirn geschrieben, »könnte ich mir ein Urteil erlauben.«

✧

Nach der Vernissage spazierten Fischer und Ginther zum nahe gelegenen Hauptbahnhof und flanierten über den Bahnhofsvorplatz zu den Automobildroschken.

Sie schlenderten die aufgereihten Kraftwagen entlang. Das vorderste Auto war eine *Gazelle*, ein Wagen der Marke *DUX* aus Wahren.

»Ist ein Lizenzprodukt der amerikanischen Firma *Oldsmobile*«, bemerkte der Droschkenchauffeur, als er seine beiden Fahrgäste zum Sandtorkai fuhr. »Vier Zylinder, achtzehn Pferdestärken«, fügte er stolz hinzu. »Wird seit fünf Jahren gebaut. Nicht besonders schnell, aber zuverlässig. Ein gutes Arbeitstier. Interessieren Sie sich für Autos?«

»Vielleicht kaufe ich mir demnächst auch eines«, antwortete Fischer. »Als Gewürzhändler muss ich meine Kunden regelmäßig besuchen.«

Der Mietchauffeur nickte verständnisvoll und witterte zugleich ein Geschäft. »Wenn Sie bis dahin eine Mietdroschke brauchen, dann stehe ich Ihnen jederzeit gerne zur Verfügung, mein Herr. Ich habe sogar Telefon. Hamburg 1297. Wenn wir angekommen sind, schreibe ich Ihnen meine Fernsprechnummer auf.«

Am Sandtorkai kassierte der Chauffeur seinen Lohn und überreichte Fischer einen Zettel mit seiner Telefonnummer. »Ich würde mich sehr freuen, wenn ich Ihnen meine Dienste anbieten dürfte, mein Herr. Wie war doch bitte gleich Ihr Name?«

»Fischer. Gewürzhandlung Fischer am Sandtorkai.«

»Kann ich mir gut merken.« Er lüftete seine Prinz-Heinrich-Mütze. »Einen schönen Abend wünsche ich den Herren.«

Fischer bat Gustav Ginther in seine Wohnung und stellte den Gast seiner Frau vor.

»Verzeihen Sie, Frau Fischer, dass ich Sie zu so später Stunde belästige. Aber Ihr Mann wollte ...«

»Ich bitte Sie, lieber Herr Ginther. Seien Sie herzlich willkommen. Mein Mann ist von Ihrer Kunst begeistert. Leider habe ich noch keine Bilder von Ihnen gesehen.«

Fischer drängelte. Sofort wollte er seinem Gast das Bild im Wohnzimmer zeigen. Er fasste ihn am Arm und führte ihn vor das Gemälde.

»Sehen Sie nur!« Er deutete auf die Wand.

Ginther wurde kreidebleich, erstarrte zur Salzsäule, die Augen vor Schreck geweitet, und doch blind, taub und stumm. Stand still vor dem Bild, die Beine über Kreuz, den Kopf in den Schultern, in sich verkapselt. Nur seine Gedanken drehten sich im Kreis.

»Unglaublich!«

Gesteh's, Gustav, das ist dein Bild! Kein Zweifel? Natürlich ist es von dir! Und die Signatur? Aber das ist doch dein Motiv! Ganz sicher? Nein! Ja? Wenn ...

Fischer ging auf leisen Sohlen zu seiner Frau und beobachtete mit ihr die Gefühlsaufwallungen des Gastes.

»Unglaublich!« Die Haare auf Ginthers Armen sträubten sich. Er nickte fortwährend und starrte auf das Bild.

Fischer legte den Finger auf seine Lippen und gebot seiner Frau zu schweigen.

Endlich schien Ginther aus einem langen Traum zu erwachen, rieb sich mit beiden Händen das Gesicht und trat dicht an das Bild heran.

»Emil Richter!«, las er. Kopfschüttelnd wiederholte er: »Emil Richter?«

Er tastete sich, ohne sich umzusehen, zwei Schritte zurück, starrte, glotzte, linste erneut und drehte sich langsam zu Fischer um: »Das kann doch nicht sein.«

»Sie meinen ...«

»... das Bild ist von mir!« Ginther griff in die Innentasche seines Jacketts. »Das Foto hier«, er klopfte mit dem Finger darauf und zeigte auf das Gemälde an der Wand, »haben Sie mir vor ein paar Wochen mit der Post geschickt.« Er streckte es Fischer hin. »Mir war gleich so ...« Er winkte ab. »Ich habe gleich ein ungutes Gefühl gehabt.« Er holte tief Luft. »Das Foto ist klein. Da hab ich gedacht, vielleicht ...« Er blickte zwischen dem Foto und dem Bild hin und her.

»Ich bin kein guter Fotograf«, gestand Fischer, »und ich war in Eile.«

»Mein Galerist hat mich getröstet. Könnte von mir sein, vielleicht auch nicht, hat er gemeint. Er war sich seiner Sache nicht sicher. Schließlich habe ich mir gedacht, das geht mich nichts an.«

»Aber jetzt sind Sie ganz sicher?«

Ginther legte den Kopf schief, kniff mal das eine, mal das andere Auge zu und überprüfte das Bild von links nach rechts und von oben bis unten.

»Kein Zweifel möglich, lieber Herr Ginther?«

Der Maler schaute seinem Gastgeber direkt in die Augen. Dann senkte er den Blick. »Wenn diese Signatur nicht wäre!« Er schüttelte den Kopf.

»Aber sonst?«

Ginther seufzte tief auf und nickte.

»Schäfer und Bauer. Beide knien vor einem Altar, aufgesetzt aus Feldsteinen. Kain und Abel. Das ist doch Ihr Motiv, Herr Ginther.«

»Vor etwa fünfzehn Jahren habe ich so gemalt.«

»Ihre Malweise. Ihre Farben. Grün, Gelb und Blau. Ein paar Rottupfer. Ein heißer Tag. Man spürt die Schwüle in der Luft.«

»Aber da steht *Emil Richter*.« Er ging leicht in die Knie und stieß mit der Nase fast an die Glasscheibe vor dem Bild. »Warum macht er das?«

»Sie meinen ...«

Ginther bedeckte das Gesicht mit den Händen.

»Können Sie einen weiteren Tag in Hamburg bleiben?«

Ginther schüttelte den Kopf.

»Sie müssen morgen Abend nach Hause?«

Der Maler nickte.

»Kein Aufschub möglich?«

Erneut schüttelte Ginther den Kopf.

Fischer bot seinem Gast einen Stuhl an, den er vor das Bild stellte.

Ginther setzte sich wortlos, senkte den Blick und schaute betroffen zu Boden.

»Morgen früh ruf ich den Restaurator an.« Fischer stellte sich neben den Maler.

»Morgen ist Sonntag«, wandte seine Frau ein.

»Weiß ich. Natürlich störe ich ungern am Sonntag. Aber es muss sein.«

Ginther hob fragend den Kopf.

»Der Restaurator der Kunsthalle kann prüfen, ob das Bild gefälscht ist. Direktor Lichtwark hat mir versprochen, dass sein Fachmann das feststellen kann.«

Sonntag, 17. Oktober 1909

Nach dem Mittagessen bedankte sich Gustav Ginther überschwänglich bei der Hausherrin für die Einladung.

»Ich bitte Sie, lieber Herr Ginther.« Frau Fischer lächelte verlegen und reichte ihm die Hand. »Danke für die schönen Blumen.« Sie strahlte ihren Gast an. »Hoffentlich kommt der Restaurator zu einem eindeutigen Befund.«

Der Hausherr half seinem Gast in den Mantel, verabschiedete sich mit einem flüchtigen Kuss von seiner Frau, klemmte das in

Packpapier verschnürte Gemälde unter den linken Arm und hielt Ginther die Haustür auf.

Der Himmel war diesig, aber es regnete nicht mehr. Die Straße war menschenleer.

Ginther schlug den Mantelkragen hoch. »Darf ich Ihnen das Bild abnehmen?«

»Kommt nicht in Frage. Wenn's nämlich ein echter Ginther ist, dann ...« Fischer ließ den Satz in der Luft hängen, denn im selben Augenblick bog eine *Gazelle* um die Ecke und hielt vor ihnen.

»Komme ich zu spät, gnädiger Herr?«, fragte der Droschkenchauffeur und hielt die Beifahrertür auf.

»Pünktlich auf die Minute«, beruhigte ihn Fischer. »Gut der Mann! Schön das Auto! Gefällt mir«, lobte er den Automobilisten.

»Zur Kunsthalle, bleibt's dabei?«

Fischer nickte. Er ließ Ginther beim Einsteigen den Vortritt und setzte sich neben ihn auf die Rückbank. Der Chauffeur schloss die Autotüre von außen, ging um den Wagen herum und nahm hinterm Lenkrad Platz.

Die *Gazelle* tuckerte leise durch die herbstlichen Straßen Hamburgs.

»Haben Sie schon gehört, meine Herren? Die Zeitungsverkäufer am Hauptbahnhof machen ein Geschrei, weil ...«

Die Fahrgäste reagierten nicht. Der Chauffeur war irritiert. War er hinten schwer zu verstehen? »Ein Italiener und ein Deutscher«, wiederholte er lauter, »haben so einen besonderen Preis gewonnen.«

»Meinen Sie den Nobelpreis?«

»Ja, Nobelpreis.«

Die Gäste schwiegen.

»Bald soll man sogar drahtlos telegrafieren können, steht heute in der Zeitung.« Der Lenker der Droschke wollte die schweigsamen Herren auf der hinteren Sitzbank unterhalten.

»Ja«, seufzte Fischer. »Wir leben in einer spannenden Zeit. Die einen bekommen einen Preis. Die anderen können bequem telegrafieren.« Er lächelte dem Fahrer unverbindlich zu. »Und ein paar Leute werden um die Früchte ihrer Arbeit betrogen, nicht wahr?«, wandte er sich dann an seinen Nebensitzer.

»Alles wird schneller und moderner«, pflichtete Ginther bei. »Die Eisenbahn, das Dampfschiff, der Zeppelin, das Flugzeug. Alles neu. Nur die Gaunerei ist so alt wie eh und je. Betrüger und Hochstapler wird es wohl noch in tausend Jahren geben«, sagte er gallenbitter.

Sie philosophierten über die neue Zeit, das Frauenstimmrecht in Finnland und Dänemark, die Uraufführung von Lehàrs neuester Operette *Der Graf von Luxemburg*, die demnächst stattfinden würde und schon viele Schlagzeilen machte, und die Grammofonmusik, die schädlich für die Ohren sei.

✧

»Bitte!« Der Restaurator, ein freundlicher Herr mit Bart und Brille, deutete auf den großen Tisch. »Bitte legen Sie's hierher.«

Fischer schob das Bild auf die Tischplatte. Ginther half ihm, die Schnüre zu lösen und das Packpapier zu entfernen.

Der Restaurator richtete das Gemälde mit der linken Hand auf und betrachtete es aus nächster Nähe. »Ein sehr schönes Motiv.« Er sah den Maler an. »So ähnlich wie Ihr Bild, Herr Ginther, das oben in der Ausstellung hängt.« Er bog den Kopf zurück. »Auch die Farbauswahl ist ähnlich.«

Fischer berichtete mit wenigen Sätzen, dass er Gustav Ginther in Stuttgart kennengelernt habe und seit damals vermute, dass zwischen diesem Gemälde und Ginthers Malerei eine Verbindung bestehen könnte.

»Wäre da nicht die fremde Signatur, würde ich behaupten, das Bild stammt von mir.« Ginther fror am ganzen Körper.

»Emil Richter«, las der Restaurator laut vor und legte das Bild auf den Tisch.

Fischer und Ginther traten zur Seite.

»Emil Richter?« Der Sachverständige zupfte sich am linken Ohrläppchen. »Nie gehört.« Er presste die Fingerspitzen aufeinander und rückte seine Brille zurecht. »Ich schlage vor, wir öffnen den Rahmen und schauen uns das Bild unter der Lupe an.«

Kein Einwand.

Der Restaurator zog die Unterlippe hoch, dachte kurz nach, drehte das Bild um und legte es aufs Gesicht.

Ginther beugte sich über den Tisch und strich mit den Fingerspitzen über die Rückwand. »Graue Pappe. Die Sorte benütze ich oft beim Einrahmen.« Er richtete sich wieder auf. »Aber mit solchen Nägelchen befestige ich sie nie im Rahmen.«

»Ist das Bild neu gerahmt worden?«, wollte Fischer wissen.

»Nehmen wir an, die Signatur ist falsch.« Der Restaurator sprach über die Schulter. »Dann muss der Fälscher die Rückwand öffnen, das Bild herausnehmen, seinen *Emil Richter* draufschreiben und das Bild auf der Rückseite neu verschließen.« Ausgiebig und genüsslich erzählte er von Kunstfälschungen, mit denen er sich in den letzten Jahren befassen musste. Nebenbei entnahm er den drei Schubladen unter dem Tisch allerlei Werkzeug, legte es neben das Bild, zog behutsam die Nägelchen aus dem Rahmenholz und legte sie in eine Schale.

Mit einer Spachtel hob er die Füllpappe an und griff sie aus dem Rahmen.

Die Rückseite des Malkartons wurde sichtbar.

Neugierig steckten die drei Herren die Köpfe zusammen. Achselzucken. Stirnrunzeln. Manche Künstler schreiben etwas auf die Bildrückseite. Über das Bildmotiv, die Maltechnik, das Entstehungsdatum des Bildes. Doch hier nichts!

Der Restaurator nahm das Gemälde vorsichtig heraus, achtete darauf, dass das Passepartout auf dem Glas liegen blieb, und legte das Bild behutsam, mit dem Gesicht nach oben, auf den Arbeitstisch.

Er trat ein paar Schritte zurück.

Ginther beugte sich über das Bild und musterte es schweigend, Zentimeter für Zentimeter. Dann richtete er sich auf. Sein Gesicht war versteinert. Wieder und wieder schüttelte er den Kopf.

»Ihre Arbeit?« Der Restaurator zog eine große Lupe aus der Tasche seines weißen Arbeitsmantels.

Kopfnicken.

»Ganz sicher?«

»Da!« Ginther deutete auf die Bildmitte. »Sehen Sie den Rauch über dem Altar? Den habe ich erst mit grauer, dann mit blauer Kreide gemalt und schließlich beide Farben mit den Fingerkuppen ineinander gerieben. Mit leichten Kreisbewegungen. Immer links herum. Ich bin nämlich Linkshänder.«

Fischer erkannte, dass sich der Maler erneut ereiferte.

Ginther stellte sich auf die Zehenspitzen und beugte sich noch weiter über das Bild. Plötzlich richtete er sich auf und zerzauste mit den Fingern seine Haare. »Das ist meine Technik!« Ärgerlich stemmte er die Fäuste in die Hüften. »Das vergisst man doch nicht!«

Der Restaurator glitt mit der Lupe übers Bild. »Fixieren Sie Ihre Bilder?«

»Ja!«

»Wie?«

»Mit Leimwasser.«

»Tragen Sie's mit dem Pinsel auf?«

»Ich erhitze es und lasse den Dampf vorsichtig übers Bild ziehen.«

»Stimmt!« Der Restaurator trat einen Schritt zurück und reichte Ginther die Lupe.

Der Maler beugte sich wieder über das Bild und studierte die Rauchschwaden unter der Lupe. Wortlos reichte er das Vergrößerungsglas an Fischer weiter.

»Wenn Leimwasser über einem Pastellbild verdampft«, erklärte der Restaurator, »dann verkleben die Farbpigmente und bilden eine eher glatte Oberfläche.«

Er holte aus einem der Wandschränke einen Kartonstreifen und eine hellblaue Pastellkreide, bemalte die Pappe mit der Kreide und verwischte die Farbe mit kreisender Fingerkuppe.

»Jetzt betrachten Sie auch diesen Farbauftrag unter der Lupe, meine Herren.«

Der Unterschied war unter der Lupe sofort sichtbar. Die nicht fixierte Pastellfarbe war höckerig wie ein Streuselkuchen.

»Fixieren Sie immer noch mit Leinwasser?«, wollte der Restaurator wissen.

»Ich benütze jetzt ein fertiges Fixiermittel.«

»Welches?«

»Ein französisches Fabrikat von *Löhnée Frères*, das man mit dem Mundzerstäuber auftragen muss. Riecht nach Terpentin.«

»Kenne ich.« Der Restaurator öffnete erneut den Wandschrank, entnahm ihm eine Flasche und einen Mundzerstäuber und blies einen feinen Nebel über den Kartonstreifen.

»So, lieber Herr Ginther«, er schwenkte den Karton ein paar Mal hin und her, bis das Fixiermittel verdunstet war, und legte ihn dann auf den Tisch. »Und jetzt vergleichen Sie bitte nochmals!«

Unter der Lupe war die Pastellfarbe wie ein blaues Leinengewebe, Knötchen an Knötchen gleichmäßig nebeneinander gesetzt.

»Dass man mit Leimwasserdampf fixieren kann«, erläuterte der Restaurator, »ist nur wenigen Malern bekannt.« Er legte die Stirn in Falten. »Dieses Gemälde hier ist zweifelsfrei mit heißem Leimwasser bedampft worden.«

»Also doch ein echter Ginther.« Fischer strahlte die beiden Herren an.

»Wenn ...«, Ginther hob warnend den Finger und machte eine kleine Pause, »... wenn da nicht diese Signatur wäre.«

»Wie signieren Sie, Herr Ginther?«, fragte der Restaurator.

»Zwei große G hintereinander. Ohne Punkt. Kein Abstand.«

»Und wo?«

»Rechts unten.«

»Da, wo jetzt *Emil Richter* steht?«

»Genau da.«

Der Restaurator zog eine elektrische Arbeitslampe zu sich heran, die am Tisch festgeschraubt war und an einem beweglichen Scherengitter hing, riss kräftig an der Schalterschnur und beugte sich über den rechten unteren Rand des Bildes. Er schwenkte das Licht hin und her und beobachtete die Signaturstelle unter der Lupe. »Die Schrift glänzt. Mit Bleistift geschrieben.«

Der Maler schnitt eine Grimasse. »Bleistiftminen sind fetthaltig. Das lernt man schon im ersten Semester an der Akademie. Kein Pastellmaler signiert mit Bleistift.«

Der Restaurator grinste. »Da hat sich ein blutiger Anfänger verewigt.« Er beugte sich wieder über das Bild. »Abgeschabt, mit Pastellkreide wieder zugeschmiert und dann mit Bleistift überschrieben.«

»Sicher?« Ginther staunte den Fachmann mit offenem Mund an.

»Um die Signatur herum ist die Pastellkreide nicht fixiert.«

Der Restaurator schabte mit Fischers Zustimmung vorsichtig den Bleistiftnamen und die nachträglich aufgetragene Farbe ab und legte ein doppeltes G frei.

»Wer tut so etwas?«, fragte Ginther leise.

»Emil Richter!«, antwortete Fischer.

»Emil Richter?«

»Den gibt's.« Fischer stellte sich neben Ginther und lehnte sich an den Arbeitstisch.

»Hehlerware? Wurde das Bild gestohlen?«, fragte der Restaurator.

Fischer und Ginther zuckten die Achseln und sahen den Restaurator ratlos an.

»Vielleicht wollte sich der Unbekannte als Maler ausgeben«, meinte Fischer.

»Ein Hochstapler?« Ginther schüttelte den Kopf. »Eher ein gemeiner Dieb, der Spuren verwischen wollte.«

»Oder der Fälscher wollte verhindern, dass man erfährt, wer das Bild gemalt hat.« Der Restaurator packte sein Werkzeug zusammen und legte es wieder in die Schublade.

»Jedenfalls«, strahlte Fischer, »habe ich einen echten Ginther. Nein, ich habe vier echte Ginther.«

✧

Fischer und Ginther spazierten an den Landungsbrücken entlang.

»Ich bin froh«, gestand der Gewürzhändler, »jetzt haben wir endlich Gewissheit.«

Der Maler lachte säuerlich. Er blieb stehen und blickte auf die Unterelbe hinaus. »Graublau«, murmelte er vor sich hin, »einfach nur graublau.«

Fischer schwieg, aber sein Stirnrunzeln verriet, dass er seinen Gast nicht richtig verstanden hatte und auch nicht wusste, was er meinte.

»Lichtwark hat mir gestern ein Bild von Max Liebermann gezeigt. *Sommerabend an der Alster*, heißt es. Liebermann hat das Wasser einfach blaugrau gemalt. Angestrichen wie eine Tapete. Trotzdem ein herrliches Bild. Es fängt die Stimmung am Wasser vortrefflich ein.«

»Besuchen Sie mich doch bald wieder, und bringen Sie Ihre Malsachen mit. Dann können Sie auch so ein Motiv malen.«

»Eine Alsterpartie?«

Fischer lachte. »Sommerpartien am Wasser wirken immer heiter.«

»Nicht so düster wie die alte Geschichte von Kain und Abel. Das meinen Sie doch.«

»Ich wäge bei Gemälden nie die Motive gegeneinander auf.«

»Aber einen kritischen Ton höre ich doch heraus.«

»Kritik? Nein, Kritik steht mir nicht zu.«

»Und was gefällt Ihnen? Hand aufs Herz.«

»Ich möchte Bilder um mich haben, die farblich ansprechend sind. Wenn sie mich auch noch aufheitern, dann kennt meine Begeisterung keine Grenzen.«

»Aufheiternd ist die Geschichte um Kain und Abel gewiss nicht.«

»Aber Ihr Gemälde überzeugt farblich. Sonst hätte ich es ja nicht bei mir aufgehängt.« Fischer lächelte seinen Gast offenherzig an. »Zugegeben, ein heiteres Motiv wäre mir lieber. Zum Beispiel ein abendliches Stimmungsbild oder ein strahlender Frühlingsmorgen. Am liebsten eine Partie am Wasser.«

»Leuchtet mir ein.« Mit seinen Worten konnte Ginther lügen, mit seinen Augen nicht.

»Ich möchte nicht ständig das Elend dieser Welt vor Augen haben. Das Leben ist hart genug. Ein bisschen Freude muss sein.«

Ginther schwieg betreten.

Fischer strahlte ihn an: »Kommen Sie, ich zeige Ihnen viele Einblicke und Ausblicke, die es zu malen lohnt.«

»Vielleicht gefällt dem Bilderfälscher die Geschichte von Kain und Abel nicht.«

Fischer drehte sich blitzschnell zu seinem Gast um. »Daran habe ich noch gar nicht gedacht.« Er schloss für einen Moment die Augen. Dann rief er energisch: »Kann nicht sein!«

»Warum nicht?«

»Dann hätte er das Bild nicht weitergegeben.«

»Sondern?«

»Vernichtet!«

»Aber das Motiv von Kain und Abel scheint ihn zu beschäftigen.«

»Vielleicht.«

»Zweifel?«

»Vielleicht meint er, das sei *seine* Geschichte.«

»Aber«, widersprach Ginther trotzig und laut, »es ist *meine* Geschichte.«

»Weshalb malen Sie immer wieder dieses Motiv?«

Ginther steuerte auf eine Bank zu. »Setzen wir uns für einen Augenblick?« Und dann erzählte er vom Verschwinden seines Zwillingsbruders Gottfried und von der Suche nach dem Vermissten.

»Dieser Emil Richter kann nicht der Fälscher sein.«

Ginther forschte lange in Fischers Gesicht. »Warum nicht?«

»Er lebt in Amerika.«

»Und wer missbraucht seinen Namen?«

»Wer missbraucht Ihre Bilder, sollten Sie fragen.«

»Dann wäre ja *ich* die Ursache für die Fälschungen meiner Bilder.« Er schaute betroffen zu Boden. »Der Gedanke beunruhigt mich.«

Fischer seufzte tief und rieb sich die Augen. »Die Antwort kann nur in Gaildorf liegen. Ich dachte, ich hätte dieses Kapitel abgeschlossen.«

Er berichtete von seinen Recherchen in dieser württembergischen Kleinstadt und schloss mit der Feststellung: »Dann muss ich wohl oder übel noch einmal nach Gaildorf. Jetzt will ich Klarheit.«

Montag, 25. Oktober 1909

»Kommen Sie herein!« Eugen Richter machte die Türe weit auf und forderte seinen Gast mit einer ausholenden Geste auf, schnell ins Haus zu flüchten. »Heute Abend ist es saukalt.«

Er ging voraus, führte seinen Gast in die Wohnstube, bot ihm einen Platz an, bat einen Augenblick um Geduld und verließ das Zimmer.

Als er zurückkam, schleppte er einen Korb Holz. Den setzte er vor dem Ofen ab und öffnete die Feuerklappe. Mit Routine und Lust stocherte er mit dem Schürhaken in der Glut herum und legte ein paar Scheite auf.

Er setzte sich zu seinem Gast an den Tisch, auf dem schon Bierflaschen und Gläser bereitstanden.

»Na, Sie kriegen wohl von unserem Stadtbrand nicht genug«, stichelte er und schenkte zwei Gläser voll. Eines schob er seinem Gast hin, das andere zog er zu sich heran. »Prost, Hamburger!«

»Prosit, Feuerteufel!« Fischer nahm den Zwicker ab, weil er sich in der Wärme beschlagen hatte, und rieb die Augengläser mit einem weißen Taschentuch trocken.

Richter lachte herzlich, dass sein Bauch zitterte, und stieß mit dem Besucher an. » ›Feurio, der Kocher brennt, kommet her und löschet g'schwend!‹ Das haben wir als Kinder gern gesungen.«

»Ich kann Sie mir als Kind gar nicht vorstellen.«

»Sie sind auch nicht im Anzug und mit Schnauzbart auf die Welt gekommen, mein Lieber. Aber ich war schon als Kind ein strabeliger Kerle. Ich bin schon immer gut im Futter gestanden.«

Fischer hob die Tasche, die er neben sich auf dem Boden abgestellt hatte, auf seinen Schoß, öffnete sie und entnahm ihr ein Päckchen. »Für Sie, Herr Richter, ein Mitbringsel aus Hamburg.«

»Aber das wäre doch nicht nötig gewesen.« Der Dicke freute sich sehr. Er schnupperte an der Schachtel. »Mh! Riecht gut. Danke schön.« Er durchsuchte die Taschen seiner Weste, zog eine Pfeife heraus, stopfte sie und setzte sie umständlich in Brand.

»Etwas Schokolade, Kaffee und ein paar Gewürze aus meinem Haus.«

»Meine Frau ist noch beim Schaffen. Abends geht sie immer putzen, seitdem die Kinder aus dem Haus sind. Wenn sie heimkommt, darf sie das Päckchen aufmachen.«

Fischer lachte, und Richter paffte aus Mund und Nase. »Überraschung aus Hamburg, das wird sie freuen.«

»Wie ich Ihnen ja letzte Woche schrieb«, legte Fischer dar, »habe ich noch ein paar Fragen über Ihren Onkel in Amerika.«

»Fragen Sie, Herr Fischer, fragen Sie.«

»Wer, außer Ihnen, lebt noch von Emil Richters Verwandtschaft hier in Gaildorf?«

Der Mann nuckelte an seiner Pfeife und dachte nach. »Mein Onkel Georg, der Bruder vom Emil Richter. Der hat drunten am Kocher ein Maler- und Stuckateurgeschäft. Seine zwei ältesten Buben sind auch Maler und schaffen im Geschäft mit.«

Er nahm die Pfeife aus dem Mund und stopfte sie mit dem Daumen. »Und meine Tante Lina, die jüngste Schwester vom

Emil Richter. Die ist mit einem Straßenwärter verheiratet und hat fünf Kinder. Alle leben hier in unserem Städtle. Aber sonst?« Er paffte Rauchwolken unter die Zimmerdecke und dachte nochmals nach. »Außer mir sind alle anderen weggezogen. Ein paar nach Stuttgart. Die schaffen beim Bosch und beim Daimler. Zwei von den Richters sind donauabwärts ins Österreichische, und der Emil ist nach Amerika.«

»Beim Moser-Roth habe ich einen alten Arbeiter getroffen, der kannte Ihren Onkel Emil gut. Der verriet mir, Emil Richter sei ein heller Kopf und ein großer Säufer gewesen.«

»Hab ich Ihnen doch letztes Mal auch gesagt. Der Emil ist ein schlauer Kerl. Wenn er nicht so viel gesoffen hätt ...«

»Und Sie sind sich sicher, dass er noch in Amerika ist?«

Der Dicke nahm die Pfeife aus dem Mund. »Sie fragen mich Sachen.« Er nahm einen Schluck. »Meinen Sie, der ist irgendwo in Deutschland und lacht sich einen Ast über seine dummen Verwandten in Gaildorf?«

»Hab ich nicht behauptet.«

»Aber gemeint.« Er grinste seinen Besucher an: »Nicht gackern, erst legen!«

»Bitte?«

»Schwäbisch! Hühner gackern nur, wenn sie schon gelegt haben.«

»Aha!«

»Also, warum meinen Sie, er könnte nicht mehr in Amerika sein?«

»Ich weiß gar nichts über Ihren Onkel. Ich weiß nur, dass in meinem Wohnzimmer ein Bild hängt, gemalt von einem Emil Richter. Und als das Bild vorletzte Woche untersucht worden ist, hat sich herausgestellt, dass Emil Richter gar nicht der Maler ist.«

Der Glatzköpfige lachte dröhnend. Er konnte sich gar nicht beruhigen. »Das ...«, er holte tief Luft, »... das passt zu meinem Onkel Emil. Ein Hochstapler! Ein Bilderfälscher!« Er lachte wieder, die ganze Oktave rauf und runter. »Und hat er wenigstens schöne Bilder gefälscht, mein Onkel Emil?«

Fischer stimmte in das fröhliche Lachen ein. »Wunderschöne Bilder.«

»Ja, mein lieber Onkel Emil weiß, was gut ist.«

Sein Neffe nahm einen großen Schluck, wischte sich mit dem Handrücken über den Mund und steckte sich wieder die Pfeife zwischen die Zähne. »Aber ...«, er wurde ernst, »Sie haben doch gemeint, dass mein Onkel vielleicht gar nicht mehr in Amerika ist. Warum?«

»Irgendjemand hat das Bild gekauft. Nicht gestohlen, gekauft. Das steht fest. Und dann hat irgendwer den Namen auf dem Bild gefälscht.«

»Sie meinen, der Irgendjemand und der Irgendwer sind nicht zwei verschiedene Leute? Das ist ein und derselbe Spitzbube?«

»Sie sind auch ein schlauer Kopf, verehrter Herr Richter.«

»Hab ich geerbt. Von meinem Onkel in Amerika.« Er nahm noch einen Schluck. »Aber Emil Richter gibt's wahrscheinlich viele auf der Welt. Warum soll gerade mein Onkel Emil dieser Bilderfälscher sein?«

Fischer grinste. Der Mann gefiel ihm. Der beherrschte wirklich das kleine Einmaleins.

»Zwei und zwei sind vier, Herr Richter. Nummer eins: Mein Vater stammt aus Gaildorf. Nummer zwei: Er hat Bäcker bei seinem Vater gelernt. Nummer drei: In der Bäckerei war zur selben Zeit ein gewisser Emil Richter Bäckerlehrling. Nummer vier: Mein Vater schenkt mir ein Bild, auf dem der Name Emil Richter steht.«

»Einen Moment.« Der Dicke stemmte sich, die linke Hand auf dem Tisch und die rechte auf der Stuhllehne, mit großem Ächzen auf die Füße und verließ den Raum. Es dauerte einige Zeit, bis er wiederkam und eine Zigarrenschachtel auf den Tisch stellte.

»Meine Familiengeschichte«, er setzte sich und grinste schelmisch. »Lauter Weltgeschichte. Aber aus Gaildorf.«

Fischer riss die Augen auf, als sein Gastgeber Fotos aus der Schachtel nahm, die ihn als Soldat zeigten, dazu allerlei Abzeichen vom Turn- und Gesangverein und Andenken an die Verwandtschaft.

»Das hier, verehrter Herr Fischer«, er hielt seinem Gast eine vergilbte Fotografie unter die Nase, »ist kein Gemälde von meinem Onkel Emil. Aber trotzdem ist er wie gemalt drauf.«

Er deutete auf einen strammen Burschen mit Mütze und Schnauzbart, dem eine lange Pfeife aus dem Mund hing.

»Das ist er, mein Onkel Emil.«

Fischer nahm die Fotografie in die Hand und studierte eingehend die Gesichtszüge und die Kleidung des Mannes: Schaftstiefel, Lederhose, breiter Gürtel, Weste mit vielen Knöpfen und darüber ein kurzleibiger Kittel. »Wo ist das?«

»Wenn ich's recht weiß, vor der Bäckerei Ihres Großvaters.«

»Dann ist ...?«

Der Glatzköpfige nahm seinem Gast das Foto aus der Hand. »Richtig! Der Mann in der Mitte, das dürfte Ihr Großvater sein. Er hat doch die weiße Bäckerschürze an.«

Fischer war aufgestanden und hinter den Dicken getreten. »Und wer ist der Mann daneben?«

»Das ...«, Eugen Richter dachte angestrengt nach und drehte das Foto hin und her, »... das ...«, er kratzte sich hinterm Ohr, »... das ist wahrscheinlich unser Schmied. Der Gottlieb Walter. Neben der Bäckerei ist seine Schmiede gewesen. Ich erkenne ihn am bodenlangen Lederschurz und an seinem Grinsen. Der Walter ist schon vor bald zwanzig Jahren gestorben. Aber gegrinst hat er bis zur letzten Stunde.«

»Neben dem Schmied steht noch einer ...« Fischer deutete mit dem Finger darauf.

»Das ist unser Wagner.« Der Dicke lachte seinen Gast über die Schulter an. »Der Bäcker, der Schmied und der Wagner waren gute Freunde. Im Gesangverein haben sie im ersten Bass gesungen.«

»Und der junge Mann neben Ihrem Onkel?«

»Au! Wenn ich das ...« Er unterbrach sich selber. »Natürlich«, er zögerte, »das kann nur ... ich bin mir aber nicht ganz sicher ... das kann nur Ihr Vater sein.«

Fischer setzte sich wortlos.

Richter schob ihm die Fotografie über den Tisch. »Nehmen Sie's mit und bringen Sie's wieder.«

Er grinste seinen Gast an. »Leute wie Sie sind bei mir immer willkommen.«

»Ich bringe sie Ihnen wieder. Versprochen!«

✧

Am späten Abend saß Friedrich Fischer in einem Gasthaus, ganz in der Nähe vom Pfarrhaus, in dem Steinhauser residierte. Zu gerne wäre er dem Pfarrer über den Weg gelaufen, um ihn aus seiner Selbstgefälligkeit aufzuschrecken. Aber es hatte nicht sollen sein.

Vor ihm stand ein Bier, daneben lag die Fotografie, die ihm Eugen Richter geliehen hatte.

Wieder und wieder studierte er die Gesichter, die ihm fremd waren und die doch so großen Einfluss auf sein Leben hatten.

Der Großvater mit seinem langen, weißen Schurz und dem glatt rasierten Gesicht schaute müde, aber zufrieden in die Welt. Vielleicht hatte er zu lange vor der Kamera posieren müssen. Dreißig Sekunden musste man damals stillstehen, wenn man fotografiert werden wollte.

»Prosit Großvater!« Fischer flüsterte dem Foto zu und trank auf das Wohl des Abgebildeten.

Sein Vater stand ganz links, nicht neben dem Großvater. Das ließ doch tief blicken. Zierlich wirkte er auf diesem Bild, der etwa siebzehnjährige Bäckerlehrling, ein ängstlicher junger Mann ohne Selbstbewusstsein mit einem unscheinbaren Gesicht. Auch war er nicht sehr groß. Der weiße Schurz war noch das Größte an ihm.

»Na«, murmelte Fischer anerkennend, »du hast dich gemacht. Bist ein kräftiger Seemann und ein strammer Bäcker und Konditor geworden. Gratuliere. Aber mit deinem Kollegen, dem Emil Richter, hast du es nicht aufnehmen können, stimmt's? Der war dir über.«

Selbstsicher stand Emil Richter neben seinem Chef. Als einziger der fünf Männer trug er keinen Arbeitsschurz. Als Einziger hatte er eine Pfeife im Mund und einen Schnauzbart unter der Nase. Der leibhaftige Pfiffikus. Ein geborener Hochstapler?

Fischer steckte die Fotografie in die Brusttasche seiner Jacke, erhob sich und ging an den Schanktisch. Auf der Seite lagen ein paar Ansichtskarten von Gaildorf aus. Er nahm eine und zeigte sie dem Wirt. Als dieser zustimmend nickte, kehrte er wieder an seinen Platz zurück.

Stadtkirche St. Veit, Gaildorf, 1868 bis auf die Grundmauern niedergebrannt, 1870 wieder eingeweiht. Er las den aufgedruckten Text und betrachtete das Bild auf der Ansichtskarte.

Er dachte lange nach. Dann zog er seinen Füllfederhalter aus der Jacke und schrieb auf die Karte: *Lieber H. Ginther, keine Spur zu Richter. Suche einstellen? Foto gefunden: E.R., Vater und*

Großvater drauf. Alle 4 Richter-Gemälde sind echte Ginther. Grüße, Ihr Friedrich Fischer.

Die letzten vier Wörter passten nicht mehr auf das Schreibfeld, deshalb schrieb er sie vorn auf die Fotografie, quer über die Kirchturmspitze.

»Au!«, entfuhr es ihm, »die Adresse? Was mache ich jetzt?«

Er stemmte beide Ellbogen auf den Tisch und legte sein Gesicht in die Hände. Mit geschlossenen Augen dachte er nach. Die heitere Miene, die er kurz darauf zeigte, verriet, dass er eine Lösung gefunden hatte.

Zu was trug er immer das Handbuch der deutschen Süßwarenindustrie mit sich herum, wenn er auf Reisen war? Gleich doppelt waren die Ginther-Werke darin verzeichnet, einmal im fortlaufenden Firmenalphabet unter G und das zweite Mal im Ortsregister unter Würzburg. Die Adresse *Herrn Gustav Ginther, Kunstmaler, Ginther-Schokoladenwaren Würzburg* musste die Ansichtskarte zum richtigen Ziel bringen.

November 1909

Deutsches Reich: *Deutschland erregt sich über einen Rektor aus Barmen, der einen Schüler auf offener Straße rauchen sah. Er ohrfeigt ihn. Der Junge fällt hin, wird von einer Straßenbahn überfahren und verblutet auf der Straße. Die aufgebrachte Menge will den Rektor lynchen. Nur massives Polizeiaufgebot kann das verhindern* • Deutsches Reich: *Nach Ansicht des Reichsarbeitsgerichts ist es dem Arbeitgeber unbenommen, Mitglieder gewerkschaftlicher Organisationen nicht aufzunehmen oder zu entlassen* • Sachsen-Anhalt: *10 000 Mansfelder Bergarbeiter streiken gegen die Maßregelung gewerkschaftlicher Vertrauensleute durch die Zechenherren und für die volle Gewährleistung des Koalitionsrechts. Um den Streik zu unterdrücken, wird mit Maschinengewehren ausgerüstetes Militär in das Streikgebiet entsandt. Am 13. November muss der Streik ergebnislos abgebrochen werden* • Frankfurt am Main: *Die erste Fluggesellschaft der Welt, die »Deutsche Luftschifffahrt-Aktiengesellschaft« (Delag), wird gegründet* • Baden: *Der erste elektrisch angetriebene Skilift der Welt wird in Triberg (Schwarzwald) installiert und lockt Skifahrer und Rodler zum Wintersport* • Grossbritannien: *Regierungskrise in London. Das britische Oberhaus lehnt den vom Unterhaus verabschiedeten Haushaltsentwurf ab, weil darin die Einführung einer Sozialversicherung und einer Mindestrente vorgesehen ist* • Grossbritannien: *Der französische Rennfahrer Victor Héméry erreicht auf einer englischen Rennstrecke mit einem in Deutschland gebauten »Blitzen-Benz« einen neuen Geschwindigkeitsweltrekord (202,7 km/h)* • London: *Internationaler Karto-*

grafentag. Neue Weltkarten werden diskutiert und vereinbart • Österreich: *Die Operette »Der Graf von Luxemburg« von Franz Lehár wird bei der Uraufführung in Wien mit stürmischem Beifall aufgenommen und beginnt nach über 300 Vorstellungen in Folge ihren Siegeszug um die Welt* • Österreich: *Der 34-jährige Autokonstrukteur Ferdinand Porsche lenkt ein Luftschiff über Wien* • Österreich: *Der Wiener Eduard Engelmann konstruiert die erste künstliche Eislaufbahn im Freien* • Norwegen: *Die Bergbahn zwischen Christiania (1925 in Oslo umbenannt) und der alten Hansestadt Bergen wird eröffnet* • USA: *Präsident Taft verkündet in Washington, der Hafen von Pearl Harbor auf Hawaii werde zum größten Marinestützpunkt im Pazifik ausgebaut* • New York: *Uraufführung der »Suite nach den Orchesterwerken von Johann Sebastian Bach«, bearbeitet von Gustav Mahler. Es spielen die New Yorker Philharmoniker unter Mahlers Leitung.*

Donnerstag, 11. November 1909

»Kein Braten heute, Mama?« Günther sah seine Mutter empört an.

»Aber Günther!« Maria lächelte verzeihend. »Heute ist doch Martinstag. Hast du das vergessen?«

»Die Martinsgans gestern Abend war wohl zu fett für ihn.« Gertrud zwinkerte ihrer Mutter zu. »Wir müssen leise sein.« Sie beugte sich zu Maria hinab und flüsterte ihrer kleinen Schwester ins Ohr, aber so laut, dass es jeder am Tisch hören konnte. »Pst, er verdaut noch.«

Die Mutter verzog keine Miene, aber ihr Bauch rüttelte; sie konnte sich das Lachen gerade noch verbeißen.

Gustav Ginther saß apathisch am Tisch, stierte auf seinen Teller und schwieg, wie in den letzten Tagen häufig.

Seine Frau warf ihm besorgte Blicke zu. Hatte Doktor Guttenberg im Frühjahr noch von Neurasthenie gesprochen, so mutmaßte er jetzt, der Maler gleite nun in eine ernsthafte Depression hinüber und verstricke sich in Selbstvorwürfe und Selbstmitleid.

»O Gott«, Günther schlug sich mit der flachen Hand an die Stirn. »Adventsfasten! Hab ich ganz vergessen. Himmel hilf, jetzt gibt's sechs Wochen lang nur schmale Kost.«

Gertrud und Max lachten.

Maria, die längst bemerkt hatte, dass ihr Vater mit den Gedanken woanders war, strahlte ihn an: »Nimm doch Karottengemüse, Papa! Guck, so wie ich! Schmeckt gut zu den Kartoffeln.« Sie reichte ihrem Vater mit beiden Händen die Schüssel.

Er blickte verwirrt auf, sah matt, aber liebevoll seine Jüngste an und nahm ihr die Karotten ab.

»Du weißt, Gustav, wir müssen uns beeilen. Gleich haben wir beim Notar einen Termin.«

Er nickte. »Geht es um die Schokoladenfabrik, Mama?«

»Günther«, sagte Christine Ginther mit vollem Mund, bedeckte mit der linken Hand ihre Lippen und schluckte zweimal, »das ist alles längst geregelt. Auch dein Einstieg in die Firma.« Sie warf ihrem Mann nochmals einen sorgenvollen Blick zu und wandte sich dann wieder an ihren Ältesten: »Wahrscheinlich verkündet der Notar, was deinem Großvater noch so alles vor seiner plötzlichen Abreise eingefallen ist.«

Gertrud nahm einen großen Schluck aus ihrem Glas und fragte ihre Mutter: »Warum braucht er dazu einen Notar?«

»Damit niemand hinterher behaupten kann, Großvater hätte nicht alles ordentlich geregelt.«

»Stimmt das, Papa?«, wandte sich Gertrud mit großen, blauen Augen an ihren Vater.

»Nicht ganz.« Gustav Ginther erwiderte nicht den Blick, sprach vor sich hin, mit hängenden Schultern und kraftlos in der Mimik. »Dein Großvater hat in den letzten vierzig Jahren geschuftet für zwei, die Fabrik aufgebaut, drei Süßwarenläden eröffnet, aber sich nie eine Pause gegönnt.« Er stützte seinen Kopf in die linke Hand. »Wenn er nun für ein Weilchen fort ist, will er, dass alles so weiterläuft wie bisher.«

»Und deshalb«, warf Günther altklug dazwischen, »hat er bei Doktor Prößl ein Schreiben hinterlegt, wer welche Aufgaben hat und wie viel mir gehört.« Er grinste, denn er wollte provozieren.

»Du gehst ganz bestimmt leer aus, du alter Besserwisser«, schimpfte Gertrud.

»Angeber!«, zischte Max.

Günther sah seinen Vater mit zusammengekniffenen Augen an, doch der zuckte nur die Achseln.

»Beeil dich, Gustav! Wir kommen sonst zu spät.« Die Hausherrin drängelte.

Ihr Mann gehorchte sofort, legte das Besteck auf den Teller, trank sein Wasserglas leer und wischte sich mit der Serviette über den Mund. Mit den Oberschenkeln schob er seinen Stuhl zurück, stand auf und faltete die Serviette neben seinem Teller zusammen. »Ich komme«, flüsterte er, ohne jemanden anzusehen.

»Helene, du räumst ab!«, wies die Hausherrin das Dienstmädchen an. »Komm endlich, Gustav!« Sie eilte aus dem Zimmer und hielt ihrem Mann die Tür auf.

Kurz darauf verließen die Ginthers ihre Wohnung, in formeller Besuchskleidung, mit Mantel, Hut und Handschuhen.

»Und wenn's draußen regnet, Gustav?«

»Du hast Recht, Christine.« Er eilte zurück und kehrte mit einem großen Schirm wieder.

Es nieselte, und es war kalt.

Christine hakte sich bei ihrem Mann unter. Arm in Arm überquerten sie die Parkanlagen vor der neuen Universität und reihten sich auf der Sanderstraße in die Schirmprozession der Einkaufsbummler, Dienstboten und Studenten ein.

»Hätten wir ein Automobil, dann müssten wir jetzt nicht durch den Regen patschen«, nörgelte sie.

»Die paar Schritte.«

»Georg hat gemeint, wir sollten uns auch ein Automobil zulegen. Ich finde, er hat recht. Dann könntest du jederzeit in die Natur hinausfahren und malen.«

Er schwieg.

»Auch dein geliebtes Taubertal könntest du dann öfters mit dem Automobil erreichen. Und bequem wär's auch.«

»Dafür jedes Mal fünf Gottlieb-Daimler-Gedenkminuten, bis das Auto startklar ist?« Er schüttelte den Kopf.

»Aber du wärst viel häufiger an der frischen Luft.«

»Bis das Auto startklar wäre, sind wir zweimal zu Fuß zum Notar und zurück.«

✧

Als sie an der Haustür des Notariats am Marktplatz klingelten, öffnete ihnen Doktor Prößl persönlich. »Willkommen, gnädige Frau.« Er reichte der Besucherin die Hand, bat um den nassen Schirm und begrüßte den Maler mit einem besonders herzlichen Handschlag: »Ich freue mich, Sie wieder einmal in meinem Haus zu sehen, verehrter Herr Ginther.«

Das Hausmädchen knickste und nahm den Besuchern Mäntel, Hüte und Handschuhe ab.

Der Notar ging in sein Büro voraus. Georg Ginther und seine Frau Margret warteten schon.

Während sich die Verwandten begrüßten und im Stehen plauderten, servierte Doktor Prößl den Damen süßen Sherry. Den Herren bot er Zigarren und Kirschwasser an. Gustav Ginther lehnte beides dankend ab. Sein Bruder gönnte sich eine Zigarre. Er schnitt sie mit einem silbernen Messer an, das ihm der Notar reichte.

Sie setzten sich in dem geräumigen Büro um den großen Besprechungstisch.

»Dass er einfach so fort ist. Auf und davon, ohne ein Wörtchen zu sagen. Hätt ich nicht von ihm gedacht.« Georg legte die Stirn in Falten.

Sie vertieften sich in allerlei Spekulationen über die wahren Gründe, die den alten Ginther veranlasst haben könnten, Knall auf Fall auf Weltreise zu gehen.

»Und in dem Alter.« Margret schüttelte den Kopf.

»Mutters Tod hat ihm arg zugesetzt«, meinte Christine, »seit Februar ist er aus dem Gleis.«

»In den letzten zwanzig Jahren hat er keinen freien Tag mehr gehabt.« Georg paffte an seiner Zigarre und streifte die Asche in die bereitgestellte Kristallschale.

»An acht von sieben Wochentagen hat er für die Fabrik und für seine Kunden geschuftet«, stellte Margret fest. »Dazu zwei, drei anstrengende Kundenfahrten im Jahr durch ganz Deutschland.«

Gustav nickte seiner Schwägerin zu.

Georg bekräftigte das allgemeine Gefühl: »Nichts wie weg, hat er sich wohl gedacht. Von all seinem Reichtum hat er doch nichts gehabt. Nur schaffen, hetzen, rackern, schuften. Das war doch kein Leben mehr.«

»Sie wissen sicher«, bekannte der Notar, »dass Ihr Vater mich in letzter Zeit oft aufgesucht hat.«

»Höre ich zum ersten Mal.« Georg war sichtlich irritiert. Eigentlich wusste er immer über alles Bescheid. Auf allem hatte er den Daumen drauf, genau wie sein Vater. »Oft war er bei Ihnen? Oft?«

»Ja, oft! Mein Freund Georg befand sich zweifellos in einer Lebenskrise.« Prößl führte seine Zigarre zum Mund und schloss die Augen. »Der Tod seiner Frau, die Arbeitsüberlastung...«, er paffte, »... und neuerdings auch noch gesundheitliche Probleme. Schlaflos hat er sich durch die Nächte gequält.«

Der Notar legte die Stirn in Falten und sah nachdenklich in die Runde. Neulich habe ihm der Familienpatriarch gestanden, so könne und so wolle er nicht mehr weiterleben.

Gustav Ginther staunte den Notar mit offenem Mund an. Dass sein Vater neuerdings jeden Tatendrang vermissen ließ, das hatte er selbst beobachtet. Dass er aber schon so weit abgewirtschaftet hatte, das war ihm entgangen.

» ›Joseph‹, hat er mir gebeichtet, ›ich muss wieder zu mir kommen. Ich muss mein Leben neu sortieren‹.« Der Notar betrachtete versonnen das Stillleben, das über seinem Schreibtisch hing. »Das hat er mir beim letzten Treffen gesagt.« Er stieß eine große Rauchwolke aus. »Ich kann Ihren Vater gut verstehen. Übrigens hat er mir auch verraten, dass er Sie nicht mit seinen Sorgen und Nöten belasten wollte.«

Sie spekulierten über die plötzliche Abreise des Patriarchen, machten sich Gedanken über die innere Unrast des alten Schokoladenbarons, nippten am Sherry, am Kirschwasser, nur Gustav nicht. Er saß teilnahmslos da, hilflos und apathisch, während Prößl seine glimmende Zigarre auf den Rand der Kristallschale legte, sich erhob und einen Aktendeckel vom Schreibtisch nahm. Dann setzte sich der Notar wieder auf seinen Platz, breitete in aller Ruhe mehrere Schriftstücke vor sich auf dem Tisch aus und wartete, bis das Gespräch endete.

Er räusperte sich, blickte lächelnd in die Runde und begann zögernd zu sprechen: »Ihr Vater hat mich über alle Einzelheiten seiner Reise in Kenntnis gesetzt. So überstürzt, wie es Ihnen vielleicht scheinen mag, war seine Abreise beileibe nicht.«

Georg konnte es noch immer nicht fassen, dass er davon nichts mitbekommen hatte. Wieder und wieder schüttelte er den Kopf. »Mir hat er kein Sterbenswörtchen gesagt. Ich kann es nicht glauben. Er hat mir doch sonst alles anvertraut.«

Prößl zuckte mit den Achseln.

»Warum spricht er mit Ihnen über alles, Herr Doktor? Warum nicht mit uns? Warum nicht mit mir? Mir hat er doch seine Firma anvertraut, sein Lebenswerk.«

»Sie dürfen sein Verhalten nicht als Kritik auffassen. Seine schnelle Abreise drückt nicht mangelndes Vertrauen in seine Verwandtschaft aus.« Prößl hob abwehrend die Hände. »Das genaue Gegenteil ist der Fall. Wie ich weiß, befürchtete Ihr Vater, Sie könnten ihn von seinem Entschluss abbringen.«

Georg war ärgerlich und schüttelte in einem fort den Kopf.

»Nehmen Sie es als Zeichen der Zuneigung«, beharrte der Notar auf seiner Meinung. »Er wollte Ihnen nicht wehtun. Er hat keinen anderen Ausweg mehr gesehen.« Prößl breitete die Arme aus, als wolle er das Thema beenden. »Ihr Vater braucht jetzt Abstand und Ruhe. Gönnen Sie ihm das. Bitte!«

»Beruhige dich, Georg«, meldete sich Gustav leise zu Wort. »Doktor Prößl gibt doch nur das wieder, was Vater uns nicht selber beichten wollte. Vielleicht hatte er nicht mehr die Kraft dazu. Ich kann ihn verstehen. Also lass gut sein, Georg.«

»Ihr Vater hat in den letzten Wochen sehr sorgfältig an seinem Testament gearbeitet.« DerNotar steuerte jetzt energisch auf den eigentlichen Anlass ihres Zusammentreffens zu. »Öfters war er deswegen bei mir. Noch am Tag vor seiner Abreise saß er hier an diesem Tisch. Der Termin kam nicht spontan zustande. Er war im Voraus geplant.«

Georg fiel der Unterkiefer herab. Mit offenem Mund staunte er Prößl an.

Der Notar sah es, lachte in sich hinein, denn der arrogante Kerl ging ihm auf die Nerven, und setzte mit gleichmütiger Miene hinzu: »Ihr Vater unterzeichnete das Testament. Dann bat er mich, es Ihnen nach seiner Abreise förmlich zu eröffnen …«, er suchte nach dem richtigen Wort, »… und vor allem zu erklären.«

Die Besucher musterten den Notar, voller Erwartung, und schwiegen.

»Das Testament ist sehr umfangreich und deshalb in sechs Abschnitte gegliedert.« Doktor Prößl deutete auf das vor ihm liegende amtliche Dokument. »Wenn Sie einverstanden sind, dann gebe ich Ihnen zunächst einen Überblick, damit sie besser verstehen, was ich Ihnen anschließend wörtlich vorlesen muss. Das ist leider Vorschrift.«

Die beiden Brüder und ihre Ehefrauen stimmten kopfnickend zu. Sie hatten es jetzt eilig, die Botschaft ihres Vaters zu hören.

»Gut. Dann fasse ich zuerst die Wünsche Ihres Vaters mit meinen eigenen Worten zusammen.«

Doktor Prößl nahm ein Blatt Papier zur Hand, setzte sich die Lesebrille auf und lehnte sich auf seinem Stuhl zurück.

Kein Geräusch und kein Wort hielten ihn auf.

»*Erstens* geht es um die Schokoladenfabrik. Ihr Vater erinnert an die notarielle Regelung, die wir vor vier Jahren getroffen haben. Georg leitet als gelernter Kaufmann die Firma, er schüttet seinem Bruder Gustav den vereinbarten Anteil am Firmengewinn aus und nimmt Gustavs ältesten Sohn Günther nach dem Studium als technischen Leiter und Prokurist in die Firma auf.«

Prößl setzte die Brille wieder ab und blickte von einem zum anderen. »Fragen?«

Georg zwinkerte seinem Bruder zu. »Wollen wir hoffen, dass dein Ältester weiterhin Interesse an der Chemie hat.« Er breitete die Hände aus, als wolle er seinen Neffen in die Arme schließen. »Wenn wir unseren eigenen Chemiker haben, dann sind wir unschlagbar. Vielleicht kann sich Günther während seines Studiums auf die Herstellung von Süßwaren spezialisieren.«

»Günther ist praktisch veranlagt«, pflichtete Christine ihrem Schwager bei. »Er muss immer alles ausprobieren. Lass ihn doch in deiner Firma experimentieren. Wenn er deinen Fachleuten zuhören darf, Georg, dann ist das der richtige Köder für ihn.«

»Danke für den Hinweis, Christine. Schick ihn zu mir. Ich richte ihm einen Experimentiertisch in unserem Labor ein.«

»*Zweitens*...«, Doktor Prößl lächelte in die Runde, »... zweitens bittet Ihr Vater darum, seine Wohnung auszuräumen und die Möbel, die ein Witwer unbedingt braucht, irgendwo in der Firma unterzustellen. Alles Übrige sollen Sie verkaufen oder aufteilen.«

»Der macht reinen Tisch.« Georg staunte. Er hatte seine Fassung immer noch nicht wiedergefunden.

Die Schwägerinnen dagegen waren schon beim Verteilen. Sie zählten kurz auf, welche Möbel für einen alten Herrn wohl unverzichtbar seien. Es war eine kurze Liste. Und sie einigten sich rasch, auf welche Möbel man verzichten könne. Ohne ihre Männer eines Blickes zu würdigen, verständigten sie sich darauf, nichts zu verkaufen, sondern die überzähligen Stücke in ihren Haushalt einzustellen. Einwände wiesen sie zurück. Ihr Schwiegervater könne so, wenn er es sich nach seiner Rückkehr anders überlegen sollte, wieder seine vertrauten Möbel haben.

»*Drittens* hat mein Freund Georg für beide Söhne bei der Volksbank Würzburg je zehntausend Mark in fünfprozentige Goldeinlagen einbezahlt. Die jährlichen Erlöse dürfen nicht ausbezahlt werden, sondern müssen wieder in diese Einlagen investiert werden.«

»Wieso das?«, fragte Georg. »Hält er Papiergeld für nicht sicher? Oder misstraut er uns?«

»Bitte keine Unterstellungen, lieber Herr Ginther«, bat der Notar. Er sagte es sehr bestimmt. »Ihr Vater hat sich viel Kopfzerbrechen gemacht. Er befürchtet, die Krisen auf dem Balkan könnten von heute auf morgen in einen Krieg ausarten. Er hält Kaiser Wilhelm für kriegslüstern.«

Die Besucher sahen den Notar mit großen Augen an und schwiegen betreten.

Doktor Prößl legte sein Übersichtsblatt auf den Tisch. »Ich war dabei, als Bankdirektor Seisser von der Würzburger Volksbank Ihren Vater beraten hat. Kommt ein Krieg, meinte Seisser, dann braucht der Kaiser Geld. Viel Geld fürs Militär braucht er dann. Mehr als die Staatskasse hergibt. Also wird seine Majestät Tag und Nacht die Druckmaschinen laufen lassen und neues Geld drucken. Die Folge? Inflation! Und um die zu mildern, wird Kaiser Wilhelm die Bevölkerung auffordern, allen Schmuck fürs Vaterland zu spenden. Gold gab ich für Eisen! Alles schon einmal da gewesen, meinte Seisser. Nur Goldeinlagen seien dann gegen Inflation sicher und vor allem vor staatlichem Zugriff geschützt. Goldeinlagen seien im Kriegsfall die eiserne oder, besser gesagt, die goldene Reserve für die Nachkriegszeit. Deshalb beharrt Ihr Vater auf diesem Punkt. ›Die Goldanlagen dürfen nicht in Papiergeld umgetauscht werden‹, hat er angeordnet. Außer, es herrscht unbeschreibliche Not!«

»Der denkt ja um vier Ecken herum«, meinte Georg anerkennend.

Gustav korrigierte seinen Bruder sanft: »Er denkt über den Tag hinaus.«

Christine fragte: »Weiß jemand, wie lange er fortbleiben will? Das klingt ja fast so, als ob er vielleicht gar nicht mehr wiederkommen will.«

»Ihr Vater ist ein schlauer Fuchs. Und ein umsichtiger und besorgter Mann dazu«, meldete sich der Notar wieder zu Wort. »Er rechnet mit einem baldigen Krieg. ›Wenn ich irgendwo auf der Welt herumfahre und in Europa herrscht plötzlich Krieg‹, gestand er mir, ›dann kann ich vielleicht für längere Zeit gar nicht nach Hause‹.«

»Warum ist er dann überhaupt fort? Hals über Kopf! Warum, wenn er mit einem Krieg rechnet?« Georg war ärgerlich und ratlos zugleich.

»Das habe ich ihn auch gefragt. Und er hat mir geantwortet: ›Kommt der Krieg, dann bin ich machtlos wie alle Deutschen. Dann haben nur noch die Herren Generäle das Kommando, und es regiert der Unverstand. Warte ich zu, dann werde ich vielleicht zu alt oder zu bequem sein, eine solche Reise zu machen. Jetzt oder nie!‹«

»Respekt«, rief Christine. »Er weiß, was er will. Seine Entscheidung ist schlüssig. Haben wir nicht vorhin beklagt, dass er sich nie etwas gegönnt hat?«

Georg und Margret pflichteten der Schwägerin bei und baten den Notar, mit den Erläuterungen fortzufahren.

»*Viertens* überträgt Ihr Vater die beiden Schokoladenhäuser in Würzburg und das Süßwarengeschäft in München zu gleichen Teilen auf seine beiden Söhne Georg und Gustav.«

»Hoppla«, staunte Georg, »unser Vater gibt seine letzten Trümpfe aus der Hand. Der ist mutig.«

»Nein, Georg«, korrigierte ihn seine Schwägerin, »er vertraut uns. Er weiß, dass wir sein Erbe hegen und pflegen und nicht auf den Kopf hauen.«

»Darauf komme ich im sechsten und letzten Punkt zurück«, mahnte der Notar. »Zunächst jedoch der *fünfte Punkt:* Ihr Vater hat sein restliches Vermögen, etwa fünfzigtausend Goldmark, bei der Bayerischen Vereinsbank in der Maxstraße in Wertpapieren angelegt. Falls ihm auf der Weltreise etwas zustößt, soll diese Anlage auf die sieben Enkelkinder überschrieben werden.«

»Hut ab«, Georg nickte anerkennend, »so viel Rücklagen hätte ich ihm nicht zugetraut.«

Doktor Prößl lächelte vielsagend.

Gustav meinte, es freue ihn, dass der Vater so viel für sich zurückgelegt habe.

Margret fügte an, allein mit diesem Geld könne sich ihr Schwiegervater einen angenehmen Lebensabend leisten, wenn er wieder in Würzburg sei.

»Sechstens«, Prößl zog mit der Hand einen Schlussstrich in der Luft, »und das ist der letzte Punkt in seinem Testament, verpflichtet Sie Ihr Vater, sich gegenseitig zu unterstützen. Wer gegen das Testament verstößt oder gegen Bruder oder Schwager oder Schwägerin klagt, verliert seinen Erbanspruch. Geerbt wird nur bei Einigkeit.«

Georg lachte laut auf: »Typisch Vater. Nicht mehr da, aber trotzdem auf allem den Daumen drauf.«

Christine lächelte den Notar zufrieden an. Sie dachte schon an die nächsten Monate und Jahre und fragte wissbegierig: »Herr Doktor Prößl, Hand aufs Herz! Kennen Sie seine Reiseroute? Ist er allein unterwegs? Wissen Sie Genaueres?«

»Er sei mit einem befreundeten Gewürzhändler aus Rotterdam auf dem Weg in die deutsche Südsee. Zuerst Bismarckarchipel, dann Neuguinea, Samoa und Marianen. Er wolle neue Gewürze entdecken und sich unterwegs ein paar neue Süßigkeiten ausdenken.«

Georg lachte. »Da ist er wieder, Georg der Erste. Dachte ich mir's doch! Ja, so kenne ich ihn. In ein paar Monaten oder in einem Jahr kommt er fidel zur Türe herein und grinst über beide Ohren: Ich hab euch etwas mitgebracht. Und ich hab mir auch was Neues ausgedacht.« Er ahmte die hohe Stimme des Vaters nach. »Und dann haut er die Konkurrenz in Grund und Boden.«

Gustav zog die Augenbrauen hoch. »Wie lange wird er fort sein? Hat er dazu etwas hinterlassen?«

Der Notar legte den Kopf schief. »Das wisse er selbst nicht. ›Einmal will ich mir Zeit nehmen‹, hat er geseufzt, ›Zeit nur für mich‹. Ich persönlich schätze, vielleicht ein Jahr.«

»Kann man ihn denn in der Südsee erreichen, wenn etwas Dringendes zu klären wäre?«

»Er hat mir zwei Adressen hinterlassen. Beide postlagernd in der Südsee bei den dortigen deutschen Kolonialbehörden. Er bittet Sie«, der Notar wies mit der Hand auf Gustav hin, »ihm zu schreiben. Aber erst bis Ende Februar, Anfang März. Bis dahin werde er mit Sicherheit die erste Adresse erreicht haben.«

Georg warf seinem Bruder einen zornigen Blick zu. »Du sollst ihm schreiben?« Er betonte das Du, ja er schrie es fast heraus. »Warum du?«

Gustav Ginther lächelte verzeihend. »Warum nicht? Geschäftliches will er bestimmt nicht hören. Sonst wäre er ja hier geblieben.«

Sie plauderten über die Schnurren des Firmenpatrons und über seinen einstmals straffen und kargen Lebensstil.

»Meinst du«, fragte Georg seinen Bruder, »er wird sich ändern? Kann man sich in seinem Alter überhaupt noch ändern?«

»Ich hoffe es sehr für ihn«, raunte Gustav.

Georg konnte ein Nasenrümpfen kaum unterdrücken. »Du kennst ihn doch genauso gut wie ich. Bei seiner geringen Begabung zum Nichtstun und zum Träumen habe ich da meine Zweifel.«

»Vielleicht hilft ihm eine Südseeschönheit dabei. Bei Paul Gauguin war es jedenfalls so«, meinte Gustav.

Die beiden Damen lachten.

Georg schien die Fassung zu verlieren. Eine neue Frau könnte die Spielregeln ändern. »Wer bitte?«, fragte er.

»Paul Gauguin, der berühmte Maler.«

Georg zog die Augenbrauen hoch, als wollte er andeuten, ein Maler in seiner Umgebung reiche ihm.

Christine ließ sich davon nicht beeindrucken. »Gauguin ist 1890 in die Südsee gereist.« Sie lächelte ihren Schwager milde an. »Er hat auf der Insel Tahiti in den Armen einer Inselschönen die ganze französische Kultur verlernt und sein ganzes Wissen und Können als erfolgreicher Bankier vergessen. War's nicht so, Gustav?«

Gustav nickte, und Georg lachte schallend. »Zutrauen? Nein, zutrauen tu ich's ihm nicht, aber gönnen tät ich's ihm schon.« Er hatte blitzschnell erfasst, dass eine neue Schwiegermutter aus der Südsee in Würzburg keinen Schaden anrichten konnte. »Uns und die Firma kann's nicht beeindrucken. Sein Vermögen ist ja hier.«

»Ja, die Frauen«, der Notar warf den beiden Damen einen spitzbübischen Blick zu, »überall mischen sie mit, überall sind sie auf dem Vormarsch. Jedes Jahr erobern sie sich ein neues Königreich. In Finnland sind sie in diesem Frühjahr sogar ins Parlament eingezogen.«

Georg lachte ironisch. »Als Putzfrauen und ein paar auch als Abgeordnete ...«

»Männer! Männer!« Seine Frau fiel ihm harsch ins Wort. Sie machte eine ärgerliche Handbewegung. »Es wird Zeit, dass auch wir Frauen in Deutschland Häuser und Kirchen anzünden.« Sie blitzte ihren Mann an. »Wie in England. Und das Parlament belagern!« Sie lachte ihrer Schwägerin zu. »Das wäre ein Spaß, wenn wir Frauen mit Pickelhauben in den Reichstag einmarschieren würden.«

»Die Frauen beherrschen sogar schon das Theater. Und auch in den Opernhäusern geben sie demnächst den Ton an.« Der Notar war auf der Lauer, ob sich bei dem Thema irgendwo Widerstand oder Ärger zeigte. »Wussten Sie, dass in den nächsten Tagen erstmals eine Frau eine Oper dirigiert?«

»Das ist ja wunderbar«, frohlockte Georgs Frau, sehr zum Ärger ihres Mannes. »Wo denn? Da will ich hin.«

»Marjorie Slaughter heißt die Dame«, erklärte Prößl und beobachtete, dass Georg Ginther die Stirn runzelte.

»Ist die verwandt mit dem englischen Komponisten Walter Slaughter«, fragte Christine Ginther, »der kürzlich verstorben ist und *Alice im Wunderland* komponiert hat?«

»Seine Tochter«, klärte Prößl auf.

»Alice im Wunderland!« Georgs Frau war entzückt. »Wie das schon klingt! Wo ist die Aufführung?«

»In London«, antwortete der Notar.

Georg Ginther atmete tief durch. »In London.« Er warf seiner Frau einen frohlockenden Blick zu.

»Freu dich nicht zu früh«, blaffte ihn Margret an.

Der Notar lächelte vor sich hin, nahm das Testament zur Hand und las seinen Gästen den gesamten Text vor. Wort für Wort.

Dienstag, 16. November 1909

Nach ein paar stürmischen Tagen voller Eisregen und Schnee klarte der Himmel über Würzburg am Vormittag auf. Als die Sonne durch die Wolken brach, sah die Stadt wie frisch gewaschen aus. Die Dächer blitzten. Die Luft war frisch.

Gustav Ginther stand am Fenster seines Ateliers und blickte zwischen den leergefegten Bäumen hindurch auf die neue Universität, die sonst von Laub in allen erdenklichen Grün-, Gelb- und auch Rottönen verdeckt war.

Gestern hatte die Julius-Maximilian-Universität den Todestag des weltberühmten Albertus Magnus gefeiert, der einige Jahre Professor in Würzburg war, bevor er nach Straßburg ging und schließlich in Köln sein Lebenswerk vollendete. Günther und Gertrud hatten beim Abendessen erzählt, auch in der Schule habe man des Albertus Magnus gedacht.

Ach ja, die Schule. Ginther seufzte tief. Seit ein paar Tagen war er von seinen Lehraufträgen beurlaubt. Die lähmende Müdigkeit, die ihn, wie alle Lehrer, nach anstrengendem Unterrichten immer erfasst hatte, war er los. Und doch fühlte er sich schlapp und unausgeschlafen, wie in den Tagen und Wochen zuvor. Waren daran die Medikamente schuld, die ihm Doktor Guttenberg regelmäßig verschrieb?

Er verdrückte sich mit hängenden Schultern in seine Malerecke und setzte sich vor die Staffelei. Seit letztem Mittwoch mühte er sich, endlich wieder ein Porträt zustande zu bringen.

Seine Frau hatte ihn im Juni aufs Kiliani geschleppt, das Volksfest zu Ehren des heiligen Kilian.

»Gustav, du musst unter die Leute«, hatte sie ihn bedrängt, energisch und unerbittlich, wie in den Wochen zuvor.

»Wir haben heuer Kiliani doch vor der Haustür«, hatte er sich gewehrt und auf die Wiese vor der Adalberokirche verwiesen. Dort war ein Heißluftballon verankert, der die zahlenden Gäste so weit über den Boden hob, dass sie einen Rundblick über Würzburg riskieren konnten.

»Das Geschrei hör ich bis in mein Atelier. Da muss ich nicht mehr aufs Volksfest«, hatte er Christine entgegnet.

Es half alles nichts. Seine Frau setzte sich durch, wie immer. Sie gingen aufs Volksfest.

Der Rummel hatte ihn eher geängstigt als aufgemuntert, aber von einer Frauengruppe war er doch beeindruckt. Sie kam aus Siam, Tempeltänzerinnen in bunten Gewändern und pastellfarbenen Seidentüchern, um den Oberkörper geschlungen und um den Kopf gewickelt, grazil und ernst im Tanz, sanft im Rhythmus. Sie wirkten stolz und unnahbar. Noch am selben Abend hatte er ein paar farbige Skizzen aus dem Gedächtnis angefertigt.

Zufällig hatte er letzte Woche die Entwürfe wiederentdeckt und beschlossen, alle Tänzerinnen zu einem einzigen Porträt zu verdichten und eine tanzende Siamesin als Beispiel für alle anmutigen Frauen zu malen. Vor orangerotem Hintergrund das runde Gesicht, die ausdrucksstarken Augen, die aufgeworfenen Lippen, im farblichen Kontrast zum dunklen Ocker ihrer Haut und zum Grün ihres Seidengewands.

Seinem Vater hatte er beim Besuch in Mergentheim vom Chemiker Sennelier erzählt, der in Paris eine Mühle und einen Laden für Farbpigmente betrieb.

»Und was ist das Besondere daran?«, hatte sein Vater nebenbei gefragt, gerade so, als interessiere ihn das nicht.

»Farben von allerhöchster Güte und Intensität sind das«, hatte er seinem Vater geantwortet. »Die französischen Maler und die Pariser Kunststudenten sind Kunden von Sennelier. Die Bilder der Impressionisten verdanken ihre Strahlkraft den Farben von Sennelier.«

»Weißt du«, hatte sein Vater gefragt, »wo dieser Farbenhexer zu finden ist?«

»Am Quai Voltaire, hat Professor Schönleber gesagt, direkt vor dem Louvre und unweit der Kunstakademie. Jeder zweite Passant in der Gegend kennt den Weg zu Sennelier.«

Der alte Ginther hatte geschwiegen. Aber er musste es sich gut gemerkt haben. Denn ein paar Wochen später war er ins Atelier gekommen und hatte wortlos einen großen Karton auf den Tisch gestellt. Darin waren fünf Kreiden von jedem Farbton, den Sennelier herstellte. Ein teures, ein großherziges Geschenk.

Für das Porträt der Tempeltänzerin hatte Gustav Ginther eine Auswahl der neuen Kreiden, nach Farben sortiert, auf einem Tablett bereitgelegt, eine Graupappe mit weißem Gesso grundiert und mit Bimssteinpulver bestreut. Dann hatte er mit einer sandfarbenen Kreide das Gesicht, die Kleidung und das Kopftuch der Siamesin vorgezeichnet und die Farben festgelegt, für die verschiedenen Fleischtöne im Licht und im Schatten, für die Kleidung, den Kopfschmuck und den Hintergrund.

Gustav Ginther wusste, dass Edgar Degas unermüdlich Farbschicht auf Farbschicht aufzutragen pflegte, bis ihm der Farbton passte. Der aufwendige und dicke Farbauftrag hatte den Vorteil, dass diese Bilder haltbarer waren als jene, bei denen die Farbflächen nur ein- oder zweimal bestrichen wurden. Und so konnte man, langsam, tastend, Kreidestrich für Kreidestrich, auf die hellen Töne die dunkleren aufsetzend, Gesichter und Landschaften aus dem Malgrund herauswachsen lassen.

Lesser Ury dagegen bevorzugte den dünnen, schnellen, farbenprächtigen Kreidestrich. Er entstand, wenn man es beim einoder zweimaligen Farbauftrag beließ. Dafür musste man die Pastellfarbe so schnell wie möglich fixieren. Von Ury, den Ginther auf drei oder vier Jahre älter als sich selbst schätzte und der in der *Berliner Secession* schon zu den Großen zählte, hatte er wundervolle Landschaftsbilder und Berliner Stadtansichten gesehen, die ihn immer noch beeindruckten. Urys Pastellfarben, mit kräftigem Strich auf grundiertem Karton aufgetragen und nur wenig mit dem Daumen ineinander verrieben, wirkten kontrastreich und fließend zugleich. Urys Bildnisse waren nicht zeichnerisch angelegt, gaben den Porträtierten nicht realistisch wieder wie eine Fotografie, betonten nicht Konturen, sondern bestanden aus Farbflächen, helleren und dunkleren, die jedes Gesicht wie eine Landschaft modellierten. Lesser Ury wollte offensichtlich mit seinen Porträts nicht abbilden, sondern charakterisieren und interpretieren. Seine Bilder lebten vom Zusammenklang der Farbtöne und strahlten etwas Mystisches aus. Seine Nachtgemälde gefielen Gustav Ginther am besten, Menschen im Laternenlicht oder Straßen mit farbenfrohen Lichtreflexen auf nassem Pflaster. Das waren Darstellungen von atemberaubender Originalität.

Auch Gustav Ginther wollte nicht jedes Detail der Tempeltänzerin ausmalen, nicht fotografisch genau sein, keine Ähnlichkeit mit einer der Gesehenen herstellen. Er wollte einen Gesamteindruck schaffen und Gefühle hervorrufen. Der Stolz und die Anmut der Frau, ihre tiefgründigen Augen und das Unerforschliche in ihrer Mimik sollten den Betrachter beeindrucken, bannen und beunruhigen.

Einen Dreiklang aus Grün, Orangerot und Blau wollte er komponieren, der die Seele wärmt und Optimismus ausstrahlt. Die Harmonien an Farben und Formen sollten vor allem seine eigene Seele verzaubern und den Missklang in seinem Innersten niederringen. Er wollte sich aus seinem Stimmungstief herausmalen.

Die Augen weit aufgerissen, um die Müdigkeit zu überlisten, suchte er eine karminrote und eine goldgelbe Kreide heraus, brach sie in der Mitte durch, nahm die eine, dann die andere quer zwischen Daumen und Zeigefinger und strich die Farben zum Bildrand hin übereinander und nahe am Gesicht der Tänzerin neben- und durcheinander. Dann verwischte er die Farben mit dem Zeigefinger, hier mehr ins Rötliche, dort eher ins Goldgelbe.

Er stand auf und trat einen Schritt zurück, prüfte die Wirkung der Farben, legte den Kopf schief, mal nach links, mal nach rechts, und beobachtete den Lichteinfall. Das Karminrot gab dem Orange, das sich beim Verwischen gebildet hatte, einen geheimnisvollen Glanz und einen Schimmer von Samt, Wein und Rosen, der auf das Gesicht der Tänzerin ausstrahlte.

Wie viel Mühe, fiel ihm ein, musste sich Gustav Sennelier wohl gemacht haben, um echtes Karminrot für eine einzige Kreide zu gewinnen. Wie viel Saft musste er aus der Kermes, der Scharlachbeere, gepresst haben. Scharlachrot nannten deshalb manche Maler diese Farbe, während die österreichischen Kollegen vom *Wiener Lack* sprachen.

Ginther starrte auf seine Hände und auf die roten Finger. Sieht aus wie Blut, dachte er. Blut an meinen Händen? Steht dir gut, höhnte es in ihm. Aber eine andere Stimme fuhr hart dazwischen und erinnerte an das, was er in der Kunstschule gelernt hatte: Ist nur Farbe! Auch die kostbarste, auch die älteste Farbe ist nur Farbe. Aber war es vielleicht doch Blut? Das Blut der Kermes-Schildläuse, die auch diesen scharlachroten Farbstoff in sich tragen? Schon die Höhlenmaler hatten die Läuse gefangen und zwischen ihren Fingern zerquetscht. Mit ihren blutigen Fingerspitzen hatten sie ihre Jagdbilder an die Felswände geschmiert.

Es klopfte. Der Maler schreckte auf und sah seine Frau in der Türe stehen.

»Störe ich?«

Er schüttelte den Kopf.

Christine Ginther kam auf ihn zu. »Der Postbote hat gerade einen Brief für dich gebracht.«

Er streckte ihr seine roten Hände entgegen.

Sie lachte.

»Von wem?«

Sie musterte den Umschlag. »Der Brief kommt von Friedrich Fischer.«

»Aus Hamburg?«

»Offensichtlich.«

Er zuckte die Achseln und hob die Hände.

»Soll ich ihn dir vorlesen?«

Er nickte.

Sie bohrte ihren Zeigefinger unter die Verschlussklappe des Umschlags und riss den Brief auf. »Ist das der Gewürzhändler, von dem du erzählt hast?«

Er nickte wieder und setzte sich auf den Stuhl vor der Staffelei.

Sie stellte sich ans Fenster und las ihrem Mann den Brief vor: Die Nachforschungen in Gaildorf seien erneut im Sand verlaufen. Auch bei Moser-Roth in Stuttgart habe er keine Spur zu dem Fälscher gefunden, der fremde Bilder mit Emil Richter signierte. Deshalb müsse er den Fall leider endgültig und unerledigt abschließen. Da sei nichts mehr aufzuklären.

Besorgt stellte Christine Ginther fest, dass ihr Mann stumm und zusammengesunken auf seinem Stuhl saß. »Leider, lieber Herr Ginther«, las sie vor, »müssen Sie damit leben, dass es offensichtlich jemand gibt, der ihre Bilder anonym ankauft und mit falschem Namen signiert. Melden wir die Sache der Polizei, dann werden wir vermutlich auch zu keinem anderen Ergebnis kommen.«

Christine Ginther sah ihren Mann fragend an. »Willst du etwas gegen den Fälscher unternehmen?«

Er winkte ab. »Ein ungelöster Kriminalfall in der Familie reicht mir.«

Sie las weiter vor: »Alfred Lichtwark, den ich gestern bei einer Veranstaltung hier in Hamburg getroffen habe, hat mir herzliche Grüße an Sie aufgetragen, als ich ihm sagte, dass wir persönlich und brieflich in Verbindung stehen. Mehrere Besucher hätten bei der Kunsthalle angefragt, wer Gustav Ginther sei. Herr Lichtwark möchte deshalb im ersten Ausstellungsraum, in dem Ihre Gemälde ausgestellt sind, eine bebilderte Biografie von Ihnen aufhängen. Er hat mich beauftragt, Ihren Lebenslauf zu erarbeiten und Sie um Ihre Lebensdaten und ein paar Fotos von Ihnen und Ihrer Familier zu bitten. Wie Sie ja wissen, bin ich ehrenamtlich für die Kunsthalle tätig und helfe bei Ausstellungen mit. Gerne würde ich meinen Auftrag rasch erledigen, auch in Ihrem Interesse. Ich bitte Sie deshalb höflichst, mir die genannten Unterlagen baldmöglichst zusenden zu wollen. Mit vorzüglicher Hochachtung, Ihr Friedrich Fischer.«

Ginther schwieg.

»Gibt es überhaupt eine Fotografie von dir aus jüngster Zeit, Gustav?«

Er schloss die Augen, dachte nach und schüttelte den Kopf.

»Dann werde ich gleich mit deinem Bruder telefonieren. Vielleicht weiß er, wie wir dieses Problem schnell lösen können.«

»Dauthendey«, flüsterte er.

»Der Vater von Max ist doch schon lange tot. Du meinst wohl den Fotoladen, der früher den Dauthendeys gehörte?«

Er nickte.

Mittwoch, 17. November 1909

Schon seit Wochen hatte Gustav Ginther die Schokoladenfabrik gemieden, und nicht nur die. Er hatte immer neue Ausreden erfunden, wenn er Geschäfte aufsuchen oder Verwandte und Bekannte treffen sollte. Die Menschen ängstigten ihn. Auch fühlte er sich antriebslos und überfordert, obwohl ihn seine Verwandten und Bekannten schonten. Selbst einfachste Aufgaben machten ihm zu schaffen. Und immer öfter kreisten seine Gedanken um Abschied und Tod. Wenn ihn jemand auf der Straße ansprach oder ihn in seiner Wohnung aufsuchte, so ging er wortlos weg und verkroch sich. Und wenn ihn seine Frau zwang, ein paar Worte mit den Gästen zu wechseln, dann erkannte er, dass er auf die Menschen nicht mehr einzugehen vermochte. Er hatte das Gefühl, seine Ohren seien mit Wachs versiegelt und seine Regungen mit dicken Stricken verschnürt. Er flüchtete immer weiter, von einem Zimmer ins nächste, von einer Ecke in die andere, immer sensibler reagierte er auf Menschen, bis er nur noch im menschenfernsten Punkt seiner Wohnung hockte, in einer Ecke seines Ateliers, in größtmöglicher Einsamkeit, und sich mit sich selbst beschäftigte. Zugleich war ihm, als stünde er neben sich. Deshalb wusste er zwar, wie es um ihn stand. Aber allein konnte er das alles nicht mehr ändern.

»Gustav, jetzt ist Schluss!« Bald nach dem Frühstück hatte ihn seine Frau im Atelier aufgesucht und ihm erklärt, sie habe eben mit seinem Bruder Georg und mit Doktor Guttenberg gesprochen.

Der Fotograf sei diese Woche sowieso in der Schokoladenfabrik, um neue Werbefotos zu machen. Gustav solle am Nachmittag in die Fabrik kommen, hatte Georg empfohlen, und sich ablichten lassen. Die Fotos könne man dann nach Hamburg schicken.

Doktor Guttenberg hatte geraten, dem Leben seines Patienten wieder eine feste Struktur zu geben. Der Leidensweg werde nicht von selber aufhören. Die verordneten Medikamente könnten nur Schmerzen lindern, Einschlafprobleme mildern und den Kranken betäuben, aber keine grundsätzliche Heilung bringen.

»Ohne geregelten Tagesablauf ist kein Ende der Krankheit in Sicht«, hatte der Arzt gewarnt. »Ihr Mann muss sich Ziele stecken und Wege zurücklegen.« Nur so gewinne der Maler seine Selbstachtung zurück. »Erarbeiten Sie mit Ihrem Mann zusammen einen Tagesplan«, hatte Guttenberg empfohlen. »Und achten Sie dann darauf, dass er ihn strikt einhält.« Wege zurücklegen, das meine er übrigens wörtlich, hatte er lächelnd angefügt. »Viel Bewegung an der frischen Luft, ohne Rücksicht auf das Wetter. Und täglich mindestens einen Termin, der ihn mit Menschen zusammenbringt. Begegnungen mit Freunden und Bekannten sind unverzichtbar. Frau Ginther«, hatte Guttenberg zum Schluss gemahnt, »beenden Sie die Winterstimmung Ihres Gatten und zwingen Sie ihn, sich wieder dem Sonnenlicht in der Natur und im Leben auszusetzen! Er muss viel Lebensfreude tanken.«

Helene kam atemlos ins Atelier. Der Chauffeur der Ginther-Werke sei da.

»Komm, Gustav!« Christine Ginther befahl ihrem Mann, alles stehen und liegen zu lassen.

Er wusch sich die Hände, hängte seinen Malerkittel an die Staffelei und trottete gehorsam hinter ihr drein.

Im Wohnungsflur wartete der Chauffeur mit gezogener Kappe.

»Darf ich«, fragte er und zwinkerte der Hausherrin verstohlen zu, »Sie und Ihren Herrn Gemahl in die Schokoladenfabrik chauffieren?«

Apathisch zog Gustav Ginther seinen Wintermantel an. Seine Frau reichte ihm Schal und Hut. »Hilf mir in den Mantel, Gustav!«, bat sie energisch, härter als sonst.

Sie verließen die Wohnung, eilten aus dem Haus, bestiegen den NSU-Motorwagen und tuckerten durch die sonnendurchfluteten Straßen Würzburgs zur Fabrik.

Georg war nicht in seinem Büro.

»Der Herr Direktor ist mit dem Fotografen in der Fabrik«, berichtete die Vorzimmerdame. »Der Herr Direktor lässt einen neuen Prospekt drucken. Deshalb wird die Firma von vorn bis hinten abgelichtet, vor allem die Produktionswege und unsere Schokoladen und Bonbons.«

»Weiß ich«, erwiderte Christine Ginther schnippisch, »ich habe mit meinem Schwager vorhin telefoniert.«

Sie warf ihrem Mann einen strengen Blick zu. »Bitte bleib da, Gustav! Ich geh ihn suchen, den Herrn Direktor.«

Gustav setzte sich an den Besuchertisch.

Die Vorzimmerdame nahm hinter ihrem Schreibtisch Platz und spannte ein Blatt Papier in ihre Schreibmaschine. »Sie waren schon lange nicht mehr bei uns, Herr Ginther«, stellte sie fest.

»Ich war etwas kränklich.«

Sie musterte ihn aufmerksam. »Tut mir leid. Ihr Herr Bruder hat so etwas angedeutet.«

Er schwieg.

Sie warf ihm immer wieder neugierige Blicke zu und überlegte, wie sie den schweigsamen Gast unterhalten könnte. »Haben Sie schon Nachricht von Ihrem Herrn Vater?«

Er schüttelte den Kopf.

»Ich habe ihn das letzte Mal kurz vor seiner Abreise gesehen. Da ist er hier durch diese Tür gekommen und wollte den Herrn Direktor sprechen. Aber der war nicht da. ›Schade‹, hat er gemeint, ›ich müsste ihn dringend etwas fragen‹.«

Gustav Ginther schwieg immer noch.

Sie musterte unverhohlen ihren Gast, der seinen Kopf mit der rechten Hand abstützte und vor sich auf den Boden starrte.

»Hat er Ihnen die Postkarte gegeben?«

»Wer?«

»Ihr Vater.«

»Welche Postkarte?«

»Eine Ansichtskarte aus Gaildorf.«

»Ist bei mir nicht angekommen.«

» ›Da ist eine Postkarte für Ihren Sohn gekommen‹, habe ich zu Ihrem Vater gesagt. ›Aus Gaildorf‹. Ich habe sie ihm gegeben. Er hat sie lange angeschaut und dann gemeint: ›Ich bringe sie ihm‹.«

Er schüttelte den Kopf. »So wie ich meinen Vater kenne, trägt er die Karte noch in seiner Jackentasche spazieren.«

Die Frau hinter der Schreibmaschine plauderte munter drauflos.

Ginther blickte sie, den Kopf in den Händen und die Ellbogen auf seine Knie gestützt, von unten her an. Hoffentlich geht ihr bald die Luft aus, dachte er.

Die Tür flog auf, Christine Ginther stürmte herein, gefolgt von ihrem Schwager.

»Da bist du ja, Gustav!« Georg freute sich. »Komm mit! Du wirst staunen, was aus den Schokoriegeln geworden ist, die du vorgeschlagen hast.«

Dienstag, 23. November 1909

»Ich freue mich, lieber Herr Ginther, dass es doch noch geklappt hat.« Gabriel lehnte sich zurück und genoss die Zugfahrt.

Christine Ginther hatte ihn Anfang des Monats in seiner Galerie aufgesucht.

»Meinen Mann muss man immer wieder anschieben, damit er unter die Leute kommt«, hatte sie geklagt. »Könnten Sie ihn nicht gelegentlich auf eine Ihrer Kunstfahrten mitnehmen?«

Der Termin in Stuttgart stand schon lange fest. Gabriel wollte sich in der Kunstakademie umsehen, die inzwischen europäischen Ruf genoss. Neue Talente galt es zu sichten und im *Württembergischen Kunstverein* aktuelle Strömungen in der Kunst auszuloten. Gab es noch unentdeckte Maler des schwäbischen Impressionismus? Hatten die Stuttgarter Kollegen Aktuelles aus der Kunstszene zu berichten?

Ginther hatte zunächst abgelehnt. Die Reise sei zu aufwendig. In fremden Betten schlafe er schlecht. Auch habe er keine Zeit, denn mit manchen Aufträgen sei er im Verzug.

»In Stuttgart gibt es für Künstler viel zu sehen. Die königlichen Kupferstichsammlungen, das Medaillon-, Kunst- und Antiquitätenkabinett, die königliche Kunstgalerie und einige der bekanntesten Privatgalerien.«

Ginther blieb unentschlossen.

»In Stuttgart ist der Impressionismus zuhause. Otto Reiniger, Hermann Pleuer, Heinrich von Zügel, Christian Landenberger. Sie könnten sich in zwei Tagen einen guten Überblick über die moderne Kunst verschaffen.«

»Weiß ich. Aber Impressionisten gibt's überall.«

Erst als Gabriel zufällig erwähnt hatte, er wolle auch bei Professor Hölzel vorbeischauen, war Ginthers Neugier geweckt.

»Adolf Hölzel?« Ginther hatte überrascht aufgeblickt.

»Ja, der Kunstprofessor, der vor ein paar Jahren zum Nachfolger von Leopold von Kalckreuth an die Stuttgarter Akademie berufen worden ist.«

»Der die Komponierschule leitet?«

»Genau der. Kennen Sie ihn?«

»Ich habe von ihm gehört.«

»Was haben Sie über ihn gehört?«

»Ungegenständliche Bilder soll er malen«, hatte Ginther geantwortet. »Bilder, auf denen eigentlich nichts zu sehen ist.«

»Ungegenständliche Bilder? Kann man etwas ein Bild nennen, auf dem nichts abgebildet ist? Das ist doch ein Widerspruch in sich!« Gabriel hatte sich zunächst erregt und dann einen ergebenen Kälberblick zur Decke gerichtet. »Was soll der Blödsinn?«

»Das wär ja noch schöner, wenn jeder Kunsthändler etwas von Kunst verstünde«, hatte Ginther in einem Anflug an alte Zeiten und Verhaltensweisen gelästert. »Sie hocken doch sonntags auch in der Kirche und glauben an den Teufel. Haben Sie ihn schon einmal gesehen?«

»Und was ist dann auf diesen Bildern drauf?«

»Farben!«

»Nur Farben?«

»Freilich. In der Farbe sitzt die Seele eines Bildes.«

»Und das soll ein Bild sein? Wie sieht denn so etwas aus?«

»Weiß ich nicht. Deshalb möchte ich ja Hölzels Bilder anschauen.«

Und jetzt saßen sie Seite an Seite im Zug nach Stuttgart und überlegten, wie sie die zwei Tage verbringen wollten.

»Sie, lieber Herr Ginther, möchten Hölzels Bilder sehen, vielleicht sogar mit dem Herrn Professor selber sprechen. Und ich muss in jedem Fall bei den Kunsthäusern Schaller, Fischinger und Bühler vorbeischauen.«

»Galeristen?«

»Der Schaller hat einen gut gehenden Kunsthandel. Der Fischinger ist eigentlich Vergolder und Einrahmer, aber er verkauft auch fertig gerahmte Bilder. Und der Christian Bühler ist auch Vergolder. Er verkauft vor allem Drucke und Gemälde von Künstlern aus der Umgebung.«

»Zu dem würde ich gerne mitgehen.«

»Zum Bühler?«

Ginther nickte. »Ich habe gehört, ein Stuttgarter Galerist soll Bilder mit der Signatur *Emil Richter* anbieten.«

Gabriel sah schweigend aus dem Zugfenster und dachte nach.

»Wenn dieser Fälscher auch in Stuttgart auftritt, dann kann er seine oder, besser gesagt, meine Bilder allenfalls als regionale Kunst verkaufen.«

»Gut«, fasste Gabriel zusammen, erstaunt, dass sein Maler heute so anwesend wirkte und gesprächig war, »ich begleite Sie gleich nach unserer Ankunft in die Kunstakademie. Hoffentlich treffen wir den Herrn Professor an. Dann lasse ich Sie allein. Und morgen gehen wir zusammen zum Kunsthaus Bühler. Einverstanden?«

✧

Adolf Hölzel war nicht in der Akademie. Ginther stand die Enttäuschung ins Gesicht geschrieben. Deshalb erfragte Gabriel im Sekretariat die Privatanschrift und begleitete seinen Schützling zum nächsten Droschkenplatz.

Zuerst wollte der Chauffeur den Auftrag ablehnen. Die Werastraße sei ganz in der Nähe, erklärte er, da könne man zu Fuß fast genauso schnell hinkommen wie mit dem Automobil.

Gabriel streckte ihm ein gutes Trinkgeld hin und wies ihn an, Gustav Ginther in die Werastraße 59 zu fahren. Sollte der Herr Professor nicht zu sprechen sein, möge er seinen Fahrgast wieder zur Akademie zurückbringen.

Die Droschke tuckerte in Richtung Nikolauskirche den Hang hinauf.

»Die Nikolauskirche«, erklärte der Chauffeur, »ist erst vor zehn Jahren geweiht worden. Damals stand sie noch auf freiem Feld. Heute ist sie ringsum von Häusern eingeschlossen.«

Er hielt vor dem angegebenen Haus.

»Ich gehe mit«, brummte er und stieg aus. »Wenn der Herr Professor nicht zuhause ist, fahre ich Sie wieder in die Kunstakademie.«

Hölzel war zuhause. Er öffnete die Hautüre persönlich, hörte sich aufmerksam an, was Ginther vorbrachte, und bat ihn ins Haus.

»Willkommen, Herr Kollege.« Er nahm ihm Hut und Mantel ab, übergab beides dem herbeieilenden Dienstmädchen und führte den Besucher in sein Arbeitszimmer.

Ginther blieb mit offenem Mund an der Tür stehen. Das Atelier war dem Grundriss nach ein langes Rechteck und hatte eine hohe Decke. Die gegenüberliegende Breitseite bestand nur aus Fenstern, die bis zum Boden herabreichten. Sie waren genau nach Westen gerichtet; man konnte sich vorstellen, wie die Abendröte ihr ganzes Farbenspektrum an die Zimmerwände zauberte. Außerdem genoss man schon von der Türe aus eine herrliche Aussicht auf den winterlichen Schlosspark im Tal, dahinter die Reiterkaserne und die Stadt.

Aber nicht die Aussicht war es, die Ginther, wie jedem Gast, den Atem nahm, sondern die Gestaltung des Raumes. Die Wände waren grünblau bemalt. Die Decke erstrahlte in Goldgelb. Bunte Bilder und Lüster aus Bleikristall formten den Raum zur Landschaft. Größere und kleinere Lampen, in Gruppen gehängt und auf unterschiedlicher Höhe zur Decke befestigt, erweckten den Eindruck, man befinde sich in hügeligem Gelände. Die Bilder zeigten Landschaften und Figuren, einige waren gegenstandslos, zwei davon in Rottönen gehalten.

Hölzel stand schweigend neben seinem Kollegen aus Würzburg, die Augenlider halb geschlossen, aufmerksam den erstaunten und bewundernden Blicken seines Gastes folgend. Dann bat er ihn, sich ihm gegenüber zu setzen. Er wartete, bis Ginther saß, und ließ sich dann in einen wulstigen Ledersessel mit breiten Armlehnen fallen.

Erst jetzt nahm Ginther seinen Gastgeber in den Blick. Hölzel musste mindestens zehn Jahre älter sein als er selbst. Er hatte volles, weißes Haar, das über dem rechten Auge gescheitelt war. Die Stirn war faltig. Auch der Nasenwurzel entsprangen Quer- und Längsfalten. Die dunklen, ausdrucksstarken Augen wurden von keiner Brille beschattet. Auf der Oberlippe spross ein ausgefranster Schnauzer, ein sorgsam ausrasierter Spitzbart verbarg das Kinn. Hölzel war ganz in Schwarz gekleidet – schwarzer Anzug, schwarze Weste, weißes Hemd und schwarze Krawatte.

»Sie haben meine neue Liebe schon entdeckt.« Der Professor lächelte seinem Gast zu. »Ich freue mich, dass Sie sich dafür interessieren. Üblicherweise ernte ich nur Hohn und Spott.«

Das Dienstmädchen stand an der Tür und knickste. »Kaffee, Herr Professor?«

Hölzel stimmte mit einer Geste zu.

Kaum hatte das Mädchen die Tür wieder geschlossen, lachte er auf. »›Hochstapler‹ hat mich jüngst ein Journalist beschimpft. ›Nur wilde Tiere ohne Verstand können solche Bilder hervorbringen‹.«

Ginther schaute auf die beiden gerahmten Farbkompositionen in Rot, die zur grünblauen Wand kontrastierten. In das vielstimmige Rot fügten sich ein paar grüne und drei kleine blaue Flecken ein. Die Farbflächen erweckten den Anschein, als habe man sie an einer unsichtbaren Linie aufgereiht. Sie schienen zu schwingen und dem Betrachter einen geheimnisvollen Rhythmus aufzuzwingen.

Hölzel beobachtete mit verengten Pupillen, wie seine Bilder auf den Fremden wirkten. Als er sicher war, dass sich sein Gast für diese Art der Malerei interessierte, kam er auf die Farbtheorie zu sprechen. »Goethe hat festgestellt: ›Wir mögen die Welt kennenlernen, wie wir wollen. Sie wird immer eine Tag- und eine Nachtseite behalten‹. Vierzig Jahre lang hat Goethe über Licht und Schatten geforscht und dabei seine Farbenlehre entwickelt.«

»Über den Farbenkreis weiß ich leider nicht mehr viel, Herr Professor.«

»Goethes Farbenlehre beruht auf ein paar wichtigen Beobachtungen, die jeder von uns schon einmal gemacht hat.«

»An der Akademie in Karlsruhe habe ich davon gehört. Aber das Meiste habe ich vergessen.«

»Das Wichtigste zuerst: Verschwindet das Licht, dann verschwinden auch die Farben. Erst im Wechselspiel zwischen Licht und Dunkel nehmen wir die Farben wahr. Das, was im Dunklen ist und was wir nicht sehen, bildet die eine Hälfte der Wirklichkeit. Das, was wir sehen, weil es im Licht steht, macht die andere Hälfte aus. Über das, was im Dunkeln ist, haben wir in der Malerei noch zu wenig nachgedacht.«

»Aber wie kommen dabei die verschiedenen Farben zustande?«

»Bei Nacht und im Schatten ist alles schwarz und grau, und bei Tag und im Licht ist alles farbig. Ich beobachte das immer wieder an den Bäumen in meinem Garten.« Hölzel erhob sich und deutete zum Fenster hinaus. »Nachts sind sie grau, in allen Schattierungen, bis hin zum tiefen Schwarz. Geht die Sonne auf der anderen Seite meines Hauses auf, dann bekommt alles Farbe, auch die Schatten werden dann farbig.«

»Ist das neu?«

»Heute nicht mehr. Aber vor einigen Jahren war es noch strittig. Erst die Impressionisten haben die Farbenlehre richtig angewandt und voll ausgeschöpft. Sie haben als Erste den Mut gehabt, die Schatten der Bäume grünblau und die Schatten im Schnee violett zu malen. Wenn ich frühmorgens hier stehe und den Sonnenaufgang durchs Fenster beobachte, dann erlebe ich jeden Tag aufs Neue die Geburt der Farben aus dem Dunkel. Goethe schreibt: ›Am Himmel begegnen sich Licht und Dunkelheit. Hier werden die Farben geboren‹.«

Das Dienstmädchen servierte Kaffee mit Milch, Zucker und Keksen, knickste und verließ das Arbeitszimmer.

Die beiden Herren nippten an ihren Tassen, knabberten Kekse und verstanden sich prächtig. Ginther fühlte sich geborgen in diesem Raum, bei diesem Mann. Er wirkte wohlauf und ausgeglichen, schaute sich immer wieder um und lächelte zufrieden seinen Gastgeber an.

Hölzel räusperte sich. »Goethe hatte einen Glasbecher, auf den eine Schlange gemalt war. Fiel Licht auf das Glas, dann leuchtete die Schlange goldgelb. Wurde es dunkler im Raum, dann wechselte sie ins Blaue, bis sie in der Nacht schließlich dunkelgrau wurde.«

»Beschäftigen Sie sich schon lange mit der Wirkung von Farben, Herr Professor?«

»Bevor ich 1905 nach Stuttgart kam, engagierte ich mich an der *Dachauer Malschule*. Ich habe sie mitbegründet, habe dort viele Vorträge gehalten über Kompositionslehre, Bildaufbau und Flächenaufteilung, über die Anordnung der Figuren im Raum und über die Farbenlehre. Meine Schülerinnen und Schüler mussten Kollegheft führen, mit Farben experimentieren und Aufsätze über ihre Ergebnisse schreiben.«

»Aus meinem Studium in Karlsruhe kenne ich so etwas nicht. Ich musste lernen, wie man Farben herstellt, denn damals gab es noch keine fertigen Farben in der Tube.«

Hölzel versank in seinem Sessel, schlug ein Bein über das andere und blickte zur Decke hinauf, als könne er dort in seinen Erinnerungen lesen. »Eines Tages haben wir in Dachau abstrakte Ornamente betrachtet. Meine Studentinnen und Studenten haben sie abgezeichnet, den Verlauf der Linien mit schwarzem Stift auf dem Papier hervorgehoben, die Flächen zwischen den Linien farbig ausgemalt und ... plötzlich waren wir mitten in der Diskussion über Goethes Farbenlehre.«

Ginther musterte seinen Gastgeber von Kopf bis Fuß mit großen Augen und schwieg.

»Im Sommer 1905 war ich in Padua und Venedig. Dort habe ich mir die Ornamente an den klassischen Gebäuden angesehen. Es war ein strahlend heißer Tag. Ich saß im Schatten und schaute mit großen Augen auf die Ornamente, so lange, bis sie im gleißenden Licht flirrten, sich zu färben begannen und schließlich in den Komplementärfarben strahlten.« Hölzel legte seine linke Hand für einen Augenblick über seine Augen und genoss noch einmal jenes Farbenspiel. »Ich habe meinen Skizzenblock genommen und die Farbmuster abgemalt. Ein paar Wochen später bin ich an die Stuttgarter Akademie gekommen und hier in der Werastraße eingezogen, habe die italienischen Farbmuster auf Leinwand übertragen und in Öl gemalt. Ich nenne sie *gegenstandslose Bilder*.«

»Mir gefällt's, Herr Professor. Ich war auch schon nahe dran, so zu malen.«

Hölzel lachte herzerfrischend. »Schon die Impressionisten haben für ihre Gemälde nur Hohn und Spott geerntet. Und die Expressionisten beschimpft man zur Zeit als Geisteskranke und skrupellose Hochstapler. Dabei gibt es auf deren Bildern immer Gegenstände zu sehen. Sie können sich also vorstellen, was ich mir wegen meiner gegenstandslosen Bilder schon anhören musste. Volldepp, Nichtskönner, Geistesgestörter ... das waren noch die harmlosesten Beschimpfungen.« Er hob entwaffnend beide Arme, als wollte er sich ergeben. »Viel Feind, viel Ehr! Was auch immer ein Künstler tut, es wird nie willkommen sein. Es sei denn, der vorauseilende Gehorsam schmeichelt den Wichtigtuern und Mächtigen.«

»Wählen Sie Ihre Farben nach einem bestimmten Prinzip aus? Oder lassen Sie sich von Gefühlen und dem Zufall leiten?«

»Meine ersten gegenstandslosen Bilder habe ich nach Goethes Farbenlehre komponiert. Ich habe mir dafür einen Bauplan ausgedacht, genau wie ein Architekt oder ein Komponist. Deshalb nenne ich sie ja Kompositionen.«

»Verraten Sie mir ein paar Prinzipien?«

Hölzel sprang auf, ging zu seinem Schreibtisch und kehrte mit einem kreisrunden, bemalten Karton zurück.

»Hier! Meine Farbenscheibe.« Er drückte sie seinem Gast in die Hand und setzte sich wieder. »Auf Goethes Farbkreis steht die grüne Farbe unten. Grün ist da, wo Gelb und Blau ineinanderfließen. Man kann auch sagen, der Farbkreis steht auf dem Grünen oder im Grünen. Grün ist nämlich die Farbe der Harmonie. Sie hebt das Gegenüber von Gelb und Blau auf.«

»Ich habe gelernt, dass Grün die Farbe für Hoffnung und Geborgenheit ist.«

»Sehen Sie! Genau das, lieber Ginther, genau das meine ich!« Hölzel ereiferte sich. »Die Farben stehen auch für Gefühle.«

Er deutete auf den Farbkreis in Ginthers Hand. »Grün ist der Urquell allen Lebens und aller Farben. Grün ist deshalb auch die Farbe der Hoffnung. Wenn ich in eine grüne Farbfläche das Symbol für einen Fisch male, dann verbinde ich Leben, Hoffnung und Christentum. Und schon habe ich die kürzeste und treffendste Malformel für Psalm 23 gefunden: ›Der Herr ist mein Hirte, mir wird nichts mangeln. Er weidet mich auf einer grünen Aue und führet mich zum frischen Wasser.‹ Ja, lieber Herr Ginther, die grüne Farbe ist der Quellhorizont für alle anderen Farben im Farbkreis.«

»Was ist dann Purpur? Es steht doch auf dem Farbkreis oben. Ist es die Spitze des Farbkreises?«

»Im Purpur verschmelzen Gelb und Blau ein zweites Mal.«

»Grün und Purpur, zwei verschiedene Mischungen aus denselben Grundfarben Gelb und Blau?«

»Grün ist die erste Mischung, die auf die Erdfarben verweist. Purpur ist die zweite und verweist auf den Himmel. Wenn Gelb und Blau auf dem Farbkreis nach oben streben, müssen sie den Umweg über rote und violette Töne nehmen. Je dunkler das Blau wird, umso violetter wirkt es. Je dunkler das Gelb wird, umso röter wird es.«

»Violett und Rot sind in Wahrheit nur gesteigertes Blau und gesteigertes Gelb?«

»Ja!« Hölzel zeichnete mit der linken Hand einen stehenden Halbkreis in die Luft. »Auf der linken Seite des Farbkreises steigen aus dem Grünen erst die gelben und dann die roten Töne auf.« Hölzel ließ die linke Hand oben und formte mit der rechten einen zweiten Halbkreis. »Und auf der rechten Seite des Farbkreises steigen aus dem Grünen zuerst die blauen und dann die violetten Töne auf.« Er faltete beide Hände über seinem Kopf und meinte: »An der Spitze des Farbkreises vereinen sich alle Farben zu einem strahlenden Purpur.«

Er ließ die Arme sinken. »Purpur ist die Königsfarbe. Die Farbe der Ruhe und Erhabenheit. Die Farbe der Unendlichkeit, der Sehnsucht und der Melancholie.«

Ginther erhob sich und trat vor das rote Bild. »Sie nennen das Bild *Komposition in Rot?*«

Hölzel stemmte sich aus seinem Sessel und stellte sich neben seinen Gast. »Das menschliche Auge sieht immer Ganzheiten«, erklärte er und beschrieb mit der linken Hand einen großen Bogen. »Oft sehen wir Farben, die es in Wirklichkeit gar nicht gibt. Unsere Augen mogeln zu den tatsächlichen Farben immer die Komplementärfarben hinzu.«

»Haben Sie deshalb blaue und grüne Flecken unter die vielen roten Flächen gemischt?«

»Decken Sie einmal mit der Hand den grünen Fleck da zu!« Hölzel zeigte mit dem Finger auf die rechte obere Bildecke.

Ginther streckte die rechte Hand weit von sich und kniff das linke Auge zu.

»Was sehen Sie jetzt?«

»Die roten Flächen um den grünen Fleck sind plötzlich anders.«

»Wie anders?«

»Nicht mehr so leuchtend rot. Eher dunkel.«

»Sehen Sie! Nicht ich habe die Flächen um den grünen Fleck mit verschiedenen Rottönen ausgemalt. Ihre Augen gaukeln Ihnen vor, da sei unterschiedliches Rot. Die blauen und grünen Farbkleckse habe ich nur gemacht, damit die Sinne getäuscht werden. Malerei ist in meinen Augen immer auch Sinnestäuschung. Und von der einfachen Sinnestäuschung zur Gaukelei, Zauberei und Hochstapelei ist es oft nur ein kleiner Schritt.«

Hölzel lachte und strahlte seinen Gast an, glücklich, weil er einen Gleichgesinnten gefunden hatte, mit dem er über seine Erkenntnisse und Ideen sprechen konnte.

Ginther stand vor den Farbkompositionen und kniff abwechselnd das linke und rechte Auge zu.

»Unsere Wahrnehmung verbindet uns mit der Welt, lieber Herr Ginther. Aber im selben Augenblick, in dem wir etwas wahrnehmen, ordnen wir das Gesehene in Teile und Ganzheiten unserer Erfahrungen ein, ob wir wollen oder nicht. ›Das Ohr ist stumm‹, schreibt Goethe, ›der Mund ist taub. Aber das Auge vernimmt und spricht immer‹.«

»Statt Wiesen und Bäumen wollen Sie Gefühle sichtbar machen?«

Hölzel lächelte seinen Gast dankbar an: »Malen ist meine zweite Muttersprache. So wie es Sprechwörter für die großen Gefühle gibt, Gefühle wie Liebe, Hass, Hoffnung, so muss es doch auch Malwörter dafür geben.« Er hob beschwörend beide Hände. »Den Sprechwörtern über Gefühle und den Malwörtern über Gefühle ist eines gemeinsam: Sie sind gegenstandslos! Was ist Liebe? Ein Gegenstand? Nein! Warum soll es nur bei den Sprechwörtern Bezeichnungen für Gegenstandsloses geben?«

Hölzel trat an Ginther dicht heran, packte ihn am Arm und drehte seinen Gast zu sich herum: »Warum, erklären Sie es mir, warum?«

»Es gibt sie doch, Herr Professor. Hier auf diesen Bildern an dieser Wand stehen sie, die Malwörter.«

Hölzel nickte müde und zufrieden zugleich.

»Und welche Gefühle wollen Sie mit Ihren *Kompositionen in Rot* beschreiben?«

»Fühlen Sie es nicht?«

»Rot ist übersteigertes Gelb, sagten Sie.«

Hölzel nickte.

»Sonne, Hitze, Wärme, Freude, Nähe?«

»Also?«

»Liebe und Leidenschaft?«

»Jetzt sind Sie gerade einmal eine halbe Stunde bei mir, lieber Kollege, und schon haben Sie verstanden, was mich bewegt, was ich male und wie ich es malen muss.«

Hölzel berührte Ginther an der Hand und führte ihn zu den Sesseln zurück. »Bleiben Sie bei mir, lieber Herr Ginther, bei mir in Stuttgart! Helfen Sie mit, meine Kompositionslehre verständlicher zu machen und unter die Leute zu bringen.«

✧

Seite an Seite stiegen sie in den Stuttgarter Talkessel hinab. Sie waren so ins Gespräch vertieft, dass sie alles um sich herum vergaßen und alle, die ihnen entgegenkamen, übersahen.

Gustav Ginther spürte die Wertschätzung, die ihm der Kunstprofessor entgegenbrachte. Er sah, dass Hölzel ein Pionier auf unerforschtem Kunstgebiet war. Er erkannte Hölzels inneres Ringen um eine neue Kunstauffassung, die abstrakte Malerei. Und er ahnte etwas von den Widerständen, die der Professor überwinden musste, wollte er seinem Anliegen Geltung verschaffen.

Er hörte die meiste Zeit zu und überlegte hin und her. Soll ich ihm von Lichtmess erzählen? Vom Tod der Mutter? Vom Verschwinden des Bruders? Kann man solche Gefühle auch mit Malwörtern ausdrücken?

Er zögerte. Aber wer könnte diese Frage besser beantworten als Hölzel?

Er zauderte. Er blieb stumm, als höre er aufmerksam zu. Aber er lauschte nur in sich hinein und schwankte. Soll ich? Soll ich nicht? Schließlich wagte er eine kleine Andeutung.

»Ich durchlebe seit Monaten alle Höhen und Tiefen meines Gemüts«, bekannte er.

Hölzel lachte. »Mein ganzes Leben lang bin ich innerlich auf hoher See!«

»Im Frühjahr wollte ich schon verzagen. So manchen Abend dachte ich, es wäre besser, ich würde am nächsten Morgen nicht mehr aufwachen.«

Hölzel verstummte.

»Sie haben mir heute nicht nur Goethes Farbenlehre näher gebracht, Herr Professor.« Der Würzburger fuhr sich mit der Hand übers Gesicht, als wollte er schlechte Gedanken wegwischen. »Sie haben mir die Augen geöffnet. Sie haben mir Mut gemacht. Ich werde es auch mit der gegenstandslosen Malerei versuchen. So bald wie möglich.«

»Malen Sie! Malen Sie! Ich weiß, das hilft.« Hölzel strahlte den Mann an seiner Seite an. »Farben beeinflussen unseren Körper, unsere Stimmungen und unsere Seele. Deshalb hat Goethe die Farben in seinem Haus in Weimar sorgfältig ausgewählt. Gelb war sein Esszimmer, weil es Wärme und Freude ausstrahlen sollte. Grünblau war sein Arbeitszimmer. Das verschaffte ihm Ruhe und regte ihn zum Denken an. Sie haben es ja selber gesehen, lieber Herr Ginther, ich habe mein Haus nach Goethes Prinzipien gestaltet. Mir hat es geholfen.«

Sie waren an der Kunstakademie angekommen. Hölzel hielt dem Gast die Tür auf und geleitete ihn in seine Meisterklasse. Kunststudenten, ein gutes Dutzend, über den ganzen Raum verteilt, malten lautlos. Nichts störte ihre Konzentration.

»Kommen Sie«, flüsterte Hölzel und zog seinen Besucher in eine Ecke. Ein schlanker Mittzwanziger saß vor seiner Staffelei und grübelte.

»Gerade erst sammeln sich Gleichgesinnte. Otto Meyer gehört dazu.«

Der junge Mann schaute mit großen Augen auf.

»Herr Meyer ist Schweizer und gelernter Lithograf. Er war ein Jahr lang an der Akademie in München. Seit drei Jahren ist er bei uns.«

»Grüetzi mitenand!«

»Herr Meyer«, wisperte Hölzel, »das hier ist Herr Ginther, ein Kollege aus Würzburg. Er hat sich als Pastellmaler einen Namen gemacht. Herr Ginther interessiert sich für die gegenstandslose Malerei.«

Der Kunststudent deutete auf die Leinwand, die mit geschwungenen blassblauen Linien überzogen war, die sich vielfältig kreuzten. »Ich beginne gerade eine Komposition in Blau.«

»Blau?«, vergewisserte sich Ginther, »weshalb Blau?«

»Sehnsucht nach dem weiten Meer und dem großen Horizont. Berge habe ich zuhause genug.«

»Nur Blau?«

»Wo Meer und Himmel sind, da ist auch Sonne. Wenigstens ein klein wenig.«

»Herr Meyer hat schon vor seinem Kunststudium gegenstandslos gemalt«, mischte sich Hölzel leise ein. »Er wird ein ganz Großer.«

»Und wie gehen Sie technisch vor?« Ginther musterte den jungen Mann und stellte sich neben die Staffelei.

Meyer blickte fragend auf.

»Ich meine, ob Sie spontan drauflosmalen?«

»Nie! Zuerst schwinge ich mit dem Pinsel über die Leinwand. So entstehen große und kleine, runde und eckige Flächen. Wie hier.« Er deutete auf das Gewirr von Linien. »Luftbilder nenne ich das. Jetzt überlege ich mir, welche Linien und Konturen ich hervorheben muss, damit Symbole erkennbar bleiben. Und die verstecke ich später in der Farbkomposition.«

»Symbole?«, fragte Ginther.

»Religiöse Symbole wie Kreuz, Schlange, Fisch oder Lilie. Und Ursymbole wie Kreis, Dreieck, Viereck und Pentagramm. Wenn Sie etwas zurücktreten, können Sie sogar Menschen, Bäume und Häuser in groben Umrissen erahnen.«

»Also gibt es doch Gegenstände auf Ihrem ...«, Ginther zögerte, als könne er das Wort nicht aussprechen, »... auf Ihrem gegenstandslosen Bild!«

»Warum nicht?« Meyer zuckte gleichgültig die Schultern. »Und jetzt schauen Sie bitte nicht auf die Flächen«, er deutete auf seine Leinwand, »sondern nur auf die Linien.« Er beschrieb mit seinem Zeigefinger eine auf und ab schwingende Linie. »Sehen Sie, dass das durchgehende Konturen sind?«

Hölzel zog seinen Gast fort, führte ihn in einen Nebenraum und schloss behutsam die Tür. »Mein Atelier.«

Ginther sah sich um und nahm alles in sich auf, die Staffelei, den Stuhl, Regale mit Ablagen für trocknende Bilder, Farben, Farben und Farben in Schachteln, Tiegeln, Töpfen und Tuben.

»Otto Meyer ist ein eigenwilliger Kopf«, lobte Hölzel seinen Studenten. »Er ist mit meinem Kollegen Landenberger nicht zurechtgekommen. Deshalb ist er jetzt bei mir. Finanziell lebt er in sehr bescheidenen Verhältnissen. Der könnte was werden, wenn er sich über Wasser halten kann und nicht zum Geldverdienen fort muss.«

Ginther nickte und bemerkte auf dem Boden hinter der Staffelei ein Grammofon.

Hölzel beobachtete, wie ein Lächeln über das Gesicht seines Besuchers huschte. »Nicht jeden Tag spürt man in sich die großen Gefühle, die man zum Malen solcher Bilder braucht«, erklärte er. »Dann lege ich eine von den neuen doppelseitigen Schallplatten auf. Und schon bin ich in der Welt meiner zweiten Muttersprache.«

»Eine Traumwelt, in der Traumbilder entstehen?«

»In übertragenem Sinne. Verschlüsselte Notizen über das, was den Menschen in seinem Innersten umtreibt.«

»Aber warum diese Flucht vor der Wirklichkeit?«

»Das ist keine Flucht!«, stellte Hölzel mit einer Bestimmtheit fest, die keinen Widerspruch duldete. »Das ist die Eroberung des Unbekannten, des Dunklen, der anderen Hälfte der Wirklichkeit.«

»Aber ...«

»Kein Aber! ... Es gibt zwei Wirklichkeiten.«

Hölzel ließ keinen Widerspruch aufkommen und drängte seinem Gast mit überschwänglicher Herzlichkeit seine Sicht der Dinge auf.

»Zwei! Hören Sie? Zwei!«

Ginther schwieg.

»Die eine strahlt mit ihrer Farbenpracht im Glanz des Sonnenlichts. Und die andere blüht in der Dunkelheit und wartet nur darauf, endlich auch beleuchtet zu werden. Fotografie und Film geben vollständig wieder, was im Licht steht. Aber nur die Kunst kann das beleuchten, was sonst dunkel bleibt. Es kann schön oder hässlich sein. Es kann wahr oder erfunden sein. Immer bleibt es der Kosmos der Gefühle und des Scheins, die Welt der Gaukler, der Zauberer und der Hochstapler.«

»Und wie malt man das Leuchten des Scheins und der Gefühle, Herr Professor?«

»Mit Paul Sérusier habe ich nächtelang darüber diskutiert.«

Aus den Augenwinkeln sah Hölzel, dass sein Gast mit dem Namen nichts anzufangen wusste.

»Sie kennen ihn nicht?«

Ginther schüttelte den Kopf.

»Sérusier hat zuerst Philosophie studiert, dann Malerei. Er hat mit den bekannten Impressionisten in Frankreich zusammengelebt. Aber anders als sie wollte er nicht Menschen, Landschaften und Gegenstände darstellen. Er wollte Gedanken und Gefühle malen.«

Hölzel stellte sich ans Fenster und blickte in den Ateliergarten hinaus. »Aber wie malt man Gedanken und Gefühle? Darüber haben wir uns tagelang den Kopf zerbrochen. Sérusier hatte sich auf der Suche nach dem neuen Weg in die Benediktinerabtei Beuron bei Sigmaringen verirrt. Dort entdeckte er die religiösen Symbole bei den alten Meistern. Die erzählen ja auch von den großen Gedanken und Gefühlen.«

Er drehte sich um, lehnte sich ans Fenster und blickte seinen Gast durchdringend an. »Malerkollegen haben ihm in seiner Klause an der Donau berichtet, dass ich auch auf dem Weg sei und in der Nähe wohne. So kam Sérusier zu mir nach Stuttgart. Schon nach fünf Minuten waren wir uns einig, dass es in der modernen Malerei nicht mehr darum gehen kann, die Natur möglichst genau abzubilden. Das können die Fotografen und die Filmemacher besser! Der moderne Maler sieht die Natur, und dann träumt er von ihr und von der Harmonie und von einer besseren Welt. Seine Sprache ist das Bild. Also muss er seinen Traum aufmalen. Wohlgemerkt in Farbe! In der Farbe sitzt die Seele, nicht in der Form! Das Geheimnis der Malerei ist die Farbe.«

Mittwoch, 24. November 1909

Gabriel und Ginther schlenderten die Königstraße hinauf, an der Legionskaserne vorbei, bogen in die Marienstraße ein und gingen stadtauswärts zur Silberburg.

»Sie hatten recht, mein lieber Ginther, im Kunsthaus Schaller und in der Galerie Fischer gab's keine Gemälde von Emil Richter. Den Namen haben sie noch nie gehört.«

»Vielleicht werden wir jetzt fündig.«

»Wenn überhaupt, dann nur beim Christian Bühler. Der hat sein Geschäft erst vor fünf Jahren eröffnet und kämpft noch um jeden Auftrag. Er bietet den Freizeitmalern aus Stuttgart und Umgebung preiswerte Rahmungen an und nimmt dafür immer wieder Bilder in Zahlung. Aber ein paar große schwäbische Meister hat er doch schon unter Vertrag.«

»Wen?«

»Landenberger, Reiniger und Pleuer, wenn ich's recht weiß.«

»Kenne ich nicht.«

»Sollten Sie aber, Herr Ginther. Sie werden gleich sehen, dass die schon zu den ganz Großen zählen.«

Im Fenster des Kunsthauses Bühler waren vergoldete Rahmenleisten, ganze Bilderrahmen und ein gerahmtes Ölgemälde ausgestellt.

Ginther blieb wie angewurzelt stehen.

»Gefällt's Ihnen?«

»Rausch der Geschwindigkeit«, las Ginther von dem Schildchen ab, das im Schaufenster stand. »Ein einprägsamer Titel und eine tolle Malerei.«

»Ein Bild von Hermann Pleuer! Den meinte ich. Wie man hört, treibt sich der überall herum, wo's dampft und faucht. *Eisenbahner* ist sein Spitzname.«

»Fantastisch, wie der malt. Als ob die Lokomotive gleich durch die Fensterscheibe donnern würde. Man sieht richtig, wie der Dampf hervorquillt und der Rauch aufsteigt. Großartig! Mein Sohn Max wäre begeistert.«

»Der Pleuer steht schon lange auf meiner Wunschliste. Solche Bilder könnte ich in Würzburg gut verkaufen.«

»Nehmen Sie doch das da mit nach Würzburg. Meinen Max würde das freuen. Und mich auch.«

Gabriel nickte seinem Begleiter zu. »Ich werde Bühler einen Handel anbieten: Er bekommt ein paar Bilder von Ihnen. Und dafür nehme ich drei, vier Eisenbahnbilder von Pleuer in Kommission.«

»Meinen Sie, Bühler geht auf den Handel ein?«

Gabriel lachte. »Nach der Ausstellung Ihrer Bilder in der königlichen Kunstgalerie stehen Ihre Bilder hoch im Kurs.«

Sie betraten den Laden. Bühler eilte auf sie zu und streckte ihnen die Hände hin. »Willkommen, Herr Kollege!« Er schüttelte Gabriel überschwänglich die Hand. »Und wen haben Sie da mitgebracht?«

»Das ist Gustav Ginther, der ...«

»... Aber, aber«, unterbrach Bühler mit Nachdruck und reichte dem Maler die Hand, »ich freue mich, dass Sie mein Haus beehren, verehrter Herr Ginther!« Und zu Gabriel gewandt: »Natürlich habe ich die Gemälde von Herrn Ginther in der königlichen Galerie bewundert.«

»Im Schaufenster haben sie einen prächtigen Pleuer. Auch Herr Ginther ist sehr angetan von diesem lebendigen Bild. Haben Sie noch mehr Gemälde von Pleuer im Angebot? Vielleicht auch ein paar von Landenberger und Reiniger?«

Bühler führte sie in einen großen Raum. Auf drei Seiten waren die Wände über und über mit Bildern behängt. »Voilà«, deutete er voller Stolz auf seine Schätze, »Pleuer, Landenberger und Reiniger zur Auswahl.«

»Herr Ginther hat von diesen Künstlern noch kein Bild gesehen«, bat Gabriel, »können Sie ihm die drei kurz vorstellen?«

»Alle drei sind gebürtige Schwaben und leben jetzt in Stuttgart«, erklärte Bühler. »Sie sind ungefähr gleich alt, etwa so alt wie Sie, Herr Ginther, zwischen vierzig und fünfzig, schätze ich. »Pleuer«, er deutete auf drei Bilder, »ist ein stadtbekannter Bohemien und malt Menschen und Maschinen.« Er trat neben zwei Ölgemälde. »Reiniger ist das genaue Gegenteil. Er ist der Stille und malt am liebsten Bäche und Flüsse. Und Landenberger«, er zeigte auf eine Bildergruppe, »ist Professor an der Kunstakademie. Er ist der Vielseitigste.«

»Impressionisten«, urteilte Ginther.

»Ja«, antwortete Bühler, »schwäbische Impressionisten. Meiner Meinung nach gehören sie zur deutschen Malerelite.«

Bühler bot seinem Gast aus Würzburg einen Stuhl an. Gustav Ginther setzte sich, schaute und sog alles auf.

Das ganze Schwabenland, in Öl und Pastell gemalt, hing an diesen drei Wänden. Blaugrüne Neckarauen, das Donautal, badende Kinder an Flüssen und Seen, Frauen bei der Arbeit, Tiere im Stall und auf der Weide, Stillleben und immer wieder Bahnhöfe und Fabriken.

Ginther hatte gar nicht bemerkt, dass die beiden Kunsthändler den Raum verlassen hatten. Er war froh, allein zu sein. Er ging im Zimmer auf und ab, trat dicht vor dieses und jenes Bild, entfernte sich wieder ein paar Schritte, kontrollierte Pinsel- und Kreidestrich, prüfte die räumliche Wirkung und erfreute sich an der Farbenpracht.

Die ganze Geologie der Schwäbischen Alb und des Neckartales präsentierte sich ihm da, und er versank in Andacht vor so viel Können.

Plötzlich fiel ihm der Name *Emil Richter* ein. Er schritt die Bilderprozession ab, Gemälde für Gemälde, und las die Signaturen laut vor.

Kein Emil Richter.

Er eilte in den vorderen Raum, der offensichtlich Verkaufsraum und Büro zugleich war, und bat Bühler um Auskunft.

»Emil Richter? Ja, ich hatte Bilder von ihm. Leider alle verkauft.« Der Kunsthändler ging zu seinem Schreibtisch, schlug ein Buch auf und las mit dem Zeigefinger die Einträge.

»Vorletzte Woche habe ich einen Richter verkauft. Ein sehr schönes Bild! Hätten Sie Interesse?«

»Kennen Sie ihn?« Ginther fielen vor Neugier fast die Augen aus dem Kopf.

»Den Emil Richter?«

Ginther schloss zustimmend die Augenlider.

»Persönlich nicht, aber ich weiß, wo er wohnt und wie er malt.«

»Den gibt's wirklich?« Ginther schrie die Frage heraus. »Emil Richter?«

»Herr Ginther, Fantasiebilder verkaufen sich nicht.«

»Und wo wohnt er?«

»In Tübingen.«

»Und er ist Maler?«

»Ja, Maler, vielleicht Freizeitmaler.«

»Und wie kommen Sie an seine Bilder?«

»In unregelmäßigen Abständen kommt ein Mann zu mir. Er kauft Bilderrahmen, manchmal bringt er auch Bilder zum Einrahmen mit. Er wolle seinem Nachbarn gefällig sein, gibt er an. Der sei der Maler. Das eine oder andere Bild habe ich ihm abgekauft. Schöne Bilder, meistens in Pastell gemalt.«

»Warum lässt er seine Bilder nicht in Tübingen oder Reutlingen rahmen?«

»Habe ich ihn auch schon gefragt.«

»Und was hat er geantwortet?«

»Malen sei sein Steckenpferd. Er gehe in die königliche Galerie und male Bilder ab. Die Galerie und mein Geschäft seien für ihn derselbe Weg. Deshalb biete er jedes Mal, wenn er nach Stuttgart fahre, seinem Nachbarn diesen kleinen Dienst an, um sich das Fahrgeld zu verdienen. Auch bei mir hat er schon den einen oder anderen Bildausschnitt kopiert, nie ein ganzes Gemälde, immer nur interessante Details.«

»Und wie sieht der Mann aus?«

»Mitte sechzig. Etwa so groß wie Sie, Herr Ginther. Glatze und einen Kneifer im Gesicht.«

Donnerstag, 25. November 1909

Ganz Würzburg war wieder einmal auf den Beinen. Seine Königliche Hoheit Prinzregent Luitpold, selbst ein Würzburger, machte auf der Fahrt von München nach Rohrbrunn Halt in seiner Geburtsstadt. Die Stadt war beflaggt, die Brunnen waren wieder bekränzt und die Straßen und Gassen blitzblank gekehrt. Hochrufe von allen Seiten schallten durch die Stadt.

Im Maleratelier am Exerzierplatz, Hausnummer 4, waren die Fenster geschlossen und die Vorhänge fest zugezogen.

Das Grammofon, das sonst im Wohnzimmer stand, spielte Antonín Dvořáks Symphonie *Aus der neuen Welt*. Wieder und wieder sprang Gustav Ginther vom Boden auf, beugte sich über den Stuhl vor seiner Staffelei, setzte die Nadel auf die Schallplatte und hörte den zweiten Satz, den der Komponist *Legende* betitelt hatte.

Das Englischhorn zu Beginn malte die endlose Weite der Prärie ins Atelier. Im langsamen Takt mischte sich Trauer hinzu. Hiawatha beklagte den Tod seiner treuen Gefährtin Minnehaha. Erhabene Ruhe in Vollendung.

Ginther saß auf dem Fußboden und lauschte.

Er sah die unendliche Steppe vor sich, die braune Erde, das dürre Gras und die weidenden Tiere.

Auf einem sanften Hügel hockte der Indianer Hiawatha, gefangen in seinem Schmerz. Hiawatha roch die Wärme, die aus den Poren der Erde aufstieg. Und er sah die Vögel, die hoch oben am wolkenlosen Himmel kreisten.

Auch der Maler sah, roch und hörte das alles und träumte davon, diese Ruhe, diese Weite, diese Melancholie in Farben einzufangen. Wie hatte Hölzel so treffend formuliert: »In der Farbe sitzt die Seele, nicht in der Form.«

Endlich fasste er sich ein Herz und ließ die Musik ausklingen.

Im Rausch der Gefühle nahm er mit halb geschlossenen Lidern Kreiden aus den Holzkästen. Indigo für die Melancholie, Türkis für die Weite des Himmels und Oliv für den kärglichen Boden. Zu jeder der drei Farben suchte er zwei hellere und zwei dunklere Farbtöne heraus.

Er setzte wieder die Musik in Gang, hockte sich im Schneidersitz auf den Boden und legte die zwölf Farbtöne vor sich aus. Immer wieder verschob er die Kreiden, bis er vor sich ein harmonisches Farbenspiel sah.

Mit geschlossenen Augen prüfte er, ob sein Muster mit dem, was er hörte, in Einklang war.

Dann stand er seufzend auf, stellte das Grammofon auf den Boden und setzte sich vor die Staffelei. Mit hellgelber Farbe zeichnete er das Muster auf, das seine Kreiden am Boden zeigten.

Ein Drittel Land, zwei Drittel Himmel. Ein Drittel Oliv, zwei Drittel Türkis. Ein Drittel Vordergrund und zwei Drittel Hintergrund. Ein Drittel Nähe und zwei Drittel Weite.

Manchmal weiß man einfach nicht mehr, was man selber will, ging es ihm durch den Kopf. Expressionismus, Impressionismus, abstrakte Malerei?

Die Reise nach Stuttgart hatte ihm Klarheit gebracht. Es gibt nicht den Königsweg. Es gibt nicht die richtige Lösung. Kunst ist keine Wissenschaft. Man kann sie weder mit Formeln erobern, noch sie sich mit Experimenten untertan machen. Sie ist in jedem von uns. Sie ist die Sprache ohne Worte und die Schrift ohne Buchstaben. Sie ist Verstand und Gefühl in einem.

Erregt und verzückt trug er im Stehen die Farben auf, von den hellen zu den dunklen, nahm etwas Gelb und Rot hinzu, setzte den Schmerz Hiawathas vor die Einsamkeit des Meeres, die Kraft der Büffel vor die Wärme der Prärie und die sengende Sonne vor die Unendlichkeit des Himmels. Er verrieb die Kreiden mit den Fingern, arbeitete Konturen und Linien heraus und die ins Violett spielenden Schatten der imaginären Menschen und Tiere, bis er erschöpft auf seinen Stuhl sank.

Er schaute, legte den Kopf schief, prüfte mit dem Daumen die Tiefenwirkung und rieb sich an einem alten Handtuch die Hände ab.

Und er sah, dass es gut war.

Morgen ist auch noch ein Tag, dachte er und stieg in den ersten Stock hinab.

Dezember 1909

HAMBURG: *Der 9. Internationale Zionistenkongress wird eröffnet. Im Mittelpunkt der Diskussionen der über 600 Teilnehmer aus aller Welt steht die Forderung nach einem unabhängigen jüdischen Staat in Palästina* • BAYERN: *Die progressive Einkommensteuer wird nach langen Auseinandersetzungen beschlossen* • BERLIN: *In der Zeitschrift »Lichtbildbühne« werden die ersten Filmkritiken veröffentlicht. Besprochen werden eine Reihe von Kurzfilmen, die damals im Berliner »Union-Theater am Alexanderplatz« zur Aufführung kommen. Das Interesse der Rezensenten gilt anfangs nicht dem Inhalt und der Gestaltung der Filme, sondern der Filmtechnik* • BERLIN: *Rudolf Steiner hält seinen berühmten Vortrag über »Buddha und Christus«* • HAMBURG: *Schwere Sturmflut an der Nordseeküste* • ESSEN: *Gustav Krupp von Bohlen und Halbach wird Vorsitzender des Aufsichtsrats der Kruppwerke. Mit Hugenberg ist er sich einig, dass alle sozialdemokratischen und gewerkschaftlichen Bestrebungen notfalls mit Polizeigewalt zu unterdrücken sind* • MÜNCHEN: *Die Neue Künstlervereinigung (Wassily Kandinsky, Alexej Jawlensky, Gabriele Münter u. a.) hat in der Galerie Thannhäuser ihre erste Ausstellung, die von der örtlichen Presse sehr ungnädig aufgenommen wird. So schreibt die Zeitung »Münchner Neueste Nachrichten«: »Entweder ist die Mehrheit der Mitglieder dieser Vereinigung unheilbar geisteskrank, oder wir haben es mit einer Gruppe von skrupellosen Hochstaplern zu tun.« Jeden Abend müssen die Bilder abgetrocknet werden; tagsüber werden sie bespuckt* • WÜRTTEMBERG: *Kaiser Wilhelm II. zu Gast in Stuttgart, vom württembergischen*

König Wilhelm II. und der Bevölkerung herzlich empfangen • DORTMUND: *Der Fußballverein »Borussia Dortmund« wird gegründet; er trägt den Namen der gleichnamigen Brauerei, in deren Nähe der Sportplatz des Vereins liegt, der Borsigplatz* • STOCKHOLM: *Die Deutschen Ferdinand Braun und Wilhelm Ostwald nehmen die Nobelpreise für Physik bzw. Chemie in Empfang: Braun – zusammen mit D. Marconi (Italien) – für die Entwicklung der drahtlosen Telegrafie, Ostwald für die Erforschung chemischer Reaktionsabläufe* • STOCKHOLM: *Die schwedische Schriftstellerin Selma Lagerlöf erhält als erste Frau den Nobelpreis für Literatur* • BELGIEN: *König Leopold II. in Brüssel gestorben. Thronfolger ist sein Neffe Prinz Albert I.* • RUSSLAND: *In St. Petersburg beginnt der erste Allrussische Kongress zur Bekämpfung des Alkoholmissbrauchs. Dem Alkohol fallen in Russland jährlich Tausende von Menschen zum Opfer* • USA: *Der französische Rennfahrer Victor Héméry erreicht auf der Rennstrecke von Brookland mit einem »Blitzen-Benz« innerhalb eines Monats seinen zweiten Weltrekord mit über 210 km/h* • USA: *Die Brüder Wright bauen das erste Militärflugzeug der Welt* • USA: *Die ersten Amateurfunker erhalten eine Funklizenz. Damit beginnt weltweit der Siegeszug des Amateurfunks.*

Donnerstag, 2. Dezember 1909

Der Nachtexpress aus Hamburg kam zwei Minuten vor zehn Uhr in Stuttgart an. Friedrich Fischer stieg aus, schlenderte durch die prächtige Bahnhofshalle mit den hohen Säulen und den bemalten Bögen und Kuppeln und studierte den Fahrplan. Er vergewisserte sich, dass sein Anschlusszug erst in zwei Stunden fuhr. Dann trat er durch den mittleren der fünf Portalbögen ins Freie und blieb stehen.

Wohin?

Vor ihm lag der Bahnhofsvorplatz, der Teil der Schlossstraße war. Er fröstelte und zog den Mantelkragen mit beiden Händen unterm Kinn zu. Frierend drehte er sich, Ausschau haltend, einmal im Kreis.

Hotel *Marquardt*?

Für einen Augenblick nahm er die Prunkfassade des Bahnhofs wahr. Reisende hasteten vorbei und schleppten Koffer und Taschen. Postkunden strömten in das gegenüberliegende Hauptpostamt. Das Hotel *Royal*, direkt daneben, grüßte mit großen Buchstaben und einladendem Portal herüber. Links, die Schlossstraße hinunter, strahlte hinterm riesigen Schlossplatz das Stadtschloss in der Wintersonne. Er kannte es von mehreren Besuchen. Dort musste er alle fünf Jahre bei der Regierung seine Handelslizenz fürs Königreich verlängern lassen. König Wilhelm II. von Württemberg, das wusste er, residierte nicht im Schloss, sondern im Wilhelmspalais hinter dem Englischen Garten.

Auf der Bahnhofseite der Schlossstraße warteten, dicht gedrängt, Droschkenkutscher und Automobilisten von der *Daimler-Motorwagen-Kutscherei* auf Kunden. Die Chauffeure standen um das vorderste Auto herum und hielten ein Schwätzchen.

Wo war das Hotel *Marquardt*?

Sein Agent hatte ihm vorgestern am Telefon erklärt, es sei in der Schlossstraße, gleich beim Bahnhof. Das *Marquardt* kenne jeder, hatte Kaufmann betont. Der preußische General von Moltke sei hier abgestiegen und habe es als *den besten Gasthof in Deutschland* gepriesen. Reichskanzler Bismarck und viele ausländische Staatsgäste hätten hier logiert.

Er schlängelte sich durchs Gewühl auf die andere Straßenseite, stellte sich auf die Eingangsstufen zur Post und hielt erneut Ausschau.

Da, endlich! Von Kutschen und Automobilen verdeckt, schräg gegenüber, schaute ihn die dezente Fassade des berühmten Hotels an. Die Sandsteine leuchteten ockergelb im Morgenlicht und kontrastierten zu den dunkleren klassizistischen Fenstergiebeln.

Fischer kämpfte sich durch das Getümmel und dankte dem Portier, der ihm die Tür zum Hotel aufhielt.

Karl Kaufmann, rauchend in einen Sessel im Foyer versunken, sprang auf und begrüßte seinen Chef überschwänglich. Er trug ein moosgrünes Samtjackett und eine olivgrüne Hose mit kleinem Pepitamuster. Das Leder seiner braunen Schuhe zeigte Risse. Die Absätze waren stark abgetreten.

Fischer erriet mit einem Blick, dass die Geschäfte seines Agenten nicht gut gehen konnten.

Kaufmann nahm die Handelsvertretung für Fischers Kakao, Nüsse und Gewürze im Königreich Württemberg und in der preußischen Teilprovinz Hohenzollern wahr.

»Die Zahl der Konditoreien und Kaffeehäuser steigt«, hatte er Kaufmann am Telefon gewarnt, »wir müssen uns neue Vertriebswege überlegen. Die Konditoren verlangen immer öfter nach neuen Produkten. Vor allem unser Angebot an fertigen Backzutaten wie Backpulver, Marzipan, Backschokolade oder Vanillezucker müssen wir verbessern und schneller unter die Leute bringen.«

Sie setzten sich ins Café mit Aussicht auf das Hoftheater und den Schlossplatz. Fischer bestellte für sich und seinen Agenten Tee und Butterbrezeln. Dann fragte er ihn, ob er an das Kundenbuch gedacht habe.

»Hab' ich.« Der Handelsvertreter legte ein dickes Heft auf den Tisch, das in Wachstuch eingebunden war, und deutete darauf.

Fischer sah den Doppelgänger Kaiser Wilhelms lauernd an. »Wir wollen hoffen, dass Ihre Aufzeichnungen eine positive Bilanz zeigen.«

Der Agent zwirbelte verlegen seinen Bart. »Schwierige Zeiten, Chef.«

Wenn sich Untergebene so demütig geben, dann steht das Unglück vor der Tür. Fischers Menschenkenntnis trog ihn selten; vermutlich war die Auftragslage schlechter als Kaufmann sie eingestehen würde. »Schwache Bilanzen?«

»Wie Sie es vorgestern am Telefon bereits prophezeit haben, Chef. Es gibt immer mehr Konditoreien und Schokoladenfirmen. Aber auch in Stuttgart hat der Tag nur 24 Stunden. Ich kann nur so viele Kunden besuchen wie bisher. Also muss unser Anteil am Kuchen doch zwangsläufig kleiner werden.«

Fischer blickte ausdruckslos ins Leere. Er war nicht den weiten Weg gekommen, um in Stuttgart über die schlechten Zeiten zu lamentieren. Er wollte Strategien andenken. »Jammern hilft nicht weiter«, mahnte er ernst und entschlossen.

»Ohne Automobil geht unser Geschäft nicht mehr voran, Chef. Wir müssen investieren.«

»In ein Automobil?«

»Chef!« Kaufmann erdreistete sich, ihn mit Mitleid im Ton anzusprechen.

So weit war es schon? Fischer war auf der Hut.

»Tee und Butterbrezeln, meine Herren.« Ein Livrierter servierte das Bestellte. »Ich wünsche einen guten Appetit!«

Fischer nahm die Tasse auf, führte sie zum Mund und musterte seinen Agenten über den Tassenrand.

»Chef, die halbe Arbeitszeit sitz ich im Zug oder tipple von Bäckerei zu Bäckerei.«

»Mir kommen gleich die Tränen!« Fischer biss in die Brezel, kaute, schluckte und bemerkte schließlich gleichmütig: »Ich hab auch zu Fuß und mit einem Leiterwägelchen angefangen. Und mit meiner Firma ging's immer bergauf.«

»Das waren andere Zeiten, Chef.«

Fischer ärgerte sich. Er klemmte den Zwicker fester auf die Nase und blickte seinen Vertreter strafend an.

»Zeit ist Geld, Chef! Doppelt so viele Kunden könnte ich an einem Tag besuchen. Und viel mehr Warenmuster mitnehmen. Nicht bloß die paar, die in meinen Handkoffer passen.«

»Wie ich Sie kenne, Kaufmann, haben Sie sich schon umgehört. Was soll's denn kosten?«

»Zwischen 4000 und 6000 Mark.«

»Um Himmels willen!«

»Chef!«, meinte der Handlungsreisende nachsichtig und nippte an seinem Tee, »neulich hat eine Zeitung geschrieben: Das Auto erobert für den Menschen die Herrschaft über Raum und Zeit! Schnelligkeit, Chef, ist das Merkmal unserer Zeit. Immer dichter wird das Eisenbahnnetz, immer schneller werden die Züge, es gibt immer mehr Straßen, und immer rasanter werden die Autos. Vor allem aber: Sie werden immer besser!«

Auf diesem Ohr war Fischer taub. Er genoss seine Brezel.

»Nehmen Sie den *Kauz*, Chef.«

Fischer lachte meckernd. »Jetzt wird's lustig.«

Kaufmann ließ nicht locker. »Der *Kauz* ist ein Auto aus Ansbach. Genau das Richtige für uns. Kein Zweisitzer. Ein Lieferwagen ...« Er unterbrach sich selber. »... was sag ich ... in drei Versionen gibt's den Lieferwagen. Dreihundert, fünfhundert oder zwölfhundert Kilo Nutzlast, geräuscharmer Motor, wenig Benzin, ganz wenig Öl. Jetzt frage ich Sie, Chef, ist das nicht die perfekte Lösung für uns?«

»Lieferwagen?« Fischer runzelte die Stirn.

»Ich kann dann bei meinen Kunden nicht bloß Bestellungen aufnehmen, sondern die meisten Artikel gleich vom Lieferwagen runter verkaufen. Dann wär ich unschlagbar.« Er nippte an seinem Tee. »Ich verspreche Ihnen, in einem Jahr gibt's dann fast keine Konkurrenz mehr.«

»Ja«, belustigte sich Fischer, »weil die Konkurrenz uns dann nicht mehr fürchten muss. An drei von sechs Wochentagen wäre mein Lieferwägelchen in der Werkstatt. Ich habe Sie zum Verkaufen angeheuert, Verehrtester, nicht zum Autoschrauben.«

Der Handelsvertreter ließ sich nicht beirren. »Dann schlag ich den *NSU-Motorwagen* vor. Das zuverlässigste Auto der Welt. Auf der Prinz-Heinrich-Fahrt mehrfach getestet. Viertausend Kilometer ohne Schrauberei und Werkstatt.«

Fischer lachte höhnisch. »Kaufmann, ich bin nicht von vorgestern! Für *den* Wagen brauchen Sie einen Chauffeur. Außerdem kostet der mehr als 6000 Mark.«

Kaufmann ließ nicht locker und schlug andere Automobilmarken vor: Den *Benz* von den Mannheimer Automobilbauern, für den viele Kaufleute schwärmten. Den *Dernburg* von der hiesigen Daimler-Motorengesellschaft. Den *Dürkopp*, das Kleinauto aus Bielefeld. Oder den *Fafnir*, der nach dem Drachen aus der Nibelungensage benannt war.

Jedes Mal schüttelte Fischer den Kopf. Ihm begann der Handel Spaß zu machen. Er wusste sehr wohl, dass ein Autokauf anstand. In Hamburg hatte er sich längst kundig gemacht und verschiedene Modelle angesehen, manche sogar ausprobiert, und für sich entschieden, im Frühjahr ein Automobil zu kaufen. Ihn störte nur, dass sein Angestellter vor ihm ein Auto haben wollte. Also prüfen wir ihn, klopfen wir auf den Busch und schauen, was er kann. Er lag auf der Lauer. Was weiß der Bursche über Automobile? Welches hält er für das beste? Ein feines, kaum wahrnehmbares Lächeln huschte über Fischers Gesicht.

»Chef, neulich hab ich eine Zeitung aus Ihrer Heimatstadt gelesen. Da hat ein Hamburger Journalist geschrieben, die Eisenbahn sei in Wahrheit ein Gefangenentransport. Und die Gefängniswächter nenne man jetzt Schaffner.« Kaufmann beugte sich über den Tisch. »Der Mann hat Recht, Chef!«, machte er seinem Herzen Luft, »Die wahre Freiheit erlebt man nur im Auto. Da reist man individuell, wann und wohin man will.«

Fischer wich zurück und ließ sich nicht beeindrucken. Er schlürfte seinen Tee, schwieg und grinste in sich hinein.

Noch vor ein paar Jahren, argumentierte Kaufmann, habe das Autofahren als ausgefallenes Steckenpferd für reiche Spinner gegolten. Heute tuckerten die pferdelosen Kutschen durch alle Städte und über alle Landstraßen.

Fischer zeigte kein Einsehen. Er zog eine Schnute und hüllte sich in Schweigen.

»Sehen Sie zum Fenster hinaus, Chef! Drüben am Bahnhof stehen dreißig oder vierzig Automobildroschken. Die sind nicht bloß zur Verzierung des Bahnhofs da! Die warten auf Kundschaft.«

Keine Wirkung.

Kaufmann besann sich, zögerte und gab sich einen Ruck: »Die Leute mit Leiterwägelchen, Chef ...«, er sah Fischer direkt in die Augen, »... und die Fiaker sterben aus.«

Fischer zog die Augenbrauen hoch.

Kaufmann fürchtete, sein Chef könnte ärgerlich werden. Deshalb setzte er hastig hinzu: »Die reichen Amerikaner kehren die letzten Pferdeäpfel auf den Straßen zusammen und vergraben sie in ihren Blumenkübeln.«

Fischer lachte schallend.

»Ja«, resümierte der Agent erleichtert, »die Zeit ist reif für das Automobil. Überreif sogar. Jetzt oder nie, Chef!«

»Jetzt hör mir doch endlich auf mit dem Blödsinn!«

»Chef!« Kaufmann schlug einen demutsvollen Ton an. »Ein Auto kaufen, das ist die einfachste Sache der Welt. In jeder Stadt gibt's schon Autohändler und Autowerkstätten mit Benzin- und Ölzapfstellen. Das Benzin muss man auch nicht mehr literweise in der Apotheke kaufen. Und die deutschen Automobilhändler haben jetzt sogar einen eigenen Berufsverband und garantieren für guten Service. Vor allem aber, Chef, die Autos sind sicher, bequem und selbst über lange Strecken wartungsfrei. Auf der Prinz-Heinrich-Fahrt ...«

»Ich will nichts mehr hören von dem ...«

»Aber Chef!« Der Agent lachte. Er zog aus der Brusttasche seines Samtjacketts ein dünnes, ziemlich abgegriffenes Notizbuch heraus und verlegte sich auf die lustige Tour. »Über hundert verschiedene Automobile gibt es schon in Deutschland. Das ist doch ein verlässliches Zeichen für eine neue Zeit. Als Agent mit einem Köfferle unterm Arm bin ich doch eine Witzfigur, eine Schande für Ihre Firma.«

»Jetzt hören Sie aber auf!«

Fischer schrie es so laut heraus, dass sich die Leute an den Nachbartischen nach ihm umdrehten.

Das Kaiser-Wilhelm-Gesicht ärgerte ihn. »Kaufmann«, flüsterte er und blickte verlegen um sich, »entweder sind Sie zu faul zum Laufen oder Sie haben eine Freundin. Sie wollen Ihrem Fräulein imponieren.«

»Meine Freundin ist Ihre Firma, Chef.« Der Handelsvertreter blätterte ohne Hast in seinem Buch.

Schon verloren, Chef, dachte er, denn nur wer getroffen ist, ärgert sich so. Jetzt heißt es, neue Giftpfeile abschießen und gut treffen.

»Das *Polymobil*, die *Gazelle*, der *Dixi* und erst recht der *Mars* aus Nürnberg.« Kaufmann blickte kurz auf und blinzelte bedeutungsvoll. »Lauter gute Automobile.«

Fischer blieb stumm wie ein Fisch.

»Der *Protos*«, der Handelsvertreter beugte sich wieder über sein Notizbuch, »gilt neben dem NSU als besonders zuverlässig. Er hat die Wettfahrt von New York nach Paris gewonnen.«

Fischer schwieg beharrlich.

Kaufmann blinzelte seinen Chef wieder vielsagend an. »Auch der *Darracq* aus München, der *Colibri* von den *Norddeutschen Automobilwerken* in Hameln, der *Piccolo* aus Apolda und der *Stoewer* aus Stettin sind prächtige Fahrzeuge.«

Fischer verzog keine Miene.

Kaufmann holte einen Prospekt aus seiner Jackentasche und legte ihn auf den Tisch. »Jedes fünfte Automobil in Deutschland ist inzwischen ein *Adler*«, berichtete er. »Gutmütiger Motor, zuverlässiges Getriebe. Von 9 bis 58 PS gibt's da alles, was ein Autofahrerherz begehrt. Und in jeder größeren Stadt ist eine Werkstatt dazu.«

Fischer nahm das Faltblatt zur Hand und studierte die Angaben. »Vier Zylinder, Viertaktmotor, zwanzig Pferdestärken. Motor dreht sehr langsam«, las er laut und legte das Papier zur Seite.

Kaufmann war auf der Hut. Hat er angebissen? Bloß nicht lockerlassen! »Haben Sie schon gehört, Chef, dass der Schriftsteller Otto Bierbaum vor fünf Jahren mit seinem *Acht-PS-Adler* bis nach Italien gefahren ist? Er hat ein Buch darüber geschrieben. Ich hab's gelesen. Herrlich! Empfehle ich Ihnen.«

»Wenn überhaupt, dann will ich einen *Opel.*«

»Den Doktorwagen?«

Fischer nickte.

Aha, Blattschuss! Kaufmann lachte in sich hinein. Oho, der feine Herr aus Hamburg will das gleiche Auto wie die Doktoren fahren. Grüß Gott, Herr Doktor Fischer! Ja, dann halt so herum. Hauptsache, ein Automobil.

Kaufmann zog seinen Stuhl näher an den Tisch und krächzte heiser: »An den habe ich auch schon gedacht.« Er starrte versonnen aus dem Fenster. Argumente! Himmel hilf! Wie mach ich ihm das Auto schmackhaft?

»Der kostet nicht einmal 4000 Mark, Chef! Halb so viel wie eines von diesen schweren Herrenautos. Klein, leicht, wendig, spritzig, schnell«, haspelte er herunter, »und verbraucht nur sieben Liter Benzin und einen Dreiviertel Liter Öl auf hundert Kilometer. Weltrekord! Erst neulich bin ich in einem *Opel* gesessen. Sehr bequem.«

Er sah seinem Chef in die Augen.

Kein Muskel zuckte in Fischers Gesicht.

»Extra für Professoren, Doktoren und Persönlichkeiten wie Sie gebaut, Chef! Für tatkräftige Männer wie Sie, die ein zuverlässiges Alltagsauto brauchen und auf einen Chauffeur pfeifen. Das macht doch gerade den Spaß am Auto aus, das Selberfahren.«

»Ich? Ich denke, Sie brauchen ein Automobil.«

»Sie, Chef, Sie und ich!« Kaufmann plusterte sich auf. Seine Augen leuchteten. »Den Doktorwagen gibt's in zwei verschiedenen Ausführungen, mit Klappverdeck und mit fester Personenkabine. Genau das richtige Auto für uns Kaufleute. Aber ...« Er wechselte die Strategie.

»Aber?«

»Man muss den Doktorwagen noch mit der Handkurbel anlassen.«

Fischer winkte ab. »Viele andere Autos auch.«

»Der Opel ist bloß 55 Stundenkilometer schnell.«

Das Argument ließ Fischer nicht gelten. »Seit Sommer gilt die neue Straßenverkehrsordnung. In den Städten und Dörfern darf man nur noch langsam fahren.«

»Aber der Doktorwagen ist nur ein Zweisitzer.«

»Brauchen Sie mehr als zwei Sitze zum Chauffieren?«

»Der Wagen ist bestimmt gut, Chef, sehr gut sogar, Chef, aber ...«

»Kein Aber! Jetzt probieren wir es erst einmal mit dem Doktorwagen«, entschied Fischer.

Der Handelsvertreter gab sich geschlagen. Aber seine Augen leuchteten.

»Dafür möchte ich künftig mehr Umsatz sehen«, befahl Fischer. »Das Automobil muss sich rentieren.«

»Versprochen, Chef.«

»Klappern Sie die örtlichen Bäckereien und Konditoreien ab. Nehmen Sie unser ganzes Warensortiment als Muster mit. Die häufigsten Gewürze und Backzutaten verkaufen Sie aus dem Auto heraus. Beraten Sie die Bäcker über die neuesten Entwicklungen. Vergessen Sie nicht unsere neuen Verpackungs- und Werbemittel.«

»Wird gemacht, Chef. Und wer besorgt mir mein Automobil?«, fragte der Handlungsreisende vorsichtig.

»Sie!«

»Ich?« Kaufmann machte mit Daumen und Zeigefinger die Geste des Geldzählens.

»Ich finanziere es vor. Mehr Kunden, mehr Umsatz, mehr Gewinn. Für Sie und mich. Das haben Sie mir doch vor einer Viertelstunde vorgerechnet. Also können Sie Ihr Auto spielend abstottern. Und dann gehört es Ihnen.«

Dem Handelsvertreter verschlug es die Sprache. Mit allem hatte er gerechnet, nur nicht mit diesem Ergebnis.

Fischer führte seine Tasse zum Mund und lächelte über den Rand der Tasse hinweg.

Kaufmann schluckte, nippte an seinem erkalteten Tee und verdrehte die Augen.

Es half alles nichts. Fischer schlürfte zufrieden seinen Tee, sammelte mit der Fingerspitze die Krümel auf seinem Teller ein und grinste vor sich hin.

Der Handelsvertreter saß ein Weilchen stumm am Tisch. Dann berappelte er sich wieder und fragte viel.

Zum Schluss waren sie sich handelseinig. Fischer werde im Februar zwei Doktorwagen auf einmal kaufen in der Hoffnung, einen Rabatt loszuschlagen. Und dann müsse Kaufmann genau Buch führen über Umsatz und Automobilkosten.

Fischer zahlte, reichte seinem Agenten lächelnd die Hand und eilte zum Bahnhof zurück. Dort bestieg er den Zug nach Nürnberg, der das Murrtal hinaufdampfte und über Crailsheim ins bayerische Ansbach weiterfuhr.

✧

Im Gaildorfer Bahnhof, der etwa einen Kilometer von der Stadtmitte entfernt lag, bat Fischer den Stationsvorsteher, seine Reisetasche bei ihm abstellen zu dürfen. Dann ging er, den Mantelkragen hochgestellt und mit dem Schal zugebunden, nach Gaildorf hinein. Am Pfarramt klopfte er und schüttelte den Schnee von seinem Hut.

»Sie?« Der Pfarrer staunte ihn an. »Ich dachte, Sie hätten Ihre Ahnenforschung längst eingestellt. Bitte entschuldigen Sie, aber mir ist Ihr Name entfallen.«

»Fischer, Friedrich Fischer aus Hamburg.«

»Ach ja, der Herr Gewürzhändler. Kommen Sie herein in meine warme Stube.«

Fischer folgte dem Geistlichen, der ihm Hut, Mantel und Schal abnahm und am Kleiderrechen vor seinem Dienstzimmer aufhängte.

»Danke für Ihr Entgegenkommen, Herr Pfarrer. Ich bin mit den Richters verabredet. Sie warten schon auf mich. Aber an Sie hätte ich noch eine Frage.«

Steinhauser deutete mit der Kinnspitze auf einen Stuhl und setzte sich an seinen Schreibtisch.

Fischer zog aus der Innentasche seines Jacketts vier Papiere heraus.

»Ich weiß, Herr Pfarrer, dass ich im hiesigen Rathaus keine weiteren Unterlagen über meine Familie finden kann. Dass die Pfarrer für das Personalwesen zuständig waren, haben Sie mir ja erklärt.«

Steinhauser betrachtete den Besucher mit großen Augen und schwieg.

Fischer räusperte sich. »Weil ich sowieso auf der Durchreise bin ...«

Er legte ein paar Gewürzpäckchen auf den Schreibtisch.

»Danke, aber das wäre nicht nötig gewesen ...«

»Würden Sie bitte diese vier Urkunden anschauen, Herr Pfarrer?« Fischer reichte dem Pfarrer die Papiere über den Schreibtisch. »Wo könnten sich noch Nachforschungen lohnen?«

Steinhauser breitete die Urkunden vor sich aus: eine Geburtsurkunde, ein Taufschein, eine Heirats- und eine Sterbeurkunde.

Man konnte an seinen Lippen ablesen, dass er die Papiere Zeile für Zeile studierte. Nur zwei Wörter murmelte er vor sich hin: »Elisabeth Landwehr.« Dann stemmte er beide Ellbogen auf den Schreibtisch, legte die Hände übereinander und dachte lange nach.

Fischer sah ihm gespannt zu, hüllte sich jedoch in Schweigen.

Steinhauser schüttelte den Kopf. »Hier in Gaildorf gibt es nur drei Ansatzpunkte für Nachforschungen. Ihren Vater, den Zeugen Emil Richter und vielleicht noch andere Verwandte von Richter.«

»Deshalb bin ich nachher mit Emil Richters Neffen verabredet.«

»Über Ihre Mutter«, Steinhauser nahm die Heiratsurkunde in die Hand und las sie nochmals sorgfältig durch, »weiß natürlich Ihr Vater am besten Bescheid. Auch Emil Richter muss sie ganz gut gekannt haben. Wie sonst hätte er die Angaben auf der Heirats- und auf der Sterbeurkunde bezeugen können? Und vielleicht weiß auch der eine oder andere Nachbar und Bekannte Ihrer Mutter noch etwas. Aber nach vierzig Jahren ...«

»Kein weiterer Anhaltspunkt?«

»Ich überlege gerade, ob Ihnen der Igersheimer Pfarrer weiterhelfen könnte?«

Fischer rutschte auf seinem Stuhl nach vorn.

»Wieso?«

»Ihre Mutter ist doch in Igersheim geboren.«

»Weiß ich, aber dort war sie nicht lange ...«

Steinhauser erhob sich und nahm ein dickes Buch aus dem Regal. Er schlug es hinten auf und las mit dem Zeigefinger Zeile für Zeile. Dann murmelte er eine Seitenzahl, schlug sie auf und erklärte: »Igersheim gehört zum Oberamt Mergentheim. Ein katholisches Pfarrdorf mit Bahnhof.«

»Was könnte ich in Igersheim herausfinden? Die Familie meiner Mutter wohnt schon lange nicht mehr dort.«

»Vielleicht kann sich der eine oder andere in Igersheim noch an Ihre Mutter erinnern.«

Fischer zog eine ärgerliche Schnute.

Der Pfarrer lachte und zuckte bedauernd die Schultern. »Wenn Sie hier in Gaildorf nach vierzig Jahren noch etwas über Verwandte und Freunde Ihres Vaters erfahren, dann weiß man dort in Igersheim vielleicht auch etwas über Ihre Mutter. Igersheim ist doch nicht groß. Tausend Seelen, steht hier in dem Buch. Ich könnte mir vorstellen, dass noch Schulfreunde Ihrer Mutter leben.« Er wiegte den Kopf hin und her. »Aber das ist dann die allerletzte Stelle, an der es sich nachzuforschen lohnt.«

Fischer dankte, steckte die vier Urkunden wieder ein und verabschiedete sich.

Im Schneeregen machte er sich auf zu Richters Neffen.

Freitag, 3. Dezember 1909

Beim Frühstück setzte sich Fischer ans Fenster. Es war bis zu den Griffen mit Eisblumen verziert, und wenn sich die Tür öffnete, zog es an den Füßen.

Fischer rieb sich mit der warmen Hand ein Guckloch und schaute den wenigen Menschen zu, die im Überrock und mit Pelzmütze und dicken Handschuhen über den Marktplatz hasteten und große Nebelwolken in die eiskalte Luft hauchten.

Am Vortag war er mit der Murrtalbahn von Gaildorf nach Crailsheim gerattert. Dort hatte er direkten Anschluss an die Taubertalbahn gefunden, mit der er keine zwei Stunden später in Mergentheim eingetroffen war.

Am Münster vorbei, dessen Kirchturm er vom Bahnhof aus gesehen hatte, war er fünf Minuten später im leichten Schneetreiben auf dem Marktplatz angekommen. Er hatte sich dreimal im Kreis gedreht und dann im Gasthof Weller einquartiert.

Am Nachbartisch saß ein Ehepaar. Sonst war das Frühstückszimmer leer.

Der Gastwirt kam aus der Küche und stellte einen Teller mit Käsescheiben und ein Glas mit Marmelade vor Fischer auf den Tisch.

»Sie gestatten, mein Herr?« Weller setzte sich, ohne eine Antwort abzuwarten. »Sie kommen aus Hamburg?«

Fischer kaute, schluckte und beantwortete die Frage mit einem leichten Nicken.

»Geschäftlich, wie ich vermute.«

Fischer sagte nichts.

»Dumme Frage, nicht wahr? Um diese Jahreszeit haben wir keine Kurgäste mehr. Aber zur Sommerfrische lohnt sich ein Ausflug ins Taubertal.«

»Großes Welttheater wird's wohl kaum in diesem Tal geben.« Fischer lächelte süffisant, denn er wollte den Wirt zum Plaudern herausfordern. Land und Leute interessierten ihn.

»Im Herbst war das größte Manöver aller Zeiten hier bei uns. Sie haben gewiss davon gehört. Sogar der Kaiser war da und mit ihm viele Fürsten, Grafen und Generäle.«

»Wenigstens einmal die ganz große Weltgeschichte zu Gast im kleinen Taubertal?«

»Einmal?« Weller lachte.

Fischer mochte Gespräche bei Tisch, und er liebte Erzählungen von früher.

Weller spürte es und ließ sich nicht zweimal bitten. Er gab seinem Gast eine kleine Lehrstunde in Heimatkunde.

»Auf Burg Neuhaus, Mergentheim als Schutzburg vorgelagert, aber zum Nachbarort Igersheim gehörend, lagerten das ganze Mittelalter hindurch die Deutschordensritter. Sie kontrollierten das

Taubertal. 1525, als aufrührerische Bauern mordend und plündernd durch Unterfranken zogen, eroberte ein Bauernhaufen die Burg und zerstörte sie. Zuvor, am *blutigen Ostersonntag*, hatten sechstausend aufgebrachte Bauern Stadt und Burg Weinsberg bei Heilbronn eingenommen, den Obervogt, einen Schwiegersohn des Kaisers Maximilian, ermordet und die adlige Burgbesatzung durch die Spieße gejagt. Unter diesem Eindruck hatte Martin Luther seine berühmte Schrift *Wider die mörderischen und räuberischen Rotten der Bauern* verfasst. Darin rief er die Fürsten auf, den aufständischen Bauern mit aller Macht entgegenzutreten. Der von Gott eingesetzten Obrigkeit sei jedermann Gehorsam schuldig. Notfalls müsse man das mit dem Schwert erzwingen. Die adligen Herren, im Schwäbischen Bund vereint, ließen sich nicht zweimal bitten. Sie forderten den Truchsess von Waldburg auf, ein Söldnerheer auszuheben und *ihr gottgewolltes Recht* wieder herzustellen. Die Bauern sammelten sich in mehreren Heeren. Der *schwarze Haufen* zog durchs Jagsttal nach Norden, zerstörte Burgen und Schlösser und lagerte in Markelsheim, der Nachbargemeinde von Igersheim. Verhandlungsführer der Bauern war Florian Geyer aus dem nahe gelegenen Giebelstadt. Der Truchsess von Waldburg ließ sich jedoch auf keine Verhandlungen ein. Am 2. Juni 1525, es war Freitag vor Pfingsten, metzelte sein gut gerüstetes Heer ein paar Kilometer tauberabwärts, am Turmberg bei Königshofen, siebentausend schlecht bewaffnete Bauern nieder. Die Überlebenden flohen nach Giebelstadt. Dort wurden auch sie, insgesamt fünftausend Männer, allesamt wehrlos, am Pfingstsonntag von Söldnern umzingelt und bestialisch abgeschlachtet. ›Das sei die rechte Ausgießung des Heiligen Geistes‹, höhnten die Soldaten.«

»Gibt's bei Ihnen nur Geschichten über Manöver und Soldaten, Mord und Totschlag?«

Weller lachte. »Von der Burg Neuhaus haben Sie einen herrlichen Blick auf Igersheim und Mergentheim. Flussabwärts sieht man in Richtung Lauda, Tauberbischofsheim und Wertheim. Und tauberaufwärts erblickt man im Westen zuerst die Weinberge von Markelsheim. Dahinter liegen das berühmte Schloss von Weikersheim und das Städtchen Creglingen mit seiner Herrgottskirche und dem bekannten Altar. Das ist nur einer von Riemenschneiders Altären, aber der schönste.«

Der Wirt stemmte sich mit beiden Händen aus seinem Stuhl und meinte beim Weggehen über die Schulter: »Wenn Sie Zeit haben, dann wandern Sie zur Burg Neuhaus hinauf. Da liegt Ihnen die ganze deutsche Geschichte zu Füßen. Die Bauernkriege und die Reformation, die Herrschaftsgebiete der Würzburger Bischöfe, der Fürsten zu Hohenlohe und der vielen kleinen Raubritter, von denen Götz von Berlichingen der bekannteste ist. Und sie sehen vor sich die Heimat der Kreuzritter, das bedeutendste Schlachtfeld des Dreißigjährigen Krieges und das Residenzstädtchen Bartenstein, wohin der französische Hof nach der Großen Revolution geflohen ist, als Robespierre und Danton ihre Schreckensherrschaft errichteten.«

✧

Fischer bestieg den Zug nach Igersheim. Am Ortsende von Mergentheim sah er rechts der Bahnlinie, am anderen Tauberufer, einen bewaldeten Hügel, auf dem die Burg lag.

In Igersheim stieg er aus dem Zug, folgte ein paar Schritte den Gleisen der Taubertalbahn, überquerte sie und war unvermutet auf einer alten Steinbrücke. Die holprige Straße führte zur Burg Neuhaus und nach Mergentheim, wie der Kilometerstein am Straßenrand verriet. Die Tauber unter der Brücke war nur wenige Schritte breit und nicht sehr tief.

Fischer kehrte um und ging die Straße ortseinwärts. Sie endete auf dem Marktplatz. Ihm gegenüber, auf der anderen Seite des quadratischen Platzes, stand das Rathaus mit einem Türmchen für die Feuerglocke.

Ein alter Mann, einen blauen Schurz umgebunden und eine Schildmütze auf dem Kopf, humpelte an ihm vorbei, einen hölzernen Rechen geschultert.

Fischer hielt ihn an und fragte, wo die Pfarrei sei.

Der Alte deutete mit dem linken Daumen übers Rathaus hinweg. »Den Kirchturm, sehen Sie den? Direkt daneben ist's Pfarrhaus.«

Fischer dankte und ging auf das Pfarrhaus zu, seine Reisetasche in der rechten Hand, eine kleine Schachtel mit allerlei Gewürzen in der linken, dazu ein Päckchen Kakaopulver und ein paar Briefchen mit Vanillezucker.

Vor zwanzig Jahren war er in und um Hamburg von Haus zu Haus getippelt und von Bäckerei zu Bäckerei marschiert, einen Musterkoffer in der Hand. Anfangs wies man ihm oft die Tür, bis er lernte, worauf es ankam, wenn er fremde Leute für sich gewinnen wollte. Verließ er nun gut gekleidet morgens sein Haus, so strahlte sein Gesicht den ganzen Tag, auch wenn die Füße schmerzten und die Arme lang wurden. Freundlich grüßte er nach allen Seiten, hatte für jedermann ein gutes Wort und mied kritische und ironische Töne. So erschloss er sich in jahrelanger Kleinarbeit einen großen Kundenkreis und fügte der ererbten Gewürzmühle eine Gewürzhandlung hinzu. Bald schon beschäftigte er eigene Handlungsreisende. Er war durch eine harte Schule gegangen, aber seitdem wusste er genau, wie man mit Menschen umgeht, wie man sie neugierig macht und für sich einnimmt.

Fischer ahnte, die Haushälterin, nicht der Pfarrer, würde ihn empfangen. Die Herren in Schwarz ließen sich in der Regel bedienen und wichen Gästen, vor allem ungebetenen, gern aus. Für die Pfarrköchin hatte er eine kleine Aufmerksamkeit dabei, die ihr die Zunge lösen sollte.

Und so geschah es. Kaum hatte Fischer mit dem eisernen Ring an der Pfarrtür geklopft, beäugte ihn auch schon eine junge Frau, hielt ihn mit erhobener Hand auf Distanz und erklärte, den Blick auf die Schachtel in Fischers Hand gerichtet, von oben herab und mit strenger Mimik, sie brauche nichts.

Fischer lachte. »Ich will Ihnen aber gar nichts verkaufen.«

Die Haushälterin gaffte den Fremden ein paar Sekunden lang ratlos an.

Die nutzte Fischer, strahlte die junge Frau an und flötete mit einem Lächeln auf den Lippen: »Darf ich Ihnen das hier schenken?« Er drückte ihr die Schachtel in die Hand. »Ich suche eine Igersheimerin. Von Hamburg bin ich eigens in Ihr schönes Dorf gekommen, um für einen Bekannten eine Auskunft zu holen. Wollen Sie mir nicht helfen?«

Die Frau nahm die Schachtel in die linke Hand und öffnete sie mit der rechten. Ihre Miene hellte sich auf.

»Ich bin Gewürzhändler. Das da«, Fischer deutete auf das Kakaopulver und den Vanillezucker, »ergibt eine wunderbare Schokolade zum Trinken. Darf ich's Ihnen zeigen?«

Die Frau zögerte.

»Keine Angst, junge Frau. Ich beiße nicht, habe keine Läuse und auch keine Krätze. Ich will Ihnen wirklich nichts verkaufen, sondern nur einen Blick in die Kirchenbücher werfen.«

»Dann kommen Sie herein.«

Fischer folgte ihr in die Küche, wo das Holz im Herd knisterte.

»Was braucht man für Ihre Schokolade?«, fragte sie.

»Heiße Milch und Sahne.«

Sie stellte einen Topf auf den Herd, goss frische Milch hinein und schaute fragend über die Schulter.

»Den«, er gab der jungen Frau den Vanillezucker in die Hand, »in die Sahne streuen ... Rahm heißt das hier, glaube ich. Und dann die Sahne steif schlagen.«

Als die Milch aufkochte, zog Fischer den Topf zur Seite und rührte mit einem Holzlöffel, den er vom Küchenbord über dem Herd nahm, etwas Kakao hinein. »Mein Bekannter sucht eine gewisse Elisabeth Landwehr. Kennen Sie eine Familie Landwehr?«

Die Haushälterin, die auf einem Schemel am Küchentisch saß und die Sahne mit dem Schneebesen schlug, lachte hell auf: »Eine? Das halbe Dorf heißt Landwehr.«

Fischer nahm es irritiert zur Kenntnis, verstummte kurz und konzentrierte sich wieder auf seine Schokolade, die er langsam umrühren musste.

»Und wie alt soll diese Elisabeth Landwehr sein, die Sie suchen?«

»Sie ist schon vor vierzig Jahren gestorben.«

»Ach Gott! Dann kann ich Ihnen nicht helfen. Ich bin mit dem Herrn Pfarrer erst vor einem Jahr hierher nach Igersheim gekommen.«

Sie stand auf und holte drei Tassen aus dem Geschirrschrank.

»Erst den Kakao einfüllen«, wies Fischer an, »dann einen Löffel Schlagsahne vorsichtig oben draufsetzen und dann eine Messerspitze Kakaopulver über die Sahne streuen.«

»Bitte setzen Sie sich«, forderte ihn die Haushälterin auf und verteilte den Kakao in drei große Tassen, die sie auf den Tisch stellte. »Ich ruf nur schnell den Herrn Pfarrer.«

Sie kam mit dem Pfarrer wieder, einem etwa dreißigjährigen, hoch gewachsenen Mann mit einer runden, randlosen Brille auf der Nase und einer Halbglatze. »Der Herr ist Gewürzhändler aus Hamburg. Er hat uns Gewürze und eine Trinkschokolade mitgebracht. Er soll für einen Bekannten eine Elisabeth Landwehr suchen.«

Der Pfarrer setzte sich an den Tisch. »Die kann man nicht suchen. Die kann man nur finden.«

Fischer schwieg, denn mit der Antwort wusste er nichts anzufangen.

»Landwehr heißen in dieser Gegend so viele Menschen, dass Sie diese Frau nur durch Zufall finden können.« Der Pfarrer zog eine Tasse zu sich her und genoss einen kleinen Schluck.

»Köstlich!« Er wandte sich wieder an den Besucher, nahm seine Tasse in die Hand und stützte sie mit der anderen Hand ab. »Lebt diese Frau Landwehr noch?«

»Sie ist vor etwa vierzig Jahren gestorben.«

»In Igersheim?«

»In Gaildorf.«

Der Pfarrer machte eine wegwerfende Handbewegung und führte die Tasse zum Mund.

»Aber sie wurde hier geboren.«

Der Geistliche schüttelte den Kopf. »Sie können gern im Kirchenbuch selber nachschlagen. Ich vermute, Sie werden wenig Glück haben.«

»Warum?«

»Außer dem Geburtstag und dem Taufvermerk steht in den Büchern nicht viel. Alles andere müssen Sie meinen Kollegen in Gaildorf fragen.«

»In Gaildorf hat ein großes Feuer die halbe Stadt vernichtet. Auch die meisten Akten.«

»Na, dann viel Erfolg.« Der Pfarrer erhob sich. »Kommen Sie doch in mein Amtszimmer.« Er wandte sich zum Gehen. »Die vorzügliche Schokolade nehmen wir mit.«

Fischer folgte ihm und setzte sich im nüchternen Arbeitszimmer auf die Besucherbank.

Der Geistliche öffnete einen schweren Eichenschrank und entnahm ihm ein dickes, großformatiges Buch. »Gaildorf ist evangelisch? Oder täusche ich mich?«

»Die Gesuchte wurde in Igersheim vermutlich katholisch geboren und getauft und hat in Gaildorf einen Evangelischen geheiratet.«

Der Pfarrer kniff die Augenbrauen zusammen. »No so a Habergoiß.« Und als er sah, dass der Fremde verwirrt aufblickte, huschte ein Grinsen über sein Gesicht. »Ich komme aus Schwaben. Das ist eine Redensart bei uns: Noch so eine Hafergeiß! Damit meint man ein junges Mädchen, das sich in den falschen Stall verirrt hat, weil es glaubt, dort sei der Hafer besser.«

Fischer lachte.

Der Pfarrer schlug das Buch auf. »Wollen Sie mit den Geburten von 1840 anfangen?«

»Mein Bekannter aus Hamburg, der die Elisabeth Landwehr geheiratet hat, ist 1841 in Gaildorf geboren.«

»Normalerweise«, meinte der Pfarrer und blätterte in dem Buch ein paar Seiten zurück, »sind die Frauen immer jünger als ihre Männer. Aber man weiß ja nie.« Er streckte das Buch dem Besucher über den Schreibtisch entgegen. »Januar 1835 habe ich aufgeschlagen. Probieren Sie Ihr Glück.«

Fischer nahm das schwere Kirchenbuch mit beiden Händen entgegen, setzte sich auf die Besucherbank und begann, Seite um Seite durchzusehen.

Der Pfarrer vertiefte sich in ein Schriftstück, trank ab und zu etwas Schokolade und schwieg.

Nach ein paar Minuten unterbrach Fischer die Stille. »Sie haben Recht, Herr Pfarrer. Da gibt's viele Landwehr. Elisabeth Landwehr sogar sechs oder sieben Mal in drei Jahren. Aber außer dem Namen und dem Datum steht da nichts weiter.«

Der Pfarrer nickte. »Sehen Sie! Leider kann ich Ihnen nicht weiterhelfen. Ich wohne nämlich erst seit einem Jahr in Igersheim.«

Er lobte die Schokolade in höchsten Tönen, dachte nach und reimte schließlich: »Landwehr hier, Landwehr da. Und Landwehr in Amerika. Ich kann die Verwandtschaften nicht auseinanderhalten.« Er zuckte bedauernd die Achseln. »Am besten fragen Sie ein paar alte Igersheimer. Vielleicht kommen Sie so schneller ans Ziel.« Er lachte. »Oder auch nicht.«

✧

Fischer hatte den Pfarrer beim Weggehen ausgehorcht, wo man hier in Igersheim gut essen könne.

»Ganz einfach«, hatte der Pfarrer geantwortet, »im *Adler*, im *Löwen* oder im *Stern*.« Er hatte die Hände vor der Brust zusammengelegt und zum Himmel aufgeschaut. »Heute ist Freitag, da gibt's im *Löwen* und im *Stern* Fisch oder grüne Maultaschen. Die Adlerwirtin hat manchmal gefüllte Krautwickel. Die sind sehr zu empfehlen.«

Der *Adler* war gleich am Marktplatz. Deshalb wählte Fischer diesen Gasthof, stieg die doppelte Treppe in den ersten Stock hinauf, fand einen freien Tisch und bestellte aufs Geratewohl Krautwickel und ein Bier.

»Mit oder ohne Fleischfüllung?« Die Dienstmagd war freundlich.

»Fleisch am Freitag?«

Erstens, wehrte die Magd ab, seien die gefüllten Krautwickel von gestern übrig, also nicht am Freitag gemacht, sondern am Donnerstag. Zweitens dürfe man als Christ doch nichts umkommen lassen, zumal es aufgewärmt besonders schmackhaft sei. Drittens sei nur ganz wenig Fleisch drin. Und viertens komme er doch von auswärts, wie sie höre. Viele Durchreisende aus den protestantischen Ländern würden die freitägliche Fleischlosigkeit nicht mitmachen.

Fischer lachte und erzählte der Magd, er komme aus Hamburg und sei in der Tat Protestant. Er wolle zwar nicht gegen die katholischen Gebräuche protestieren, aber doch die Krautwickel mit Fleischfüllung probieren. Der hiesige Pfarrer habe davon geschwärmt.

Das erste Glas Bier leerte er auf einen Zug und bestellte gleich noch ein zweites.

Nach etwa einer Viertelstunde servierte die Magd vier große, goldgelbe Krautwickel, eingerahmt von Salzkartoffeln und angebratenen Zwiebel- und Möhrenscheiben.

Fischer probierte. Köstlich! Einmalig! Gleich beim ersten Bissen war er überwältigt. Das Kraut war butterweich und die Wickel verströmten ein feines Aroma. Er zog einen mit der Gabel auseinander und kostete die Füllung auf der Zungenspitze. Kümmel und Möhren, das sah man. Zwiebeln und Petersilie, das schmeckte man. Aber was war da sonst noch drin?

Als er seinen Teller fast geleert hatte, kam die Wirtin in die Gaststube, ging von Tisch zu Tisch und fragte, ob man mit dem Essen zufrieden sei.

Fischer sprach ihr sein höchstes Kompliment aus und fragte, wie sie denn diese Köstlichkeit zubereite.

Die Wirtin lachte und setzte sich zu ihm an den Tisch. »Sie kommen von weit her.«

»Aus Hamburg.«

»Ja, die Magd hat es mir schon berichtet.«

»Ich hätt gern gewusst, wie man so gute Krautwickel machen kann.«

Die Köchin schmunzelte und fragte, ob er das Rezept haben wolle.

Fischer nickte und zog aus seinem Jackett einen kleinen Schreibblock und einen Bleistift.

Das Wichtigste, warnte die Wirtin, sei das Kraut. Spitzkraut sei für Krautwickel am besten. Das werde beim Dünsten besonders zart.

»Vom Krautkopf die äußeren Blätter wegnehmen und den harten Strunk herausschneiden. Die inneren Blätter etwa zehn Minuten in Salzwasser kochen, kalt abschrecken und mit einem Tuch vorsichtig trocken reiben. Dann die hart gebliebenen Rippen aus den Blättern herausschneiden. Salz, Pfeffer, Kümmel, etwas Muskat, eine Prise Zucker und eine Messerspitze Paprika drauf. Fertig!«

»Und die Füllung?«

»Gemahlenes Rind- und Schweinefleisch, halb und halb. Dazu etwas Weißbrot, in Milch aufgeweicht, und Möhren, Zwiebeln, Speckwürfel, Kümmel, Salz, Pfeffer, Muskat und heiße Fleischbrühe. Die Krautwickel zwanzig Minuten in einem Bett aus Zwiebelringen und Möhrenscheiben dünsten. Ab und zu mit heißer Fleischbrühe übergießen. Ganz zum Schluss einen Spritzer warmes Öl drüberträufeln.«

Fischer dankte für das Rezept. »Hoffentlich wird's was zuhause.«

»Und jetzt fahren Sie heim nach Hamburg?«

Fischer seufzte.

»Sorgen, mein Herr?«

»Keinen Erfolg gehabt. Ich überlege in der Tat, ob es nicht besser wäre, heimzufahren.«

»Hier, bei uns in Igersheim, hatten sie keinen Erfolg?«

»Ich wollte eine alte Bekannte meines Vaters suchen, aber leider ...«

Fischer blickte der Wirtin in die Augen, hob resigniert die linke Hand und legte die Stirn in Falten.

»Ist sie von Igersheim?«

Fischer nickte. »Hier geboren, aber schon vor über vierzig Jahren gestorben.«

»Und wer soll das sein?«

»Landwehr heißt sie.«

»Landwehr gibt's viele in Igersheim.«

»Das hat mir der Pfarrer auch schon gesagt.«

»Unser Pfarrer ist noch nicht lange in Igersheim. Der kennt sich doch nicht aus.«

»Eine Elisabeth Landwehr suche ich.«

»Da hat's schon viele gegeben.«

»Ich meine die Elisabeth Landwehr, die in Gaildorf gestorben ist.«

»Die ist mit mir in die Schule gegangen.«

Fischer schreckte hoch. »Sie kannten sie?«

Die Wirtin nickte. »Gleich nach der Schule ist sie als Dienstmädchen fort nach Gaildorf.«

»Und dann?«

»... ist sie jung gestorben. Mehr weiß ich nicht.«

Fischer sackte zusammen, stützte die Ellbogen auf den Tisch und faltete die Hände.

Die Adlerwirtin zuckte bedauernd die Schulter. »Aber ihre Schwester lebt noch.«

»Wer?«

»Ihre Schwester. Burger heißt sie jetzt.«

»Und wo finde ich diese Frau Burger?«

»Im Nachbarhaus. Wenn sie aus dem Gasthaus hinausgehen, das Haus auf der linken Seite.«

Fischer zahlte und dankte für das vorzügliche Essen. Dann verließ er den *Adler* und klopfte am Nachbarhaus. Eine alte Frau in Arbeitskleidung öffnete und sah ihn neugierig, aber freundlich an.

»Mein Name ist Fischer. Ich komme aus Gaildorf. Das heißt, eigentlich wohne ich in Hamburg. Aber gebürtig bin ich aus Gaildorf. Ich suche nach einer alten Bekannten meines Vaters, einer gewissen Elisabeth Landwehr.«

»Meine jüngste Schwester? Die ist schon lange tot.«

Der Gewürzhändler runzelte betrübt die Stirn.

»Und wer ist Ihr Vater?«, wollte die Frau wissen.

»Georg Fischer.«

Die Frau prüfte ihren Besucher von Kopf bis Fuß mit den Augen, nickte dann und meinte: »Wollen Sie nicht hereinkommen?«

✧

Frau Burger begleitete ihren Gast bis vor die Haustür.

Fischer reichte ihr die Hand. »Danke, dass Sie sich so viel Zeit genommen haben.«

»Hab ich gern gemacht«, wehrte sie bescheiden ab. »Hoffentlich kommen Sie mit Ihrer Ahnenforschung weiter.«

»Noch eine Frage zum Schluss: Wo kann ich hier übernachten?«

»Im Nachbarhaus, im *Adler.* Oder im *Löwen* in der Goldbachgasse. Nach dem *Adler* die Gasse rechts hinauf. Das fünfte oder sechste Haus.«

Fischer trat auf die Straße, drehte sich nochmals um und winkte Frau Burger zu. Mit wenigen Schritten erreichte er den Marktplatz. Dort blieb er stehen und überlegte: *Adler* oder *Löwe*? Im selben Augenblick schaute er die Goldbachgasse hinauf und sah das goldene Wirtshausschild vom *Löwen* in der Wintersonne blitzen. »Also auf zum *Löwen«*, brabbelte er vor sich hin.

Ein paar alte Weinzähne saßen in der Schankstube und schwadronierten über die gute alte Zeit. Sie bemerkten Fischer und verstummten. Er stellte seine Reisetasche vor den Schanktisch.

»Ist's erlaubt?«

Einer nickte.

Er setzte sich zu ihnen an den Stammtisch. Als die Löwenwirtin aus der Küche kam und nach seinen Wünschen fragte, bestellte er einen hiesigen Weißwein.

»Probieren Sie den Altenberger Silvaner«, riet sein Nebensitzer, »das ist kein Rachenputzer, sondern ein Herrenwein.« Auch die Wirtin empfahl ihn. Also willigte Fischer ein und fragte, ob er im Haus übernachten könne.

»Freie Auswahl. Es ist Winter«, lachte die Wirtin freundlich und holte den bestellten Silvaner.

»Auf Ihr Wohl, meine Herren!« Fischer erhob sein Glas. Die Stammtischler prosteten ihm einsilbig zu.

Als Fischer mehrfach den Wein lobte, begannen die Wirtshaushocker aufzutauen und ihren Kropf zu leeren. Das freue sie, dass ein Fremder ihren Wein preise, bekannten sie. Die hohen Herren in Stuttgart seien da vermutlich ganz anderer Meinung. Von denen höre man nur Vorwürfe.

»Vorwürfe wegen Ihres Weines?« Fischer kostete nochmals. »Aber der ist doch wirklich gut.«

Das ganze Mittelalter hindurch, erzählten ihm die alten Winzer, hätten sich die adligen Herren aus nah und fern um den berühmten Weinort Igersheim gebalgt. Noch vor fünfzig Jahren hätten zwei Drittel aller Igersheimer vom Weinbau gelebt, als Weingärtner oder Küfer, als Essigmacher oder Tagelöhner. Igersheim sei eine der größten Weinbaugemeinden im Taubertal gewesen. Und heute sei die ganze Herrlichkeit zu Ende. Vor zwanzig Jahren habe sich die Reblaus in den hiesigen Weinbergen eingenistet. Vor acht Jahren sei die Blattfallkrankheit, die Peronospora, über ihre Weinberge hereingebrochen wie die Kälte über Sibirien.

Im Juni 1906 fielen alle Blätter und Trauben von den Reben. Auch wiederholtes Spritzen nützte nichts mehr. Im Jahr drauf holzte man die Hälfte der Weinberge ab und verbrannte das Rebholz in der Hoffnung, so die Schädlinge an und die Pilze in den Pflanzen zu vernichten. Vergebens! Auch die neuen Rebstöcke und die neuen Weinsorten brachten keinen Erfolg.

»Der Weinbau in Igersheim ist tot«, beklagte Fischers Gegenüber mit feuchten Augen. Eine Kommission nach der anderen sei gekommen. Außer Spesen nichts gewesen, vor allem keine Hilfe aus Stuttgart. Die da oben hätten die Winzer in Igersheim längst vergessen.

Fischer rühmte ein ums andere Mal den guten Wein und fragte schließlich, ob es in Igersheim auch ein Postamt gäbe.

»Natürlich«, rief einer über den Tisch, der bisher geschwiegen hatte. »Postamt nicht, aber Postagentur. Eine nagelneue sogar. Im Mai ist beim Schuster Spitznagel in der Kirchgasse das neue Postzimmer eingeweiht worden. Der Ludwig besorgt die Agentur zusammen mit seiner Schwester Käthe. Geöffnet morgens von halb elf bis halb zwölf, nachmittags von drei bis halb fünf und abends von sechs bis sieben.«

»Und Telefongespräche kann man auch führen?«, hakte Fischer nach.

»Freilich, wenn der Ludwig daheim ist. Das Postzimmer ist klein. Darum hat der Ludwig die Sprechstelle in seinem Schlafzimmer ...«

»... nicht unterm Bett! An der Wand!«, schrie einer dazwischen.

»Natürlich an der Wand. Wo denn sonst, du Simpel? Neben Ludwigs Bett steht der Klappenschrank mit hundert Stöpseln. Gehen Sie nur hin und schauen Sie sich das Wunderwerk der Technik an.«

»Aber zeitig vor vier oder nach vier«, gab ein anderer zu bedenken. »Um vier muss der Ludwig nämlich die abgehende Post zum Bahnhof tragen. Dann ist bloß die Käthe im Postzimmer. Und die bringt immer die Stöpsel durcheinander.«

Fischer zog seine Taschenuhr heraus. »Kurz nach drei.«

»Jetzt gleich oder um sechs«, riet man ihm. »Dann ist der Ludwig in jedem Fall daheim.«

»Ich gehe jetzt gleich. Bis nachher, meine Herren.«

Alle am Tisch nickten. Einer schob sich aus der Sitzbank, ging mit Fischer nach draußen und zeigte ihm den Weg zur Kirchgasse.

✧

Die Postagentur war ganz in der Nähe. Der Schalterraum war klein, dafür hell und gut geheizt. Eine Brüstung teilte das Zimmer in zwei Hälften, den Kunden- und den Amtsraum.

Als Fischer eintrat, schallte ihm aus der gegenüberliegenden Tür entgegen: »Ich komm gleich!« Und dann war er da, der Herr Postagent, bekleidet wie ein Schuster, aber auf dem Kopf eine Amtsmütze, die ihn als Bediensteten des königlich-württembergischen Ministeriums der auswärtigen Angelegenheiten, Verkehrsabteilung Stuttgart, auswies.

»Sie wünschen?«

»Ich möchte nach Würzburg telefonieren.«

»Rufnummer?«

»224 in Würzburg.«

Der Postagent notierte die Nummer auf einem Zettel, schob einen Riegel zur Seite, klappte die Brüstung hoch und ließ Fischer passieren. »Folgen Sie mir bitte, mein Herr.«

Er geleitete Fischer in sein Schlafzimmer, stöpselte, kurbelte, wartete, nahm den Telefonhörer von der Wand, sprach mit irgendjemandem und übergab den Hörer an Fischer. »Ich lasse Sie jetzt allein und schließe die Tür. Wenn Sie fertig sind, dann kommen Sie bitte in den Schalterraum.«

Das Fräulein vom Amt war am Apparat.

»Bitte verbinden Sie mich mit Herrn Gustav Ginther in Würzburg. Apparat Nummer zwei ... zwei ... vier.« Nach ein paar Augenblicken ein Knacken in der Leitung, dann Ginthers Stimme, klar und deutlich.

»Hier Friedrich Fischer aus Hamburg. Ich bin gerade in Igersheim im Taubertal.«

»Kenne ich. Nachbarort von Mergentheim. Ich war im Mai dort.«

»Ich bin heute auf etwas Ungeheuerliches gestoßen. Darüber muss ich Sie umgehend informieren. Aber nicht am Telefon. Auch zum Schreiben ist die Sache zu brisant. Außerdem viel zu kompliziert.«

»Dann kommen Sie doch hierher nach Würzburg, Herr Fischer. Sind Sie mit dem Automobil in Igersheim?«

»Mit dem Zug!«

»Dann mieten Sie sich eines. Wenn Sie über Bernsfelden und Giebelstadt fahren, dann sind Sie in anderthalb Stunden hier. Ich freue mich auf Ihren Besuch.«

»Um Gottes willen! Nein! Ich bitte Sie händeringend: Kommen Sie hierher nach Igersheim, Herr Ginther! Hier kann man kein Automobil mieten. Igersheim ist ein Dorf. Kommen Sie, bitte! In Ihrem Interesse! Zu Ihrem eigenen Schutz!«

»Etwas Privates?«

»Betrifft nur Sie persönlich. Meine Nachricht verträgt keinen Lufthauch.«

»Wie meinen Sie das?«

»Eine ungeheuerliche Nachricht. Geht nur Sie etwas an. Sonst niemand in Ihrer Familie.«

Stille in der Leitung.

»Sind Sie noch da, Herr Ginther?«

»Höchst brisant, meinen Sie?«

»Wertvoller als alles, was Ihnen bisher wichtig war, Herr Ginther.«

»Wie soll ich denn heute noch nach Igersheim kommen? Hat das nicht Zeit bis morgen?«

»In Gottes Namen, dann halt erst morgen. Aber ich flehe Sie an: Kommen Sie! Sie allein! Die Sache ist heikel und kompliziert.«

Wieder eine Pause.

»Brieflich geht's wirklich nicht!«, drängte Fischer.

»Gut. Wo in Igersheim treffe ich Sie?«

»Im Gasthof zum *Löwen,* ein paar Schritte vom Marktplatz entfernt.«

»Dann bis morgen. Ich komme mit der Eisenbahn über Lauda und Mergentheim. Oder mit dem Automobil meines Bruders. Wir werden sehen.«

»Vielleicht sollten Sie sich auf eine Übernachtung in Igersheim einstellen.«

»Übermorgen ist doch der zweite Advent. Den soll ich in einem Gasthaus verbringen?«

»Was ich Ihnen zu sagen habe, passt in keine Jahreszeit besser als in den Advent. Sie werden nämlich eine Ankunft der besonderen Art erleben. Und dann können Sie entscheiden, ob Sie hier eine Nacht verbringen wollen.«

»Ich komme am Nachmittag. Dann sehen wir weiter.«

»Danke! Bis morgen. Und gute Fahrt.«

»Bis morgen.«

Das zweite Telefonat ging nach Stuttgart. Fischer teilte der Firma Eszet mit, er müsse seinen Besuch um zwei, drei Tage verschieben. Er könne erst am Montag oder Dienstag kommen.

✧

Im *Löwen* ging es hoch her. Die alten Weinzähne aus Igersheim saßen um einen langen Tisch und feierten Verbrüderung mit dem Hamburger, der ein ums andere Mal ihren Wein lobte und die Runde freihielt.

Ein bewunderndes Flüstern lief an der einen Seite des Tisches hinauf und kam auf der anderen herunter. Alle, die den Neuen in ihrer Runde hörten, bestaunten ihn und pflichteten ihm bei, denn er war ein kluger und weitgereister Mann, und alle, die nicht in Hörweite saßen, machten spaßige Bemerkungen. Und so wurde das Gespräch lebhaft und fröhlich.

Als die alten Herren schon etwas angeheitert waren und ihre Sorgen und Zipperlein nicht mehr ganz so ernst nahmen, fragten sie den Fremden viel: Warum er hier sei, ob es ihm in Igersheim gefalle und ob er sich auch schon ein bisschen die Gegend angesehen habe. Burg Neuhaus zum Beispiel? Oder Rothenburg ob der Tauber? Oder das berühmte Schloss in Weikersheim?

Fischer bekannte, dass er zum ersten Mal im Taubertal sei. Dafür erntete er viel Mitleid. Da müsse man sofort etwas tun, beschlossen seine fürsorglichen Tischgenossen, denn mit einer solchen Bildungslücke könne er sich in Hamburg doch nicht sehen lassen.

Also kramten die alten Herren alles aus ihrem Gedächtnis hervor, was sie in der Schule gelernt hatten und was sie aus eigenem Erleben kannten.

Ob er schon vom Martin Mack gehört habe? Nein? Um Himmels willen! Der stamme doch von der Burg Neuhaus, sei mit 27 Jahren bereits Theologieprofessor und mit 34 sogar Rektor der Universität Tübingen gewesen. Die ganze Bibel und lauter Weltgeschichte habe der im Kopf gehabt, ein Wunder an Gedächtnis und ein Ausbund an Wissen. Aber dann habe sich Mack mit seinen Oberen überworfen, sei seines Lehramts enthoben worden und habe sich kräftig in die achtundvierziger Revolution eingemischt.

Ob er sich denn nicht fürchte, allein durchs Taubertal zu reisen? Warum? Ja, ob er denn nicht wisse, dass die Taubertäler Rebellen seien, Aufrührer, Bauchaufschlitzer und Fürstenverderber? Schon in den Bauernkriegen hätten sie die Fürsten das Fürchten gelehrt und ihre Widersacher durch die Spieße gejagt. Der

Bundschuh sei hier zuhause. Der erste württembergische König, der dicke Friedrich, habe immer Gift und Galle gespuckt, wenn man die wilden Kerle im Norden seines neuen Königreichs erwähnte, Obertanen seien das, keine Untertanen, soll er geschnaubt haben. Auch in der achtundvierziger Revolution seien die Taubertäler an vorderster Front gestanden. Überall im Taubertal hätten sich die Fürsten in ihre Keller verkrochen. Und drüben in Niederstetten hätte man die Akten der verhassten Obrigkeit aus den Schränken gerissen, aus dem Fenster geschmissen und angezündet. Da hinten in Stuttgart habe man die Hosen voll, wenn man an Hohenlohe denke und vor allem ans Taubertal. Deshalb habe man ja das größte Manöver aller Zeiten im Herbst dieses Jahres im Taubertal abgehalten, weil Kaiser Wilhelm für den Ernstfall proben wollte, wie man diese Rebellen endlich kleinkriegen könnte.

Sie beschrieben ihm auch das Haus, aus dem Hermann Mittnacht stammte, der dreißig Jahre lang die Geschicke des Königreichs Württemberg gelenkt hatte und in diesem Frühjahr gestorben war. Er, der Spross einer hiesigen Bauern- und Weingärtnerfamilie, sei mächtiger als sein König gewesen, außerdem der einzige Regierungschef aus den fünfunddreißig deutschen Ländern, der Bismarck die Stirn geboten und vor dem der Eiserne Kanzler Respekt gehabt habe.

Sie wankten mit ihrem Gast zu später Stunde auf den Marktplatz und zeigten ihm mit viel Geschrei das Geburtshaus des weltberühmten Theologen Johann Adam Möhler. Sie lachten sich dumm und dämlich, dass der Hamburger heute in dem langen Gebäude mit den vielen Fenstern und der großen Doppeltreppe gegessen hatte, ohne zu wissen, in welch berühmtem Haus er seine Krautwickel verdrückte. Sie fragten ihn besorgt, ob er an seinen krautgeschuldeten Darmwinden denn nichts Theologisches gerochen habe.

Sie kriegten sich mitten auf dem Marktplatz fast in die Haare, als Fischer wissen wollte, welche fränkischen Nationalgerichte man ihm denn empfehlen könne.

»Fränkische?« Einer der Stammtischbrüder wollte sich ausschütten vor Lachen.

»Ich bin doch in Franken?«

»Vielleicht.«

»Wo dann?«

»In Hohenlohe.«

»Aber das gehört doch auch zu Franken, ihr Oberfranken.«

»Unterfranken.«

»Besserwisser!«

»Nein, nein, Hamburger, du musst erst das kleine Einmaleins lernen.«

Sie waren längst beim Du.

»Schau, Nürnberg ist Oberfranken, Würzburg gehört zu Unterfranken, und wir sind Tauberfranken.«

»Doch keine Hohenloher?«

»Auch. Die Herren von Hohenlohe kamen aus Unterfranken. Wir sind in erster Linie Franken, genauer: Mainfranken, und in zweiter Linie Tauberfranken, Hohenloher, Deutschordensleute und jetzt, leider, leider, auch Württemberger. Wir sind alles und nichts, Rebellen halt.«

»Also, meinetwegen, ihr mainfränkischen Hohenloher und hohenloher Unterfranken. Jetzt nennt mir auf der Stelle ein einheimisches Gericht.«

»Krautwickel!«

»Die gibt's in der ganzen Welt«, meckerte Fischer, »in China, in Österreich, in Russland und auf dem Balkan.«

»Bratwürste!«

Fischer lachte und klopfte dem verdutzten Zechbruder begütigend auf den Rücken. »Bratwürste isst man in der ganzen Welt.«

Die Stammtischbrüder glotzten ihn fassungslos an.

»Regt euch nicht auf. Es gibt überhaupt keine Nationalgerichte.«

»Aber die Schwaben sind doch auf ihre Spätzle stolz!«

»Die haben sie den Südtirolern, Russen und Chinesen weggemaust.« Fischer grinste übers ganze Gesicht. »Sogar das Wort Spätzle haben sie stibitzt. Das italienische Wort *spazzeto* bedeutet nämlich *Teiggeschnetzeltes*. Auch die Maultaschen haben die Schwaben nicht selber erfunden, sondern bei den Italienern gezwickt.«

»Aber bei uns isst man doch anders als bei den Italienern.«

»Natürlich, dort ist's heißer als bei uns. Man würzt anders als hier und hat andere Gemüsesorten.«

»Woher weißt du das so genau, Hamburger?«

»Weil ich Gewürzhändler bin.«

»Ein Zwiebel- und Schnittlauchgrempler«, spotteten sie.

»Thymian, Koriander, Lorbeer, Piment, Safran ...«

»Safran macht den Kuchen gehl ...«, unterbrachen sie ihn streitlustig. »Jetzt gibt er an wie zehn nackte Neger«, schrien sie in die Runde und fragten ihn: »Verkaufst du auch Eier?«

Fischer lachte. »Eier nicht, aber Chili, milden und scharfen Curry, Kassia, Kapern, Muskat, Estragon, Kardamom, Majoran, Oregano, Wasabi, weißen Pfeffer, schwarzen Pfeffer, Zimt ...« Er hatte mit den Fingern mitgezählt, gab entnervt auf und verriet: »Über 140 Gewürze habe ich im Angebot.«

Die Igersheimer waren baff. »Kommst du viel in Deutschland herum?«, fragten sie ihn bewundernd.

Fischer nickte. »Jeden Monat bin ich woanders. Und jeden Tag kriege ich Waren aus der ganzen Welt. Hamburg ist ein einziger Markt, pah, was sage ich, ein Weltmarkt.«

»Jetzt übertreibst du aber.«

»Kommt nach Hamburg! Ich zeige es euch. Die Welt ist in Hamburg daheim, Hamburg ist ein riesiger Gewürzmarkt. Der würzig-fruchtige Ingwer aus Niederländisch-Ostindien, der milde Galgant aus Siam, das ziegelrote Annatto aus Mexiko, die zitronigen Kaffirlimettenblätter aus Indien, der beißend scharfe Asant aus Afghanistan, Kakao aus Südamerika, Kaffee aus Abessinien, Muskat aus Mauritius, Paprika aus Ungarn, getrocknete Goldäpfel oder Tomaten, wie man sie jetzt nennt, aus Italien und viele andere Gewürze aus der ganzen Welt.«

Sie wankten in den *Löwen* zurück, becherten, lachten und erzählten sich bis tief in die Nacht hinein Geschichten von feurigen Gerichten und köstlichen Tafelfreuden, von Schweinsbraten und Dampfnudeln, von Hühnersuppen, Bohnenmus und Kommisseintöpfen, von gedeckeltem Apfelkuchen und von räsem Zwiebelplotz. Überhaupt Zwiebel, belehrten sie den Gewürzhändler, Zwiebel sei das beste Gewürz, denn die Zwiebel sei die Darmpolizei. Ohne Zwiebeln könne er sich seine 140 Gewürze an den Hut stecken.

Ihre Magensäfte gerieten in Wallung, und so erbettelten sie sich von der Löwenwirtin zu früher Stunde noch ein Vesper, gerauchte Schinkenwurst, Schwartenmagen, Blutwurst, dazu Schweineschmalz, Senf und ein kräftiges Brot. Für jeden. Der Wein floss in Strömen, denn der Hamburger war fröhlich und ausgelassen und hielt seine neuen Freunde frei.

Samstag, 4. Dezember 1909

Das tiefe Brummen eines Automobils kam immer näher. Schließlich dröhnte es die Goldbachgasse herauf, dass die Fensterscheiben zitterten und klirrten. Fischer stand mit schwerem Kopf in der Schankstube auf, die zu dieser nachmittäglichen Stunde noch leer war, und sah aus dem Fenster.

Gerade hielt ein blaublitzender Motorwagen direkt vor dem Gasthaus. Gustav Ginther stieg auf der Beifahrerseite aus, schaute sich suchend um und zeigte dann auf die Giebelseite des Hauses. Er beugte sich ins Wageninnere und sagte zum Chauffeur, so laut, dass Fischer jedes Wort verstand: »Wir sind richtig. Da steht's groß an der Wand. *Gasthaus und Bierbrauerei zum Löwen.*«

Der Chauffeur drückte daraufhin die schwere Fahrertür von innen auf und stieg aus. Mit Schwung öffnete er die hintere Tür, hob eine Reisetasche vom Rücksitz und trug sie ums Auto herum.

Ginther nahm sie ihm ab. »Danke, Herr Schneider, dass Sie mich hergebracht haben. Bitte warten Sie eine Stunde. Dann kann ich Ihnen sagen, ob ich mit Ihnen zurückfahre.«

Der Chauffeur winkte und setzte sich wieder ins Auto.

Ginther wandte sich dem Gasthaus zu und warf einen Blick auf das schmiedeeiserne Wirtshausschild, das weit in die Gasse hineinragte. Er zögerte einen Augenblick, weil auf der Straßenseite kein Eingang war, bis er am rechten Hauseck einen aufgemalten Pfeil entdeckte und darüber das Wort *Eingang*.

Fischer setzte sich wieder an seinen Tisch.

Gleich darauf betrat Ginther die Gaststube.

Fischer eilte auf ihn zu. »Gute Reise gehabt?«

Der Maler nickte, stellte seine Reisetasche vor den Schanktresen und setzte sich zu Fischer an den Tisch. Im selben Augenblick kam die Wirtin in die Gaststube.

»Was trinken Sie, Herr Ginther?«

Der Würzburger zögerte.

»Darf ich Sie zu einem Weißwein einladen?«

»Gern.« Ginther nickte. »Einen Markelsheimer, bitte! Ein Österreicher vom Tauberberg, der tät mir jetzt schmecken.«

»Woher kennen Sie den?«, mischte sich die Wirtin ein, die an den Tisch getreten war.

»Vor zwanzig Jahren war ich wochenlang im Taubertal unterwegs. Als Kunstmaler. Ich habe auch ein paar Bilder von Markelsheim gemalt. Außerdem wohne ich jetzt in Würzburg. Jeder Weinliebhaber in Franken kennt den Wein aus Markelsheim.«

»Die Markelsheimer haben seit Neuestem eine eigene Weingärtnergenossenschaft«, klärte die Wirtin auf. »Übrigens heißt man den Österreicher bei uns jetzt Silvaner. Der ist wirklich gut. Er hat so ein erdiges Schwänzle im Abgang.«

Die Wirtin verschwand in der Küche und kam mit zwei Gläsern und einer Flasche wieder, zog den Korken heraus und stellte den Wein auf den Tisch. »Bedienen Sie sich. Abrechnen können wir später. Ich muss jetzt in die Küche. Rufen Sie, wenn Sie was brauchen.«

Fischer schenkte beide Gläser halb voll und prostete Ginther zu. »Danke, dass Sie so rasch gekommen sind.«

Ginther erhob sein Glas und trank einen kleinen Schluck, schwieg und wartete ab.

Fischer nahm einen Umschlag zur Hand, den er neben sich auf die Sitzbank gelegt hatte, und zog ein paar Bilder und Schriftstücke heraus.

»Das hier sind die Unterlagen, die Sie mir nach Hamburg geschickt haben.« Er legte zwei Fotografien auf den Tisch. »Wer ist dieser Mann?« Er deutete auf einen älteren Herrn, der auf beiden Bildern zu sehen war.

Sonntag, 5. Dezember 1909 (2. Advent)

Draußen umfing sie das nasskalte Wetter eines typischen Dezembertages. Aber sie waren bester Stimmung, trotz der durchzechten Nacht. Bis zur Sperrstunde hatten sie sich Geschichten erzählt, aus ihrer Schulzeit, von ihrer Ausbildung, über ihre tägliche Arbeit und von ihren Familien. Und am Sonntagmorgen saßen sie nebeneinander in der Igersheimer Kirche und genossen den zweiten Advent im doppelten Sinn, im christlichen wie im privaten.

Fischer, der die ungeheuerliche Geschichte einen Tag länger kannte als Ginther, wirkte aufgeräumt, obwohl er zwei kurze Nächte hinter sich hatte.

Ginther war immer noch aus dem Häuschen. Er strahlte übers ganze Gesicht und alberte herum.

Seite an Seite spazierten sie durch Igersheim und genossen das schon vertraute Du.

»*Du* bist doch in Franken zuhause, Gustav, nicht ich.«

»Aber du bist der Igersheimer!«

»Wenn Du mich so schön bittest, dann muss ich dir wohl oder übel etwas Bildung angedeihen lassen.«

Ginther lachte.

Fischer grinste. »Weiß ich alles erst seit vorgestern von Frau Burger und der Löwenwirtin und ihren Stammtischbrüdern.«

Er stellte sich auf der Straße in Positur: »Igersheim«, er hob die Stimme und breitete die Hände aus, »Igersheim wurde im sechsten Jahrhundert von dem fränkischen Heerführer Igeri gegründet und liegt 209 Höhenmeter ...«

»... komm, hör auf. Du hast die Kelten, Germanen und Römer vergessen, Friedrich!«

»Also das Sparmodell einer Fremdenführung?« Er wartete die Antwort nicht ab. »Wie der Herr wünschen.«

Ginthers Lebensangst war wie weggeblasen. Übermütig stieß er seinen Begleiter in die Seite.

»Schau, Gustav, da hat der Johann Baptist Schmitt gewohnt. Hat mir vorgestern einer der Alten im *Löwen* erzählt. Der Schmitt war Förster und hat die Wälder um Igersheim mustergültig kartiert und katalogisiert. Dann wurde er vom österreichischen Kaiser nach Wien berufen und zum ersten hauptamtlichen Forstprofessor Österreichs ernannt. Schmitt hat die akademische Forstausbildung im alten Kloster Mariabrunn bei Wien und in der ganzen Welt begründet und zählt heute zu den großen Österreichern.«

»Das ist oft so. Erst in der Fremde erfährt man die Anerkennung, die man zuhause nie bekommen würde.«

»Heimat ist immer eine Mischung aus Einheimischem und Fremdem, aus Altbewährtem und Neuem. Das Fremde reizt mehr als das Vertraute. Wo hast du deine ersten großen Erfolge gefeiert, Gustav? In Stuttgart und Hamburg!«

»In Würzburg habe ich aber viele Aufträge, ohne die ich nicht in Stuttgart und Hamburg bekannt geworden wäre.«

»Gewiss. Aber hat dich deine Heimatstadt Würzburg schon einmal mit einer Einzelausstellung geehrt?«

Ginther schwieg betreten.

»Siehst du, Gustav! Aber tröste dich. Das ist immer so.«

Sie überquerten den Marktplatz und näherten sich der Kirche.

»Da fällt mir eben ein«, lachte Ginther, »dass du ja Protestant bist. Wie ist denn das gekommen?«

Fischer blieb stehen und sog die feuchte Luft langsam ein. »Es riecht nach Schnee.« Er zog seinen Hut tiefer ins Gesicht, als wolle er sich vor neugierigen Blicken schützen. »Offensichtlich bin ich weder evangelisch noch katholisch, sondern evangelisch und katholisch. Ich bin beides.«

✧

Fischer hatte Ginther am Vorabend zwei Fotos vorgelegt.

»Wer ist das?«

Fischers Blick wanderte über das ganze Gesicht des Malers und blieb an den Augen des Mannes aus Würzburg hängen.

Ginther wusste nicht, worauf Fischer hinauswollte. Er war immer noch etwas garstig, weil er nach Igersheim kommen musste. Zunächst hielt er dem kritischen Blick stand. Dann senkte er langsam den Kopf und prüfte die ausgelegten Fotos.

»Mein Vater«, stieß er säuerlich hervor.

»Nein, Herr Ginther«, korrigierte Fischer, ohne den starren Blick von seinem Besucher abzuwenden.

Ginther brauste auf.

»Ich werde doch meinen Vater noch kennen!« Er schrie, schob sein Weinglas von sich und rutschte unruhig auf seinem Stuhl hin und her.

Fischer zog wortlos aus der Innentasche seines Jacketts vier weitere Fotos heraus und legte sie in eine Reihe neben die beiden Lichtbilder. Dann lehnte er sich auf der Sitzbank zurück, legte seine Stirn in Falten und musterte stumm den Anderen.

Ginther beugte sich vor, warf einen kurzen Blick auf die Bilder, die er noch nie gesehen hatte, und ließ sich gegen die Rückenlehne seines Stuhles fallen. Er sah Fischer aus schmalen Augenschlitzen von oben herab an. Dann erhob er sich, nahm alle sechs Fotos vom Tisch und trat ans Fenster. Ein Bild nach dem anderen ließ er von der linken in die rechte Hand gleiten, hielt zwei Fotos nebeneinander, drehte sich kurz zum Gewürzhändler um und fing wieder von vorn an, die Bilder zu vergleichen, jedes mit jedem.

»Derselbe Mann, stimmt's?« Fischer beobachtete vom Tisch aus, wie sein Besucher die Fotos durchforschte. »Nochmals, wer ist dieser Herr?«

»Mein Vater«, Ginther ärgerte sich, »sagte ich doch schon!« Er nahm zwei der Fotos in die rechte Hand und hielt sie hoch. »Ich habe Ihnen fünf Bilder geschickt, damit mein Lebenslauf in der Kunsthalle illustriert werden kann. Die zwei sind von mir.«

»Genau auf diesen beiden Fotos habe ich ein Gesicht entdeckt, das mir bekannt vorkam.« Fischer sprach ruhig und sanft. »Ich habe Ihre Fotos mit meinen Fotos verglichen. Erst mit bloßem Auge, dann mit der Lupe. Und dann habe ich mich in den Zug gesetzt und bin nach Gaildorf gefahren. Ihr Vater stammt doch aus Gaildorf?«

Ginther nickte.

»Meiner auch.«

Ginther zuckte zusammen.

»Ihr Vater ist am 20. März 1841 geboren. Stimmt's?«

Ginthers Gesicht erstarrte.

»Meiner auch.«

Ginther war es, als würde ihn jemand schütteln und rütteln und ihm dann den Boden unter den Füßen wegziehen.

»Ihr Vater hat in Gaildorf Bäcker und Konditor gelernt ...«

Ginther schnappte nach Luft.

»Hat er in Stuttgart bei Moser-Roth gearbeitet?« Ginther schwieg.

»Hat er ...«

»Mein Gott, ja!« Ginther schrie es heraus. »Dann war er bei einem Schokoladier in Frankreich. Und dann hat er in Würzburg eine Schokoladenfabrik gegründet. Das wissen Sie doch!«

»Meiner hat auch in Gaildorf Bäcker und Konditor gelernt«, entgegnete Fischer ruhig. »Jetzt behauptet er, er arbeite auf einem Überseedampfer. Als Bäcker oder Koch, was weiß ich? Aber er lügt. Immer dann, wenn der Herr Schokoladenfabrikant Ginther in Würzburg auf große Kundenfahrt geht, kommt in Hamburg der Herr Schiffsbäcker Fischer auf Heimaturlaub. Zufall?«

»Was fantasieren Sie da zusammen?« Ginther war entsetzt. Er schrie: »Wollen Sie mich für dumm verkaufen?«

Fischer zog einen Stuhl zu sich heran und setzte sich schwer atmend.

»Können Sie das beweisen?« Ginther stierte den Hamburger fassungslos und wütend an.

»Ja!« Fischer legte die Ellbogen auf den Tisch und ließ kraftlos den Kopf baumeln. »Lückenlos!«

Ginther stand das Entsetzen ins Gesicht geschrieben. Seine Augen flackerten, seine Hände zitterten. Er rang nach Luft. Er hielt sich an Fischers Stuhllehne fest, aber blieb eisern stehen. Er wollte standfest bleiben.

Fischer musterte Ginther von unten her, voller Mitleid, ruhiger werdend und bedächtig. Viel Zeit nehmen, sagte er sich, viel, viel Zeit. Er maß den Maler von Kopf bis Fuß mit den Augen. Schließlich vertiefte er sich in die fremden und doch vertrauten Gesichtszüge des Anderen, schaute und schwieg.

Ginther starrte zurück, hilflos, schlaff und leer.

»Ich kann beweisen«, klärte Fischer endlich auf, »dass er in Hamburg mit falschen Papieren aufgetreten ist.«

Ginther setzte sich neben Fischer und schlug die Hände vors Gesicht.

Der Hamburger schloss die Augen und stützte den Kopf auf beide Fäuste.

»Das kann doch nicht wahr sein«, flüsterte Ginther und stierte vor sich hin.

»Hier!« Fischer nahm ein Schriftstück vom Tisch. »Meine Geburtsurkunde«. Ginther reagierte nicht. Fischer musste ihm das Papier in die Hand drücken. Der Maler schloss die Augen. Das wollte er nicht lesen.

»Friedrich Fischer steht da, Herr Ginther, Sohn des Georg Fischer und der Elisabeth Fischer, geborene Landwehr.«

Ginther schaute nicht hin.

Fischer klopfte ein paar Mal mit dem Zeigefinger aufs Papier, das der Andere zitternd in den verkrampften Händen hielt. »Da steht's schwarz auf weiß!«

Ginther sah kurz auf, verstört und abwesend.

»Elisabeth Landwehr, meine angebliche Mutter, die bei meiner Geburt im Wochenbett gestorben sein soll, stammte aus Igersheim.« Fischer schluckte. »Gestern war ich bei ihrer Schwester, einer Frau Burger. Hier in Igersheim. Hören Sie mir überhaupt zu?«

Ginther nickte.

»Frau Burger hat mir verraten, dass ihre Schwester nie verheiratet war und vor über vierzig Jahren an der Schwindsucht in Gaildorf gestorben ist. Ich wollte das nicht glauben, aber sie hat mir Papiere vorgelegt. Und sie war selbst bei der Beerdigung ihrer Schwester dabei. In Gaildorf habe sie weit und breit nichts von einem Kind oder Ehemann gesehen oder gehört. Sie können Frau Burger auch selber fragen. Sie hat mir den Totenschein gezeigt. Elisabeth Landwehr steht da drauf! Nicht Elisabeth Fischer, geborene Landwehr.«

Ginther war in sich zusammengesunken. Die Ellbogen auf die Oberschenkel gestützt, den Kopf in den Händen vergraben, stierte er auf den Boden.

Fischer beobachtete ihn voller Mitleid.

»Und wer ist dann Ihre Mutter?«

»Jedenfalls nicht Elisabeth Landwehr.«

»Wer dann?«

Fischer sah Ginther lange an und schwieg.

»Hatte mein Vater ein uneheliches Kind mit einer anderen Frau?«

Fischer schüttelte langsam den Kopf.

»Ich begreife das alles nicht!« Ginther schloss die Augen und atmete tief.

Fischer griff in seine Jackentasche, zog seinen Reisepass heraus, schlug ihn auf und reichte ihn wortlos weiter.

Ginther nahm das dünne Heftchen und las leise vor: »Friedrich Fischer, geboren am 20. Juni 1866.« Er stutzte. »Das ist doch mein Geburtstag.«

»Und meiner.«

»Geboren in Gaildorf? Konfession evangelisch?« Ginther war sichtlich verwirrt.

»Alles gefälscht. Falsche Angaben in einem echten Pass.«

Fischer forschte mit weit aufgerissenen Augen lange in Ginthers Gesicht und senkte dann den Blick.

Ginther brach in Tränen aus.

Fischer erhob sich, zog seinen Gast vom Stuhl hoch und umarmte ihn.

»Willkommen in meinem Leben, Gustav.«

Der Maler schlug die Hände vors Gesicht. Seine Schultern zuckten. Nur mit Mühe konnte er ein lautes Schluchzen unterdrücken.

Fischer hielt ihn an beiden Oberarmen fest und schaute ihm unverwandt ins Gesicht. Endlich ließ er ihn los, setzte sich wieder auf seinen Platz und schwieg.

Ginther erwachte ganz langsam aus seiner Starre. Dann räusperte er sich und sank auf seinen Stuhl.

»Ich bin am gleichen Tag geboren wie Sie.« Er zögerte. »Wie du«, verbesserte er sich. »Aber in Würzburg. Wenn du mein Zwillingsbruder bist, dann musst du doch auch in Würzburg geboren sein.«

»Mein Geburtsort ist falsch.«

»Woher weißt du das? Von ihm?«

Fischer lachte gequält.

»Er ist über alle Berge«, sagte Ginther.

Fischer starrte seinen Bruder an.

Ginther erzählte ihm von der Postkarte, die dem alten Firmenchef zufällig in die Hände gefallen war, und von der überstürzten Abreise.

»Er hat wohl geahnt, dass der ganze Schwindel bald auffliegt.« Fischer nahm seinen Pass wieder an sich und steckte ihn ein, holte ihn sofort wieder hervor, schlug ihn auf und deutete mit dem Zeigefinger darauf.

»Hast du's gelesen? Geboren am 20. Juni 1866 in Gaildorf, steht da. Mutter: Elisabeth Fischer, steht da. Meine Geburts- und

Taufpapiere lauten auf Gaildorf. Eigentlich alles wasserdicht. Aber die Elisabeth Fischer gibt es gar nicht. Und die Elisabeth Landwehr hat nie ein Kind gehabt.«

✧

Ginther fuhr sich übers Gesicht, als wolle er lästige Erinnerungen abwischen. Er schüttelte denKopf und lüftete seinen Hut.

»Ja, Grüß Gott, du Wundermann. Du bist ein paar Minuten jünger als ich, weißt du das?«

»Jetzt, wo du mich aufgeklärt hast.«

»Stell dir vor«, er stieß seinem Bruder übermütig den Ellbogen in die Seite, »in den paar Minuten hat die zweite Reformation stattgefunden.«

»Du warst mir schon immer rätselhaft, mein Alter.«

»Ich bin katholisch, und du bist evangelisch.«

»Ja, aber wieso Reformation?«

Ginther packte seinen Bruder an der Schulter und drehte ihn zu sich herum. »Ich bin in Würzburg geboren. Katholisch!«

»Aha!«

»Und du ein paar Minuten später, aber evangelisch. Dieselbe Mutter, dieselbe Hebamme, bloß hundert Kilometer entfernt in Gaildorf.«

»Hoho! Eine telepathische Geburt.«

»Mit Religionsumwandlung.«

»Ein Wunder!« Fischer schüttete sich aus vor Lachen. »Ich sehe schon die Schlagzeilen in den Zeitungen.« Er fuhr mit seiner rechten Hand den Horizont ab. »Das Wunder von Würzburg.«

»Hör auf!«

»Wir werden berühmt, Gustav. Auf Jahrmärkten wird man uns an eisernen Ketten und güldenen Nasenringen dem gaffenden Publikum präsentieren.«

»Ich bin katholisch getauft und habe die heilige Kommunion empfangen. Aber ...«, Ginther prustete los, »... aber du bist katholisch geboren ...«

»Oho!«

»... und katholisch getauft ...«

»Das weiß ich ja gar nicht!«

»Doch, doch! Und dann evangelisch konfirmiert.«

Fischer lachte, bis ihm der Bauch schmerzte.

»Du bist der zweite Martin Luther.«

»Hier steh ich. Ich bin nicht anders.«

Ginther grinste über beide Ohren.

»Das, mein lieber Gustav, glaubt uns kein Mensch.«

Sie waren, lachend in ihre Albernheiten vertieft, wieder vor den Stufen von Sankt Michael angekommen.

Der Pfarrer eilte die Treppe herab, erkannte Fischer und blieb stehen.

»Grüß Gott, Herr ...«, der Pfarrer überlegte peinlich lange und fragte dann: »Konnte man Ihnen weiterhelfen?«

Fischer bedankte sich überschwänglich und gestenreich und erzählte dem staunenden Pater, Herr Ginther aus Würzburg und er hätten sich eben Gedanken darüber gemacht, was wohl wäre, wenn jemand katholisch getauft, aber evangelisch konfirmiert werden würde.

Der Pfarrer lachte. »Zum Glück übersteigt Ihre Fantasie die Wirklichkeit.«

»Und wenn's doch so wäre, Herr Pfarrer?«

»Dann hätten Sie eine Reise nach Rom gewonnen«, grinsend wandte sich der Pfarrer zum Gehen, »wo Sie diesen Irrsinn an höchster Stelle klären lassen müssten. Aber warten Sie mit der Reise in den Vatikan bis Fastnacht. Dann hat man dort für so viel Blödsinn mehr Verständnis.«

Ginther schaute dem Pater vergnügt hinterher, kicherte und wandte sich an seinen Bruder: »Komm, du Irrsinniger! Du protestantischer Katholik! Du katholischer Protestant!«

Sie umrundeten die Kirche, betraten sie durchs Hauptportal und setzten sich in die letzte Bankreihe.

»Und wie hat er den Leuten in Hamburg erklärt, dass er einen kleinen Sohn hat und keine Frau dazu?«

»Meine Stiefmutter hat er wohl schon länger gekannt. Sie war in jungen Jahren Witwe geworden und hatte einen gut gehenden Gewürzhandel.«

Fischer hüllte sich in seinen Mantel ein. Er fror.

Ginther lieh ihm seinen Schal.

»Sie hat mir mal erzählt, er habe sie eines Tages in ihrem Handelskontor in den Hamburger Lagerhallen aufgesucht. Er war auf der Suche nach bestimmten Gewürzen.«

Ginther lächelte wehmütig und nachsichtig. »Neugierig war er schon immer.«

»Er hat sich mit ihr zu einem Spaziergang an der Binnenalster verabredet.«

Ginther nickte vor sich hin. Die ewige Geschichte von Adam und Eva. Schon Tilman Riemenschneider hatte sie in Stein gemeißelt und vor das Portal der Marienkapelle am Würzburger Markt gestellt. Und immer noch wirkte sie fort.

»Er hat ihr vorgeflunkert, was sie hören wollte. Er sei auch verwitwet und habe einen kleinen Sohn.«

Ginther lächelte seinen wiedergefundenen Zwillingsbruder an. »Schau, schau! Die alte Melodie. Der Hahn kräht auf dem Misthaufen, weil ihm eine neue Henne gefällt.«

»Ein Kind, das war ihr größter Traum. Sie hätte alles getan, um sich den zu erfüllen.«

»Sie wollte dich?«

»Ja, sie wollte mich. Und dafür hat sie ihn in Kauf genommen.«

Ginther lachte schallend, dass es durch die leere Kirche hallte. »Wenn wir ihn erwischen, dann sagen wir ihm, dass er bloß den Hanswurst gespielt hat und nicht den Prinzen.«

»Sie hat zur Hochzeit gedrängt. Und er hat es nach all den Aufschneidereien nicht gewagt, ihr reinen Wein einzuschenken. Also hat er seine erste Frau erfunden.«

»Die aus Igersheim stammen soll.«

»Wie auch unsere richtige Großmutter.«

»Erzähl mir noch einmal die Geschichte, kleiner Bruder. Sie ist so schön.«

»Unsere Großmutter, die Maria Ginther, ist als zehntes von dreizehn Kindern in Igersheim aufgewachsen. Es gab zu viele hungrige Mäuler bei den Ginthers am Tisch. Da hat sie ihr Vater als Magd nach Gaildorf verschachert. Zum Bäckermeister Fischer.«

»Und von dem ist sie schwanger geworden?«

»In Gaildorf, so hat man mir erzählt, hat's keinen lebenslustigeren Menschen gegeben als den Bäckermeister Fischer. Der hat in und um Gaildorf nichts anbrennen lassen.«

»Und wie kommt die Elisabeth Landwehr ins Spiel?«

»Der Fischer hat wieder einmal ein Dienstmädchen für seine Bäckerei gesucht. Und da hat ihm Maria Ginther die Tochter ihrer besten Schulfreundin aus Igersheim vorgeschlagen, auch ein Kind aus armem Haus. So ist die Elisabeth Landwehr nach Gaildorf gekommen.«

»Unser Vater hat die Elisabeth Landwehr gut gekannt?«

»Natürlich. Und er hat gewusst, dass sie tot war. Nach dem großen Stadtbrand hat er sich mithilfe eines Zeugen einen Trauschein und eine Sterbeurkunde für seine angebliche Frau erschwindelt.«

»Und Emil Richter war dieser falsche Zeuge?«

»Vielleicht.«

»Vielleicht? Sein Name steht doch als Zeuge auf deinen Papieren.«

»Vielleicht hat Emil Richter gar nichts Falsches bezeugt. Vielleicht hat er wirklich geglaubt, was er unterschrieben hat.«

»Das ist doch nicht möglich!«

»Warum nicht? Von Anfang an hat man in Gaildorf gemunkelt, der Bäcker sei der Vater des kleinen Georg. Der alte Fischer muss der Maria Ginther wohl viel versprochen haben.«

»Du meinst ...?« Ginther kniff die Augen zusammen. »... halt den Mund, dann sorg ich für dich und den Kleinen?«

Fischer grinste. »Genau so, Gustav. Und vergiss nicht, der alte Fischer hat keinen Erben gehabt.«

Ginther lachte, bis ihm das Wasser in die Augen schoss.

»Wahrscheinlich hat der Emil Richter geglaubt, dass der alte Fischer seinen unehelichen Sohn an Kindes statt angenommen hat. In Gaildorf hat man das sowieso vermutet.«

»Hochstapler!«

»Sie haben's ihm leicht gemacht. Alle brauchten nach dem Stadtbrand Papiere und Dokumente.«

»Du meinst doch nicht, dass der Pfarrer ...«

»Bewahre! Unser Vater hat beim Pfarrer bloß erklärt, er sei nach der Adoption evangelisch geworden. Und schon standen ihm alle Türen offen. Christentum? Pah! Hauptsache evangelisch oder katholisch!«

Ginther lachte die ganze Tonleiter hinauf.

»Und was ist aus diesem Emil Richter geworden?«

Fischer schüttelte den Kopf. »Den Emil Richter als Pastellmaler gibt's nicht. Den hat unser Vater erfunden.«

»Warum?«

»Er wollte ein Stück Heimat im fernen Hamburg. Aber deine Signatur war gefährlich. Er musste damit rechnen, dass du eines Tages berühmt wirst.«

»Du meinst, er hat meine Signatur gefälscht?«

»Vielleicht.«

»Versteh ich nicht.«

»Sehnsucht nach der heilen Welt. Heimweh.« Fischer zuckte die Schultern. »Was weiß ich, was in so einem kranken Hirn vorgeht.«

»Den Bäcker Emil Richter gibt's aber!«

»Ja, in Amerika.«

»Nein, Friedrich, in Deutschland. Vielleicht ist er sogar Maler ... geworden.«

Fischer musterte, wenn er sich unbeobachtet fühlte, seinen Bruder mit großen Augen von der Seite.

»Bei einem Kunsthändler in Stuttgart sind Bilder von einem Emil Richter aufgetaucht.«

»Mit gefälschter Signatur?«

Ginther hob beide Hände und machte ein ratloses Gesicht. »Irgendwann war Emil Richter aus Amerika zurück und hat den Schwindel durchschaut. Vielleicht hat er den großen Schokoladenbaron erpresst, vielleicht war er nur sein unsichtbarer Helfer. Jedenfalls hat in Würzburg ein Emil Richter als Dienstmann für meinen Galeristen gearbeitet, in Wahrheit vermutlich für meinen Vater. Und in Stuttgart kommt wahrscheinlich derselbe Mann ab und zu in eine Galerie. Er behauptet, er müsse Bilder für seinen Nachbarn rahmen lassen. Vielleicht ...«

✧

Sie verließen die Kirche und schlenderten über den Marktplatz. Dort nahmen sie den Weg zur Tauber, überquerten die Bahngleise und blieben mitten auf der alten Steinbrücke stehen, die sich in vier gemauerten Bögen über den kleinen Fluss schwang.

Fischer nahm seinen Bruder in die Arme. »Ich bin's, Gustav, ich bin dein Bruder«, flüsterte er ihm ins Ohr.

Sie gingen ein Stück, dann blieb Fischer erneut stehen und fasste seinen Bruder am Mantelaufschlag: »Ich kann diese Geschichte immer noch nicht fassen und muss sie mir gewiss noch oft selbst erzählen, bis sie in meinem Kopf festsitzt.«

»Dann erzähl sie uns beiden, Friedrich.«

»In Gaildorf gab es im Umfeld des alten Bäckermeisters Fischer nur einen Georg. Georg Ginther und Georg Fischer, das ist ein und dieselbe Person. Gleicher Vorname, gleiches Geburtsdatum, gleicher Geburtsort, gleicher Lebenslauf in Gaildorf. Am Donnerstag habe ich in Gaildorf ein paar ältere und neuere Fotos meines Vaters gezeigt. Und alle Leute haben ohne zu zögern erklärt: Das ist der Georg Ginther, der uneheliche Sohn der Maria Ginther. Manche haben ihn auch den jungen Bäcker Fischer genannt.«

Ginther schluckte und strahlte seinen Bruder an. »Und wie sag ich jetzt zu dir? Gottfried oder Friedrich?« Er fröstelte und hielt mit der Hand den Kragen seines Mantels zu.

»Bleib bei Friedrich. Schon vierzig Jahre höre ich viele Male am Tag diesen Namen. Ich will mich nicht mehr umgewöhnen. Außerdem handeln wir uns großen Ärger ein, wenn wir unser Geheimnis ausplaudern.« Er zog den Hut tiefer ins Gesicht. »Also bleib ich der Friedrich Fischer. Sonst ist mein Geschäft in Hamburg in Gefahr. Und wenn ich in Hamburg weiterhin der Gewürzhändler Fischer bin, dann kann und will ich in Würzburg und anderswo keinen anderen Namen tragen. Das führt nur zu Missverständnissen.« Er kickte einen Kiesel mit dem Fuß zur Seite. »Schlimm genug, dass unser Vater sich und anderen zwei Welten vorgegaukelt hat.«

»Aber wie hat er's eingefädelt?«

»Er hat sich in Gaildorf im Februar 1868 neue Papiere erschlichen. Dann hat er sich irgendwo auf dem Weg von Gaildorf nach Würzburg einen Einspänner gemietet und seinem alten Kollegen Richter vorgeflunkert, er müsse jetzt nur noch sein Kind bei Verwandten abholen. In Würzburg hat er mich am Mainufer an den Wagen gelockt und in einem unbeobachteten Augenblick in die Kutsche gezogen. Ich habe mich, so denke ich es mir, gerne von meinem Vater mitnehmen lassen. Jeder Anderthalbjährige kennt doch schon Vater und Mutter und schreit nicht, wenn ihn der Vater auf den Arm nimmt.«

Ginther stand bleich und stumm neben seinem Bruder. Ein ums andere Mal schüttelte er den Kopf und wischte sich die Augen mit einem weißen Taschentuch aus.

»Vom vereinbarten Treffpunkt ging's dann zu dritt nach Hamburg. Vielleicht hat er noch einmal die Kutsche gewechselt und dann erst den Zug genommen. Vielleicht sind sie auch gleich zum nächsten Bahnhof hinter Würzburg gefahren. Eine Stunde nach Norden, und schon waren sie in Hessen oder Preußen. Zu dem Zeitpunkt war die Würzburger Polizei wahrscheinlich noch nicht einmal alarmiert. Und wer in Hessen oder Preußen konnte damals wissen, was in Bayern passiert ist? Wie denn?«

Fischer schwieg lange.

Ginther war leichenblass im Gesicht.

Sie lehnten sich aneinander und starrten in den Fluss.

»Jedenfalls ...«, Fischer rieb sich mit beiden Händen die Vergangenheit aus dem Gesicht, »... jedenfalls weiß ich aus den Erzählungen meiner Stiefmutter, wann und wo sie mich im Februar 1868 zum ersten Mal gesehen hat.«

Er sah seinem Bruder in die Augen, die sich mit Tränen füllten. »In Hamburg! Genau zwei Tage nach der Abreise der zwei Bäckerburschen in Gaildorf. Und einen Tag, nachdem in Würzburg ein Kind verschwunden ist.«

»Würde Mutter noch leben«, Ginther hob drohend den Zeigefinger, »würde ich ihr auf der Stelle alles beichten. Ohne Rücksicht auf die Folgen. Auch du könntest mich dann nicht davon abhalten.«

»Das verstehe ich, Gustav.« Fischer zog ein Taschentuch aus der Manteltasche und schnäuzte sich.

Ginther erzählte seinem Bruder vom Todestag der Mutter und von ihrem vierzigjährigen Bangen und Sehnen.

Der Hamburger stand, in seinen Wintermantel gehüllt und den Hut tief ins Gesicht gezogen, weinend neben seinem Bruder, schwer atmend und sprachlos vor Erregung, schwieg eine Weile und seufzte dann tief auf. »Nach Mutters Tod zählt aber nur noch eines, Gustav.« Er fasste seinen Bruder am Oberarm. »Lass den

Lebenden die Chance, den Schatten der Vergangenheit zu entfliehen. Das Leben ist so schon schwer genug.«

Ginther wandte sich ab, beugte sich über die Brückenmauer und schaute in den Fluss.

✧

»Hörst du's nicht, lieber Gustav, wie die Zeit vergeht?«

Ginther schwieg.

»Gestern noch hat unser Vater zwei Leben geführt. Heute verkriecht er sich irgendwo auf einer Insel in der Südsee. Sein Leben ist bald zu Ende.«

»Wenn ich das zuhause erzähle, glaubt's mir keiner.«

»Behalt's für dich, Gustav.«

Ginther fuhr herum, Zornfalten auf der Stirn. Lange schaute er seinem Bruder direkt in die Augen, bis sich ein Lächeln auf seinem Gesicht breitmachte.

»Du bringst nur deine Familie und die Schokoladenfabrik in Verruf. Und auch mich und meine Firma gefährdest du. Dann müssen wir uns rechtfertigen, nicht er. Er ist über alle Berge.«

Ginther nickte.

»Jetzt verstehst du hoffentlich, warum ich dich hierher nach Igersheim gelockt habe. Deiner Familie hättest du niemals verbergen können, was du in den letzten vierundzwanzig Stunden durchlitten hast. Heute ist unser Advent, Gustav. Dieser Tag gehört uns.«

Ginther dachte lange nach. Dann trank er sein Glas leer, winkte der Löwenwirtin und bestellte noch zwei Schoppen Igersheimer *Altenberg*. »Ahnt deine Stiefmutter etwas?«

»Warum soll ich ihr das Herz schwer machen?« Fischer strich sich mit der Hand übers Gesicht. »Ich bin ihr Ein und Alles. Sie ist eine patente Frau und würde einen solchen Schlag kaum verkraften.«

»Er ist ein guter Schauspieler.« Ginther rieb sich nachdenklich das Kinn, fuhr sich mehrmals über den Mund und schwieg.

»Hast du Friedrich Nietzsche gelesen, Gustav?«

Ginther schüttelte den Kopf.

»Nietzsche hat geschrieben: ›Man soll nicht sagen, ich denke, sondern es denkt.‹ Hörst du, Gustav, es geschah, vielleicht wollte er es gar nicht. Es passierte einfach, und er hatte nicht den Mut, das zu bekennen.«

Gustav Ginther flüsterte: »Du machst es ihm zu leicht, Friedrich.« Lauter setzte er hinzu: »Glaubst du, er trägt an all dem Leid, das er unserer Mutter zugefügt hat, keine Schuld?« Er machte eine wegwerfende Handbewegung. »Es ist ihm einfach so passiert? Amen, fertig, aus?«

»Zum Wohle, die Herren.« Die Löwenwirtin stellte zwei Weinpokale vor sie hin und nahm die leeren Gläser mit.

»Natürlich hat er Schuld auf sich geladen, Gustav. Gewaltige Schuld sogar, so empfinde ich es. Und so empfindest es auch du. Das weiß er genau. Aber ob er deshalb vor Gericht käme, wenn wir ihn anzeigen würden? Worin besteht denn sein Verbrechen, wenn es überhaupt eines war? Höchstens darin, dass er zweimal geheiratet hat. Auch darin, dass er sich falsche Papiere erschlichen hat. Und darin, dass er ein Hochstapler ist.«

»Nur ein Hochstapler? Vergeben und vergessen?«

»Wir alle haben etwas von einem Hochstapler im Blut, Gustav. Mehr scheinen als sein! Das kennen wir doch alle. Er hat sich in Lügen verstrickt. Er wollte meiner Stiefmutter imponieren. Vielleicht ist das, was dann folgte, rechtlich gar kein Menschenraub. Er hat mich nicht hilflos irgendwo ausgesetzt. Er hat mich nicht außer Landes verschleppt. Er hat mich nicht einmal meinen Eltern entzogen. Er ist doch mein Vater. Strafrechtlich bleibt vielleicht nur Bigamie übrig. Vielleicht ist auch die schon verjährt.«

»Der rechtliche Aspekt interessiert mich nicht.«

»Vorgestern dachte ich auch so. Aber seit gestern sehe ich es schon anders. Wenn die Sache an die Öffentlichkeit käme, würden wir uns selbst schaden. Das Gespött der Leute wäre schlimmer als jede Strafe für ihn.«

Ginther machte ein paar unschlüssige Gesten. »Und die moralische Seite?«

»Die geht nur ihn und uns etwas an.«

»Bereut er?«

»Aber gewiss! Warum ist er sonst geflohen?«

»Und warum hat er mich beim Porträtmalen bedroht, bestohlen und hintergangen?«

»Er wollte verhindern, dass dein Gesicht in Hamburg bekannt wird. Spätestens als er meine Postkarte aus Gaildorf gelesen hat, wusste er, das Spiel ist aus.«

»Hätte er mich mit Gewalt daran gehindert, Selbstporträts zu malen?«

»Glaube ich nicht. Er hat gedroht. Aber da muss er schon geahnt haben, dass meine Spurensuche irgendwann bei dir enden würde.«

»Verzeihen wir ihm?«

»Weiß ich noch nicht.«

»Und wie begegnen wir ihm in Zukunft?«

»Interessiert mich nicht. Noch nicht! Erst will ich genießen, dass ich dich gefunden habe. Du hast schon immer einen Bruder gehabt, Georg. Aber ich war bis heute allein. Komm, fahr mit mir irgendwohin.«

»An den Lago Maggiore wollte ich schon lange. Und nach Venedig.«

»Schlag ein, Gustav!« Fischer streckte ihm die Rechte hin. »Im Frühjahr fahren wir hin. Nur wir zwei.«

Ginther strahlte seinen Bruder an und gab ihm die Hand. »Im August hat er mir in Mergentheim von der Siedlerkommune *Monte Verità* am Lago Maggiore erzählt. Lebenskünstler, Weltverbesserer, Musiker und Künstler sollen dort nackt zusammenleben.«

Fischer lachte Tränen.

»Was belustigt dich, Friedrich? Klär mich auf, damit ich mitlachen kann.«

»Stell dir vor, Gustav, wir schicken ihm von dort eine Ansichtskarte. Vorn ist ein Nackter abgebildet. Und hinten drauf schreiben wir: Ausziehn, Georg, viel geschwinder! Bist dann Fischer oder Ginther? Zieh dich lieber wieder an! Wir hoffen jetzt als Ehrenmann. Gustav Fischer und Friedrich Ginther. Brief folgt.«

Ginther bekam einen Lachkrampf. Er hielt sich den Bauch, beugte sich hinüber zu seinem Bruder und schlug ihm auf die Schulter. »Prosit, du Dichter!«

»Zum Wohle, du Künstler!«

Sie lachten Tränen und beruhigten sich erst, als sie bemerkten, dass die Wirtin und alle Gäste im Lokal neugierig und belustigt zu ihnen herübersahen.

Ginther wurde mit einem Schlag ernst. »So weiterleben wie bisher kann ich nicht, Friedrich. Diese Schauspielerei mache ich nicht mit.«

»Dann muss er in der Südsee bleiben.«

»Oder er muss ein Seemannsleben führen.«

»Wie soll das gehen, Gustav? Irgendwann müsste er als Seemann ausmustern und dann eine Bleibe suchen. In Hamburg? Damit könnte ich nicht leben.«

»Aber ich kann und ich will für den Rest seines Lebens nicht den Komödianten in Würzburg spielen. Dann macht er doch auch mich zum Hochstapler!«

»Dann gibt's nur eine Lösung, Gustav. Komm zu mir nach Hamburg. Mit Sack und Pack. Mit deiner ganzen Familie. In Hamburg hast du als Künstler schon einen Namen. Hamburg ist weltoffen. Dort findest du deinen eigenen Weg als Maler. Fang ein neues Leben an, Gustav! Das tut dir gut ... und mir. Überlass ihm Würzburg.«

»Und deine Mutter?«

»Sie wird drei Tage trauern, dass er auf dem großen, weiten Meer seine letzte Ruhe gefunden hat. Dann wird sie wieder mit sich im Reinen sein. Und ich auch. Ich kenne ihn ja kaum.«

Personen

Die Romanhandlung ist frei erfunden.

Gustav Ginther	Der Kainsmaler
Christine Ginther	Gustavs Ehefrau
Günther Ginther	13-jähriger Sohn
Gertrud Ginther	12-jährige Tochter
Max Ginther	10-jähriger Sohn
Maria Ginther	7-jährige Tochter
Georg Ginther	Gustav Ginthers Vater, genannt Georg I., Schokoladenfabrikant
Georg Ginther	Gustav Ginthers älterer Bruder, genannt Georg II.
Margret Ginther	Georgs Ehefrau
Backmund, Franz	Kunstmaler in Würzburg und Vorsitzender des *Würzburger Künstlervereins*
Bader, Eugen	Geschäftsführer der Firma *Moser-Roth*
Bühler, Christian	Vergolder und Gründer eines Kunsthauses in Stuttgart
Burger, Maria	Bäuerin in Igersheim
Dauthendey, Max	Schriftsteller, Gustavs Schulfreund
Diez, Max	Direktor der Stuttgarter Kunstgalerie
Fischer, Friedrich	Gewürzgroßhändler aus Hamburg
Freudenthal, Samuel	Justiziar der Firma *Ginther*
Gabriel, Ludwig	Gustavs Galerist
Guttenberg, Bernhard	Würzburger Nervenarzt
Hägele, Karl	Arbeiter bei *Moser-Roth*
Helene	Dienstmädchen der Familie Ginther
Hölzel, Alfred	Professor an der Kunstakademie Stuttgart
Kaufmann, Karl	Handlungsreisender

Lichtwark, Alfred	Direktor der Hamburger Kunsthalle
Messmer, Oskar	Psychologieprofessor aus Rorschach
Modersohn, Otto	Kunstmaler in Worpswede
Meyer, Otto	Schüler von Adolf Hölzel
Prößl, Josef	Notar in Würzburg
Richter, Eugen	Arbeiter in Gaildorf, Neffe von Emil Richter
Schönleber, Gustav	Professor an der Kunstakademie Karlsruhe
Staengel, Ernst	Mitinhaber der Schokoladenfabrik *Eszet*
Steinhauser, Gotthold	Pfarrer in Gaildorf
Volkmann, Richard	Kunstmaler in Stuttgart
Vornkeller, Reinhold	Würzburger Maler
Weber, Elisabeth	Sekretärin von Friedrich Fischer
Weller, Manfred	Gastwirt in Mergentheim